Magician of Mazda का हिंदी अनुवाद

मज़्दा के जादूगर

Celebrating
30 Years of Publishing
in India

लेखक के बारे में

अश्विन सांघी का शुमार भारत के सबसे ज़्यादा बिकने वाले अंग्रेज़ी उपन्यासकारों में होता है। आपने भारत सीरीज़ में अनेक बैस्टसैलर (*रोज़ाबाल लाइन, चाणक्याज़ चैंट, कृष्ण की, सियालकोट सागा, कीपर्स ऑफ़ द कालचक्र, द वॉल्ट ऑफ़ विष्णु*) और जेम्स पैटरसन के साथ *न्यूयॉर्क टाइम्स* के दो बैस्टसैलिंग क्राइम थ्रिलर, *प्राइवेट इंडिया* (जो अमेरिका में *सिटी ऑफ़ फ़ायर* के नाम से बिका) और *प्राइवेट डेल्ही* (जो अमेरिका में *काउंट टु टैन* के नाम से बिका) लिखे हैं। आपने अन्य लेखकों के साथ सह-लेखन में 13 स्टैप्स सीरीज़ के तहत भाग्य, धन, अंकों, स्वास्थ्य और पालन-पोषण पर कई कथेतर किताबें भी लिखी हैं।

अश्विन को *फ़ोर्ब्स इंडिया* द्वारा अपने सेलेब्रिटी 100 में और *द न्यू इंडियन एक्सप्रेस* द्वारा अपनी कल्चर पॉवर लिस्ट में शामिल किया है। आप क्रॉसवर्ड पॉपुलर चॉइस अवार्ड 2012, आटा गलाटा पॉपुलर चॉइस अवार्ड 2018, डब्ल्यूबीआर आइकॉनिक अचीवर्स अवार्ड 2018, लिट-ओ-फ़ेस्ट लिट्रेचर लीजेंड अवार्ड 2018 और कलिंग पॉपुलर चॉयस अवार्ड 2012 के विजेता भी रहे हैं।

आपने कैथीड्रल एंड जॉन कॉनन स्कूल, मुंबई, और सेंट ज़ेवियर्स कॉलेज, मुंबई से शिक्षा प्राप्त की। आपने येल यूनिवर्सिटी से एमबीए में डिग्री हासिल की है। अश्विन मुंबई में अपनी पत्नी अनुष्का और पुत्र रघुवीर के साथ रहते हैं।

आप निम्न माध्यमों से अश्विन के साथ जुड़ सकते हैं:

- Website www.sanghi.in
- Twitter@ashwinsanghi
- Instagram@ashwin.sanghi
- Koo@ashwin.sanghi
- Clubhouse@ashwin.sanghi
- Facebook fb.com/ashwinsanghi
- YouTube youtube.com/ashwinsanghi
- LinkedIn linkedin.com/in/ashwinsanghi

नवेद अकबर अनुवाद से काफी लंबे अरसे से जुड़े हुए हैं। आपने *पैराडाइज़* (खुशवंत सिंह), *माई डेज़ इन प्रिजन* (इफ़्तिखार गीलानी), *सी ऑफ़ पॉपीज, रीवर ऑफ़ स्मोक, फ़्लड ऑफ़ फ़ायर* (अमिताभ घोष), *बियॉन्ड 2020* (ए.पी.जे. अब्दुल कलाम व वाई. एस. राजन), *ब्लैक बुक* (ओरहान पामुक), *एसेंट ऑफ़ मनी* (निएल फ़र्ग्यसन) *मास्क ऑफ़ अफ्रीका, ए हाउस फ़ॉर मि. बिस्वास, बियॉन्ड बिलीफ़* (वी. एस. नायपॉल), अश्विन सांघी की *चाणक्या 'ज़ चैंट, द कृष्ण की* और *द रोज़ाबाल लाइन* का अनुवाद भी आपने ही किया है। आप स्वतंत्र रूप से अनुवाद कार्य से जुड़े हुए हैं।

आभार

अनेक लोगों से प्राप्त सहायता, जानकारी, मार्गदर्शन, प्यार और समर्थन के बिना मेरे लिए अपनी किताबों को लिख पाना असंभव रहा होता। यहां उन कुछ लोगों के नाम हैं जिनके बिना यह पुस्तक संभव नहीं हो पाती।

मेरे प्रकाशक हार्परकॉलिन्स पब्लिशर्स—विशेष रूप से, अनंत पद्मनाभन और उदयन मित्रा, जिन्होंने यह सुनिश्चित किया कि यह पुस्तक मेरे पाठकों तक जल्दी और सक्षमता से पहुंचे।

प्रीता मैत्रा, मेरी प्राथमिक संपादक, जो भारत सीरीज़ के संपादन में अपरिहार्य बनी हुई हैं; अशोक रजनी, मेरे पूर्णतया क्रूर तथ्य-जांचकर्ता; स्वाति दफ्तूर, जिनकी बारीक नज़र ने इस कहानी को अंतिम रूप दिया है।

रूपेश तलस्कर, मेरे प्रतिभाशाली इलस्ट्रेटर, जिन्होंने कहानी को पूरा करने के लिए नक़्शे और चित्रों को बहुत सावधानीपूर्वक बनाया, और सेमी हेटेनलो, जिन्होंने हमें एक अद्भुत तस्वीर देकर किताब को मुकुट पहना दिया।

बहुमुखी संगीतकार अमेया नाइक, जिन्होंने किताब के ट्रेलर में इस्तेमाल किया गया मार्मिक संगीत तैयार किया, और उत्कृष्ट वीडियो ट्रेलर और सोशल मीडिया सपोर्ट के लिए ऑक्टोबज़ की टीम।

मेरे व्याख्यान दौरों और इवेंट्स पर सलाह और जानकारियों के लिए स्पीकइन की दीपशिखा कुमार और निजंश वर्मा। साथ ही, सिनेमा, टेलीविज़न और ओटीटी के माध्यम से मेरी कहानियों को अधिक से अधिक दर्शकों तक पहुंचाने की दिशा में प्रयासों के लिए कलेक्टिव के आशू नायक और चिराग निहलानी।

मेरे माता-पिता, महेंद्र और मंजू सांघी, और मेरे भाई-बहन, विधि और वैभव, जिन्होंने हमेशा मुझे प्रेरित किया है कि मैं अपने सपनों को पूरा करूं। मेरी पत्नी अनुष्का और बेटा रघुवीर, जो मेरे लेखन के उद्यमों में मेरा सतत संबल रहे हैं। उनका बिना शर्त प्यार मेरे साथ नहीं होता, तो मेरी कोई भी पुस्तक वजूद में न आ पाती। मेरी छोटी राखी-बहन फ़राह, जिन्होंने मुझे सिखाया है कि जीवन में हर चीज़ की व्याख्या नहीं की जा सकती और कुछ चीज़ों को समझे बिना ही छोड़ देना चाहिए।

गौतम पद्मनाभन, मेरे मित्र, फ़िलॉसफ़र और गाइड, जिन्होंने प्रकाशन के क्षेत्र में मुझे मेरा पहला ब्रेक दिया और इस कहानी सहित मुझे कई कहानियों के लिए प्रोत्साहित किया है।

स्वर्गीय रामप्रसाद और स्वर्गीय रामगोपाल गुप्ता, मेरे नाना और उनके भाई, जिन्होंने मुझे अपनी कहानियों और किताबों से प्रेरित किया था। उनके आशीर्वाद कभी मेरे क़लम की स्याही को सूखने नहीं देते।

भारत सीरीज़ की पिछली पुस्तकें

रोज़ाबाल लाइन (2008)

"*रोज़ाबाल लाइन* में अश्विन सांघी ने डैन ब्राउन की शैली अपनाते हुए थ्रिलर के सारे मसाले मिलाए हैं—धर्मयुद्ध, एक्शन, एडवेंचर, रहस्य—और बड़ी दक्षता और सहजता से वे ऐसी कहानी बुनते हैं जो संस्कृतियों और महाद्वीपों, धर्मों और संप्रदायों से होकर निकलती है।"

—*द एशियन एज*

"अश्विन सांघी की *रोज़ाबाल लाइन* एक ज़बर्दस्त थ्रिलर है जो मजबूर कर देता है कि हम अपने इतिहासों, अपनी आस्थाओं को फिर से जांचें।"

—प्रीतिश नंदी

"अश्विन जब पाठक को विभिन्न दशकों में दुनिया की सैर पर ले जाते हैं तो धर्म, इतिहास और राजनीति के प्रति सांघी का रुझान स्पष्ट झलकता है। तुलनात्मक धर्म, ख़तरनाक रहस्यों और रोमांचकारी कथानक का मेल एक रहस्यपूर्ण उपन्यास रचता है।" —*द स्टेट्समैन*

"सांघी ने कामयाबी के फ़ॉर्मूले का सही इस्तेमाल किया है।"

—*द टाइम्स ऑफ़ इंडिया*

"सांघी धर्मशास्त्र की एक उत्तेजक, ज्ञानपूर्ण और दीप्तिमान दिशा की ओर संकेत करते हैं कि मेरी मैग्डेलीन के संप्रदाय की वास्तविक प्रेरणा भारतवर्ष की पावन त्रिदेवी-शक्ति है इस प्रकार कल्पनाशक्ति और षड्यंत्र रचने में वे डैन ब्राउन को भी पीछे छोड़ देते हैं।" —*द हिंदू*

चाणक्या'ज़ चैंट (2010)

"अश्विन सांघी का बेहद दिलचस्प उपन्यास *चाणक्या'ज़ चैंट* आत्मालापों और अंगूठे में थामे जनेऊ जैसे कसे हुए वर्णनों से भरा है। दो कहानियां गंगा और यमुना की तरह बहती जाती हैं... यह एक द्रुत टैक्नीकलर रोमांच है।"

—*हिंदुस्तान टाइम्स*

"मैं पूर्णतया रोमांचित हूं। एक आनंदपूर्ण रूप से दिलचस्प और बांधकर रखने वाली किताब। ऐतिहासिक रिसर्च अत्यंत प्रभावशाली..."

—शशि थरूर

"बांधकर रखने और तेज़ गति वाला यह उपन्यास वास्तव में डैन ब्राउन द्वारा स्थापित परंपरा का रोमांच है।" —*पीपुल मैगज़ीन*

"राजनीतिक रूप से तैयार करना और षड्यंत्र अश्विन सांघी के ऐतिहासिक थ्रिलर के मूल में है। ख़ूनख़राबा, मुक़द्दमेबाज़ियां, विश्वासघात, हत्याएं, हत्या की कोशिशें और वो सब कुछ जो इसे रोमांचक बनाता है।"

—*सकाल टाइम्स*

"भारत में व्यापक प्रशंसा पाने वाली *चाणक्या'ज़ चैंट* एक राजनीतिक रोमांच है।"

—*बिज़नेस इंडिया*

कृष्ण की (2012)

"रसपूर्ण ऐतिहासिक रोमांचक या विचारपूर्ण विलक्षण गाथाएं केवल पश्चिमी जगत के लेखकों के दिमाग़ों से ही क्यों उपजें? अश्विन सांघी भी धागे अच्छी तरह बुनना जानते हैं, और हर मोड़ पर आपको भौचक्का छोड़ जाते हैं। आश्चर्य नहीं कि उनकी किताबें बैस्टसैलर होती हैं!"

—*हिंदुस्तान टाइम्स*

"कथानक आधुनिक संसार का है, लेकिन आप, ढेर सारे इतिहास और सस्पेंस भरी कहानी के साथ, बार-बार समय-यात्रा की उम्मीद कर सकते हैं।"

— *द टेलीग्राफ़*

"वैदिक युग की एक वैकल्पिक व्याख्या जिसका षड्यंत्र और रोमांच दोनों के शौक़ीन ख़ूब आनंद लेंगे।" —*द हिंदू*

“मैंने अभी अश्विन सांघी की *कृष्ण की* पूरी की। ज़बर्दस्त कहानी और अविश्वसनीय रिसर्च। बेहद पसंद आई!” —अमीश त्रिपाठी

“सांघी ने वास्तविकता और कल्पना के बीच की रेखा को धुंधला दिया है और इतिहास और वैदिक युग को एक नया दृष्टिकोण प्रदान किया है।”
—*डीएनए*

सियालकोट सागा (2016)

“*सियालकोट सागा* समय और स्पेस के बीच बेतहाशा गति से दौड़ती हुई प्राचीन रहस्यों को खोलती और आधुनिक रहस्यों को दबा देती है।”
—*द हिंदू*

“किताब दशकों और शताब्दियों पर पसरी हुई है, और फिर आधुनिक भारत तक पहुंच जाती है। यह ऐतिहासिक और थ्रिलर दोनों प्रकार के पाठकों के लिए आनंदमय साबित होगी।” —*टाइम्स ऑफ़ इंडिया*

“कुछ किताबें दिलचस्पी पैदा करने में समय लेती हैं जबकि कुछ किताबें पहले ही पन्ने से आपको बांधकर रखती हैं। *सियालकोट सागा* ऐसी ही किताब है और आरंभ से ही आपको ख़ुद से जोड़ लेती है।”
—*हिंदुस्तान टाइम्स*

“इस किताब में कोई भी नीरस क्षण नहीं आता है। वास्तविकता तो यह है कि कहानी इतनी गति से आगे बढ़ती जाती है कि कई बार तो भौचक्का पाठक किताब को अलग रखकर सांस लेने को मजबूर हो जाता है।”
— *द फ़ाइनेंशियल एक्सप्रेस*

“सांघी ने एक शाहकार की रचना की है और हर पन्ना पलटने के साथ वे पाठकों की रुचि को बढ़ाते गए हैं।” —*द पॉयनियर*

कीपर्स ऑफ़ द कालचक्र (2018)

“आप किताब तब तक नहीं छोड़ सकते, जब तक ये पहेली पूरी तरह हल न हो जाए।” —*द फाइनेंसियल एक्सप्रेस*

“लेखक ने जबरदस्त मसाला दिया है... चटाकेदार, जो अतीत और वर्तमान को हिलाकर रख देता है... इसमें एक भी पल बोरियत का नहीं है।”

—*द संडे स्टैंडर्ड*

“अश्विन सांघी की नई थ्रिलर में विज्ञान और अध्यात्म का मिश्रण है।”

—*इंडिया टुडे*

“विस्तृत कैनवास में फैला यह उपन्यास मिथक, इतिहास और दंतकथा को बुनता है।”

—*द हिंदू*

“अश्विन सांघी का *कीपर्स ऑफ़ द कालचक्र* आपके हाथ में टिकटिक करता टाइम बम है। हर अध्याय में कोई नया ही सरप्राइज सर उठा लेता है।”

—*डेक्कन क्रॉनिकल*

“*कीपर्स ऑफ़ द कालचक्र* में सबकुछ है: राजनीतिक किरदार जो आपको वास्तविक नेताओं की याद दिलाते हैं, एक जटिल और उलझा हुआ प्लाट, जो आपको अंत तक बांधे रखता है।” —*हिंदुस्तान टाइम्स ब्रंच*

द वॉल्ट ऑफ़ विष्णु (2020)

“पुराण और विज्ञान के इस रहस्य के साथ, अश्विन सांघी ने भारत सीरिज की छठी किताब दी है। अश्विन की बाकी किताबों की तरह *द वॉल्ट ऑफ़ विष्णु* भी आपको इतिहास, पुराण, भौतिक, युद्धकल्याण की तकनीक, एआई और जैव-रसायन की रोमांचक दुनिया में ले जाती है।”

—*द टाइम्स ऑफ़ इंडिया*

“*द वॉल्ट ऑफ़ विष्णु* भी अश्विन की चिरपरिचित शैली में इतिहास, पुराण और विज्ञान की रोमांचक राइड है।”

—*द हिंदू*

“एक रोचक और जिज्ञासापूर्ण थ्रिलर... लेखक की कहानी कहने की क्षमता और गहन रिसर्च की दाद देनी पड़ेगी।” —*द न्यू इंडियन एक्सप्रेस*

“सांघी की नई किताब में उनके पसंदीदा विषय, पुराण को इतिहास के साथ गूथकर एक जबरदस्त रोमांच प्रस्तुत किया गया है।”

—*हिंदुस्तान टाइम्स*

मज़्दा के जादूगर

अश्विन सांघी

अनुवाद

नवेद अकबर

प्रथम प्रकाशन 2023

हार्पर हिन्दी

(हार्परकॉलिंस पब्लिशर्स इंडिया) द्वारा प्रकाशित 2023

बिल्डिंग नं. 10, टावर A, 4th फ्लोर,
डीएलएफ साइबर सिटी, फेज II, गुरुग्राम 122002, भारत
www.harpercollins.co.in

P-ISBN: 978-93-5699-369-3
E-ISBN: 978-93-5699-370-9

कवर डिजाइन © : सेमी हेटेंलो

टाइपसेटिंग : निओ साफ्टवेयर कन्सलटैंट्स, प्रयागराज (इलाहाबाद)

मुद्रक: रेप्लिका प्रेस प्रा. लि, भारत

HarperCollinsIn

मां शक्ति को नमन, जो मेरी क़लम को शक्ति देती हैं।
आपकी असीम कृपा के लिए धन्यवाद, मां।
मैं आपके बिना कुछ नहीं हूं।

यथा अहु वेर्यो अथा रतूश अशात चित हचा
वंगेऊश दज़्दा मनंगो श्योतननाम
अंगेउश मज़्दाइ
क्षत्रेम चा अहुराइ आईम दरेगोब्यो ददत वास्तारेम।

—यस्न 27:13, ज़ेंद अवेस्ता

खंडन

यह पुस्तक काल्पनिक है। नाम, पात्र, स्थान और घटनाएं या तो लेखक की कल्पना की उपज हैं या कल्पित रूप से प्रयोग किए गए हैं। जीवित या मृत वास्तविक व्यक्तियों, या वास्तविक घटनाओं से किसी भी प्रकार की समानता पूर्ण रूप से संयोगमात्र हो सकती है। ऐतिहासिक, धार्मिक या पौराणिक पात्र; ऐतिहासिक या पौराणिक घटनाएं; या जगहों के नाम केवल काल्पनिक तौर पर प्रयोग किए गए हैं। ऐतिहासिक या धर्मशास्त्रीय तथ्यात्मकता से संबंधित कोई दावा न तो किया गया है और न ही निहित है। ऐतिहासिक, धार्मिक या पौराणिक पात्रों, घटनाओं या स्थानों का प्रयोग केवल काल्पनिक रूप से किया गया है और कहानी के अंदर स्वीकृत रिकॉर्ड से विचलन भी है। चित्र और नक़्शे केवल दृष्टांत उद्देश्यों के लिए हैं और सटीकता के किसी भी दावे के बिना प्रस्तुत किए गए हैं।

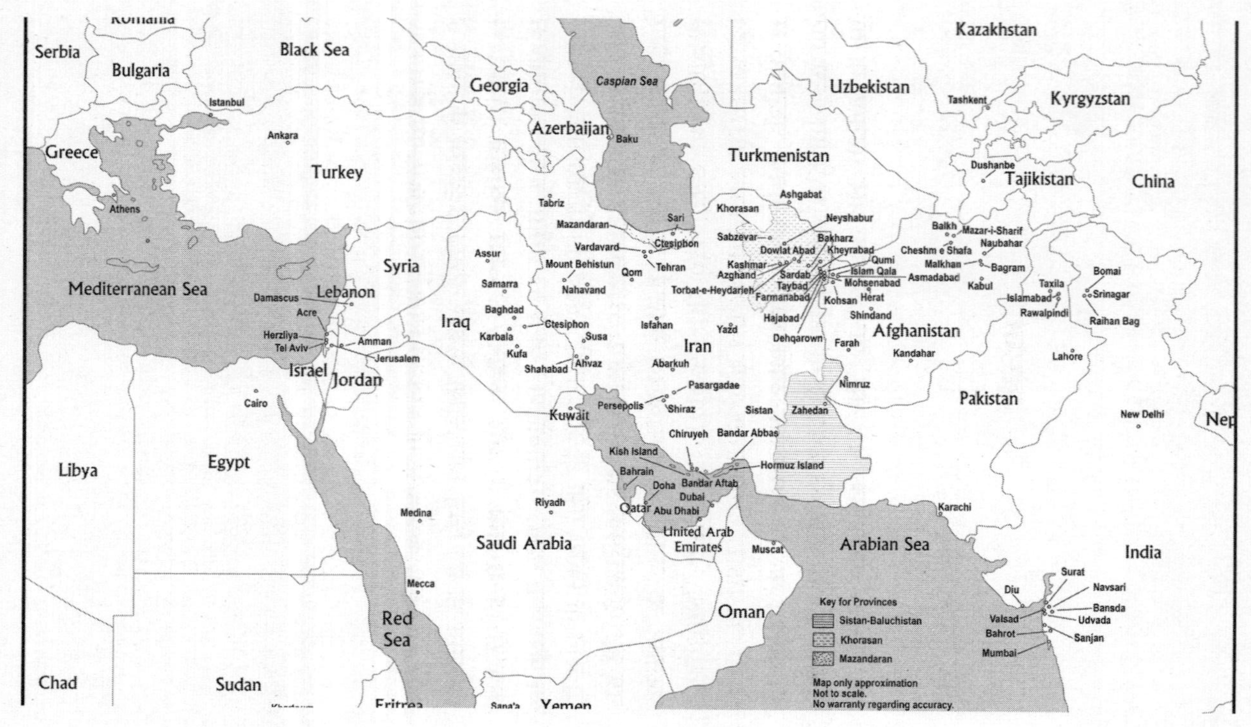
Serbia
Bulgaria
Black Sea
Georgia
Caspian Sea
Kazakhstan
Uzbekistan
Tashkent
Kyrgyzstan
Istanbul
Ankara
Greece
Turkey
Azerbaijan
Baku
Turkmenistan
Dushanbe
Tajikistan
China
Athens
Tabriz
Ashgabat
Khorasan
Sari
Neyshabur
Mazandaran
Bakharz
Balkh
Mazar-i-Sharif
Sabzevar
Ctesiphon
Dowlat Abad
Kheyrabad
Cheshm e Shafa
Naubahar
Vardavard
Tehran
Kashmar
Qumi
Malkhan
Bagram
Syria
Assur
Mount Behistun
Qom
Azghand
Sardab
Islam Qala
Asmadabad
Bomai
Mediterranean Sea
Samarra
Nahavand
Torbat-e-Heydarieh
Taybad
Mohsenabad
Kabul
Taxila
Srinagar
Damascus
Lebanon
Farmanabad
Kohsan
Herat
Islamabad
Acre
Baghdad
Shindand
Rawalpindi
Raihan Bag
Iraq
Ctesiphon
Isfahan
Yazd
Hajabad
Herzliya
Karbala
Susa
Iran
Dehqarown
Farah
Afghanistan
Amman
Tel Aviv
Kufa
Kandahar
Jerusalem
Shahabad
Ahvaz
Abarkuh
Lahore
Israel
Jordan
Nimruz
Pasargadae
Cairo
Persepolis
Shiraz
Pakistan
Kuwait
Sistan
Zahedan
New Delhi
Chiruyeh
Bandar Abbas
Nep
Kish Island
Hormuz Island
Libya
Egypt
Bahrain
Bandar Aftab
Doha
Dubai
Qatar
Abu Dhabi
Riyadh
Karachi
Medina
United Arab Emirates
Saudi Arabia
Arabian Sea
Muscat
India
Surat
Mecca
Diu
Navsari
Key for Provinces
Oman
Bansda
Sistan-Baluchistan
Valsad
Udvada
Red Sea
Bahrot
Sanjan
Khorasan
Mumbai
Mazandaran
Chad
Sudan
Map only approximation
Not to scale.
No warranty regarding accuracy.
Eritrea
Sana'a
Yemen

प्रस्तावना

पचपन वर्षीय वो व्यक्ति सावधानीपूर्वक चलते हुए मंच पर पहुंचे। उन्होंने एक सादा सा नीला ब्लेज़र और ख़ाकी पैंट, और अपनी जेब से झांकते सुर्ख़ रूमाल से मेल खाती गहरे लाल रंग की टाई पहनी हुई थी। उनके चेहरे पर एक दोस्ताना सी मुस्कुराहट थी, जिससे उनके नाक-नक़्शों में अगर कोई सख़्ती थी भी तो उसमें नर्मी आ गई थी और वो एक अद्भुत मिलनसारिता का संकेत दे रही थी। पिछले साल केटरिंग पुरस्कार जीतने वाले किसी व्यक्ति के बिल्कुल उलट। धीरे-धीरे पोडियम पर पहुंचकर उन्होंने दर्शकों की ओर देखा। उन्होंने एक नज़र तालियां बजा रहे राजनेताओं, शिक्षाविदों, व्यापारियों और नौकरशाहों पर डाली।

जैसे ही उन्होंने लेक्टर्न पर हाथ रखा और माइक्रोफ़ोन की ओर झुके, शोर थम गया। उसके बाद, उम्मीद भरी ख़ामोशी के बीच उन्होंने बोलना शुरू किया, 'जीज़स से कोई चार सदी पहले, यूनान के हिपॉक्रेटीज़ ने अपने विद्यार्थियों से कहा था, "अतीत की घोषणा करो, वर्तमान का निदान करो, भविष्य की भविष्यवाणी

करो।" लेकिन, वो तो चिकित्सा के *जनक* थे। जब मैं स्टैनफ़ोर्ड में एक नौजवान ग्रेजुएट था, तब अगर किसी ने *मुझसे* भविष्य की भविष्यवाणी करने के लिए कहा होता, तो मैं तो स्तब्ध रह जाता। और अगर किसी ने मुझे बताया होता कि अतीत हमारे भविष्य से कितने अटूट रूप से जुड़ा हुआ है, तो मैं... हंस दिया होता।'

ऑक्सफ़ोर्ड का ये हॉल—जिसकी हर दीवार एक सिरे से दूसरे सिरे तक रंगीन कांच की शानदार खिड़कियों से छनकर आ रही रौशनी में नहाई हुई मशहूर शासकों, कलाकारों और वैज्ञानिकों की तस्वीरों से सजी हुई थी—किसी संग्रहालय से कम नहीं लगता था। सीलिंग सोलहवीं शताब्दी की हैमरबीम छत का एक बेजोड़ उदाहरण थी, जिसकी सजावटी पत्तर से अछूती लकड़ी चमचमा रही थी। ये किसी विशाल गोथिक चर्च का भीतरी भाग सा दिखाई देता था। बिना ऐसा जताए कि उन्होंने कुछ देखा था, उन्होंने ये सब आत्मसात किया और श्रद्धापूर्वक रुक गए।

'लेकिन अभी हम वर्तमान में हैं,' वो अपने विषय पर आ गए, 'और एक ऐसे भविष्य का जश्न मना रहे हैं जिसका निर्माण हमारे अतीत से हुआ है। और क्यों? क्योंकि, अनुभव के हर बिंदु पर, इतिहास, दर्शन, विज्ञान और हमारा आगे का जीवन एक दूसरे को काटता हुआ गुज़रता है। मुझे विश्वास हो चुका है, जैसा कि मुझे आशा है कि आपको भी होगा, कि उन्हें एक दूसरे से असंबद्ध मानना मूर्खता है। मैं घोषणा करता हूं कि हमें इस बारे में गुमराह किया गया है। एक मामूली से वैज्ञानिक को भी दार्शनिक *होना चाहिए*। ठीक उसी तरह जैसे महानतम दार्शनिकों ने हमेशा विज्ञान का साथ दिया है।'

'जापान में,' वक्ता ने अपनी बात जारी रखी, 'मेजी युग में एक महान ज़ेन मास्टर रहा करते थे। एक दिन, एक विद्वान उनके दर्शन की व्याख्या जानने के लिए उनके पास आया। गुरु ने आगंतुक के लिए केतली से एक प्याला चाय पलटी। प्याला भर जाने पर भी उन्होंने चाय को पलटना जारी रखा। विद्वान ने देखा कि चाय प्याले

से बाहर गिर रही है और कहा, "बस कीजिए, मास्टर। प्याले में चाय के लिए और जगह नहीं है।"'

वक्ता ज़रा सा रुक गए, ताकि लोग इस छवि को अच्छी तरह आत्मसात कर लें। फिर उन्होंने आगे कहा, 'ज़ेन मास्टर अपने मेहमान को देखकर मुस्कुराए और बोले, "प्याले की एक सीमित क्षमता है—आपकी तरह। मेरे पास आने से पहले आपने स्वयं को विचारों, विश्वासों, पूर्वाग्रहों और दृष्टिकोणों से भर लिया है। जब तक आप पहले अपना प्याला ख़ाली करने को तैयार नहीं होंगे, मैं आपको ज़ेन कैसे दिखा सकूंगा?" पिछले एक दशक में, मैंने वो कहावती ख़ाली प्याला बनने की पूरी कोशिश की है।

'भारतीय गुरुओं ने कहा है कि सच्चा ज्ञान ये जानने में निहित है कि हम कुछ नहीं जानते। मैं ब्रह्मांड का आभारी हूं कि उसने मुझे ये सिखाया है। मैं आज आपके सामने एक ऐसे व्यक्ति के रूप में गर्व से खड़ा हूं जो कुछ नहीं जानता। और मैं अपने दोस्त जिम दस्तूर के लिए जाम उठाता हूं, जो अब जीवित नहीं है।'

दर्शक उठकर खड़े हो गए और काफ़ी देर तक पूरे उत्साह के साथ तालियां बजाते रहे। अभी भी लेक्टर्न को पकड़े, केटरिंग पुरस्कार विजेता ने अपनी शर्ट की आस्तीनों पर लगे कफ़लिंक्स को देखा। अब उनका ध्यान लोगों की जय-जयकार पर नहीं रहा था क्योंकि उनका मन अपने उन मित्रों की ओर चला गया था जिन्हें अपनी खोज के दौरान उन्होंने खो दिया था।

1

वर्दीधारी आदमी को पता नहीं था कि ट्रिगर दबाना इतना आसान था।

बरसात की उस शाम को, वो लंदन के फ़ैशनेबल और व्यस्त ब्लूम्सबरी इलाक़े में ग्रेट रसेल स्ट्रीट के किनारे-किनारे सुरक्षा गार्डों के एक समूह के साथ चल रहा था। वो वाहनरोधी स्तंभों से बचते हुए लोहे की एक काली बाड़ के गेट से अंदर घुसे। फिर वो एक अहाते को पार करते हुए जॉर्जियाई युग की एक नियो-क्लासिकल इमारत तक पहुंचे। उस विशिष्ट इकाई में तीन सौ से अधिक पुरुष और महिलाएं थे जो हर समय ब्रिटिश म्यूज़ियम की रखवाली करते थे।

संग्रहालय के 75,000 वर्ग मीटर के विशाल क्षेत्र में अस्सी लाख वस्तुएं थीं। अधिकांश दिनों में, लगभग सत्रह हज़ार आगंतुक इसके प्रतिष्ठित हॉलों में आते थे। 1753 में स्थापित ये संग्रहालय अक्सर ग़लत कारणों से चर्चा में रहता था। आख़िरकार, प्रदर्शन के लिए रखी गई अधिकांश चीज़ें दुनिया भर से तब मंगवाई गई थीं जब वहां बर्तानिया का शासन था। ब्रिटेन का औपनिवेशिक अतीत गंभीर जांच के दायरे में आ गया था, जिसका एक कारण विजित इलाक़ों

से राष्ट्रीय ख़ज़ानों की 'लूट' था।

लेकिन इसके कारण हैरत से आंखें फाड़े दर्शकों की जिज्ञासा मंद नहीं पड़ती थी।

संग्रहालय में दुनिया की कुछ सबसे क़ीमती चीज़ें मौजूद थीं। इनमें रोज़ेटा स्टोन शामिल था, जो मिस्री चित्रलिपियों को समझने की कुंजी था। 1390 और 1325 ईसा पूर्व के बीच मिस्र पर शासन करने वाले फ़ैरो अमेनहोटेप तृतीय का ग्रेनाइट का विशाल सिर था। एक और क़ीमती चीज़ थी सातवीं शताब्दी के एक पूर्वी एंग्लियन राजा द्वारा पहना गया सटन हू हेलमेट। और सबसे प्रसिद्ध चीज़ थी, प्राचीन साइरस सिलिंडर। इसकी मिट्टी की सतह पर महान हख़ामनी राजा साइरस द्वारा छठी शताब्दी ईसा पूर्व में अकेडियन कीलाक्षर में एक घोषणा लिखी गई थी।

आज शाम, जल्दी-जल्दी किए गए लेकिन गहन निरीक्षण के बाद, गार्डों के समूह ने महारानी एलिज़ाबेथ द्वितीय के ग्रेट कोर्ट को स्टील और कांच की उसकी ऊंची जालीदार छत द्वारा बंद किया। पहले यह क्षेत्र ऊपर से खुला रहता था, लेकिन आसपास की दीर्घाओं में ख़ज़ानों की सुरक्षा के लिए इसे एक ढके हुए बाड़े का रूप दे दिया गया था।

गार्डों के समूह में से एक चुपके से बाहर निकला और संग्रहालय की कई दीर्घाओं में से एक कक्ष 52 की ओर बढ़ा। '52' के एकदम क़रीब आते ही, वो एक आपूर्ति कक्ष में छिप गया जिसकी उसने कुछ दिन पहले ही पहचान की थी। उसने पहले ही संग्रहालय का वो नक़्शा हासिल कर लिया था जिसमें वहां के सुरक्षा कैमरों के स्थान दिखाए गए थे। सुरक्षा कमांड सेंटर तक उसकी पहुंच के कारण ये उसके लिए काफ़ी आसान रहा था। पूरा संग्रहालय एक उच्च सुरक्षा क्षेत्र था, जिसमें कैमरे, अलार्म, एक्सेस कंट्रोल और एक डिजिटल रेडियो प्रणाली को एकीकृत किया गया था।

ये आदमी कक्ष के अंदर बैठा इंतज़ार करने लगा।

शाम पांच बजे तक सुरक्षा दल ने आगंतुकों को उनके आने के

लिए शिष्टतापूर्वक धन्यवाद देते हुए उन्हें बाहर निकालना शुरू कर दिया। एक घंटे बाद केटरर्स अंदर आ गए। शाम सात बजे तक, एक कॉरपोरेट इवेंट के लिए दमिश्क़ी पैटर्न के मेज़पोशों से ढकी मेज़ों, फूलों और बर्तनों की एक सुंदर व्यवस्था से पूरे ग्रेट कोर्ट का नक़्शा ही बदल दिया गया था। रात दस बजे तक खाना-पीना ख़त्म हो गया।

आधी रात तक, ग्रेट कोर्ट की छत के नीचे ज़िंदगी की लगातार गहमागहमी शांत हो चुकी थी। इसके चारों ओर बनी गुफाओं जैसी दीर्घाओं में एक गहरी ख़ामोशी छा चुकी थी, जो सब की सब ऐसी कलाकृतियों से भरी हुई थीं जो मानव इतिहास के कई पहलुओं का प्रतिनिधित्व करती थीं। कुछ लोगों का कहना था कि संग्रहालय प्रेतबाधित था और रात में वहां अजीब सी आवाज़ें सुनाई देती थीं। लेकिन ऐसा लगता था जैसे आज रात भूतों ने भी छुट्टी ले रखी थी।

आधी रात के कुछ बाद, आपूर्ति कक्ष का दरवाज़ा खुला। गार्ड बाहर निकला और केस नंबर चार, एक्ज़िबिट नं. 1880.0617.1941 की ओर बढ़ा। वो ध्यान से उन लेज़र किरणों से बच रहा था जो पूरे कमरे में बिखरी हुई थीं। एक ऐसे रास्ते की योजना बनाना मुश्किल था जो कैमरों की नज़र से दूर रहे और साथ ही किरणों को भी चकमा दे सके, लेकिन इन चुनौतियों से निपटने की क़वायद कई दिन पहले ही बहुत सावधानी से की जा चुकी थी।

कुछ ही मिनटों में, वो उस कांच के केस के सामने था जिसमें वो था जो उसे चाहिए था: साइरस सिलिंडर। इस पर लिखे शब्द साइरस द ग्रेट के कहने पर खोदे गए थे, जिसने लगभग 2600 साल पहले फ़ारस के विशाल साम्राज्य पर शासन किया था।

गार्ड ने अपनी दस्ताना चढ़ी उंगलियों से अपने मोबाइल की कीज़ पर एक अनुक्रम दबाया। इस अनुक्रम ने एक बग को सक्रिय कर दिया जिससे डिस्प्ले केस की ओर रुख़ करने वाला कैमरा फ्रीज़ हो जाएगा, लेकिन केवल साठ सैकंड के लिए। उसने अपने थैले से एक डायमंड कटर निकाला और उस जगह पर एक सक्शन कप लगाया जिसे उसने काटने की योजना बनाई थी। वो ये सुनिश्चित

करते हुए कि उसका उपकरण कांच में समान गहराई का एक गोलाकार कट बनाए, तेज़ी से और व्यवस्थित रूप से काम कर रहा था। फिर उसने सक्शन कप का इस्तेमाल करके कटे हुए हिस्से को धीरे से बाहर निकाला और सिलिंडर को पकड़ने के लिए अंदर हाथ डाला।

'ए, तुम!' हॉल के एक दूसरे भाग से एक आवाज़ चिल्लाई। चोर अपनी जगह पर जम सा गया और उसने बुदबुदाते हुए एक गाली दी। वो बेहतरीन सुरक्षा टैक्नॉलोजी को धता बताने में कामयाब रहा था और अंत में एक इंसान से मात खा रहा था। इस समय तो इस क्षेत्र में किसी को राउंड पर नहीं होना चाहिए था। मर्फ़ी का सिद्धांत। उसने ख़ुद को अपने काम पर ध्यान देने के लिए मजबूर किया। उसने बहुत सहजता से सिलिंडर को उठाया जिसकी लंबाई तीस सेंटीमीटर से भी कम थी, और उसे अपने बैग में डाल लिया। फिर वो तेज़ी से उस दिशा में घूमा जिधर से आवाज़ आई थी।

'तुम ये कर क्या रहे हो?' उसकी ओर दौड़ते हुए वो औरत बोली। वो ये देखकर चौंक गई थी कि वो भी उसी की तरह एक सुरक्षा गार्ड था। उसके तेज़ी से दौड़ने ने जल्दी ही लेज़र बीम को चालू कर दिया। और एक तेज़ अलार्म बज उठा।

चोर ने सोचा कि हताशापूर्ण समय में हताशापूर्ण उपाय ही अपनाने पड़ते हैं। उसने अपने होल्स्टर से कॉल्ट 1911 को बाहर निकाला और उसे अपनी ओर दौड़ रही उस आकृति की ओर तान दिया। उसने पहले कभी इसका इस्तेमाल नहीं किया था। वो ट्रिगर दबाने से पहले बस पल भर को रुका था। गार्ड फ़र्श पर ढेर हो गई और उसके पेट से ख़ून उबल पड़ा।

अब चोर ईस्ट स्टेयर्स की ओर दौड़ा। वो अब कैमरों या किरणों की ओर ध्यान नहीं दे रहा था। जल्दी ही वो ग्रेट कोर्ट में निकला जहां से वो मोंटैग्यू प्लेस वाले निकास की ओर भागा। वो जानता था कि कुछ ही पलों में परिधि कंट्रोल चालू हो जाएगा। उस स्थिति में उसका इलेक्ट्रॉनिक पास काम नहीं करेगा। वो कुछ सैकंड

रहते वहां से निकल गया।

तुरंत उस मोटरबाइक पर चढ़कर जो वहां उसके लिए पार्क की गई थी, वो तेज़ी से लंदन की अंधेरी और धुंध भरी रात में ग़ायब हो गया।

2

इस बात से अनजान वो मज़े में थी कि चार घुसपैठिए उसके घर में दुबके हुए थे।

उसके आईफ़ोन पर सुबह का अलार्म एक वीणा के संगीत की रिंगटोन पर सेट था। वो धीमे सुर से शुरू हुआ, और फिर धीरे-धीरे उसका सुर बढ़ता गया यहां तक कि लिंडा कसमसाने लगी। उसने डॉक पर रखे फ़ोन पर समय देखा। सुबह के 6 बजे थे।

ये देखकर चकित सी कि बेड की जिम वाली साइड पर कोई सोया नहीं था, वो बेड से उठी, उसने एक अंगड़ाई ली, एक गहरी सांस ली और अपना ट्रैकसूट और स्नीकर्स पहन लिए। फिर उसने वो किताब, द *रुबाइयात ऑफ़ उमर ख़य्याम* का फ़िट्ज़ेराल्ड का अनुवाद, उठाई जो वो रात को पढ़ रही थी और सोचा कि अपने सुबह के काम निबटाने के बाद आगे पढ़ेगी। इसके बाद वो मास्टर बेडरूम से निकली।

ये घर पांच बेडरूम की एक ख़ूबसूरत इमारत थी जहां से सिएटल के सबसे अच्छे इलाक़ों में से एक लेक यूनियन दिखाई देता था। बाहर से ये देवदार की लकड़ी के केबिन जैसा दिखता था, लेकिन अंदर ये न्यूनतमवादी और आधुनिक था जिसमें कंक्रीट के पॉलिश किए हुए फ़र्श थे और स्टेनलेस स्टील की एक गोलाकार चिम्नी शान से लिविंग रूम के बीच में लगी हुई थी। प्लेटग्लास की बड़ी-बड़ी खिड़कियों से झील और उस पर मौजूद नावों का लुभावना नज़ारा दिखाई देता था।

लिंडा की आदत थी कि वो जल्दी उठती थी और अपने दिन की शुरुआत करने से पहले एक घंटा योग और तीस मिनट तैराकी करती थी। लेकिन अपना फ़िटनेस का कार्यक्रम शुरू करने से पहले वो हमेशा जिम और अपने लिए कॉफ़ी बनाती थी—हवाइयन कोना। ये उनके रोमांस के दिनों की पुरानी आदत थी, और इसमें आज तक कोई फ़र्क़ नहीं आया था।

लिंडा हालांकि पचास के क़रीब पहुंच रही थी लेकिन उसने एक किशोरी वाली फ़िगर बनाए रखी थी, और जिस तरह वो वरज़िश पर ध्यान देती थी, इसमें आश्चर्य की कोई बात नहीं थी। उसकी आंखों की अमिट चमक, उसके गालों के गड्ढों और चमकीले सुनहरे बालों के अलावा, ये भी उस पैकेज का भाग था जिससे उनकी पहली ही डेट पर जिम दस्तूर को प्यार हो गया था और जिसने शादी के दो दशक बाद भी उसे कुत्ते की तरह वफ़ादार बनाए रखा था।

लिंडा जिम की स्टडी में गई। *हो सकता है वो रात भर अपनी डेस्क पर काम करता रहा हो।* लेकिन स्टडी ख़ाली थी। उसने जल्दी से अपने फ़ोन पर मैसेज देखे। जिम ने लगभग आधी रात को उसे टैक्स्ट किया था कि वो सारी रात लैब में काम करेगा और कि वो उससे नाश्ते पर घर पर मिलेगा।

उसने एक गहरी सांस छोड़ी और कोना बनाने के लिए किचन में चली गई। उमर ख़य्याम ने सलाह दी थी, 'इस पल में ख़ुश रहो। यही पल तुम्हारी ज़िंदगी है।' ज़ेन बौद्ध मत में, भिक्षु अक्सर एक सामान्य चाय समारोह को परिवर्तन और जागृति के लिए इस्तेमाल करते थे। ये इंसान को लकड़ी, आग, पानी, चाय, धातु और पृथ्वी की स्वतंत्रता को देखने को मजबूर करता था। वर्तमान क्षण में *होने* को।

लिंडा अभी भी इस बात से बेख़बर थी कि उसका अलार्म बजने से कोई तीस मिनट पहले, मेन गेट पर दो काली टोयोटा आरएवी4 गाड़ियों ने बायोमीट्रिक एक्सेस सिस्टम को बाईपास किया था। कारों में बैठे लोगों ने एक विनाइल ग्लव में एंबेडेड 3डी थंबप्रिंट

का प्रयोग किया था। गेट बड़ी आसानी से घुसपैठियों का स्वागत करने के लिए खुल गया था। दोनों गाड़ियां ख़ामोशी से ड्राइववे में चलती हुई पोर्च में आकर रुक गई थीं। गहरी नीली जीन्स, काले हुडीज़, नर्म स्नीकर्स, दस्ताने और नक़ाब पहने चार आदमी दोनों एसयूवी से उतरे थे।

एक आदमी तुरंत कंट्रोल पैनल पर काम करने लगा था, वो सामान्य कंप्यूटर जो घर के सिक्योरिटी सिस्टम को सक्रिय और निष्क्रिय करता था। पिछले दिनों में, टीम ने हाई-रेज़ॉल्यूशन ड्रोन्स के ज़रिए घर का सर्वेक्षण किया था और मेन डोर में एक्सेस के लिए आवश्यक कीस्ट्रोक हासिल करने में सफल रही थी। कंट्रोल पैनल ने उन्हें एक्सेस दिया, तो एक हल्की सी बीप हुई थी।

अंदर पहुंचते ही वो इधर-उधर फैल गए और लिविंग रूम, स्टडी और बेडरूमों की तलाशी लेने लगे। उन्होंने सिर्फ़ मास्टर बेडरूम को छोड़ा था जहां लिंडा सोई हुई थी। वो उसके बेडरूम में घुसने ही वाले थे कि उसका अलार्म बज गया था। ये लोग जो लिंडा के बाहर निकलने के समय मास्टर बेडरूम के ठीक बाहर थे, जल्दी से गैस्ट बेडरूम में छिप गए, जो जिम की स्टडी के बग़ल में था।

किचन में, उसने फ़िल्टर कप में कोना भरी और उसमें पानी डाला और साथ ही बेपरवाही से अपने फ़ोन में अलग-अलग तरह के एलर्ट्स और ख़बरें देखती रही। हालांकि उसका ध्यान फ़ोन पर था, लेकिन उसे अपनी आंख के कोने से एक हल्की सी हलचल महसूस हुई।

लेकिन तब तक बहुत देर हो चुकी थी। इससे पहले कि वो कुछ प्रतिक्रिया कर पाती, आदमी अंदर घुस आए थे।

उनमें से दो ने उसे पकड़ा, जिससे उसका कॉफ़ी का मग फ़र्श पर गिर पड़ा। उन्होंने उसे किचन के काउंटर से लगा दिया, जबकि एक तीसरे ने बड़ी दक्षता से उसकी कलाइयों को बांधा और उसके मुंह को डक्ट टेप से बंद कर दिया। उसकी आंखें घबराहट में गोल-गोल घूमने लगीं जबकि उन्होंने उस पर क़ाबू पा लिया था। उसका

फ़ोन ज़मीन पर गिर पड़ा लेकिन टूटा नहीं; उसे उसके केस ने बचा लिया था।

अपनी फ़िटनेस और ताक़त के कारण, वो एक आम अपहर्ता को अच्छी ख़ासी टक्कर दे सकती थी, लेकिन ये लड़ाई बराबरी की नहीं थी। उसने अपनी खुली टांगों से एक अपहर्ता की टांगों के बीच लात मारी। वो दर्द से दोहरा हो गया लेकिन उसने ख़ुद को संभाल लिया, और जब वो उठा तो उसका हुडी ओवन ग्रिल में फंसकर फट गया। जल्द ही लिंडा फ़र्श पर पड़ी हुई थी, संघर्षरत लेकिन बेबस। फ़र्श पर ख़ून का एक धब्बा बन गया था। हाथापाई के दौरान लगे एक घाव से लिंडा की दाईं टांग से ख़ून बहने लगा था। सौभाग्य से, घाव मामूली था।

एक अपहर्ता उसके सिर पर खड़ा था और वो उस पर एक ग्लॉक जी19 ताने हुए था, जबकि एक और ने झुककर जल्दी से उसकी बांह में प्रोपोफ़ोल का एक शॉट लगा दिया। बाक़ी दोनों जल्दी से घर में किसी ऐसी चीज़ की तलाश में चले गए जो शायद उनके लिए बेहद अहम थी। उन्होंने जिम की स्टडी पर ख़ास ध्यान दिया, और उसकी फ़ाइलों, दराज़ों, कैबिनेटों और डेस्कटॉप को छान मारा।

उनमें से एक ने कहा, 'यहां नहीं है। मुझे यही शक था। हमें इसे ले जाना होगा।' लिंडा की आंखें घबराहट से फैल गईं। वो उसका अपहरण करने की प्लानिंग कर रहे थे। लेकिन तब तक प्रोपोफ़ोल अपना असर दिखाना शुरू कर चुकी थी। वो जानती थी कि वो बेहोश होने वाली थी।

लिंडा के फ़ोन पर पिंग हुआ। लिंडा को गार्ड कर रहे आदमी ने दस्ताना पहने हाथ से फ़ोन को उठाया। जिम का मैसेज था जिससे लगता था कि वो लैब से निकलने वाला था। अपहर्ता जानते थे कि उसका ऑफ़िस दस मिनट की ड्राइव पर था। उन्हें जल्दी निकलना होगा।

उनमें से दो आदमियों ने बेहोश लिंडा को उसके पैरों पर खड़ा किया, उसे घसीटते हुए इंतज़ार कर रही एसयूवी तक लाए, और उसे

अंदर धक्का दे दिया। बाक़ी दो ने एक छोटे से झोले में काग़ज़ात, फ़ाइलें, यूएसबी मेमोरी स्टिक्स और जिम के कंप्यूटर की हार्ड ड्राइव डाल लीं। उन्हें बाद में इनकी छानबीन करनी थी। उन्होंने जल्दी से झोले को दूसरी आरएवी4 के पिछले हिस्से में डाल दिया।

उन्होंने अपने पीछे मेन डोर को बंद किया और दोनों एसयूवी में बंटकर बैठ गए, जिनमें से एक की बैकसीट पर लिंडा पहले ही पड़ी हुई थी। वो बंधी हुई थी और उसके मुंह में कपड़ा ठुंसा हुआ था, और अब उसकी आंखों पर भी पट्टी बांध दी गई थी। ये लोग चांस नहीं लेते थे—कभी नहीं। काले रंग की खिड़कियां बाहर से अपारदर्शी थीं, और कोई भी ये नहीं देख पाता कि वो लोग किसी बंधक को ले जा रहे थे।

चारों दृढ़ थे कि उन्हें जो चाहिए वो उसे लेकर रहेंगे। और लिंडा उनका लक्ष्य पूरा करने का साधन बनेगी।

3

सड़क के रास्ते सूरत से चालीस किलोमीटर से कम दूरी पर नवसारी है, वो शहर जो भारत में पारसियों के इतिहास से अटूट रूप से जुड़ा है। पारसी ज़ुरथष्ट्रियों के वंशज हैं जो मुस्लिम उत्पीड़न से बचने के लिए ईरान से भागे थे और आख़िरकार 720 ईसवी के आसपास गुजरात में बस गए थे। हालांकि इस घटना से कई स्थानों को जोड़ा जाता है, लेकिन नवसारी वो जगह है जिसने संजान—जहां वो गुजरात में सबसे पहले आए थे—से निकाले जाने के बाद उन्हें कई शताब्दियों तक शरण दी थी। दादाभाई नौरोजी, जमशेदजी टाटा और जमशेदजी जीजीभाय जैसे दिग्गजों की जन्मस्थली नवसारी डांडी से सिर्फ़ तेरह किलोमीटर दूर है, जहां महात्मा गांधी ने ब्रिटिश सरकार द्वारा भारत में नमक पर लगाए गए कर के विरोध में अपनी मशहूर डांडी यात्रा ख़त्म की थी।

नवसारी के एक वृद्ध आगंतुक पेस्टनजी उनवाला शहर के प्रमुख आकर्षण ज़ोरोस्ट्रियाई फ़ायर टैंपल को नज़रअंदाज़ करके मुख्य रूप से पारसी इलाक़े तारोता बाज़ार की ओर बढ़े। तारोता बाज़ार में ही प्रथम दस्तूर मेहरजी राणा लाइब्रेरी है। 1872 में स्थापित इस लाइब्रेरी में विभिन्न विषयों पर 45,000 से अधिक मुद्रित पुस्तकें हैं, लेकिन ये अवेस्तन, गुजराती, पहलवी, पाज़िंद, फ़ारसी, संस्कृत और उर्दू में लिखी गई लगभग 630 दुर्लभ पांडुलिपियों के संग्रह के लिए प्रसिद्ध है। लाइब्रेरी का नाम एक ज़रथुष्ट्र पुजारी मेहरजी राणा के नाम पर रखा गया है जो मुग़ल सम्राट अकबर के आदेश पर उसके दरबार में गए थे, जो पारसी धर्म के प्रमुख सिद्धांतों को सीखना चाहता था।

अस्सी को पार कर चुके सफ़ेद दाढ़ी वाले इन व्यक्ति ने राजसी नीले और ऑफ़-व्हाइट भवन में प्रवेश किया और थोड़ी कठिनाई से चलते हुए मेन रीडिंग रूम तक जाने वाले ज़ीने पर चढ़े। दोपहर का समय था; कमरे में एक सुस्त सी ख़ामोशी भरी हुई थी जिसे बस छत पर लगे पंखों की चरमराहट और बीच-बीच में नीचे सड़क से आ रही एक फेरीवाले की आवाज़ ही तोड़ रही थी। हवा में चमड़े के पुराने कवर्स की बासी महक का भारीपन था, परछत्ती की परिधि के चारों ओर लगी लोहे की ग्रिल पर लाइब्रेरी के संरक्षकों की तस्वीरें टंगी हुई थीं। वृद्ध व्यक्ति रीडिंग रूम में अख़बारों और मैगज़ीनों के पन्ने पलट रहे दूसरे सदस्यों को नज़रअंदाज़ करते हुए सीधे एक कोने में लगी लोहे की सर्पिल सीढ़ी पर चढ़ गए।

किसी हद तक हांफते हुए वो अलमारियों से भरे उस क्षेत्र में पहुंचे जो किताबों से ठुंसी हुई थीं। फिर वो उस किताब को ढूंढ़ने की धीमी और मेहनत भरी प्रक्रिया में लग गए जो उन्हें चाहिए थी। उन्हें इस चढ़ाई के बाद प्यास लग आई थी, और उन्होंने उस गाढ़ी गुलक़ंद आइसक्रीम के बारे में सोचकर अपने होंठों पर ज़बान फेरी जिससे अपना काम पूरा होने के बाद वो ख़ुद को नवाज़ने वाले थे।

इतना बड़ा संग्रह किसी की भी हिम्मत पस्त कर देता, लेकिन

पेस्टनजी उनवाला का एक गुप्त संकल्प था। उन्हें तलाश 1923 में किसी इरवाद बमनजी नसरवानजी ढाबर द्वारा सूचीबद्ध पुस्तकों की थी। उनवाला उस लिस्ट में से बेकार भूसे को हटाकर सबसे संभावित उम्मीदवारों की एक छोटी लिस्ट तैयार करने में सक्षम रहे थे। वो कुशलतापूर्वक काम करते हुए अपनी लिस्ट को खंगाल रहे थे, हर किताब को खोज रहे थे, उसके पन्नों को देखते थे और फिर उसे पूरी कर्तव्यपरायणता के साथ उसके स्थान पर वापस रख देते थे। एक-एक करके उनकी लिस्ट छोटी होती गई। उन्होंने उन्नीसवीं शताब्दी के फ़िरदौसी के फ़ारसी सचित्र और शिलामुद्रित महाकाव्य *शाहनामा* को खंगाला। कोई फ़ायदा नहीं। अवेस्तन में *आउटलाइन्स ऑफ़ ज़ेंड ग्रामर।* ना। जब उन्होंने *ख़ुरदे अवेस्ता* की चार सौ साल पुरानी एक प्रति देखी, तो उसके पन्ने पलटते हुए उनके दिल की धड़कन कुछ देर को बढ़ी, लेकिन ये एक और झूठा सुराग़ निकला।

अभी वो एक अन्य अलमारी की ओर बढ़ने ही वाले थे कि अचानक उनकी नज़र उस पर पड़ गई। अब्दुल्लाह बिन मुक़फ़्फ़ा की *कलीला-ओ-दिमना।* उन्होंने उसे उठाया और उसे एक रीडिंग टेबल पर ले गए। उसके नाज़ुक और टिश्यू जैसे पतले पन्नों को पूरी सावधानी के साथ पलटते हुए, उन्हें हाथ से लिखी वो टिप्पणी दिखी और उन्हें विश्वास ही नहीं हो रहा था कि उनके सामने जो था वो उन्हें मिल गया था। वो अवेस्तन भाषा में पाज़िंद लिपि में लिखी केवल छह पंक्तियां थीं। *एक अरबी किताब में पाज़िंद का मिलना अजीब है।* उनवाला ने फ़ौरन अपने मोबाइल फ़ोन से एक फ़ोटो खींचा। क्या ये नंबर 27 हो सकती थी? उन्होंने उन शब्दों को फिर से देखा और मन ही मन उनका अनुवाद किया। वो विश्वास से नहीं कह सकते थे, लेकिन उनका सहजबोध बता रहा था कि उन्हें वो मिल गया था जो उन्हें चाहिए था। उन्होंने आतुरता से कुछ और तस्वीरें भी खींच लीं।

उनवाला अभी तक दीव नहीं गए थे, जो कि इसी नाम के द्वीप के तट पर बसा एक क़स्बा है। बेशक दीव में दो दख़मों और एक

अग्नि मंदिर के अवशेषों में पुरातात्विक ख़ज़ाने छिपे थे, जो अब भारतीय पुरातत्व सर्वेक्षण द्वारा संरक्षित थे। लेकिन दीव को पारसियों ने वहां अपने आगमन के उन्नीस साल के अंदर ही छोड़ दिया था। उनवाला इस बात से सहमत नहीं थे कि वहां कोई क़ीमती अभिलेख या संग्रह होंगे। उन्होंने समझदारी से काम लेते हुए महसूस किया था कि उनके लिए नवसारी सबसे अच्छा रहेगा। और अब वो जान चुके थे कि उनका अंदाज़ा सही रहा था। हो सकता है कि दीव की यात्रा किसी और दिन कर ली जाए।

अगर वो सही थे, तो इसका मतलब ये था कि सदियों का इतिहास और परंपरा उलट जाएगी। ये भी संभव था कि संरक्षक ख़ुद इस बात से बेख़बर थे कि धार्मिक प्रतीकवाद के नीचे क्या है। उनकी विरासत के एक महत्वपूर्ण भाग को सुरक्षित रखने के लिए एक आंतरिक समूह को सौंपा गया था, लेकिन ये ऐसी चीज़ थी जो भारत के ही नहीं, बल्कि हर जगह के ज़रथुष्ट्रियों के लिए थी।

उन्होंने महसूस किया कि बहराद सरोशपुर से उन्हें जो संदेश मिला था वो सही था। वो जानते थे कि उन्हें ईरान से आ रहे अपने मेहमान के स्वागत के लिए उदवाड़ा वापस जाना होगा।

4

आमतौर पर जीसीआरसी नाम से जाना जाने वाला जेमिनी सैल्युलर रिसर्च सेंटर इतने सवेरे के समय ख़ामोश था। सपोर्ट स्टाफ़ के कुछेक शुरुआती लोग सात बजे से आना शुरू करते थे। लेकिन सीनियर शोधकर्ताओं का कोई नियमित समय नहीं था, वो अक्सर बिना ब्रेक लिए कई-कई दिन काम करते रहते, फिर एक तरह से लंबे विश्राम के लिए कुछ दिन का ऑफ़ ले लेते थे।

सिएटल में औद्योगिक नगर जॉर्जटाउन में स्थित यह संस्थान छोटा और अपने आप में सीमित था। जीसीआरसी में किसी भी समय

वैज्ञानिकों और सपोर्ट स्टाफ़ समेत अधिक से अधिक बीस लोग ही होते थे। ये ब्लॉक की छोटी इमारतों में से था और एक क्यूब जैसा था; इसके वर्तमान कंक्रीट फ्रेम को चैनल ग्लास और छिद्रित धातु की परत दी गई थी। क्यूब के चारों ओर के मैदानों में सिएटल में हर जगह दिखाई देने वाले मेपल के पेड़ थे।

जीसीआरसी के पांचों प्रमुख शोधकर्ताओं के पास क्यूब के भीतर ही अपनी प्राइवेट लैब थीं। इनमें से प्रमुख लैब का इस्तेमाल जीसीआरसी का मुख्य शोध निदेशक व संस्थापक जिम दस्तूर ख़ुद करता था। उसके पास वाली लैब उसके डिप्टी और पुराने दोस्त डैन कोहेन की थी।

जिम की लैब में दीवार से दीवार तक की चमकदार सफ़ेद लैब टेबल्स की अतिरिक्त लंबी क़तारें थीं, जिनकी चमक को बस अत्याधुनिक उपकरण—माइक्रोस्कोप, स्पेक्टोमीटर, थर्मल साइक्लर, डीएनए सीक्वेंसर, इंक्यूबेटर, सेंट्रिफ़्यूज और इवैपोरेटर—ही तोड़ते थे। खिड़कियों के कोण ऐसी चतुराई से बनाए गए थे कि दिन के समय लैब के अंदर भरपूर मात्रा में प्राकृतिक रौशनी मौजूद रहती थी। लैब के दाईं ओर एक दीवार पर एक विशाल बुकशेल्फ़ था जिसमें जिम की रिसर्च फ़ाइलें और संदर्भ पुस्तकें रहती थीं। बाईं ओर की दीवार पर ढेरों एलईडी स्क्रीन थे जिन्हें माइक्रोस्कोपिक सामग्री को बड़ा करने के लिए इस्तेमाल किया जाता था। इसके अतिरिक्त, इन स्क्रीन्स को वीडियो कांफ्रेंसों के लिए भी काम में लाया जाता था।

जिम कल रात परिसर से नहीं निकला था और पिछले कुछ महीनों में ऐसी कई रातें रही थीं। जिम अक्सर मज़ाक़ करता था कि अगर उसके और लिंडा के बीच इतना गहरा प्यार न रहा होता, तो वो ज़रूर ये शक करती कि उसका कोई अफ़ेयर चल रहा था। सौभाग्य से, लिंडा उस काम के महत्व को समझती थी जो जिम हासिल करने की कोशिश कर रहा था। आख़िर उसी ने तो इस वर्तमान रिसर्च प्रोजेक्ट का सुझाव दिया था। उसने तो इसका नाम भी रख दिया था।

जिम ने अपनी रिसर्च के नोट्स पर एक नज़र डाली, फिर

कंपाउंड माइक्रोस्कोप के नीचे सूक्ष्म नमूनों को फिर से देखा; इसके आईपीस को इस तरह पर्सनलाइज़ किया गया था कि उसकी क़रीब की नज़र की ऑप्टिकल पावर को लेंस में ग्राउंड कर दिया गया था। वो जानता था कि वो अंतिम सफलता से बस कुछ ही दिन दूर था। अभी उसकी नज़र के नीचे जो कोशिकाएं थीं वो साबित करती थीं कि ये विशेष संकेंद्रण उम्मीद से बेहतर काम कर रहा था। अब चुनौती स्रोत को संश्लेषित करने में सक्षम होने की थी।

जिम ने थककर ख़ुद को टेबल से हटाया और धीरे से अपनी आंखों को मसला। उसके व्यक्तित्व में कुछ ऐसा था जो बहुत ही ख़ुशनुमा था। उसके घने काले बाल सिर्फ़ उसकी क़लमों के पास खिचड़ी हुए थे। उसके एक्वालाइन नैन-नक़्श और चौड़ा माथा उसे शाही रूप देता था। लेकिन उसमें एक नर्मी थी जो उसके होंठों पर अक्सर पसरने वाली विनम्र मुस्कान से और भी बढ़ जाती थी। उसने टेबल पर पड़ा वॉर्विक चश्मा उठाया और उसे वापस अपनी नाक पर लगा लिया। वो स्टूल से उठा, उसने अपनी हथेलियां अपनी पीठ पर रखीं और अपनी पीठ को घुमाया। माइक्रोस्कोप पर घंटों तक झुके बैठे रहना तकलीफ़देह था।

उसने घड़ी देखी। क्या कांफ्रेंस कॉल के लिए अभी बहुत जल्दी थी? उसकी चिंता बस क्षणिक थी। जीसीआरसी में काम करने का अर्थ था कि कोई भी समय हर किसी के लिए ठीक था। जिम ने अपने कीबोर्ड पर एक शॉर्टकट सीक्वेंस दबाया और एलईडी स्क्रीन्स के सक्रिय होने का इंतज़ार करने लगा। वो कुछ ही सैकंड में खुल गए। जल्द ही जीसीआरसी के पांचों पार्टनर वीडियो कांफ्रेंस में थे, जिनमें से दो की आंखें उनींदी सी थीं।

'सबको इतने सवेरे डिस्टर्ब करने के लिए सॉरी,' जिम ने कहा, 'लेकिन मैं लैब में एक लंबी रात ख़त्म कर रहा था। तो सोचा कि मुझे सबको बता देना चाहिए कि हमारे फ़ेज तीन के प्रयोग सफल रहे हैं। मुझे विश्वास है कि हमारे पास एक ऐसा फ़ॉर्मूला है जो पृथ्वी पर लगभग हर दवाई की जगह ले सकता है।'

जिम का सबसे पुराना पार्टनर डैन कोहेन बोला। 'क्या हमें विश्वास है कि ये पुनर्जनन की प्रक्रिया को सक्रिय कर सकता है?' वो भी जिम की ही तरह स्टैनफ़ोर्ड का ग्रेजुएट था, लेकिन वो अपने कॉलेज के साथी से कहीं ज़्यादा बूढ़ा लगता था। लगता था कि जैसे कुछ साल पहले हुए उसके बुरे तलाक़ ने उसकी ज़िंदगी से सारे आशावाद को चूस डाला था।

जिम ने सिर हिलाया। 'हम जानते हैं कि कोशिकाएं आसानी से क्षतिग्रस्त हो सकती हैं, लेकिन वो लगभग उतनी ही आसानी से अपनी मरम्मत भी कर सकती हैं। समस्या केवल तब होती है जब फटने के दौरान कोशिका द्रव्य छलक पड़े। हमें ऐसा कोई तरीक़ा खोजना होगा कि कोशिका द्रव्य के नुकसान को रोक दें और *फिर* ये पता लगाएं कि रिस चुके कोशिका द्रव्य को फिर से बनाकर कोशिका को दोबारा कैसे बनाया जाए। हमज़ा ड्यूरा ठीक यही करता है—सही परिस्थितियों में और सही अंशांकन पर।'

'ये तो अच्छी ख़बर है,' डैन ने जवाब दिया। 'लेकिन तुम स्रोत सामग्री की नक़ल कैसे बनाओगे?'

जिम का ख़्याल भी वही था जो डैन का था। 'हमने इस सवाल का हल निकालने की कोशिश की है, लेकिन हमारे वर्तमान सिस्टम उसकी नक़ल नहीं बना सकते,' उसने स्वीकार किया। 'ये संश्लेषण से परे लगता है। हमारी उम्मीद कोई दूसरा स्रोत बनाने में है—या इसका संश्लेषण करने के लिए कोई नई टैक्नॉलोजी बनाने में। एक अंतिम विकल्प ये हो सकता है कि इसे विलयन के होम्योपैथिक स्तरों पर कारगर बनाने के तरीक़े खोजे जाएं, ताकि ये कुछ हज़ार साल तक चल सके।' उसने सकारात्मकता से आगे कहा: *'हम हार नहीं मानेंगे।'*

'लेकिन क्या हम—प्रभावी रूप से—ज्ञात आवर्त सारणी से परे काम कर रहे हैं?' डैन ने अपनी जांच जारी रखी।

'हां,' जिम ने जवाब दिया। 'विज्ञान ने उन रासायनिक तत्वों के बारे में हमेशा सिद्धांत दिया है जिनकी परमाणु संख्या ओगनेसन

की तुलना में अधिक हो सकती है, लेकिन हम आज तक उन तत्वों को संश्लेषित करने में नाकाम रहे हैं। आठवीं अवधि और उसके परे सभी तत्व अज्ञात रहते हैं या—सबसे ख़राब स्थिति में—केवल परिकल्पित। लेकिन हमारे फ़ेज़ तीन के निष्कर्षों ने हमें ख़ुश होने का कारण दिया है—और इसीलिए मैं आप चारों के साथ बात करने की इतनी जल्दी में था—हमज़ा ड्यूरा के घटक उस अज्ञात क्षेत्र में हैं।'

'ये सभी इलाजों की जननी हो सकती है, जिम,' डैन ने संक्षिप्त विस्मयपूर्ण ख़ामोशी को तोड़ते हुए धीरे से कहा। फिर वो तुरंत ही अपने संदेहपूर्ण स्वभाव पर लौट आया। 'क्या तुमने रासायनिक पेटेंट पर आगे बढ़ने का सोचा है?'

जिम अपने पुराने दोस्त को देखकर मुस्कुराया। 'उस बारे में आप सभी मेरे विचारों को जानते हैं,' उसने जवाब दिया। 'जीसीआरसी उन परोपकारियों द्वारा वित्तपोषित किया जाता है जो दुनिया का उपचार करने के हमारे मिशन में विश्वास करते हैं। और इतने वर्षों में हमने ऐसे कई मुनाफ़ाबख़्श प्रोजेक्ट और उपक्रम दिए हैं जिनसे हमारे ग़ैर-मुनाफ़े वाले काम को वित्तपोषित करने के लिए आय के कई ठोस स्रोत बने हैं। लेकिन हमज़ा ड्यूरा कंपनियों की नहीं बल्कि मानवता की सेवा के लिए है। मैं नहीं चाहता कि जीसीआरसी किसी रासायनिक पेटेंट के लिए आवेदन करे। जिस तरह इंसुलिन की खोज के लिए किसी पेटेंट का आवेदन नहीं किया गया था।'

डैन ने एक सांस छोड़ी, और खींसें निपोरने की कोशिश की। 'हम ये जानते हैं, जिम। हम सभी। तुमने एक पूरे दशक का एक बड़ा भाग इसी कोशिश में लगाया है। इस मामले में हममें से कोई भी तुम्हारे विचार का विरोध नहीं कर सकता। और हमें ये कहने में सक्षम हो पाने पर गर्व है कि सिर्फ़ मानव परीक्षण करने ही बचे हैं।'

'शुक्रिया, डैन,' जिम ने धीरे से सिर हिलाते हुए कहा। 'मैं सहमत हूं कि हम अपने प्रयोगों के अंतिम पड़ाव पर हैं। अगर इसने व्यवस्थित ढंग से काम किया, तो हमारे पास विभिन्न प्रकार के कार्सिनोमा को ठीक करने का हल हो सकता है। ये अल्ज़ाइमर्स,

सिस्टिक फ़ाइब्रोसिस, हेपेटाइटिस बी और ऐसे कई वायरल संक्रमणों का इलाज भी हो सकता है जिन्हें अभी तक लाइलाज माना जाता है।'

'लेकिन इसका फ़ार्मास्यूटिकल और हेल्थकेयर उद्योगों पर भी भारी असर होगा,' एक अन्य पार्टनर ने चेतावनी दी। 'दिग्गज फ़ार्मा कंपनी एस्क्लीपियस...'

'मैं जानता हूं,' जिम ने उदासी से स्वीकार किया।

'एस्क्लीपियस ने पिछले पंद्रह महीनों में तेरह ड्रग निर्माता कंपनियों का अधिग्रहण किया है,' उसी पार्टनर ने कहा। 'वो हमारा अधिग्रहण करने पर तुले हुए हैं, जिम। मुझे ऐसा महसूस हो रहा है। हमारे सामने एक बहुत ही आक्रामक विरोधी है।'

'सही,' जिम ने फिर से सिर हिलाते हुए कहा। 'लेकिन हमारी वफ़ादारी समग्र रूप से मानवता के लिए होनी चाहिए, न कि उद्योग के भीतर निहित स्वार्थों के लिए। क्या इस मामले में आप लोग बिना शर्त मेरे साथ हैं?'

चारों ने सिर हिलाकर अपनी सहमति दी। 'तुम्हारा इसकी आधिकारिक घोषणा कब करने का इरादा है?' डैन ने पूछा।

'अभी उसमें कुछ हफ़्ते बाक़ी हैं,' जिम ने जवाब दिया। 'लेकिन जल्द ही जब हम मानव परीक्षणों के लिए फ़ूड एंड ड्रग एडमिनिस्ट्रेशन से अनुमति मांगेंगे, तो दुनिया जान जाएगी। ज़ाहिर है, हम तब तक इस मामले को राज़ रखेंगे।'

जिम ने कॉन-कॉल काटी, और हालांकि वो थका हुआ था, लेकिन उसने तुरंत ही लिंडा का नंबर डायल किया।

कोई जवाब नहीं मिला।

इस समय ऐसा होना सामान्य था, उसने ख़ुद से कहा—वो शायद योग की किसी गहन मुद्रा में होगी या शायद स्विमिंग पूल में चक्कर मार रही हो—और जिम इस बात को भूल गया। जबकि उधर बेहोश और बंधी हुई लिंडा को सिएटल से पोर्टलैंड ले जाया जा रहा था।

5

जिम एग्ज़िट 168ए लेकर आई-5 पर लेकव्यू बुलवर्ड ईस्ट की ओर ड्राइव कर रहा था। इस सफ़र में उसे रोज़ाना दस मिनट से कुछ अधिक लगते थे। वो आमतौर पर अपने परचाचा होमी दस्तूर की एक रचना सुनकर ही संतुष्ट हो जाता था। लेकिन आज उसने विवाल्डी का *कंसर्टो फ़ॉर टू वॉयलिन्स इन ए-माइनर* लगा लिया था। वो इस युगल गीत को सुनते हुए उस ख़ूबसूरत नज़ारे का आनंद ले रहा था जिससे वो कभी नहीं ऊबता था। और अपनी शानदार ज़िंदगी के बारे में सोच रहा था।

अभी जो ज़िंदगी वो जी रहा था, वो उसके गृहनगर मुंबई से एकदम भिन्न थी। भारत में बड़ा होते हुए उसने कभी सोचा भी नहीं था कि वो एक दिन 12,500 किलोमीटर दूर सिएटल में अपना घर बसाएगा। वो भी लिंडा जैसी सुंदर लड़की के साथ।

जमशेद एक समृद्ध और पारंपरिक पारसी परिवार में पैदा हुआ था। उसके पिता भारत के सबसे सम्मानित बिज़नेसमेन में से एक थे। जमशेद के सारे दोस्त उसे जिम या जिमी बुलाते थे। जिम के पिता ने बड़ी समझदारी से इस बात का अहसास कर लिया था कि उनका बेटा व्यापार की दुनिया के लिए उपयुक्त नहीं था और कि उसका सही पेशा विज्ञान की खोज में था। उन्होंने जिमी को स्टैनफ़ोर्ड जाने को प्रोत्साहित किया था। और स्टैनफ़ोर्ड में ही वो अपनी ज़िंदगी के दो सबसे बड़े प्यार—लिंडा और लैबोरेटरी—से मिला और उनमें खो गया था।

लिंडा एवन्स कैंपस की सबसे सुंदर लड़की नहीं थी, न ही वो कोई बहुत मेधावी छात्रा थी। लेकिन जब जिम उससे छात्रों के कैफ़ेटीरिया में मिला, तो उनकी पहली मुलाक़ात एक लंबी बातचीत में बदल गई। वो इतना शर्मीला था कि उसे डेट पर चलने के लिए नहीं कह पाता था, इसलिए उसने नहीं बल्कि लिंडा ने सुझाव दिया था कि वो फिर कभी कॉफ़ी पर मिलें। और ये उसकी ज़िंदगी में

हवाइयन कोना का सबसे लंबा कप साबित हुआ।

लिंडा सैन फ्रांसिस्को के एक श्वेत उदारवादी प्रोटैस्टैंट पिता और जकार्ता की एक हिंदू मां की बेटी थी। उसके पास लुक्स का वो परफ़ेक्ट कंबिनेशन था जो संकरों की ख़ूबी होती है, और उसके मिश्रित मूल ने दिमाग़ के खुलेपन को भी सुनिश्चित किया था। बहुत जल्द ही उनका मिलना-जुलना काफ़ी बढ़ गया, और जिम के पीएचडी पूरी करने के कुछ ही महीनों बाद उनकी शादी होने तक हवाइयन कोना उनकी ज़िंदगी का दैनिक नियम बन चुकी थी।

वो ख़ुद को वापस वर्तमान में लाया। घर पहुंचने पर जिम गेट के अंदर घुसकर ड्राइववे में अपनी सामान्य जगह पर खड़ी लिंडा की लाल टैस्ला के पास से होता हुआ गुज़रा। उसने मेन डोर खोला और जो कुछ उसने देखा उससे वो भौंचक्का रह गया। सब कुछ उलट-पुलट था, हर कमरा बुरे हाल में था। लैंप फ़र्श पर टूटे पड़े थे, क़ालीनों को पलट दिया गया था, मेज़ों को हटाया या उलट दिया गया था। पूरे घर को तहस-नहस कर दिया गया था।

'लिंडा!' वो डर के मारे चिल्लाया।

वो तेज़ी से चलता हुआ पूल की ओर गया, फिर कबाना की तरफ़ और फिर किचन की तरफ़ भागा। किचन के फ़र्श पर ख़ून के धब्बे और कॉफ़ी मग के टुकड़े थे। 'लिंडा!' वो इस उम्मीद में फिर से चिल्लाया कि वो ऊपर वाले बेडरूम में होगी। उसका फ़ोन फ़र्श पर गिरा देखकर उसने चेक करने के लिए उसे उठाया, लेकिन उसमें कोई हालिया रिकॉर्डेड कॉल नहीं थी। आख़री कॉल लैब से की गई उसकी अपनी कॉल थी। आख़री मैसेज लैब से चलने से पहले का उसका अपना मैसेज था।

जिम ऊपर के बेडरूमों और स्टडी में चेक करने के लिए दौड़ता हुआ सीढ़ियों पर चढ़ा, लेकिन उसके अंदर से एक आवाज़ कह रही थी कि उसका सबसे बुरा सपना सच हो रहा था। अपनी स्टडी में उसने देखा कि उसकी फ़ाइलिंग कैबिनेट को ज़बरदस्ती खोला गया था, दराज़ें बेतरतीब थीं, डेस्कटॉप बिखरा हुआ था, हार्ड

डिस्क ग़ायब थी।

जिम वापस लिविंग रूम में लौटा और उसने एक नंबर डायल किया। ये कॉल उस इकलौते व्यक्ति को की गई थी जिससे जिम को मदद मिलने की उम्मीद थी: ग्रेग वॉल्टर्स।

ग्रेग सिएटल पुलिस विभाग का डिप्टी चीफ़ था। वो दोनों अक्सर अपने क्लब में रैकेटबॉल खेलते थे। जिम का फ़ोन आया, तो ग्रेग ऑफ़िस जाने के रास्ते में था। 'मुझे पांच मिनट दो, जिम,' थाने के बजाय जिम के घर जाने के लिए एक परफ़ेक्ट यू-टर्न लेते हुए ग्रेग ने आश्वासन दिलाने वाले अंदाज़ से कहा। 'इस बीच, मैं तुम्हारे होम सिक्योरिटी प्रोवाइडर से कहता हूं कि वो मुझे तुम्हारे निगरानी कैमरों से फ़ुटेज भेजे। तुम्हारे पास मेरे पहुंचने तक मुझे फ़ुटेज मिल जाना चाहिए। चिंता मत करो, जिम, हम उन्हें ढूंढ़ निकालेंगे।'

पेशेवर रूप से शांत होने के बावजूद ग्रेग चिंतित था। अमेरिका में गुमशुदगी के खुले मामलों की तादाद में वॉशिंगटन राज्य चौथे नंबर पर था। वो उम्मीद कर रहा था कि लिंडा इस गंभीर आंकड़े का हिस्सा न बने। उसने अपना हाथ अपने गहरे ब्राउन बालों में फिराया। उसकी आंखें भी ब्राउन थीं, जो उसे अपनी यज़ीदी आप्रवासी मां से विरासत में मिली थीं।

ग्रेग ने अपने डिप्टी को कॉल करके जिम के घर एक फ़ोरेंसिक्स टीम भेजने और सुरक्षा एजेंसी से घर का निगरानी फ़ुटेज भिजवाने के लिए कहा। फिर जिम के घर फ़टाफ़ट पहुंचने के लिए उसने कुछ ट्रैफ़िक नियम तोड़े, और वो छह मिनट से कम में वहां पहुंच गया।

उसने जल्दी से घर की अव्यवस्थित हालत पर एक नज़र डाली। *गड़बड़ा गई चोरी? घर पर हमला? अपहरण? हत्या?* उसने अपने फ़ोन पर निगरानी कैमरे के फ़ीड का वीडियो चलाना शुरू किया, जिससे जिम का ध्यान उसकी ओर आकर्षित हुआ।

वीडियो फ़ीड दिखा रहा था कि दो टोयोटा आरएवी4 सवेरे 5:30 पर अंदर आई थीं। चार आदमी उतरे, उन्होंने घर के सुरक्षा सिस्टम को निष्क्रिय किया, और तीस मिनट बाद आंखों पर पट्टी

बंधी लिंडा को घसीटकर चलाते हुए बाहर आए थे जिसके हाथ बंधे हुए थे और मुंह पर टेप लगा हुआ था। घर के अंदर कोई सुरक्षा कैमरे नहीं थे, लेकिन ड्राइववे का वीडियो सिस्टम पूरे समय चलता रहा था। *उन्हें थंबप्रिंट कैसे मिला?* मेन गेट के फ़ुटेज को देखते हुए ग्रेग सोच में पड़ गया था।

कुछ मिनट बाद फ़ोरेंसिक्स टीम आ गई। एक ने उनमें से एक आरएवी4 की लाइसेंस प्लेट को ज़ूम इन करने में सफलता पाई। ग्रेग ने तुरंत ही लाइसेंस प्लेट के लिए 'बी-ऑन-लुक-आउट' नोटिस—BOLO—जारी कर दिया। इस बीच, उसके डिप्टी ने रजिस्ट्रेशन डेटाबेस को चेक किया। गाड़ी नेवाडा की एक कंपनी की थी, और इस बात की पूरी संभावना थी कि वो एक शैल कंपनी होगी। उसके कर्ता-धर्ता सिर्फ़ वकील और अकाउंटेंट थे।

टीम ने फ़ोटो खींचे, किचन से ख़ून के नमूने लिए, फ़िंगरप्रिंट्स के लिए झाड़पोंछ की और फ़ाइबर के रेशे लिए; एक अपहर्ता का कपड़ा शायद ग्रिल में फंसने पर फट गया था। लिंडा का एक हालिया फ़ोटो लिया गया और उसे डेटाबेस में डालकर उसके लिए एक और BOLO जारी किया गया। इस बीच, ग्रेग जिम के साथ गैप्स को भरने की कोशिश करता रहा।

'तुम्हारे या लिंडा के कोई दुश्मन हैं जिनके बारे में तुम जानते हो?' ग्रेग ने पूछा।

'ऐसा कोई नहीं जो इतना नीचे गिर जाए,' जिम ने साफ़ जवाब दिया।

'कोई उधार या बिज़नेस का मुद्दा?' ग्रेग आगे बोला। इसका जवाब भी नकारात्मक था।

अपनी समृद्ध पारिवारिक पृष्ठभूमि के कारण जिम को कभी वित्तीय सुरक्षा की चिंता नहीं करनी पड़ी थी। जब उसकी बहन आवान ने फैमिली बिज़नेस की प्रमुख के रूप में कार्यभार संभाला था, तो उसे अपनी हिस्सेदारी के बदले में एक बड़ी रक़म दी गई थी। उस पैसे ने जीसीआरसी की शुरुआती पूंजी की ज़रूरतों को

पूरा किया था। आज सिर्फ़ जीसीआरसी में ही उसकी हिस्सेदारी मिलियन्स में थीं। ग्रेग सोच रहा था कि लिंडा को अग़वा किया जाना शायद फिरौती के लिए अपहरण का एक सामान्य केस हो। लेकिन फिर घर की तलाशी क्यों ली गई और चीज़ें क्यों चुराई गईं?

'माफ़ करना, जिम, लेकिन मुझे ये पूछना होगा,' उसने बड़ी नर्मी से पूछा। 'तुम्हारे और लिंडा के बीच सब ठीक है ना?'

जिम के चेहरे पर चिढ़ का हल्का सा भाव देखकर ग्रेग को तुरंत ये सवाल पूछने पर खेद होने लगा। सिएटल के सामाजिक हलक़ों में लोग ये बात अच्छी तरह जानते थे कि शादी के बीस साल बाद भी ये दोनों एक दूसरे से सच्चा प्यार करते थे।

'अपहर्ताओं को किस चीज़ की तलाश रही होगी?' ग्रेग ने फ़ौरन विषय बदलते हुए पूछा। 'वो तुम्हारी हार्ड ड्राइव क्यों ले गए? या तुम्हारी फ़ाइलें और फ़्लैश ड्राइव्ज़?'

जिम जवाब जानता था, लेकिन उसका दिमाग़ उसे स्वीकार करने में हिचकिचा रहा था जिसे उसका दिल पहले ही जानता था।

6

दफ़्तरे-मग़ामे-मुअज़्ज़मे-रहबरी ज़्यादातर लोगों के लिए एक भारी-भरकम वाक्यांश हो सकता है। अनुवाद करने पर इसका मतलब बस 'ईरान के सुप्रीम लीडर का कार्यालय' होता है। ये मध्य तेहरान में पैलेस्टाइन स्ट्रीट और अज़रबैजान स्ट्रीट के कोने पर स्थित है। बैते-रहबरी कंपाउंड के नाम से भी जाना जाने वाला ये परिसर आयतुल्लाह के सरकारी निवास, प्रशासन केंद्र और प्रमुख कार्यस्थल का काम करता है। लगभग पचास इमारतों वाले इस परिसर में तक़रीबन पांच सौ कर्मचारी हैं, और लगभग ये सभी सेना और सुरक्षा सेवाओं से डेप्युटेशन पर हैं। परिसर के अंदर कई ऑफ़िस, मीटिंग रूम और ऑडिटोरियम हैं, और ये पूरी तरह सुरक्षा बाधाओं और

ऊंची दीवारों से घिरे हैं।

प्रमुख निवासी यानी सुप्रीम लीडर कोई साधारण व्यक्ति नहीं थे। सभी बाधाओं से बचने की विलक्षण क्षमता वाले ये शख़्स सचमुच नौ ज़िंदगियों वाली कहावती बिल्ली थे। इस पर विचार करें: ईरान के शाह मुहम्मद रज़ा पहलवी के शासनकाल में वो छह बार गिरफ़्तार किए गए थे। एक बार उनकी हत्या का प्रयास किया गया था, लेकिन वो बच गए थे, हालांकि उनका एक हाथ अस्थायी रूप से लक़वाग्रस्त हो गया था। पिछले आयतुल्लाह ने किसी और को अपना उत्तराधिकारी बनाने की योजना बनाई थी, लेकिन दोनों के बीच मतभेदों ने वर्तमान आयतुल्लाह को नंबर एक स्थान पर पहुंचा दिया था। आयतुल्लाह सही मायनों में भाग्यशाली थे।

लगभग बयासी वर्षीय आयतुल्लाह के गाल गुलाबी, मुस्कान फ़रिश्तों जैसी और सफ़ेद दाढ़ी गैंडाल्फ़ जैसी थी। वो हमेशा फ़ीतों वाले चमड़े के क्लासिक जूते पहनते थे, न कि आमतौर पर सत्तारूढ़ धार्मिक नेताओं द्वारा पहने जाने वाले भद्दे से सैंडल। उनके जूते उनके ग्रे पतली धारियों वाले चोग़े से पूरी तरह मैच करते थे, और उनका लबादा और साफ़ा भी एक जैसे स्याह काले रंग के होते थे। काला साफ़ा इस बात का प्रतीक था कि वो सय्यद थे, यानी पैग़ंबर मुहम्मद के वंशज। प्रार्थना करने की छोटे-छोटे फ़िरोज़ा मोतियों की तस्बीह अच्छी तरह से साफ़-सुथरे हाथ से लटकी रहती। ये एक ऐसे शख़्स थे जो बेदाग़ ढंग से संवरने पर ख़ास ध्यान देते थे।

इस नर्म बाहरी हुलिये के पीछे एक सख़्त, समझौता न करने वाले राजनेता थे जो एक समय में ईरान रिवॉल्यूशनरी गार्ड कोर—आईआरजीसी—के कमांडर थे और 1979 के ईरान बंधक संकट के दौरान प्रमुख वार्ताकार थे। वो आठ साल चलने वाले ईरान-इराक़ युद्ध में भी प्रमुख रणनीतिकारों में से एक रहे। वर्षों बाद, उन्होंने ईरान के परमाणु कार्यक्रम के कारण अमेरिकी प्रतिबंधों के आगे झुकने से इंकार कर दिया था। अब, वो सही मायनों में 'सुप्रीम' थे, ईरानी राष्ट्रपति या संसद से कहीं अधिक शक्तिशाली।

सुप्रीम लीडर ने अपने सामने रखे एक काग़ज़ को देखा। उन्होंने उसे जल्दी से पढ़ा और ईरान की आईआरजीसी-क़ुद्स फ़ोर्स के प्रमुख आमिर ख़ादिमहुसैनी की तरफ़ देखा। आईआरजीसी की पांच शाखाओं में से एक आईआरजीसी-क़ुद्स फ़ोर्स अपरंपरागत युद्ध और सैन्य ख़ुफ़िया ऑपरेशनों के लिए ज़िम्मेदार थी। ख़ादिमहुसैनी उनकी डेस्क के सामने सावधान की मुद्रा में खड़ा था।

'तो, आप ग़लत थे?' आयतुल्लाह ने सरल भाव से पूछा।

ख़ादिमहुसैनी जानता था कि बहाने बनाना बेकार था। 'मैं ग़लत था, ओ रहबरे-मुअज़्ज़म,' उसने जवाब दिया। 'मुझे वाक़ई लगता था कि हमारे मुल्क से चुराई गई बहुत सी दूसरी बेशक़ीमत कलाकृतियों की तरह अथ्रवन स्टार भी हमें ब्रिटिश म्यूज़ियम में मिल जाएगा। लेकिन...'

'लेकिन? आपने एक सुरक्षा एजेंसी के एक ऐसे बेवक़ूफ़ आदमी को चुना जिसने हमारे लिए बस एक बेकार कलाकृति चुराई, और ऐसा करने में एक गार्ड को मार डाला?'

'मेरे एजेंटों ने क़रीब एक साल तक इंग्लैंड में अफ़सरों को रिश्वतें खिलाई थीं,' ख़ादिमहुसैनी बोला। 'हमारे कुछ स्त्रोतों के मुताबिक़ टूटा हुआ साइरस सिलिंडर इस बात की तरफ़ इशारा करता है कि वो शायद कभी खोखला रहा हो। हम इस अंदाज़े पर काम कर रहे थे कि शायद उस खोखले हिस्से में अथ्रवन स्टार हो। और फिर, मरदूक का संदर्भ...'

'आपने बस एक अंतरराष्ट्रीय घटना को अंजाम दिया है,' सुप्रीम लीडर ने कहा, जिनकी भ्रामक रूप से नर्म आवाज़ अभी भी ऊंची नहीं उठी थी। फिर उन्होंने तेज़ी से अपनी सम्मोहक आंखें अफ़सर पर टिका दीं। 'पक्का करें कि दोषी को आपसे न जोड़ा जा सके। हमें पश्चिम के साथ और कोई समस्याएं नहीं चाहिए।'

'जी, रहबरे-मुअज़्ज़म,' ख़ादिमहुसैनी ने जवाब दिया। 'लेकिन हम सिलिंडर का क्या करें? ज़ाहिर है, ये एक बेहद क़ीमती राष्ट्रीय विरासत है। अब वो वापस हमारे हाथ में आ गया है।' उसे बुरी तरह

इच्छा हो रही थी कि वो जेब में से फ़वरदीन का पैकेट निकाल ले, लेकिन उसने इस ख़्याल को वहीं कुचल दिया। *सुप्रीम लीडर के सामने सिगरेट पीना!*

'उसे वापस म्यूज़ियम में पहुंचाने का कोई तरीक़ा खोजें,' आयतुल्लाह ने जवाब दिया। 'वो एक झूठे धर्म पर चलने वाले एक ग़ैर-इस्लामी राजा के एक घटिया लेखन का नमूना है, जिसकी कई सदियों बाद भी वो बदमाश ईरान का शाह मूर्खता भरे ढंग से इज़्ज़त करता था। हमें उस मनहूस चीज़ से हैरान होने की ज़रूरत नहीं है।'

साइरस सिलिंडर की खोज 1879 में बेबीलोन के खंडहरों में पुरातत्वविद् हुर्मुज़ रसाम ने की थी। रसाम के पास उस्मानिया सुल्तान का सरकारी फ़रमान था कि जो भी मिले वो उसे ले जाए। तो, रसाम सबकी नज़रों के सामने से गाड़ियां भर-भरके क़ीमती सामान ले गया था। बरसों बाद, ईरान के शाह मुहम्मद रज़ा पहलवी ने साइरस के संदेश की सार्वभौमिकता का श्रेय लेने की इच्छा की। उन्होंने बड़ी शान से सिलिंडर को सार्वभौमिक मानवाधिकारों की पहली घोषणा बताया, एक ऐसा विचार जिसे बाद में विद्वानों ने ख़ारिज कर दिया था। लेकिन सिलिंडर ईरानी लोगों की भावनाओं पर छाया रहा, और उसे दो बार उधार के तौर पर ईरान को प्रदर्शनी के लिए दिया गया: पहली बार, 1971 में, शाह द्वारा मनाए गए फ़ारसी साम्राज्य के 2500 साल के जश्न के लिए; और एक बार फिर 2010 में, जब चार महीने की अवधि में इसे देखने के लिए पांच लाख लोग आए।

'लेकिन अश्नवन स्टार की कभी नुमाइश नहीं लगी,' ख़ादिमहुसैनी ने सुप्रीम लीडर को अपने विचार से एकमत कराने की कोशिश करते हुए कहा। 'न ही उसका आधिकारिक रूप से कोई उल्लेख हुआ है। ये देखते हुए कि साइरस सिलिंडर का संबंध मरदूक से है, और अश्नवन स्टार आशूर—वो देवता जिसे बाद में मरदूक के गुण दे दिए गए थे—से जुड़ा हो सकता है, मेरा ख़्याल था कि मैं सही रास्ते पर हूं। अब, मैं सोच रहा हूं कि मैं उसे कैसे हासिल करूं?'

'*वही* वो राष्ट्रीय धरोहर है जो हमें चाहिए,' सुप्रीम लीडर ने

कहा। 'वो बकवास सिलिंडर नहीं जो आप बिना किसी कारण के उठा लाए हैं। सिलिंडर हमारे पास होने पर मानवाधिकार ग्रुपों को ईरान में मानवाधिकारों की कथित कमी की याद दिलाने की एक और वजह मिल जाएगी।'

ख़ादिमहुसैनी बेचैनी से ख़ामोश रहा। वो ये नहीं कहना चाहता था कि अथ्रवन स्टार ज़रथुष्ट्री धरोहर था न कि ईरानी। सैकड़ों साल के इस्लामी हमलों और शासन के नतीजे में भी बहुत से बहुमूल्य आइटम अरब ख़ज़ानों में पहुंच गए थे। अलावा इसके कि अथ्रवन स्टार दुनिया में *कहीं भी* हो सकता था।

'आपने हिंदुस्तानी संबंध के बारे में सोचा?' सुप्रीम लीडर ने पूछा। 'कुछ ऐसे क़िस्से हैं कि उसे फ़ारसी हकीम बुरज़ूया अपने साथ हिंदुस्तान से लाया था। कुछ क़िस्से ऐसे भी हैं कि वो उस तख़्ते-ताऊस में छिपा हुआ था जो नादिर शाह अपने साथ हिंदुस्तान से लाया था। क्या ये मुमकिन नहीं है कि हिंदुस्तानी उसे वापस हासिल करना चाहते हों?'

'मुमकिन है, ओ रहबरे-मुअज़्ज़म, और आपका इस बारे में सोचना बिल्कुल सही है,' ख़ादिमहुसैनी ने दिल खोलकर मक्खन लगाते हुए कहा। 'लेकिन क्या ये मुमकिन नहीं है कि उसे भी कोहिनूर हीरे की तरह अंग्रेज़ ही हिंदुस्तान से ले गए हों?'

'आप समस्या को दूरबीन के ग़लत सिरे से देख रहे हैं,' सुप्रीम लीडर ने उसे डांटा। 'बजाय ये सोचने के कि वो *किसके* पास हो सकता है, ये सोचें कि वो *करता* क्या है। जब आप उसकी ख़ूबियों के बारे में सोचेंगे, तो आपकी राह रौशन हो जाएगी।'

'माफ़ करना, ओ रहबरे-आज़म, लेकिन मैं आपके अल्फ़ाज़ का मतलब नहीं समझा।'

'लोक-साहित्य से पता चलता है कि अथ्रवन स्टार में बहुत ही चमत्कारी गुण थे, लगभग जादुई,' सुप्रीम लीडर ने जवाब दिया। '*इस* बारे में सावधानी से सोचना।'

7

जिम के फ़ोन की घंटी ने उन्हें चौंका दिया, हालांकि वो फ़ोन आने की उम्मीद कर रहे थे। जिम और लिंडा दोनों के फ़ोन को ट्रेस पर लगाया जा चुका था ताकि इनकमिंग कॉलर्स का पता लगाया जा सके। जिम ने अनजान नंबर को हिचकिचाते हुए उठाया। 'हां?' उसने शांत स्वर में कहा।

'सुनो, जिम,' आवाज़ फुफकारी। 'तुम जानते हो कि लिंडा हमारे पास है। अगर तुम सहयोग करो, तो हमारा उसे नुकसान पहुंचाने का कोई इरादा नहीं है।' आवाज़ स्थिर थी। उसमें आक्रामकता का कोई पुट नहीं था।

'मैं अपनी पूरी हद तक सहयोग करूंगा,' जिम ने कहा। 'अपनी क़ीमत बोलो। बस उसे चोट मत पहुंचाना।'

'दिल छू लिया,' आवाज़ ने मंज़ूरी देते हुए कहा। 'मेरी रिसर्च के मुताबिक़, तुम्हारी शादी को दो दशक हो चुके हैं। ज़्यादातर जोड़े इतने समय में एक दूसरे से उकता जाते हैं।'

ग्रेग के हेडफ़ोन पहने टैकी उस कंप्यूटर कंसोल पर काम कर रहे थे जो उन्होंने डाइनिंग टेबल पर लगाया था। 'वो वीओआईपी का इस्तेमाल कर रहा है,' उनमें से एक ने फुसफुसाते हुए ग्रेग से कहा। *वॉइस ओवर इंटरनेट प्रोटोकोल।* उन्होंने निराशा से अपने सिर हिलाए।

'आईपी एड्रेस पता करो,' ग्रेग जवाब में फुसफुसाया। 'हमें कम से कम उसकी लोकेशन का अंदाज़ा तो हो जाएगा।'

'ये आदमी हमसे बहुत आगे है,' टैकी ने नाख़ुशी से कहा। 'वो चेन्ड वीपीएन का प्रयोग कर रहा है।'

ग्रेग ने बुदबुदाते हुए एक गाली दी। वर्चुअल प्राइवेट नेटवर्क—या वीपीएन—प्रयोक्ता की पहचान को छिपा देते हैं। लेकिन अपहर्ता और भी एक क़दम आगे निकल गए थे। वीपीएन को 'चेन' करने

का मतलब था कि वो एक दूसरे से जुड़े कई वीपीएन प्रोवाइडर्स का इस्तेमाल कर रहे थे। हरेक के लिए अदालती आदेश लेना नामुमकिन और समय ख़राब करने वाली बात थी। और हो सकता था कि इसके मूल का स्थान यूक्रेन, सूडान या कोलंबिया जैसा कोई देश निकले, जहां अमेरिकी वारंट काम ही न करे।

ग्रेग ने जिम को इशारा किया कि वो बात करना जारी रखे। हालांकि वो कॉल का पता नहीं लगा पा रहे थे, लेकिन वो इसे रिकॉर्ड कर रहे थे ताकि बाद में जगह की पहचान करने के लिए पृष्ठभूमि की आवाज़ों का विश्लेषण कर सकें।

दूसरे छोर पर आवाज़ ने एक कपटपूर्ण ठहाका लगाया। 'तुम्हारे घर में अपनी घामड़ पिछौटियों पर बैठे उन पुलिसवालों से कहना कि अगर मैं अगले आधे घंटे तक भी इस लाइन पर रहूं, तो भी वो मेरा पता नहीं लगा सकेंगे। तो, क्या तुम मेरी बात मानने को तैयार हो?'

'हां,' जिम ने जवाब दिया। 'लेकिन पहले मुझे सबूत चाहिए कि वो सुरक्षित है।'

अपहर्ता द्वारा लिंडा को फ़ोन देने पर कुछ सरसराने जैसी आवाज़ सुनाई दी। और फिर उसकी निढाल सी आवाज़ सुनाई दी। 'जिम, मैं ठीक हूं, स्वीटहार्ट,' उसने कमज़ोर से स्वर में कहा। वो जानता था कि वो ठीक नहीं थी। वो बस ये पक्का करना चाहती थी कि जिम घबरा न जाए।

'तुम भी चिंता मत करना, हनी,' जिम ने फ़ोन पर कहा। 'मैं तुम्हें जल्दी ही छुड़ा लूंगा। आई लव यू, बेबी...'

अपहर्ता ने वाक्य के बीच में ही लिंडा से फ़ोन छीन लिया और ख़ुद फ़ोन पर बोला। 'तुमने इससे बात कर ली,' वो बोला। 'अब तुम जानना चाहोगे कि तुम इसे कैसे *बचा* सकते हो?' जिम ने जल्दी-जल्दी आवाज़ द्वारा दिए गए निर्देश लिखे और ये भी कि उन्हें किस क्रम में पूरा करना था।

1. अपनी लैब में जाओ और अपनी क्लाइमेट-कंट्रोल सेफ़ से हमज़ा ड्यूरा को बाहर निकालो।

2. अपने कंप्यूटर पर मौजूद सारे रिसर्च नोट्स का डेटा डंप लो और उसे किसी स्टोरेज ड्राइव पर ट्रांस्फ़र करो।

3. सारा सामान एक बैग में रखो। सिएटल किंग स्ट्रीट स्टेशन पर पहुंचो, पोर्टलैंड के लिए सुबह 7:25 की एमट्रैक पर सवार हो जाओ।

4. सुबह 10:55 पर पोर्टलैंड यूनियन स्टेशन पहुंचने के बाद, अपने फ़ोन पर आगे के निर्देशों का इंतज़ार करो।

'अपने फ़ोन को हर समय चार्ज्ड और फ्री रखना,' आवाज़ ने कहा। 'और कोई पुलिस-सुरक्षा वाला तुम्हारे साथ न हो। तुम लगातार निगरानी में रहोगे। अगर हमें कुछ गड़बड़ी नज़र आई, तो तुम्हारी पत्नी की सुरक्षा के बारे में हमारे सारे वादे रद्द हो जाएंगे। समझ गए?'

जिम ने पूरी तत्परता से सहमति दे दी। हमज़ा ड्यूरा उसकी ज़िंदगी का सबसे ऊंचा बिंदु था—सिर्फ़ लिंडा से नीचे।

लाइन कट गई और उसने अगली सलाह के लिए सवालिया नज़रों से ग्रेग की ओर देखा। 'हम वो सब करते रहेंगे जिसकी फ़ोरेंसिक रूप से आवश्यकता है,' डिटेक्टिव ने उसे चेतावनी दी, 'लेकिन, जिम, तुम्हें उन हरामज़ादों को यही दिखाना है कि तुम उनके निर्देशों का पालन करने को लेकर गंभीर हो।'

'और ये मैं कैसे दिखाऊंगा?' जिम ने पूछा।

'वो सब कुछ करो जो उन्होंने कहा है,' ग्रेग बोला। 'तुम्हारे पोर्टलैंड पहुंचने से पहले अभी हमारे पास कुछ समय है। देखते हैं क्या तब तक हमें कुछ मिल पाता है।'

'और क्या मैं सचमुच अपने साथ हमज़ा ड्यूरा को लेकर जाऊं?'

'मुझे कोई अंदाज़ा नहीं है कि वो क्या है,' ग्रेग ने स्वीकार किया। 'क्यों न ऐसा करें कि हम तुम्हारी लैब तक चलें और तुम मुझे बताओ कि ये चीज़ उनके लिए इतनी अहम क्यों है।'

'लेकिन वो शायद हमारी हरकतों पर नज़र रख रहे हों,' जिम ने जवाब दिया।

'इसीलिए हमें और भी वहां जाना चाहिए ताकि वो जान सकें कि तुम उन्हें असली चीज़ देने को लेकर गंभीर हो।'

8

ग्रेग की कार में जिम और ग्रेग वापस जॉर्जटाउन पहुंचे जहां जीसीआरसी स्थित था। अभी अंधेरी सुबह ही थी, लेकिन अंदर सारी लाइटें ऑफ़ थीं। अलावा डैन कोहेन की लैब के, जहां डैन कैंसर के एक टीके के लिए क्लिनिकल परीक्षण शुरू करने के ग्लोबल रिसर्च प्रोजेक्ट पर व्यस्त हो चुका था। प्रोजेक्ट अपने अंतिम चरणों में था, और शायद इसीलिए उसने इतने सवेरे काम शुरू कर दिया था।

कार को जिम के वीआईपी स्थल पर पार्क करने के बाद बाक़ी के छोटे से रास्ते को उन्होंने पैदल पार किया। क्यूब में प्रवेश करना फ़ोर्ट नॉक्स में एक्सेस हासिल करने से कम नहीं था। गेट पर रेटिना स्कैन से जिम को मेन डोर तक पहुंचने और उसे खोलने की अनुमति मिल गई। उसके बाद एलीवेटर में और फिर ऊपर जाने के लिए उन्हें एक एल्फ़ा-न्यूमेरिक कोड की ज़रूरत पड़ी। तीसरे फ़्लोर पर पहुंचने के बाद, जहां जिम की लैब थी, लैब के दरवाज़े को खोलने के लिए जिम की हथेली के प्रिंट की ज़रूरत पड़ी जिसके बाद वो किसी आज्ञाकारी की तरह एक ओर हट गया। ग्रेग ने धीरे से सीटी बजाई। ऐसी चीज़ें तो उच्च-सुरक्षा जेलों में भी नहीं थीं।

उनके अंदर जाते ही लैब की लाइटें जल गईं लेकिन एक उचित रूप से मद्धम स्तर पर। 'ब्राइटर,' जिम ने कमरे में अदृश्य वॉइस कमांड सिस्टम से कहा। हाई-टैक लैब तुरंत सफ़ेद रौशनी में नहा गई। 'एयरकॉन,' जिम ने कहा। जल्द ही, एयर कंडीशनिंग का हल्का सा गुंजन सुनाई देने लगा।

'तो क्यों न तुम मुझे ये बताओ कि तुम बना क्या रहे हो?' ग्रेग ने कहा। 'मुझे लगता है वो कोई ऐसी चीज़ है जिसने थोड़ी देर पहले लाइन पर बात कर रहे हमारे दोस्तों में बदतरीन क़िस्म का लालच जगा दिया है।'

जिम ने फ़ौरन ही समझाना शुरू नहीं किया। जीसीआरसी के पांचों पार्टनरों और लिंडा के अलावा हमज़ा ड्यूरा और उसके उल्लेखनीय गुणों के बारे में कोई नहीं जानता था।

ग्रेग जिम की हिचकिचाहट को भांप गया। 'मैं जानता हूं ये मुश्किल है, लेकिन तुम्हें मुझे सब कुछ बताना होगा, जिम। जब तक मुझे ये न पता चले कि लिंडा को ले जाने वाले लोगों के मन में क्या लालच है, मैं तुम्हारी मदद नहीं कर सकूंगा।'

वैज्ञानिक कमरे के सुदूर दाएं कोने में गया जहां बुकशेल्फ़ों की क़तार थी और उसने उसके किनारे पर लगे एक लगभग अदृश्य बटन को दबाया। बुकशेल्फ़ यूनिट सरसराती हुई एक ओर स्लाइड हो गई, और उसके पीछे दीवार में बनी एक इलेक्ट्रॉनिक सेफ़ दिखाई दी। ये दिखती तो एक साधारण सेफ़ जैसी थी लेकिन साधारण थी नहीं। इसके भीतर तापमान, आर्द्रता, वायु गुणवत्ता और वायुमंडलीय दबाव को बिल्कुल सटीक रूप से नियंत्रित किया जा सकता था।

जिम ने सेफ़ के कीपैड पर अंकों का एक क्रम दबाया। एक छोटी सी बीप हुई और दरवाज़ा खुल गया। सेफ़ के अंदर मज़बूत ढक्कन वाला मिट्टी का एक छोटा सा बक्सा था जिस पर एक अजीब सा दिखने वाला चिह्न था, पायलटों द्वारा पहने जाने वाले प्रतीक चिह्न की तरह, पंखों पर टिका एक गोला। जिम ने बक्से को बाहर निकाला और धीरे से ढक्कन को खोला। उसके अंदर डिटर्जेंट स्क्रब जैसा दिखने वाला एक दानेदार सफ़ेद पाउडर था।

'उन्हें ये चाहिए?' ग्रेग ने भौंहें चढ़ाते हुए पूछा। एक पुलिसमैन की हैसियत से वो हैरान था कि एक मामूली लैब कैमिकल हासिल करने के लिए कोई इस हद तक क्यों जाएगा।

जिम ने हामी भरते हुए सिर हिलाया। 'ये वो स्रोत सामग्री है

जिसे हम हमज़ा ड्यूरा कहते हैं।'

'इसका क्या मतलब हुआ?' ग्रेग ने पूछा।

'अरबी में *हमज़ा* का मतलब "चुभोना या प्रेरित करना" होता है। *ड्यूरा* ड्यूरेबल (स्थायी) शब्द का मूल है। तो, हमज़ा ड्यूरा का अर्थ है स्थायित्व को प्रेरित करने की क्षमता। ये संभवत: इक्कीसवीं सदी की सबसे क्रांतिकारी खोज है।'

'क्यों?'

'जीवित रहने के वास्तव में क्या मायने होते हैं, ग्रेग?' जवाब में जिम ने पूछा। ये एक भाषणगत सवाल था, और जिम ने ख़ुद ही इसका जवाब दिया। 'जीवित प्रणालियों की असाधारण विशेषताओं में से—जो उन्हें मशीनों से भिन्न बनाती हैं—एक उनकी अपना उपचार करने की क्षमता है,' जिम ने अपनी बात जारी रखी। 'लेकिन कभी-कभी ऐसा नहीं होता है। बहुकोशिकीय स्तर पर मृत कोशिकाओं को बदलने के लिए नई कोशिकाओं को जन्म दिया जा सकता है। लेकिन कभी-कभी इस प्रक्रिया में भी ख़राबी आ सकती है। अब हमने एक ऐसा तरीक़ा खोज लिया है जिसके द्वारा हम ख़राब कोशिकाओं को अपना उपचार करने में प्रभावी रूप से सक्षम बना सकते हैं।'

'बाप रे!' ग्रेग ने धीरे से सीटी बजाई। 'और इस चीज़ का जो भी नाम है, ये बहुत से रोगों का इलाज कर सकती है?'

'लगभग सभी का,' जिम ने थोड़ी ज़्यादा गंभीरता से जवाब दिया। 'ये सारी बीमारियों का इलाज बन सकती है। मेरे साथ आइए।' जिम ने मिट्टी के बक्से को उठाया, सेफ़ को बंद किया और बुकशेल्फ़ को उसके सामान्य भ्रामक रूप में वापस ला दिया। उसने बक्से को एक काउंटर पर रखा और एक रिमोट-कंट्रोल यूनिट से बाईं दीवार पर एलईडी स्क्रीन्स को चालू किया। एक वीडियो क्लिप चलने लगा।

'हम क्या देख रहे हैं?' ग्रेग ने अपनी भौंहें सिकोड़ते हुए कहा। उसे बस किसी जैली की बूंद सी दिखाई दे रही थी।

'ये मानव कैंसर कोशिका है जिसे कई मिलियन गुणा बड़ा

कर दिया गया है,' जिम ने जवाब दिया। 'कैंसर कोशिकाएं सामान्य कोशिकाओं से कई प्रकार से भिन्न होती हैं, जिनमें प्रमुख अंतर ये होता है कि वो विकसित होना और अपनी संख्या बढ़ाने के लिए ख़ुद को बांटना बंद नहीं करती हैं। इसी के नतीजे में ट्यूमर होता है। ट्यूमर वास्तव में मूल कैंसर कोशिका की अरबों प्रतियां होता है। ये वीडियो कई सप्ताहों का विकास दिखाता है, लेकिन इस विकास को एक मिनट में दिखाने के लिए फ़ुटेज की गति बढ़ा दी गई है।'

ग्रेग अपनी आंखों के सामने ट्यूमर को बनते देख सकता था। 'तो, तुम्हारी ये हमज़ा वाली चीज़ इसे रोक सकती है?' उसने पूछा।

'मेरा ख़्याल है कि ये थोड़ा असामान्य लेकिन एकदम सटीक वर्णन है,' जिम ने बिना खुलकर हंसे कहा। 'सामान्य कोशिकाएं उन संकेतों का पालन करती हैं जो उन्हें बताते हैं कि वो कब एक निश्चित सीमा तक पहुंच चुकी हैं और उन्हें मर जाना चाहिए। लेकिन कैंसर कोशिकाओं में कोई चीज़ उन संकेतों को काम करने से रोक देती है। हमज़ा ड्यूरा संकेत देने वाला एकदम सुरक्षित पदार्थ है। इसका उपयोग न केवल रोगी कोशिकाओं के इलाज में, बल्कि कैंसर कोशिकाओं को विकसित होने से रुकने का संकेत देने में भी किया जा सकता है। प्रभावी रूप से, ये कुछ रोगों को ख़त्म कर सकता है और आमतौर पर जीवन काल को बढ़ा सकता है।'

'ये अभी बाज़ार में क्यों नहीं है?' ग्रेग ने वो सवाल किया जिसकी उससे उम्मीद की जा सकती थी। उसने एक साल पहले ही अपनी यज़ीदी मां को फेफड़ों के कैंसर से गंवाया था। ये उन्हें बचा सकता था।

'क्योंकि हमें विभिन्न बीमारियों का इलाज करने के लिए हमज़ा ड्यूरा में पदार्थों के सही संतुलन को समझने में एक दशक लग गया है,' जिम ने जवाब दिया। 'साथ ही, मूल सामग्री ख़ुद घटित होती है—जब तक हमारे पास उसे संश्लेषित करने का कोई तरीक़ा न हो, हम इलाज की गारंटी के साथ किसी चीज़ का बड़े पैमाने पर उत्पादन नहीं कर सकते।'

'अगर तुम अपहर्ताओं को कोई और चीज़ दे दो—नक़ली सामग्री से भरा कोई जार?' ग्रेग ने तुरंत ही कैमिकल लुटेरों द्वारा उसके दुरुपयोग की संभावना को समझते हुए पूछा। 'उन्हें कैसे पता चलेगा कि तुम झूठ बोल रहे हो?'

'वो हमज़ा ड्यूरा नाम जानते हैं—जो नाम सिर्फ़ मेरे, मेरी टीम और लिंडा के बीच रहा है—इससे पता चलता है कि वो ये भी समझ जाएंगे कि मैं झांसा दे रहा हूं। कहीं से कुछ लीक हुआ है, ग्रेग। उनके पास मेरे घर के मेन गेट की एक्सेस के लिए मेरा थंबप्रिंट तक था। मैं नहीं जानता वो कौन है, लेकिन मैं लिंडा की जान को जोखिम में नहीं डाल सकता।'

ग्रेग को देखकर लगता था कि वो जिम की दुविधा को समझ रहा था। 'मैं वादा करता हूं,' उसने गंभीरता से कहा, 'हम तुम्हें इससे निकालने का कोई तरीक़ा खोज निकालेंगे। तब तक, अपने सर्वर्स से जल्दी से डेटा निकालो। और फिर ट्रेन स्टेशन चलते हैं। मैं तुम्हें वहां छोड़ दूंगा। लेकिन मैं तुम्हें बता दूं कि मेरा एक आदमी तुम्हारा पीछा करता रहेगा। जैसे *वो* कर रहे होंगे।'

जिम को ये आइडिया ठीक नहीं लग रहा था। 'उन्होंने ख़ासतौर से कहा था कि वो नज़र रखेंगे। अगर मेरे साथ पुलिसवाले हुए तो वो लिंडा की सुरक्षा की गारंटी नहीं लेंगे।'

'वो पुलिसवाला नहीं है,' ग्रेग ने समझाया। 'वो एक प्राइवेट इंवेस्टीगेटर है जो मेरे लिए छोटे-मोटे काम करता है। वो तुमसे ठीकठाक दूरी बनाए रखेगा लेकिन उस जीपीएस ट्रैकर का पीछा करेगा जो हम तुम्हारे जूते में लगा देंगे।'

जिम ने अनमने भाव से सहमति दी और अपने सर्वर्स से डेटा डाउनलोड करने लगा। वो फूट पड़ने के क़रीब था लेकिन अभी उसके पास इस तरह की बातों के लिए भी समय नहीं था। उसकी ज़िंदगी की दो सबसे अहम चीज़ें ख़तरे में थीं।

एक को बचाने के लिए ये संभव था कि उसे दूसरी को खोना पड़ेगा।

9

भारत के पारसियों का सबसे पवित्र स्थल गुजरात में समुद्र किनारे बसा क़स्बा उदवाड़ा है। मूल रूप से उंठवड़ा नाम से ज्ञात ये जगह पारसियों द्वारा मशहूर किए जाने से पहले एक ऐसा क्षेत्र था जहां ऊंट चराए जाते थे। वलसाड से लगभग चौबीस किलोमीटर दूर पारदी तालुक़ा में स्थित उदवाड़ा आतश बहराम के नाम से मशहूर एक छोटे से अग्नि मंदिर ने समुदाय की भक्ति को आकर्षित किया था।

मंदिर में ईरानशाह के नाम से ज्ञात एक पवित्र अग्नि है। ये परिसर तो लगभग 265 साल पुराना है, लेकिन ख़ुद अग्नि लगभग तेरह शताब्दियों से जल रही है। पैग़ंबर ज़रथुष्ट्र के 18,000 अनुयायियों का एक ग्रुप आठवीं सदी में फ़ारस में इस्लामी अत्याचार से बचकर भागा था और—दीव के छोटे से मछुआरा गांव के रास्ते—गुजरात के तट पर संजान नामक क़स्बे में आ गया था। उन्हें प्रतीच्य चालुक्य राजा विजयादित्य ने शरण दी, जिसे ज़रथुष्ट्री ग्रंथों में जेदी राणा के नाम से जाना जाता है।

पारसियों ने अपने देवता अहुरा मज़्दा को वचन दिया था कि अगर वो सुरक्षित अपने नए घर पहुंच गए, तो वो वहां पवित्र अग्नि—आतश बहराम—को स्थापित करेंगे। अफ़सोस कि राजनीतिक साज़िशों ने उन्हें अग्नि के स्थान को कई बार बदलने के लिए मजबूर किया: संजान से बहरोट, फिर वांसदा, फिर नवसारी, फिर बलसर और अंत में उदवाड़ा, जहां ये बनी रही।

बहराद सरोशपुर एक दिन पहले तेहरान से दुबई के रास्ते मुंबई आया था। फिर वो चार घंटे की ड्राइव करके उत्तर में बहुत कम ट्रैफ़िक वाली संकरी गलियों वाले एक ख़ामोश, शांत गांव उदवाड़ा पहुंचा था। इलाक़े में हर ओर कैंटीलीवर बालकनियों, नक़्क़ाशीदार स्तंभों और सजावटी स्तंभशीर्षों वाले शानदार लेकिन चरमराते बंगले देखे जा सकते थे। सूनी गलियां और ख़ाली घर, कहीं-कहीं बसे हुए घरों के साथ, उदवाड़ा की प्राचीन विरासत का मुंह बोलता प्रमाण

थे। सरोशपुर ने चंदन से महकती हवा में सांस ली और घंटे का धीर-गंभीर नाद सुनकर एक प्रार्थना पढ़ी। उदवाड़ा के माहौल में खो जाना आसान था। उसने ख़ुद को वर्तमान में आने को मजबूर कर दिया।

सारी परेशानियों के बावजूद ग्लोब होटल चला रही पारसियों की तीन पीढ़ियों के प्रति आभारी सरोशपुर ने होटल में चेक इन किया। रात भर आराम और भरपेट नाश्ता करने के बाद वो उस आदमी से मिलने को निकल गया जिससे इतने सालों से उसका पत्राचार चल रहा था।

वो दस्तूर स्ट्रीट पर आतश बहराम के पास से गुज़रा लेकिन अंदर नहीं गया। घुमावदार आकृतियों और पंखों वाले सांडों से युक्त फ़ारसी स्तंभों पर खड़े रूफ़टॉप फ़्लोर वाली ये इमारत वास्तुकला की एक शानदार कृति थी। उसने सोचा कि वो मंदिर बाद में आएगा। फ़िलहाल, ये भावी मीटिंग कहीं ज़्यादा अहम थी।

वो सड़क पर चलता हुआ एक *ओटला,* या सामने के पोर्च, के चारों ओर बने लकड़ी के पॉलिशदार *कटेरा,* या रेलिंग वाले कड़ीदार घर तक पहुंचा। पोर्च में रीट्रैक्टेबल हत्थों वाली एक आराम कुर्सी थी, जिस पर एक सफ़ेद दाढ़ी वाले अस्सी पार कर चुके वृद्ध बैठे हुए थे। पेस्टनजी उनवाला, जो अभी नवसारी से लौटे थे, ने सरोशपुर को दूर से ही देखा और हाथ हिलाया।

मेहमान का स्वागत उनवाला की गोल-मटोल पत्नी ने किया जो *गावन*—'गाउन' शब्द का बिगड़ा रूप—और सिर पर *माथाबंधना* पहने हुए थीं। मुंबई में बॉम्बे पारसी पंचायत के लिए कई साल काम करने के कारण उनवाला एक प्रभावशाली आदमी थे। अब वो सक्रिय नहीं थे, और दो साल पहले उदवाड़ा में अपने पैतृक घर में लौट आए थे।

मौसम गर्म था, और मेहमान ने चाय चाय पीने से इंकार कर दिया। उसके बजाय, उनवाला परिवार का नौकर उसके लिए जल्दी से कोल्हाजी का डबल-लेमन सोडा ले आया। वो एक पुराने तर्ज़ की मोटे शीशे की बोतल में था और उस समय उसे ऊर्जा पाने के

लिए बस जैसे उसी की ज़रूरत थी। पांच मिनट बाद, भारत बेकरी से नानखटाई की एक प्लेट भी आ गई।

'मुझसे मिलने की सहमति देने के लिए आपका शुक्रिया,' सरोशपुर ने कहा। 'साथ काम करने की इतनी ज़रूरत पहले कभी नहीं रही।'

उनवाला मुस्कुराए। 'सिर्फ़ नौ परिवारों को ईरानशाह की देखभाल का विशेषाधिकार प्राप्त है,' उन्होंने कहा। 'अंध्यारुजीना, उनवाला, भाढा, कटीला, दस्तूर, भाईजीना, पटेल, मिर्ज़ा और सिधवा। हममें से कुछ धर्म के प्रति सच्चे रहे हैं। अन्य...' उन्होंने वाक्य अधूरा छोड़ दिया।

ये नौ परिवार दस्तूर नैरयोसंग धवल के वंशज थे, जिन्होंने 720 ईसवी के लगभग संजान में समुद्र तट पर सोलह भिन्न अग्नियों को मिलाकर ईरानशाह को चिंगारी दी थी। नौ परिवार बारी-बारी से एक महीने तक अग्नि की सेवा करते थे, और वो हर बार पवित्र टहनियों के गट्ठर *बरिस्मन* के साथ, और मलमल के सफ़ेद जामे और पगड़ी पहनकर शुद्धीकरण की रस्म अदा करते थे। साथ ही, वो अपनी नाक और मुंह को महीन मलमल से ढक लेते थे ताकि पवित्र लौ इंसान की दूषित सांस से प्रदूषित न हो।

'वो है आपके पास?' सरोशपुर ने पूछा।

उनवाला ने हामी भरते हुए सिर हिलाया। 'ये प्रथम दस्तूर मेहरजी राणा लाइब्रेरी में एक बहुत पुरानी किताब के पीछे लिखा हुआ था। हमारा ख़्याल है कि 1478 और 1773 के बीच पारसियों को ईरान में हमारे बंधुओं से छब्बीस रिवायतें—या निर्देश—प्राप्त हुए थे। लगता है कि ये औपचारिक रूप से नहीं लिखी गई थी बल्कि सिर्फ़ एक टिप्पणी के रूप में भेजी गई थी। उसकी प्राप्ति पर, वो पीढ़ी दर पीढ़ी मौखिक रूप से ही आगे बढ़ती रही।'

उनवाला ने अपने पास रखे एक बैग से अपना फ़ोन निकाला। वो फ़ोटो स्क्रॉल करने लगे और फिर उन्होंने उस फ़ोटो को ज़ूम इन किया जो उन्होंने नवसारी में खींचा था। फिर उन्होंने फ़ोन सरोशपुर

को पकड़ा दिया। ये पाज़िंद लिपि में अवेस्तन में लिखी कुल छह लाइनें थीं। सरोशपुर ने समझने की कोशिश की कि क्या लिखा था लेकिन कुछ मिनट में ही उसने हार मान ली। उनवाला हंसने लगे। उन्होंने अपनी जेब से काग़ज़ का एक पुर्ज़ा निकाला। 'मैंने आपके लिए इसका अनुवाद कर दिया है,' वो बोले।

सारे जब्बार में, रौशनी आंखों को चकाचौंध कर देती है
क्योंकि आकाश में तीन बड़ी अग्नियां धधक रही हैं
देखो, दैत्या में अथ्रवन प्रार्थना करता है
और अनु लोग आसमान को टकटकी लगाए देखते हैं
वो चौथे को जानते हैं जो तीन से निकलता है
अर्थात सर्वकालिक, सर्वशक्तिमान यस्न।

इन शब्दों को ज़ोर से पढ़ते हुए सरोशपुर की आवाज़ में हल्का सा कंपन आ गया था। 'अथ्रवन' शब्द को इस लिखाई में देखना रोमांचक था। इसका मतलब था कि अथ्रवन स्टार के बारे में उसके अंदाज़े सच साबित हो सकते थे। 'क्या आपको लगता है कि ये *फ़ाइव ट्रीटाइज़ेज़* का भाग रहा होगा?' उसने पूछा।

'कहना मुश्किल है,' उनवाला ने जवाब दिया। 'तब से अब तक बहुत से अनुवाद हो चुके हैं। ये इस पर भी निर्भर करता है कि हम बुरज़ूया की कहानी पर विश्वास करते हैं या नहीं। लेकिन इससे कोई फ़र्क़ नहीं पड़ता है। इसका मतलब ये है कि हमारे पूर्वज हमारे सामने अथ्रवन स्टार के स्रोत को प्रकट कर रहे थे।'

'मेरा अगला क़दम क्या होना चाहिए?' सरोशपुर ने कहा जिसकी आवाज़ में हल्की सी थरथराहट आ गई थी।

'ये बताना मेरा काम नहीं है,' उनवाला ने कहा। 'मैं बस इतना जानता हूं कि कुछ लोग हैं जो अपना कर्तव्य भूल गए हैं। उस ग़लती को सुधारने का समय आ गया है। और एकमात्र तरीक़ा ये है कि हम जैसे समान सोच वाले लोग मिलकर काम करें।'

'आपको लगता है कि मुझे नवसारी जाना चाहिए?' सरोशपुर ने पूछा।

'मैं आपके लिए वहां जा चुका हूं। आपको वहां कुछ नया नहीं मिलेगा,' उनवाला ने जवाब दिया। 'मैं आपकी ओर से दीव भी जाऊंगा। लेकिन याद रखें, ईरानशाह को आख़िर में नवसारी से हटा लिया गया था और वो यहां उदवाड़ा में आ गए थे। इनसे जुड़ी हर चीज़ भी हटा ली गई होगी। जैसा कि मैंने कहा, हमारी प्राचीन शक्तियों के रखवाले ही हमारे ख़िलाफ़ हो गए हैं। लेकिन ये लिखाई बता रही है कि आप जो चाहते हैं वो *मौजूद है*। हम सबकी ख़ातिर उसे वापस ले आइए।'

'आपकी राय में मुझे ये किस तरह करना चाहिए?' सरोशपुर ने पूछा।

'शायद आपको बंदर अब्बास जाना चाहिए।' उनवाला ने सुझाव दिया।

10

ग्रेग और जिम सिएटल किंग स्ट्रीट स्टेशन पहुंच गए। जिम कार से उतरा, उसने ग्रेग को गुडबाइ कहा और स्टेशन के गलियारे में घुस गया। उसने मशीन पर पोर्टलैंड का सवेरे 7:25 का एमट्रैक का टिकट ख़रीदा। उसकी घड़ी में सवेरे के 7:15 बज रहे थे। यात्रियों को प्लेटफ़ॉर्म नंबर छह से सवार होना था, इसलिए वो वहीं के लिए चल दिया। उसके हाथ में लैदर का एक डफ़ल बैग था जिसमें वो चीज़ थी जो लिंडा के अपहर्ताओं को चाहिए थी।

काली लैदर जैकेट पहने एक आदमी जिम से एक सावधान दूरी बनाए हुए लगातार उस पर नज़र रखे हुए था। अगर वो जिम को खो देता, तो भी उसे जिम के दाएं जूते में ग्रेग द्वारा लगाए हुए जीपीएस ट्रैकर से सिग्नल मिल जाता। जिम का पीछा करने वाला एक पूर्व

पुलिसवाला था जिसे एक गोलीबारी में गड़बड़ी हो जाने पर फ़ोर्स से इस्तीफ़ा देने को मजबूर कर दिया गया था। उसने अपना बैज और गन सौंप दिया था लेकिन फिर उसने अपना ख़ुद का इंवेस्टीगेशन का एक मुनाफ़ाबख़्श बिज़नेस शुरू कर लिया था। वो अक्सर ग्रेग की मदद करता था। अब भी वो यही कर रहा था।

जिम ट्रेन में चढ़ा और अपनी सीट पर बैठ गया। उसने अपने इयरफ़ोन लगाए और ज़रथुष्ट्री मंत्र *यथा अहु वेर्यो* सुनने लगा, जिससे उसे हमेशा शांति मिलती थी। ये रचना जिम के एक परचाचा होमी दस्तूर ने बनाई थी, जो संगीत में कैरियर बनाने के लिए मुंबई से वियना चले गए थे। लेकिन फ़िलहाल जिम के ख़्यालात पूरी तरह लिंडा पर केंद्रित थे। वो दुआ मांग रहा था कि ईश्वर उसे सुरक्षित रखे और उसके पास वापस ले आए। *यथा अहु वेर्यो अथा रतूश अशात चित हचा...*

उससे कई क़तार पीछे, पूर्व-पुलिसवाला अख़बार पढ़ने का नाटक कर रहा था। वो एक नज़र से जिम को और दूसरी से उसके आसपास के लोगों को देख रहा था। इस पूरे समय में काला हुडी पहने एक आदमी जिम के आसपास मंडराता रहा था: वेटिंग रूम में, प्लेटफ़ॉर्म पर और अब ट्रेन के अंदर। प्राइवेट इंवेस्टीगेटर का अंदाज़ा था कि ये आदमी अपहरण दल के आदमियों में से था। जिम के घर के सिक्योरिटी वीडियो में भी अपहर्ता काले हुडी पहने दिखाई दिए थे।

साढ़े तीन घंटे बाद, ट्रेन पोर्टलैंड यूनियन स्टेशन पर रुकी। जिम ने अपना डफ़ल बैग लिया और उतर गया। काले हुडी वाला आदमी उसका पीछा कर रहा था; उसके पीछे जिम की सुरक्षा वाला आदमी था। जिम का फ़ोन पिंग हुआ तो वो उसे देखने को रुका। ये एक व्हाट्सएप मैसेज था। *एनडब्ल्यू ब्रॉडवे को पार करो और सिटी सेंटर की पार्किंग में आ जाओ। कोई चालाकी नहीं। उसकी जान हमारे हाथों में है।*

सावधानी के तौर पर जिम ने मैसेज ग्रेग को फ़ॉरवर्ड कर दिया।

फिर वो दृढ़ता के साथ पोर्टलैंड यूनियन से बाहर निकला। वो लिंडा को वापस लेकर ही आएगा। स्टेशन से निकलकर उसने एनडब्ल्यू ब्रॉडवे को पार किया जहां बहुत कम लोग मौजूद थे।

ग्रेग का आदमी, ये जानते हुए कि जिम उसकी नज़रों में था, अपने और हुडी के बीच थोड़ा फ़ासला बनाए रहा। लेकिन पुल के बीचोबीच, हुडी पलटा और तेज़ी से उसकी ओर चढ़ दौड़ा। इस अचानक हरकत से वो बुरी तरह भौंचक्का रह गया। हमलावर ने उसके जबड़े पर एक घूंसा मारा, जिससे वो नीचे गिर पड़ा। इससे पहले कि वो संभल पाता, उसे महसूस हुआ कि हमलावर ने अपनी कोहनी से उसकी गर्दन को दबोच लिया था और उसके मुंह पर क्लोरोफ़ॉर्म से भीगा रूमाल लगा रहा था। हुडी ने उसे अपनी शिकंजे जैसी पकड़ में तब तक जकड़े रखा जब तक वो बेहोश नहीं हो गया। हुडी ने उसे उसी बेहोशी की हालत में पुल के किनारे पैदल और बाइक यात्रियों वाले रास्ते पर छोड़ दिया।

अब तक जिम पुल पार कर चुका था, और तब तक ब्रॉडवे स्ट्रीट पर चलता रहा जब तक कि वो वीडलर स्ट्रीट पर नहीं मुड़ गई। कोने पर पार्किंग क्षेत्र था। वो झिझकता हुआ अंदर चला गया। पार्किंग क्षेत्र लगभग ख़ाली पड़ा हुआ था, क्योंकि ये मूल रूप से पास के मोडा स्पोर्ट्स एरीना में होने वाले समारोहों के लिए बनाया गया था। अभी वो सोच ही रहा था कि अब किधर जाए, कि उसके व्हाट्सएप पर फिर से बीप हुई। *लेवल 2, स्लॉट बी-42 पर आ जाओ।*

जिम उस पार्किंग स्लॉट पर पहुंचा। वहां वो काली टोयोटा आरएवी4 खड़ी हुई थी जो जिम के ड्राइववे में होम सिक्योरिटी वीडियो में दिखाई दी थी। उसका दिल इतनी ज़ोर से और तेज़ी से धड़कने लगा कि उसे लगा जैसे वो फट ही जाएगा।

घबराते-घबराते एसयूवी तक पहुंचने पर उसने देखा कि पिछला दरवाज़ा थोड़ा सा खुला हुआ था। गाड़ी तक पहुंचकर उसने दरवाज़े को पूरा खोल दिया। कार में केवल लिंडा थी, जो सीधी बैठी थी,

लेकिन बंधी हुई थी और उसके मुंह में कपड़ा ठुंसा हुआ था। उसकी आंखें भयभीत थीं, और वो कभी जिम को और कभी दूसरी ओर देखने लगती थीं। जिम, जो इस बात से ख़ुश था कि वो ज़िंदा थी, उसकी घबराई हुई आंखों में चेतावनी को नहीं समझ सका।

जिम ने उसके मुंह से कपड़ा निकालने और उसे खोलने के लिए गाड़ी के अंदर हाथ डाला। और तब उसे अपने सिर पर गन की ठंडी धातु महसूस हुई। 'पलटना मत,' उस आवाज़ ने कहा जो उसे टेलीफ़ोन कॉल से याद थी। 'तुम वो लाए जो हमने कहा था?'

जिम ने बिना कुछ कहे ज़मीन पर अपने पैरों के पास रखे लैदर के बैग की ओर इशारा कर दिया। नक़ाब पहने एक और आदमी आया और उसने बैग को उठाकर उसकी ज़िप खोली। उसने मिट्टी का वो बक्सा खोला जिसमें हमज़ा ड्यूरा था और उसे उठाकर अपने लीडर को दिखाया। 'गुड,' आवाज़ के पीछे वाले आदमी ने कहा। 'अब मिसेज़ दस्तूर को बाहर निकालो।'

नक़ाबपोश ने पिछले दरवाज़े को दूसरी ओर से खोला, बॉक्स कटर्स का इस्तेमाल करके लिंडा को खोला, और उसे ज़ोर से बाहर खींच लिया। वो कुछ घबराई और घंटों तक बंधी रहने की वजह से किसी हद तक अकड़ी हुई लड़खड़ाती एसयूवी से निकली। नक़ाबपोश ने अचानक उसे एसयूवी से दूर धक्का दे दिया। साथ ही, जिम के सिर पर गन लगाए आदनी ने ग्लॉक की बट से जिम की गर्दन पर एक ज़ोरदार चोट मारी। जिम लड़खड़ाते हुए गाड़ी की पिछली सीट पर ढेर हो गया। अपहर्ता ने जिम का फ़ोन लिया और उसे ज़मीन पर दे मारा।

'नहीं!' लिंडा चिल्लाई जो एसयूवी से कुछ दूरी पर अपने हाथों और घुटनों के बल गिरी थी। लेकिन तब तक बहुत देर हो चुकी थी। एक ड्राइवर ने आरएवी4 को स्टार्ट किया जबकि बाक़ी दो ने जिम और उसके लैदर के बैग को अपने बीच पकड़ लिया। लिंडा सुबकती हुई देखती रह गई और ड्राइवर गाड़ी को तेज़ी से बाहर निकाल ले गया।

अपहरण उसके लिए था ही नहीं। उन्हें तो जिम का सामान और *साथ में वो ख़ुद* चाहिए था। लिंडा तो उसे पकड़ने का चारा थी।

11

ये मुझे दिया गया था, लेकिन मुझे क्या पता था कि ये मुझे मरवा सकता है।

मेरा जन्म एक वैभवशाली परिवार में हुआ था। मेरे पिता को दौलत विरासत में मिली थी और, अगर मैं चाहता, तो वो मुझे भी विरासत में मिल सकती थी। मुझसे पहले मेरे परिवार की चार पीढ़ियां बॉम्बे—जो अब मुंबई के नाम से जाना जाता है—में संपत्ति निर्माताओं और उसके वारिसों के रूप में रह चुकी थीं।

1858 में, मेरे पर-परदादा शापूर दस्तूर गुजरात के ज़रथुष्ट्री तीर्थस्थल उदवाड़ा से मुंबई चले गए थे। उन्होंने अपनी कमाई हुई दौलत मेरे परदादा नवरोज़ के लिए छोड़ी। फिर वो मेरे दादा रुस्तम और फिर मेरे पिता बमन को मिली। मेरे पिता ने उसमें से ज़्यादातर मेरी बहन आवान को दे दी। एक छोटा, लेकिन अच्छा-ख़ासा बड़ा भाग मुझे भी मिला।

मेरा नाम जमशेद है, लेकिन ज़्यादातर लोग मुझे जिम बुलाते हैं। मैंने अपने पैसे का इस्तेमाल सिएटल में जेमिनी सैल्युलर रिसर्च सेंटर, या जीसीआरसी, की स्थापना करने में किया।

वर्ष 1858 ने, जब शापूर दस्तूर ने उदवाड़ा छोड़कर बॉम्बे में बसने का फ़ैसला किया था, ख़ूनख़राबे भरे विद्रोह के बाद का समय देखा था। अंग्रेज़ों ने हाल ही में भारतीय सिपाहियों के एक विद्रोह को दबाया था जिसमें हज़ारों लोग मारे गए थे। अंग्रेज़ इसे 'सिपाही विद्रोह' कहते थे जबकि भारतीय इतिहास की पुस्तकों ने इसे 'महासंग्राम' कहा। मैं बाद वाला नाम पसंद करता हूं। बग़ावत हमारे दस्तूर ख़ून में है।

वो जीवन बदलने वाले फ़ैसले लेने के लिए आदर्श समय नहीं था, लेकिन शापूर फ़ैसला कर चुके थे। बॉम्बे एक ऐसा चुंबक था जो पैसे, व्यापार और प्रतिभा को आकर्षित करता था। कई दशकों तक सूरत में अंग्रेज़ व्यापारिक पार्टनरों के साथ काम कर चुके और काफ़ी धन कमा चुके पारसी इसके लिए एकदम उपयुक्त थे।

बेशक, आज का मुंबई दो करोड़ लोगों का एक संपन्न महानगरीय केंद्र है। ये भारत के ग्लैमरस सिने जगत बॉलीवुड का केंद्र होने के साथ ही साथ भारतीय वाणिज्य और उद्योग का इंजन है। लेकिन शहर की शुरुआत इस तरह नहीं हुई थी। एक सहस्राब्दी पहले, मुंबई सात मामूली द्वीपों का एक समूह था जिन्हें वीरान दलदली इलाक़ों ने एक दूसरे से अलग किया हुआ था।

कोली और आग्री मछुआरे समुदाय इन द्वीपों में सबसे पहले बसने वाले लोग थे। फिर लगभग 2300 साल पहले ये क्षेत्र मौर्य साम्राज्य का हिस्सा बन गया और बौद्ध शिक्षा के केंद्र में बदल गया था। उसके बाद, सातवाहन, अभीर, वाकाटक, कलचुरी, चालुक्य, राष्ट्रकूट और सिल्हार जैसे राजवंशों ने इन द्वीपों पर शासन किया। फिर 1343 में गुजरात के सुल्तानों ने द्वीपों पर क़ब्ज़ा कर लिया। लगभग दो सदी बाद, पुर्तगालियों ने सुल्तानों से एक संधि करने के बाद द्वीपों पर क़ब्ज़ा कर लिया। पुर्तगालियों ने वहां एक व्यापारिक केंद्र स्थापित किया और उसे 'बोम बाहिया'—'अच्छी खाड़ी' नाम दिया। हालांकि इसमें बहुत अच्छा कुछ नहीं था। बोम बाहिया से केवल मच्छरों और महामारी की ही उपज हुई।

जो भी हो, पुर्तगाली बस्तियां बढ़ती गईं और बोम बाहिया नारियल के जूट, चावल, नारियल, कपास और तंबाकू के व्यापार का केंद्र बन गया। 1626 तक, पुर्तगालियों ने एक विशाल गोदाम, कुछ चर्चों, एक क़िले और एक शिपयार्ड की स्थापना कर ली थी। जल्द ही, बोम बाहिया ने धनी व्यापारियों के लिए विशाल घर भी बना दिए जहां से वो अपने काम का संचालन करते थे। आख़िरकार, रेशम, गोमेद और मलमल जैसी अन्य वस्तुओं का कारोबार भी शुरू

हो गया।

पुर्तगालियों ने बोम बाहिया को अपने लिए न केवल एक कारोबारी, बल्कि एक दैवीय अवसर भी माना। उन्होंने अपने पुरुषों को स्थानीय महिलाओं से शादी करने के लिए प्रोत्साहित किया क्योंकि ये कैथोलिक चर्च की सक्रिय रूप से धर्मांतरण करवाने की उनकी योजनाओं में अच्छी तरह फ़िट होता था।

लेकिन 1626 में पुर्तगालियों और अंग्रेज़ों के बीच युद्ध हुआ। सूरत के पास सुवाली के तट पर एक नौसैनिक युद्ध हुआ। इसका नतीजा अंग्रेज़ों के लिए एक निर्णायक जीत के रूप में सामने आया, जो ये जानकर हैरान थे कि युद्ध के अंत में कई पुर्तगाली जहाज़ लापता हो गए थे। अंग्रेज़ों को बाद में पता चला कि पुर्तगालियों के पास एक गुप्त शरणस्थल था जिसे वो बोम बाहिया कहते थे; ये एक सुरक्षित बंदरगाह था जहां वो अपनी कश्तियों को लंगर डालने और मरम्मत के लिए ले जा सकते थे। अंग्रेज़ों ने जल्द ही बोम बाहिया पर हमला किया, पुर्तगाली गवर्नर की हवेली को ढहा दिया और दो पुर्तगाली कश्तियों को भी जला दिया जो गोदी पर लंगर डाले हुए थीं। पुर्तगाली अपनी जान बचाकर भागे।

महज़ साढ़े तीन दशक में सब कुछ पूरी तरह बदल गया। 1662 की गर्मियों में, इंग्लैंड के राजा चार्ल्स द्वितीय ने पुर्तगाल के राजा की बेटी कैथरीन ऑफ़ ब्रगैंज़ा से शादी की। कैथरीन के परिवार ने चार्ल्स को उसकी नई रानी के दहेज में बोम बाहिया दिया। लेकिन चार्ल्स को इतनी दूर की उन दलदलों पर शासन करने की न तो इच्छा थी और न ही संसाधन थे, और कुछ साल बाद उसने ब्रिटिश ईस्ट इंडिया कंपनी के साथ एक समझौता कर लिया, जो तब तक भारत में तेईस कारख़ानों का संचालन करने वाली एक विशाल कंपनी बन चुकी थी। कंपनी चार्ल्स से दस पाउंड की वार्षिक राशि पर द्वीपों को किराए पर लेने को सहमत हो गई, और बोम बाहिया को अंग्रेज़ी नाम 'बॉम्बे' मिल गया।

12

मैंने सुना था कि ईस्ट इंडिया कंपनी को बॉम्बे की ज़रूरत इसलिए थी कि ये एक गहरे समंदर का बंदरगाह था जहां गहरे समंदर वाली कश्तियों की पहुंच भी हो सकती थी। वो बॉम्बे को भविष्य में आने वाली बड़ी चीज़ों के लिए तैयार करने में लग गए। द्वीपों को अपनी रक्षा के लिए एक क़िले और सैनिक टुकड़ी की भी ज़रूरत थी। इसके अलावा एक मज़बूत, भरोसेमंद घाट, एक गोदाम और एक कस्टम हाउस की आवश्यकता थी। कंपनी के पास पहले ही सूरत में एक गवर्नर था, जैरल्ड एंजियर नाम का एक सक्षम आदमी। उसे बॉम्बे भेज दिया गया, जहां वो किसी मशीन की सी दक्षता के साथ विशाल बॉम्बे परियोजना को लागू करने में लग गया।

एक बड़ी बाधा बॉम्बे का मौसम था। साल के एक बड़े हिस्से में गर्म और उमस भरा रहने वाले इस शहर में तेज़ और निरंतर होने वाली बरसात के मौसम में—हैज़ा, टाइफ़ॉइड और मलेरिया जैसी महामारियों के साथ—गर्मी और भी भयंकर हो जाती थी। अंग्रेज़ कहा करते थे कि बॉम्बे में यूरोपीयन्स की औसत आयु 'तीन मानसून' थी। हमने ये भी सुना था कि बॉम्बे में बीस में से केवल एक यूरोपीय बच्चा शैशवावस्था को पार कर पाता था।

ऐसी बाधाओं के बावजूद अंग्रेज़ आगे बढ़ते रहे। कंपनी के निदेशकों ने एंजियर को 1666 की भीषण आग के बाद लंदन शहर के लिए तैयार की गई योजना की एक प्रति भेजी। ये नए बंदरगाह के विकास के लिए मार्गदर्शिका के रूप में काम करने के लिए थी। एंजियर ने एक महत्वाकांक्षी निर्माण कार्यक्रम शुरू किया जिसमें अलग-अलग द्वीपों को जोड़ने के लिए सेतुओं का निर्माण भी शामिल था। इसके अलावा, शहर के विकास के लिए एक अस्पताल, एक प्रिंटिंग प्रेस, एक टकसाल और एक एंग्लिकन चर्च भी बनाया गया।

उस समय तक, बॉम्बे में बसने वाले अंग्रेज़ अक्सर स्थानीय महिलाओं से शादियां करते रहे थे, लेकिन अब कंपनी ने वैवाहिक

रिश्तों की तलाश के लिए अंग्रेज़ महिलाओं को बॉम्बे आने के लिए प्रोत्साहित करना भी शुरू कर दिया। अंग्रेज़ों ने हमारे पारसी समुदाय से भी बंबई में आकर बसने का आग्रह किया। हम पारसी ज़ोरोस्टरवादियों के वंशज हैं जो आठवीं सदी में पुराने फ़ारस में इस्लामी उत्पीड़न से बचकर भागे थे। लेकिन पूरी नौ शताब्दियों के बाद हममें से कोई बॉम्बे पहुंचा था।

दोराबजी नानाभाई को बॉम्बे आने वाले पहले पारसी के रूप में याद किया जाता है। पुर्तगालियों द्वारा मूल रूप से स्थानीय आबादी के साथ संपर्क करने के लिए भर्ती किए गए दोराबजी को बाद में अंग्रेज़ों ने टैक्स जमा करने के लिए नियुक्त किया। लगभग तीन दशक बाद, नानाभाई के बेटे ने शहर को मुस्लिम हमलों से बचाने के लिए एक नागरिक सेना खड़ी की। बाद में, कृतज्ञ अंग्रेज़ों ने उन्हें 'पटेल' की उपाधि से सम्मानित किया। एक अन्य शुरुआती पारसी निवासी ख़रशेदजी पोंचाजी पांडे थे, जिन्होंने शहर की क़िलेबंदी के निर्माण के लिए सामग्री की सप्लाई की थी।

मेरे परिवार के ऐतिहासिक रिकॉर्ड कहते हैं कि एंजियर चाहता था कि शहर बिज़नेस उद्यमों के लिए चुंबक बन जाए। ऐसा करने के लिए, उसने 1662 तक चली आ रही पुर्तगाली नीति के विपरीत समझदारी के साथ धार्मिक सहिष्णुता और स्थानीय स्वायत्त शासन के नियमों को अपनाया। एंजियर लोगों को बिना किसी अड़चन के ज़मीन ख़रीदने और घर बनाने में सक्षम करने वाले भूमि क़ानून लाया। इसे मज़बूत बनाने के लिए उसने एक अदालती प्रणाली और एक स्थानीय पुलिस बल बनाया। जैसा कि अब दुनिया जानती है, उसके विचार कारगर रहे। जब एंजियर पहली बार बॉम्बे आया था, तो शहर की आबादी 10,000 के आसपास थी। केवल आठ साल में बढ़कर ये 80,000 हो गई।

लेकिन बॉम्बे का विकास कुछ झटकों के बिना नहीं हुआ था। ये एक ऐसा समय था जब खुले समुद्र में जहाज़ अक्सर एक दूसरे को लूट लिया करते थे। 1688 में, अंग्रेज़ चौदह मुग़ल जहाज़ों को

पकड़कर बंबई ले आए। एक साल बाद, मुग़लों ने जवाबी कार्रवाई की और तगड़ा जवाब दिया। उन्होंने अंग्रेज़ी क़िले की घेराबंदी कर ली और कंपनी को आख़िरकार क्षतिपूर्ति के प्रस्ताव के साथ शांति की मांग करनी पड़ी। शांति आई, लेकिन बहुत बड़ी क़ीमत पर। बॉम्बे की दौलत मुग़ल ख़ज़ाने में चली गई, और शहर का पतन हो गया। जल्द ही, खेत और घर वीरान हो गए।

कई दशक बाद ही वो बॉम्बे उभरकर सामने आया जिसे हम जानते हैं। इस बार, कंपनी ने एहतियात बरतते हुए तट और बंदरगाह की हिफ़ाज़त के लिए बॉम्बे मेरीन नाम का गश्ती जहाज़ों का एक बेड़ा स्थापित कर दिया था। दिलचस्प बात ये है कि यही बल आगे चलकर वो बना जिसे आज हम भारतीय नौसेना कहते हैं!

ईस्ट इंडिया कंपनी का सूरत में पारसी व्यापारियों के साथ लेन-देन पहले ही शुरू हो चुका था। उस समय अधिकतर पारसी गुजरात में केंद्रित थे क्योंकि ईरान से आई ज़रथुष्ट्री शरणार्थियों की शुरुआती लहर सबसे पहले वहीं आकर बसी थी। अब कंपनी उन्हें ललचाकर बॉम्बे लाना चाहती थी। पारसी अधिकांश मूल निवासियों की तुलना में बेहतर शिक्षित थे और पश्चिमी प्रभाव और आधुनिकता के प्रति कहीं ज़्यादा खुला दिमाग़ रखते थे। इसलिए 1672 में, जिस साल अंग्रेज़ों ने सेंट थॉमस चर्च की बुनियाद रखी, उसी साल उन्होंने समझदारी दिखाते हुए पहले पारसी दख़मा के लिए भी ज़मीन मुहैया कराई। देखिए, जहां हिंदू अपने मृतकों का दाह-संस्कार करते हैं और मुसलमान और ईसाई उन्हें दफ़्नाते हैं, वहीं हम ज़रथुष्ट्री अपने मृतकों को आकाश-दफ़्न करते हैं। इसके लिए हमें विशेष टॉवरों की ज़रूरत होती है जिन्हें दख़मा कहा जाता है।

एंजियर ने, किसी हद तक औचित्य के साथ, दावा किया कि बॉम्बे वो शहर था 'जिसे ईश्वर ने बनाने का इरादा किया था।' ये सच था—बॉम्बे को भगवान की आवश्यकता पड़नी थी। लेकिन, इससे भी महत्वपूर्ण, इसे पारसियों की ज़रूरत पड़नी थी।

13

कुछ ऐसे कारणों से जिन पर कभी शोध नहीं हुआ, हम पारसियों की उम्र अविश्वसनीय रूप से लंबी होती है। ज़रा सोचिए। गोदरेज साम्राज्य के सह-संस्थापक पिरोजशा बुर्जोरजी गोदरेज की मृत्यु नब्बे वर्ष की आयु में हुई। परोपकारी और उद्योगपति सर कोवासजी जहांगीर रेडीमनी का निधन 83 साल की उम्र में हुआ। भारत के पहले परमाणु परीक्षण के जनक होमी नुसरवानजी सेठना का देहांत 86 साल की उम्र में हुआ। भारत के सबसे प्रिय उद्योगपतियों में से एक जेआरडी टाटा की नब्बे वर्ष की आयु में मृत्यु हुई। 1971 के बांग्लादेश युद्ध के नायक फ़ील्ड-मार्शल सैम मानेकशॉ का 94 साल की आयु में निधन हुआ। भारत के प्रसिद्ध ज्योतिषी बेजन दारूवाला का देहावसान अठासी वर्ष की आयु में हुआ। और ये सभी भारत में रहते थे—एक ऐसा देश जहां ऐसा व्यक्ति दुर्लभ ही होता है जिसे धरती पर उनहत्तर साल से अधिक समय बिताने का मौक़ा मिल जाए।

हमारे लंबे जीवनकाल के बावजूद, पारसी भी आख़िरकार मरते ही हैं। तो, हम गोलाकार, चपटे टॉप वाले टॉवर बनाते हैं जिन्हें दख़मा कहा जाता है। इन टॉवरों के शीर्ष पर लाशें तत्वों के संपर्क में छोड़ दी जाती हैं, और गिद्धों को हमारी हड्डियों को साफ़ कर डालने के लिए प्रोत्साहित किया जाता है। इस तरह हमारे मृत, सड़ते शरीर पानी या आग को प्रदूषित नहीं करते हैं, जिन्हें हमारे मत के अनुसार शुद्धता का प्रतीक माना जाता है, और दान के एक अंतिम कार्य को पूरा करते हैं—एक अन्य गुण जो पारसियों के लिए अनिवार्य है—ज़रूरतमंदों का पोषण करना। मेरे कुछ मित्र, जो कि सारे पारसी नहीं हैं, इसमें पर्यावरण के प्रति मनुष्य के कर्तव्य की प्रारंभिक चेतना को देखते हैं।

विडंबना ये है कि पिछले कुछ समय में डाइक्लोफ़ेनैक के अत्यधिक उपयोग के कारण गिद्धों की आबादी में गिरावट आई है,

जो मानव और पशु लाशों में—जिन्हें वो खाते हैं—पाई जाने वाली एक आम सूजनरोधी दवा है। हम पारसी सड़न में तेज़ी लाने के लिए सोलर कंसेंट्रेटर स्थापित करने, गिद्धों का ज़्यादा प्रजनन करने और अपने सदस्यों को डाइक्लोफ़ेनैक का उपयोग बंद करने की सलाह देने के लिए मजबूर हो गए हैं।

लेकिन एंजियर के समय में ये कोई मुद्दा नहीं था! पारसी दख़मा स्थापित करने के लिए भूमि उपलब्ध कराना एक राजनीतिक चतुराई थी; बॉम्बे का टॉवर ऑफ़ साइलेंस मालाबार हिल क्षेत्र में स्थापित किया गया। लगभग दख़मा के ही समय पर, बंबई का पहला पारसी अग्नि मंदिर मोदी हिरजी वाचा दर-ए-मेहर भी स्थापित किया गया था। पारसियों का गुजरात से बंबई आना अब पूरे ज़ोर-शोर से शुरू हो गया था और अंग्रेज़ों की इच्छा पूरी हो गई थी।

जल्द ही, बॉम्बे पूरे शबाब पर था। सुनार और हीरा काटने वाले शहर में आ गए, और शहर उनके गहनों से जगमगा उठा। पीछे-पीछे बुनकर भी आ गए और जीवंत रंगों में रेशम और कपास के महीन धागे बुनने लगे। पारसी जहाज़ मालिकों और मारवाड़ी साहूकारों के साथ मिलकर गुजराती व्यापारियों ने बॉम्बे को एक वाणिज्यिक केंद्र में बदल दिया। पांच दशक बाद, जहाज़ निर्माताओं ने बॉम्बे में जहाज़ बनाने भी शुरू कर दिए। अगली शताब्दी में कपड़ा मिलें दिखाई देने लगीं। सबसे पहली कुछ सूती मिलों में से एक मेरे पर-परदादा ने स्थापित की थी। इन मिलों ने बॉम्बे की औद्योगिक क्रांति की शुरुआत की।

दलदल पूरी तरह से भर गए थे और एक रेलवे लाइन का निर्माण हो गया था, जिसने शहर को सुदूर थाना—आज के ठाणे—क्षेत्र से जोड़ दिया था। 1818 में, अंग्रेज़ पूना, जो अब पुणे है, पर क़ब्ज़ा करने में सफल हो गए। चूंकि अंग्रेजों ने मराठों को दृढ़ता से पराजित कर दिया था, इसलिए बॉम्बे के सभी ज़मीनी मार्ग अब अंग्रेज़ी नियंत्रण में थे। विक्टोरियन दौर के लंदन की तर्ज़ पर नई-नई सार्वजनिक इमारतें अपने सुंदर सिर उठाने लगी थीं। बॉम्बे का युग

शुरू हो चुका था।

एक विशेष पारसी सज्जन लॉवजी वाडिया को अंग्रेज़ों ने 1736 में बड़ी सावधानी से बॉम्बे आने के लिए लुभाया था। वो एक माहिर बिल्डर थे जिन्हें शहर के बंदरगाह के निर्माण का काम सौंपा गया था। तब तक, सूरत के बंदरगाह में गाद भरने लगी थी और अंग्रेज़ चाहते थे कि मुनाफ़ाबख़्श भारत-फ़ारस समुद्री व्यापार बॉम्बे आ जाए। पारसी न केवल उस लाभदायक व्यवसाय को अपने साथ बंबई ले आए, बल्कि वो पूर्व की ओर भी मुड़े और उन्होंने बॉम्बे-चीन व्यापार भी शुरू कर दिया।

1756 में, जिस पारसी व्यापारी ने भारत-चीन व्यापार को फलने-फूलने के लिए प्रेरित किया, वो थे हीरजी जीवनजी रेडीमनी। 1833 तक, चीन में पैंतीस अंग्रेज़ और बावन पारसी रह रहे थे। जिस पारसी को आगामी वर्षों में आख़िरकार भारत-चीन व्यापार पर हावी रहना था, वो थे जमशेदजी जीजीभाय। वो 1797 में पहली बार चीन गए और उन्होंने उस यात्रा से ढेर सारा धन कमाया। उन्हें इसका पता नहीं था, लेकिन चीनी अधिकारी किसी ऐसी चीज़ की खोज कर रहे थे जिसका ज़िक्र मार्को पोलो द्वारा कुबलई ख़ान को उपहार में दिए गए किसी ग्रंथ में था। लेकिन इस बारे में बाद में बात करेंगे।

उन्नीसवीं सदी के आते-आते, पारसी औद्योगिक उद्यमों में शामिल होने लगे। उन्होंने 1780 में बॉम्बे की पहली अंग्रेज़ी प्रिंटिंग प्रेस और 1812 में पहली गुजराती प्रिंटिंग प्रेस की स्थापना की। कई पारसी पहले ही बेड़ों के धनी मालिक बन चुके थे। बानाजी परिवार के पास चालीस से ज़्यादा कश्तियां थीं। वाडिया, जीजीभाय, दादीसेठ और रेडीमनी परिवारों के पास भी बड़े-बड़े बेड़े थे।

बॉम्बे में मेरे पूर्वजों के फलने-फूलने के कई कारण थे। हमारा समुदाय उच्च जाति के हिंदू व्यापारियों से भिन्न था जो विदेश यात्रा करने या अंग्रेज़ों के साथ सामाजिक रूप से घुलने-मिलने से हिचकिचाते थे। हिंदू हमेशा 'प्रदूषित' हो जाने और इस कारण रूढ़िवादियों द्वारा बहिष्कृत हो जाने के डर में जीते थे। हम पारसियों

को यात्रा करने या उस संगति को लेकर कोई आपत्ति नहीं थी जिसके साथ हमें उठना-बैठना था। हमारी दुनिया में व्हिस्की या जिन सभी प्रदूषकों को दूर कर देती थीं! हम स्थानीय भाषाओं के अलावा अंग्रेज़ी भी रवानी से बोलते थे। इसके कारण हम परफ़ेक्ट मध्यस्थ बन गए थे। इतने सालों में, हमने ईमानदारी और विश्वसनीयता के लिए भी अपनी प्रतिष्ठा बनाई थी।

1836 में बॉम्बे चैंबर ऑफ़ कॉमर्स की स्थापना के समय तक, इसके सभी दस संस्थापक भारतीय पारसी थे। हम बैंकिंग में भी सबसे आगे थे, क्योंकि बॉम्बे बैंक, ओरिएंटल बैंक और चार्टर्ड मर्कैंटाइल बैंक की स्थापना पारसियों ने की थी। 1850 तक, लगभग आधा बॉम्बे पारसियों का था!

अंततः बंबई चले गए कई पारसियों में से एक मेरे पर-परदादा शापूर दस्तूर भी थे। वो 1858 में उदवाड़ा के अपने गृहनगर में उस पुरोहिती के कैरियर को छोड़कर बॉम्बे भाग आए थे जो वहां उनकी प्रतीक्षा कर रहा था। बॉम्बे में वो जो सामान अपने साथ लाए थे, उनमें पायलटों जैसे प्रतीक चिह्न वाला मिट्टी का एक छोटा सा बक्सा था जिसे उनके अलावा किसी को छूने की इजाज़त नहीं थी। इसके अलावा एक कंठस्थ किया गया पाठ था जिसका अर्थ कोई नहीं जानता था।

ये बक्सा, इसकी सामग्री और वो कंठस्थ पाठ आमतौर पर अगली पीढ़ी के सबसे विद्रोही सदस्य के लिए आरक्षित थे। शापूर दस्तूर निश्चित रूप से वो विद्रोही थे, जिन्होंने अपनी उदवाड़ा की विरासत को और एक धार्मिक व्यक्ति को मिलने वाली प्रतिष्ठा को इतनी बेरुख़ी से छोड़ दिया था!

14

1858 में शापूर दस्तूर द्वारा उठाया गया ये एक बड़ा क़दम था।

उनके सभी पूर्वज पुरोहित रहे थे। लेकिन शापूर के भाग जाने की ये हरकत उन्हें महंगी नहीं पड़ी। उदवाड़ा के पुरोहित परिवार ज़्यादातर धनी ज़मींदार थे, इसलिए ये आसानी से माना जा सकता है कि शापूर के पारिवारिक संसाधनों ने उनके बॉम्बे में बसने को आसान बना दिया था। मुझे बताया गया है कि शापूर के पिता ने बॉम्बे में उनके उपक्रमों के लिए—भले ही थोड़ा हिचकिचाते हुए—उन्हें शुरुआती पूंजी भी दी थी।

मैं समझता हूं कि शापूर में एक सौम्य और मृदुभाषी आकर्षण था। वो हमेशा साफ़-सुथरे कपड़े पहनते थे और फ़र्राटेदार अंग्रेज़ी बोलते थे। वो बहुत बुद्धिमान नहीं थे, लेकिन बेहद मेहनती और ईमानदार होने ने इसकी भरपाई कर दी थी। उनके मिलनसार स्वभाव ने उनके लिए कई दरवाज़े खोल दिए थे।

बॉम्बे में उनके शुरुआती परिचितों में से एक मुर्डोक नाम का अंग्रेज़ था। एक शाम शापूर बॉम्बे की गोदी के किनारे टहल रहे थे कि उन्होंने बांध पर बुरी तरह नशे में धुत्त एक अंग्रेज़ को एक गठरी की तरह पड़े देखा। शापूर ने उसकी मदद की, एक प्याली शक्कर वाली चाय का इंतज़ाम किया, उसे उसके गले से उतरवाया और फिर उसके साथ उसके घर तक गए। ये एक लंबी दोस्ती की शुरुआत थी। शापूर अक्सर मज़ाक़ में कहते थे कि उन्हें 'गोदी पर सात बजे एक मुर्डोक' मिला था।

मुर्डोक को अंग्रेज़ 'कंट्री ट्रेडर' कहते थे। कंट्री ट्रेडर भारत और चीन के बीच माल ले जाने के लिए ईस्ट इंडिया कंपनी द्वारा अधिकृत व्यापारी होते थे। मुर्डोक कंपनी के लिए काफ़ी अच्छा कारोबार चलाता था। वो भारत से अफ़ीम चीन ले जाता था और भारत के रास्ते इंग्लैंड को चांदी, चाय, रेशम और चीनी मिट्टी के बर्तन पहुंचाता था। लेकिन फ़िलहाल मुनाफ़ाबख़्श अफ़ीम कारोबार दबाव में था। सबसे पहले छठी शताब्दी में, अरब व्यापारी चीन को अफ़ीम का निर्यात करते थे। सत्रहवीं शताब्दी तक, चीन में अफ़ीम की लत एक ऐसी समस्या बन गई थी कि कई सम्राटों ने इसे ग़ैरक़ानूनी घोषित

करने के फ़रमान जारी किए थे। बेशक, कारोबार फलता-फूलता रहा। पहले पुर्तगालियों ने, और फिर अंग्रेज़ों ने अफ़ीम को चीन के साथ अपने व्यापार का मुख्य आधार बनाया। इसका मतलब था भारत में अफ़ीम के लाखों ग़रीब किसान—क्योंकि व्यापार पर कंपनी का पूरा अधिकार था—और चीन में लाखों अफ़ीम के नशेड़ी, लेकिन इसकी किसे परवाह थी? कारोबार तो ज़बरदस्त था ना!

शापूर के बॉम्बे आने से दो दशक पहले चीन में पहला अफ़ीम युद्ध हो चुका था, और अब दूसरा चल रहा था। लेकिन इन दोनों युद्धों ने चीन में औपनिवेशिक शक्तियों के व्यापारिक अधिकारों को बस और ज़्यादा मज़बूती ही प्रदान कर दी थी। आख़िरकार, इन युद्धों ने उन बलों को खुला छोड़ दिया जिन्होंने चिंग राजवंश का पतन किया। अपने समय के लिए असामान्य रूप में, मुर्डोक ने अफ़ीम कारोबार का दम घुटने से बहुत पहले ही अपने व्यापारिक हितों में विविधता लाने की आवश्यकता महसूस कर ली थी।

उस समय, कच्चा कपास भारत से इंग्लैंड भेजा जाता था, इंग्लैंड में उसे कातकर कपड़ा बनाया जाता था और फिर उसे वापस भारत भेज दिया जाता था। उस समय बॉम्बे में ही एक कपड़ा मिल स्थापित करने के लिए अच्छा अवसर था। वास्तव में, भाप से चलने वाली पहली सूत मिल कोवासजी नानाभाय डावर द्वारा 1854 में पहले ही स्थापित की जा चुकी थी। पेटिट परिवार भी मिल-मालिक थे। मुर्डोक ने सोचा कि वो ऐसा क्यों नहीं कर सकता।

उसके मैनचेस्टर में—जहां भारत में बिक्री के लिए सारे भारतीय कपास को काता जाता था—कई मित्र थे जो उसे उचित शर्तों पर पुराने करघे बेचने को तैयार थे। मुर्डोक एक सफल व्यवसायी मूलतः इसीलिए बना था कि उसने अपनी सीमाओं को पहचान लिया था। उसे व्हिस्की, ताश का खेल, और जुए की पार्टियां पसंद थीं। वो भले ही अविवाहित था, लेकिन हर रात एक अलग औरत उसका बिस्तर गर्म करती थी। इसके अलावा, उसका इरादा इन ऐशों को जीवन भर की आदत बनाने का था। एक धूल भरी कपड़ा मिल के गर्मी भरे, तंग

ऑफ़िस में बैठकर फ़ाइलों को पढ़ना निश्चित रूप से मौज-मस्ती का उसका विचार नहीं था। तभी उसे अहसास हुआ कि इस ख़ास काम के लिए आदर्श व्यक्ति शापूर दस्तूर थे।

समस्या ये थी कि शापूर किसी की नौकरी करने को तैयार नहीं थे। इसलिए, मुर्डोक ने उन्हें बदले में एक सीधी-सरल सी डील ऑफ़र की। मुर्डोक पूंजी लगाएगा और ज़मीन और मशीनरी ख़रीदेगा। शापूर बाक़ी सब कुछ करेंगे—संक्षेप में, भारी काम। बदले में, उद्यम में पच्चीस प्रतिशत हिस्सेदारी शापूर की होगी जो अगर कंपनी को पहले दशक में मुनाफ़ा हुआ तो बढ़कर पचास प्रतिशत हो जाएगी। शापूर पहले तो झिझक रहे थे, लेकिन फिर उनकी पत्नी दीना ने उन्हें समझाया कि ये ज़िंदगी में कभी-कभी मिलने वाला अवसर था। शापूर ने चुनौती स्वीकार की और जेमिनी मिल्स का जन्म हो गया। ये नाम दीना ने एक ख़ास कारण से चुना था।

नियति शापूर और मुर्डोक के उपक्रम पर मुस्कुराई: इधर जब मिल उत्पादन शुरू करने वाली थी, तो उधर अमेरिकी गृहयुद्ध छिड़ गया। अमेरिका दुनिया भर की कपास की लगभग अस्सी प्रतिशत मांग को पूरा करता था, लेकिन लड़ाई का मतलब था कि उस सप्लाई में भारी कटौती हो जाती। कपास की वैश्विक क़ीमतें आसमान छू रही थीं, और भारतीय किसान मांग को पूरा करने के लिए ज़मीन के ज़्यादा बड़े हिस्से में बुआई कर रहे थे। शापूर की मिल को इस बढ़ी हुई स्थानीय आपूर्ति का लाभ हो रहा था। संचालन के पहले दशक के दौरान, एक वर्ष भी ऐसा नहीं गया जब जेमिनी मिल्स ने उत्पादन क्षमता में वृद्धि ना की हो; न ही कोई साल ऐसा रहा जब कंपनी ने लाभांश का भुगतान नहीं किया हो। शापूर जल्द ही मुर्डोक के बराबरी के भागीदार बन गए, क्योंकि उन्होंने बड़ी आसानी से लाभ के उन लक्ष्यों को पार कर लिया था जो दोनों भागीदारों ने शुरू में अपने लिए निर्धारित किए थे।

1857 के महासंग्राम के विपरीत, शापूर का निजी विद्रोह कारगर रहा था।

15

शापूर परफ़ेक्शनिस्ट थे। उस मोटे सूती कपड़े से असंतुष्ट होकर, जिसका उनकी मिल उत्पादन कर रही थी, उन्होंने विभिन्न प्रकार के रेशों को आज़माकर देखा और यहां तक कि भारतीय किसानों को भी मना लिया कि वो मिस्र की वो नर्म, बेहतर क़िस्में उगाएं जिनसे लंबे धागे निकलते हैं। उन्होंने मिल पर भी कड़ी नजर रखी और उत्पादन की गुणवत्ता और मात्रा में लगातार सुधार करते रहे। वो बहुत ही उच्च क्षमता वाले प्रबंधकों को नियुक्त करने पर ज़ोर देते थे जो उनकी सोच को समझ सकें, और साथ ही वो श्रम बल के लिए परिस्थितियां बेहतर बनाने को लेकर भी बहुत सख़्त थे। उन्होंने ऐसी नीतियां बनाईं जो उस समय के लिए दूरदर्शितापूर्ण थीं: सवैतनिक अवकाश, कंपनी के ख़र्च पर चिकित्सा लाभ, कर्मचारियों के बच्चों के लिए स्कूल और रिआयती आवास।

उत्पादन और मुनाफ़ा आसमान छूने लगे थे, लेकिन पक्का औरतबाज़ मुर्डोक आख़िरकार सिफ़िलिस का शिकार हो ही गया, जिसे 'पॉक्स' के रूप में जाना जाता था। जब मुर्डोक के वकीलों ने बताया कि मुर्डोक ने मिल के अपने आधे हिस्से का एकमात्र लाभार्थी शापूर को बनाया था, तो शापूर अवाक रह गए। शापूर अब मिल के इकलौते मालिक थे।

अविश्वसनीय रूप से—या शायद इतने अविश्वसनीय रूप से भी नहीं—1870 तक, पारसी परिवार बॉम्बे की तेरह में से नौ मिलों के मालिक थे। मेरा परिवार उनमें अग्रणी था, और सबसे ज़्यादा मुनाफ़ाबख़्श मिल—जेमिनी मिल्स—का मालिक था।

शापूर ने जल्द ही अपना रूपांतरण एक पक्के अंग्रेज़ के रूप में कर लिया। वो अपने परिवार को एक विशाल बंगले में ले गए और उन्होंने एक चमकदार बग्घी ले ली। इस घर में संगमरमर का एक शानदार ज़ीना और यूरोपीयन फ़र्नीचर था। फ़र्श पर मोज़ैक टाइलों, और बिजली के झूमरों, जो उस समय के लिए एक नवीनता थे, ने

घर को एक ऐसी भव्यता दे दी थी जिनसे अन्य महलनुमा घर शायद ही कभी तुलना कर सकते थे। हर सुइट में अंग्रेज़ी प्लंबिंग और बेशक़ीमत अमेरिकी फ़िटिंग्स वाले संगमरमर के बड़े-बड़े बाथरूम थे। आने वाले वर्षों में, शापूर दुनिया भर की यात्रा करने और कलाकृतियां और एंटीक चीज़ें लाने लगे जिन्हें वो बड़े प्यार से सारे घर में सजाते थे। वो बंबई में मोटरकार के सबसे पहले मालिकों में से थे। इस घर में शहर की पहली लिफ़्ट और बर्फ़ बनाने वाली मशीन तक थी!

शापूर और दीना उदारता में भी उतने ही धनी थे। वो बेहद शानदार पार्टियां देते थे, और डिनर का मतलब हमेशा कई कोर्स होते थे जो विदेशी आइसक्रीम के साथ समाप्त होते थे, जो उस दौर के लिए कल्पना से परे एक नवीनता थी। मेहमानों में शहर को चलाने वाले अंग्रेज़ों के अलावा बॉम्बे के अमीर और प्रसिद्ध लोग होते थे। इसमें आश्चर्य की कोई बात नहीं थी कि शापूर नाइट की उपाधि पाने और अंततः ब्रिटिश साम्राज्य द्वारा बैरोनेट बनाए जाने वाले पहले भारतीयों में से थे। दस्तूरों का युग शुरू हो चुका था।

उनके दो बेटे हुए, होमी और नवरोज़। हालांकि लड़कों को विलासिता में पाला गया था, लेकिन उनके बुनियादी मूल्यों से कभी समझौता नहीं किया गया। आपको याद होगा, ज़रथुष्ट्रवादी दर्शन उनकी अपनी त्रिमूर्ति के महत्व पर ज़ोर देता है: सद्विचार, सद्वाणी और सत्कर्म—हुमाता, हुकता और हुवार्श्ता। शापूर और दीना ने लड़कों को कभी भी इन्हें भूलने नहीं दिया। दीना लड़कों को याद दिलाती रहती थीं कि पैसे से बस व्यक्ति को पैसे की चिंता न करने की आज़ादी मिलती थी।

होमी और नवरोज़ को अपने पिता की दौलत की वजह से कभी भी नियमों में ढील नहीं बरतने दी गई। वो एक सख़्त दिनचर्या का पालन करते थे और ग्रेड कम आने पर उन्हें फटकार लगाई जाती थी। पॉकेट मनी नियंत्रित दिया जाता था, और उन्हें अपनी प्लेटों में जो कुछ भी खाना मिलता उसे ख़त्म करना पड़ता था। काम में मदद

करने के लिए कर्मचारी मौजूद रहते थे लेकिन उनके साथ हमेशा सम्मानजनक बर्ताव किया जाता था।

शर्मीले और अंतर्मुखी क़िस्म के होमी को पश्चिमी शास्त्रीय संगीत पसंद था। ये स्पष्ट था कि उनकी दिलचस्पी संगीत के नोट्स में थी न कि करेंसी के नोट्स में। सौभाग्य से, उनकी मां ने इस बात को पहचाना और उन्हें वॉयलिन में आगे बढ़ने के लिए प्रोत्साहित किया। जब शापूर शाम को घर लौटते, तो उन्हें होमी के कमरे से बाख, बीथोवेन और ब्राम्ज़ की धुनें सुनाई देती थीं। ये चीज़ उन्हें उत्साहित और चिंतित दोनों करती थी। पिता एक कलाकार को बनते देख ख़ुश थे... लेकिन वो बड़ी शिद्दत से ये भी चाहते थे कि उनका बड़ा बेटा कारोबार की बागडोर संभाले!

शापूर को एक वैकल्पिक दृष्टिकोण के लिए मनाने के लिए दीना के बेहतरीन कूटनीतिक कौशल की ज़रूरत पड़ी। आख़िरकार शापूर ने अपने बड़े बेटे को वॉयलिन वादक के रूप में कैरियर बनाने के लिए वियना जाने का आशीर्वाद दिया। होमी ने स्वेच्छा से पारिवारिक उद्यम में अपना हिस्सा छोड़ दिया ताकि उनके छोटे भाई नवरोज़ इसका विस्तार कर सकें।

और होमी मशहूर हो गए। उन्हें 'पूर्व का विवाल्डी' कहा जाने लगा! मैं आज भी उनकी रचनाओं को बड़े चाव से सुनता हूं। मुझे बहुत गर्व है कि मैं उन्हें अपना परचाचा कह सकता हूं।

एक ऐसे व्यवसाय में भविष्य बनाने से बचने के साथ-साथ जिसके होमी उत्तराधिकारी थे, वो एक विद्रोही भी थे, और इसलिए वो मिट्टी के उसे छोटे से बक्से और उस कंठस्थ पाठ के अगले संरक्षक बने जिसका अर्थ कोई नहीं जानता था।

16

जिम को होश आया और वो भौंचक्का सा अपने चारों ओर देखने लगा। उसे बस इतना समझ आया कि वो किसी क़िस्म के विमान के अंदर था, जो कपड़े वो पहने था वो उसके अपने नहीं थे, दर्द से उसका सिर फटा जा रहा था और उसका मुंह बुरी तरह सूखा हुआ था। और, जैसे उसके होश उड़ाने के लिए इतना ही काफ़ी नहीं था, उसके हाथ मज़बूत ज़िप टाइयों से आपस में बंधे हुए थे।

जब वो थोड़ा संभला, तो उसे अहसास हुआ कि वो एक प्राइवेट जेट में था। सीटों पर शानदार नैपा लैदर चढ़ा हुआ था; उसके सामने टेबल पर अख़रोट का वेनियर था; विमान में सिर्फ़ छह सीटें थीं; और हर सीट पर कोई न कोई बैठा हुआ था।

उसके सामने वाली सीट पर साफ़-सुथरा पुलओवर, जीन्स और रिमलेस चश्मा पहने सफ़ाई से छंटी हुई दाढ़ी वाला एक आदमी बैठा हुआ था। 'मैं तुम्हें इस तरह से लाने के लिए माफ़ी चाहता हूं, जिम,' उसने मुस्कुराते हुए कहा। उसने एक सहायक को इशारा किया, जिसने आगे आकर उन ज़िप टाइयों को काटा जिनसे जिम के हाथ बंधे हुए थे और पीछे हट गया। जिम ने अपनी कलाइयों को सहलाया; वो आज़ाद होकर ख़ुश था। मतलब, लगभग।

'तुम्हें प्यास लगी होगी,' उस आदमी ने कहा। 'पानी लाओ,' उसने स्टीवर्ड को निर्देश दिया। स्टीवर्ड ने आदेश का पालन करते हुए मिनरल वॉटर की दो छोटी बोतलें जिम के सामने रख दीं, जिसने जल्दी से उनमें से एक का ढक्कन खोला और उसे गटक गया। फिर उसने सामने बैठे आदमी को देखा और मन ही मन एक के बाद एक कई सवाल पूछ डाले। *तुम कौन हो? मैं कहां हूं? लिंडा कहां है? तुमने मेरा अपहरण क्यों किया है?*

'शांत हो जाओ, जिम,' उस आदमी ने कहा, जिसके चेहरे पर मुस्कुराहट मंडरा रही थी। 'तुम्हारे बहुत से सवाल हैं, और मैं एक-

एक करके उनके जवाब देने की कोशिश करूंगा। लेकिन पहले, कुछ खा लो। अपनी ताक़त वापस हासिल करो। तुम इस सिरदर्द के लिए एक टाइलीनोल लेना चाहोगे? माफ़ करना, लेकिन हमें तुम्हें चोट मारकर बेहोश करना पड़ा।' जिम उसके लहजे को समझने की कोशिश करने लगा। ये मध्यपूर्व के हल्के से असर के साथ अमेरिकी लहजा था।

स्टीवर्ड फिर से आया और उसने जिम के सामने खाने की ट्रे के साथ एक नैपकिन रख दिया। उसमें नट्स, कई प्रकार के चीज़, अचार और ब्रेड थीं। ट्रे के एक कोने में टाइलीनोल की एक छोटी सी शीशी थी। जिम ने पहले एक गोली निगली। फिर उसे अहसास हुआ कि कल रात से कुछ न खाने की वजह से वो कितना भूखा था। जिम खाने लगा और उसका मेज़बान अपने मैसेजों में व्यस्त हो गया। जब जिम खा चुका तो स्टीवर्ड उसके लिए कॉफ़ी ले आया। जिम ने कृतज्ञतापूर्वक गर्म कॉफ़ी ली और फिर से अपने मेज़बान को देखने लगा।

'क्या तुम मुझे बताओगे कि ये सब किसलिए है?' हिचकिचाते हुए खाना खाने के बाद थोड़ा बेहतर महसूस करते हुए जिम ने पूछा। उसके सिर का तेज़ दर्द कम हो गया लगता था।

'मेरा नाम अली ज़मानी है,' उस आदमी ने कहा। 'मैं इस ऑपरेशन का इंचार्ज हूं। तुम्हारा हमज़ा ड्यूरा तुम्हारे बिना हमारे किसी काम का नहीं है। हम तुम्हारे दिमाग़ को तो अपने कंप्यूटर्स में डाउनलोड नहीं कर सकते ना? तो हमारे पास उसके साथ-साथ तुम्हें भी लाने के अलावा कोई चारा नहीं था।'

'लिंडा कहां है?' जिम ने उसकी बाक़ी सारी बातों को नज़रअंदाज़ करते हुए पूछा। 'वो सुरक्षित है?'

'पूरी तरह,' अली ने आश्वस्त किया। 'वो सिएटल वापस जाने के रास्ते में हैं और अगले तीस मिनट में तुम्हारे घर पहुंच जाएंगी। उन्हें नुकसान पहुंचाने का हमारा कोई इरादा नहीं था। लेकिन हम ये भी जानते थे कि तुम्हारा सहयोग पाने का इकलौता तरीक़ा उन्हें चारे

के तौर पर इस्तेमाल करना था। सौभाग्य से, हमारा प्लान कामयाब रहा।'

'और अभी हम कहां हैं?' जिम ने खिड़की से बाहर बादलों की अनंत चादर को देखते हुए पूछा।

'हम एक घंटा पहले पोर्टलैंड इंटरनेशनल एयरपोर्ट से चलने के बाद वूस्टर—मैसाचुसेट्स—के रास्ते में हैं। प्लीज़ घबराओ मत। ये पक्का करना मेरी ज़िम्मेदारी है कि तुम्हारा अच्छा ख़्याल रखा जाए।'

'वूस्टर क्यों?' जिम ने रूखेपन से पूछा।

'मंज़िल पर पहुंचने के बाद सब कुछ एकदम साफ़ हो जाएगा,' अली ने जवाब दिया। 'जैसा कि मैंने पहले कहा, तुम्हें इस तरह यहां लाने के लिए मैं माफ़ी चाहता हूं। लेकिन मैं इसकी भरपाई तुम्हारे साथ एक क़ैदी के बजाय एक सम्मानित मेहमान के रूप में बर्ताव करके करना चाहूंगा।'

'बड़ी मेहरबानी,' जिम ने जवाब दिया। उसका कटाक्ष अली ज़मानी से छिपा नहीं रहा।

'मेरे कपड़े कहां हैं?' जिम ने उत्सुकतावश पूछा। सुबह उसने अपने ऑफ़िस के कपड़े पहने हुए थे—लिनेन शर्ट, स्वेटर, ख़ाकी सूती पैंट और लैदर के ब्राउन लोफ़र। लेकिन अब वो टी-शर्ट, जैकेट और चीनोज़ पहने हुए था। लैदर के जूतों की जगह उसने नर्म स्नीकर्स पहने हुए थे।

'जब तुम बेहोश थे तो हमें तुम्हारे कपड़े और जूते बदलने पड़े,' अली ने जवाब दिया। 'हमें पक्का नहीं पता था कि तुम पर कौन से ट्रैकिंग उपकरण हो सकते हैं। और हमारा सावधान रहना ठीक ही रहा।'

'तुम *हो* कौन?' जिम ने पूछा। 'और प्लीज़ अपना नाम मत दोहराना। तुम जानते हो मेरा क्या मतलब है।'

अली मन ही मन हंसा। 'मैं उन लोगों का प्रतिनिधि हूं जिन्हें तुममें और तुम्हारी खोजों में बहुत दिलचस्पी है। और हम पक्का

करना चाहेंगे कि तुम और तुम्हारी रिसर्च दोनों अच्छी तरह सुरक्षित रहें।'

जिम को लगा कि वो अली से इससे ज़्यादा जानकारी नहीं निकलवा पाएगा। उसने अपने हाथों से अपनी कनपटियां मसलीं और फिर अंगड़ाई ली। 'मुझे अकड़न सी हो रही है,' उसने अली से कहा। 'क्या मैं उठकर थोड़ा टहल सकता हूं?'

'ज़रूर,' अली ने जवाब दिया। 'लेकिन मैं याद दिला दूं कि मेरा असिस्टैंट हमसे बस कुछ सीट दूरी पर है। वो नेवी सील से रिटायर्ड है। अगर तुमने कोई गड़बड़ी करने की कोशिश की, तो तुम्हारी परेशानी बढ़ जाएगी।'

जिम ने अपनी सीटबेल्ट खोली और खड़ा हो गया। सील भी खड़ा हो गया और अपनी जगह पर ही रहा। जिम गलियारे में चला, पलटा और वापस अपनी सीट तक आ गया। उसने कई बार ऐसा ही किया।

इस दौरान उसने विमान के वॉलपेपर को अच्छी तरह देखा। उस पर पैलेस स्क्रिप्ट में कुछ-कुछ दूरी पर लगे एक धुंधले सुनहरी लोगो पर एक नाम लिखा हुआ था। लगता था कि जेट उसी संगठन का था।

एस्क्लीपियस।

17

प्राइवेट जेट ने वूस्टर रीजनल एयरपोर्ट पर लैंड किया और अली ज़मानी और अन्यों द्वारा बंधक बनाए गए थके-मांदे जिम से उतरने का निवेदन किया गया। विमान की सीढ़ियों से उतरते हुए उसने देखा कि नीचे सड़क पर एक लिमोज़ीन खड़ी थी।

जिम और ज़मानी उसकी पिछली सीट पर बैठ गए जबकि हथियारबंद आदमियों में से एक ड्राइवर के बग़ल वाली सीट पर बैठ

गया। अपारदर्शी खिड़कियों के कारण ये देखना नामुमकिन था कि वो कहां जा रहे थे। अब तक परिचित हो चुका एस्क्लीपियस लोगो सीटों के हेडरेस्ट पर भी मौजूद था। अली से, जिसने रास्ते भर एक दृढ़ ख़ामोशी बनाए रखी, एक ख़ुशनुमा सी महक आ रही थी। जिम इस ख़ुशबू को पहचानने की कोशिश करता रहा और इस नतीजे पर पहुंचा कि ये *जो मेलोन* था। शायद वुड सेज एंड सी सॉल्ट।

लगभग तीस मिनट बाद, कार रुक गई। बाहर से एक सुरक्षा गार्ड ने दरवाज़े खोले। जिम बाहर निकला, तो उसने देखा कि वो किसी विशाल एस्टेट में थे जहां ख़ूबसूरती से कटे हुए लॉन ऐसे लगते थे जैसे कि वो क्षितिज तक फैले हुए हों। एक छोर पर न्यू इंग्लैंड जैसा मैंशन था; दूसरे छोर पर एक विशाल, आधुनिक कमर्शियल ब्लॉक था। प्लॉट के एक कोने पर ऑन-साइट होटल के नाम से चिह्नित एक छोटा सा ब्लॉक और था। कॉरपोरेट ब्लॉक की दीवार पर काफ़ी ऊपर एस्क्लीपियस का लोगो चमक रहा था।

गार्ड उन्हें मैंशन के गेट तक लेकर गया। रंगीन कांच के मेन डोर पर एक बटलर ने उनका स्वागत किया। वो क़ालीनदार गलियारों से गुज़रे जहां की दीवारों पर गौगुइन, वॉरहोल, रूबन्ज़ और सिज़ान की बेशक़ीमत पेंटिंग्स लगी हुई थीं। आख़री गलियारे के दूर वाले छोर पर ओक का एक विशाल दरवाज़ा था।

जब बटलर ने उसे खोला, तो उन्होंने अलंकृत स्टडी में प्रवेश किया जहां किताबों, लैदर और सिगार के धुएं की महक भरी हुई थी। एक सजावटी डेस्क के पीछे, महंगा सूट पहने एक नाटा सा, गोरे रंग का आदमी बैठा हुआ था। 'वूस्टर में स्वागत है, जिम,' डेस्क के पीछे से उठकर हाथ मिलाने के लिए आगे आते हुए वो बोला। वो अपने एलीवेटर जूतों के बावजूद पांच फ़ुट से कम ही था। 'मेरा नाम रायन पार्कर है, और अपने ग़रीबख़ाने पर आपका स्वागत करना मेरे लिए सौभाग्य की बात है।'

जिम ने शिष्टाचार के तौर पर हाथ मिलाया और फिर पूछा, 'आप कौन हैं?' —हालांकि वो जवाब जानता था। नेपोलियन जैसे

परिसर वाला तिरसठ वर्षीय रायन पार्कर वो टाइकून था जो दुनिया की सबसे बड़ी दवाई कंपनियों में से एक एस्क्लीपियस को चलाता था। जिम ने उसकी तस्वीर *फ़ोर्ब्स* के कवर पर देखी थी जिसमें उसे एक ऐसे आदमी के रूप में दर्शाया गया था जो कंपनियों और फ़ॉर्मूलों को नाश्ते की तरह खा जाता था। ये वही गिद्ध था जिसके बारे में जीसीआरसी के एक डायरेक्टर ने उसे चेतावनी दी थी। एस्क्लीपियस के सारी दुनिया में 95,000 से ज़्यादा कर्मचारी थे और ये अपने उत्पाद 150 से अधिक देशों को पहुंचाती थी। ये ऑनकोलॉजी, इम्युनोलॉजी, संक्रामक रोग, नेत्र रोग, हृदय रोग और न्यूरोलॉजी जैसे क्षेत्रों में अग्रणी थी।

पार्कर का निजी जीवन लाइफ़स्टाइल पत्रिकाओं का विषय था। उसकी वर्तमान पत्नी, जो तीन दशक में उसकी तीसरी पत्नी थी, उससे शादी करने से पहले एक हॉलीवुड स्टार थी। निजी जेट, याट, पेंटहाउस अपार्टमेंट, विला और लग्ज़री कारें उसकी ज़िंदगी में हर ओर मौजूद थीं।

उसने सोफ़े की ओर इशारा करके जिम को बैठने के लिए आमंत्रित किया। उसके पास ही एक कुर्सी पर बैठते हुए, उसने सीधे मुद्दे पर आते हुए बात शुरू की, 'आप मुझे जानते हैं, लेकिन आप शायद उस संगठन को नहीं जानते जिसका मैं प्रतिनिधि हूं।'

'संगठन?' जिम ने पूछा।

'मैं दवाई कंपनियों के एक ग्रुप का प्रतिनिधित्व करता हूं,' पार्कर ने समझाया। 'हम सब मिलकर सारी दुनिया के औषधि बाज़ार का सत्तर प्रतिशत हैं। मैं संगठन का अध्यक्ष हूं, और हम एक दूसरे की मदद करके काम करने की कोशिश करते हैं।'

'आपका मतलब आप एक कार्टेल चलाते हैं,' जिम ने रूखेपन से कहा।

पार्कर हंसने लगा। 'आप जो चाहें कहें, जिम,' वो हंसमुख भाव से बोला। 'आप दूसरों से ज़्यादा अच्छी तरह जानते हैं कि ये बड़ी बाज़ियों का खेल है। असफल परीक्षणों की लागत का हिसाब

लगाते हुए देखें, तो मार्केट में एक अकेली नई दवा को लाने के लिए शोध व विकास की औसत लागत लगभग एक बिलियन डॉलर होती है। हर कंपनी द्वारा इतनी लागत लगाने का कोई फ़ायदा नहीं है। आक्रामक प्रतिस्पर्धा से मुनाफ़े को कम करना भी अर्थहीन है।'

'आप मुझे यहां क्यों लाए हैं?' जिम ने पूछा। ये एक मूर्खतापूर्ण सवाल था, क्योंकि जिम इस बार भी जवाब जानता था।

'हमारा मानना है कि आपके हमज़ा ड्यूरा में एक बहुत बड़ा अवसर है,' पार्कर ने जवाब दिया। 'अवसर आपके लिए—और हमारे लिए। साथ काम करने का मौक़ा गंवा देना हमारी बेवक़ूफ़ी होगी।'

'संभावित बिज़नेस पार्टनर एक दूसरे का अपहरण नहीं करते,' जिम ने जवाब दिया। 'या उनके जीवनसाथियों का।'

'कभी-कभी साधन से ज़्यादा महत्वपूर्ण लक्ष्य होते हैं,' पार्कर बोला। 'साफ़ कहूं तो मैं जानता था कि जब तक मैं आपको यहां नहीं बुलवाऊंगा तब तक आप हमज़ा ड्यूरा पर बात करने को तैयार नहीं होंगे। इस मामले पर आपका रुख़ हम पहले ही जानते हैं।'

'मेरे इस संभावित रुख़ के बारे में आपको किसने बताया?' जिम ने पूछा। उसका दिमाग़ बिंदुओं को जोड़ने की कोशिश में तेज़ी से दौड़ रहा था। जीसीआरसी में जो लोग उसके काम के बारे में जानते थे वो बस उसके चार अन्य डायरेक्टर थे। लेकिन ये असंभव लगता था कि उनमें से किसी ने उसके साथ विश्वासघात किया होगा।

'हमारे अपने तरीक़े हैं,' पार्कर ने जवाब दिया। 'हमने इतना बड़ा काम दूसरों पर नज़र रखे बिना नहीं किया है। हमज़ा ड्यूरा अवसर और ख़तरा दोनों है। हम इसे ख़तरे से ज़्यादा अवसर के रूप में देखना चाहेंगे।'

'और अगर मैं सहयोग न करने का फ़ैसला करूं तो?' जिम ने पूछा।

'आप यहां हमारे साथ हैं,' पार्कर ने जवाब दिया। 'आपका

शोध और कच्चा माल भी हमारे पास है। एक विकल्प ये है कि हम मिलकर अवसर का फ़ायदा उठाएं। दूसरा विकल्प ये है कि मैं कथित ख़तरे को ख़त्म कर दूं। हम जो दिशा लेंगे वो आप पर निर्भर करती है।' चीते ने अपने दांत दिखा दिए थे—और वो भी मुस्कुराते हुए नहीं।

'हमज़ा ड्यूरा पूरी मानवता का है,' जिम ने जवाब दिया। 'इसीलिए जीसीआरसी ने पेटेंट के लिए आवेदन नहीं किया है। हम चाहते हैं कि सारी दुनिया इस खोज से फ़ायदा उठाए। मैं कभी पैसे से प्रेरित नहीं रहा हूं।' *पैसे से बस व्यक्ति को पैसे की चिंता न करने की आज़ादी मिलती है,* जैसा कि शापूर दस्तूर की पत्नी दीना कहती थीं।

पार्कर हंसने लगा। 'मेरा ख़्याल था कि आप अपना इरादा बदल लेंगे।'

'और अगर मैं न बदलूं?' जिम ने थके भाव से पूछा।

'मैं आपको अपने परिसर का दौरा कराता हूं,' पार्कर ने बेपरवाही से विषय बदलते हुए कहा। 'शायद आपकी समझ में आ जाए कि आपका मुक़ाबला किससे है। मेरे पास ज़्यादातर लोगों के इरादे बदल देने की ताक़त है।'

18

हुर्मुज़गान सूबे की राजधानी बंदर अब्बास शहर ईरान के दक्षिणी तट पर स्थित एक बंदरगाह है। बहराद सरोशपुर यहां पहले भी आया था, लेकिन इस दौरे जैसी जिज्ञासा के साथ कभी नहीं। उसने यहां आने से बचना चाहा था, लेकिन उदवाड़ा में उनवाला के साथ हुई बातचीत ने उसे यहां आने को प्रेरित किया था।

उसका इच्छित गंतव्य तो हुर्मुज़ का प्राचीन शहर होता, लेकिन वो तो कब का समय की रेत में दबकर ख़त्म हो चुका था। सबसे क़रीबी आधुनिक शहर बंदर अब्बास था। और जिस जलाशय—

हुर्मुज़ की खाड़ी—ने इसे घेरा हुआ था, उसने अपने प्राचीन पड़ोसी की याद को संरक्षित किया हुआ था। ये नाम अभी भी तट के पास हुर्मुज़ द्वीप नाम से ज्ञात एक छोटे से द्वीप से जुड़ा हुआ था। आश्चर्यजनक रूप से, ईरान के धर्मगुरुओं ने अभी तक इस नाम को बदलने की कोशिश नहीं की थी। क्या वो नहीं जानते थे कि 'हुर्मुज़' नाम 'उरमज़्द' का एक रूप है, जो ज़रथुष्ट्री 'अहुरा मज़्दा' का लघु रूप है? *ईश्वर* का?

सरोशपुर सीधा पुराने बाज़ार पहुंचा जहां धक्का-मुक्की करती इंसानों की भीड़ गर्मी और उमस से पसीने में भीगी हुई थी। लेकिन, तापमान से उन तंग गलियों की गहमा-गहमी में कोई फ़र्क़ नहीं पड़ा था। छोटी-छोटी दुकानों और कामचलाऊ स्टॉलों में खजूरों और तंबाकू की पत्तियों से लेकर सूखे समुद्री भोजन, फलों और सब्ज़ियों तक थोड़ी-थोड़ी लगभग हर चीज़ बिक रही थी। एक गली में एक बुकस्टोर था जिस पर एक साइनबोर्ड लगा था। दुकान का मालिक बाहर बैठा हुक़्क़ा पी रहा था। सरोशपुर ने गेट पर रुककर दुकानदार से सलाम-दुआ किया। बूढ़ा आदमी उसे देखकर अपने पीले दांत दिखाता हुआ मुस्कुराया, और वो दोनों साथ में दुकान के अंदर चले गए।

'यहां कैसे आना हुआ?' दुकान के मालिक ने पूछा।

'पुराने हुर्मुज़ को जानने की तलब,' सरोशपुर ने कहा। 'जैसा कि आप जानते हैं, यहां से लेकर एशिया, अफ़्रीका और यूरोप तक सारे समुद्री रास्ते जगमगाते थे। समंदर के रास्ते दीव या ज़मीनी रास्ते से सिस्तान भागने से पहले बहुत से ज़रथुष्ट्रियों ने यहीं एक आख़री लड़ाई लड़ी थी।'

'सही है,' मालिक ने जवाब दिया। 'आपको उसके बारे में पुरानी किताबें चाहिएं?'

'दरअसल, मैं सोच रहा था कि क्या आठवीं सदी के समय में भागने वाले गुटों में से किसी ने कोई स्क्रॉल या चर्मपत्र छोड़े होंगे?' सरोशपुर ने अपनी तलाश के बारे में बताया। 'ज़ाहिर है, पुराने

दस्तावेज़ ढूंढ़ने के लिए आप मेरे सबसे अच्छे स्रोत रहे हैं।'

'मेरा परिवार कई पीढ़ियों से किताबों और पांडुलिपियों का काम कर रहा है,' बूढ़े दुकान मालिक ने कहा। 'मैंने ख़ुद तो नहीं देखा, लेकिन मैं उस समय के बारे में कहानियां ज़रूर सुना करता था जब ज़रथुष्ट्रियों के एक गुट को कठिन हालात में जाना पड़ा था। उनके पास बुरज़ूया की लिखी एक किताब में कोई बहुत अहम चीज़ थी। लगता है कि वो यहीं छूट गई थी।'

'कोई अंदाज़ा कि वो अब कहां हो सकती है?'

'अंदाज़ा लगाने की ज़रूरत ही नहीं है,' दुकान मालिक ने जवाब दिया। 'वो तीस साल बाद मेरे पूर्वजों ने इब्ने-मुक़फ़्फ़ा को दे दी थी।'

'और कोई अहम ज़रथुष्ट्री दस्तावेज़ तो आपके पूर्वजों के हाथ से नहीं गुज़रा था?' सरोशपुर ने उत्सुकतापूर्वक पूछा।

'मैं आपको सबसे स्पष्ट चीज़ के बारे में बता सकता हूं, लेकिन मुझे लगता नहीं है कि आप मुझ पर विश्वास करेंगे,' बुज़ुर्ग ने कहा, जो अभी भी मुस्कुरा रहे थे।

'और वो क्या चीज़ है?' सरोशपुर ने पूछा।

बुज़ुर्ग कुछ ढूंढ़ने के लिए मुड़ गए। अगले कुछ मिनट तक वो अपनी अलमारियों को खंगालते, किताबें निकालते और उन्हें वापस रखते रहे। उन्होंने दूर वाली दीवार से लगे एक पुराने संदूक़ की दराज़ें खोलीं, उसमें से किताबें निकालीं और उन्हें ग़ौर से देखते रहे। फिर उन्होंने फ़र्श पर रखा एक बक्सा खोला; वो कुछ ऊपरी बुकशेल्फ़ों तक पहुंचने के लिए एक कुर्सी पर भी खड़े हुए। अचानक, वो चीज़ मिल जाने पर जिसे वो ढूंढ़ रहे थे, उनके मुंह से ख़ुशी की एक चीख़ सी निकली।

'ये रही,' वो एक ख़ास पेज पर किताब को खोलते हुए बोले। सरोशपुर ने कवर को देखा। द *ट्रैवल्स ऑफ़ मार्को पोलो,* इटैलियन खोजकर्ता मार्को पोलो के आख्यानों से लिया गया रस्टिचेलो दा पीसा

द्वारा लिखित तेरहवीं शताब्दी का यात्रा वृत्तांत। सरोशपुर ने अपनी तर्जनी उस अवतरण पर रखी जिसकी ओर दुकान मालिक ने इशारा किया था।

मसालों और क़ीमती पत्थरों, मोतियों, रेशम और सोने के कपड़ों, हाथियों के दांतों, और कई अन्य सामानों से लदे जहाज़ों के साथ व्यापारी भारत से यहां हुर्मुज़ आते हैं, जो वो हुर्मुज़ के व्यापारियों को बेचते हैं, जो इन्हें बेचने के लिए दुनिया भर में ले जाते हैं। वास्तव में, ये असीमित व्यापार का शहर है।

आगे मार्को पोलो ने कहा था कि हुर्मुज़ न सिर्फ़ चीन को मोती भेजता था बल्कि हर साल भारत को दस हज़ार घोड़े भी भेजता था। 'मार्को पोलो का मेरे सवाल से क्या संबंध है?'

'मेरे पूर्वजों के अनुसार, जो ज़रथुष्ट्री फ़ारस में रुक गए थे वो भारत में अपने बंधुओं को कुछ दस्तावेज़ भेजना चाहते थे। ये तेरहवीं सदी की बात है। लेकिन उनकी सारी कोशिशें बेकार गईं। जब मार्को पोलो यहां आया, तो उसने बहुत से दस्तावेज़ अपने लिए रख लिए। तो, वो जो कुछ भी था, वो न तो यहां रहा न भारत पहुंचा।'

'उस किताब का नाम क्या था?'

'अबदुल्लाह बिन मुक़फ़्फ़ा की लिखी हुई *कलीला-ओ-दिमना,*' दुकान मालिक ने आत्मविश्वास के साथ जवाब दिया।

19

अक्सर आकाश से तेहरान शहर जिगसॉ के बेमेल टुकड़ों का एक बेतरतीब संग्रह सा दिखता है। और राजधानी के दक्षिणी छोर पर स्थित फ़िरदौसी स्ट्रीट पहुंचने पर ये छवि और मज़बूत हो जाती है। नज़दीक ही शहर के कुछेक बचे हुए अग्नि मंदिरों में से एक मौजूद है।

इस मंदिर से कुछ ही दूरी पर एक सामान्य से आंगन वाला

एक साधारण सा आवासीय भवन है। लेकिन ये घर हर किसी के लिए खुला नहीं है। सभी क्वार्टरों में एक गुट के सावधानीपूर्वक चुने गए सदस्य रहते हैं।

पहले फ़्लोर के एक अपार्टमेंट के एक अंधकारमय कमरे में बहराद सरोशपुर पूरे विशुद्ध सफ़ेद कपड़े पहने खड़ा था। उसके सिर पर एक कोरी, सफ़ेद पगड़ी थी। उसकी तेल लगी मूंछें और दाढ़ी उसके बाक़ी सफेद पहनावे से मैच करती थीं। लंबे क़द और सुर्ख रंगत वाला बहराद सरोशपुर एक ऐसे समूह का प्रमुख था जो ख़ुद को गब्राबाद एक्शन फ्रंट या जीएएफ़ कहता था। सरोशपुर हाल ही में उदवाड़ा और बंदर अब्बास के एक महत्वपूर्ण सफ़र से लौटा था।

पूरी गोपनीयता बरतना जीएएफ़ के लिए बेहद अहम था। 1979 की इस्लामी क्रांति के बाद से, ईरान में ज़ोरोस्टरवादियों पर ख़ास निगाह रखी जाने लगी थी। आठ करोड़ चालीस लाख लोगों के देश में मुश्किल से पच्चीस हज़ार ज़ोरोस्टरवादी बचे थे। सुरक्षा बल उन्हें हमेशा शक की निगाह से देखते थे। वास्तव में, ईरान की प्राथमिक ख़ुफ़िया एजेंसी वीएजेए को विशेष निर्देश थे कि 'ग़ैर-इस्लामी' बर्ताव के मामूली से संकेत के लिए भी उन पर कड़ी नज़र रखे।

सरोशपुर के चारों ओर एक दायरे में रखी सीधी कुर्सियों पर सामान्य कपड़े पहने कुछ आदमी बैठे थे। सरोशपुर एकदम सफ़ेद कपड़ों में उन सबसे अलग दिख रहा था, और वो बड़े विनम्र लहजे और एक ऐसी भाषा में उनसे मुख़ातिब था जो न तो फ़ारसी थी न आज़री। ये ईरान में बोली जाने वाली कुर्दी, अरबी या बलोची जैसी किसी भी अन्य भाषा जैसी नहीं थी। वास्तव में, इसके शब्द दुनिया में कहीं भी बोली जाने वाली किसी दूसरी भाषा जैसे नहीं थे। ये एक विशेष कोड था जिसे सिर्फ़ जीएएफ़ के सदस्य सीखते और इस्तेमाल करते थे। 'क्या आपने किसी भी वायर या बग के लिए कमरे और कमरे में मौजूद लोगों की तलाशी ले ली है?' सरोशपुर ने पूछा। एक आदमी ने हामी भरते हुए सिर हिलाया। उसके सिर

हिलाने पर सरोशपुर दारी में बोलने लगा, जो कि वो बोली थी जिसका ज़ोरोस्टरवादियों ने इस्लामी उत्पीड़न के वर्षों में आविष्कार किया था।

'ये स्पष्ट होता जा रहा है कि सरकार, निज़ामे-जमहूरी, अथ्रवन स्टार को वापस लाने की योजनाएं बना रही है,' सरोशपुर ने कहा।

'हम उन्हें ऐसा नहीं करने दे सकते,' एक सदस्य ग़ुस्से से फट पड़ा। 'मुस्लिमों ने वो सब कुछ ले लिया जो हम ज़ोरोस्टरवादियों को अज़ीज़ था। हम उन्हें इसे भी लेने नहीं दे सकते।'

'वो देने या लेने के लिए हमारा है ही नहीं,' सरोशपुर ने कहा। 'वो 1300 साल से हमारे हाथों में नहीं है। हम तो ये भी नहीं जानते कि वो है क्या! क्या कोई उसका वर्णन कर सकता है? हमारे पास बस उसके जादुई गुणों की विलक्षण कहानियां हैं। उदवाड़ा में पेस्टनजी उनवाला के साथ मेरी मुलाक़ात को भी निर्णायक नहीं कहा जा सकता। मैं गुंदीशापूर में अपने यज़ीदी शोधकर्ता नस्त्र तामोयान से अतिरिक्त जानकारी हासिल करने की कोशिश कर रहा हूं, लेकिन इन चीज़ों में वक़्त लगता है।'

'इससे ये हक़ीक़त नहीं बदल जाती कि उस पर हमारा हक़ है,' एक अन्य व्यक्ति ने जवाब दिया। 'लेकिन अगर हमारी इच्छा सरकार को रोकने की हो भी, तो सच यही है कि आईआरजीसी के पास ज़बरदस्त संसाधन हैं, जो हमसे कहीं ज़्यादा हैं। अगर वो कुछ चाहते हैं, तो उनके पास उसे पाने की क्षमता है। देखिए किस तरह अपने रास्ते में इतनी सारी बाधाएं होने के बावजूद वो यूरेनियम संवर्धन प्रोग्राम पर आगे बढ़ने में कामयाब रहे।'

सरोशपुर को लगा कि वक्ता ने एक वैध बात कही है। ईरान का परमाणु कार्यक्रम 1950 के दशक में शुरू हुआ था, जिसमें अमेरिका भी एक पार्टनर था। इस्लामी क्रांति के बाद अमेरिकी अलग हो गए थे, लेकिन फ्रांस, अर्जेंटीना और रूस जैसे देशों के सहयोग से ईरान अपने कार्यक्रम को जारी रखने में सफल रहा। अब इस कार्यक्रम में कई शोध स्थल, दो विशाल यूरेनियम खानें, एक शोध रिएक्टर और

तीन यूरेनियम संवर्धन संयंत्र शामिल थे। ये सब अंतरराष्ट्रीय प्रतिबंधों के नतीजे में तेल की आमदनी और विदेशी निवेश के लगभग सौ बिलियन डॉलर के नुकसान की एक बड़ी राष्ट्रीय लागत पर हासिल किया गया था। जब ईरान के शासक कुछ चाहते थे, तो वो पूरे ज़ोर-शोर से उसमें लग जाते थे। पड़ोसी इराक़ में सद्दाम हुसैन का चौबीस साल का शासन भी ईरान को रत्ती भर भी हिलाने में नाकाफ़ी रहा था।

'सबसे बड़ा सवाल ये है कि हम उसे अपने हाथ में कैसे लाएं,' सरोशपुर ने कहा। 'ये खेल तो कुल जमा ज़ीरो का है। अगर वो हमारे पास है, तो दूसरों के पास नहीं है। उनके पास है, तो हमारे पास नहीं है।'

एक वृद्ध सदस्य ने अपनी राय रखी। 'उसे ईरान से जाने ही नहीं देना चाहिए था। ये एक ऐतिहासिक ग़लती थी जिसे हमें सुधारना होगा।' कई सिर सहमति में हिलने लगे।

उनमें सरोशपुर का सिर नहीं था।

बाहरी लोग नहीं समझते थे कि ज़ोरोस्टरवादी समुदाय में एक पदानुक्रम काम करता था। उस परतदार संरचना में मोबेद सबसे ऊपर माने जाते थे। अरब द्वारा फ़ारस की फ़तेह के बाद अधिकतर मोबेद भारत भाग गए थे लेकिन उनमें से कुछ रुक भी गए थे जिनमें सरोशपुर के पूर्वज भी शामिल थे। शायद इसीलिए बहुत से सदस्य उसे आदर्श मानते थे।

सरोशपुर ने कहा, 'अतीत पर बहस करने का कोई फ़ायदा नहीं है। हमें ताश के पत्ते बांट दिए गए हैं। हमारे पास जो है उसी के साथ हमें समझदारी से खेलना है।'

'हमारे कई ख़ज़ाने ले लिए गए और हमने कभी यह पूछने की ज़हमत नहीं उठाई कि वो कहां ले जाए गए हैं,' एक अन्य सदस्य ने कहा। 'आज साइरस सिलिंडर कहां है? क्या हम उसे वापस पाने की कोशिश भी कर रहे हैं? चर्चा है कि कुछ दिन पहले एक चोर ने उसे ब्रिटिश म्यूज़ियम से चुराने की कोशिश की थी। ख़ुदा ही जाने,

वो हमारे हाथों में होने के बजाय शायद जल्द ही किसी संग्रहकर्ता के संग्रहालय में हो।'

'लेकिन हम साइरस सिलिंडर की तुलना अथ्रवन स्टार से नहीं कर सकते,' सरोशपुर ने कहा। 'सिकंदर द्वारा पर्सेपोलिस की लूटपाट भी अथ्रवन स्टार को हमसे नहीं छीन सकी। और अब हमारी ये हालत हो गई है कि हम उस चीज़ को वापस हासिल करने के लिए साज़िशें रच रहे हैं जो कभी जानी ही नहीं चाहिए थी। और जो पेस्टनजी उनवाला ने कहा वो अभी बस एक अनुमान है।'

'लेकिन अगर ये अनुमान नहीं हुआ?' एक सदस्य ने पूछा। 'क्या हम ये जोखिम उठा सकते हैं?'

दूसरे लोग सहमत थे कि सरोशपुर की बात सही थी, लेकिन वो ऐसा अभियान चलाने की कठिनाइयों से भी अवगत थे। इसे पूरा करने के लिए ज़बरदस्त वित्तीय संसाधन और विश्व स्तर पर तालमेल की ज़रूरत पड़ेगी।

सरोशपुर विचारपूर्ण मुद्रा में अपनी दाढ़ी सहला रहे थे। 'अगर हमें सही आदमी मिल जाए, तो शायद हमें बहुत बड़ा अभियान चलाने की ज़रूरत न पड़े। अगर पहाड़ मुहम्मद के पास नहीं आएगा, तो मुहम्मद को पहाड़ के पास जाना होगा।' ग्रुप के सदस्य सोच में पड़ गए कि इस पुरानी कहावत को बोलने से सरोशपुर का क्या मतलब था।

ईरान के इस्लामी गणतंत्र में, पहाड़ों को भी मुहम्मद की इच्छा के आगे झुकना पड़ता था।

20

नग्न आदमी ने एक कमरे में प्रवेश किया जो लगभग पूरी तरह लाल रबर और काले चमड़े में लिपटा हुआ था। अंदर की लाइटें मद्धम थीं और उन पर लाल रंगत थी। दीवारों से ज़ंजीरें, हथकड़ियां, कॉलर,

पट्टे और यौन जुनून के तरह-तरह के उपकरण लटके हुए थे। उसने इस नज़ारे को देखा, और उत्तेजना से उसके दिल की धड़कन तेज़ हो गई।

'घुटनों के बल झुको,' उसकी मिस्ट्रेस की आवाज़ आई। 'तुमसे किसने कहा कि तुम मेरी मौजूदगी में चार टांगों वाले प्राणी के अलावा भी कुछ हो सकते हो?' वो फ़ौरन अपने चारों हाथ-पैरों के बल झुक गया। उसका अपमान हर पल के साथ बढ़ता जा रहा था। इससे पहले कि वो और आगे रेंगता, उसकी पिछौटी पर एक चाबुक पड़ी। वो दर्द से बिलबिला गया लेकिन वो जानता था कि उसे आवाज़ नहीं करनी थी। उस डंक जैसी सनसनी को नज़रअंदाज़ करते हुए उसने ख़ुद को अपनी वंचना, अपमान और अधीनता के आनंद लोक में उतर जाने दिया। मिस्ट्रेस लूसिंडा कमज़ोर दिल वालों के लिए नहीं थी। लेकिन वो पूरी तरह से एक लत थी। वो नहीं जानता था कि वो उससे प्यार ज़्यादा करता था या नफ़रत, या डरता ज़्यादा था।

उनका सत्र पूरा हो जाने के बाद लूसिंडा ने शरारत से टिमटिमाती अपनी आंखों के साथ उसके होंठों पर एक कोमल सा किस किया। डैन *जानता* था कि ये प्यार था। बेशक दुनिया इसे जुनून या विकृति कहेगी, लेकिन ये प्यार *ही* था। वो लूसिंडा के दिए दर्द और आनंद के बिना नहीं रह सकता था।

दो घंटे बाद, नहाया-धोया और ताज़ा दम, जैसे कि जिम में स्फूर्तिदायक वरज़िश के बाद वो नहाया हो, डैन कोहेन जीसीआरसी के क्यूब से एक ब्लॉक दूर कॉफ़ी शॉप की ओर चल दिया। वो अपने हमेशा वाले बूथ में गया और उसने अपना सामान्य लंच ऑर्डर किया—बेकन-लेटस-टमेटो सैंडविच, सलाद और कॉफ़ी। डैन यहूदी था और उसे अपने खाने में बेकन शामिल करने से ज़्यादा मज़ा और किसी चीज़ में नहीं आता था, जैसे वो अपनी आक्रामक मां की यादों को झिड़क रहा हो।

डैन आदत का ग़ुलाम था। वो बीस मिनट बाद अपनी लैब में

होगा; उस बनावटी, थकाऊ उपमा के मुताबिक़, गुलाब की तरह ताज़ा। आज उसकी नियमित वेट्रेस छुट्टी पर थी, और वो सोच रहा था कि पता नहीं ये वेट्रेस उसे उसका बीएलटी उसी तरह दे पाएगी या नहीं जैसे उसे पसंद थी। वेट्रेस ने उसका ऑर्डर लिया और किचन की ओर चली गई। वो लहराती हुई जा रही थी और डैन की नज़र उसके नितंबों के उभार पर टिकी हुई थी। उसका दिमाग़ उसे लेकर मज़ेदार नज़ारों की फ़ैंटैसी में खो गया था। उसने उन विचारों को झटक दिया। अभी टीका प्रोजेक्ट पर बहुत काम करना था।

डैन जिम की ही उम्र का था, और वो दोनों स्टैनफ़ोर्ड में फ्रेशमेन के रूप में मिले थे। स्टैनफ़ोर्ड के बाद कुछ वर्षों के लिए उनके रास्ते अलग हो गए थे, जब जिम दोहरी एमडी-पीएचडी डिग्री के साथ बीएस करने में लग गया था, जबकि डैन अपनी डॉक्टरेट के बाद फ़ार्मास्यूटिकल क्षेत्र में काम करने चला गया था। डैन ने फ़ाइज़र और जॉनसन एंड जॉनसन के साथ नौकरियों में उत्कृष्ट प्रदर्शन किया था और फिर इन बड़ी कंपनियों को छोड़कर जिम के उद्यम में शामिल हो गया था। डैन की पत्नी सूज़न इस आइडिया के ख़िलाफ़ थी। लेकिन जब उनकी शादी टूटी, तो डैन अपने अतीत से पूरी तरह अलग होना चाहता था। जीसीआरसी में उसका प्रवेश जिम के लिए बहुत महत्वपूर्ण रहा था। उन शुरुआती कुछ वर्षों के दौरान, डैन के काम ने ही आमदनी को बनाए रखा था।

डैन ने अपनी कॉफ़ी की कुछ ही चुस्कियां ली थीं कि उसका फ़ोन बज उठा। ये कोई अनजान कॉलर था। उसने हिचकिचाते हुए कॉल उठाई। 'मि. डैन कोहेन?' आवाज़ ने पूछा। डैन को महसूस हुआ कि आवाज़ न सिर्फ़ फ़ोन से बल्कि उसके ऊपर से भी आ रही थी। उसने सिर उठाया तो उसे सुर्ख़ बालों वाला एक दुबला पीली रंगत का आदमी दिखाई दिया, जिसने एक सिलवटें पड़ा ग्रे बिज़नेस सूट पहना हुआ था। वो आदमी डैन के सामने बैठ गया। 'ये देखकर ख़ुशी हुई कि तुमने मेरा फ़ोन उठा लिया,' उस आदमी ने कहा जो ख़ुद को ल्यूक मिलर कहता था। 'मैं देखना चाहता था कि तुम

उठाओगे या नहीं।'

'अब तुम्हें क्या चाहिए?' डैन ने पूछा। उसकी आवाज़ में झुंझलाहट के साथ घबराहट का पुट भी था।

'बस भी करो, डैन, तुम्हें पहले ही पता है कि हमें तुमसे क्या चाहिए,' उस आदमी ने कहा। 'अफ़सोस कि जो ज़िंदगी तुम बिता रहे हो, उसमें बहुत सारे रहस्य हैं। तुम्हारी बीवी को ये ज़रा देर से पता चला। तुम्हारा सौभाग्य था कि उसने कभी मुंह नहीं खोला। लेकिन अगर उनमें से कुछ आपत्तिजनक तस्वीरें सामने आ गईं, तो मैं तो सोचकर भी कांप जाता हूं कि तुम्हारे कैरियर का क्या होगा।'

डैन ज़ोर से अपनी कॉफ़ी में चम्मच चलाने लगा। उसने अपनी लंगोट को कसकर क्यों नहीं रखा था? वो एक सामान्य सा अफ़ेयर क्यों नहीं रख सकता था? क्यों उसके निजी शौक़ हमेशा से इतने अजीब से रहे थे? अगर वो 'सामान्य' होता, तो सूज़न उसे कभी नहीं छोड़ती। वैसे, 'सामान्य' क्या था? कौन सी चीज़ एक सैक्सुअल फ़ैंटैसी को दूसरी सैक्सुअल फ़ैंटैसी से ज़्यादा विकृत बनाती थी? *और साले मेरे शौक़ इतने असामान्य क्यों थे?*

ल्यूक शायद डैन के अंदर की दुविधा को भांप गया था। 'मैं तुम्हारा दोस्त हूं, डैन,' उसने मनाते हुए कहा। 'तुम चिंता क्यों करते हो? कभी कुछ बाहर नहीं आएगा। मेरा तुमसे पक्का वादा है।'

'लेकिन मुझे नहीं लगता मैं तुम्हारी मदद कर सकता हूं,' डैन बोला।

'बकवास,' मिलर ने जवाब दिया। 'हम दोनों एक दूसरे की मदद कर सकते हैं। तुम्हें बस हमारी मौजूदा समस्या पर दिमाग़ लगाना होगा।'

'मैं पहले ही उसके थंबप्रिंट पर तुम्हारी मदद कर चुका हूं,' डैन ने बहस की। 'तुमने कहा था कि ये उसके बायोमीट्रिक रिकॉर्ड तक पहुंचने के लिए है।'

'और हम आभारी हैं,' सावधानी से डैन को ये बताने से बचते

हुए कि असली उद्देश्य क्या था, मिलर ने जवाब दिया। 'लेकिन हमें हर ओर ध्यान देना है।'

'जिम दस्तूर मेरा दोस्त है,' डैन ने कहा। 'हम स्टैनफ़ोर्ड में साथ थे। हमने जीसीआरसी को मिलकर बनाया है। मैं उसे या कंपनी को नुकसान पहुंचाने के लिए कभी कुछ नहीं करूंगा।'

'कभी-कभी हमें अपने बचाव के लिए कुछ काम करने होते हैं,' मिलर ने कहा। जब वेट्रेस डैन का ऑर्डर लेकर आई, तो वो ख़ामोश हो गया। इस तनावपूर्ण स्थिति में भी अपना बीएलटी उसी तरह पाकर डैन को ख़ुशी हुई थी जैसे वो चाहता था।

'आप क्या लेना चाहेंगे?' डैन को सर्व करने के बाद वो आगंतुक से बोली।

'बस कॉफ़ी, प्लीज़,' उसने कहा। 'ब्लैक, नो शुगर।'

उसके जाने पर मिलर ने आंख मारते हुए कहा, 'लगता है वो तुम्हारा ऑर्डर एकदम ठीक ले आई। हालांकि आज यहां तुम्हारी रोज़ाना वाली वेट्रेस नहीं है। क्या तुम इसके बारे में फ़ैंटैसाइज़ करते हो?'

डैन ख़ामोश था। *ये मेरे बारे में सब कुछ जानते हैं।*

वेट्रेस मिलर को कॉफ़ी देने के लिए वापस आई और फिर चली गई। मिलर ने अपनी जैकेट की अंदरूनी जेब से एक लिफ़ाफ़ा निकाला और डैन की ओर सरका दिया। 'इसमें विस्तृत निर्देश हैं,' उसने कहा। 'एक चिड़िया ने मुझे बताया है कि तुम केटरिंग पुरस्कार के लिए अंतिम शॉर्टलिस्ट में हो। तुम किस तरह फूटना पसंद करते हो, इस बारे में किसी अख़बार की सुर्ख़ी की वजह से अपने चांस मत फूटने देना।' वो अपने ही घटिया मज़ाक़ पर भद्देपन से हंसा।

21

जब पार्कर की स्टडी से एक फ़्लोर नीचे जाने के लिए जिम एक

बख़ूबी छिपे हुए एलीवेटर में गया, तो उसके साथ पार्कर और ज़मानी भी थे। एक तापमान-नियंत्रित और अच्छी तरह से प्रकाशित सुरंग में एक वॉकलेटर—एयरपोर्ट के गतिशील वॉकवे की तरह—उन्हें हवेली से उस कॉरपोरेट ब्लॉक में ले गया जिसे जिम ने यहां आते समय देखा था। जब वो गलियारे के छोर पर पहुंचे, तो एक रेटिना स्कैन-चालित दरवाज़ा उन्हें एक ऐसे तहख़ाने में ले गया जिससे बड़ी रिसर्च फ़ैसिलिटी जिम ने शायद अपनी ज़िंदगी में कभी नहीं देखी थी।

एस्केलेटर की एक छोटी सी सवारी उन्हें पहले स्तर पर पूरी तरह संगमरमर के बने एक चमचमाते परिकोष्ठ में ले आई। प्रांगण के केंद्र में चिकित्सा के यूनानी देवता एस्क्लीपियस की एक विशाल कांस्य प्रतिमा थी, जिस पर कंपनी ने अपना नाम रखा था। ऐसा माना जाता था कि वो अपोलो का बेटा था, और उसकी कई बेटियां थीं, जिनमें से एक स्वच्छता की देवी हाइजीया, और दूसरी सार्वभौमिक उपचार की देवी पैनेसीया थी। एस्क्लीपियस की छड़, जो कि सांप के साथ गुथी एक छड़ी है, आज भी दवाई का प्रतीक बनी हुई है और उसे विश्व स्वास्थ्य संगठन के लोगो में भी शामिल किया गया है।

ये ब्लॉक एलईडी लाइटों की एक क़तार के प्रकाश से भरे एक विशाल परिकोष्ठ के चारों ओर लगभग 24,000 वर्ग मीटर में फैली, आठ तल की लैब थी। परिकोष्ठ के ऊपर की छत घुमावदार स्टील और कांच की थी, जिसे दवा की बूंद के नुकीले सिरे के समान बनाया गया था। सफ़ेद लैब कोट पहने लगभग 500 वैज्ञानिक इस एक ही जगह से काम करते थे।

इससे भी महत्वपूर्ण, पार्कर ने इस संस्थान को अपनी हवेली के ठीक बग़ल में बनाया था ताकि वो व्यक्तिगत रूप से उस रिसर्च इंजन की निगरानी कर सके जो उसकी इस विशालकाय कंपनी को चलाता था। एस्क्लीपियस अपने प्रतिस्पर्धियों को हड़पने के साथ-साथ उनकी लैबों को बंद करके उन्हें वूस्टर स्थानांतरित कर देती थी। जैसे-जैसे एस्क्लीपियस की पेटेंट-संरक्षित दवाओं की सूची से पुराने उत्पाद ग़ायब होते जाते, वैसे-वैसे उनकी जगह—लगभग जादुई रूप

से—नए उत्पाद सामने आ जाते। पुराने पेटेंट की समयसीमा पूरी हो जाने पर नए पेटेंट का उपयोग करते हुए लगभग समान दवाओं को बनाने के लिए अणुओं की रचनाओं में मामूली फेरबदल और पुनर्रचना भी की जाती थी। ज़ाहिर है, इन 'नई, बेहतर' दवाओं की क़ीमत बहुत अधिक होती, जिससे कंपनी के मुनाफ़े में वृद्धि होती, और—नम्य और तन्य नैतिकताओं वाले—लालची निर्माताओं, 'अभिनव' वैज्ञानिकों, 'लचीले' वकीलों और घिनौने सेनेटरों की जेबें भरती रहतीं।

लेकिन एस्क्लीपियस किसी जादुई इलाज की प्रदाता नहीं थी। ये एक निर्मम, सुचारू ढंग से चलने वाली मशीन थी जो हर साल फ़ार्मा-डॉलरों की एक विशाल लेकिन स्थिर धारा को बेरहम शेयरधारकों के एक समूह तक पहुंचाती थी।

'आइए,' दूसरे फ़्लोर के लिए एस्केलेटर लेते हुए पार्कर बोला। 'मैं आपको हमारी प्रतिकृति लैब दिखाता हूं।' पूरा फ़्लोर उसी को समर्पित था जिसे पार्कर ने इतनी बेपरवाही से 'प्रतिकृति' बोला था। दसियों वैज्ञानिक या तो अपने उपकरणों और काउंटरों पर झुके बैठे थे या फिर उस विशाल भूलभुलैया के अंदर चूहों की तरह दौड़ते फिर रहे थे। 'दुनिया के किसी भी बाज़ार की कोई भी नई दवा तुरंत अध्ययन के लिए यहां लाई जाती है। इससे हमें उसकी प्रभावकारिता निर्धारित करने का मौक़ा मिलता है, और कि क्या हम ख़ुद अपना प्रतिस्पर्धी उत्पाद तैयार करें या फिर हमें उस कंपनी या उसके फ़ॉर्मूले को ख़रीदना होगा।'

वो प्रभाव के लिए थोड़ा ख़ामोश हुआ। 'आप दूसरे फ़्लोर्स के बारे में सोच रहे हैं,' पार्कर ने कहा। जिम नहीं सोच रहा था। लेकिन पार्कर और जानकारी बांटना चाहता था। 'हमारे पास सैकड़ों उत्पादों का पोर्टफ़ोलियो है,' उसने समझाया। 'टीमें वर्तमान फ़ॉर्मूलों को बेहतर बनाने और साथ ही नए इलाज खोजने के लिए नई रिसर्च करती हैं—ठीक उसी तरह जैसे आप करते हैं।'

जिम इस हाई-टैक फैसिलिटी को घूर रहा था, जिसके निर्माण

और साज़ो-सामान में स्पष्ट रूप से कई सौ मिलियन ख़र्च हुए होंगे। बायोकैमिकल एनेलाइज़र, सैल काउंटर, हार्वेस्टर, फ्रीज़ ड्रायर, इलेक्ट्रोफ़ोरेसिस एनेलाइज़र, फ़्लो साइटोमीटर, गैस व द्रव क्रोमैटोग्राफ़ी सैंपलर, हाइपर स्पेक्ट्रल इमेजर्स और इनक्यूबेटर्स को पूरी तरह से नियोजित इंटीरियर्स में बड़े क़रीने से क़तार दर क़तार लगाया गया था।

'आपका हमज़ा ड्यूरा पहले ही उनके हाथों में पहुंच गया है,' जिम को घूरते देखकर पार्कर ने—बिल्कुल अनावश्यक रूप से—कहा। लेकिन इससे पहले कि जिम कुछ प्रतिक्रिया देता, पार्कर बोला, 'चिंता मत कीजिए, हम जानते हैं कि आपूर्ति की मात्रा सीमित है। हमें सावधान रहना होगा। लेकिन ये देखने के बाद कि आपका मुक़ाबला किससे है, क्या हमारे ख़िलाफ़ प्रतिरोध करने की कोई तुक है? फ़ायदा क्या है? हम जानते हैं कि आप अभी इसे जज़्ब नहीं कर सके हैं। क्यों न फिर से कोशिश करके देखें, हमारे साथ?'

'ताकि आप अगले बीस साल तक उससे मुनाफ़ा कमाते रहें?' जिम ने कहा। 'हमज़ा ड्यूरा इंसुलिन की तरह सारी मानवता के लिए है!'

'हम ऐसी शर्तों पर बात कर सकते हैं जो आपको मंज़ूर हों,' पार्कर ने शांत भाव से कहा। 'मसलन, अगर आप उसे ख़ुद रखना लेकिन कुछ समय के लिए लाइसेंस करना चाहें, तो मैं ऐसी डील के बारे में सोचने को इच्छुक रहूंगा।' उसने जिम के चेहरे पर प्रतिक्रिया देखनी चाही लेकिन वहां कोई प्रतिक्रिया नहीं थी। उसने बस अपना सिर इंकार में हिलाया था।

'इस बीच,' पार्कर ने कहा, 'मैं अली से कहूंगा कि आपके साथ हमारे गेस्ट हाउस तक जाएं जहां आप इस बारे में सोच सकते हैं। बेहतरीन परिवेश में। गेस्ट ब्लॉक के सुइट विलासितापूर्ण हैं और उनमें किसी डीलक्स होटल की सारी सुविधाएं मौजूद हैं।'

'अगर मुझे कुछ सोचना ही न हो तो?' जिम ने पूछा। 'अगर मैं जाना चाहूं तो?'

'क्या आप म्युज़िक ग्रुप द *ईगल्स* के फ़ैन हैं, जिम?' पार्कर ने पूछा।

'मुझे समझ नहीं आया कि अभी मेरी संगीत की पसंद किस तरह अहम है।'

'अगर आप वाक़ई उस अद्‌भुत बैंड के फ़ैन हैं, तो आप उनके *होटल कैलिफ़ोर्निया* के मशहूर गाने की पंक्तियां जानते होंगे।'

जिम पार्कर का मतलब समझ गया।

हमें स्वागत करने के लिए प्रोग्राम किया गया है
तुम जब चाहो चेक आउट कर सकते हो
लेकिन तुम छोड़कर नहीं जा सकते

22

फ़ेडरल ब्यूरो ऑफ़ इंवेस्टिगेशन, एफ़बीआई, का सिएटल फ़ील्ड ऑफ़िस कई बार अपनी जगह बदलने के बाद अब थर्ड एवेन्यू और स्प्रिंग स्ट्रीट के कोने पर अब्राहम लिंकन बिल्डिंग में स्थित है। सिएटल ऑफ़िस में सैकड़ों एजेंट और कई मिलियन डॉलर के उपकरण, वाहन, सॉफ़्टवेयर और आग्नेयास्त्र हैं; ये 1914 के अपने मूल ऑफ़िस से एकदम उलट है जिसमें कुल नौ एजेंट थे और एक भी गन नहीं थी।

अंदर लकड़ी के पैनल वाले विशाल कांफ्रेंस हॉल में लिंडा दस्तूर और ग्रेग वॉल्टर्स बैठे हुए थे। फ्रेड स्मिथ एफ़बीआई का वो स्पेशल एजेंट था जो उनका केस संभाल रहा था। फ्रेड हिंसक अपराध, साइबर अपराध, सफ़ेदपोश धोखाधड़ी और बाल अपहरण के अनेक केसों से जुड़ा रहा था। इतनी तरह के मामलों में उसके अनुभव का कारण ये था कि सभी क़ानून प्रवर्तन एजेंसियों में एफ़बीआई का अधिकार सबसे व्यापक है। ये एक ग़लत धारणा है कि एफ़बीआई अधिकतर विदेशियों और आतंकवाद से संबंधित

मामले ही संभालती है। सच तो ये है कि एफ़बीआई की अधिकांश जांचें अमेरिकी नागरिकों से संबंधित रही हैं। और राज्य की सीमाओं के पार एक अपहरण—जैसे जिम दस्तूर का—पूरी तरह इसके दायरे में आएगा।

लेकिन एफ़बीआई के शामिल होने का रास्ता ज़रा टेढ़ा रहा था। पोर्टलैंड पार्किंग लॉट में जिम के अग़वा होने के बाद लिंडा लड़खड़ाती हुई सिक्योरिटी ऑफ़िस पहुंची थी। मदद के लिए उसकी गुहार पर वहां मौजूद कर्मचारी पुलिस को कॉल करने के लिए अंदर भागा था जबकि लिंडा डामर पर ढेर हो गई थी। पांच मिनट बाद, एक गश्ती कार वहां आकर रुकी। पुलिस ने लिंडा को कार में बिठाया और उसे कुछ मिनट की दूरी पर स्थित पोर्टलैंड पुलिस ब्यूरो ले गई।

ड्यूटी सार्जेंट ने, जिसने अपना परिचय 'चक' के रूप में कराया था, उसे एक पूछताछ कक्ष में बिठाया था और उसके लिए पानी और कॉफ़ी की व्यवस्था की थी। लिंडा ने सारी स्थिति के बारे में पूरे शांत भाव से बताया था। जब उसने बताया कि किस तरह उसे सिएटल में उसके घर से अग़वा किया गया और उसे चारे की तरह इस्तेमाल करके उसके पति को उसकी रिसर्च सामग्री के साथ फंसा लिया गया था तो वो सार्जेंट की आंखों को फैलते देख सकती थी। बातचीत के बीच चक का फ़ोन बजा। उसने फ़ोन उठाया। ये सिएटल से ग्रेग वॉल्टर्स का था। दोनों अकेडमी के दिनों से एक दूसरे को जानते थे। 'सुनो, चक,' ग्रेग ने कहा था। 'मैं एक परेशानी में फंस गया हूं, और मुझे तुम्हारी मदद चाहिए।'

ग्रेग की बात सुनते हुए चक को महसूस हुआ कि उसके सामने बैठी महिला उन लोगों में से एक थी जिनके बारे में ग्रेग बात कर रहा था। चक ने तुरंत फ़ोन लिंडा को दे दिया था। ग्रेग की आवाज़ आई थी। 'हाइ, लिंडा। आप मुझे नहीं जानतीं। मैं सिएटल पुलिस विभाग से ग्रेग वॉल्टर्स हूं। जिम और मैं कभी-कभी सिएटल एथलेटिक क्लब में साथ में रैकेटबॉल खेलते हैं। जब आपका अपहरण हुआ, तो जिम

ने आपको ढूंढ़ने के लिए मुझसे संपर्क किया था।'

'और अब मैं यहां हूं, लेकिन जिम ग़ायब है,' लिंडा कमज़ोर आवाज़ में फुसफुसाई। उसने जल्दी से ग्रेग को समझाया कि पार्किंग एरिया में क्या हुआ था जहां ग्रेग का अपहरण कर लिया गया था और उसे छोड़ दिया गया था।

'क्या आप घायल हैं?' ग्रेग ने चिंता से अपनी यज़ीदी भौंहों को उठाते हुए कहा।

'शुक्र है कि मैं घायल नहीं हूं। बस कुछ मामूली खरोंचें हैं और मेरे किचन में हुई हाथापाई के नतीजे में लगा एक कट है। कुछ और घाव मुझे बांधने वाली रस्सियों के हैं। लेकिन प्लीज़ ग्रेग, जिम को ढूंढ़ लीजिए। प्लीज़ इसे अपनी प्राथमिकता बना लीजिए!'

ग्रेग लिंडा से बात करते हुए अपने स्क्रीन पर टिमटिमाते एक ब्लिप को देख रहा था। ये जिम के जूते में लगे जीपीएस ट्रैकर की लोकेशन दिखा रहा था। 'अभी बात करते हुए मैं उन्हीं को ट्रैक कर रहा हूं,' ग्रेग ने समझाया। 'उन्होंने उनका फ़ोन तोड़ दिया था लेकिन वो ये नहीं जानते थे कि उनके जूते में एक जीपीएस ट्रैकर भी लगा हुआ है। वैसे, मेरा ख़्याल है कि आपको सिएटल वापस आ जाना चाहिए। मुझे यहां अपनी छानबीन में आपकी मदद चाहिए होगी।'

लिंडा ने ग्रेग को शुक्रिया कहकर फ़ोन काट दिया था। लिंडा अभी भी वही ट्रैकसूट पहने हुए थी जो उसने सुबह को ऐसे ही चढ़ा लिया था, वो नहाई नहीं थी, उसके मुंह का स्वाद गत्ते जैसा हो रहा था और उसके बाल बहुत बुरी हालत में थे। वो जानती थी कि उसका हुलिया और गंध दोनों घिनौने थे। लेकिन वो जानती थी कि अगर वो घर पर हो और सुरक्षित हो, तब भी उसका दिमाग़ तब तक शांत नहीं होगा जब तक वो जिम को फिर से देख न ले।

उधर सिएटल में, ग्रेग लगातार अपने स्क्रीन पर उसी चलते हुए ब्लिप को देख रहा था जो वियतनाम वैटरन्स मेमोरियल हाईवे के पार जा रहा था। रूट को देखते हुए वो समझ गया था कि ब्लिप किधर जा रहा था। पोर्टलैंड इंटरनेशनल एयरपोर्ट।

'आपको पता चला जिम कहां है?' सिएटल में ग्रेग से मिलते ही लिंडा ने पूछा, जिसके गाल में हो रही लगातार ऐंठन उसकी बेतहाशा व्यग्रता को दर्शा रही थी।

'हमने उन्हें पोर्टलैंड इंटरनेशनल एयरपोर्ट पर खो दिया,' ग्रेग ने जवाब दिया। 'वो शायद किसी फ़्लाइट पर हों। हमें एफ़बीआई की ज़रूरत होगी।'

ग्रेग को अपना फ़ोन घनघनाता महसूस हुआ और उसने कॉल उठा ली। फ़ोन एफ़बीआई के सिएटल फ़ील्ड ऑफ़िस में उसके संपर्क एजेंट फ्रेड स्मिथ का था। 'मेरी कॉल का जवाब देने के लिए शुक्रिया, फ्रेड। जैसा कि मैंने मैसेज किया था, ये जिम दस्तूर के अपहरण के बारे में है। मुझे पोर्टलैंड इंटरनेशनल एयरपोर्ट के सर्वेलांस फ़ीड के विश्लेषण के लिए आपकी मदद चाहिए। हमें एयरपोर्ट से जाने वाली सारी उड़ानों की यात्री सूची भी चाहिए। साफ़ कहूं, तो मैं उम्मीद कर रहा हूं कि आप एफ़बीआई वाले इस केस को ले लें क्योंकि मैं थोड़ा उलझ गया हूं। फ़िलहाल जिम कहीं भी हो सकते हैं—अमेरिका में या अमेरिका के बाहर। जिम के लिए इंटरपोल येलो नोटिस से मदद मिलेगी। मैं एक घंटे के अंदर आपके थर्ड एवेन्यू ऑफ़िस पहुंच सकता हूं।'

अब, एफ़बीआई के कांफ्रेंस रूम में फ्रेड स्मिथ का फ़ोन बजा। उसने नंबर देखा और कॉल उठा ली। 'पक्की बात?' उसने पूछा। उसने कॉल काटी और लिंडा की ओर देखा। 'उन चमड़े के जूतों समेत जिनमें ट्रैकर था, जिम के कपड़े पोर्टलैंड इंटरनेशनल एयरपोर्ट पर एक कचरेदान में पाए गए हैं। तो अब हम जानते हैं कि उन्हें वहां ले जाया गया था, और कि उनके कपड़ों को छोड़ दिया गया था। हमारी टीम एयरपोर्ट के सिक्योरिटी फ़ुटेज का विश्लेषण कर रही है लेकिन इसमें कुछ समय लगेगा।'

'जिम मारा जा चुका हो सकता है!' लिंडा ने हारी हुई दबी सी आवाज़ में कहा।

'मुझे ऐसा नहीं लगता,' फ्रेड ने तसल्ली दी। 'अगर उनका

इरादा उन्हें मारने का होता, तो उन्हें उनका अपहरण करके उन्हें एयरपोर्ट ले जाने की ज़रूरत नहीं थी। नहीं, ये स्पष्ट है कि उन्हें जिम की और जिम की सामग्री की ज़रूरत थी। हमें बस ये अंदाज़ा लगाना है कि वो उन्हें कहां ले गए होंगे। हमें जिम की रिसर्च की प्रकृति को भी समझना होगा। हम किससे बात कर सकते हैं?'

'इस बारे में सिर्फ़ एक ही आदमी आपको जानकारी दे सकता है,' लिंडा ने जवाब दिया। 'जिम का साथी डायरेक्टर, डैन कोहेन।'

23

एस्क्लीपियस के परिसर के गेस्ट ब्लॉक में पांच मंज़िलों में फैले पचास कमरे थे। ओकवुड फ़्लोरिंग वाली एक शानदार लॉबी की ख़ूबसूरती में एक फ़ारसी ग़लीचे और ताज़े नीले हाइड्रेंजिया फूलों से सजी एक सेंटर टेबल ने चार चांद लगा दिए थे। ये जगह तीन एलीवेटर्स के एक सैट की ओर ले जाती थी, जिनमें से एक में सामान्य कॉल बटन नहीं थे। अली ज़मानी ने उसी एलीवेटर को बुलाने के लिए अपने आईडी कार्ड का इस्तेमाल किया। अंदर बटन या फ़्लोर इंडीकेटर नहीं थे। बस एलीवेटर के दरवाज़े बंद हुए और उन्हें पांचवीं मंज़िल पर ले गए।

दूसरी मंज़िलों के उलट इस मंज़िल पर केवल पांच कमरे थे, और पांचों का साइज़ एक विशाल सुइट जितना था। अली जिम को एक किंगसाइज़ बेड और सीटिंग नीश, और प्लेक्सिग्लास की फ़र्श से छत तक की दीवारों के साथ शानदार ढंग से फ़र्निश्ड कोने वाले एक सुइट, कमरा नं. 501, में ले गया, जहां से एस्टेट के विशाल बग़ीचों का नज़ारा दिखाई देता था। इसमें एक फ़्लैट-स्क्रीन टीवी, कॉफ़ीमेकर, मिनीबार, प्रीमियम चादरों, सॉफ़्ट तौलियों, बॉटल्ड पानी, मार्बल बाथरूम और सेंट्रल एयर-कंडीशनिंग जैसी लग्ज़री होटल की सारी सामान्य सुविधाएं मौजूद थीं। लेकिन, ध्यान से देखने पर सुइट में वाई-फ़ाई सिग्नल नहीं था, टीवी चैनलों पर सिर्फ़ इन-

हाउस मूवीज़ देखी जा सकती थीं, टेलीफ़ोन सिर्फ़ अली के नंबर पर मिल सकता था और कोई भी खिड़की खुल नहीं सकती थी। सारा फ़र्नीचर भारी और फ़र्श में ठुका हुआ था; सारी चादरें और तौलिये नाज़ुक कपड़े की थीं, जिसका मतलब था कि उन्हें रस्सियों की तरह इस्तेमाल नहीं किया जा सकता था; कोई भी धारदार या टूटने लायक़ चीज़ मौजूद नहीं थी। इसलिए आत्महत्या करना मुश्किल या लगभग नामुमकिन होगा। कुल मिलाकर, ये एक विलासितापूर्ण जेल थी।

'इस फ़्लोर के पांचों कमरे हमारे "स्पेशल" मेहमानों के लिए हैं,' अली ने बनावटी मुस्कुराहट के साथ कहा। 'बाक़ी फ़्लोर हमारे कॉरपोरेट मेहमानों के लिए सामान्य होटल की तरह काम करते हैं। मुझसे संपर्क करना हो, तो बस फ़ोन कर लेना। तुम्हारी पसंद के खाने चौबीस घंटे भेजे जा सकते हैं; हाउसकीपिंग स्टाफ़ और लॉन्ड्री सर्विस भी। हमारा लक्ष्य तुम्हें आराम से रखना है।'

अली ज़मानी ने जिम को कमरे का निरीक्षण करते देखा। 'प्लीज़ जाने के बारे में सोचना भी मत,' उसने चेतावनी दी। 'नीचे जाने वाले एलीवेटर को मेरे एक्सेस कंट्रोल की ज़रूरत होगी। खिड़कियां सीलबंद हैं और अटूट पॉलीकार्बोनेट की बनी हैं। बाहरी दुनिया से संचार का तुम्हारे पास कोई माध्यम नहीं है। यहां कोई बाथटब नहीं है जिसमें तुम ख़ुद को डुबो सको। बिजली से मरने के लिए वोल्टेज बहुत कम है। इस समय का समझदारी से इस्तेमाल करना और सोचना। साथ काम करने के लिए रायन पार्कर एक उदार बिज़नेस पार्टनर हो सकते हैं।' अली ज़मानी अपने पीछे दरवाज़ा बंद करते हुए चला गया। जिम को इलेक्ट्रॉनिक डोरलॉक की हल्की भिनभिनाहट सुनाई दी। उसने दरवाज़े का हैंडल घुमाने की कोशिश की, लेकिन नॉब नहीं घूमी। वो सही मायनों में क़ैदी बन चुका था। ये नर्क का हिल्टन था।

जिम एक सोफ़े पर ढेर हो गया। उसके अंदर भावनाओं का एक तूफ़ान उमड़ा हुआ था लेकिन उनमें सबसे प्रमुख ग़ुस्से की भावना थी। उसे ग़ुस्सा था कि उसके रिसर्च कार्यक्रम में अंतिम क्षणों

में अड़चन आ गई थी; उसे ग़ुस्सा था कि लिंडा ख़तरे में पड़ गई थी; उसे ग़ुस्सा था कि वो पार्कर जैसे लोगों को उस दवाई से मुनाफ़ा कमाने से नहीं रोक सकता था जो कई क्रूर बीमारियों में मानवता के लिए समाधान थी। वो इतने ज़्यादा तनाव में था कि उसे समय का अहसास ही नहीं रहा। उसके शरीर को न खाना चाहिए था न पानी। सिर्फ़ नींद। थकान की एक लहर उसके ऊपर सवार हो गई, और वो लिंडा के सपने देखता हुआ काउच पर ही सो गया।

कुछ घंटों बाद उसकी आंख एक आवाज़ से खुली। आवाज़ मेन डोर की नहीं थी। नहीं, वो तो एक ख़ास क़िस्म की घरघराती सी आवाज़ होती। ये आवाज़ बाथरूम से आती मालूम हो रही थी। लाइटें बंद थीं और कमरा पूरा अंधकारमय था। अभी क्या बजा होगा? जिम काउच पर उठकर बैठ गया और आंखें मलते हुए समझने की कोशिश करने लगा कि ये कौन था। एक आकृति बाथरूम से निकली, और पंजों के बल चलती हुई सोफ़े के पास आई और पास की कुर्सी पर बैठ गई। और फिर जिम को वो महक आ गई—जो मेलोन, वुड सेज एंड सी सॉल्ट। ये अली ज़मानी था।

'तुम किसी साले जिन्न की तरह मेरे कमरे में कैसे आ गए?' वो फट पड़ा।

'तुम मेरे साथ चल रहे हो,' ज़मानी ने जवाब देने का कष्ट उठाए बिना बस इतना कहा।

'मेरे पास कोई और विकल्प है क्या?' जिम ने व्यंग्यपूर्वक कहा।

ज़मानी हंसने लगा। वो खड़ा हुआ और उसने जिम को खींचकर उसके पैरों पर खड़ा कर दिया। 'मेरे साथ आओ,' उसने संक्षिप्त सा निर्देश दिया।

वो दोनों साथ में बाथरूम में घुसे। वहां ज़िम ने देखा कि बाईं ओर की दीवार पर लगे आदमक़द आईने को उसके क्लैंपों से उखाड़ दिया गया था। उसके पीछे एक सफ़ेद दरवाज़ा था, जो कोरियन में इतनी सफ़ाई से बना हुआ था कि वो सफ़ेद टाइलों से पूरी तरह मेल

खा गया था। ज़मानी ने दरवाज़े को एक हल्का सा धक्का दिया और दरवाज़ा स्प्रिंग के मैकेनिज़्म पर एकदम से खुल गया।

'अंदर चलो,' अली ने कहा। 'शाफ़्ट के अंदर एक लंबी सीढ़ी है। अंत तक उस पर चलते जाना। तुम आख़िर में बेसमेंट तक पहुंचोगे। मैं तुम्हारे पीछे रहूंगा।'

'ये सारा रहस्य क्या है?' जिम ने पूछा। 'तुम अपने बॉस से कुछ छिपा रहे हो?'

'तुम इतने सवाल क्यों पूछते हो?' अली जवाब में भौंका।

'तुम पहले ही मुझे एस्क्लीपियस की प्राइवेट जेल में बंद कर चुके हो,' जिम बोला। 'तुम्हारे पास मुझे सामने के दरवाज़े से ले जाने की पूरी आज़ादी है। मगर फिर भी तुम मुझे एक बाथरूम के डक्ट से निकाल रहे हो। कुछ तो गड़बड़ है। और हां, मेरा सामान कहां है?'

'मैं सही समय आने पर तुम्हारे सारे सवालों के जवाब दूंगा,' अली ने कहा। 'लेकिन तुम यहां से निकलना चाहते हो या नहीं? ये ऑफ़र सीमित समय के लिए है।'

जिम सोचने को रुका। वो अपनी वर्तमान स्थिति से बदतर स्थिति में कैसे हो सकता था? और यहां से निकलना उसके लिए नई संभावनाएं खोल सकता था। ये एक प्रतिकूल परिणाम आने के बाद टॉस करने का एक और मौक़ा मिलने जैसा था।

'हां,' जिम ने सांस छोड़ते हुए कहा। 'चलो यहां से निकलते हैं।' वो बाथरूम के डक्ट में चढ़ा, उसने स्टील की सीढ़ी को पकड़ा और पायदानों पर उतरने लगा। उसके ऊपर, बाथरूम का दरवाज़ा झूलकर बंद हुआ और अली के पदचाप उसके पीछे आने लगे। दरवाज़े से छनकर आ रही रौशनी अब ग़ायब हो चुकी थी। शाफ़्ट पूरी तरह अंधकारमय था। घुप्प अंधेरा। जिम अंधेरे और अपने डरों को नज़रअंदाज़ करता रहा। एक समय में एक क़दम। नीचे उतरने का एकमात्र तरीक़ा। जब उसे यक़ीन हो गया कि वो पूरा उतर चुका था, तो उसने एक गहरी सांस ली और अपनी जगह पर इंतज़ार करने लगा।

जब तक वो कोई चोट पड़ने से गिर नहीं गया।

24

'इन अजीब सी चीज़ों से मुझे इंजेक्ट करना अब बंद भी करो,' अली ज़मानी के फ़ोकस में आते ही जिम ने शिकायत की। उसे स्पष्ट हो चुका था कि वो फिर से किसी विमान पर थे।

ज़मानी हंसने लगा। 'ये तुम्हारी ही सुरक्षा के लिए किया गया था,' उसने जवाब दिया। 'अब जबकि हम हवा में हैं, तो प्लीज़ ख़ुद को मेरा सम्मानित मेहमान मानो।' *काश कि तुम मेरा सम्मान करना बंद कर दो,* जिम ने सोचा। जिम ने देखा कि ज़मानी का हुलिया बदल गया था। पुलओवर और जीन्स जा चुकी थी। उसकी जगह आईआरजीसी की मिलिट्री-ग्रीन वर्दी ने ले ली थी। उस पर आईआरजीसी-क़ुद्स का प्रतीकचिह्न, मशीनगन लहराते हाथ का लोगो, चमक रहा था।

जिम ने अपने आसपास देखा। ये एस्क्लीपियस के आलीशान कॉरपोरेट जेट जैसा विमान नहीं था जिसमें वो पहले गया था। ये स्पष्ट रूप से एक पुराने तर्ज़ का व्यावसायिक विमान था। सीटें और सजावट '80 के दशक के जहाज़ों की याद दिलाती थीं। क़ालीन, वॉलपेपर और सीटों के कवर भी उतने ही फटे हुए से थे। जिम ने मालिक का अंदाज़ा लगाने के लिए विमान के अंदर कोई साइन देखने की कोशिश की, लेकिन वहां ऐसा कुछ नहीं था जिससे कोई आइडिया हो पाता। पीले पड़ चुके सारे सुरक्षा साइन केवल अरबी में थे।

जिम जानता था कि बेकार के सवाल पूछने का कोई फ़ायदा नहीं था। ज़मानी उसे कुछ भी तभी बताएगा जब वो ख़ुद चाहेगा।

ऐसा उसके अंदाज़े से ज़्यादा जल्दी हो गया। 'तुम सोच रहे होंगे कि मैं तुम्हें एस्क्लीपियस से निकालकर यहां क्यों ले आया,'

ज़मानी ने कहा। जिम सिर हिलाता लेकिन इंजेक्शन की वजह से उसकी गर्दन बहुत अकड़ी हुई थी।

'तुम आईआरजीसी द्वारा इंतज़ाम किए गए एक विशेष विमान पर हो,' ज़मानी बोला। 'फ़्लाइट प्लान का रजिस्ट्रेशन क्रीसेंट स्टार एयरवेज़ के नाम पर है, लेकिन इसकी सारी सीटें मेरे आदमियों को बिकी हैं। हम दोहा होते हुए तेहरान जा रहे हैं।'

'मैं समझा नहीं,' जिम ने कमज़ोर भाव से बोलना शुरू किया। ज़मानी ने उसे ख़ामोश करने के लिए अपने होंठों पर उंगली रखी।

'हां, ये सच है कि मैं पार्कर—या एस्क्लीपियस—के लिए काम करता हूं। या कम से कम कुछ समय पहले तक वो यही समझते थे। मेरा असल एंप्लॉयर आईआरजीसी है। इसका एक खंड आईआरजीसी-क़ुद्स फ़ोर्स के नाम से जाना जाता है, जो एक विशेष ऑपरेशन्स ग्रुप है जो सीधे ईरान के सुप्रीम लीडर आयतुल्लाह को रिपोर्ट करता है। मैं बस तुम्हें आईआरजीसी-क़ुद्स तक पहुंचाने का अपना फ़र्ज़ पूरा कर रहा हूं। और मेरा नाम अली ज़मानी *नहीं* है। ये एक उर्फ़ियत है। मेरा असली नाम जवाद मुसफ़्फ़ा है।'

ये बात सभी जानते थे कि ईरान पर परमाणु पाबंदियों के समय आईआरजीसी काफ़ी मुश्किल में रहा था। आईआरजीसी के स्वामित्व वाले व्यवसायों को नुकसान उठाना पड़ा था। उन नुकसानों की किसी हद तक तस्करी के द्वारा भरपाई कर ली गई थी, लेकिन एक सकल वित्तीय नुक़सान अपनी जगह क़ायम रहा था। फिर आईआरजीसी की कुछ प्रमुख शख़्सियतों की हत्या कर दी गई थी, जिनमें से एक आईआरजीसी-क़ुद्स फ़ोर्स का एक बड़ा कमांडर भी था। सुप्रीम लीडर ने उन्हें प्रोत्साहित किया था। अब बल जवाबी कार्रवाई कर रहा था।

'लेकिन उन्हें मुझसे क्या चाहिए हो सकता है?' जिम ने पूछा। मुसफ़्फ़ा ने फ़र्श पर अपने पैरों के पास पड़े एक थैले की ओर इशारा किया।

'तुम मेरा सामान ले आए?' जिम ने गोल-गोल आंखों से उसे

घूरते हुए कहा।

'सारा का सारा,' मुसफ़्फ़ा ने उसे विश्वास दिलाया। 'तुम्हारे नोट्स, फ़ाइलें, ड्राइव्ज़—और हमज़ा ड्यूरा।'

'तुम इसे एस्क्लीपियस संस्थान से कैसे निकाल लाए?' जिम ने पूछा। 'वो जगह तो क़िले जैसी है।'

'आसान है,' मुसफ़्फ़ा ने जवाब दिया। 'मुझे इसे बाहर निकालना ही नहीं पड़ा क्योंकि मैं कभी इसे अंदर ले ही नहीं गया था।' जिम एक पल उसे घूरता रहा। उसने एस्क्लीपियस की लैब में साफ़-साफ़ अपना सामान देखा था।

'जब तुम एस्क्लीपियस के कॉरपोरेट जेट में थे,' मुसफ़्फ़ा ने समझाया, 'तो मैंने बैग बदल दिए थे। एस्क्लीपियस के पास जो सामग्री है—उस सामग्री समेत जो एक और वैसे ही बॉक्स में है—वो पूरी तरह नक़ली है। फ़्लैश ड्राइव्ज़ में जंक फ़ाइलें हैं। हर असली चीज़ यहां है। उन्हें इस बदलाव के बारे में आज पता चलेगा।'

'लेकिन क्यों?' जिम ने पूछा। वो अभी भी समझने की कोशिश कर रहा था कि वो किस तरह एस्क्लीपियस का बंदी बनते-बनते अब आईआरजीसी-क़ुद्स का बंदी बन गया था। उसे समझ नहीं आ रहा था कि कौन सा बंदीकर्ता बेहतर था। सिला या कैरिबडिस? समय ही बताएगा।

'मुझे कई साल पहले ईरानी ख़ुफ़िया विभाग ने एस्क्लीपियस में प्लांट किया था,' मुसफ़्फ़ा ने जवाब दिया। 'मुझ जैसे ख़ामोशी से काम करने वाले सैकड़ों लोग हैं। हम स्लीपर एजेंट हैं जो काम के लिए सक्रिय किए जाने तक देशों और संगठनों में काम करते रहते हैं।'

'लेकिन एस्क्लीपियस क्यों?' जिम ने पूछा।

'एस्क्लीपियस रासायनिक युद्ध-अस्त्रों के एंटीडोट विकसित कर रही थी,' मुसफ़्फ़ा ने जवाब दिया। 'जैसा कि तुम जानते हो, ईरान और इराक़ बहुत लंबी लड़ाई लड़े हैं। इज़रायल और अमेरिका

के साथ हमारा विवाद अभी भी जारी है। हमें रसायनों और नर्व एजेंटों से बचाव की ज़रूरत थी—जिनमें से कुछ हमारे अपने हैं।'

'लेकिन फिर तुमने अपना ध्यान मेरी ओर मोड़ दिया,' जिम ने कहा।

'पार्कर को ये सुझाव मैंने ही दिया था कि एस्क्लीपियस की एक टीम मेरे नेतृत्व में तुम्हारा अपहरण करे,' मुसफ़्फ़ा ने कहा। 'पार्कर को लगा कि मैं तुम्हें उसके मक़सद के लिए पकड़ रहा हूं। उसे क्या पता था कि एस्क्लीपियस तो बस तेहरान जाने के तुम्हारे रास्ते में एक पड़ाव भर था।'

'मेरा तो ख़्याल था कि उस होटल में सीसीटीवी कैमरों ने सारे एंगल कवर किए हुए थे,' जिम ने कहा।

'इसीलिए मैं तुम्हारे कमरे में बाथरूम डक्ट के रास्ते आया और उसी रास्ते से तुम्हें बाहर ले गया,' मुसफ़्फ़ा ने जवाब दिया।

'और तुमने मुझे होटल से कैसे निकाला? किसी को पता नहीं चला होगा?'

'तुम्हारे बेसमेंट में पहुंचने के बाद, हमने तुम्हें एक लॉन्ड्री कार्ट में रखा था,' मुसफ़्फ़ा ने जवाब दिया। 'कार्ट को एक ट्रक में ले जाया गया जो तुम्हें एक स्थानीय एयरपोर्ट—स्पेंसर—ले गया। हम तुम्हें वूस्टर के रास्ते ले जाने का जोखिम नहीं उठाना चाहते थे। बाक़ी सब आसान था।'

'लेकिन ईरान सरकार को मेरी या मेरी रिसर्च की ज़रूरत क्यों है?' जिम ने पूछा।

'वजह तुम अब तक समझ चुके हो, जिम,' मुसफ़्फ़ा ने जवाब दिया। 'प्लीज़ अनजान बनकर मेरी समझदारी का अपमान मत करो।'

जिम ख़ामोश हो गया। हाल ही में कई ऐसी घटनाएं हुई थीं जब ईरान ने शासन के दुश्मन माने जाने वालों के विरुद्ध घरेलू और अंतरराष्ट्रीय अभियान चलाए थे। एक विपक्षी राजनीतिक नेता और तीन विरोधी लेखकों की दो महीने के अंदर हत्या कर दी गई थी।

उसके बाद इस्तांबुल के शीशली इलाक़े में एक ऑनलाइन कार्यकर्ता का गोली मारकर क़त्ल कर दिया गया। बेशक, साज़िश दोनों ओर से काम कर रही थी। अमेरीकियों ने ईरान की परमाणु महत्वाकांक्षाओं को धीमा करने के लिए उसके कुछ शीर्ष परमाणु वैज्ञानिकों की हत्या कर दी थी।

लेकिन जिम दस्तूर क्यों अचानक ईरान के रडार पर आ गया था? वो उससे क्या चाह सकते होंगे?

और फिर जिम को ये संबंध समझ आ गया।

25

जिम वाले ही फ़्लोर पर, अपनी लैब में डैन कोहेन कैंसर कोशिकाओं से प्रोटीन को अलग करने और फिर उन प्रोटीनों का एंटिजेन के रूप में उपयोग करके रोगियों को उनसे प्रतिरक्षित करने के अपने काम में लगा हुआ था। डैन को उम्मीद थी कि वो इस प्रक्रिया के द्वारा कैंसर कोशिकाओं को मारने के लिए इम्यून सिस्टम को उत्तेजित करने में सफल हो जाएगा। इसी के साथ-साथ, वो हर्पीज़ सिंप्लेक्स वायरस में भी फेरबदल कर रहा था ताकि वो ट्यूमर के ऊतकों के भीतर चुनिंदा रूप से प्रजनन कर सकें। उम्मीद थी कि इससे एक प्रतिरक्षा प्रतिक्रिया भी प्रेरित हो सकेगी। इस अत्याधुनिक शोध के साथ, केटरिंग पुरस्कार उसकी पहुंच के भीतर था। बशर्ते जिम का हमज़ा ड्यूरा अपना काम पहले न कर ले।

डैन ने फ़ाइलों को हटाते हुए एक गहरी सांस ली। अपने पीछे दरवाज़े को अच्छी तरह से लॉक करते हुए वो लैब से निकल गया। लेकिन वो एलीवेटर की ओर नहीं गया। बल्कि उसने उस गलियारे को पार किया जो उसकी लैब को जिम की लैब से अलग करता था। लेकिन अंदर जाने के लिए अच्छे ख़ासे प्रयास की ज़रूरत पड़नी थी। उसने मन ही मन उन चरणों के बारे में सोचा जिनसे उसे गुज़रना था।

डैन के हाथ में लगभग बीस सेंटीमीटर की साइडों वाला प्लास्टिक का एक साफ़ चौकोर टुकड़ा था। इसकी सतह पर हाथ का एक निशान उकेरा हुआ था जिसे चुपके से कुछ दिन पहले कैफ़ेटीरिया में जिम द्वारा कचरेदान में फेंकी गई डाइट कोक की एक कैन से उठाया गया था। वही कैन जिम के थंबप्रिंट का स्रोत भी रही थी।

डैन जिम के दरवाज़े से कुछ क़दम पीछे रुक गया। ये सुनिश्चित करते हुए कि वो पास में लगे सुरक्षा कैमरे की नज़रों में आने से बचा रहे, उसने अपनी जेब से एक वायर क्लिपर निकाला और कैमरे से केंद्रीय रिकॉर्डर इकाई को वीडियो फ़ीड भेजने वाली केबल को काट दिया। इस बात से संतुष्ट कि फ़ीड बाधित हो गया था, डैन जिम के दरवाज़े की ओर बढ़ा, उसने एक गहरी सांस ली और स्कैनर पैनल पर जिम का हैंडप्रिंट लगा दिया। उसे दस सैकंड भी इंतज़ार नहीं करना पड़ा कि दरवाज़ा खुलने की आश्वस्त करने वाली भिनभिनाहट सुनाई दे गई।

डैन को जिम के साथ विश्वासघात करने की साज़िश करने के लिए ख़ुद से नफ़रत हो रही थी, लेकिन उसे और कोई विकल्प भी नहीं दिखाई दे रहा था। कैंसर के टीके पर डैन का काम उसे केटरिंग पुरस्कार के लिए एक प्रमुख उम्मीदवार बना सकता था। लेकिन उसकी साख पर हल्का सा धब्बा भी उसके पुरस्कार के क़रीब भी पहुंचने के चांस को बर्बाद कर सकता था।

उसने अंदर प्रवेश किया, दरवाज़ा बंद किया और लाइटों और एयरकॉन के उसकी उपस्थिति के अनुसार ख़ुद को एडजस्ट करने का इंतज़ार करने लगा, और फिर वो दूर दाएं कोने की ओर बढ़ा जहां जिम के बुकशेल्फ़ थे। उसने अपना हाथ किनारे पर फेरकर वो अदृश्य बटन ढूंढ़ा जिसका जिम ने उसकी मौजूदगी में कई बार इस्तेमाल किया था। एक पल बाद बुकशेल्फ़ एक ओर खिसक गया और इलेक्ट्रॉनिक सेफ़ दिखाई देने लगी। डैन ने अपनी जेब से काग़ज़ का एक टुकड़ा निकाला। इस पर वो डिजिटल नंबर लिखा था जो

जिम ने महीनों पहले उसे बताया था। डैन को इसका इस्तेमाल बहुत ही गंभीर इमर्जेंसियों में करना था। उसने नंबर दबाए और दरवाज़ा खुल गया। खुल जा सिमसिम।

लेकिन अंदर कोई ख़ज़ाना नहीं था।

सामान कहां था? कल तक तो यहीं था। और डैन जानता था कि जिम अपनी रिसर्च की कोई भी सामग्री घर नहीं ले जाता था। ये एक ऐसा नियम था जिसका वो पाबंदी से पालन करता था। डैन ने इस उम्मीद में अपना हाथ सेफ़ की साइडों में दौड़ाया कि शायद उसे कोई गुप्त पैनल मिल जाए, लेकिन ऐसा नहीं हुआ।

उसने सेफ़ बंद की, बुकशेल्फ़ को वापस खिसकाया और लैब की दराज़ों और कैबिनेटों में ढूंढ़ने लगा। उसे जल्द ही अहसास हुआ कि कई स्टोरेज यूनिट सामान्य से कम भरी हुई लग रही थी। उसे बस वो *एक* मिट्टी का बक्सा चाहिए था जिसमें दानेदार सफ़ेद पाउडर था।

कुछ मिनट बाद डैन को लगा कि उसकी तलाश बेकार थी। उसने सुर्ख़ मूंछों वाले दुबले और पीली रंगत के आदमी ल्यूक मिलर को फ़ोन किया। उसने उसे अपनी परेशानी बताई। 'मैं उसकी लैब के अंदर हूं,' डैन ने समझाया। 'मैंने सब जगह ढूंढ़ लिया है लेकिन वो यहां नहीं है। लगता है जिम ने उसे कहीं और शिफ़्ट कर दिया है। अब यहां कुछ नहीं है।'

'तुम हमसे झूठ बोलने का नतीजा जानते हो?' मिलर ने पूछा।

'मेरा यक़ीन करो,' डैन ने जवाब दिया। 'जानता हूं। अगर मैं कोशिश करके नाकाम नहीं हुआ होता, तो तुम्हें फ़ोन नहीं करता।'

फ़ोन पर एक असहज सी ख़ामोशी छा गई। 'नीचे उतरकर फ़ोर्थ एवेन्यू और फ़िंडले स्ट्रीट के कोने पर पहुंचो,' आख़िरकार उस आदमी ने कहा। 'कोने पर एक हॉटडॉग स्टैंड है। मैं एक घंटे में उसके पास तुमसे मिलूंगा।'

पचपन मिनट बाद, डैन उस स्टैंड के पास था जिस पर

'जॉर्जटाउन स्टैंड' का साइन पेंट किया हुआ था। मिलर ने दूसरी ओर से आकर एक हॉटडॉग ऑर्डर किया। जब डैन ने उसकी ओर देखा, तो उसने सिर हिलाकर एक गोदाम के गेट की ओर इशारा किया।

डैन धीरे-धीरे लोहे के उस विशाल गेट तक पहुंचा। खुलने पर उसने एक कर्कश आवाज़ की। वो अंदर घुसा, तो बड़ी-बड़ी इंडस्ट्रियल लाइटें जल उठीं और पूरा गोदाम रौशनी में नहा गया। और फिर उसने एक ऐसा दृश्य देखा कि उसे बुरी तरह उबकाई सी आने लगी।

उस गुफा जैसी जगह के बीचोबीच एक सीलिंग क्रेन से लोहे का एक विशाल हुक लटका हुआ था। क्रेन और हुक को अधिकतम प्रभाव के लिए ख़ास जगह पर लगाया गया था। हुक से मिस्ट्रेस लूसिंडा नग्न हालत में लटकी हुई थी, उसके ब्लौंड बाल आंशिक रूप से ही उसके चेहरे को छिपाए हुए थे, और उसका चेहरा आगे को ढलक गया था। उसके शरीर को गले से जननांगों तक चीर डाला गया था, और उसकी अंतड़ियां उसके शरीर से बाहर लटक रही थीं। नीचे इपॉक्सी के फ़र्श पर एक बड़ा सा लाल पूल था जिसमें ख़ून निरंतर गिर रहा था।

डैन को अपना फ़ोन भिनभनाता महसूस हुआ। मिलर था। 'बस सोचा कि तुम्हें बता दूं हम क्या कर सकते हैं,' उसने डैन से नर्मी से कहा। 'हमारे पास इस हालत में उसकी तस्वीरें हैं, और एक टाइम-स्टैंप वाली तस्वीर तुम्हारे गोदाम में जाने की भी है। और हां, उसके साथ तुम्हारी सारी पिछली मुलाक़ातें भी हमने रिकॉर्ड की हुई हैं। पता नहीं तुम्हें अहसास हुआ या नहीं कि बाज़ी अब कहीं ज़्यादा ऊंची हो गई है।'

डैन ने अपना थूक निगलने की कोशिश की, लेकिन उसके मुंह में थूक बचा ही नहीं था।

'जब मैंने तुमसे कहा था कि हमें जिम की सामग्री चाहिए, तो वो कोई निवेदन नहीं था,' मिलर बोला। 'वो आदेश था। तुम्हें जो भी करना हो करो। तुम्हारे पास दो दिन हैं।'

26

मैंने सुना था कि वियना पहुंचने के बाद मेरे परचाचा होमी दस्तूर को महसूस हुआ कि उनका धर्म पहले ही रिचर्ड स्ट्रॉस की ऑल्सो स्प्रैक ज़रथुष्ट्र, ऑप. 30 नाम की एक रचना के कारण विश्व स्तर पर प्रसिद्ध हो चुका था। होमी भी पीछे रहने वाले नहीं थे, इसलिए उन्होंने पारसी प्रार्थना यथा अहु वेर्यो *को लिया और उसे एक ऑपरेटिक स्कोर पर सेट किया। ये सबसे पवित्र पारसी प्रार्थनाओं में से एक है।*

यथा अहु वेर्यो अथा रतूश अशात चित हचा
वंगेऊश दज़्दा मनंगो श्योतननाम अंगेउश मज़्दाइ;
क्षत्रेम चा अहुराइ आईम दरेगोब्यो ददत वास्तारेम।

अनुवाद में, इसका अर्थ है: स्वामी की ही तरह, न्यायाधीश भी सत्य के अनुसार चुना जाना चाहिए। मज़्दा और प्रभु के लिए, जिन्हें उन्होंने ग़रीबों का पादरी बनाया था, अच्छे उद्देश्य से जीने वाले जीवन से उत्पन्न होने वाले कार्यों की शक्ति स्थापित करो।

कहने की ज़रूरत नहीं कि ये सारी दुनिया के ज़रथुष्ट्रियों में हिट हुई। और इसने होमी को अपने समय के सर्वश्रेष्ठ संगीतकारों में भी स्थापित कर दिया। मैं जब भी परेशानी में होता हूं, तो इस प्रार्थना की इस विशेष प्रस्तुति को सुनता हूं। मुझे इससे ज़बरदस्त शक्ति मिलती है।

इस बीच, होमी के छोटे भाई नवरोज़ ने ऑक्सफ़ोर्ड से कैमिकल इंजीनियरिंग में डिग्री ली, और परिवार के बिज़नेस से जुड़ने के लिए वापस चले गए। वो बिज़नेस की दुनिया में इस तरह उतर गए जैसे पानी में मछली। सबसे महत्वपूर्ण बात ये कि उनके पास आंकड़ों वाला दिमाग़ था। जब तक उनसे दोगुनी उम्र के लोग पैन और और काग़ज़ से कुछ हिसाब लगा पाते, उससे पहले ही नवरोज़ अपने दिमाग में उसका हल निकाल लेते थे।

कहा जाता है कि जब होमी और नवरोज़ के पिता शापूर दस्तूर का 1901 में देहांत हुआ, तो पूरा बॉम्बे अपने हीरो का शोक मनाने निकल आया था। टॉवर ऑफ़ साइलेंस तक लोगों की क़तारें लगी हुई थीं जहां गिद्धों को उनके अवशेषों पर दावत उड़ाने की खुली आज़ादी दी जानी थी। शापूर ने केवल एक बिज़नेस साम्राज्य नहीं बनाया था, उन्होंने ऐसी संस्थाएं भी बनाई थीं जिन्हें उनके बाद तक बरक़रार रहना था। अपने जीवनकाल में उन्होंने बॉम्बे के एक बेहतरीन अस्पताल, एक बेहद प्रतिष्ठित विश्वविद्यालय और एक धर्मार्थ फ़ाउंडेशन की स्थापना की थी जिसने हज़ारों लोगों की मदद की थी। उनके बेटे, नवरोज़, मेरे परदादा, को एक कठिन विरासत पर खरा उतरना था।

जब शापूर की वसीयत पढ़ी गई, तो उन्होंने अपनी पत्नी दीना और अपने बेटे होमी के लिए अच्छा ख़ासा पैसा छोड़ा था—उस छोटे से मिट्टी के बक्से के साथ। उनकी दौलत का एक और बड़ा हिस्सा उस धर्मार्थ ट्रस्ट को गया जिसकी उन्होंने स्थापना की थी। बिज़नेस में उनके क़ीमती शेयरों सहित उनकी संपत्ति का बड़ा हिस्सा उनके छोटे बेटे नवरोज़ को मिला।

सौभाग्य से, नवरोज़ दस्तूर भी किसी बिज़नेस जीनियस से कम नहीं थे। वो रुझानों को रुझान बनने से बहुत पहले ही पहचान लेते थे। उन्हें अंदाज़ा हो गया था कि यूरोप में महायुद्ध छिड़ने ही वाला था। 1914 में जब प्रथम विश्व युद्ध शुरू हुआ, तो चौंतीस वर्षीय नवरोज़ इंग्लैंड को युद्ध के लिए साज़ो-सामान भेजने के लिए पूरी तरह तैयार थे—तीन मिलियन टन से ज़्यादा खाद्य राशन, वर्दियां, घोड़े, ख़च्चर, हथियार और यहां तक कि बख़्तरबंद गाड़ियां आदि भी। उसके बाद उन्होंने पीछे मुड़कर नहीं देखा। दस्तूर साम्राज्य में जल्द ही सीमेंट, बिजली, स्टील, जूट, चाय, रसायन और शिपिंग शामिल हो गए, और आख़िरकार इसके मिश्रित व्यवसायों में एक लाख से अधिक लोगों को रोज़गार मिला।

अपने पिता के विपरीत, जो दिल से एक अंग्रेज़ थे, नवरोज़

ख़ुद को एक राष्ट्रवादी के रूप में देखते थे। उनकी गांधी, नेहरू और पटेल के साथ मित्रता थी। उनके सामने जो पारसी आते थे वो अपने अंग्रेज़ आक़ाओं के साथ मधुर संबंध बनाए रखने में काफ़ी ख़ुश थे। आख़िर ये अंग्रेज़ ही तो थे जिन्होंने उन्हें सूरत से बॉम्बे आने और इस तरह फलने-फूलने का मौक़ा दिया था। लेकिन नवरोज़ ये कभी नहीं भूले कि वो एक हिंदू राजा जेदी राणा था जिसने ईरान में मुस्लिम उत्पीड़न से भाग रहे उनके समुदाय को गुजरात में शरण देने की पेशकश की थी। नवरोज़ समझते थे कि बस कुछ ही समय में अंग्रेजों को भारत छोड़ना पड़ेगा। अगर और जब ऐसा होगा, तो पारसियों को नए मित्रों की ज़रूरत होगी।

उस समय तक पारसियों में कुछ हद तक राजनीतिक जागृति आ चुकी थी, लेकिन अंग्रेज़ों के साथ उनके व्यापारिक संबंधों के कारण ये मूक रही थी। अब हालात बदलने लगे थे। बॉम्बे में शुरुआती राजनीतिक संगठन—बॉम्बे एसोसिएशन और बॉम्बे प्रेसिडेंसी एसोसिएशन—दोनों का वित्तपोषण और नेतृत्व पारसियों ने किया था। भारतीय राष्ट्रीय कांग्रेस की स्थापना 1885 में बॉम्बे में हुई थी, और दादाभाई नौरोजी, सर फ़िरोजशाह मेहता और सर दिनशा वाचा समेत इसके कई नेता पारसी थे। वास्तव में, जो तीन भारतीय ब्रिटिश संसद के लिए चुने जाने में सफल रहे थे, वो भी पारसी थे—दादाभाई नौरोजी, मंशेरजी भोनाग्री और शापूरजी साकलातवाला।

जहां प्रतिस्पर्धी बिज़नेसमेन अपने हर काम को लेकर बहुत चर्चाएं करते थे, नवरोज़ को सुर्ख़ियों से दूर रहते हुए चुपचाप काम करना पसंद था। अपने पिता के विपरीत, वो सामाजिक गहमा-गहमी में शामिल होने के इच्छुक नहीं थे, और अपने परिवार या क़रीबी मित्रों के साथ घर पर शांत शामें बिताना पसंद करते थे। इसका मतलब ये भी था कि वो बिज़नेस को विस्तार देने पर काम करने के लिए रोज़ाना अतिरिक्त समय निकाल सकते थे—जो उनके उद्यम के लिए चमत्कार कर गया।

27

नवरोज़ को विश्वास था कि भारत को तेज़ी से औद्योगिकीकरण की ज़रूरत होगी। और ऐसा करने के लिए दस्तूर परिवार से बेहतर कौन हो सकता था? उनका ध्यान सबसे पहले स्टील क्षेत्र की ओर गया। उन्होंने उस दौर के सबसे बड़े स्टील निर्माताओं में से एक के साथ सहयोग अनुबंध साइन करने के लिए अमेरिका की यात्रा की। एक अन्य पारसी जमशेदजी टाटा ने पहले ही—सारी निराशाजनक बाधाओं के बावजूद—जमशेदपुर में एक स्टील फ़ैक्टरी स्थापित कर ली थी, तो नवरोज़ क्यों नहीं करते? 'उनके स्टील का उपयोग जिस एकमात्र चीज़ में किया जाएगा वो उनके ताबूत की कीलें होंगी,' उनके अंग्रेज़ प्रतिद्वंद्वियों ने कहा था, लेकिन वो ये भूल गए थे कि हम पारसियों को मरने पर न तो ताबूत की ज़रूरत होती है और न ही कीलों की।

लेकिन नवरोज़ ने इसे कर दिखाया, और कैसे। जैसे ही पहली सिल्लियां बाहर आईं, उन्होंने अपना ध्यान सीमेंट की ओर लगा दिया, संभवतः इसलिए कि इसमें स्टील निर्माण के अपशिष्ट उपोत्पाद धातु की तलछट का उपयोग किया जा सकता था। 1920 तक, नवरोज़ ने गुजरात में अंग्रेज़ों के अनुसार आर्टिफ़िशियल पोर्टलैंड सीमेंट बनाने की फ़ैक्टरी स्थापित कर ली थी।

एक और दशक के भीतर, नवरोज़ ने एक थर्मल पॉवर प्लांट की बुनियाद रख दी थी। ये मौजूदा व्यवसायों में क्षमता विस्तार और नए उद्योगों में उनके विविधीकरण का एक भीमकाय रथ था। एक समय आने वाला था जब इसकी सूची बनाना आसान होगा कि नवरोज़ दस्तूर ने क्या नहीं बनाया। उत्पादन की बेतहाशा रफ़्तार ने नवरोज़ को भारत के सबसे धनी व्यक्तियों में से एक बना दिया। लेकिन वो एक मूल सिद्धांत को कभी नहीं भूले: पैसे से बस पैसे की चिंता न करने की आज़ादी मिलती है।

दस्तूर वंश-वृक्ष से पता चलता है कि नवरोज़ के तीन बच्चे

थे—दो बेटियां और एक बेटा। उनकी पत्नी नाज़नीन उनके लिए शक्ति का स्तंभ थीं, जिन्होंने बच्चों का लगभग अकेले ही पालन-पोषण किया। नवरोज़ अपने जीवन के व्यापार पक्ष के पोषण और विस्तार में इतना व्यस्त थे कि वो अपने बच्चों के लिए क्वालिटी टाइम निकाल ही नहीं पाते थे। कुल मिलाकर, नवरोज़ एक अनुपस्थित पिता थे।

लेकिन तीनों बच्चे—पर्सिस, मेहर और रुस्तम—नाज़नीन की दुनिया थे। उनकी परवरिश में मामूली से मामूली चीज़ की भी अनदेखी नहीं की गई थी, और न ही उनकी शिक्षा के ख़र्च में कभी कोई कमी आने दी गई। एक अंग्रेज़ गवर्नेस ने सुनिश्चित किया कि वो हमेशा अच्छी तरह से बात करें और बेदाग़ ढंग से कपड़े पहनें। बच्चों को बेहतरीन घुड़सवार बनने का अभ्यास कराने के लिए पूना में एक निजी फ़ार्म बनाया गया था। कई भाषाओं के शिक्षक हमेशा घर में आते-जाते देखे जा सकते थे। हर बच्चे ने गाना, नृत्य करना या कोई संगीत यंत्र बजाना सीखा था। शामें दस्तूर ट्रस्ट द्वारा स्थापित जिमख़ाने में खेलों के लिए समर्पित थीं। सप्ताहांत में पढ़ने के अनिवार्य घंटे शामिल थे।

लेकिन फिर एक त्रासदी हो गई। सबसे बड़ी संतान पर्सिस को चेचक हो गई। भयंकर चेचक से पीड़ित लोगों में से लगभग तीस प्रतिशत मर रहे थे। उदवाड़ा और नवसारी के पुजारियों ने उनके ठीक होने की प्रार्थना करने के लिए पवित्र यस्न किए, जबकि बेहतरीन डॉक्टर सबसे अच्छा इलाज कर रहे थे। लेकिन कुछ काम नहीं आया।

दस्तूर परिवार में मातम छा गया। नाज़नीन एक ख़ोल में चली गईं जिससे वो फिर कभी नहीं निकलीं, और बस कुछ साल बाद अपनी बेटी के पीछे-पीछे टॉवर ऑफ़ साइलेंस में चली गईं। डॉक्टरों ने उनकी मौत के लिए फेफड़े के कैंसर को ज़िम्मेदार ठहराया, लेकिन अधिक सटीक रूप से मौत का कारण दिल टूटना था।

मेरे दादा रुस्तम तीनों बच्चों में सबसे छोटे थे। उनकी बाक़ी

नौजवानी के दौरान उनकी बहन मेहर ही उनकी मां, दोस्त और मार्गदर्शक रहीं। रुस्तम एक गहरी सोच और आत्मनिरीक्षण करने वाले बच्चे थे। वो बॉम्बे के कैथीड्रल एंड जॉन कॉनन स्कूल में बस इसलिए पढ़े थे कि ये ज़रूरी था, वर्ना उनकी रुचि कविता और कला की ओर बहुत अधिक थी। अपने पिता की इच्छा के एकदम ख़िलाफ़ उन्होंने विज्ञान या बिज़नेस में डिग्री हासिल करने से इंकार कर दिया, और पेरिस में सोरबोन में अपने वास्तविक शौक़ पूरा करने को चुना।

वो कई साल बाद अपनी फ्रांसीसी दुल्हन सेसील के साथ भारत लौटे, और एक टीचर के रूप में जेजे स्कूल ऑफ़ आर्ट से जुड़ गए, जो 1857 में सर जमशेदजी जीजीभाय के उदार दान से स्थापित एक प्रसिद्ध संस्थान था।

सेसील वो सबसे प्यारी और भली महिला थीं जिन्हें वो शादी के लिए चुन सकते थे। उनकी सुडौल फ़िगर, तारों सी जगमगाती आंखें और बेसाख़्ता उत्तेजक मुंह किसी भी आदमी को पागल कर देता। लेकिन इससे भी महत्वपूर्ण ये कि वो रुस्तम से बहुत प्यार करती थीं और उन्हें ख़ुश करना उन्होंने अपना मिशन बना लिया था; न केवल एक पत्नी के रूप में उन्हें प्यार करने को बल्कि एक मां की तरह उनकी रक्षा करने को भी।

लेकिन इन नवविवाहितों ने ख़ुद को जिस माहौल में पाया वो किसी भी तरह ख़ुशनुमा नहीं था। सेसील रुस्तम की ज़िंदगी का हिस्सा बनना चाहती थीं, और रुस्तम ने उन्हें पारसी धर्म में स्वीकार किए जाने के लिए आवेदन किया। लेकिन तुरंत ही एक हंगामा खड़ा हो गया। बॉम्बे पारसी पंचायत ने उनके प्रवेश को चुनौती देने के लिए उच्च न्यायालय में एक मुकदमा दायर कर दिया। आख़िरकार, अदालत ने रुस्तम की अर्ज़ी के ख़िलाफ़ फ़ैसला दिया। भारत के पारसी ये स्पष्ट कर रहे थे कि वो ख़ुद को बाहरी लोगों से अलग रखना चाहते थे।

एक समुदाय जो अंग्रेज़ों के साथ बिज़नेस करके समृद्ध हुआ था, उसे अब अपने ही एक सदस्य के आधिकारिक तौर पर एक फ्रांसीसी के साथ सोने में समस्या थी!

28

रुस्तम-सेसील विवाह एक ऐसा कांड था जिसकी सारी पारसी शादियों और नवजोतों—जिसमें पारसी बच्चों को औपचारिक रूप से दीक्षा दी जाती है—में ज़ोरशोर से चर्चा की जाने लगी। नवजोत उस समय की शुरुआत का द्योतक होता है जब बच्चा प्रथागत 'सिद्रा' और 'कुस्ती'—पवित्र बनियान और धागा—पहनना शुरू करता है।

लेकिन अपने बारे में इन भयानक कानाफूसियों का रुस्तम और सेसील पर कोई असर नहीं पड़ा। वो जानते थे कि वो एक दूसरे के पूरक थे—और यही महत्वपूर्ण था। उनकी केवल एक संतान थी, मेरे पिता बमन।

लेकिन इस सबने मेरे परदादा नवरोज़ को दुविधा में डाल दिया, जिन्होंने उम्मीद लगाई हुई थी कि रुस्तम आख़िरकार बिज़नेस में वापस लौटेंगे। जब उन्हें अहसास हो गया कि ऐसा नहीं होने वाला था, तो उन्होंने रुस्तम को केवल परिवार के धर्मार्थ ट्रस्ट का चार्ज दिया। ये बहुत ही समझदारी की चाल साबित हुई, दस्तूर परिवार और भारत दोनों के लिए।

रुस्तम दिल से मानवता के लिए महसूस करते थे। वो जानवरों से प्यार करते थे और जीवन की शुरुआत में ही शाकाहारी बन गए थे, एक ऐसे पारसी के लिए यह एक अविश्वसनीय बदलाव था जो अभी तक अपने मटन धानसाक और सल्ली बोटी का आनंद लेता आया था। सेसील भी असाधारण रूप से कोमल हृदय की थीं और वो भारत की घोर ग़रीबी को देखना सहन नहीं कर पाती थीं। दोनों ने ख़ुद को ट्रस्ट के कामकाज में झोंक दिया।

रुस्तम की ज़िंदगी में दूसरा बड़ा प्रभाव उनके चाचा होमी का था। रुस्तम अक्सर उनसे मिलने वियना जाते थे और वो उस सम्मान और प्रशंसा से चकित रह जाते थे जो होमी को यूरोप के सबसे उत्कृष्ट संगीतकारों में से एक के रूप में प्राप्त होती थी। ऐसे

में ये स्वाभाविक था कि होमी ने रुस्तम को ही मिट्टी के बक्से और कंठस्थ पाठ का संरक्षक चुना। शापूर का विद्रोह उदवाड़ा को छोड़ना और बॉम्बे में अपना भाग्य बनाना रहा था; होमी का विद्रोह भारत को छोड़ना और यूरोप में महानता हासिल करना रहा था; रुस्तम का विद्रोह सामाजिक ज़िम्मेदारी की ख़ातिर कॉरपोरेट महानता को ठुकराना रहा था।

ट्रस्ट पहले ही एक विश्वविद्यालय और एक अस्पताल की स्थापना कर चुका था, लेकिन रुस्तम का ख़्याल था कि इसे आम लोगों की ज़िंदगियों से जुड़ना चाहिए। उन्होंने गांवों को गोद लेने के ऐसे सबसे बड़े कार्यक्रमों में से एक की स्थापना की जिसने ज़मीनी स्तर पर विकास सुनिश्चित किया। ट्रस्ट के खाद्य कार्यक्रम को ये सुनिश्चित करने के लिए विस्तार दिया गया कि कुपोषण—शिशु मृत्यु दर का एक प्रमुख कारण—के मुद्दे का समाधान किया जाए। हज़ारों ग्रामीण विद्यालयों का उन्नयन किया गया, और एक विशेष शिक्षक प्रशिक्षण कार्यक्रम शुरू किया गया। ट्रस्ट ने लाखों आम भारतीयों के लिए स्थायी कृषि, जल संरक्षण, टीकाकरण और वित्तीय समावेशन को बढ़ावा देने के लिए सक्रिय रूप से काम किया। इसने माइक्रो-बांधों का निर्माण किया, कुएं खोदे और लघु-ऋण दिए। संक्षेप में, ये ग्रामीण भारत का मसीहा बन गया।

रुस्तम और सेसील को वो मिल गया था जिसमें वो अच्छे थे: दूसरे लोगों के जीवन को बेहतर बनाना। सेसील बेहद आध्यात्मिक भी थीं। वो अक्सर पहाड़ों में ध्यान शिविरों में जाती थीं। उनके मित्र—राजनेता, बिज़नेसमेन, योग गुरु, संन्यासी—जीवन के सभी क्षेत्रों से थे। उन्हें पढ़ना बहुत पसंद था। खंडाला में उनके वीकएंड घर में किताबों का उनका संग्रह एक बख़ूबी भरी-पूरी लाइब्रेरी के पैमाने पर था।

लेकिन दस्तूर साम्राज्य की दुविधा अपनी जगह बनी रही। नवरोज़ के बाद कारोबार कौन संभालेगा? अगर रुस्तम पर छोड़ दिया जाता, तो सब दान हो जाता। लेकिन नवरोज़ बेहद चतुर थे।

उन्होंने फ़ैसला किया कि विरासत एक पीढ़ी को आसानी से छोड़ सकती थी। उन्होंने अपनी नज़रें अपने पोते, मेरे पिता बमन पर गड़ा ली थीं।

जब बमन बीस साल के हुए, तो मेरे परदादा नवरोज़ ने उन्हें तुरंत बिज़नेस में लगा लिया। भारत को दो साल पहले ही आज़ादी मिली थी और ढेर सारी चुनौतियां और अवसर मौजूद थे। दुर्भाग्य से, उसी समय हुए भारत और पाकिस्तान के विभाजन में लाखों लोग मारे गए थे। ये जानते हुए कि बमन को बिज़नेस की दुनिया में सिर्फ़ वही कामयाबी के साथ लगा सकते थे, नवरोज़ ने ऐसा करने में कोई देरी नहीं की।

बमन हमेशा से समझदार थे, लेकिन उनकी शिक्षा बॉम्बे के एलफ़िंस्टन कॉलेज से बीए करने तक सीमित रही। जब लोग कहते कि बमन अपनी सीमित शिक्षा के बावजूद स्मार्ट थे, तो नवरोज़ पलटकर जवाब देते, 'लड़का इसीलिए स्मार्ट है कि उसकी शिक्षा सीमित है।'

बमन पर उद्यम में जल्द शामिल होने का दबाव बहुत अधिक था, लेकिन वो बड़ी सहजता से नए काम में लग गए। अगले कुछ वर्षों में, उन्होंने हर काम की बारीकियों को समझने के लिए प्रबंधकों और शॉप-फ़्लोर कर्मचारियों के साथ काम किया। नवरोज़ ये ध्यान रखते थे कि बमन को बार-बार एक कंपनी से दूसरी कंपनी में और एक पद से दूसरे पद पर स्थानांतरित किया जाता रहे, क्योंकि वो चाहते थे कि नौजवान को यथासंभव व्यापक और गहरा दृष्टिकोण प्राप्त हो जाए। जब तक बमन ग्रुप के मुख्यालय में प्रवेश करते, तब तक वो किसी एक चीज़ के बारे में सब कुछ के बजाय हर चीज के बारे में कुछ न कुछ जान चुके थे। यही वो व्यापक क़िस्म का दृष्टिकोण था जिसकी दस्तूर साम्राज्य की सीमाओं को और भी विस्तार देने के लिए ज़रूरत थी।

बमन को शुरू से ही एक लड़की शीरीं से प्यार था, जिसे वो अपने स्कूल के दिनों से जानते थे। जब शादी का समय आया, तो

ये निश्चित था कि दोनों शादी कर लेंगे। ये मानेकजी सेठ अगियारी में हुई एक बेहद साधारण शादी थी। शीरीं ने एक सजावटी सफ़ेद 'गारा' पहना था; बामन ने एक पारसी 'दगली'—ऊंची गर्दन वाला सफ़ेद कोट—और पुरुषों की लंबी, काली पारंपरिक टोपी 'फ़तेह' पहनी थी।

उनकी शादी पारसी महीने के पहले दिन हुरमज़्द रोज़ को हुई थी। दूल्हा और दुल्हन पूर्व की ओर मुंह करके बैठे थे, और उनके बीच एक पर्दा था। उन्होंने एक दूसरे पर चावल छिड़के। फिर एक अंडा फोड़ा गया, और फिर एक नारियल। अंत में, दंपती के दोनों ओर पानी छिड़का गया। पुजारियों ने पर्दे को हटा दिया, जोड़े के हाथों को आपस में जोड़ा और उन पर सात बार एक कपड़े को लपेटकर बांध दिया। इस दौरान यथा अहु वेर्यो का पाठ जारी रहा।

उसके बाद वो हमेशा ख़ुशी-ख़ुशी रहे।

29

अपने दादा के मार्गदर्शन में बमन ने न केवल दस्तूर साम्राज्य को मज़बूत किया, बल्कि उन्होंने नए क्षेत्रों—उर्वरक, इंजन, सिंथेटिक्स और बैंकिंग—में भी प्रवेश किया। सबसे महत्वपूर्ण बात ये कि उन्होंने समूह में तालमेल और स्पष्टता पैदा की। नवरोज़ विस्तार में इतना व्यस्त रहे थे कि उन्हें व्यवस्थाओं, प्रक्रियाओं और प्रबंधन नीतियों पर ध्यान देने का बहुत कम समय मिला था। बमन के पास इन अपेक्षाकृत नए विचारों को अपनाने और उन्हें व्यवहार में लाने के लिए एकदम सही प्रकार का व्यक्तित्व था।

मैं बमन और शीरीं के घर पच्चीस मई 1968 को पैदा हुआ था, जबकि मेरी बहन आवान एक साल पहले 1967 में आई थीं। वो एक मिश्रित अनुभवों का साल रहा था: मेरी बहन आवान का जन्म, और मेरे परदादा नवरोज़ का परलोक सिधारना। पारसी समुदाय ने उनकी

मृत्यु पर इस तरह शोक व्यक्त किया जैसे उन्होंने सामूहिक रूप से एक पिता को खो दिया हो।

लेकिन अब दस्तूर साम्राज्य के दो महत्वपूर्ण हाथ थे। मेरे पिता बमन का हाथ पैसा कमा रहा था। जबकि मेरे दादा रुस्तम के अधीन दूसरा हाथ इसे बांटने के तरीक़े खोज रहा था। दोनों समान रूप से महत्वपूर्ण थे।

अगला साल, 1968, न केवल मेरे जन्म के लिए याद किया जाएगा (हां, मैं विनम्र हूं!) बल्कि स्टैन्ली क्यूब्रिक द्वारा निर्देशित उस बेहतरीन फ़िल्म 2001: ए स्पेस ऑडीसी के लिए भी। इस बात से अनजान कि मेरे भविष्य से इसका बड़ा गहरा नाता रहेगा, मैंने अपने लड़कपन में इस फ़िल्म को कई बार देखा था।

मैं पढ़ने के लिए कैथीड्रल एंड जॉन कॉनन स्कूल गया, जबकि मेरी बहन का दाख़िला जेबी पेटिट हाई स्कूल फ़ॉर गर्ल्स में हुआ। ये दोनों स्कूल एक दूसरे से बहुत कम दूरी पर थे। मैं हमेशा से जानता था कि मेरा मन बिज़नेस में नहीं बल्कि विज्ञान में था। जीव विज्ञान और रसायन विज्ञान के लेक्चर मुझे बेहद आकर्षित करते थे, ख़ासकर जब उनमें लैब के प्रयोग शामिल हों। अपनी बारहवीं कक्षा पूरी करते ही मैंने कॉलेज के लिए अमेरिका जाने की योजना बनानी शुरू कर दी। मुझे बैचलर ऑफ़ साइंस की डिग्री हासिल करने के लिए स्टैनफ़ोर्ड यूनिवर्सिटी में ऑफ़र मिल गया था। मैंने मन ही मन अपने लिए आगे की पूरी योजना तैयार कर रखी थी। उदाहरण के लिए, मैं जानता था कि मैं अपने बीएस के बाद डबल एमडी-पीएचडी करूंगा।

मेरे जाने से एक सप्ताह पहले मेरे पिता ने मुझे अपनी स्टडी में बुलाया। 'मैं जानता हूं कि तुम्हारा मन बिज़नेस में नहीं है,' उन्होंने मुझसे कहा। 'तुम्हारे दादाजी भी काफ़ी हद तक ऐसे ही थे।' उन्होंने कुछ सोचते हुए मेरे चेहरे की ओर देखा और फिर आगे कहा, 'मैं चाहता हूं कि तुम वहां जाओ जहां तुम्हारा जुनून तुम्हें लेकर जाए। तुम्हारे पास हमेशा एक ट्रस्ट फ़ंड का सुरक्षा-जाल होगा। जोखिम

लेने का सुख अगर तुम्हें नहीं मिलेगा, तो किसे मिलेगा? अगर अजाने रास्तों पर नहीं चलते, तो न तो फ़रुख़ बल्सारा कभी फ्रेडी मर्करी बन पाते और न ही होमी भाभा भारत के परमाणु कार्यक्रम के जनक बन पाते।' मेरा गला रुंधने लगा था। मुझे समझ नहीं आ रहा था कि मैं अपने पिता को कैसे शुक्रिया कहूं। फिर उन्होंने कहा, 'इस बीच, मैं भी एक और पुरानी परंपरा को तोड़ रहा हूं।'

'वो क्या?' मैंने अपने पिता से पूछा।

'कोई कारण नहीं है कि हमारे बिज़नेस की लगाम केवल पुरुष हाथों में ही रहे,' उन्होंने जवाब दिया। 'तुम्हारी बहन आवान ने साबित कर दिया है कि वो मेरे जानकार बहुत से आदमियों से अगर ज़्यादा नहीं तो कम योग्य भी नहीं है। मेरा इरादा है कि मैं अपने बाद काम की ज़िम्मेदारी संभालने के लिए उसे तैयार करूंगा।'

मैं मुस्कुराया। कितनी राहत की बात थी! कभी-कभी, विरासत में मिले बिज़नेस का बोझ उसके इनाम से ज़्यादा भारी होता है। मैंने आगे बढ़कर अपने पिता को गले लगा लिया। उनकी आंखों में आंसू थे। उन्होंने जल्दी से उन्हें अपने रूमाल से थपथपाया। उन्होंने अपनी डेस्क की दराज़ खोलकर उसमें से मिट्टी का एक छोटा सा बक्सा निकाला जिस पर एक अजीब सा गोले का चिह्न था, लगभग पायलटों द्वारा पहने जाने वाले प्रतीक चिह्न की तरह।

मैंने आंखें चुंधियाकर उस विचित्र सी चीज़ को देखा। 'ये क्या है?' मैंने हैरान होते हुए पूछा।

'तुम्हारे दादा रुस्तम दस्तूर ने ये तुम्हारे लिए छोड़ने का फ़ैसला किया था क्योंकि वो जानते थे कि तुमसे पहले उन्हीं की तरह—और परिवार में उन जैसे दूसरे लोगों की तरह—तुम भी अपना रास्ता ख़ुद बनाओगे।'

वो मेरा हाथ पकड़कर मुझे दीवार से लगी एक छोटी सी कॉकटेल कैबिनेट तक ले गए जिस पर पहले कभी मेरा ध्यान नहीं गया था। 'आज की शाम साथ बिताते हैं,' वो बोले, 'ताकि मैं हमारे लिए व्हिस्की बना सकूं और हम पहली बार साथ में पी सकें। मुझे

एक लंबी कहानी सुनानी है।'

आज आख़िरकार, मैंने एक वयस्क जैसा महसूस किया, सही मायनों में एक 'बावा' जैसा। मेरे पिता और मैं लिविंग रूम में एक काउच पर बैठ गए। उन्होंने हम दोनों के लिए अपनी मनपसंद जॉनी वॉकर ब्लैक लेबल के पैग बनाए। बमन दस्तूर के लिए कोई शानदार सिंगल मॉल्ट नहीं। बस बर्फ़ के दो क्यूब के साथ सीधी-सादी स्कॉच और सोडा। उन्होंने उस सेवक से, जो हमें सर्व कर रहा था, कहा कि वो चला जाए।

'जैसा कि तुम जानते हो,' अपनी ड्रिंक से एक लंबा घूंट लेने के बाद उन्होंने बात शुरू की, 'तुम्हारे पर-परदादा, शापूर दस्तूर, परिवार के पहले सदस्य थे जो बॉम्बे आए। ऐसा 1858 में हुआ था। लेकिन उनसे पहले, उनके सारे पूर्वज ज़रथुष्ट्री पुरोहित रहे थे। शापूर के अपने पिता उदवाड़ा में एक पुरोहित थे। हमारे पारिवारिक नाम "दस्तूर" शब्द का मूल अर्थ "पुरोहित" ही है।'

मैं ये पहले से ही जानता था, लेकिन फिर भी ध्यान से सुनता रहा। हम पुरोहितों के लिए उदवाड़ा सबसे पवित्र जगह है, क्योंकि वहां वो पवित्र अग्नि है जिसे हम ईरानशाह कहते हैं। उदवाड़ा का वो स्थल तो 265 साल पुराना बताया जाता है, लेकिन वो अग्नि तेरह सदियों से जल रही है। दरअसल, हम पारसी न केवल एक धार्मिक समूह हैं बल्कि एक जातीय समूह भी हैं। हम ईरान के ज़ोरोस्टरवादियों के वंशज हैं जिन्होंने 720 ईसवी में भारत में—दरअसल, गुजरात में—एक बस्ती बसाई थी।

लेकिन उदवाड़ा ऐसी अकेली जगह नहीं है जहां हमारे पूर्वज आए थे। उनके शुरुआती बरसों के वर्णन क़िस्सा-ए-संजान के मुताबिक़, ज़रथुष्ट्री शरणार्थियों का पहला ग्रुप उस जगह से भारत आया था जिसे अब ग्रेटर ख़ुरासान कहा जाता है। ये उस क्षेत्र के उत्तर-पूर्व में स्थित है जिसमें अब ईरान, इराक़, अज़रबैजान, तुर्कमेनिस्तान, ताजिकिस्तान और अफ़ग़ानिस्तान हैं। अफ़सोस कि आजकल 'ख़ुरासान' शब्द सारे ग़लत कारणों से चर्चा में है, क्योंकि

इसका इस्तेमाल इस्लामिक स्टेट द्वारा अपनी मध्य एशियाई शाखा को नामित करने के लिए किया जा रहा है। मुझे क्या पता था कि मेरे आगे के जीवन में वो देश मुझे त्रस्त कर देंगे।

30

हाथ में ड्रिंक लिए मेरे पिता बोलते रहे। 'जब इस्लामिक अत्याचार अपने चरम पर था,' वो समय में और पीछे जाते हुए बोले, 'तो धार्मिक ज़रथुष्ट्रियों का एक समूह छिप गया था। कुछ समय तक वो ख़ुरासान के पहाड़ों में छिपे रहे, लेकिन आख़िरकार उन्हें मजबूर करके फ़ारस की खाड़ी के ऊपर स्थित हुर्मुज़ तक पहुंचा दिया गया। लेकिन मुस्लिम शासक उनके पीछे पड़े रहे। आख़िरकार, एक बुद्धिमान दस्तूर ने, जो नक्षत्रों को पढ़ सकता था, घोषणा की कि पूर्व में और आगे बढ़ने का समय आ गया था। लगभग 18,000 लोग हुर्मुज़ से चले और सौराष्ट्र प्रायद्वीप के किनारे मछुआरों के शहर दीव में उतरे।'

मैं दीव की कहानी के बारे में भी जानता था। अगले उन्नीस साल तक शरणार्थी वहीं रहे, और फिर नक्षत्रों की एक और गणना ने उन्हें पूर्व में और आगे बढ़ने के लिए प्रेरित किया और वो एक बार फिर से चल पड़े। जब वो बीच समुद्र में थे तो एक भयंकर तूफ़ान उठा और ऐसा लगा कि सब कुछ ख़त्म हो जाएगा। तो ज़रथुष्ट्रियों ने अपने देवता अहुरा मज़्दा से दुआ की। उन्होंने अहुरा मज़्दा से वादा किया कि अगर, और जहां, वो सुरक्षित ज़मीन पर उतरेंगे, तो वहीं अपनी सबसे पवित्र अग्नि—आतश बहराम—को स्थापित करेंगे।

मेरे पिता ने अपनी व्हिस्की का एक और घूंट लिया। 'भयभीत शरणार्थी आख़िरकार गुजरात के पश्चिमी तट पर संजान में उतरे,' उन्होंने कहा। 'संजान का शासक वो था जिसे वो जेदी राणा कहते थे।' (मुझे कहीं पढ़ना याद आया कि अब विद्वान 'जेदी राणा' को पश्चिमी चालुक्यों के विजयादित्य के साथ जोड़ने लगे थे।)

'शरणार्थियों ने उससे संजान को अपना घर बनाने की अनुमति मांगी,' मेरे पिता ने आगे कहा। 'जेदी राणा को शरणार्थियों के अस्थायी रूप से रहने से कोई समस्या नहीं थी, लेकिन उनके स्थायी रूप से रहने का विचार उसे थोड़ा परेशान कर रहा था।'

बताया जाता है कि जेदी राणा ने शरणार्थी समूह के नेता को दूध का एक प्याला किनारे तक भरकर पेश किया। ये शरणार्थियों से ये कहने का तरीक़ा था कि उसका राज्य पहले ही भरा हुआ था। लेकिन बुद्धिमान पारसी दस्तूरों ने दूध में थोड़ी चीनी घोलकर प्याला राजा को वापस कर दिया। ये जेदी राणा को समझदारी से दिया गया संदेश था कि वो बिना कोई उथल-पुथल मचाए राज्य में बस स्वाद और मिठास भरेंगे।

'जेदी राणा इस बात से बहुत ख़ुश हुआ। जितना वो पारसी धर्म के बारे में सुनता गया, उतना ही उसे विश्वास होता गया कि ये हिंदू धर्म के समान था। पारसी लोग गाय का सम्मान करते थे; वरुण और मित्र जैसे उनके देवताओं का न केवल पारसी गाथाओं में बल्कि ऋग्वेद में भी सम्मान किया गया था; उनकी पवित्र अग्नि हिंदुओं की अग्नि के समान थी; उनके यस्न हिंदू यज्ञों के समान थे; अवेस्ता के उनके छंद वैदिक संस्कृत जैसे सुनाई देते थे; और जिस तरह ज़रथुष्ट्रियों के दैव और अहुरा थे, उसी तरह हिंदुओं के देवता और असुर थे। ऐसे लोग उनके लिए ख़तरा कैसे बन सकते थे? जेदी राणा उन्हें शरण देने को सहमत हो गया, और उसने उनके उपयोग के लिए तीन फ़रसांग—या नौ वर्ग किलोमीटर—का एक चौकोर भूखंड आवंटित कर दिया।'

मेरे पिता मुझे जो कुछ भी सुना रहे थे उसमें कुछ भी नया नहीं था। मैंने इसमें से ज़्यादातर बातें स्कूल में हमारी पारसी टीचर मिसेज़ बाटलीवाला से सुनी थीं, जो इंग्लिश पढ़ाती थीं। बज़ाहिर, जेदी राणा ने उन्हें अपनी ज़मीन पर रुकने देने के लिए चार शर्तें रखी थीं। पहली, शरणार्थी फ़ारसी की जगह स्थानीय गुजराती भाषा को अपनाएंगे; दूसरी, उनकी महिलाएं स्थानीय रिवाज के मुताबिक़ कपड़े पहनेंगी;

तीसरी, मर्द अपने हथियार छोड़ देंगे और उन्हें तब तक इस्तेमाल नहीं करेंगे जब तक राणा का आदेश न हो; और आख़री, उनके विवाह समारोह केवल शाम में आयोजित किए जाएंगे।

शरणार्थी इन शर्तों को ख़ुशी से मानने को तैयार थे। ईरान में मुस्लिम आक्रमणकारियों ने उन्हें केवल तीन विकल्प दिए थे, जो सभी भयानक थे: एक, इस्लाम में धर्मांतरण कर लें; दो, एक बहुत बड़े जिज़िया कर का भुगतान करें और इसके साथ लगी क्रूरता और अपमान को स्वीकार करें; तीन, मौत के घाट उतार दिए जाएं। आक्रमणकारियों की तुलना में जेदी राणा साक्षात परोपकार थे।

संजान में बसने के बाद, पारसियों को उस शपथ की याद आई जो उन्होंने तूफ़ान से सामना होने पर ली थी। उन्होंने वहां एक आतश बहराम को प्रतिष्ठित करने की सहमति प्राप्त करने के लिए जेदी राणा से संपर्क किया। जेदी राणा ने इस पर थोड़ा सोच-विचार किया। उसने महसूस किया कि नए लोग भारत के लिए ऐतिहासिक रूप से विदेशी नहीं थे। इस्लाम के आगमन से पहले अंतिम फ़ारसी राजवंश, सासानी साम्राज्य ने सिंध तक व्यापारिक चौकियां बना रखी थीं। गुजरात का समुद्री तट ज़रथुष्ट्री नाविकों द्वारा उपयोग किए जाने वाले समुद्री मार्ग पर स्थित था। ईरान के ज़रथुष्ट्रियों और भारतीयों के बीच सदियों से संबंध थे। यहां तक कि पुराणों और महाभारत में भी सिंधु के पश्चिम में बसे 'पारसी' लोगों के लिए 'पारसिका' शब्द का प्रयोग किया गया था। जेदी राणा ने आतश बहराम के निर्माण के लिए अपनी सहमति दे दी।

आतश बहराम ज़रथुष्ट्री मंदिर में रखा जा सकने वाला 'अग्नि का उच्चतम रूप' है। ऐसी ज्योति को प्रज्वलित करना एक जटिल काम है। अनुष्ठान की कठिन शुद्धता को बनाए रखते हुए सोलह विभिन्न प्रकार की अग्नियों को एकत्रित और संयोजित किया जाना होता है: एक ईंट निर्माता, लोहार, सुनार, कुम्हार, बेकर, हथियार निर्माता, रंगरेज़ और शराब बनाने वाले से आग एकत्र की गई थीं। फिर इनके साथ एक राजकुमार, एक तपस्वी, एक सैनिक, एक

चरवाहे, एक टकसाल, एक श्मशान की चिता और एक पारसी पुजारी से आग ली गई। सोलहवीं अग्नि वायुमंडलीय बिजली की थी। ज़ाहिर है इसे प्राप्त करना सबसे कठिन था।

पारसियों के सबसे बड़े पुरोहित दस्तूर नेर्योसंग धवल ने बिना रुके आठ दिन तक प्रार्थना की। नौवें दिन उनकी प्रार्थना का नतीजा सामने आया। वो बिजली की चमक से निकली एक चिंगारी को पकड़ने में सफल रहे। उन विशेष उपकरणों का उपयोग करके जो वो अपने साथ अपनी मातृभूमि से लाए थे, सोलह अग्नियों को इकट्ठा किया गया। इन उपकरणों में मिट्टी का एक छोटा सा बक्सा भी था।

पारसी पुरोहितों द्वारा किए गए अनुष्ठान बेकार नहीं गए। एक हजार यस्नों की धधकती शक्ति से जलती ईरानशाह की ज्योति—एक ऐसा नाम जिसका शाब्दिक अर्थ निर्वासन में 'ईरान का राजा' है—उत्पन्न हो गई थी।

दस्तूर नेर्योसंग धवल को क्या पता था कि कई लोग इसे चुराने के चक्कर में थे।

31

'हमारे पास सर्वेलांस फ़ुटेज है जो दिखाता है कि जिम को वूस्टर में लैंड करने वाले एक प्राइवेट विमान से बाहर ले जाया जा रहा है,' एफ़बीआई एजेंट फ्रेड स्मिथ ने फ़ोन पर कहा। 'वो एक कॉरपोरेट जेट था जिसका ताल्लुक़ एस्क्लीपियस से था।' ग्रेग, फ्रेड और लिंडा वीडियो कॉल पर थे।

'हमें तुरंत एस्क्लीपियस के लिए सर्च वारंट हासिल करना चाहिए,' ग्रेग ने कहा। 'वो जीसीआरसी के सबसे बड़े प्रतिस्पर्धी हैं। ये आक्रामक कॉरपोरेट प्रतिद्वंद्विता हो सकती है।'

'लेकिन हमारे सामने एक और समस्या है,' फ्रेड ने कहा।

'एक और समस्या कौन सी?' ग्रेग ने और भी ज़्यादा घबराते

हुए पूछा।

'जब मैंने सुना कि जिम को वूस्टर ले जाया जा रहा है, तो मैंने ब्यूरो के बॉस्टन ऑफ़िस से संपर्क किया था। उन्होंने तुरंत बॉस्टन क्षेत्र के एयरपोर्टों की छानबीन की। तलाश का दायरा बॉस्टन से पचास मील तक था।'

'तो?'

'कई घंटे बाद फ़ेस द्वारा जिम की पहचान स्पेंसर एयरपोर्ट पर की गई,' फ्रेड ने कहा।

'फ़ेस?' ग्रेग ने पूछा।

'ब्यूरो के पास चौंसठ करोड़ ड्राइविंग लाइसेंस, पासपोर्ट और सरकारी तस्वीरों से चुने गए फ़ोटोज़ से सर्वेलांस फ़ुटेज को मैच करने की क्षमता है,' फ्रेड ने जवाब दिया। 'सिस्टम फ़ेशियल एनैलिसिस, कंपैरिज़न एंड इवैल्युएशन कहलाता है—इसलिए, फ़ेस।'

ग्रेग ने इस सिस्टम के बारे में सुना तो था, लेकिन वो ये नहीं जानता था कि ये एफ़बीआई के पास भी था। *चौंसठ करोड़ फ़ोटो! प्राइवेसी के हिमायती पगला रहे होंगे।*

'बदक़िस्मती से,' फ्रेड ने आगे कहा, 'वो बाद में दोहा की फ़्लाइट पर सवार हुए थे। हम जानते हैं कि वो फ़्लाइट आगे चलकर तेहरान जाती है।'

'तेहरान, मतलब ईरान?' ग्रेग ने सीटी बजाई।

'हां,' फ्रेड ने जवाब दिया। 'वो एयरलाइन—क्रीसेंट स्टार एयरवेज़—आईआरजीसी का मुखौटा मानी जाती है। हालांकि हम ईरान से आने-जाने वाली उड़ानों को अनुमति नहीं देते हैं, लेकिन हम इस ख़ास फ़्लाइट को चलने देते हैं ताकि उस देश से आने वाले किसी भी संदिग्ध यात्री पर नज़र रख सकें। इससे हमारा काम कम हो जाता है।'

'क्या जिम अकेले थे?'

'सिस्टम ने जिम को एक व्हीलचेयर पर ले जाते देखा था,'

फ्रेड ने जवाब दिया।

'ओह, नहीं!' लिंडा की चीख़ सी निकल पड़ी, जैसे वो ख़ुद घायल हो गई हो। 'उन्होंने उसके साथ क्या किया है?'

'चिंता मत कीजिए, लिंडा,' ग्रेग ने तसल्ली दी। 'वो शायद बेहोशी की हालत में हों। शायद उनके अपहर्ता व्हीलचेयर पर एक अपाहिज के बहाने से बस एक सरसरी पड़ताल के साथ उन्हें फ़्लाइट पर ले जा रहे हों।'

'बिल्कुल सही,' फ्रेड ने कहा। 'एयरलाइन के रिकॉर्ड दिखाते हैं कि उनसे उनका अच्छी तरह से ध्यान रखने का अनुरोध किया गया था क्योंकि यात्री मोटर-न्यूरॉन रोग से पीड़ित था।'

'फ्रेड, क्या तुम्हें पता है कि मरीज़ के साथ कौन था?' ग्रेग ने पूछा।

'हां,' फ्रेड ने जवाब दिया। 'एस्क्लीपियस का एक कर्मचारी। सोशल सिक्योरिटी रिकॉर्ड बताते हैं कि उसका नाम अली ज़मानी है। छह साल पहले अमेरिका में आकर बसा था। तीन साल पहले एस्क्लीपियस में नौकरी मिलने से पहले वो एक निजी सिक्योरिटी कॉन्ट्रेक्टर के रूप में काम करता था। पिछले कुछ समय से वो सिक्योरिटी एजेंसी हमारी नज़रों में है क्योंकि ऐसा लगता है कि उन्हें मध्य पूर्व से आए शरणार्थियों को भर्ती करने का कुछ ज़्यादा ही शौक़ है।'

'एस्क्लीपियस ने ऐसा क्यों किया कि एक वैज्ञानिक का अपहरण किया और फिर उसे तेहरान भेज दिया?' ग्रेग ने हैरानी जताई।

'हम पक्का नहीं कह सकते कि ये एस्क्लीपियस का ही प्लान था,' फ्रेड ने जवाब दिया। 'मैं ज़मानी पर कुछ और जानकारी निकालने की कोशिश करता हूं। हमें जानना होगा कि ये आदमी दरअसल किसके लिए काम करता है।'

लिंडा ने भी बातचीत में भाग लिया। 'आपकी मदद के लिए

शुक्रिया, फ्रेड, लेकिन मैं एफ़बीआई का इंतज़ार नहीं करना चाहूंगी। मेरा ख़्याल है कि मैं ख़तरा उठाऊंगी और ख़ुद तेहरान जाऊंगी। ज़रा सी भी देरी का मतलब ये हो सकता है कि मैं जिम को खो बैठूं।'

'मुझे नहीं लगता कि ये आइडिया सही होगा,' फ्रेड ने विनम्रता से कहा। 'अमेरिका और ईरान के बीच राजनयिक रिश्ते नहीं हैं। ईरान में हमारा कोई दूतावास नहीं है। ईरान में अपनी बचाव शक्ति के रूप में हम स्विट्ज़रलैंड पर भरोसा करते हैं और ईरानी अमेरिका में अपनी रक्षा शक्ति के रूप में पाकिस्तान पर भरोसा करते हैं। अगर ईरानियों ने आपको पकड़ लिया, तो हम कुछ नहीं कर सकेंगे। वैसे भी, आप ये कैसे जानेंगी कि जिम उस देश में कहां हैं? वहां जाने से क्या हासिल होगा?'

'मुझे यहां रहने से क्या हासिल होगा?' लिंडा ने पलटकर जवाब दिया। 'अगर मैं एक निजी अपील करूंगी, तो जिम के लिए कम से कम एक चांस तो होगा। सच बात तो ये है कि आपके राजनयिक निवेदनों का कोई नतीजा नहीं निकलने वाला।'

फ्रेड जानता था कि वो सही कह रही थी। अगर ईरानियों ने जिम को अग़वा करने का फ़ैसला किया था, तो उन्हें उसे छोड़ने के लिए किसी भी तरह मजबूर नहीं किया जा सकता था। अमेरिकियों ने इस बात को 1979 में समझ लिया था जब वहां के शासन ने उनके बावन राजनयिकों को बंधक बना लिया था। अभी भी, सब जानते थे कि ईरान ने चार अमेरिकियों को जेल में रखा हुआ है।

'आप बिना वीज़ा के नहीं जा सकतीं,' फ्रेड ने बताया। 'आपको पहले ईरानी विदेश मंत्रालय—एमएफ़ए—में यात्रा मंज़ूरी नंबर के लिए आवेदन करना होगा। उसके मिलने के बाद ही आप वाशिंगटन, डीसी में पाकिस्तानी दूतावास में ईरानी वीज़ा के लिए आवेदन कर सकती हैं।'

'तो?' लिंडा ने पूछा।

'आपको नहीं लगता कि जब आपका नाम ईरान के एमएफ़ए में जाएगा, तो वो जिम के साथ आपके संबंध को पहले ही जानते

होंगे?' फ्रेड ने पूछा। 'क्या ये संभव नहीं है कि आप एक जाल में फंस रही होंगी? अगर इस अपहरण का एस्क्लीपियस से कोई संबंध न हो और इसके पीछे ख़ुद ईरानी सरकार ही हो तो?'

बातचीत में थोड़ी रुकावट आ गई। लिंडा फ्रेड की कही बात को पचा रही थी। उसे अपने विकल्पों पर नए सिरे से ग़ौर करना होगा।

'आपने या जिम ने कभी इज़रायल का दौरा किया है?' फ्रेड ने पूछा।

'हम दो साल पहले टूरिस्ट वीज़ा पर यरूशलेम गए थे,' लिंडा ने जवाब दिया।

'इसका काफ़ी चांस है कि ईरान किसी भी ऐसे व्यक्ति के वीज़ा आवेदन को ठुकरा देगा जिसके पासपोर्ट पर इज़रायल की मोहर लगी हो,' फ्रेड ने कहा।

'बिना वीज़ा के वहां जाने का कोई तरीक़ा है?' लिंडा ने हताशा में पूछा।

फ्रेड ख़ामोश हो गया। 'कीश आईलैंड,' उसने थोड़ी हिचकिचाहट के बाद जवाब दिया।

'वो क्या है?'

'कीश आईलैंड को "फ़ारस की खाड़ी का मोती" कहा जाता है। ये खाड़ी में एक छोटा सा टापू है और अमेरिकी नागरिकों को वहां जाने के लिए वीज़ा की ज़रूरत नहीं पड़ती। लेकिन टापू से ईरान के मेनलैंड में पहुंचना एक चुनौती होगी।'

लिंडा के पास बैठा कोई व्यक्ति कॉल के वीडियो फ्रेम में आ गया। 'लेकिन मैं लिंडा से सहमत हूं,' चौथे भागीदार ने कहा। 'हम समय ख़राब नहीं कर सकते।' फ्रेड और ग्रेग ने बातचीत में जुड़े नए भागीदार को देखा। ये जिम का साथी डायरेक्टर डैन कोहेन था।

उसी दिन लिंडा ने डैन से उनका संपर्क कराया था। डैन ने उन्हें जिम की रिसर्च की प्रकृति के बारे में बताया था। फ्रेड को उसकी

आवाज़ में हल्का सा तनाव महसूस हुआ था लेकिन वो समझ नहीं पाया कि वो इससे कोई अर्थ निकाले या नहीं। *शायद ये बस अपने साथी डायरेक्टर की हालत से लगा सदमा हो,* फ्रेड ने फ़ैसला किया था।

'मैं लिंडा के साथ तेहरान जाने को तैयार हूं,' डैन ने कहा। 'जिम की जान ख़तरे में हो सकती है।'

32

कश्मीर में रेहान बाग़ गांव में अभी भी अंधेरा था। लेकिन बाबा मलिक के लिए ये बहुत जल्दी नहीं थी। वो अपनी सुबह की शुरुआत चार बजे से, पहले ध्यान और फिर प्रार्थना के साथ कर देते थे। सात बजे तक वो छिर चोट—चावल के आटे और शाहज़ीरे से बनने वाला चीला—और फिर गर्म क़हवे के अपने हल्के नाश्ते के लिए तैयार हो जाते थे।

वो देसी देवदार की ढलानदार छत वाली, असमान रूप से टूटे और मिट्टी द्वारा आपस में चिपकाए गए पत्थरों से बनी एक छोटी सी झोंपड़ी में अकेले रहते थे। लेकिन बुलंद पहाड़ों, धुंध से ढके जंगलों और शीशे की तरह साफ़ झरनों की अद्भुत पृष्ठभूमि ने इसके निर्माण की किसी भी तरह की कमी की भरपाई कर दी थी।

बाबा की ज़िंदगी की सादगी उनके अनुकूल थी। जो लोग उन्हें जानते थे वो बहुत दूर-दूर से उनसे मिलने आते थे, लेकिन बाबा कभी किसी से भुगतान नहीं लेते थे। बाबा की आयु कोई नहीं जानता था। उन्हें बस 'रेहान बाग़ के सबसे बूढ़े निवासियों में से एक' कहा जाता था। लोग उन्हें 'बाबा' इसलिए कहते थे कि वो बूढ़े और बुद्धिमान थे, हालांकि वो चालीस साल से ज़रा भी ज़्यादा नहीं लगते थे। उनके गोरे रंग के चेहरे पर जवानों जैसी चमक थी, और उनका शरीर अपने से कहीं कम उम्र का और वरज़िशी लगता था। वो एकदम सफ़ेद

कपड़े पहनते थे और उनके सिर पर फ़क़ीरों की तरह एक कपड़ा लिपटा रहता था। जिस मोटी बुनाई वाली क़ालीन पर वो अभी बैठे हुए थे, उसके नज़दीक ही तांबे के एक बर्तन से धूप की महक उठ रही थी। बाबा मलिक दिन के अपने पहले मुलाक़ातियों को दर्शन देने के लिए तैयार थे।

पहली मुलाक़ाती, जो कि एक बूढ़ी औरत थी, बाबा के आगे झुकी। उन्होंने उसके झुकने को 'आदाब' कहते हुए और उसके माथे को अपनी उंगलियों के पोरों से कोमलता से छूते हुए स्वीकार किया। 'आपको क्या परेशानी है?' उन्होंने नर्मी से पूछा।

'बाबा, मुझे एक ऐसा बुख़ार है जो कम ही नहीं होता,' औरत ने कहा। 'मेरे पेट की ऐंठन भी बहुत तकलीफ़देह है। नतीजतन, मैं घर के काम नहीं कर पाती हूं। मेरे शौहर और बेटे घर के कामों में मेरी मदद नहीं करते हैं। बस मेरी ख़्वाहिश है कि मैं वापस अपने पैरों पर खड़ी हो जाऊं।'

'नींबू पानी,' बाबा ने संक्षेप में कहा।

'क्या मतलब?' औरत ने पूछा। 'मैं लोकल केमिस्ट की हर दवा आज़मा चुकी हूं, और आप कहते हैं कि सिर्फ़ नीबू पानी मुझे ठीक कर देगा?'

'हां, कर देगा,' बाबा ने जवाब दिया। 'आपका पीने का पानी कहां से आता है?'

'जामा मस्जिद के पास वाले कुएं से,' औरत ने जवाब दिया।

'अपने किसी बेटे को वुलर झील भेजना,' बाबा ने कहा। 'उससे कहना कि वहां से एक घड़ा पानी ले आए। उसे पूरे दिन नीबू के रस के साथ घूंट-घूंट पीना। एक दिन बाद मेरे पास आना। आप ठीक हो जाएंगी।'

औरत कृतज्ञतापूर्वक सलाम करती हुई खड़ी हो गई। बाबा ने आशीर्वाद स्वरूप हाथ उठाया। 'सलामत रहो,' उन्होंने कहा।

उसके बाद अगला मुलाक़ाती आया। वो सूथन शलवार की

ढीली-ढाली चुन्नटों के ऊपर पहना जाने वाला ढीला पारंपरिक कश्मीरी फ़िरन पहने एक अधेड़ उम्र का आदमी था। उसने आदाब कहा और मुंह सिकोड़ता हुआ बैठ गया। 'आपकी क्या तकलीफ़ है, भाई?' बाबा ने पूछा।

'मेरी गठिया मुझे मारे डाल रही है,' वो आदमी बोला। 'मेरे कई जोड़ों में अचानक सूजन, सुर्ख़ी और तकलीफ़ के साथ दर्द शुरू हो जाता है। कल रात तो ऐसा लग रहा था जैसे मेरे पैर के अंगूठे में आग लगी हो। अंगूठे पर चादर का बोझ भी बर्दाश्त से बाहर हो रहा था।'

'मैं समझ सकता हूं,' बाबा ने जवाब दिया। 'मैं आपको ये चूरन दे रहा हूं। इसे बादाम के तेल में मिलाकर अपने जोड़ों पर लगा लेना।'

'मुझे बस इतना करना है?' उस आदमी ने अविश्वास से पूछा।

'आप शराब पीते हैं?' बाबा ने पूछा।

'वो तो इस्लाम में हराम है,' उस आदमी ने पवित्र भाव से जवाब दिया।

'मैंने ये नहीं पूछा,' बाबा ने पूछा। 'आप शराब पीते हैं?'

'बस कभी-कभी,' उस आदमी ने सिर झुकाते हुए जवाब दिया।

बाबा के चेहरे पर चुहल भरी झुर्रियां पड़ गईं। 'अब शराब नहीं पीना है,' उन्होंने कहा। 'और खाने-पीने का ध्यान रखना। गोश्त कम खाना और पानी ज़्यादा पीना। हां, आपको बस इतना ही करना है।'

'शुक्रिया, बाबा,' बाबा की दवाई की पुड़िया लेते हुए वो आदमी बोला। 'मुझे कितना पैसा देना है?' उसने पूछा।

'बाहर एक चंदे का डिब्बा है,' बाबा ने उसकी दिशा में इशारा करते हुए कहा। 'अगर आपको लगता है कि मैंने आपकी मदद की है, तो आप जो मुनासिब समझें उसमें डालने को आज़ाद हैं। मेरा इलाज बिक्री के लिए नहीं है। लोग जो कुछ अपनी मर्ज़ी से देते हैं मैं

उसका इस्तेमाल दूसरों के फ़ायदे के लिए करता हूं।'

बाबा बिना किसी ब्रेक के सवेरे भर काम करते रहे। वो हल्का सा लंच लेने के लिए दोपहर को उठे। वो सावधानीपूर्वक, और ये याद करते हुए कि उन्होंने कितने लोगों की मदद की थी, ख़ुशी से खाना चबा रहे थे।

एक पल को उनके माथे पर बल पड़े। वो सोच में पड़ गए थे कि उन्हें कब खोजा जाएगा और उनका राज़ खुल जाएगा। इस ख़्याल को झटकने से पहले वो कांप गए। *हरमुखुक गोसाईं*, उन्होंने सोचा। *याद्दाश्त छोटी होना ही बेहतर है।*

33

बोइंग 727-100 ने तेहरान इमाम ख़ुमैनी अंतरराष्ट्रीय एयरपोर्ट पर लैंड किया। आंखों पर पट्टी बंधे जिम को विमान से एक अचिह्नित आईकेसीओ समंद कार में ले जाया गया, एक ऐसी कार जो ईरानी सड़कों पर हर जगह दिखाई देती थी। फिर उसे एक कारागार डीसी1ए—डिटेंशन सेंटर 1ए—ले जाया गया जो कि उत्तरपूर्वी तेहरान में सारल्लाह कैंपसाइट का एक भाग था।

डीसी1ए एक बहुमंज़िला इमारत थी जिसे शासन के राजनीतिक विरोधियों को रखने के लिए बनाया गया था। कुछ ही साल पहने बनी ये इमारत अभी नई सी ही थी। और भी कई जगहें थीं जिन्हें आईआरजीसी जिम के लिए बेहद आसानी से चुन सकती थी। लेकिन डीसी1ए की विशेषता ये थी कि इसे बहुत जल्दी ख़ास क़ैदियों के अनुरूप बनाया जा सकता था। और जिम दस्तूर यक़ीनन ख़ास था।

आईआरजीसी-क़ुद्स का प्रमुख आमिर ख़ादिमहुसैनी डीसी1ए में अपने ख़ास क़ैदी का इंतज़ार कर रहा था। उसने साइरस सिलिंडर के पीछे पड़कर ख़ुद को शर्मिंदा कर लिया था और इसलिए वो सुप्रीम लीडर की नज़रों में ख़ुद को साबित करने के लिए बेचैन था।

सिलिंडर एक अहस्ताक्षरित पार्सल में ब्रिटिश म्यूज़ियम को वापस कर दिया गया था, लेकिन वो बस भरपाई था। ख़ादिमहुसैनी जानता था कि उसे जल्द ही कुछ करके दिखाना होगा।

ये ख़ुशक़िस्मती ही थी कि उसके एक स्लीपर एजेंट ने उसे एस्क्लीपियस और जेमिनी सैल्युलर रिसर्च सेंटर के साथ उसकी प्रतिस्पर्धा के बारे में बताया था। एक आभास पर काम करते हुए ख़ादिमहुसैनी ने जिम दस्तूर और उसके परिवार के बारे में जानने के लिए दुनिया भर में अपने एजेंटों से संपर्क किया था। एक बार सारी जानकारी हाथ में आ जाने के बाद वो संतुष्ट हो गया था कि यह कोशिश हवा में तीर चलाने जैसी नहीं होगी। फिर उसने जवाद मुसफ़्फ़ा—उर्फ़ अली ज़मानी—को उसे लाने को कहा। बेशक ये एक जुआ था, लेकिन बाज़ी उसके हाथ में थी।

जिम इस बात से अनजान था कि उसे किस फ़्लोर पर लाया गया था। जब उसकी आंख की पट्टी हटाई गई, तब उसे अहसास हुआ कि वो बिना खिड़की और बहुत कम साज़ो-सामान वाले एक पूछताछ कक्ष में था। 'उम्मीद है तुम्हारी फ़्लाइट आरामदेह रही होगी, मि. दस्तूर,' ख़ादिमहुसैनी ने अपने फ़रवरदीन सिगरेट से धुएं का एक कश छोड़ते हुए तिरस्कारपूर्वक कहा। 'यहां तुम्हारा बाक़ी का पड़ाव तुम्हारे सहयोग पर निर्भर करेगा। तुम जितना शेयर करोगे उतने ही तुम्हारे रिहा होने के चांस होंगे।'

'और अगर मैं शेयर न करूं?' जिम ने पूछा। वो थका और घबराया हुआ था, लेकिन उसका ग़ुस्सा किसी भी दूसरी भावना से बढ़कर था।

'तुम्हारी सुंदर बीवी लिंडा को तुम्हारी असमय मौत का शोक करना पड़ेगा तो मुझे अफ़सोस होगा,' ख़ादिमहुसैनी ने जवाब दिया। जिम जान गया था कि ये आदमी गंभीर था। इसकी तुलना में एस्क्लीपियस तो एकदम आसान जगह थी। जिम को नर्क के हिल्टन को छोड़ने का पछतावा होने लगा।

'देखो, मि. दस्तूर, तुम्हारी खोज में हमें दिलचस्पी है—बहुत

ज़्यादा,' ख़ादिमहुसैनी ने कहा। 'न सिर्फ़ उससे काफ़ी पैसा कमाने की संभावना की वजह से, बल्कि तुम्हारी ख़ास वंशावली की वजह से भी।' जिम ख़ामोश रहा।

'शानदार इंक़लाब के बाद से दुनिया ईरान को नीचा दिखाने की साज़िशें करती रही है,' ख़ादिमहुसैनी ने हल्की सी ग़ुर्राहट के साथ अपनी बात जारी रखी। 'लेकिन वो अपने बुरे मंसूबों में कामयाब नहीं हुए। हम पश्चिमी और यहूदी मंसूबों के बावजूद फल-फूल रहे हैं। और अब वक़्त आ गया है कि हम दुनिया में अपना मुक़ाम फिर से हासिल करें और, इंशाल्लाह, तुम इसमें हमारी मदद करोगे।'

'मैं नहीं जानता कि आपके लोगों ने आपको क्या बताया है,' जिम ने कहा, 'लेकिन मैं बस एक रिसर्चर हूं और मेरे पास ऐसा कुछ नहीं है जिससे आप अपनी ख़्वाहिशों को पूरा कर सकें।'

ख़ादिमहुसैनी ने एक गंदा सा ठहाका लगाया। 'हमें गुमराह करने की कोशिश मत करो,' उसने कहा। 'हम तुम्हारे काम की ज़बरदस्त संभावना को जानते हैं। लेकिन हमारा मानना है कि उस पर हमारा हक़ है। अथ्रवन स्टार को ईरान में होना चाहिए, जहां का वो है।'

जिम ने ख़ादिमहुसैनी की बात पर ग़ौर किया। 'मुझे कोई आइडिया नहीं है कि ये चीज़ क्या है जिसे आप अथ्रवन स्टार कह रहे हैं,' जिम ने कहा।

'ये आईआरजीसी द्वारा चलाए जा रहे कई केंद्रों में से एक है,' ख़ादिमहुसैनी ने जिम के जवाब को नज़रअंदाज़ करते हुए अपनी बात जारी रखी। 'पुराने क़ैदी तुम्हें उन तरीक़ों के बारे में बताएंगे जो हम झूठ को पकड़ने के लिए इस्तेमाल करते हैं। मेरी बात का यक़ीन करो कि तुम मेरी नाराज़गी मोल नहीं लेना चाहोगे।'

जिम को अपने न्यूज़ फ़ीड पर ईरान की जेलों के बारे में एक लेख पढ़ना याद आ गया। क़ैदियों को अक्सर लंबी अवधियों तक एकांत में रखा जाता था, बिजली के झटके दिए जाते थे, भूखा रखा जाता था, उनसे घंटों पूछताछ की जाती थी, सोने नहीं दिया जाता

था, नियमित रूप से पीटा और बलात्कार किया जाता था... सूची बहुत लंबी थी।

'आपके पास पहले ही मेरा हमज़ा ड्यूरा और मेरी सारी रिसर्च है,' जिम ने बहस की। 'और क्या चाहिए आपको?'

'मेडिकल उपकरणों के इस्तेमाल के लिए डॉक्टर चाहिए होते हैं,' ख़ादिमहुसैनी ने कहा। 'जिस तरह जहाज़ों को उड़ाने के लिए पायलट चाहिए होते हैं। सुपरकंप्यूटर्स को कोडर चाहिए होते हैं। तुम्हारी रिसर्च अपने पीछे के वैज्ञानिक के—तुम्हारे—बिना बेकार है।'

'मैं आपकी मदद नहीं कर सकता,' जिम ने कहा। 'मेरा काम पूरी मानवता की मदद के लिए है, किसी संकीर्ण और निहित स्वार्थ के लिए नहीं।'

जिम ने अपने गाल पर ऐसे थप्पड़ का अनुभव कभी नहीं किया था जैसा उसे ख़ादिमहुसैनी के भयंकर वार के नतीजे में होने वाली जलन से महसूस हुआ था।

'अभी जो तुमने अनुभव किया है वो तो बस आने वाली चीज़ों का हल्का सा स्वाद है,' ख़ादिमहुसैनी ने जिम के कान में रेशमी लहजे में कहा। 'अब के बाद बहुत सावधानी से सोचना कि तुम क्या करना चाहते हो। एक बार जब मेरे सब्र का पैमाना छलक जाएगा, तो तुम्हें लोगों को पीड़ित करने के असली विशेषज्ञों के हाथों में छोड़ दिया जाएगा—जिन्हें अपने काम में भरपूर मज़ा आता है।'

ख़ादिमहुसैनी ने एक गार्ड की ओर मुड़ते हुए उसे निर्देश दिया, 'इसे हमारे एक ताबूत सैल में ले जाओ। इसे इसी के जूसों में भुनने देना लेकिन मरने मत देना। मगर ये इच्छा करने लगे कि ये मर जाता।'

34

दुबई से कीश एयर की फ़्लाइट ने दोपहर के समय कीश आईलैंड पर लैंड किया। ये एकमात्र सुविधाजनक विकल्प था, जबकि दूसरा अंतरराष्ट्रीय रास्ता अबू धाबी से था। बेशक, कीश टापू पर सबसे ज़्यादा सैलानी तेहरान, इस्फ़हान, शीराज़ और मशहद जैसे ईरानी शहरों से आते थे, लेकिन उन रूटों के लिए वीज़ा की ज़रूरत पड़ती थी।

लिंडा और डैन कीश इंटरनेशनल एयरपोर्ट के टर्मिनल में गए और पासपोर्ट कंट्रोल की ओर बढ़े। अधिकारी ने उनके पासपोर्ट देखे और पूछा, 'होटल रिज़र्वेशन?' डैन ने उन्हें दारियूश ग्रांड होटल में अपने रिज़र्वेशन का कंफ़र्मेशन दिखाया। अधिकारी ने उसे देखा, और फिर उनके फ़ोटो और फ़िंगरप्रिंट लेने के बाद उनके पासपोर्टों पर मोहरें लगा दीं। अब उनके पास चौदह दिन के लिए वैध यात्रा पर्मिट थे। साथ ही, लिंडा जिम की बेडसाइड टेबल में पड़ा उसका पासपोर्ट भी ले आई थी।

लिंडा को एक अलग कमरे में ले जाया गया जहां उसे एक सुरक्षाकर्मी महिला द्वारा अनिवार्य हेडस्कार्फ़ दिया गया। महिला ने, बिना मुस्कुराए, रटी हुई सी भाषा में कहा, 'ईरान में महिलाओं को पब्लिक में हेडस्कार्फ़ पहनना होता है। कृपया उचित कपड़े पहनें—लंबी स्कर्ट, स्मॉक या मैंटो। कीश आईलैंड पर अपने रहने का आनंद लें।'

वो कस्टम से निकले और एक टोयोटा कैमरी टैक्सी में बैठ गए। 'हमारी टैक्सियां बिना मीटर की हैं,' ड्राइवर ने कहा। 'आपके होटल तक का किराया तीन डॉलर है।' डैन ने सहमति में सिर हिला दिया, और वो होटल की ओर चल दिए। ड्राइवर कार चलाते हुए उन्हें रियरव्यू मिरर में देखता रहा।

'पहली बार?' उसने टूटी-फूटी अंग्रेज़ी में पूछा।

'हां,' डैन ने कहा। 'यहां घूमने की दिलचस्प जगहें कौन सी हैं?' उसने पूछा।

'ये मुक्त व्यापार क्षेत्र है,' ड्राइवर ने समझाया। 'आप शॉपिंग मॉल जाइए, रिज़ॉर्ट, बीच... कोरल बीच ख़ूबसूरत है। अंडरग्राउंड सिटी भी जाना—पुराना, *पुराना* जलमार्ग। फिर, पक्षी गार्डन, डॉल्फ़िन पार्क, एक्वेरियम। बहुत जगहें हैं—आपके पास वक़्त है? आपका होटल बेस्ट होटल है। लेकिन सैलानियों से बहुत पैसा लेता है। मैं चीट नहीं करता हूं। आपको कहीं जाना हो तो मुझे कॉल कर लेना। मेरा नाम फ़िरोज़ जमशेदी है। बैक सीट की पॉकेट पर नंबर है।'

कीश आईलैंड एक समय में भूतपूर्व शाह ईरान के अनेक प्राइवेट रिज़ॉर्ट्स में से एक हुआ करता था। कुल नब्बे वर्ग किलोमीटर के साइज़ के इस टापू को पश्चिमी से पूर्वी सिरे तक पंद्रह मिनट में पार किया जा सकता था। वो अपने होटल आठ मिनट में पहुंच गए। पर्सेपोलिस की शैली में बनाए गए इस होटल का नाम हख़ामनी सम्राट, डैरियस—या दारियूश, जैसा कि होटल ने तरजीह दी थी, के नाम पर रखा गया था।

वो दूसरे फ़्लोर पर दो आरामदेह कमरों में गए, फ्रेश हुए और फिर नीचे आपादाना रेस्तरां में मिले। उन दोनों ने अपने मोबाइल फ़ोन ऑफ़ करने और बैटरी निकाल लेने का फ़ैसला किया था। ये ईरानी अधिकारियों के सुन पाने की पहुंच से बाहर रहने के लिए एक समझदारी भरी सावधानी थी। लंच ऑर्डर करने के बाद लिंडा ने पूछा, 'कोई आइडिया कि जिम को कैसे ढूंढ़ा जाए?'

डैन ने अपने टॉनिक वॉटर की एक चुस्की ली और जवाब दिया, 'हमें फ्रेड स्मिथ की मदद चाहिए होगी। ज़्यादा बड़ा सवाल ये है कि ये पता लगने के बाद कि जिम कहां हैं, हम ईरान के मेनलैंड कैसे पहुंचेंगे।'

'मुझे नहीं लगता कि फ्रेड स्मिथ कुछ मदद कर सकते हैं,' लिंडा ने कहा। 'अमेरिकी एजेंसियों की ईरान में लगभग कोई मानव इंटैलिजेंस नहीं है और वो सैटेलाइट ताक-झांक पर निर्भर रहते हैं। ये

जानना नामुमकिन है कि लैंड होने के बाद जिम को कहां ले जाया गया होगा। तेहरान विशाल है। जिम कहीं भी हो सकता है, और वो भी ये मानते हुए कि उसे तेहरान से बाहर कहीं नहीं ले जाया गया है।'

वो थोड़ा ख़ामोश हुई। 'मैंने कुछ रिसर्च की है,' फिर उसने कहा। 'क्या तुम्हें पता है कि ईरान मध्यपूर्व में सिगरेट के सबसे बड़े बाज़ारों में से एक है?'

'तो?' डैन ने कौतूहलपूर्वक पूछा।

'सीआईए की यहां कीश में हमेशा से मौजूदगी रही है। 2007 में, उनका एक एजेंट, रॉबर्ट लेविन्सन नाम का एक आदमी, यहां से ग़ायब हो गया था। ख़बर मिली थी कि उसे एक दशक तक किसी ईरानी जेल में रखा गया था। माना जाता है कि उसकी ईरानी हिरासत में मौत हो गई।'

डैन उलझन में पड़ गया था। 'तुमने मुझे उलझा दिया है। इसका सिगरेट से क्या संबंध?'

'मैं उसी पर आ रही हूं,' लिंडा ने कहा। 'कीश मुक्त व्यापार क्षेत्र है,' लिंडा ने कहा। 'ब्रिटिश अमेरिकी टोबैको और आर.जे. रीनॉल्ड्स जैसी तमाम बड़ी तंबाकू कंपनियां अपने माल की भारी मात्राएं कीश भेजती हैं। लेकिन ये कंपनियां अच्छी तरह जानती हैं कि 40,000 निवासियों का एक टापू उन मात्राओं की खपत नहीं कर सकता जो वो भेजते हैं। उनकी सिगरेट की खेपों के बड़े भागों को छोटी-छोटी मोटर लॉन्च के ज़रिए तस्करी करके ईरान के मेनलैंड भेजा जाता है। लेविन्सन कीश में इसी बात का पता करने की कोशिश कर रहा था कि ये रूट कैसे काम करते हैं। एजेंसी शायद ये समझना चाहती थी कि क्या उन रास्तों से किसी तरह का फ़ायदा उठाया जा सकता है।'

'मैंने लेविन्सन के बारे में सुना था,' डैन ने कहा। 'ये सारे अख़बारों में आया था। मेरा ख़्याल है कि वो हिरासत में मरने से पहले अमेरिका का सबसे लंबे समय तक पकड़ में रहा बंधक बन गया था। तुम वाक़ई वही रास्ता आज़माना चाहती हो?'

'हताशापूर्ण समय में हताशापूर्ण उपाय ही अपनाने पड़ते हैं,' लिंडा ने उद्धृत किया। 'तुमने उस टैक्सी की पिछली सीट को देखा था जिसमें हम आए थे?'

'मैंने ध्यान नहीं दिया,' डैन ने कहा।

'उसके प्लास्टिक के कवर पर फ़रवहर बना हुआ था,' लिंडा ने कहा।

'क्या बना हुआ था?'

'फ़रवहर,' लिंडा ने कहा। 'ये एक प्रतीक है जिसमें एक पंख वाले बुज़ुर्ग पुरुष को एक घेरा पकड़े हुए चित्रित किया गया है। इसका उपयोग हख़ामनी सम्राट डैरियस ने अपने शिलालेखों में किया था। लेकिन बाद में यह ज़ोरोस्टरवादी मत से जुड़ा एक प्रतीक बन गया। वो ड्राइवर जमशेदी मुसलमान नहीं, ज़ोरोस्टरवादी था।'

'और उससे हमारा क्या फ़ायदा होगा?'

'ईरान में अभी लगभग 25,000 ज़ोरोस्टरवादी हैं—आठ करोड़ चालीस लाख लोगों के देश में,' लिंडा ने समझाया। 'एक समय में ज़ोरोस्टरवादी बहुमत में थे। जो ज़ोरोस्टरवादी यहां मौजूद हैं वो अभी भी पक्षपात के शिकार हैं और उनमें शासन के प्रति कोई वफ़ादारी नहीं है।'

'तुम्हारा प्लान दरअसल है क्या?'

'ये दो भागों में है,' लिंडा ने जवाब दिया। 'पहला, हम जमशेदी से संपर्क करें और देखें कि क्या इस बात की कोई संभावना है कि वो खाड़ी पार करके मेनलैंड तक जाने में हमारी कोई मदद कर सकता है। मेरा अंदाज़ा है कि उसका ज़रूर कोई संपर्क होगा।'

'और दूसरा?'

'हम जमकर दुआ करें कि हमारा प्लान कामयाब रहे,' लिंडा ने रूखे स्वर में जवाब दिया।

35

कश्मीर में दिन छोटे होते जा रहे थे। अभी शाम के पांच बजे थे, लेकिन समय से पहले घिरे अंधेरे की वजह से ऐसा लग रहा था जैसे धुंधलका छाने लगा हो। उसने पास के सेब और चैरी के बग़ीचों की महक सूंघी। उसकी लैदर जैकेट और उसके नीचे मेमने के ऊन का पुलओवर जाड़ों की लगभग बर्फ़ीली हवाओं का सामना करने के लिए एकदम सही थे।

श्रीनगर के सिविल लाइंस क्षेत्र में राजबाग़ शहर के सबसे महंगे रिहायशी इलाक़ों में से एक था। पहले वहां कई कश्मीरी पंडित परिवारों के घर हुआ करते थे। 1989 तक 1200 जगहों पर 77,000 पंडित परिवार अपने मुस्लिम पड़ोसियों के साथ शांतिपूर्वक रह रहे थे। फिर उग्रवाद भड़क उठा और मस्जिदों से ऐलान होने लगे कि पंडित काफ़िर थे। इसका मतलब ये था कि पंडितों को कश्मीर छोड़ना था, या इस्लाम में धर्मांतरण करना था या फिर मौत के घाट उतार दिया जाना था। ये मध्यकालीन इस्लामी धार्मिकता का पुनर्जागरण था। लगभग सभी पंडित भागकर जम्मू और दिल्ली के शरणार्थी शिविरों में चले गए।

वो एक घर के बाहर रुका जिसके फाटक के स्तंभ पर नेमप्लेट नहीं थी। इस निवासी ने रुकने का फ़ैसला किया था। उसे 1992 में उग्रवादियों द्वारा उसके घर से अग़वा कर लिया था। वो अगले दो महीने तक उसे एक जगह से दूसरी जगह ले जाते रहे थे, लेकिन वो बच गया था। आख़िरकार, वो घर लौटा और उसके मुस्लिम पड़ोसियों ने उसका पूरे शिष्टाचार और सम्मान के साथ अभिनंदन किया था। शरणार्थी शिविरों में उसके दोस्त और परिवार वाले हैरान थे कि विजय भार्गव को किस चीज़ ने ख़ास बना दिया था। उसके अपहर्ताओं ने उसे क्यों छोड़ दिया था? और सांप्रदायिक रूप से तनाव भरे श्रीनगर में उसका वापसी पर स्वागत क्यों किया गया था?

भार्गव के घर आने वाले ने घंटी बजाई। जवाब में एक नौकर

बाहर आया जो उसे लिविंग रूम में ले गया जहां झड़ते बालों और घुमावदार नाक वाला एक लंबा, गोरा आदमी उसका इंतज़ार कर रहा था। उसकी नाक की हड्डी पर बुलगारी चश्मा रखा हुआ था। वो कुर्ता-पाजामा और नर्म गूची लोफ़र पहने हुए था। उसके कंधों पर लिपटा शाहतूश का शॉल बेहद महंगा रहा होगा; शाहतूश एक ऐसा कपड़ा है जो चीरू नाम के एक ऐसे तिब्बती मृग की प्रजाति के बालों से बनता है जिसका अस्तित्व ख़तरे में है। लगता था कि भार्गव एक ऐसे व्यक्ति थे जिन्हें अपनी छोटी-छोटी विलासिताएं पसंद थीं।

लेकिन उनके शौक़ों के कारण उनके प्रतिष्ठित कैरियर और साख में कोई कमी नहीं आई थी। उन्होंने भारत सरकार में कैबिनेट मंत्री के रूप में कार्य किया था, लोकसभा के सदस्य रहे थे, हिमाचल प्रदेश के राज्यपाल के रूप में एक कार्यकाल पूरा किया था और बनारस हिंदू विश्वविद्यालय के कुलपति के रूप में काम किया था। इसके अलावा, उन्हें कई देशों—पुर्तगाल, ईरान और ब्राज़ील—में राजदूत के रूप में भी तैनात किया गया था। साथ ही, चौरासी साल की उम्र में भी भार्गव लगभग पैंसठ के लगते थे।

'आओ, मेरे दोस्त,' भार्गव ने अपनी कुर्सी से उठते और अपना हाथ आगे बढ़ाते हुए कहा। दोनों आदमी एक पिक्चर विंडो के पास बैठ गए जिसमें सुदूर गोपाद्री हिल को फ्रेम किया गया था, जिसके ऊपर शंकराचार्य मंदिर स्थित था। भार्गव क़हवे की चुस्कियां ले रहे थे, जिसमें केसर की लड़ियां और बादाम की कतरनें पड़ी हुई थीं। उन्होंने केतली से अपने मेहमान के लिए भी एक प्याली क़हवा उंडेला।

'तुम्हें कश्मीर में घुसने में कोई दिक़्क़त तो नहीं हुई?' भार्गव ने पूछा।

'मुझ जैसे लोगों को किसी जगह घुसने या वहां से निकलने में कब से दिक़्क़त होने लगी?' मुलाक़ाती ने आत्मतुष्ट ढंग से कहा।

इसीलिए तो मैं चाहता हूं कि ये काम तुम करो, भार्गव ने सोचा। 'मैं देख रहा हूं कि खेल शुरू हो चुका है,' उन्होंने ज़ोर से

कहा। 'ऐसा लगता है कि पूरी दुनिया को जिम दस्तूर और उसका जादू चाहिए।' मेहमान और मेज़बान ने संतुष्टि भरी नज़रों से एक दूसरे को देखा।

उनके मुलाक़ाती ने क़हवे का एक घूंट लिया और कप को वापस रख दिया। 'आप मुझसे क्या चाहेंगे?' उसने तेज़ी से काम की बात शुरू करते हुए कहा।

'तुमने और मैंने पहले भी साथ में काम किया है,' भार्गव ने कहा। 'तुम जानते हो कि मुझे हमारे किसी भी काम में खुले सिरे नहीं चाहिएं। तुम्हारी वर्तमान भूमिका तुम्हें एक ऐसी ख़ास स्थिति में ले आई है कि तुम जानें बचा सकते हो, और साथ ही ये भी पक्का कर सकते हो कि जो भार्गवों का है वो उन्हें वापस मिलना चाहिए।'

'बाबा मलिक का क्या?' मेहमान ने पूछा।

'उनके पूर्वज कश्मीर के इतिहास पर एक धब्बा हैं,' भार्गव ने कहा। 'जिस समय कश्मीरी अलगाववादियों के मुझ पर हमले हो रहे थे, उस समय भी मैं अपनी बात पर अड़ा रहा था। क्या ये लोग भूल गए हैं कि पहली सहस्राब्दी में कश्मीर बौद्ध और शैव था। इस्लाम केवल तेरहवीं शताब्दी में आया, और उसने तुरंत धर्मांतरण का अपना मिशन शुरू कर दिया?' वो रुके, उनकी सांस में तेज़ी आने लगी थी। 'ये हमारी ज़मीन थी,' वो फुसफुसाए। '*हमारी* ज़मीन—ईश्वर के बनाए बेहद ख़ूबसूरत चरागाहों, नदियों, घाटियों, बग़ीचों, झीलों और पहाड़ों वाली। और देखो वहाबी इस्लाम ने इसे क्या बना दिया है!'

'मैं जानता हूं आपका क्या मतलब है,' कम उम्र वाले आदमी ने थोड़े सामान्य भाव से कहा, 'मैंने सुना है कि आजकल बम धमाकों और गोलियों की आवाज़ें आम बात हो गई हैं। इब्राहीमी धर्मों के साथ समस्या ये है कि उन्हें अन्य धर्मों के लोगों को उनके तरीक़ों की कमियां समझाने की उत्सुकता रहती है। मेरा देश उन बहुत से देशों में से एक था जिन पर रूढ़िवाद हावी हो गया था।'

'मुझे विश्वास है कि मैं जो चाहता हूं और जो तुम्हारे नियोक्ता चाहते हैं उसमें कोई टकराव नहीं होगा?' भार्गव ने सादगी से पूछा।

'मैं उन्हें सब कुछ नहीं बताता हूं,' मेहमान ने जवाब दिया। 'लेकिन मुझे नहीं लगता कि कोई टकराव होगा। अगर मैं अपने नियोक्ताओं द्वारा बताई गई जानें बचाता रहूं, तो मुझे कोई कारण नज़र नहीं आता कि मैं क्यों आप तक वो नहीं पहुंचा सकता जो आप चाहते हैं।' उसने अपनी ठोड़ी पर उगे बालों को सहलाया। 'आप ये चाहते क्यों हैं? शायद ये पूछना मेरा काम नहीं है।'

भार्गव के चेहरे पर राहत आ गई। 'मेरी अंतरराष्ट्रीय तैनातियों के दौरान भी तुम्हारे और मेरे बीच एक खुला रिश्ता था,' उन्होंने कहा। 'अर्दबील वाली वो समस्या याद है जिसमें तुमने मेरी मदद की थी? और वो खबड हाउस वाली समस्या याद है जिसमें मैंने तुम्हारी मदद की थी? दो ऐसे आदमियों की हैसियत से जिन्होंने एक दूसरे की मदद की है, मैं तुम्हें बताता हूं कि मेरे लक्ष्य कभी भावनात्मक, और कभी तार्किक सोच के नतीजे रहे हैं। अब मैं आध्यात्मिक ढंग से सोचना चाहता हूं।'

'मैं आपकी मदद करूंगा,' मुलाक़ाती ने कहा। 'लेकिन मैं अपने नियोक्ता के कामों के साथ कोई समझौता नहीं करूंगा।'

'मैं इसकी क़द्र करता हूं,' भार्गव ने कहा। '*गुल पुश्तो-रू नदारा,*' उन्होंने कश्मीरी में कहा। *जब भी ज़रूरत हो मेरी ओर से पीठ मोड़ लेना। आख़िर एक फूल का न तो सामने का हिस्सा होता है और न पीठ।*

36

मछली पकड़ने वाले छोटे से ट्रॉलर में केवल एक छोटा सा क्वार्टरडेक दबूसा, और बीच में काम करने वाला एक डेक था। ये गंदा, मैला, चिकना और बदबूदार था, लेकिन तस्करी के उन दौरों के लिए एकदम सही था जिनके लिए ये अक्सर कीश आईलैंड से जाता था।

चालक दल अच्छी तरह जानता था कि सीधे उत्तर की ओर

नहीं जाना था—इससे वो सीधे बंदर आफ़्ताब के प्रमुख बंदरगाह पर पहुंच जाते, जो एक उच्च सुरक्षा वाला इलाक़ा था। इसके बजाय, उन्होंने उत्तरपश्चिम में छोटे से शीरूया का रास्ता पकड़ा। वहां गुप्त रूप से लंगर डालना आसान रहेगा। नाव पर टैक्सी ड्राइवर फ़िरोज़ जमशेदी सवार था। उसके साथ गोरी त्वचा वाले उसके दो दोस्त थे।

लिंडा ने कीश में पूरे जुझारूपन के साथ काम किया था। उसने जमशेदी को फ़ोन करके उससे पूछा था कि क्या वो उस दिन के लिए उनका टूर गाइड बनना चाहेगा। ड्राइवर ने उत्साह से हामी भरी थी। जब वो कार में साथ थे, तो लिंडा ने बहुत सावधानी से बात को छेड़ा था। पहले उसे अपने इस अंदाज़े की पुष्टि करनी थी कि जमशेदी वाक़ई ज़ोरोस्टरवादी था। फिर, उसने ईरानी शासन के प्रति उसकी वफ़ादारी को नापने की कोशिश की थी।

'मैं ग़द्दार नहीं हूं,' उसने लगभग आक्रामक ढंग से जवाब दिया था। 'मैं ईरान सरकार से प्यार करता हूं। आप विदेशी लोग हमारे बारे में झूठ बोलते हैं।'

लेकिन फिर लिंडा ने एक ख़ास काम किया। उसने हल्के स्वर में *यथा अहु वेर्यो अथा रतूश अशात चित हचा... वंगेऊश दज़्दा मनंगो श्योतननाम अंगेउश मज़्दाइ...* जपना शुरू कर दिया। ये जिम की नियमित प्रार्थना थी, लेकिन लिंडा को ये जिम से बेहतर याद थी।

जमशेदी ने धीरे-धीरे कार को रोक दिया। जब वो पलटा, तो उसके चेहरे का भाव नाटकीय ढंग से बदल चुका था। उसकी आंखें भर आई थीं, उनसे सैलाब फूट चुका था। 'उन्होंने हमारी ज़मीनें और मकान ले लिए और कहा अब कोई अग्नि मंदिर नहीं! स्कूलों में कोई प्रार्थना नहीं!' ये सब बड़ी तेज़ी से उसके मुंह से निकल रहा था। 'किताबें? हाह! हम ज़ोरोस्टरवादी किताबों की तीन सौ से ज़्यादा प्रतियां नहीं छाप सकते। संसद में लगभग तीन सौ सदस्य हैं। हममें से सिर्फ़ एक है! कोई अख़बार वाला बोल नहीं सकता, वर्ना शिया मुस्लिम उसे बुरी तरह सज़ा देंगे!'

वो रुका, लेकिन बस सांस लेने भर को। 'राशिदून ख़िलाफ़त,

हमारे लिए बुरी। उमवय्या, अब्बासी भी बुरे। तैमूरिया, तुर्कमान, सफ़वी, अफ़शारी और क़ाजार भी कुछ बेहतर नहीं रहे। *थोड़ी सी* उम्मीद रज़ा शाह पहलवी और मुहम्मद रज़ा शाह से थी। वो हमसे कहते थे, ये तुम्हारा घर है। लेकिन फिर 1979 आया। इस्लामी क्रांति! रूहुल्लाह ख़ुमैनी का सब बुरा काम। आपकी दुनिया में उसका नाम सिर्फ़ "आयतुल्लाह" है।'

'मैं तुम्हारे दर्द और ग़ुस्से को समझ सकती हूं,' लिंडा ने उससे कहा, जो ख़ुद रोने के क़रीब थी। 'मेरे पति ज़ोरोस्टरवादी हैं और मैंने इसी तरह की कई कहानियां सुनी हैं।' फिर लिंडा ने अपनी परेशानी बताई। 'जिम ईरान में कहीं हैं, शायद तेहरान में। ईश्वर ही जानता है उनके साथ आईआरजीसी कैसा बर्ताव कर रही है। मुझे तेहरान पहुंचने और जिम से संपर्क करने का कोई रास्ता खोजने में तुम्हारी मदद चाहिए। बदले में तुम जितनी क़ीमत चाहो मैं देने को तैयार हूं।'

'मैं वादा नहीं करूंगा,' जमशेदी ने जवाब दिया, जो अब विचारपूर्ण मुद्रा में दिखाई दे रहा था। 'लेकिन मैं ख़ामोशी से कुछ लोगों से पता करूंगा। हो सकता है हमें जाने का कोई तरीक़ा मिल जाए। लेकिन ये बहुत बड़ा राज़ है। टेलीफ़ोन पर कोई बातचीत नहीं—वो सब कुछ सुनते हैं।'

अगले दिन वो फिर से जमशेदी के साथ एक और 'टूर' के लिए निकले। जब वो कार में बैठे, तो वो बोला, 'मेरा दोस्त कीश से मेनलैंड में शीरूया तक नाव में सिगरेट ले जाता है। आप जा सकते हैं, लेकिन पूरी तरह राज़दारी के साथ। शीरूया से सड़क के रास्ते तेहरान तक अठारह घंटे लगेंगे। अगर सड़क पर कोई चैकिंग हुई, तो बड़ी समस्या हो जाएगी। आप लोग अमेरिकी हैं। कोई सही काग़ज़ात भी नहीं हैं।' वो कुछ देर सोचता रहा। 'मैं आपके साथ चलूंगा।'

'तुम हमारे लिए ऐसा करोगे?' लिंडा ने पूछा। 'ये तुम्हारी बहुत बड़ी मेहरबानी है, फ़िरोज़। लेकिन मैं तुम्हें या तुम्हारे परिवार को प्रशासन के साथ किसी ख़तरे में नहीं डालना चाहती।'

'परिवार नहीं है,' जमशेदी ने कहा। 'पत्नी को मरे दस साल हो

गए। कार दुर्घटना। बच्चे भी नहीं हैं। और मैं मैडम के ज़ोरोस्टरवादी पति की मदद करना चाहता हूं।'

'अभी भी ये सवाल अपनी जगह है,' डैन बीच में बोला, 'कि हम बिना काग़ज़ात के कैसे बचेंगे? हमारे पास कीश के लिए सिर्फ़ चौदह दिन की यात्रा का पर्मिट है। ईरान के लिए वीज़ा नहीं है।'

'हम दूसरे लोगों से मदद लेंगे। मैं ये अकेले नहीं कर सकता।'

'हमारी मदद कौन करेगा?' लिंडा ने पूछा।

'मैं एक आदमी को जानता हूं,' जमशेदी ने कहा। 'लेकिन मैं आपके हां कहने से पहले नहीं पूछ सकता। क्योंकि वहां ख़तरा है। लेकिन ख़तरे के बिना क्या किया जा सकता है?'

'ये आदमी है कौन?' डैन ने सावधानीपूर्वक पूछा।

'उसका नाम बहराद सरोशपुर है,' जमशेदी ने कहा। 'तेहरान में रहता है। गब्राबाद एक्शन फ्रंट ग्रुप का प्रमुख है। जीएएफ़।'

'गब्राबाद क्या है?' डैन ने पूछा।

'एक बस्ती जहां ज़ोरोस्टरवादी मुसलमानों से बचकर भाग रहे हैं, जब "ख़ामोशी की दो सदियां" हो रही हैं। इसका मतलब है डर और छिपने के दो सौ साल! जीएएफ़ के लोग चाहते हैं कि ऐसा दोबारा *कभी नहीं* हो, इसलिए वो ज़ोरोस्टरवादियों को जगा रहे हैं। अगर आप सहमत हों, तो मैं सरोशपुर से मदद के लिए कहूं।'

लिंडा और डैन ख़ामोशी से ये जोखिम उठाने के लिए सहमत हो गए। 'हां, प्लीज़ मि. सरोशपुर से बात करो,' लिंडा ने कहा। फिर उसने डैन को देखा। उसने एक फीकी सी मुस्कान दी, लेकिन वो समझ सकती थी कि उसके मन में कुछ शक थे जिन्हें वो उसके साथ बांटना नहीं चाहता।

37

जिम उस नरक के अंदर अपने दिल की धड़कन तक सुन सकता था।

ये बमुश्किल दो मीटर लंबा, एक मीटर चौड़ा और डेढ़ मीटर ऊंचा था। वो जिस छोटी सी जगह पर था, उसमें सामने की ओर एक विवर के अलावा न तो कोई रौशनी थी और न ही रौशनदान। इसके अंदर खड़ा होना असंभव था और किसी भी तरह की हरकत करने के लिए चारों हाथ-पैरों पर रेंगना ज़रूरी था। शौच करने के लिए फ़र्श में एक छोटा सा छेद बना दिया गया था।

मानव मूत्र और मल की बेहद तेज़ गंध सैल की ज़ंग लगी लोहे की दीवारों में पैठ चुकी थी, जिसे कितना भी साबुन और एंटीसेप्टिक कभी हटा नहीं सकता था। ये बदनाम 'ताबूत सैल' था और आईआरजीसी की इस जेल में ऐसे कई सैल थे।

ईरान में लोग अक्सर *नहजे-मवाज़ी* शब्द का प्रयोग करते थे, जिसका अर्थ है 'समानांतर संस्थाएं' जिससे तात्पर्य राज्य की ज़बरदस्ती वाले विधीतर अंग थे। ये उन्हीं में से एक था। रिहा हो चुके क़ैदी इसे *इंफ़रादी*, एकांत कारावास कहते थे, जो मनोवैज्ञानिक दुर्व्यवहार और यातना का एक नारकीय स्वरूप था। इनमें से किसी कोठरी में कुछ दिन ही किसी भी बंदी के संकल्प को तोड़ सकते थे और ये पक्का कर सकते थे कि वो झुक जाए, वीडियो टेप होने की अनुमति दे दे, किसी भी क़ुबूलनामे पर दस्तख़त कर दे और सारी जानकारी दे दे।

ताबूत सैल में रखे जाने से पहले झेले अपमान की सारी यादें जिम के दिमाग़ में बार-बार चल रही थीं। ख़ादिमहुसैनी द्वारा भेज दिए जाने के बाद, उसे एक प्रोसेसिंग रूम में ले जाया गया था जहां उसकी फ़ोटो और फ़िंगरप्रिंट्स लिए गए। फिर उससे अपने चश्मे के अलावा जूते, कपड़े और शरीर पर मौजूद हर चीज़ उतारने को कहा गया। पूरी तरह नग्न होने पर उससे झुकने को कहा गया; जेल के एक डॉक्टर ने उसकी गुदा में बिना चिकनी की हुई उंगली डाली और एक पूरी तरह से अनावश्यक, तकलीफ़देह और अपमानजनक गुहा खोज की। ये क़ैदियों को मनोवैज्ञानिक रूप से कमज़ोर करने के लिए एक सामान्य प्रक्रिया का भाग था। फिर उसे खुरदुरे कपड़े की,

नीली और सफ़ेद पट्टीदार यूनिफ़ॉर्म पहनने के लिए दी गई।

फिर वो उसे नंगे पैर ताबूत कक्ष तक ले गए। ये एक विशाल इमारत थी, जिसमें, मुर्दाघर में लाशों की दराज़ों की तरह, एक दीवार के साथ एक के ऊपर एक कई क्षैतिज कोठरियां थीं। ताबूतों के बीच के गैप में नालियां चलती थीं। ताबूतों तक जाने वाले टाइल्स ख़ून, पेशाब और पसीने से चिपचिपे हो रहे थे, और उसे अपने नंगे पैरों की उंगलियां घिन से मुड़ती महसूस हो रही थीं।

ताबूतों से तरह-तरह की आवाज़ें—खांसना, चीख़ना, उल्टी करना और थपथपाना—आ रही थीं, लेकिन जब वो रेंगकर अपने ताबूत में गया, तो वो आवाज़ें दब गईं। भगवान का शुक्र, क्योंकि उन आवाज़ों से कम से कम इस बात की पुष्टि हो गई थी कि वो अकेला नहीं था।

मिनट घंटों में बदल गए; घंटे दिनों में बदल गए। वो वक़्त का हिसाब भूल गया। सूर्योदय, सूर्यास्त, उस अंधेरे छेद में दिन और रात एक जैसे थे। शुरू में, उसने गिनने की कोशिश की, लेकिन बहुत जल्दी उसने ये आइडिया त्याग दिया। उसे वहां कितना समय हो गया था? उसे अपनी पीठ पर पसीना रेंगता महसूस हुआ। और फिर उसे अपनी जांघ पर कुछ और महसूस हुआ। उसने जल्दी से उस जगह पर हाथ मारा और वो सनसनी शांत हो गई। शायद किसी क़िस्म का कीड़ा रहा होगा। *ये उस तरह की जगह है जहां लोग दोबारा कभी सूरज को देखने की उम्मीद छोड़ देते हैं। वो तुम्हें तोड़ने की पूरी कोशिश करेंगे, जिम बेटा। उन्हें ऐसा करने मत देना।*

कहीं किसी खिड़की के चरमराने की आवाज़ आई। खिड़की में बने एक छज्जे पर किसी ने एक कटोरी रख दी थी जिसमें सोयाबीन, दाल और आलू की खिचड़ी थी। साथ में एक प्लास्टिक के कप में पानी था। जिम ने जल्दी से पानी गटक लिया। वो बमुश्किल ही समझ सकता था कि खाने की कटोरी में क्या था, लेकिन उसने जल्दी से उसे भकोस लिया। उसे तुरंत ऐसा लगा कि उसे उल्टी होने वाली थी, लेकिन उसने उसे रोके रखने के लिए संघर्ष किया। *मुझे जीना है।*

सूरज को फिर से देखना है। तुम मुझे तोड़ नहीं सकते।

खाना इतना बुरा नहीं था जितना निकालना। फर्श में उस छोटे से छेद का इस्तेमाल करने के लिए ख़ुद को सही जगह पर लाने के लिए अच्छी ख़ासी जिम्नास्टिक सी करनी पड़ती थी। हरामज़ादों ने पूरी कोशिश थी कि अधिकांश क़ैदी नाकाम हो जाएं और उन्हें अपनी ही गंद में लेटने को मजबूर होना पड़े। सिर्फ़ जिम की फ़िटनेस और लचीलेपन के कारण ये सुनिश्चित हो पाया कि उसकी कोठरी अपेक्षाकृत साफ़ रहे।

जिम जानता था कि उसे अपनी शक्ति बनाए रखनी होगी। उसने व्यवस्थित रूप से एक-एक करके अपने अंगों को स्ट्रेच करना शुरू किया। दाईं टांग, झुकें, स्ट्रेच करें, उठाएं। बाईं टांग, झुकें, स्ट्रेच करें, उठाएं। कंधों को घुमाएं। बाहों को लचकाएं और घुमाएं। सिर घुमाएं। कुछ आधी बैठकें। वो उन कमीनों को अपने ऊपर हावी नहीं होने देने वाला था। अपनी रोज़ाना की वरज़िश पूरी करने के बाद, उसने गहरी सांस वाला ध्यान करना शुरू किया, जो उसकी दादी सेसील ने खंडाला की उसकी एक यात्रा के दौरान उसे सिखाया था। 'प्राचीन लोग जानते थे कि सांस और मन के बीच एक संबंध था,' उन्होंने समझाया था। 'जब हमारे मन उत्तेजित होते हैं, तो हमारी सांस भी अनियमित हो जाती है। तो उन्होंने अंदाज़ा लगाया कि सांस को शांत करके मन को शांत किया जा सकता है।'

जिम ने प्रार्थना करने की कोशिश भी की थी। उसका दिमाग़ भटककर मुंबई चला गया जब उसका परिवार एक साथ *यथा अहु वेर्यो* का जाप करता था। उसे वो अनगिनत मौक़े याद आए जब उसने अपने परचाचा के संस्करण को अपने एयरपॉड्स पर या अपनी कार में सुना था। उसका दिमाग़ भटककर एक याद में चला गया जब उसने ये प्रार्थना लिंडा को सुनाई थी जो ऐसी सारी चीज़ों को सीखने के लिए उत्सुक रहती थी।

यथा अहु वेर्यो अथा रतूश अशात चित हचा वंगेऊश दज़्दा मनंगो...

38

रायन पार्कर को अपनी ज़िंदगी में कभी इतना ग़ुस्सा नहीं आया था। पहले ख़बर मिली कि जिम दस्तूर और अली ज़मानी ग़ायब हो गए थे। उसके बाद पता चला कि 'अली ज़मानी' जाली नाम था और कि उसका नाम दरअसल जवाद मुसफ़्फ़ा था। और आख़िर में ये सामने आया कि वो सफ़ेद पाउडर जिसे हमज़ा ड्यूरा समझा गया था, वो दरअसल एक नक़ली मिट्टी के बक्से में रखा घटिया क़िस्म का वॉशिंग पाउडर था। सोडियम कार्बोनेट! पार्कर ऐसा आदमी था जिसे गर्व था कि वो बाक़ी सबसे एक क़दम आगे रहता था। वर्तमान स्थिति बेहद अपमानजनक थी।

वो कमरे में इधर से उधर टहलता रहा और फिर अपनी डेस्क के पीछे जड़ाऊ लैदर चेयर में धंस गया। उसने प्लेटिनम के चमचमाते कीबोर्ड पर एक की दबाई और मॉनिटर पर एक वीडियो-कांफ्रेंसिंग विंडो खुल गई।

भूरे बालों वाला एक दुबला और पीली रंगत का आदमी स्क्रीन पर दिखाई दिया। ल्यूक मिलर कई वर्षों तक पार्कर का एजेंट रहा था। पार्कर की दुनिया में साफ़ बिज़नेस जैसी कोई चीज़ नहीं थी। ये एक विरोधाभास था; आप या तो साफ़ रह सकते थे या बिज़नेस में रह सकते थे। मिलर ने अपने काम में लगभग सभी कुछ अरुचिकर किया था। उसने जाली काग़ज़ात बनवाए थे, फ़ॉर्मूले चुराए थे, प्रतिस्पर्धियों को ब्लैकमेल किया था, वैज्ञानिकों को अग़वा किया था, उत्पादों में हेरफेर की थी और नियामकों को रिश्वतें दी थीं। लेकिन ये पहला अवसर था जब उसने हत्या की थी। और कोई विकल्प ही नहीं था। डैन कोहेन जिम दस्तूर के प्रति *कुछ ज़्यादा ही* समर्पित था। उसे हिलाया जाना ज़रूरी था, और ऐसा करने का एकमात्र तरीक़ा मिस्ट्रेस लूसिंडा का इस्तेमाल करना था।

'वो आदमी जो ख़ुद को अली ज़मानी कहता था, उसे मेरी टीम में तुमने ही शामिल किया था,' पार्कर ने इल्ज़ाम देते हुए कहा।

'तुमने उसकी बैकग्राउंड को और ज़्यादा बारीकी से क्यों नहीं देखा?'

'मैंने जांच की थी,' मिलर ने विरोध किया। 'लेकिन ईरानियों ने उसके निशानों को बहुत अच्छी तरह से छिपाया था। जवाद मुसफ़्फ़ा नाम के किसी भी इंसान के सभी संदर्भ पूरी तरह से लापता हैं, अमेरिका और ईरान दोनों में। और उसका आईआरजीसी-क़ुद्स का प्रशिक्षण बेजोड़ था। उसने जिम दस्तूर के अपहरण को बिना किसी ग़लती के अंजाम दिया था। मुझे सच में लगा था कि वो हमारे लिए एक बेशकीमती एसेट था।'

'तुम ग़लती करते हो तो उसे मानते क्यों नहीं हो?' पार्कर ने कहा। उसने अपनी डेस्क के ह्यूमिडोर से एक कोहीबा सिगलो फ़ाइव निकालने के लिए हाथ बढ़ाया। उसने इसे गिलोटिन की तरह दिखने वाले गोल्ड-प्लेटेड कटर से काटा और जला लिया।

'जब मैं ग़लती करता हूं तो मैं सबसे पहले मानता हूं,' अपने बॉस के सिगार जलाने के अनुष्ठान को देखते हुए मिलर बोला। 'लेकिन आप मानेंगे कि मैं सिर्फ़ ज़मानी पर निर्भर नहीं रहा। मैंने एक दूसरा रास्ता—डैन कोहेन—लगभग साथ ही साथ खोल लिया था।'

'और उससे फ़ायदा क्या हुआ?' पार्कर ने पूछा। 'अलावा इसके कि तुमने एक आक्रामक औरत को काटने का मज़ा ले लिया?'

'जब डैन कोहेन ने कहा था कि लैबोरेटरी में हमज़ा ड्यूरा नहीं था तो मैंने उसका विश्वास कर लिया था,' मिलर ने जवाब दिया। 'और ऐसा इसलिए था कि मैं जानता था कि वो मुझसे डरा हुआ था। इस समय वो पूरी तरह मेरे क़ाबू में है।'

'अगर वो चीज़ उसके पास नहीं है तो इससे हमें क्या फ़ायदा है?'

'मुझे इस बारे में आपको जानकारी देने का मौक़ा नहीं मिला,' मिलर ने जल्दी से जवाब दिया। 'जिम की बीवी लिंडा उसे ढूंढ़ने और आज़ाद कराने के मक़सद से ईरान गई है। इस समय, मैं कह नहीं सकता कि उसे अमेरिकी एजेंसियों से कोई मदद मिल रही है

या नहीं, लेकिन मैं अपने कान खुले रख रहा हूं। मैं जानता हूं कि वो एफ़बीआई के संपर्क में रही है।'

'तो?' पार्कर ने पूछा।

'तो, जब मैंने ये ख़बर सुनी, तो मैंने डैन से कहा कि वो बचाव दल का हिस्सा बन जाए,' मिलर ने जवाब दिया। 'वो बड़ी आसानी से ऐसे चिंतित दोस्त की भूमिका निभा सकता है जो जिम को बचाने के लिए अपनी जान जोखिम में डालने को तैयार है।'

'अभी वो कहां है?'

'वो ईरान के एक टूरिस्ट स्थल कीश आईलैंड पर लिंडा के साथ है,' मिलर ने जवाब दिया। 'उसने अभी तक मुझसे कोई मदद नहीं मांगी है।'

'हम जिम दस्तूर को वापस लाने में क्यों मदद करें?' पार्कर ने पूछा। 'उसे वहां सड़ने दो। वो मेरे रास्ते से हट चुका है, इसलिए मेरा मुक़ाबला ख़त्म हो चुका है।'

'हमज़ा ड्यूरा, जिम और सारी रिसर्च आपके पूर्व कर्मचारी मुसफ़्फ़ा के पास हैं,' मिलर ने जवाब दिया। 'सामग्री ईरानियों के पास है, जिम उनके पास है, रिसर्च उनके पास है।'

'वो मुल्ला उनसे कुछ नहीं कर सकते,' पार्कर ने कहा। 'उनके पास दिन में पांच नमाज़ें पढ़ने के बीच समय ही कितना होता है। वैसे, ईरान को दवाइयों की खोजों में कब से दिलचस्पी होने लगी?'

'वो एक ऐसा देश है जिसके पास एक उन्नत परमाणु अनुसंधान कार्यक्रम है,' मिलर ने उसे याद दिलाया। 'इस बात को ख़ारिज करना मूर्खता होगी। और अगर उन्हें जिम दस्तूर और उसका हमज़ा ड्यूरा चाहिए, तो इसकी ज़रूर कोई वजह होगी। ध्यान रखिए कि जिम दस्तूर का जन्म और पालन-पोषण भारत में एक पारसी के रूप में हुआ था।'

'पारसी?' पार्कर ने पूछा। 'ये क्या होता है?'

'वो ज़ोरोस्टरवादी जो आठवीं सदी में मुस्लिम आक्रमणों से

ख़ुद को और अपने धर्म को मिटने से बचाने के लिए भारत भाग गए थे,' मिलर ने जवाब दिया। 'पारसी, जैसा कि वो कहलाते हैं, अब तादाद में बहुत कम हो गए हैं। सारी दुनिया में उनकी कुल संख्या ज़्यादा से ज़्यादा एक लाख है, जिनमें से अधिकांश भारत में हैं। एक ऐसे वतन के अलावा भी जिस पर लड़ाई की गई है, पारसी जिम दस्तूर और ईरान के बीच कुछ संबंध है। बस मुझे पता नहीं है कि वो संबंध क्या है—अभी तक।'

'पता करने के लिए अगला क़दम क्या है?' पार्कर ने हवाना धुएं का एक बड़ा सा गोला छोड़ते हुए पूछा।

'अगर हम जिम दस्तूर को ढूंढ़ लें, तो हमें मुसफ़्फ़ा का पता लग जाएगा। मुसफ़्फ़ा मिल जाए, तो हमज़ा ड्यूरा मिल जाएगा,' मिलर ने जवाब दिया। 'हमें जिम दस्तूर तक पहुंचने में डैन कोहेन की मदद करने के लिए भरपूर कोशिश करनी चाहिए।'

'*तुम* कैसे मदद करोगे?' पार्कर ने बमुश्किल ही छिपे हुए तिरस्कार से कहा। 'अगर ईरान में तुम्हारे इतने ही अच्छे संपर्क होते, तो मुसफ़्फ़ा इस तरह हमारी आंखों में धूल नहीं झोंक पाता!'

'आपकी आलोचना सही है,' मिलर ने स्वीकार किया, लेकिन उसने ख़ुद को अपमानित नहीं होने दिया। 'लेकिन मेरे कुछ ईरानी संपर्क अभी भी बाक़ी हैं। सीआईए के मेरे दिनों में, हमने पाकिस्तान में कुछ उच्चस्तरीय संपर्क बनाए थे। उनमें से कुछ लोग ऐसे थे जिनकी ईरान में सत्ता के गलियारों तक अच्छी ख़ासी पहुंच थी।'

'तुम्हें पता है कि जिम दस्तूर ईरान में है कहां?' पार्कर ने पूछा।

'अभी तक तो नहीं,' मिलर ने जवाब दिया। 'लेकिन मैं जल्दी ही जान जाऊंगा। और फिर, मैं डैन को वहां पहुंचाने की हर मुमकिन कोशिश करूंगा। मेरे साथ अपने वादे को पूरा न कर पाने पर सबसे बड़ा उसी का नुकसान है। मेरा यक़ीन करें, वो वो सब कुछ करेगा जो हम उससे कहेंगे।'

मिलर ने चुपके से, और मज़ा लेते हुए, थियोडोर रूज़वेल्ट की बात को अपने दिमाग़ में दोहराया। *अगर आपने किसी की गोलियां*

दबा रखी हैं, तो उसका दिल और दिमाग़ निश्चित रूप से उनका अनुसरण करेगा।

39

सवेरे के चार बजे थे और पानी शांत था। फ़िशिंग ट्रॉलर ने अपने इंजन बंद किए और तट से कुछ किलोमीटर दूर इंतज़ार करने लगा। लिंडा और डैन ने नज़रों से तटरेखा को समझने की कोशिश की, लेकिन अंधेरा बहुत अधिक था। दस मिनट बाद, उन्हें पानी के छपाकों की आवाज़ सुनाई दी। एक छोटी सी नाव ट्रॉलर के पास आकर लग गई थी। उसमें केवल एक व्यक्ति था। 'सुबह बख़ैर,' उसने उनसे कहा। *गुड मॉर्निंग।* जमशेदी ने मुस्कुराते हुए अभिवादन का जवाब दिया।

जिम और लिंडा ने ट्रॉलर के कैप्टन को तय किया हुआ पैसा देते हुए उसे धन्यवाद दिया। फिर जमशेदी ने उनकी बहराद सरोशपुर की नाव में उतरने में मदद की, जिसके सामान्य सफ़ेद साफ़े और लिबास की जगह आज ख़ाकी चीनोज़ और लिनेन की सफ़ेद बुश शर्ट ने ले ली थी। उसकी दाढ़ी कतरी और सफ़ाई से बनी हुई थी। नाव पर आपस में कोई बात नहीं हुई।

नाव बीस मिनट बाद चीरूइया के रेतीले तट पर पहुंच गई। ये स्पष्ट था कि सरोशपुर तट पर पड़ने वाली रिहायशी संपत्तियों, मस्जिदों और दुकानों के झुंडों से बच रहा था। इसके बजाय, वो एक निर्जन से बीच पर जाकर रुके। हरे रंग की एक सायपा कार समझदारी के साथ कुछ दूरी पर पार्क की गई थी। सरोशपुर और जमशेदी नाव को घसीटकर बीच तक लाए और उसे कुछ दूसरी नावों के साथ लगा दिया। वो चारों पैदल चलते हुए सायपा तक गए और उसमें बैठ गए। सरोशपुर और जमशेदी आगे बैठे, जबकि डैन और लिंडा पिछली सीटों पर बैठे।

'हाले शुमा चितूरा?' सरोशपुर ने रियरव्यू मिरर में उन्हें देखते हुए पूछा।

लिंडा ने गर्मजोशी से जवाब दिया, 'हम ठीक हैं। हमारी मदद करने के लिए तैयार होने का बहुत-बहुत शुक्रिया।'

'ख़ुश आमदीद,' सरोशपुर ने जवाब दिया। 'जब फ़िरोज़ ने मुझे बताया, तभी मुझे समझ आ गया था कि मुझे मदद करनी होगी। तेरह सदियों से भारत ने हम पारसियों के बेटों और बेटियों की मेज़बानी की है। ये उस शख़्स के प्रति मेरे आभार का तरीक़ा है जो हिंदुस्तानी और ज़रथुष्ट्री दोनों है, आपके पति।' *ये मेरा ज़रथुष्ट्री विरासत को बचाने का भी तरीक़ा है।*

'हमें लगभग 1400 किलोमीटर जाना है,' कार स्टार्ट करने और मुग़ाम-बस्तानू रोड पर पहुंचने के बाद सरोशपुर ने आगे कहा। वो इस रास्ते पर पहले भी चला था, लेकिन इस बार पीछे बैठे दो विदेशियों के साथ हर चैकपोस्ट पर जोखिम बढ़ गया था।

'कोशिश करते हैं कि रास्ते में बार-बार न रुकें,' सरोशपुर ने सलाह दी। 'पीछे *चाय शीरीं* का एक थर्मस और *नूने-बर्बरी* ब्रेड का एक पैकेट है। उम्मीद है उनसे हमारा लंच तक का काम चल जाएगा।'

'शुक्रिया,' सारे जोखिमों को कम करने की सरोशपुर की कोशिशों से सचमुच अभिभूत लिंडा फुसफुसाई।

'अपना हेडस्कार्फ़ हर समय पहने रहना,' सरोशपुर ने लिंडा को सावधान किया। फिर उसने डैन की ओर मुड़ते हुए कहा, 'पिछली सीट पर एक टोपी है। जब भी हम किसी चैकपोस्ट के नज़दीक हों, तो उसे पहन लेना। उससे आपके चेहरे को पहचानने में मुश्किल होगी। मैं कहूंगा कि आप लोग रूसी हैं।'

'कोई आइडिया कि हम जिम को कैसे तलाशेंगे?' डैन ने पूछा।

'मेरे दो बड़े अंदाज़े हैं,' सरोशपुर ने जवाब दिया। 'पहला ये कि जिस आदमी ने आपके साथी को अग़वा किया है, वो आईआरजीसी-

क़ुद्स का हिस्सा है। दूसरा ये कि आपके दोस्त को किसी और शहर में नहीं बल्कि तेहरान में ही रखा गया है।'

'और इन अंदाज़ों के आधार पर, आपको क्या लगता है?' लिंडा ने पूछा।

'सबसे मशहूर नज़रबंदी केंद्र इवीन जेल का वार्ड 2ए है,' सरोशपुर ने कहा। 'इसके अलावा वलीअस्र मिलिट्री बेस में नज़रबंदी केंद्र 59 है, साथ ही क़स्रे फ़िरोज़ा गैरिसन में नज़रबंदी केंद्र 66 है और सारल्लाह कैंपसाइट पर नज़रबंदी केंद्र 1ए है। वो इनमें से किसी में भी हो सकते हैं।'

'ये अंदाज़ा कैसे लगाया जाए कि वो किसमें हैं?' डैन ने पूछा।

'वो मुझ पर छोड़ दीजिए,' सरोशपुर ने कहा। 'अगर हम चतुर नहीं होते, तो हम ज़ोरोस्टरवादी ईरान में जी नहीं पाते। मेरे कई जगहों पर संपर्क हैं। हमारे तेहरान पहुंचने तक मुझे अंदाज़ा हो जाना चाहिए कि उन्हें कहां रखा गया है।'

अभी उन्होंने बंदरे-मुग़ाम को पार किया था कि आगे एक पुलिस बैरिकेड दिखाई दिया। '*राहवार,* 'सरोशपुर ने कार धीमी करते हुए कहा।

'क्या?' डैन ने पूछा।

'राहवार—ट्रैफ़िक पुलिस,' सरोशपुर ने जवाब दिया। 'मेरी कार के काग़ज़ात ठीक हैं, इसलिए कोई समस्या नहीं है।' उसने बैरियर के पास कार रोकते हुए खिड़की का शीशा नीचे कर लिया। 'सुबह बख़ैर,' उसने अधिकारी का विनम्रतापूर्वक अभिवादन किया।

'काग़ज़ात,' अधिकारी रूखेपन से बोला।

सरोशपुर ने ज़रूरी काग़ज़ात उसे पकड़ा दिए। पुलिसवाले ने उन्हें देखा और संतुष्ट दिखाई दिया। फिर उसकी नज़र पीछे बैठे दोनों विदेशियों पर पड़ी। 'ये कौन हैं?' उसने पूछा।

'रूस से आए पारिवारिक दोस्त हैं,' सरोशपुर ने झूठ बोला। 'इनके पास वैध वीज़ा हैं।'

'पासपोर्ट दिखाइए,' अधिकारी ने पिछली सीट के यात्रियों को ज़्यादा ध्यान से देखते हुए कहा। लिंडा का दिल तेज़ी से धड़कने लगा। इसका मतलब शुरू होने से पहले ही 'गेम ओवर' हो सकता था।

'ज़रूर, ऑफ़िसर,' सरोशपुर ने जवाब दिया। उसने पुलिसवाले को अपना पासपोर्ट दिया। अधिकारी ने उसे देखा और फिर घूरकर सरोशपुर को देखा। उसके चेहरे के भाव से कुछ अंदाज़ा नहीं होता था। उसने ख़ामोशी से पासपोर्ट के पन्नों में फंसा पचास डॉलर का नोट लिया, उसे जेब में रखा, और पासपोर्ट सरोशपुर को वापस कर दिया। पचास डॉलर उसकी तन्ख़ाह के छठे हिस्से से ज़्यादा थे। ये पैसा ईरानी रियाल के बजाय अमेरिकी डॉलर में मिलना और भी ज़्यादा क़ीमती था।

'ख़ुदा हाफ़िज़,' उसने सरोशपुर से कहा।

'सलामत रहिए,' सरोशपुर ने उतनी ही शिष्टता से जवाब दिया और पुलिसवाले ने बैरियर को हटाया और कार को जाने दिया।

आगे बढ़ते हुए सरोशपुर ने राहत की एक ज़ोरदार सांस छोड़ी। 'ईरान की अच्छी बात ये है,' उसने मज़ाक़ में कहा, 'कि यहां हर चीज़ की एक क़ीमत है।' उसने अपना फ़ोन देखा। गुंदीशापूर के नस्र तामोयान की मिस्ड कॉल्स थीं। उसने मन ही मन नोट कर लिया कि उसे उनसे बात करनी थी। शायद यज़ीदी खोजकर्ता के पास उसके लिए कोई ख़बर हो।

लिंडा ख़ुद को पूरी तरह शांत नहीं कर पा रही थी। वो लोग बाल-बाल बचे थे। और उन्हें अभी 1350 किलोमीटर और जाना था। फिर उसे फ़ारसी के दार्शनिक उमर ख़य्याम की एक बुद्धिमत्तापूर्ण सलाह याद आ गई। *इस पल में ख़ुश रहो। यही पल तुम्हारी ज़िंदगी है।*

40

अहवाज़ शहर तेहरान से लगभग 800 किलोमीटर की दूरी पर स्थित है और इराक़ सीमा के क़रीब है। अहवाज़ शहर में बहुत ख़ास कुछ नहीं है, सिवाय कारून नदी के जो शहर को दो भागों में बांट देती है—पश्चिमी और पूर्वी भाग। सिर्फ़ एक और छोटा सा तथ्य ध्यान देने योग्य है। अहवाज़ के पश्चिमी भाग में आईआरजीसी-क़ुद्स फ़ोर्स का मुख्यालय है। आईआरजीसी-क़ुद्स फ़ोर्स का प्रमुख आमिर ख़ादिमहुसैनी बातचीत करते हुए अपने ऑफ़िस में टहल रहा था। ख़ादिमहुसैनी ने अपने कार्यकाल के दौरान आईआरजीसी-क़ुद्स को विस्तार देकर अपरंपरागत युद्ध और सैन्य गुप्तचरी में विशेषज्ञता रखने वाली एक विशाल संस्था बना दिया था। आईआरजीसी-क़ुद्स कई देशों में ग़ैर-सरकारी कार्यकर्ताओं को समर्थन देने के लिए प्रसिद्ध था, जिसमें लेबनान में हिज़बुल्लाह, ग़ज़ा में हमास, वेस्ट बैंक में इस्लामिक जिहाद और इराक़, सीरिया और अफ़ग़ानिस्तान में विभिन्न शिया मिलिशिया शामिल थे।

जिम दस्तूर अभी ताबूत सैल में ही पड़ा हुआ था, टीम ने उन सारी चीज़ों को खंगालना शुरू कर दिया था जो जवाद मुसफ़्फ़ा उनके लिए लाया था। इसमें पायलटों के प्रतीक चिह्न वाला मिट्टी का एक बक्सा भी शामिल था जिसमें हमज़ा ड्यूरा नाम का सफ़ेद पाउडर था। साथ ही, एक-दो हार्ड ड्राइव और यूएसबी स्टिक भी थीं।

मुसफ़्फ़ा ख़ादिमहुसैनी की डेस्क के सामने मुलाक़ातियों की कुर्सियों में से एक पर बैठा हुआ था जबकि उसका बॉस कमरे के चक्कर लगा रहा था। 'हम इस बारे में कैसे यक़ीन कर सकते हैं कि इस चीज़ का अथ्रवन स्टार से कुछ संबंध है?' ख़ादिमहुसैनी ने पूछा। 'हम बस इतना जानते हैं कि अमेरिका की बड़ी फ़ार्मा कंपनियां इसे हासिल करना चाहती हैं। और बक्से पर वो प्रतीक तो एक स्टिक ड्रॉइंग है जो कोई बच्चा भी बना सकता है। वो आख़िर है क्या? किसी

पायलट का बैज या कोई एयरमेल स्टिकर? हमारे पास ये दिखाने को कुछ नहीं है कि इसका अथ्रवन स्टार से कोई ताल्लुक़ है।'

'सही कहा,' मुसफ़्फ़ा ने जवाब दिया। 'लेकिन ये भी निश्चित है कि दस्तूर का परिवार ज़रथुष्ट्री पुरोहितों के वंश से है—वो लोग जिन्होंने भारत में बसने के लिए ये देश छोड़ा था।'

'लेकिन पुरोहित वग़ैरा जैसे लोग तो बहुत हैं,' ख़ादिमहुसैनी बीच में बोला। 'लगभग 18,000 लोग संजान में बस गए थे। इनके अलावा सारी से भी बहुत से शरणार्थी आए थे। आज सारी दुनिया में लगभग एक लाख हैं। जिम दस्तूर को कौन सी चीज़ भिन्न बनाती है? और हम तो ये तक नहीं जानते कि अथ्रवन स्टार दिखता कैसा है।' वो अपने चिड़चिड़ेपन पर वापस आ गया था।

'मैंने थोड़ी खोजबीन की है,' मुसफ़्फ़ा ने कहा। 'दरअसल, जब पारसी संजान पहुंचे थे, तो उन्हें ईरानशाह नाम की कोई पवित्र आग जलानी थी। इस काम का ज़िम्मा एक पुरोहित का था। उसका नाम नेर्योसंग था। उसके तीन बच्चे थे जिन्होंने नौ पोते पैदा किए। उनके नौ परिवार ही उस अग्नि की देखभाल करते हैं जो अब उदवाड़ा नाम की जगह पर मौजूद है।'

'तो?'

'जिम दस्तूर भी ऐसे ही एक परिवार से है,' मुसफ़्फ़ा ने एक फ़ाइल से पढ़ते हुए जवाब दिया। 'लेकिन यही वो परिवार भी है जिसने अग्नि की उस वक़्त भी हिफ़ाज़त की जब उसे संजान से बहरोट, बहरोट से वांसदा, वांसदा से नवसारी, और नवसारी से उदवाड़ा ले जाया गया था।'

'मैं अब भी नहीं समझ पाया कि तुम्हारा मतलब क्या है,' ख़ादिमहुसैनी ने अपने मनपसंद चायख़ाने से लाई गई चाय का कप उठाते हुए जवाब दिया। उसने उसे स्वाद लेते हुए सुड़का, फिर अपना एक फ़रवरदीन जलाया और उसका एक गहरा कश अपने फेफड़ों तक खींच लिया।

'अगर वाक़ई अथ्रवन स्टार नाम का कोई अवशेष है और

अगर हम मान लें कि उसे ज़रथुष्ट्री ईरान से ले गए थे, तो इतना क़ीमती अवशेष उनके सबसे शक्तिशाली परिवारों के पास होगा।'

'लेकिन ये आदमी एक वैज्ञानिक है,' ख़ादिमहुसैनी ने ताना मारा। 'हमें प्राचीन अवशेषों जैसी ऊटपटांग बातों से क्या लेना-देना? हमारे लिए अहम ख़ुद वो वैज्ञानिक और उसकी ज़्यादातर रिसर्च है। हां, उनसे शायद हमें किसी भी करेंसी या सोने के रूप में ज़बरदस्त कमाई हो सकती है, अगर हम इच्छुक पार्टियों के प्रस्ताव लें। लेकिन बस। मुझे अब भी समझ नहीं आ रहा है कि मैं रहबरे-मुअज़्ज़म से क्या कहूं। ख़ासकर ब्रिटिश म्यूज़ियम वाली नाकामी के बाद।'

'वो पूरी तरह नाकामी नहीं थी,' मुसफ़्फ़ा ने कहा। सिलिंडर से मरदूक का संदर्भ मिला था। उसने बताया कि साइरस मरदूक का प्रेमी था। मरदूक के संदर्भ को हल्के में नहीं लिया जाना चाहिए।'

'क्यों?'

'क्योंकि 2600 साल पहले जानबूझकर देवता मरदूक की उपलब्धियों को देवता अशूर पर स्थानांतरित करने के प्रयास किए गए थे,' मुसफ़्फ़ा ने कहा। उसने अपनी रिसर्च की थी। 'बाद के वर्षों में कई शासकों ने अशूर की छवि का उपयोग किया। लेकिन ऐसा लगता है कि साइरस ने अशूर को कम महत्व दिया। क्या ऐसा अथ्रवन स्टार से ध्यान हटाने के लिए हो सकता था?'

ख़ादिमहुसैनी ने जवाब नहीं दिया। धर्मशास्त्रीय, ऐतिहासिक या पौराणिक जानकारियों में उसे कभी रुचि नहीं रही थी। वो अपना जीवन एक साधारण सिद्धांत के अनुसार बिताता था: *ला इलाह-इल्लल्लाह मुहम्मदुर-रसूलुल्लाह।* अल्लाह के सिवा कोई इबादत के लायक़ नहीं और मुहम्मद उसके रसूल हैं।

'मैं एक राय दे सकता हूं?' मुसफ़्फ़ा ने पूछा।

'बोलो,' ख़ादिमहुसैनी ने जवाब दिया।

'उस आदमी को ताबूत सैल में रखने से हमें कोई फ़ायदा नहीं होने वाला,' मुसफ़्फ़ा ने कहा। 'उसकी मदद के बिना हमारे पास

सच्चाई को जानने का कोई तरीक़ा नहीं है। यहां इतने सारे लोगों में शायद मेरा उसके साथ सबसे अच्छा रिश्ता है। पोर्टलैंड से वूस्टर के सफ़र के दौरान मैं उसके साथ था; एस्क्लीपियस में उसकी क़ैद के दौरान मैं उसके साथ था; स्पेंसर से दोहा और फिर तेहरान आने वाली फ़्लाइट में भी मैं उसके साथ था।'

ख़ादिमहुसैनी ने मुसफ़्फ़ा को शक भरी निगाह से देखा। 'तुम ख़ुद को उसका दोस्त मानते हो?' उसने पूछा।

मुसफ़्फ़ा खखारा। 'क़तई नहीं,' उसने जवाब दिया। 'लेकिन मुझे लगता है कि मैं उसके साथ बात शुरू कर सकता हूं। अगर हम उसे उस सैल से निकाल लें, उसे नहाने और शेव करने दें, अच्छा खाना खाने दें... तो शायद मैं उससे कुछ जानकारी निकलवा सकूं। मुझे इजाज़त दें कि मैं वापस तेहरान जाऊं और थोड़ी ज़्यादा सही टैकनीक अपना सकूं।'

'डीसी1ए के गार्डों का कहना है कि वो आज्ञाकारी रहा है,' ख़ादिमहुसैनी ने व्यंग्यात्मक भाव से कहा। 'मेरा ख़्याल है कि वो तगड़ा झापड़ जो मैंने उसे मारा था उससे वो बुरी तरह डर गया है। ताबूत सैल के कुछ दूसरे क़ैदियों के विपरीत वो न तो चिल्लाता है न ज़मीन पर पैर मारता है। यहां तक कि वो उनका दिया हुआ सड़ा हुआ खाना भी खा लेता है।'

'अगर हमने उसे वहीं छोड़ दिया तो वो मर जाएगा,' मुसफ़्फ़ा ने कहा। 'हमारे पास जो भी बढ़त है हम उसे खो देंगे। वो ज़ोरोस्टरवादी भले ही हो, लेकिन वो एक महत्वपूर्ण अमेरिकी नागरिक है। उसके ज्ञान को देखते हुए अमेरिकी उसके लिए तगड़ी फिरौती दे देंगे। और उसके प्रतिस्पर्धी बड़ी से बड़ी क़ीमत देकर उसके माल को हासिल करने के लिए तैयार होंगे। हमें इसे सावधानीपूर्वक खेलना चाहिए।'

'तुम्हें लगता है कि तुम अपने तरीक़े से उसका सहयोग हासिल कर सकोगे? ठीक है। तेहरान वापस जाओ और कोशिश करके देखो। लेकिन अगर तुम्हारे प्लान का कोई परिणाम नहीं निकला तो तुम्हें तगड़ी सज़ा मिलेगी। आयतुल्लाह मेरे सिर पर सवार हैं।'

'शुक्रिया, सर,' मुसफ़्फ़ा ने अपनी कुर्सी से उठते हुए कहा। 'एक और विनती है। क्या मैं प्लीज़ उसे डीसी1ए के बजाय किसी सेफ़ हाउस में ले जा सकता हूं?'

'तुम्हारे ज़हन में कोई जगह है?' ख़ादिमहुसैनी ने सख़्ती से पूछा।

'आपका कई रणनीतिक उद्योगों पर नियंत्रण है,' मुसफ़्फ़ा ने कहा। 'उनमें से एक शाहिद दारू फ़ार्मा भी है। अगर हम उसे उसके परिसर में बने गेस्टहाउस में ले जा सकें, तो मैं जिम की बताई बातों को उनके शोधकर्ताओं के ज़रिए आम भाषा में समझ सकूंगा। मैं कोई वैज्ञानिक नहीं हूं।'

'मैं तुम्हें इन चीज़ों को करने की आज़ादी क्यों दे रहा हूं?' ख़ादिमहुसैनी ने एक नाटकीय आह के साथ पूछा।

'क्योंकि मैं आख़िरकार परिणाम देता हूं?' मुसफ़्फ़ा ने वापस पूछा।

अहवाज़, जहां ख़ादिमहुसैनी और मुसफ़्फ़ा विचार-विमर्श कर रहे थे, से लगभग दो घंटे की दूरी पर शाहाबाद में, एक अन्य व्यक्ति भी सच्चाई का पता लगाने में जुटा था। यज़ीदी विद्वान नस्र तमोयान, सरोशपुर के आदेश पर, उस प्राचीन स्थल पर थे।

41

देर शाम का समय था। मेरे पिता स्कॉच की आधी बोतल ख़त्म कर चुके थे। मैंने सिर्फ़ दो लेकिन बड़े पैग पिए थे, और हम दोनों में से कोई भी नहीं चाहता था कि ये सैशन समाप्त हो। दोनों हर घूंट के साथ और भी ज़्यादा बड़बोले और भावुक होते जा रहे थे, और अब ख़ुद को एक ऐसे समुदाय में पैदा होने के लिए बधाई दे रहे थे जो तादाद में भले ही कम हो, लेकिन मानव जाति के प्रति योगदान के मामले में लगभग शीर्ष पर था।

मुझे आख़िरकार अपने पिता को सोने के लिए मजबूर करना पड़ा। जब मैं किसी तरह ख़ुद को घसीटकर अपने बिस्तर पर लेकर आया, तो मेरा मन भटककर मेरी दादी सेसील की ओर चला गया। अपने नए परिवेश में 'फ़िट' होने की कोशिश में उन्होंने ख़ुद को पारसी इतिहास से परिचित कराने के लिए बहुत मेहनत की थी। अफ़सोस कि उस समय का पारसी समुदाय बहुत अधिक संकुचित साबित हुआ, शायद सदियों के विदेशी आक्रमण से पैदा हुई आत्म-संरक्षण की आवश्यकता के कारण। मैंने फ़ैसला किया कि अमेरिका जाने से पहले खंडाला जाऊंगा और अपनी ज़हीन दादी से मिलूंगा।

दादी मुझे बताती थीं कि संजान में पारसियों के आने के बाद तीन सौ साल तक शांति रही। इस अवधि के दौरान, पारसी पांच पंथों या समूहों में विभाजित हो गए: संजान के संजानी; नवसारी के भागरिया; अंकलेसर के गोदावरा; भरूच के भरूचा; और अंत में, खंबाट के खंबाटा। प्रत्येक पंथ एक पुरोहित समूह था, जिसके अपने पुरोहित, लोकधर्मी और परिषद थी।

लेकिन फिर ग़ज़नवी शासक सुल्तान महमूद बेगड़ा ने प्रतिज्ञा की कि वह संजान को फ़तेह करेगा। बेगड़ा कोई साधारण आदमी नहीं था। बचपन से ही कई सालों तक उसे ज़हरीले पदार्थों की छोटी-छोटी ख़ुराकें दी जाती रही थीं, जिससे उसमें धीरे-धीरे ज़हर के प्रति प्रतिरोधक क्षमता विकसित हो गई थी। वो जो कपड़े पहनता था उन्हें रोज़ाना जला दिया जाता था ताकि उनमें उन विषाक्त पदार्थों के अवशेष न रह जाएं जिन्हें निकालने के लिए उसके शरीर को प्रशिक्षित किया गया था। बड़े होने पर अजेय बेगड़ा ने द्वारका के प्रसिद्ध मंदिर को नष्ट कर दिया, और उसके मुख्य पुजारी के शरीर को बारह टुकड़ों में काट दिया, जो अहमदाबाद के सभी एक दर्जन द्वारों पर अलग-अलग प्रदर्शित किए गए थे। उसने जूनागढ़ के राजा को भी मुसलमान बनने पर मजबूर कर दिया।

फिर हाथी और पैदल सैनिकों के साथ बेगड़ा का 30,000 घुड़सवारों का दल संजान की ओर बढ़ा। हिंदू राजा ने संजान की

रक्षा के लिए अपनी पूरी सेना बुला ली। फिर उसने पारसी नेताओं को अपने दरबार में बुलाया। 'मेरे पूर्वजों ने तुम्हें अपना संरक्षण दिया और तुम पर कई अहसान किए,' उसने कहा। 'ज़रूरत की इस घड़ी में, मेरी सेवा में अपनी कमर कस लो।'

पारसी जेदी राणा के प्रति वफ़ादारी की अपनी क़सम को भूले नहीं थे। उन्होंने क़सम खाई थी कि स्वयं राजा के आदेश के बिना वो कभी हथियार नहीं उठाएंगे। संजान की रक्षा में लगभग 1400 पारसी हिंदू बलों के साथ जुड़ गए। इतिहास हमेशा की तरह ख़ुद को दोहरा रहा था। पारसियों पर ईरान में इस्लाम के सैनिकों द्वारा हमला किया गया था; यहां संजान में उन पर इस्लाम के सैनिकों द्वारा हमला किया जा रहा था।

सुल्तान महमूद की सेना का नज़ारा भयानक था। उसके युद्ध के लिए तैयार हाथियों ने संयुक्त हिंदू-पारसी सेना पर क़हर बरपा दिया। लड़ाई कई दिनों तक चलती रही; जल्द ही युद्ध का मैदान लाशों से अट गया, और इंसानों और जानवरों के ख़ून से लिथड़ गया था। इससे भी बढ़कर ये कि दोनों पक्षों का कोई मुक़ाबला ही नहीं था। हालांकि हिंदू-पारसी गठबंधन ने बहादुरी के साथ लड़ाई की, लेकिन सुल्तान महमूद की सेना हावी रही।

ज़ाहिर है, मार-काट से बच गए पारसियों की पहली चिंता अपने अनमोल ईरानशाह की रक्षा करना थी—वो पवित्र अग्नि जिसे उन्होंने इतनी कठिनाई से जलाया था। पुजारियों का एक समूह उसे लेकर संजान से लगभग बीस किलोमीटर दक्षिण में स्थित बहरोट की पहाड़ी पर भाग गया। वहां वो उसके साथ बारह साल तक एक गुफा में छिपे रहे। उनमें मेरे परिवार के पूर्वजों में से भी एक थे, जो अपने साथ मिट्टी का वो छोटा सा बक्सा लेकर आए थे।

उस भयानक दशक और दो साल के बाद, जब उन्हें सुरक्षित महसूस हुआ, तो वो आतश बहराम को वांसदा ले गए, जहां घोड़ों पर सवार तीन सौ आदमी धूमधाम से उन्हें सुरक्षित जगह ले गए। वांसदा, जैसा कि कभी संजान हुआ करता था, एक गंतव्य बन गया,

और तीर्थयात्रियों के आवागमन और उससे जुड़ी आमदनी के कारण समृद्ध होने लगा।

पारसियों की पहली लहर ख़ुरासान से ईरान को छोड़कर निकली थी, जिनसे बाद में माज़ंदरां प्रांत के सारी शहर से आने वाले समूह जुड़ गए थे। गुजरात में बसने के बाद, उन्होंने नव-सारी, या 'नए सारी' की स्थापना की—जिस तरह अमेरिका के आप्रवासियों ने न्यू यॉर्क, न्यू जर्सी या न्यू हैंपशायर बनाया था। नवसारी से ही चंगाशाह नामक एक व्यक्ति का उदय हुआ, एक ऐसा व्यक्ति जिसने आगे चलकर पारसी इतिहास को फिर से बदल दिया। पारसी ग्रंथ इस व्यक्ति के बारे में चंगा आसा के रूप में बात करते हैं।

चंगाशाह चिंतित था कि भारत के पारसियों ने अपनी प्राचीन फ़ारसी जड़ों से संपर्क खो दिया था। उसने एक अंजुमन, एक सामुदायिक बैठक, बुलाई। काफ़ी विचार-विमर्श के बाद, नवसारी के पारसी सामूहिक रूप से इस बात पर सहमत हो गए कि उन्हें ईरान में अपने उन बंधुओं के साथ फिर से संपर्क स्थापित करना चाहिए जिनसे उन्होंने सात सदियों से संपर्क खोया हुआ था। लेकिन अब एक विदेशी भूमि की यात्रा करने और इतिहास को फिर से जागृत करने जैसा ख़तरनाक काम कौन करेगा? ईरान में प्रवेश करने वाला कोई भी पारसी अपनी जान को सफ़वी बादशाह ऊज़ून हसन के तलवार संभाले हाथों में सौंप रहा होगा।

एक बहादुर शख़्स इस काम का बीड़ा उठाने को तैयार हो गया। उसका नाम नारिमन होशांग था।

42

चंगाशाह ने यात्रा का ख़र्च उठाया और नारिमन होशांग ने भरूच से ईरानी तट तक की ख़तरनाक जल यात्रा की। वहां से वो ज़मीनी रास्ते से गुप्त रूप से यज़्द तक गया। यज़्द के कई निवासी भागकर आए

हुए थे, जो सफ़वी बादशाहों के प्रकोप से बाल-बाल बच गए थे, जिनका व्यापक लक्ष्य पारसी मंदिरों का विनाश और नास्तिकों का इस्लाम के एक सख़्त शिया संस्करण में धर्मांतरण था।

यज़्द में, नारिमन तुर्काबाद में दस्तूराने-दस्तूर—मुख्य पुजारी—से मिला। नारिमन का खुले दिल से स्वागत किया गया, लेकिन बातचीत बहुत कम हुई क्योंकि वो फ़ारसी का यज़्द रूप नहीं बोल सकता था। फिर भी, नारिमन कोशिश में लगा रहा, और भाषा सीखने में उसे केवल एक वर्ष लगा।

आख़िरकार 1478 ईसवी में वो नवसारी लौट आया, और अपने साथ दो शरीफ़ाबादी पुजारियों द्वारा पाज़िंद लिपि में लिखे गए दिशा-निर्देश लेकर आया था। ये निर्देश आगे चलकर रिवायत कहे जाने लगे, हालांकि इनमें से एक रिवायत अलिखित रही, और उसे केवल मौखिक रूप से आगे बढ़ाया जाना था। उनके अलावा, नारिमन अब्दुल्लाह बिन मुक़फ़्फ़ा की लिखी हुई कलीला-ओ-दिमना नामक एक किताब भी लेकर आया था।

रिवायतें 'हिन्दुस्तान के पुरोहितों, नेताओं और प्रमुख लोगों के लिए... ' से शुरू होकर उन भयानक कठिनाइयों के दुख भरे वर्णन तक पहुंचीं जो ईरानी पारसी अपने मुस्लिम शासकों के लगातार हमलों के कारण झेल रहे थे।

मेरे पिता के अनुसार, नारिमन होशांग और चंगाशाह दोनों अपने लोगों के हीरो बन गए। यज़्द का दौरा करना और धार्मिक निर्देश लाना बाद में एक निरंतर जारी प्रक्रिया बन गई। पारसियों द्वारा 1478 और 1773 के बीच लगभग छब्बीस—या, अगर गुप्त रिवायत को भी शामिल किया जाए, तो सत्ताईस रिवायतें—प्राप्त की गईं। जहां तक नवसारी के पारसियों का सवाल था, उन्होंने बड़ी सावधानी से सभी रिवायतों को बचाया और एकत्र किया।

अधिकांश निर्देश पूजा, रीति-रिवाजों और अनुष्ठानों के पालन के बारे में पूछे गए प्रश्नों के उत्तर थे। लेकिन उनमें से कुछ लाक्षणिक, अस्पष्ट या रहस्यमय भी थे, और आसानी से समझ नहीं आते थे।

उदाहरण के लिए:

सारे जब्बार में, रौशनी आंखों को चकाचौंध कर देती है
क्योंकि आकाश में तीन बड़ी अग्नियां धधक रही हैं
देखो, दैत्या में अथ्रवन प्रार्थना करता है
और अनु लोग आसमान को टकटकी लगाए देखते हैं
वो चौथे को जानते हैं जो तीन से निकलता है
अर्थात सर्वकालिक, सर्वशक्तिमान यस्न।

ये सुंदर तो था, लेकिन इसका अर्थ क्या था?

चंगाशाह द्वारा की गई पहल ने नवसारी को पारसियों के लिए नया सांस्कृतिक केंद्र बना दिया। हालांकि नवसारी को 1142 ईसवी से ही सबसे पहले अग्नि मंदिर का गौरव प्राप्त था, लेकिन शहर को चंगाशाह के जन्म स्थान के रूप में और भी ज़्यादा प्रसिद्धि प्राप्त हो गई। समय के साथ, नवसारी के पारसी ईरानशाह को वांसदा से नवसारी स्थानांतरित करवाने के लिए समझौता करने में कामयाब हो गए। इसे समायोजित करने के लिए चंगाशाह के बेटे द्वारा एक विशेष आतश-नी-अगियारी बनाई गई थी।

लेकिन ईरानशाह का संजान से बहरोट, फिर वांसदा और फिर नवसारी तक स्थानांतरण अपने साथ कई समस्याएं भी लेकर आया। संजानी—जिनमें मेरे पूर्वज भी शामिल थे—संजान के पुरोहित थे, जो ईरानशाह की शुरुआत से ही इसकी देखरेख कर रहे थे। ज्योति के पारंपरिक संरक्षकों के रूप में अग्नि को वही नवसारी ले गए थे। इस क़दम के नतीजे में नवसारी के मौजूदा पुजारियों, भगरियाओं, के साथ मतभेद पैदा हो गया। ये विवाद कई साल तक चला और तीव्र राजनीतिक टकराव को टालने के लिए अग्नि को कई बार इधर से उधर ले जाना पड़ा, जो कि जहां भी जाती, राजनीतिक टकराव उसके पीछे चला आता।

ईरानशाह इस सबके बावजूद बचा रहा। और मिट्टी के बक्से

में आई सामग्री भी, वही जिसे सबसे पहले संजान के तट पर लाया गया था। ये संजान के वंशजों के हाथों में सुरक्षित था।

अगली सुबह जब मैं अपने कमरे से बाहर निकला, तो मैंने देखा कि मेरे पिता पहले ही नाश्ते की मेज़ पर मेरा इंतज़ार कर रहे थे। हमारे घर में नाश्ता हमेशा भारी-भरकम होता था; मुझे खीमा, अकूरी, कटलेट और बटर पाव की एक प्लेट इस उम्मीद के साथ दी गई कि मैं उसे ख़त्म कर लूंगा। मैं एक अच्छा बेटा था, इसलिए मैंने आज्ञा मानी, और कोलेस्ट्रॉल की जीवन भर की समस्या के डर को एक तरफ़ धकेल दिया।

मेरे पिता के सामने एक किताब थी जिसमें ईरानशाह की यात्राओं का वर्णन था। जब मैं खा रहा था तो वो उसमें से ज़ोर से पढ़ रहे थे।

पुस्तक में बताया गया था कि अग्नि को 721 ईसवी में संजान में स्थापित किया गया था, और वो अगली चार सदियों तक वहीं रही थी—सुल्तान महमूद बेगड़ा के हमले तक। इसे संजानों द्वारा बहरोट ले जाया गया था, जहां ये, वांसदा में स्थापित की जाने से पहले, बारह वर्ष तक एक गुफा में रही थी। अंत में, चंगाशाह की विनती पर अग्नि को नवसारी ले जाया गया, जहां ये लगभग तीन शताब्दियों तक रही—लूट लिए जाने के ख़तरे के कारण अस्थायी रूप से कुछ समय को सूरत ले जाए जाने के अलावा।

लेकिन संजानों और भगरियाओं के बीच तनाव बना रहा, क्योंकि दोनों ही धार्मिक प्रशासन पर अधिक नियंत्रण चाहते थे। इस विवाद के परिणामस्वरूप एक अदालती लड़ाई हुई, जिसमें फ़ैसला हुआ कि संजान अग्नि की देखरेख जारी रख सकते थे, लेकिन अन्य सभी धार्मिक गतिविधियों को भगरिया संभालेंगे। संजानों ने इस व्यवस्था को अस्वीकार्य माना। उन्होंने 1741 ईसवी में आतश बहराम के साथ नवसारी को छोड़ दिया और इसे बलसर—गुजरात में आज के युग के वलसाड—ले गए। एक सामान्य पारसी उपनाम, बलसारा, उसी क्षेत्र की याद दिलाता है। पुरोहिताई के कार्यों के

विभाजन और तीर्थयात्रियों के दान के आवंटन पर फिर से एक विवाद खड़ा हो गया।

सिर्फ़ एक साल बाद, अग्नि को एक बार फिर उदवाड़ा के तटीय मछुआरा गांव में स्थानांतरित कर दिया गया। वहां 1742 ईसवी में एक नया अग्नि मंदिर स्थापित किया गया और एक सहस्राब्दी पुराने आतश बहराम को अंततः एक स्थायी निवास दिया गया। उदवाड़ा आज भी ईरानशाह का आवास बना हुआ है। ज्योति को तेरह सदियों से जीवित रखा गया है।

43

मेरे पिता ने मिट्टी के उस छोटे से बक्से को थपथपाया जो उन्होंने पिछली शाम मुझे दिया था। मैंने उसे लापरवाही से कॉफ़ी टेबल पर छोड़ दिया था, और मेरे पिता ने उसे उठाकर मेरी ओर धकेला था। 'इसकी रक्षा अपनी जान से बढ़कर करना, बेटे। ये हमारी सामूहिक स्मृतियों से लंबे समय से हमारे परिवार में रहा है।'

'ये क्या है?' मैं पता लगाने की कोशिश करता रहा।

'समय आने पर तुम्हें पता चल जाएगा,' मेरे पिता ने उत्तर दिया। 'आतश बहराम की सेवा करने का सम्मान मूल अग्नि को प्रतिष्ठापित करने वाले उन पुजारियों के वंशज नौ परिवारों के साथ रहा है जिन्होंने अग्नि को संजान की लड़ाई से बचाया था। वो संजान, बहरोट, वांसदा, नवसारी, बलसर, सूरत और आख़िरकार उदवाड़ा के बीच ज्योति की सारी यात्राओं में इसकी रक्षा करने के अपने कर्तव्य के प्रति समर्पित रहे।'

'मैं इस तस्वीर में कहां आता हूं?' मैंने कुछ उपेक्षापूर्वक पूछा।

'तुम्हें पता चल जाएगा। फ़िलहाल तुम्हारे लिए बस इतना जानना ज़रूरी है कि हमारा परिवार उस संजान वंश से है,' मेरे पिता ने कहा। 'जैसा कि तुम जानते हो, हमारा उपनाम—दस्तूर—उस

"दस्तूर" शब्द से है जिसका अर्थ है "पुजारी।" जब तुम्हारे पर-परदादा शापूर ने उदवाड़ा को छोड़कर पुरोहित-परंपरा को तोड़ा, तो उनके जाने से इस बक्से को सुरक्षित रखने की हमारे परिवार की विशेष भूमिका में कोई बदलाव नहीं आया, और इसे हर आने वाली पीढ़ी में सही हाथों में सौंपा जाता रहा। और परिवार के भीतर भी ये सिर्फ़ उसी को दिया जाता है जो सबसे ज़्यादा हिम्मत वाला होता है—कभी-कभी तो सबसे विद्रोही भी।'

'मैं समझ नहीं पा रहा कि ऐसा क्यों है,' मैंने सोचते हुए कहा।

'मुझे पता नहीं लेकिन कुछ कारण तो ज़रूर होगा,' मेरे पिताजी ने कहा। 'तुम्हारे दादा ने तुम्हारे अंदर एक विद्रोही प्रवृत्ति देखी और तुम्हारी पहचान बक्से के अगले संरक्षक के रूप में की।'

फिर उन्होंने मुझे एक छोटा सा कार्ड दिया जिस पर कुछ पंक्तियां लिखी हुई थीं। 'ये क्या है?' मैंने पूछा।

'गुप्त रिवायत,' उन्होंने जवाब दिया। 'सिर्फ़ यही वो चीज़ है जिसे तुम्हें याद रखने की आवश्यकता है। इसे रट लो, और फिर नोट को नष्ट कर दो। ये हमारे उन भाई-बंधुओं से चोरी छिपे आई थी जिन्हें हम फ़ारस में पीछे छोड़ आए थे। अंततः सफल होने से पहले, इसे हम तक पहुंचाने के कई प्रयास किए गए थे।'

मैं सोच रहा था कि इतनी सारी राज़दारी किसलिए थी, लेकिन मैंने अपनी ज़बान बंद रखी, और बस कार्ड को अपनी जेब में रख लिया। 'आपने बताया कि हमारे परिवार के लिए एक "विशेष भूमिका" है,' मैंने कहा। 'वो विशेष भूमिका क्या थी?' मैंने अपनी प्लेट को हटाया और अपने नैपकिन से अपने मुंह के कोनों को पोंछा।

'वो विशेष भूमिका हमारे देश से ही है, हमारे लोगों के भारत आने से बहुत पहले से,' मेरे पिता ने कहा। 'उस कहानी की शुरुआत हमारे धर्म के संस्थापक ज़रथुष्ट्र से शुरू होनी चाहिए।'

मेरे पिता ने दिन की अपनी पहली सिगरेट जलाई और मैं इंतज़ार करता रहा। वो सिर्फ़ स्टेट एक्सप्रेस 555 पीते थे। उन्होंने धुएं को बाहर निकालने से पहले एक गहरा कश लिया। 'माना जाता है

कि ज़रथुष्ट्र का जन्म 1500 ईसा पूर्व के लगभग आर्यानिमवैजा नाम की जगह पर हुआ था। लेकिन इस बारे में कोई स्पष्टता नहीं है कि ये आर्यानिमवैजा दरअसल कहां हुआ करता था।'

'उनका नाम "ज़रथुष्ट्र" क्यों रखा गया? क्या इसके कोई मायने हैं?' मैंने बीच में टोका।

'इसका मतलब "ऊंटों की देखभाल करने वाला" हो सकता है,' मेरे पिता ने जवाब दिया। 'लेकिन पुरानी फ़ारसी में, "ज़र" शब्द का अर्थ "सोना" भी होता है। इसीलिए, भारत में सोने की कढ़ाई को "ज़री" के रूप में जाना जाता है।'

'तो नाम के दूसरे भाग "-थुष्ट्र" का क्या मतलब होगा... वो क्या है?'

'संस्कृत में, "थुष्ट्र" का अर्थ द्विचर तारे हैं—व्याध, मिथुन और वशिष्ठ जैसे कोई जुड़वां तारे,' मेरे पिता ने कहा। मुझे ये बहुत दिलचस्प लगा। ज़रथुष्ट्र के कई सदियों बाद ईसा मसीह के जन्म के प्रतीक के रूप में भी जुड़वां तारे चमके थे।

मेरे पिता ने जो कहा उसके अनुसार, ज़रथुष्ट्र के जन्म के प्रतीक के रूप में आकाश में सुनहरे जुड़वां तारे दिखाई दिए थे। उनका जन्म फ़्रवरदीन के महीने में ख़ुरदाद पर हुआ था, जिसे अब पारसी ख़ुरदाद साल के रूप में मनाते हैं। ख़ुरदाद जेमिनाइ (मिथुन)—वसंत विषुव से साठ से नब्बे डिग्री तक सूर्य का मार्ग—से मेल खाता है।

किंवदंतियों के अनुसार कहा जाता है कि शिशु ज़रथुष्ट्र रोने के बजाय हंसे थे। ज़रथुष्ट्र के परिवार को अथ्रवन स्पितमा के नाम से जाना जाता था। स्पितमा पुजारी थे—जिन्हें मागी भी कहा जाता था—और उनका उपनाम एक सफ़ेद, चमकदार पाउडर से अवतरित होने का प्रतीक है। ज़रथुष्ट्र एक धनी पुजारी पुरुषस्पा और उनकी पत्नी दुघधोवा के पुत्र थे। पुरुषस्पा ने एक बड़े परिवार को जन्म दिया था—ज़रथुष्ट्र पांच भाइयों में तीसरे थे। वो पंद्रह वर्ष की आयु में पुजारी बन गए थे, लेकिन उन्होंने बीस साल की उम्र में एकांत में प्रार्थना करने के लिए अपना घर छोड़ दिया था। उन्होंने अगले दस

साल लगभग पूरी तरह से दूध, जड़ी-बूटियों और पनीर पर जीवित रहते हुए पहाड़ों में प्रार्थना और ध्यान करने में बिताए।

'जब ज़रथुष्ट्र लगभग तीस साल के थे, तब उन्होंने वसंत विषुव के उत्सव में भाग लिया था,' मेरे पिता ने सूत्र पकड़ते हुए कहा। 'ये वही बसंत का त्योहार था जिसे हम ज़रथुष्ट्री अब नवरोज़ के रूप में मनाते हैं। वो सुबह के समारोह के लिए नदी के सबसे शुद्ध भाग से पानी निकाल रहे थे कि फ़रिश्ता वोहू मन उनके सामने प्रकट हुआ। फ़रिश्ते ने उनसे कुछ प्रश्न पूछे; ज़रथुष्ट्र के जवाबों से ख़ुश होकर, वोहू मन ने उन्हें अहुरा मज़्दा का दर्शन करा दिया।'

अब ज़रथुष्ट्र को ये बात स्पष्ट हो गई कि अहुरा मज़्दा—जिन्हें ज़रथुष्ट्रियों की निरंतर पीढ़ियों ने छोटा करके उर्मज़्द, हुर्मज़्द और हुरमुज़ कर दिया है—ही वास्तविक परमात्मा हैं, वो आत्मा हैं जिन्हें किसी ने जन्म नहीं दिया। अहुरा मज़्दा जो अद्वितीय, अपरिवर्तनीय और कालातीत हैं, के बिना किसी चीज़ का अस्तित्व नहीं है।

लेकिन अहुरा मज़्दा का विरोध करने वाला अहिरमन है, वो विनाशकारी आत्मा जिसे एंगरा मैन्यू के नाम से भी जाना जाता है। मनुष्य को दोनों में से एक मार्ग को चुनने की स्वतंत्रता दी गई है। 'वो प्यार और भलाई का जीवन जीने का मार्ग अपना सकते हैं, या लालच और दुष्टता के रास्ते पर गिर सकते हैं,' मेरे पिता ने समझाया।

मुझे अपनी टीचर मिसेज़ बाटलीवाला की याद आ गई, जिन्होंने कक्षा को बताया था कि अंग्रेज़ी शब्द 'एंग्री' की उत्पत्ति वास्तव में 'अंगरा' में निहित है, जो एक तामसिक, विनाशकारी अस्तित्व का पहला नाम है।

44

हम लिविंग रूम में चले गए, जहां मेरे पिता ने अपने लिए सोफ़े पर

एक जगह चुन ली। 'तीन महान इब्राहीमी धर्म—यहूदी धर्म, ईसाई धर्म और इस्लाम—ज़रथुष्ट्र के समय में वजूद में भी नहीं आए थे,' उन्होंने कहा। 'लेकिन आगे चलकर उन सभी को पारसी धर्म से प्रेरणा लेनी थी। द्वैत का विचार: अच्छाई और बुराई, स्वर्ग और नरक, ईश्वर और शैतान, पारसी धर्म से लिए गए। एक चमकता सितारा, मसीहा, शैतान का प्रलोभन, न्याय का दिन और मृतकों के फिर से जी उठने के विचार भी ज़रथुष्ट्र के दर्शन से प्राप्त किए गए।'

ज़रथुष्ट्र ने उपदेश देना शुरू किया कि कई देवताओं की पूजा करना और उन पर बलि चढ़ाना एकदम अनावश्यक था। लेकिन समुदाय के बुज़ुर्गों की मान्यताओं के अनुसार, ये विद्रोह से कम नहीं था। ज़रथुष्ट्र ने कहा कि मनुष्यों के पास स्वतंत्र इच्छा थी और उनके द्वारा चुने गए विकल्प ये निर्धारित करेंगे कि उन्हें स्वर्ग की प्राप्ति होगी या नरक की। दुनिया व्यवस्था और अराजकता के बीच संघर्ष का रंगमंच था। धार्मिकता को चुनने का अर्थ था कि व्यवस्था—या आशा—द्रूज यानी झूठ पर हावी होगी।

'ज़रथुष्ट्र के विचारों ने कई मौजूदा रीति-रिवाजों को उलट दिया,' मेरे पिता ने अपनी बात जारी रखी। ऐसा लग रहा था जैसे वो इस तथ्य को सराहते हों। 'उदाहरण के लिए, पुरोहितों ने अपनी संपत्ति उन देवताओं के प्रति भक्तों की बलियों और धार्मिक प्रसादों से प्राप्त की थी जिन्हें वो अंध-आस्था में पूजते थे। शासक अपनी पूरी सत्ता दैवीय अधिकार से प्राप्त करते थे, जो उन्हें विभिन्न देवताओं जैसे व्यक्तित्वों द्वारा प्रदान की गई कही जाती थी। लेकिन ज़रथुष्ट्र की दृष्टि में, अहुरा मज़्दा सिर्फ़ हुमाता, हकता और हुवार्श्ता—सद्विचार, सद्वाणी और सत्कर्म—चाहते थे। इसने सामाजिक पदानुक्रम के आधार को ही चुनौती दे डाली। तो वो विशेषाधिकार प्राप्त वर्ग जो पहले विभाजित हुआ करता था, इस डर से उनके विचारों पर हमला करने के लिए एकजुट हो गया कि कहीं ज़रथुष्ट्र की शिक्षाएं उनकी सुचारू रूप से चलती दुकान को उलट-पुलट न कर दें!'

अब उनका एक साझा शत्रु थे: ज़रथुष्ट्र। और जल्द ही उनकी

जान ख़तरे में पड़ने वाली थी। लेकिन ज़रथुष्ट्र के पास एक छोटा सा मिट्टी का बक्सा था। उन्हें वो कैसे मिला था, ये कहानी फिर कभी। ज़रथुष्ट्र नहीं जानते थे कि उसके अंदर जो था वो एक दिन उनकी जान बचाएगा।

मेरे पिता ने मुझे ज़रथुष्ट्र के बारे में एक किताब दी जो उन्होंने सेसील की लाइब्रेरी से उधार ली थी। मैंने उसे अपने कमरे में ले जाकर पढ़ना शुरू कर दिया। उससे जो मुझे पता चला उसमें से कुछ तो मेरे लिए परिचित था, लेकिन उसमें कुछ ऐसी कहानियां और विचार भी थे जिनमें मेरे लिए एक ताज़गी भरा नयापन था। शुरू में, मुझे समझ नहीं आ रहा था कि डैड मुझसे इस तरह की गहन धार्मिक सामग्री को पढ़वाने की मेहनत क्यों करा रहे थे, लेकिन फिर मुझे याद आया कि बमन दस्तूर के हर काम में हमेशा कोई गहरा उद्देश्य होता था।

ज़रथुष्ट्र के विचारों को मानने वाले लोग बहुत कम थे। शुरू में, उनके पास उनके धर्म को मानने वाला केवल एक व्यक्ति था: उनके रिश्ते के एक भाई मैद्योइमन्हा। जब ज़रथुष्ट्र के विचार पुरोहित सत्ता-संरचना को चुनौती देने लगे, तो जल्दी ही उनकी ज़िंदगी ख़तरे में पड़ गई। आख़िरकार उन्हें भागना पड़ा। वो ऐसे लोगों की तलाश में ग्रामीण इलाक़ों में भटकने लगे जो उनके विचारों के प्रति थोड़े ज़्यादा उदार हों। यस्नों में अहुरा मज़्दा से ज़रथुष्ट्र की बेताब याचना देखी जा सकती है।

मैं भागकर किस देश जाऊं? मैं कहां जाऊं?
उन्होंने मुझे मेरे घराने और मेरे कुल से बहिष्कृत कर दिया।
मैं जिस समुदाय से हूं, उसने मुझे संतुष्ट नहीं किया
न ही देश के शासकों ने।
तुझे मैं कैसे संतुष्ट करूं, हे मज़्दा अहुरा?

आख़िरकार ज़रथुष्ट्र आधुनिक अफ़ग़ानिस्तान के बल्ख़ प्रांत में

बैक्ट्रिया में राजा विष्तस्प के दरबार में पहुंचे, जहां उन्होंने एकमात्र सच्चे ईश्वर अहुरा मज़्दा के संदेश को फैलाने के लिए दैवीय अधिकार होने का दावा किया।

उन दिनों, विष्तस्प के दरबार में सत्ता वर्ग की दो श्रेणियां थीं—कावी और कर्पान—और दोनों में सत्ता के बड़े भाग के लिए होड़ लगी हुई थी। कावी शासक थे, बहुत कुछ भारत के क्षत्रियों की तरह; कर्पान, हिंदू ब्राह्मणों की तरह, देवताओं के साथ मध्यस्थता करते थे। आश्चर्य की बात नहीं थी कि दोनों ही वर्ग ज़रथुष्ट्र को नापसंद करते थे। वो उस समय की सत्ता-संरचना के भीतर संतुष्ट थे और किसी तरह का हस्तक्षेप नहीं चाहते थे। लेकिन उनका दुर्भाग्य कि विष्तस्प ने ज़रथुष्ट्र को ख़ुद को साबित करने का अवसर देने का फ़ैसला कर लिया।

ज़रथुष्ट्र ने राजा के सामने अपनी बात का आरंभ कृपालु अहुरा मज़्दा और दुष्ट अहिरमन के बीच संघर्ष की व्याख्या के साथ किया। अहुरा मज़्दा के पक्ष में स्पेंटा मैन्यू और छह अन्य आत्माएं थीं जिन्हें आमेशा स्पेंटा के नाम से जाना जाता है जिन्होंने अच्छाई और प्रकाश को बनाए रखने के लिए काम किया। अहिरमन ने अपनी ओर दुष्टता और अंधकार की सेनाएं बना रखी थीं।

एक विराट वादविवाद हुआ जो तीन दिन तक चला। ज़रथुष्ट्र ने इसे निर्णायक रूप से जीत लिया, लेकिन उनकी जीत ने उनके विपक्ष को आपस में और भी अधिक निकटता से बांधने का काम किया। विष्तस्प के दरबार की शक्तिशाली आवाज़ें अफ़वाहें फैलाने लगीं कि ज़रथुष्ट्र गुप्त रूप से काला जादू और टोना-टोटका करते थे। आख़िरकार, राजा ने ज़रथुष्ट्र को क़ैद करने का आदेश दे दिया।

ये ज़रथुष्ट्र का अंत होता, यदि नियति ने हस्तक्षेप न किया होता।

45

ज़रथुष्ट्र को बचाने वाला एक घोड़ा था।

राजा विष्तस्प का एक पसंदीदा घोड़ा था, अस्पे-स्याह, जो किसी अनजान कारण से बीमार पड़ गया था और अपने पैरों पर खड़ा होने में भी असमर्थ था। राजा के वैद्यों और पुजारियों ने हर ज्ञात उपचार आज़माकर देख लिया, लेकिन कोई सफलता नहीं मिली। बंदीगृह की दीवारों के भीतर से, ज़रथुस्त्र ने विष्तस्प को संदेश भेजा कि वो घोड़े को ठीक कर सकते थे, हालांकि वो जानते थे कि अगर वो नाकाम रहे, तो इस बात की पूरी संभावना थी कि राजा ज़रथुष्ट्र को जल्दी मौत के घाट उतार देगा। अपने झोले को शाही अस्तबल में ले जाकर वो काम पर लग गए।

अस्पे-स्याह ठीक हो गया। राजा बहुत ख़ुश हुआ, और अब वो ज़रथुष्ट्र के दावों की वैधता को लेकर भी आश्वस्त हो गया। कृतज्ञता में, राजा ने ज़रथुष्ट्री धर्म को अपना लिया। ऐसा ही उसकी पत्नी हुताओसा और उनके बेटे स्पेंटोडाटा ने किया। ज़रथुष्ट्र के नए धर्म को 'मज़्दायस्न' के नाम से जाना जाता था—जिसका अर्थ था 'अहुरा मज़्दा को आनुष्ठानिक प्रसाद।'

ज़रथुष्ट्र ने एक छोटी सी प्रार्थना यथा अहु वेर्यो की रचना की, जिसके शब्द आज भी पारसी बच्चों को सिखाए जाते हैं। यही वो प्रार्थनी थी जिसे मेरे परचाचा होमी ने संगीतबद्ध किया था।

इसके बाद, विष्तस्प के कई दरबारियों ने इसका अनुसरण किया, हालांकि जिन लोगों को लगता था कि वो नई शक्ति-संरचना से बाहर रह गए थे, वो अभी भी ज़रथुष्ट्र के प्रति दुर्भावना पालते रहे। लेकिन विष्तस्प ज़रथुष्ट्र का संरक्षक बन गया। संरक्षक और ईश्वर के दूत ने ख़ुरासान में पहली पवित्र अग्नि, आज़र बर्ज़ीन मेहर, की स्थापना की। मंदिर के बाहर ज़रथुष्ट्र ने अपनी मातृभूमि से लाया हुआ सरो का पवित्र पेड़ लगाया। पेड़ इतना ऊंचा हो गया कि ऐसा

लगता था मानो ये आसमान तक पहुंच गया था। ये हज़ारों साल तक जीवित रहा और परिवारों की कई पीढ़ियों तक मौजूद रहा।

कोई दो सहस्त्राब्दियों के बाद, अब्बासी ख़लीफ़ा मुतवक्किल ने आदेश दिया कि सामर्रा में उसके शानदार महल के लिए शहतीरें बनाने के लिए पेड़ को काट दिया जाए। उसके राज्य के ज़रथुष्ट्री लोगों ने उससे विनती की कि वो ऐसा न करे, और बदले में उसे सोने से मुआवज़ा देने की पेशकश की। लेकिन ख़लीफ़ा ने मना कर दिया। ये एक दुर्भाग्यपूर्ण निर्णय साबित हुआ। जिस रात सरो दजला के तट पर पहुंचा, ख़लीफ़ा की एक तुर्किये सैनिक द्वारा हत्या कर दी गई।

लेकिन मैं भटक गया। अब विष्तस्प के दरबार में ज़रथुष्ट्र एक सम्मानित व्यक्ति थे। उन्होंने राजा की भतीजी ह्वोवी से शादी की। कुछ कहानियों के अनुसार, उनके तीन बेटे और तीन बेटियां थीं। उनकी ज़िंदगी के बारे में बहुत सी कहानियां बन गईं: कि वो अपने जीवन के सामने आने वाले बहुत से ख़तरों—भयंकर आग, जंगली मवेशी, भेड़िये और राक्षस—से कैसे बचे। ग़रीबों और आवारा कुत्तों के प्रति उनकी करुणा की कहानियां भी थीं। और अहिरमन द्वारा उन्हें बहकाने और ज़रथुष्ट्र द्वारा शैतान को भगाने की कहानियां। संभवतः बाद में जूडियन रेगिस्तान में क्राइस्ट के चालीस दिनों और रातों के पीछे यही कहानी प्रेरणा रही होगी।

सतत्तर साल की आयु में ज़रथुष्ट्र की एक ऐसे मंदिर के अंदर हत्या कर दी गई थी जिसे उन्होंने ही स्थापित किया था; हत्यारा टबरैटस नाम का एक तूरानियन था। ये राजा आर्जास्प द्वारा बल्ख़ पर हमले के दौरान हुआ था। आर्जास्प का मानना था कि विष्तस्प के गुरु के रूप में, लोगों द्वारा उनके पुराने देवताओं को त्यागने के लिए विवश करने के लिए ज़रथुष्ट्र सज़ा के पात्र थे। जब वो मर रहे थे, तो ज़रथुष्ट्र ने इस ख़ूनी कृत्य के लिए अपने हत्यारे को माफ़ कर दिया था।

अपने ध्यानों के दौरान, ज़रथुष्ट्र अक्सर अहुरा मज़्दा से अच्छाई और बुराई के बारे में सवाल पूछते थे। वो ख़ुद को मिले जवाबों को

कंठस्थ कर लेते और अपने अनुयायियों के सामने दोहराते जो ख़ुद भी ऐसा ही करते। ये उत्तर एक पीढ़ी से दूसरी पीढ़ी तक मौखिक रूप से पहुंचाए जाते रहे। ये 'गाथाएं,' जिन्हें कई सौ साल बाद लिख लिया गया था, अवेस्ता नाम के धार्मिक ग्रंथों के एक व्यापक संग्रह का हिस्सा बन गईं।

बाद के वर्षों में, सिकंदर की सेना ने फ़ारस पर आक्रमण किया। सिकंदर के अपने लोगों, मैसेडोनियन्स, ने ज़रथुष्ट्र के बारे में और अधिक जानकारी निकाली और अपने लेखन में उन्हें ज़ोरोस्टर के रूप में संदर्भित किया। लेकिन पश्चिमी दुनिया ने इस बात को स्वीकृति देने की उपेक्षा की कि ज़ोरोस्टरवाद यहूदी धर्म, ईसाई धर्म और इस्लाम के एकेश्वरवादी धर्मों की प्रेरणा था। उन्होंने इस तथ्य को भी मिटा दिया कि ज़रथुष्ट्र का दार्शनिक मूल उनकी मातृभूमि आर्यानिमवैजा में अंतर्निहित था।

ज़रथुष्ट्र शायद ये नहीं जानते होंगे कि उनके विचार हख़ामनी राजाओं—साइरस, डैरियस और ज़रक्सीज़—के तहत फले-फूलेंगे। सिकंदर महान द्वारा पर्सेपोलिस का विनाश किए जाने के बाद ज़ोरोस्टरवाद का लगभग सफ़ाया हो गया था, लेकिन सासानी काल के दौरान एक बार फिर से इसका उदय हुआ, लेकिन बाद में इसे इस्लाम के भयानक हमले का सामना करना पड़ा। लेकिन उथल-पुथल से भरे इन सारे युगों के बीच, अजीब से प्रतीक वाले मिट्टी के उस बक्से को एक जोरोस्ट्रियाई पीढ़ी से अगली पीढ़ी को सौंपा जाता रहा।

ज़रथुष्ट्र की मृत्यु के बाद, बक्से को ज़ोरोस्ट्रियाई पुजारियों के एक आंतरिक चक्र द्वारा संरक्षित किया जाना जारी रहा। ये देखते हुए कि ज़रथुष्ट्र ने मौजूदा सत्ता-संरचनाओं के ख़िलाफ़ विद्रोह किया था, एक नई परंपरा की स्थापना हो गई। बक्सा एक विद्रोही से दूसरे विद्रोही तक जाता रहा, लेकिन पुरोहित वंश के भीतर। ये वो लोग थे जो वास्तव में जानते थे कि इसमें कौन सी शक्तियां निहित हैं।

उन्हें मागी के नाम से जाना जाता था।

46

अहवाज़ से सड़क के रास्ते लगभग दो घंटे की दूरी पर, जहां ख़ादिमहुसैनी और मुसफ़्फ़ा विचार-विमर्श कर रहे थे, शाहाबाद नाम का एक गांव स्थित है, जिसमें एक हज़ार से भी कम परिवार रहते हैं।

शाहाबाद के बहुत क़रीब कुछ प्राचीन खंडहर हैं, जिन्हें अब गुंदीशापूर की प्राचीन अकादमी के रूप में पहचान दी गई है। वहां एक अकेले यज़ीदी विद्वान नस्र तमोयान के अलावा ज़्यादा पुरातत्वविदों ने उत्खनन का कुछ ख़ास काम नहीं किया था। उन्हें भी कोई ख़ास वित्तीय समर्थन नहीं मिला था—अलावा तेहरान में किसी से मिलने वाले एक छोटे से माहाना वज़ीफ़े के। वो संरक्षक गब्राबाद एक्शन फ्रंट का बहराद सरोशपुर था।

अपने बेहद तंग बजट को देखते हुए, तमोयान शाहाबाद में स्थानांतरित हो गए थे जहां से वो खंडहरों में रोज़ाना अभियान चलाते थे। वो हर रोज़ बहुत गहरी खुदाई किए बिना जितने भी ज़्यादा से ज़्यादा संभव होते मिट्टी के बर्तनों के टुकड़े इकट्ठा करते और उन्हें सूचीबद्ध करते थे। वो जानते थे कि बड़े पैमाने पर खुदाई करना मूर्खता होगी—गुंदीशापूर जितने विस्तृत क्षेत्र के लिए इतिहासकारों, पुरातत्वविदों और विद्वानों की एक पूरी सेना की ज़रूरत होगी—लेकिन तमोयान जिस तरह के परिश्रमी व्यक्ति थे, उन्होंने अपनी खुदाई को निरंतर जारी रखा हुआ था।

गुंदीशापूर एक समय में सासानी साम्राज्य का शिक्षा का केंद्र था। तीसरी शताब्दी ईसवी में राजा शापूर प्रथम द्वारा स्थापित—इसीलिए गुंदी-*शापूर*—में न केवल एक विश्वविद्यालय और पुस्तकालय था बल्कि अपने समय के सबसे उन्नत अस्पतालों में से एक भी शामिल था। लेकिन गुंदीशापूर राजा ख़ुसरो प्रथम के राज्य में अपने चरम पर पहुंचा था, जिसने यूनानी दार्शनिकों, नेस्टोरियन शिक्षाविदों और फ़ारसी चिकित्सकों को वहां स्थानांतरित करने और उनकी अकादमिक गतिविधियों को आगे बढ़ाने के लिए उदार रूप

से अनुदान दिया।

लगभग कुछ न खोज पाने के अंतहीन महीनों बाद, तमोयान के लिए आख़री दिन काफ़ी रोमांचक रहा था। उन्हें मिट्टी की पटिया का एक टुकड़ा मिला था जिस पर रोमांचक जानकारी थी। उन्होंने फ़ोन पर सरोशपुर से संपर्क करने की कोशिश की थी, लेकिन उसका कनेक्शन पहुंच से बाहर था। तमोयान इस बात से अनजान थे कि उनका संरक्षक ईरान में कहीं अपने पारसी पति की तलाश कर रही एक अमेरिकी महिला को कहीं पहुंचाने में व्यस्त था।

आख़िरकार उनका संपर्क हो गया। 'मैं कल से आपसे बात करने की कोशिश कर रहा हूं,' तमोयान ने शिकायत की।

'उसके लिए सॉरी,' सरोशपुर ने जवाब दिया। 'मैं रास्ते में था, और नेटवर्क कवरेज की समस्या थी। बताइए आपको क्या मिला।'

'मुझे कुछ ऐसा मिला है जिसका ख़ासतौर से बुरज़ूया से ताल्लुक़ है!' तामोयान ने उसे बेसब्री से बताया।

'वो क्या बताता है?' सरोशपुर ने तुरंत पूछा।

'वो फिर से पुष्टि करता है कि फ़ारसी चिकित्सक बुरज़ूया को ख़ुसरो ने एक अमृत की तलाश में हिंदुस्तान भेजा था,' तामोयान ने जवाब दिया। 'लेकिन उससे भी महत्वपूर्ण ये कि ये एक ऐसे पाठ का उल्लेख करता है जो वो वापस लेकर आया था—कुछ ऐसा जिसे एक ऐसे पदार्थ के साथ उपयोग किया जाना था जो उस समय तक भारत में नहीं रहा था।'

'क्या उसे पहचानने का कोई तरीक़ा है?' सरोशपुर ने पूछा।

'फ़िलहाल तो नहीं,' तामोयान ने जवाब दिया। 'अभी हमारे पास बस टुकड़ों में जानकारी है। और ज़्यादा आदमियों और संसाधन के बिना गुंदीशापूर स्थल की पूरी जांच कर पाना नामुमकिन होगा।'

'जीएएफ़ में हमारे पास भी संसाधन सीमित ही हैं,' सरोशपुर ने और भी धीमे से कहा। 'फ़िलहाल तो मैं जो बात जल्दी जानना चाहता हूं वो ये है कि अथ्रवन स्टार दरअसल है क्या। मुझे उसे पहचानने का

कोई तरीक़ा बताइए। फिर मुझे बताइए कि उसकी शक्तियां क्या हैं।'

'मैं पूरी कोशिश कर रहा हूं,' तामोयान ने कहा। 'याद रखिए कि गुंदीशापूर के पतन की शुरुआत फ़ारस पर मुस्लिम फ़तेह के साथ शुरू हुई थी। शहर ने बहुत पहले 638 ईसवी में हथियार डाल दिए थे। इसलिए, संभव है कि बहुत सी महत्वपूर्ण चीज़ें हटा या नष्ट कर दी गई हों।'

'मैं समझता हूं,' सरोशपुर ने निराशा के साथ कहा।

'एक चीज़ और,' तामोयान ने कहा। 'किसी *फ़ाइव ट्रीटाइज़ेज़* नाम की चीज़ का संदर्भ है। लगता है कि बुरज़ूया ने गुंदीशापूर वापसी पर पहलवी में इसका अनुवाद किया था।'

'क्या वो पाठ हासिल करने का कोई तरीक़ा है?' सरोशपुर ने पूछा, जिसकी उम्मीदें फिर से जाग गई थीं।

'बुरज़ूया का पहलवी संस्करण तो खो चुका है,' तामोयान ने जवाब दिया। 'ख़ुशक़िस्मती से, इब्ने-मुक़फ़्फ़ा का अरबी अनुवाद मौजूद है। मैं शायद उसे खोज सकूं।'

सरोशपुर की खोपड़ी के लीवर हरकत में आने लगे। ये तो अरबी की वही किताब थी ना जो उनवाला ने नवसारी में खोजी थी? 'प्लीज़ कोशिश कीजिए,' वो बोला। 'मुझे उस अनुवाद में अथ्रवन स्टार का संदर्भ मिलने की बहुत उम्मीद नहीं है, लेकिन हमें हर ओर कोशिश करनी चाहिए। हमें ये भी ध्यान रखना चाहिए कि ख़ुसरो "अनूशीरवान" नाम से जाना जाता था।'

'इस शब्द का ज़रूर कुछ महत्व होना चाहिए,' तामोयान ने सहमति प्रकट की। 'गुंदीशापूर गणित, दर्शनशास्त्र, औषधि और खगोल-विज्ञान में अपने समय से बहुत आगे था। शापूर की बीवी रोमन सम्राट ऑरीलियन की बेटी थी। वो दो यूनानी चिकित्सकों को गुंदीशापूर लाई थी। इसके अलावा, बिज़ैंटीन सम्राट जस्टीनियन द्वारा निर्वासित नास्तिक दार्शनिकों को भी वहां बसने की अनुमति दे दी गई थी। निस्बिस के नेस्टोरियन शिक्षाविदों के संस्थानों को सम्राट ज़ेनो द्वारा बंद कर दिए जाने के बाद उन्हें भी गुंदीशापूर में बसा लिया

गया। असीरिया में उर्फ़ा के कई चिकित्सक भी यहीं बस गए। ज्ञान का यह संचय ख़ुसरो के समय तक चरम पर पहुंच गया होगा।'

'बिल्कुल,' सरोशपुर ने कहा। 'ज़ोरोस्ट्रियावादी मागी की शक्तियों के साथ मिलकर ये सारा ज्ञान एक ख़ज़ाना बन गया होगा।'

'केवल सासानियों के सत्ता में रहने तक,' तामोयान ने उसे याद दिलाया। 'सातवीं शताब्दी के बाद, गुंदीशापूर ख़ुद को उच्चतर ज्ञान की इस्लामी संस्था के रूप में पेश करने लगा। क़ुरआन से टकराव रखने वाली हर चीज़ मुद्दा बनने लगी।'

'ढूंढ़ते रहिए,' सरोशपुर ने निवेदन किया। 'मुझे कोई कड़ी ढूंढ़कर दीजिए। अथ्रवन स्टार दुनिया भर के ज़ोरोस्टरवादियों का है। हम उसे ग़लत हाथों में नहीं पड़ने दे सकते। और अगर वो ग़लत हाथों में है, तो हमें उसे वहां से निकालना होगा।'

'ज़रूर,' तामोयान ने कहा। 'आप कहां हैं?'

'शीराज़ के रास्ते में हूं,' सरोशपुर ने कहा। 'मैं सोच रहा था...'

'जी?'

'क्या आप अहवाज़ से शीराज़ की फ़्लाइट ले सकते हैं? बस एक घंटे का रास्ता है।'

'क्यों?' तामोयान ने पूछा।

'आप मुझसे पर्सेपोलिस में मिल सकते हैं,' सरोशपुर ने कहा। वो अपनी कार से कुछ दूरी पर खड़ा था और लिंडा और डैन की ओर देख रहा था।

47

चीरूइया से तेहरान का सफ़र उन्हें शीराज़, इस्फ़हान और क़ुम शहरों से लेकर जाने वाला था। सरोशपुर ने फ़ैसला किया कि वो शीराज़ में ब्रेक लेंगे क्योंकि ये उनकी यात्रा का लगभग मध्य बिंदु होगा। एक फ़ायदा ये भी था कि ये एक बड़ा शहर था। भीड़ में छिपे रहना कहीं

ज़्यादा आसान था। 'ज़्यादातर लोग भूल जाते हैं कि शीराज़ फ़ार्स प्रांत की राजधानी है,' रूट 65 पर चलते हुए सरोशपुर ने कहा।

'फ़ार्स मतलब पार्स?' लिंडा ने पूछा।

'बिल्कुल सही,' सरोशपुर ने उसके ज्ञान से प्रभावित होते हुए कहा। 'हमें पर्शिया शब्द पार्स से ही मिला है। इसीलिए भारत के ज़ोरोस्ट्रियावादी पारसी कहलाते हैं। हख़ामनी राजधानियों पासारगाद और पर्सेपोलिस के अवशेष इसी प्रांत में हैं। पर्सेपोलिस के खंडहर शीराज़ से सिर्फ़ एक घंटे की ड्राइव पर हैं।'

कोई और अवसर होता, तो पर्सेपोलिस के उल्लेख पर लिंडा के दिल की धड़कन बढ़ जाती और वो तुरंत खंडहरों को देखने के लिए दौड़ पड़ती। पर्सेपोलिस एक शानदार आनुष्ठानिक केंद्र था जहां दुनिया भर से लोग अपने हख़ामनी राजा को श्रद्धांजलि देने आते थे। इसमें कई विशाल इमारतें थीं, जिनमें से कुछ राजा डैरियस प्रथम द्वारा और कुछ राजा ज़रक्सीज़ द्वारा बनवाई गई थीं। इसे 330 ईसा पूर्व में सिकंदर ने जला दिया था। लेकिन आज पर्सेपोलिस के उल्लेख से लिंडा में कोई उत्साह पैदा नहीं हुआ। *मुझे बस जिम चाहिए,* उसने सोचा। *और कोई चीज़ मायने नहीं रखती।* 'अगर मुझे सही याद है, तो शीराज़ कवि हाफ़िज़ का शहर भी है,' लिंडा ने बेध्यानी में कहा।

'यक़ीनन,' सरोशपुर ने कहा। 'शीराज़ को संतों और कवियों का शहर कहा गया है। यात्री इब्ने-बतूता चौदहवीं शताब्दी में शीराज़ आया था। ईरान के दो सबसे मशहूर शायर हाफ़िज़ और सादी शीराज़ से थे। उनके मक़बरे वर्तमान शहर की सीमाओं के उत्तर की ओर हैं। हाफ़िज़, जो कि एक सूफ़ी थे, ख़ुद को पुराने ज़ोरोस्ट्रियावादी मागी का प्रेमी कहते थे।' लिंडा ने हामी भरते हुए सिर हिलाया। उसने हाफ़िज़ की कुछ अनूदित कृतियां पढ़ी थीं: *मागी के मठ में, वो हमारा सम्मान क्यों करते हैं? शायद वो आग जो कभी नहीं बुझती, हमारे दिलों में जलती है।*

ऐसा लगता था कि ईरान के ड्राइवर नियमों का पालन नहीं

करते थे। पैदल यात्री और वाहन सड़कों पर एक-दूसरे से टकराते हुए चलते थे, और माना जाता था कि सड़क दुर्घटनाएं देश में मृत्यु का दूसरा सबसे बड़ा कारण थीं। कई बार सरोशपुर दूसरे ड्राइवरों पर चिल्लाता था जो जंगली भैंसों की भगदड़ की तरह आपस में रेस करते होते थे। लिंडा ने जब इसका ज़िक्र किया तो सरोशपुर हंस पड़ा। 'जंगल में सबसे फ़िट ज़िंदा रहता है। ईरान में, सबसे फ़ास्ट ज़िंदा रहता है!'

वो ख़ुद शहर में सावधानी से गाड़ी चलाते रहे जब तक कि वो ख़ुश्क नदी के उत्तरी किनारे पर स्थित मशहूर बाग़े-इरम नहीं पहुंच गए। 'यह फूलों का शहर भी है,' सरोशपुर ने कहा। 'आपने बग़ीचों और बाग़ों की प्रचुरता पर ध्यान दिया? और, हां, मैं ये बताना तो भूल ही गया कि इस्लाम के आगमन से पहले ये शराब का शहर भी था!'

वो इरम स्ट्रीट से जम्हूरी इस्लामी बुलवर्ड की ओर दाएं मुड़े और आगे चलकर फ़ार्स हाउस नाम के एक छोटे से होटल के सामने रुक गए। 'ये एक बुटीक होटल है और यहां का प्रबंधक ज़ोरोस्टरवादी है,' सरोशपुर ने समझाया। 'वो कोई फ़ालतू सवाल नहीं पूछेगा।'

उन्होंने गाड़ी पार्क की और बाहर निकले। गुलाबी चेहरे वाला गोल-मटोल मैनेजर केख़ुसरो जल्दी से उन्हें अंदर ले गया। उसने रिसेप्शन पर सारी औपचारिकताएं पूरी कीं और उन्हें दूसरे फ़्लोर के कमरों में ले गया। लिंडा को ऐसा लग रहा था कि वो उनके लॉबी में ज़रूरत से एक पल भी ज़्यादा देर तक रुकने से बच रहा था।

कमरे साधारण और साफ़ थे। 'मैं डिनर ऊपर ही भिजवा दूंगा,' मैनेजर ने पहले ही से बचाव करते हुए कहा। 'बेहतर होगा कि आप इधर-उधर न भटकें। एक लोकल नेता के अंतिम संस्कार के कारण सड़कों पर काफ़ी पुलिस मौजूद है।'

सरोशपुर ने उसे शुक्रिया कहा। डैन और लिंडा की ओर मुड़ते हुए उसने कहा, 'सुबह जल्दी निकलने की कोशिश करेंगे। इस बीच, मैंने तेहरान में अपने आदमी से संपर्क किया था। जीएएफ़ के

भीतर, हम फ़ोन पर सिर्फ़ कोड में बात करते हैं जिनकी आमतौर पर निगरानी की जाती है। ख़बर है कि डीसी1ए में एक महत्वपूर्ण क़ैदी को लाया गया था। लेकिन हम अभी भी उसकी पहचान स्थापित करने की कोशिश कर रहे हैं।'

'वो सुरक्षित है ना?' लिंडा ने धीमी सी आवाज़ में पूछा।

'मैं अभी आपको इससे ज़्यादा जानकारी नहीं दे सकता,' सरोशपुर ने कहा, और फिर थोड़ी और दयालुता से बोला, 'लेकिन मैं आपको विश्वास दिलाता हूं कि आपको और मुझे एक ही चीज़ की तलाश है।' उसके शब्द लिंडा के कानों को थोड़े अशुभ से लगे; उसने उस भावना को झटक दिया।

'लेकिन एक बात है,' सरोशपुर ने चेतावनी दी।

'वो क्या?' लिंडा ने पूछा।

'लगता है कि अभी कई रुकावटें हैं,' उसने कहा। 'मैं कह नहीं सकता कि इसका हमसे कोई संबंध है या नहीं। लेकिन शीराज़ से निकलना और फिर तेहरान पहुंचने तक एक हज़ार किलोमीटर का सफ़र चुनौतीपूर्ण होने वाला है।' उसने लिंडा के चेहरे पर परेशानी का भाव देखा और तुरंत अपना लहजा बदल लिया। 'चिंता मत कीजिए, हम सुरक्षित पहुंचने का कोई न कोई तरीक़ा निकाल लेंगे।'

जब वो अपने-अपने कमरों में पहुंच गए, तो सरोशपुर ने अपने मोबाइल फ़ोन से एक नंबर डायल किया। 'ये बात पक्की है?' उसने एक ऐसी भाषा में पूछा जो न तो दारी थी, न फ़ारसी थी और न ही आज़री थी। इसके शब्द दुनिया की किसी भी भाषा से भिन्न थे। उनमें जीएएफ़ का कोड था।

'हां,' आवाज़ ने जवाब दिया। 'अब ये बात पक्की है कि उसे डीसी1ए ले जाया गया था। उसे कुछ समय को एक ताबूत सैल में रखा गया। लेकिन संभावना है कि उसे जल्द ही किसी प्राइवेट सेफ़ हाउस ले जाया जाएगा। ये शायद आईआरजीसी के बड़े ओहदेदारों का निर्देश है। वहां उस तक पहुंच पाना आसान रहेगा। लेकिन बड़ा सवाल ये है कि *आप हमसे* क्या कराना चाहते हैं। मुझे ठीक से समझ

नहीं आ रहा है कि आपका मक़सद क्या है?'

सरोशपुर के कमरे के बाहर मैनेजर केख़ुसरो ने अपना कान दरवाज़े से लगाया हुआ था। अपने फ़ोन को कसकर पकड़े हुए वो सोच रहा था कि क्या उसे एक ख़ास नंबर डायल करना चाहिए या नहीं।

48

सरोशपुर एक घंटे बाद चुपके से फ़ार्स हाउस से निकल गया। वो उत्तर-पूर्वी दिशा में पचास किलोमीटर तक ड्राइव करने के बाद दक्षिणी ज़ाग्रोस पहाड़ों से घिरे मर्वदश्त के मैदानी इलाक़े तक पहुंच गया। उसने अपनी कार पार्क की और पर्सेपोलिस के पश्चिमी भाग की ओर चल दिया।

पर्सेपोलिस की सबसे ख़ास बात इसकी बहुत बड़ी छत थी, जो एक विशाल रिटेनिंग दीवार पर टिकी हुई थी। वो पहली बार आने वाले लोगों की नाटकीय हैरानी के बिना तेज़ी से दोहरे ज़ीने पर चढ़ गया। गुंदीशापूर के उसके यज़ीदी दोस्त नस्र तामोयान ऊपर उसकी प्रतीक्षा कर रहे थे।

सरोशपुर गेट ऑफ़ ऑल नेशन्स से, पूर्वी द्वार पर मानव सिर और गोजातीय शरीर और पंखों वाले दो मिथकीय प्राणियों लामासू के पास से गुज़रा। इससे पहले कि साम्राज्य के भिन्न स्थानों से उपहार लेकर आए प्रतिनिधिमंडल हख़ामनी राजा को श्रद्धांजलि अर्पित कर सकें, उन्हें काले संगमरमर की बेंचों पर बैठकर इंतज़ार करना पड़ता था। मगर फ़िलहाल सरोशपुर को इन चीज़ों से कोई मतलब नहीं था। अभी तो वो अत्यधिक उत्साह में था।

सरोशपुर और तामोयान हदीश पैलेस तक गए, जो शायद राजा ज़रक्सीज़ का निवास स्थान रहा होगा। उन्हें जिस प्रतीक की तलाश थी, वो वहां होना चाहिए था। और वो वाक़ई वहीं था। एक घेरा

पकड़े पंखों वाले पुरुष—फ़रवहर—का प्रतीक।

'अधिकतर लोग इस प्रतीक को ज़रथुष्ट्रवाद से जोड़ते हैं,' तामोयान ने कहा। 'ईरान से भागते समय पारसी इस प्रतीक को अपने साथ ले गए थे और इसे अपने प्रतीकों में इस्तेमाल करते रहे थे। लेकिन मुसलमानों की विजय के बाद यहां ईरान में इस प्रतीक को दबा दिया गया। पहलवी राजवंश के दौर में इसे ईरान के राष्ट्रीय प्रतीक के रूप में एक बार फिर स्थान दिया गया, लेकिन 1979 की इस्लामी क्रांति ने उस चरण को समाप्त कर दिया। आश्चर्य की बात ये है कि ये ईरान की लोकप्रिय संस्कृति में जीवित है और हमारे देश के सबसे अच्छी पहचान वाले प्रतीकों में से एक है, हालांकि सरकार द्वारा इसे आधिकारिक तौर पर इस रूप में स्वीकृति नहीं दी गई है।'

'इतिहास के सबक़ के लिए शुक्रिया,' चिढ़े हुए सरोशपुर ने कहा। वो वहां वो चीज़ें बताए जाने के लिए नहीं आया था जो वो पहले से ही जानता था। न ही वो उस प्रतीक की आधुनिक धार्मिक व्याख्याओं के बारे में सुनना चाहता था: ये विचार कि आदमी के पंखों की तीन परतें अच्छे विचारों, अच्छे शब्दों और अच्छे कर्मों का प्रतिनिधित्व करती हैं, या ये धारणा कि वृद्ध पुरुष की आकृति ज्ञान का प्रतिनिधित्व करती है, या ये दृष्टिकोण कि आकृति के हाथ में घेरा एक वाचा का प्रतिनिधित्व करती है। ये सभी उस प्रतीक की व्याख्याएं भर थीं जिसे हख़ामनी राजाओं द्वारा अपनाया गया था। 'क्या आपको *ऐसा* कुछ मिला है जो *मेरे* काम आ सके?'

'मुझे अभी भी लगता है कि इसका जवाब गुंदीशापूर से निकलेगा,' तामोयान ने बिना प्रभावित हुए कहा। 'लेकिन अगर आपको फ़रवहर की आकृति कहीं देखने को *मिले*, तो शायद उसका उस चीज़ से कोई संबंध न हो जिसकी आपको तलाश है। गुंदीशापूर में अभी तक मेरी किसी भी खोज में ये प्रतीक देखने को नहीं मिला।'

'आपको ऐसा क्यों लगता है कि उसका कोई संबंध नहीं होगा,' सरोशपुर ने सामने फ़रवहर पर फ़्लैशलाइट डालते हुए पूछा।

'क्योंकि ये कभी ज़ोरोस्टरवादी प्रतीक था ही नहीं,' तामोयान

ने बताया। 'प्रतीक के पहले के रूप मिस्र, सुमेर, बेबीलोनिया, यहूदा और असीरिया की कला, वास्तुकला और मुहरों में दिखाई देते हैं। असीरियाई समय तक ये बहुत विस्तृत और व्यापक हो गया था। इसका उपयोग असीरियाई देवता आशूर का प्रतिनिधित्व करने के लिए किया जाता था। ये ज़ोरोस्टरवादी प्रतीक कैसे बना, ये अधिकांश लोगों के लिए एक रहस्य है।'

'तो प्रभावी रूप से, आपके कहने का मतलब ये है कि मुझे तलाश उसकी करनी चाहिए जो वहां *नहीं* है, बजाय उसके जो वहां *है*!' सरोशपुर ने थोड़ा झुंझलाते हुए कहा।

तामोयान उसकी झुंझलाहट से चकित थे। 'बिल्कुल सही,' उन्होंने कहा। 'उसकी उपस्थिति से आपको चेतावनी मिल जानी चाहिए कि ये वो चीज़ नहीं हो सकती जिसे आप तलाश रहे हैं।'

'गुंदीशापूर में आपका काम कैसा चल रहा है?' सरोशपुर ने पूछा।

'बहुत धीमा,' तामोयान ने जवाब दिया। 'अगर आपका जीएएफ़ मुझे कुछ और पैसा भेज सके, तो कुछ अतिरिक्त लोगों के होने से काम को ज़रूर गति मिल जाएगी।'

'हम ऐसा करना तो चाहते हैं, लेकिन हमारे पास संसाधन ही नहीं हैं,' सरोशपुर ने जवाब दिया। 'याद रखिए, तामोयान, हम ये किसी व्यावसायिक मुनाफ़े के लिए नहीं कर रहे हैं। ये हमारी विरासत के संरक्षण के लिए है। इतने सारे समुदायों द्वारा परेशान किए जा चुके एक यज़ीदी की हैसियत से आप शायद मेरी बात को समझ सकते हैं।'

'मैं समझता हूं,' तामोयान ने कहा, लेकिन थोड़ी सी हिचकिचाहट के साथ।

'मैं पक्का करना चाहता हूं कि अश्रवन स्टार वापस मिल सके और उसे वो सम्मान मिल सके जिसका वो हक़दार है,' सरोशपुर ने कहा। 'भारत में भी मेरे कुछ ऐसे पारसी दोस्त हैं जिनका यही ख़्याल है। लेकिन प्लीज़ याद रखिए कि जीएएफ़ आपकी माहाना तनख़्वाह

ही बड़ी मुश्किल से निकाल पाता है।'

'*आपको* उदवाड़ा, दीव या नवसारी में ऐसा कुछ मिला जिससे *मेरे* काम में कुछ मदद मिल सके?' तामोयान ने सीधा सवाल किया।

'मुझे जो मिला है वो मैं पहले ही बता चुका हूं,' सरोशपुर ने जवाब दिया। 'मैं दीव या नवसारी नहीं गया, लेकिन मेरे दोस्त पेस्टनजी उनवाला नवसारी गए थे। उन्होंने मुझे उसकी तस्वीर दिखाई थी जो अब्दुल्लाह बिन मुक़फ़्फ़ा ने *कलीला-ओ-दिमना* किताब में अवेस्तन में लिखा था। आपको इसकी प्रामाणिकता साबित करने का कोई तरीक़ा खोजना होगा। कौन जाने वो सिर्फ़ प्राचीन समय में किसी ने हाथ से यूं ही कुछ लिख दिया हो।'

'मैं पूरी कोशिश करूंगा,' तामोयान ने जवाब दिया। 'लेकिन ये भूसे के ढेर में सुई खोजने जैसा है।'

'मुझे वो सुई ढूंढ़कर दीजिए,' सरोशपुर ने कहा, और मुड़ गया।

49

शाहिद दारू फ़ार्मा का निर्माण संयंत्र तेहरान से सिर्फ़ पच्चीस किलोमीटर पश्चिम में वर्दावर्द नामक इलाक़े में स्थित था। कंपनी की प्रमुख निर्माण और शोध इकाई एक विशाल भूभाग पर बनी हुई थी जो तालिक़ानी स्ट्रीट की लंबाई के साथ-साथ फैला हुआ था। चारों तरफ़ खड़ी ऊंची दीवारें इस इलाक़े को पृथक करती थीं, लेकिन परिधि के अंदर एक गोदाम, एक ऑक्सीजन प्लांट, दो बैक-अप जनरेटर्स, एक उपयोगिता ब्लॉक, एक अनुसंधान प्रयोगशाला, एक जल उपचार प्लांट, एक भस्मक, एक ऑफ़िस ब्लॉक, आवासीय क्वार्टर, एक कैंटीन और एक गेस्टहाउस के अलावा कई औद्योगिक भवन थे। मेन गेट पर सुरक्षा ऑफ़िस था। उत्तर-दक्षिण और पूर्व-पश्चिम में पेड़ों की क़तारों से बनी वीथियों द्वारा बड़ी सफ़ाई से

अलग किया गया हर क्षेत्र अच्छी तरह से देखरेख किया गया लगता था और सरो और अख़रोट के पेड़ों से घिरा हुआ था।

तीन गाड़ियां मेन गेट से गुज़रीं और गेस्ट हाउस के बाहर आकर रुक गईं। उन दो फ़तह सफ़ीर उपयोगिता वाहनों से सैनिक नीचे कूदे जिनके बीच में एक समंद कार थी। उन्होंने पूरी दक्षता के साथ ये सुनिश्चित किया कि आंखों पर पट्टी बंधे और हथकड़ी लगे जिम दस्तूर को बिना नज़रों में आए तीसरे फ़्लोर के एक अतिथि कक्ष में पहुंचा दिया जाए। उसके साथ जवाद मुसफ़्फ़ा भी था। अगले कुछ दिनों के लिए ये जिम की जेल होनी थी, जो सैनिकों से घिरी रहेगी और चौबीस घंटे पहरे में रहेगी।

हथकड़ियां और आंखों की पट्टियां हटा दी गईं, तो जिम ने पूछा, 'हम कहां हैं?'

'ईरान की सबसे बड़ी फ़ार्मास्यूटिकल कंपनी शाहिद दारू फ़ार्मा के गेस्टहाउस में,' मुसफ़्फ़ा ने थोड़ी शान दिखाते हुए उसे बताया।

'और हम यहां क्यों आए हैं?' जिम ने चारों ओर देखते हुए पूछा। ये एक मध्यम आकार का कमरा था जिसमें एक क्वीनसाइज़ बेड, अटैच्ड टॉयलेट और एक मध्यस्तरीय होटल की सभी सामान्य सुविधाएं मौजूद थीं। लेकिन नरक में समय गुज़ारने के बाद, ये उसके लिए स्वर्ग से कम नहीं था।

'मुझे तुम्हें ताबूत सैल से निकालने का कोई तरीक़ा चाहिए था,' मुसफ़्फ़ा ने जवाब दिया। 'तुम कोई हत्यारे, राजनीतिक क़ैदी, जासूस या आतंकवादी नहीं हो। तुम एक सम्मानित वैज्ञानिक हो और तुम्हारे साथ उसी तरह का बर्ताव होना चाहिए।' मुसफ़्फ़ा ने जिम के लिए सादे लेकिन आरामदेह कपड़ों की भी व्यवस्था की थी। अगर उसका सहयोग लेना था, तो उसे जेल की पोशाक में नहीं रखा जा सकता था।

'एक प्राइवेट कंपनी क़ैदियों को अपने गेस्टहाउस में क्यों रखने देती है?' जिम ने ख़ून का दौरा ठीक करने के लिए अपनी कलाइयों

को रगड़ते हुए पूछा।

'आह,' मुसफ़्फ़ा ने कहा, जैसे वो किसी संकेत का ही इंतज़ार कर रहा हो। 'क्योंकि इसके पास साधन हैं। आईआरजीसी ईरान का तीसरा सबसे धनी संगठन है। इसे ईरान के सालाना रक्षा बजट का दो-तिहाई, पंद्रह बिलियन डॉलर, मिलता है। लेकिन उससे भी महत्वपूर्ण ये है कि आईआरजीसी-क़ुद्स फ़ोर्स, जो आईआरजीसी का एक खंड है, बहुत से सामरिक उद्योगों और कमर्शियल संचालनों को नियंत्रित करता है।' उसने सावधानी के साथ 'ब्लैक मार्केट' शब्द नहीं बोला जो कि आईआरजीसी की अनाधिकारिक आमदनी का एक और बड़ा स्रोत था।

'वो किस तरह की कंपनियां हैं?' जिम ने पूछा।

'सवाल *मुझे* पूछने होंगे,' मुसफ़्फ़ा हल्की सी झिड़की के तीखेपन को दबाने के लिए मुस्कुराया। 'लेकिन मैं कुछ देर को तुम्हारी सुन लेता हूं। आईआरजीसी के फ़ार्मास्यूटिकल्स से लेकर दूरसंचार, तेल और गैस पाइपलाइन तक से जुड़ी सौ से ज़्यादा कंपनियों के साथ संबंध हैं। ये कंपनियां संयुक्त रूप से ईरान के जीडीपी का लगभग बीस प्रतिशत हिस्सा हैं।' जिम, जिसका सिर अभी भी भिनभिना रहा था, को इस जानकारी को पचाने में कुछ समय लगा।

डीसी1ए में, जिम को मुसफ़्फ़ा के आने पर ताबूत सैल से निकलने दिया गया था। उसे शेव करने, नहाने और मुसफ़्फ़ा के लाए हुए साफ़-सुथरे कपड़े भी पहनने दिया गया था। फिर मुसफ़्फ़ा के साथ कार में बैठने से पहले उसने ईरानी नूडल सूप का सादा सा खाना खाया था। अब, जबकि शाहिद दारू फ़ार्मा के परिसर में वो ज़्यादा आराम से था, तो मुसफ़्फ़ा ने उसे कॉफ़ी का एक कप दिया। जिम ने उसे कृतज्ञतापूर्वक स्वीकार कर लिया। वो ख़ामोशी से गर्म, ब्लैक कॉफ़ी पीने लगा, और उसका साथी उसे देखता रहा। 'तुम्हें मुझे कुछ देना होगा, जिम,' वो बोला। 'अगर तुम मेरे साथ बातचीत का कोई ज़रिया नहीं खोलोगे, तो मैं तुम्हें इन लोगों से नहीं बचा

सकूंगा।'

'तो वो बुरे पुलिसवाले हैं और तुम अच्छे,' जिम ने कहा। 'वही पुराना रुटीन।'

'तुम जो चाहो समझ लो,' मुसफ़्फ़ा ने जवाब दिया, 'लेकिन याद रखो कि तुम ईरान में हो। अगर वो चाहें तो तुम यहां के जेल सिस्टम में खो सकते हो। अगर तुम बाहर रहना चाहते हो तो तुम्हें मुझसे बात करना शुरू करना होगा।'

जिम ने कॉफ़ी का एक और घूंट लिया। कॉफ़ी बहुत अच्छी नहीं थी लेकिन गर्म थी। और उसने न जाने कितने समय से कॉफ़ी नहीं पी थी। पल भर को उसे लिंडा और उस हवाइयन कोना का ख़्याल आ गया जिसका वो हर सुबह आनंद लिया करते थे। उसे ख़ुद को ज़बरदस्ती वर्तमान में लाना पड़ा। 'तुम क्या जानना चाहते हो?' उसने मुसफ़्फ़ा से पूछा।

'पहली बात तो ये कि हमज़ा ड्यूरा दरअसल है क्या,' मुसफ़्फ़ा बोला। 'तुम उसके ज़रिए क्या करना चाहते हो? उसे कैसे पाया या बनाया जाता है? स्रोत क्या है? उसका अश्रवन स्टार नाम की एक और चीज़ से क्या संबंध है?'

'तुम्हारे पास मिट्टी का बक्सा और मेरी रिसर्च का डेटा है?' जिम ने पूछा।

'हां,' मुसफ़्फ़ा ने कॉफ़ी टेबल पर रखे थैले की ओर इशारा करते हुए कहा। 'लेकिन मैं वैज्ञानिक नहीं हूं, इसलिए मैं इसमें मौजूद चीज़ों को समझ नहीं सकता। अगर तुम कंपनी के वैज्ञानिकों की एक टीम को एक संक्षिप्त विवरण देने को तैयार हो, तो ये बहुत अच्छी शुरुआत होगी। इससे आईआरजीसी-क़ुद्स फ़ोर्स को भी तुम्हें यहां बनाए रखने के लिए पर्याप्त प्रोत्साहन मिलेगा।'

'वो मुझे कभी छोड़ेंगे?' जिम ने इस तरह पूछा जैसे वो बस अपनी आने वाली ज़िंदगी की एक छोटी सी बात को लेकर थोड़ा उत्सुक हो।

'ऐसे कई मामले हैं जिनमें विदेशियों को आख़िरकार छोड़ दिया गया,' मुसफ़्फ़ा ने कहा। 'तुम यहां सौदेबाज़ी के लिए नहीं हो। तुम यहां इसलिए हो कि प्रशासन को लगता है कि तुमने ईरान से चोरी की है।'

'ये बकवास है!' जिम किसी हद अपने जोश को वापस पाते हुए फट पड़ा। 'अगर मेरे पूर्वज सदियों पहले ईरान से भारत गए थे, तो उसका ये मतलब नहीं है कि इसके साथ *मेरा* कोई स्थायी संबंध है!'

'क्या तुम्हें इससे इंकार है कि तुम्हारा परिवार ईरानशाह ज्योति का एक प्रमुख संरक्षक रहा है?' मुसफ़्फ़ा ने पूछा।

'नहीं,' जिम ने बिना हिचकिचाए जवाब दिया। 'लेकिन ये भूमिका *नौ* परिवार निभाते थे। 1858 ईसवी में, मेरे पर-परदादा शापूर दस्तूर उदवाड़ा से मुंबई चले गए थे। तब से उनके वंशजों के पास कोई धार्मिक कर्तव्य नहीं रहे हैं।'

'अगर मैं बिना किसी सवाल के इसे मान भी लूं,' मुसफ़्फ़ा ने कहा, 'तो भी मैं ख़ादिमहुसैनी को कैसे समझाऊं कि तुम हमारे साथ पूरा सहयोग कर रहे हो?'

'क्योंकि तुमसे कुछ छिपाकर मुझे कोई फ़ायदा नहीं होने वाला है,' जिम ने समझाया। 'मेरा कभी हमज़ा ड्यूरा से कोई फ़ायदा उठाने का इरादा नहीं था। मैं बस अपनी रिसर्च पूरी करना चाहता हूं और, हां, *फिर* अपनी खोज को हर किसी के लिए उपलब्ध कराना चाहता हूं। *मुफ़्त।* कोई लाइसेंस या पेटेंट नहीं होगा। मुझे यहां ईरानी वैज्ञानिकों के साथ खुलकर अपनी रिसर्च को शेयर करने में कोई समस्या नहीं है। लेकिन अगर मैं पूरी दुनिया के लिए और अधिक हमज़ा ड्यूरा का उत्पादन न कर सकूं, तो इसका क्या फ़ायदा होगा? मात्रा बहुत कम है, और दुनिया की आवश्यकता बहुत ज़्यादा है।'

'शुरुआत से शुरू करते हैं, जिम,' मुसफ़्फ़ा ने कहा। वो दरवाज़े पर तैनात फ़ौजी की ओर मुड़ा। 'वीडियो कैमरा लगवाओ। मि. दस्तूर हमारे साथ सहयोग करने को तैयार हो गए हैं।'

50

लिंडा को सोने और एक परेशान सपने के बीच पहुंचने में कुछ समय लगा। सपने में, जिम एक छोटे से कमरे के अंदर था जिसमें सिर्फ़ एक संकरे से दरवाज़े से पहुंचा जा सकता था जो लिंडा के सामने कसकर बंद था। वो बाहर खड़ी दरवाज़ा खटखटाते हुए जिम से उसे खोलने की विनती कर रही थी। दरवाज़े के नीचे से ख़ून की एक धारा इस तरह बह रही थी जैसे पानी भरे बाथरूम से पानी रिस रहा हो। 'दरवाज़ा खोलो, जिम!' वो चिल्लाते हुए विनती कर रही थी और अपनी खुली हथेली से दरवाज़ा पीट रही थी। उस बुरे सपने में, जो उसके लिए बहुत वास्तविक सा था, वो अपने चेहरे पर बहते आंसुओं का स्वाद भी चख सकती थी।

दरवाज़े पर दस्तक ज़ोरदार और लगातार हो रही थी। नींद से हड़बड़ाकर जागते हुए उसने अपनी घड़ी देखी। रात के तीन से ऊपर बजे थे। वो लड़खड़ाती, बुरी तरह डरी हुई बेड से निकली; उसका हर अंग चिल्ला-चिल्लाकर कह रहा था कि कुछ गड़बड़ थी। 'दरवाज़ा खोलो,' दरवाज़े के दूसरी ओर से एक आदमी की आवाज़ ने आदेश दिया। 'तुम दरवाज़ा नहीं खोलोगी, तो मैं इसे तोड़ दूंगा!' लिंडा ने कांपती हुई उंगलियों से सुरक्षा ज़ंजीर हटाई और डबल लॉक खोला, डरते हुए कि वो निश्चित रूप से क्या देखेगी।

उसका अंदाज़ा ग़लत नहीं था। दरवाज़ा खोला, तो उसने देखा कि बाहर गलियारे में कई सैनिक थे, और हर सैनिक एक अलग दरवाज़े पर खड़ा था। अन्य मेहमान जो हंगामे के कारण बाहर निकल आए थे, उन्हें अशिष्टता के साथ वापस अंदर जाने और ख़ुद को बंद कर लेने के लिए कहा गया था। उसे जल्द ही अहसास हो गया कि ये चार ख़ास कमरों—लिंडा, डैन, सरोशपुर और जमशेदी—पर पड़ा देर रात का छापा था। *तो ये लंबे, निराशाजनक रास्ते का अंत है,* उसने स्तब्ध निराशा में सोचा।

हरी वर्दियों और टोपियों से लगता था कि वो आईआरजीसी के

फ़ौजी थे। जो फ़ौजी लिंडा के दरवाज़े के बाहर था वो बॉक्सर जैसे शरीर और चौड़ी छाती वाला आदमी था। 'आपका पासपोर्ट,' वो जंग के बीच जारी किए गए आदेश की तरह तेज़ी से बोला। लिंडा पासपोर्ट लेने के लिए कमरे में वापस गई और वो उसके पीछे-पीछे आया। उसने जल्दी से उसे अपने हैंडबैग से निकाला और उसे दे दिया। उसने उसे खोला और पासपोर्ट के पहले पन्ने की जांच करते हुए लिंडा से तस्वीर की तुलना की। 'आपके पास वीज़ा है?' उसने पन्ने पलटते हुए पूछा। कीश आईलैंड का यात्रा परमिट फिसलकर फ़र्श पर गिर गया। 'ये क्या है?' वो उसे उठाते हुए ग़ुर्राया। 'कीश के लिए यात्रा परमिट? फिर आप मेनलैंड पर क्या कर रही हैं?'

दूसरे कमरों में भी यही सब चल रहा था। उन सबको अपना सामान इकट्ठा करने और बाहर गलियारे में जमा होने के लिए पांच मिनट दिए गए थे। लिंडा ने देखा कि गुलाबी चेहरे वाला मैनेजर केख़ुसरो भी वहां था। वो एक सैनिक से कुछ बातचीत करता लग रहा था। *ग़द्दार!*

चार यात्री, चार सैनिक और गोल-मटोल मैनेजर सीढ़ियों से नीचे उतरे। होटल के गेट के ठीक बाहर एक ग्रे रंग का नेनवा मिलिट्री ट्रक खड़ा था जिसके पिछले हिस्से के ऊपर एक कैनवस लगा हुआ था। 'अंदर चलिए,' एक सैनिक ने कहा, जिसका हाथ उसके होल्स्टर पर था। लिंडा का ग्रुप अंदर गया और पिछले भाग की लंबाई के साथ लगी सीटों पर बैठ गया। ट्रक गरजकर चालू हुआ और होटल परिसर से निकलकर संतों और कवियों के शहर शीराज़ की सड़कों पर आ गया। *या शिकारियों और शिकारों की सड़कों पर?*

लिंडा ने अपने सामने बैठे सरोशपुर को देखा। वो जानती थी कि सरोशपुर ने उसकी आंखों में घबराहट को भांप लिया था। जमशेदी नर्वस लग रहा था, लेकिन सरोशपुर थोड़ा शांत था। ऐसा लगता था कि वो चुपके-चुपके कोई दुआ पढ़ रहा हो। लिंडा ने सिर घुमाकर अपने पास बैठे डैन को देखा। वो क़साईख़ाने में डरे हुए जानवर की तरह लग रहा था। चारों ने आपस में कोई बात नहीं की।

रात के उस समय, सड़कें वीरान थीं। जम्हूरी इस्लामी बुलवर्ड को पार करते हुए ट्रक ने रफ़्तार पकड़ ली और फिर तेज़ी से बायां मोड़ लेता हुआ इरम स्ट्रीट पर मुड़ गया और आयतुल्लाह रब्बानी बुलवर्ड की ओर चल पड़ा। गड्ढों भरी ख़ाली सड़कों पर तेज़ी से चलते ट्रक में पीछे बैठे यात्री और सैनिक झूल रहे थे।

लगभग तीस मिनट बाद ट्रक एक चैकपोस्ट पर रुका। यात्रियों को पता नहीं था कि बाहर क्या हो रहा था, लेकिन वो आवाज़ें सुन सकते थे। वो शायद सलाम-दुआ कर रहे थे और, शायद, आपस में मज़ाक़ कर रहे थे। उनकी बातचीत में हंसी भी शामिल थी। पांच मिनट बाद वो फिर चल पड़े थे।

दूर से, उन्हें फ़ज्र की अज़ान सुनाई दी। सूरज निकलने में अभी कुछ देर बाक़ी थी। ड्राइवर सैनिक अज़ान को नज़रअंदाज़ करते हुए आगे बढ़ता रहा। एक घंटे बाद वो फिर रुके। ड्राइवर के केबिन वाला दूसरा फ़ौजी उनके लिए ब्रेड और चाय लाया। लिंडा खाने के मूड में नहीं थी लेकिन सरोशपुर की नज़रों ने उससे कहा कि खा ले। *क्या सरोशपुर भी उन्हीं से मिला हुआ था?*

लिंडा अपने ख़्यालों में खोई हुई थी कि चौड़ी छाती वाला ट्रक ड्राइवर फ़ौजी, जिसने पहले उससे पूछताछ की थी, पिछले केबिन में आया और उसने दूसरे फ़ौजियों से चले जाने को कहा। वो सरोशपुर के पास गया और लिंडा सोच में पड़ गई कि ये चल क्या रहा था। फिर ड्राइवर और सरोशपुर ने अतिरिक्त जोश के साथ हाथ मिलाया, और सरोशपुर ने खड़े होकर उसे गर्मजोशी से गले भी लगा लिया।

अब लिंडा को यक़ीन हो चुका था कि उनके साथ विश्वासघात किया गया था।

51

एफ़बीआई का स्पेशल एजेंट फ्रेड स्मिथ पैटुक्सेंट फ्रीवे पर हाइराइज़

बिल्डिंग की सुरक्षा जांच से गुज़रा। ये बाल्टिमोर से चौबीस किलोमीटर दक्षिण-पश्चिम में फ़ोर्ट मीड के पास दो इमारतों का एक नीरस और उबाऊ सा ऑफ़िस ब्लॉक था। ये इमारतें अमेरिका की प्रमुख गुप्तचर, नेशनल सिक्योरिटी एजेंसी या एनएसए का मुख्यालय हैं। फ्रेड पहले कभी एनएसए नहीं गया था, लेकिन जिम दस्तूर केस उसे एजेंसी के दरवाज़े पर ले आया था।

जब जिम का अपहरण हुआ था, तो स्मिथ ने वाशिंगटन, डीसी में स्थित एफ़बीआई मुख्यालय में एचआरएफ़सी—हॉस्टेज रिकवरी फ़्यूज़न सैल—की मदद मांगी थी। एचआरएफ़सी एफ़बीआई, डिपार्टमेंट ऑफ़ स्टेट, डिपार्टमेंट ऑफ़ डिफ़ेंस और विदेशों में मज़बूत रिश्तों वाली अन्य अमेरिकी एंजेंसियों के विशेषज्ञों से मिलकर बना था। एचआरएफ़सी की विशेषज्ञता अंतरराष्ट्रीय अपहरणों से निपटने की थी। नौ करोड़ अमेरिकी हर साल अंतरराष्ट्रीय यात्राओं पर जाते थे और ये आशंका करना असंगत नहीं था कि उनमें से कुछ का इस्लामिक स्टेट, अल क़ायदा या बोको हराम जैसे गुट अपहरण कर लेंगे। इसके अलावा स्थानीय अपराधी ग्रुपों या ड्रग कार्टेल द्वारा केवल फिरौती के लिए किए जाने वाले अपहरण भी थे। ऐसी परिस्थितियों का हल निकालने के लिए प्रमुख चीज़ वैश्विक प्रभाव रखने वाली अन्य अमेरिकी एजेंसियों के साथ सहयोग करना था।

अपहरण के ज़्यादातर दूसरे मामलों में, एचआरएफ़सी एफ़बीआई के देश के भीतर के संपर्कों और क़ानूनी विशेषज्ञों पर भरोसा कर सकता था। वो संबंधित राजदूतों और अमेरिकी दूतावास की टीमों के साथ भी काम कर सकते थे। अक्सर, वो देश के स्थानीय क़ानून प्रवर्तन से सहायता का अनुरोध भी करते थे। एफ़बीआई के दुनिया भर में साठ से अधिक विशेषज्ञ कार्यालय थे जो 180 से ज़्यादा देशों को कवरेज प्रदान करते थे। लेकिन ईरान में उनका कुछ भी नहीं था। उनकी सबसे बड़ी उम्मीद एनएसए थी। एचआरएफ़सी ने जिम को ढूंढ़ने में एनएसए की मदद लेने के लिए मंज़ूरी हासिल कर ली थी। वो इस बात से अवगत थे कि लिंडा और डैन कीश द्वीप

में पहुंच गए थे, इसलिए वो जानते थे कि उनका पता लगाना जिम को खोजने के क़रीब एक क़दम होगा।

फ्रेड के लिए दस एकड़ के विशाल भूमिगत कार्यक्षेत्र में कुछ भी तलाश कर पाना असंभव होता, अगर वो सुंदर सी रेडहेड नहीं होती जिसे उसे मीटिंग रूम में लाने का काम सौंपा गया था।

एनएसए की भूलभुलैयों के बीच दुनिया के सबसे शक्तिशाली सुपरकंप्यूटरों में से एक मौजूद था। एनएसए दुनिया भर के संचार की तांक-झांक करता था—चाहे उसका कुछ तात्कालिक महत्व हो या न हो। सारा डेटा इस सुपरकंप्यूटर से गुज़रता था, जो रोज़ाना एक अरब सेलफ़ोन कॉल्स, ईमेल्स, वीडियो, फ़ोटो, टैक्स्ट फ़ाइलें, वॉइस चैट, वॉयस-ओवर-आईपी कॉल्स, फ़ाइल ट्रांसफ़र और सोशल मीडिया संदेशों को एकत्र और स्टोर करता था।

फ्रेड को सिग्नल्स इंटैलिजेंस को संभालने वाले एक डिवीज़न, ऑपरेशन्स डाइरेक्टोरेट, के भीतर एक कांफ्रेंस रूम में ले जाया गया। उसके पास केवल एस31172 के रूप में जाना जाने वाला कोई आया। दूसरी ख़ुफिया एजेंसियों के विपरीत, एनएसए अपनी आंतरिक संगठनात्मक संरचना का ख़ुलासा नहीं करने के लिए जाना जाता था। सिर्फ़ अल्फ़ान्यूमेरिक पदनाम बताए जाते थे। इस विशेष मामले में, एस31172 ईरान, फ़िलस्तीन के हमास, इराक़ और सऊदी अरब के भीतर क्रिप्टो-विश्लेषणात्मक तलाश और खोज के लिए ज़िम्मेदार विभाग था।

एस31172 ने कहा, 'हमने बाईस घंटे पहले आपके अनुरोध पर कार्रवाई की है। हम स्पेशल कलेक्शन सर्विस के साथ भी संपर्क कर रहे हैं जो अमेरिका के बाहर श्रवण चौकियों का संचालन करती है।'

'कुछ पता चला?' फ्रेड ने पूछा।

'लिंडा और डैन के अपने फ़ोन स्विच्ड ऑफ़ हैं। ईरान के दो प्रमुख फ़ोन नेटवर्क हैं,' एस31172 ने कहा, 'हमराहे-अवल और ईरानसैल। दोनों कंपनियां विदेशी सैलानियों को सिम कार्ड सेवाएं

देती हैं और दोनों के ईरान में बहुत बड़े नेटवर्क कवरेज हैं। तो, हम ये मानकर चल रहे हैं कि लिंडा या डैन इनमें से किसी का इस्तेमाल कर रहे होंगे।'

'आपके ख़्याल से आप मुझे कितनी जल्दी और जानकारी दे सकते हैं?' फ्रेड ने पूछा।

'आप ये तो मानेंगे कि ईरान में 118 मिलियन मोबाइल उपयोक्ता हैं,' एस31172 ने समझाया। 'हमने नेटवर्क्स में पिछले दरवाज़े से प्रवेश कर लिया है, लेकिन हमें जो करना है ये उसका बस एक भाग है। एक्सेस पाने के बाद हमें ऐसे शब्दों या नामों को सुनना होगा जो परिचित से लगें।' *कोई 118 मिलियन फ़ोन लाइन्स पर ऐसा कैसे कर सकता है?* फ्रेड सोच में पड़ गया।

'हमें प्रिज़्म—ख़ास तौर से इस काम के लिए बनाया गया एक एल्गोरिद्म—में विभिन्न शब्द फ़ीड करने पड़ेंगे,' एस31172 ने फ्रेड के विचारों को पढ़ते हुए कहा। 'और इसीलिए हमने आज आपसे यहां आने का निवेदन किया था।'

'मैं क्या कर सकता हूं?' फ्रेड ने पूछा।

'उन शब्दों की पूर्ति करने में हमारी मदद कीजिए जिनकी हमें तलाश करनी चाहिए,' एस31172 ने जवाब दिया। 'मसलन, क्या जिम उपनाम है? अगर हां, तो औपचारिक नाम क्या है? हमें उन सारे नामों, उपनामों, गतिविधियों, रिश्तों, साथियों, कंपनियों, फ़र्मों और जगहों को समेटना होगा जिनका इन लोगों से संबंध है।'

'और अगर वो फ़ोन का इस्तेमाल कर ही न रहे हों?' फ्रेड ने पूछा।

'तो यहां एनएसए में कोई भी आपकी कोई मदद नहीं कर सकेगा,' एस31172 ने साफ़गोई से जवाब दिया। 'हम किसी की भी जासूसी कर सकते हैं, लेकिन तभी जबकि उसका कोई इलेक्ट्रॉनिक फ़ुटप्रिंट हो। लेकिन...'

'हां?' फ्रेड ने जल्दी से पूछा।

'अगर ख़ुद उनके अलावा भी कोई और किसी संबद्ध शब्द का इस्तेमाल करता हो, तो भी हमें काम करने के लिए कुछ सुराग़ मिल जाएगा।'

52

'मैं आपको अपने तेहरान के दोस्त तारिक हैदरी से मिलवाना चाहूंगा,' सरोशपुर ने लिंडा से कहा। लिंडा ने डरते हुए मांसल हैदरी को देखा जिसने बमुश्किल एक अनमना सा अभिनंदन किया।

'चिंता मत कीजिए,' सरोशपुर ने उसके डर को समझते हुए कहा। 'तारिक़ ईरान के मौजूदा शासन का विरोध करने वाले एक ग्रुप *मुजाहिदीने-ख़ल्क़* के सदस्य हैं। ये हमारी मदद करने के लिए आए हैं। एमएमटीएम में भी इनके संपर्क हमारे काम आ सकते हैं।'

अब लिंडा ने देखा कि हैदरी अपनी घनी मूंछों के अलावा अच्छा-ख़ासा सुंदर आदमी था। लेकिन फिर उसे लगा कि उसकी मूंछ उसकी बड़ी सी नाक को संतुलित कर रही थी। 'जो कुछ होटल में हुआ वो क्या बस ड्रामा था?' लिंडा ने पूछा।

'बिल्कुल सही,' हैदरी ने ख़ुशदिली से कहा। ऐसा लगता था जैसे उसने कुछ घंटों के रास्ते में अपनी अंग्रेज़ी ठीक कर ली हो। 'उसके लिए सॉरी, लेकिन हमें बिना शक पैदा किए आपको शीराज़ से निकालने का कोई तरीक़ा चाहिए था। हमें लगा कि आईआरजीसी द्वारा रात का एक नक़ली छापा एकदम परफ़ेक्ट तरीक़ा रहेगा।'

लिंडा ने राहत की सांस छोड़ी। 'आप सरकार का विरोध क्यों करते हैं?' उसने पूछा।

हैदरी हंसा। 'विरोध?' उसने व्यंग्यपूर्वक पूछा। 'विरोध कैसा? ईरान में लोकतांत्रिक रूप से निर्वाचित राष्ट्रपति और संसद है, लेकिन सभी उम्मीदवारों की पहले तथाकथित संरक्षक परिषद द्वारा जांच होनी चाहिए। सशस्त्र बलों, न्यायिक प्रणाली, सरकारी टेलीविज़न

और कई अन्य प्रमुख सरकारी संगठनों पर ईरान के सुप्रीम लीडर का नियंत्रण रहता है। राष्ट्रपति आयतुल्लाह का बस सेक्रेटरी भर होता है। ईरान में चुनावी विपक्ष का कोई मतलब नहीं है—बस एक सचिवीय पद।'

'आपका क्या समाधान होगा?' लिंडा ने पूछा।

'ईरान की सत्ता से मौलवियों की पकड़ को हटाना,' हैदरी ने कहा। 'समस्या ये है कि जो कोई भी ऐसा विचार व्यक्त करता है वो जेल में सड़ता है।'

इस पूरी भयानक यात्रा के दौरान लिंडा ख़ुद को इस बात के लिए तैयार कर रही थी कि उसे जेल में डाल दिया जाएगा। 'आपके साथ ये दूसरे सैनिक, वर्दियां, हथियार, ये सेना के ट्रक... आपने ये सब कैसे किया?' उसने पूछा। अब उसे जिज्ञासा होने लगी थी।

'ये तो आसान था,' हैदरी ने कहा। 'शीराज़-काज़िरून रोड पर एक सैनिक अड्डा है। उसे अपने जैसे पच्चीस ईरानी अड्डों को उन क्षेत्रों में भेजने की एक वर्तमान योजना के तहत जहां ज़मीन की क़ीमतें कम हैं, बाहरी इलाक़े में भेजा जा रहा है। कहां क्या पड़ा है, इसका स्पष्ट अंदाज़ा किसी को नहीं है। नए स्थान से एक ट्रक और वर्दियां उठा लेना आसान था। सुरक्षा बुरी तरह नाकाफ़ी है। सबसे अच्छी बात ये है कि किसी को पता भी नहीं चलेगा कि कुछ चोरी हो गया है।'

'और ये आदमी जो आपके साथ थे?'

'ये मेरे राजनीतिक ग्रुप का हिस्सा हैं,' हैदरी ने जवाब दिया। 'हमें सुप्रीम लीडर द्वारा बार-बार ग़ैरक़ानूनी घोषित किया और तोड़ दिया जाता है। फिर हम शीतनिद्रा में चले जाते हैं और एक नए नाम के साथ फिर से उभर आते हैं।'

'और होटल मैनेजर?' लिंडा ने पूछा। 'केख़ुसरो?'

'बेवक़ूफ़ आदमी,' सरोशपुर ने ठहाका लगाया। 'वो कल रात मेरे दरवाज़े पर कान लगाकर सुन रहा था। मैं जानता था कि उसने

हमारी मौजूदगी के बारे में अधिकारियों को बता दिया होगा। इसीलिए मुझे असली सैनिकों से बचने के लिए तारिक़ की ज़रूरत पड़ी।'

'शुक्रिया,' लिंडा ने हैदरी और सरोशपुर दोनों से कहा। 'हम आपकी मदद के लिए दिल से आभारी हैं।' फिर जमशेदी की ओर मुड़कर उसने कहा, 'शुक्रिया, फ़िरोज़। तुम्हारे बिना हम कीश से नहीं निकल पाते। न ही हम बहराद से मिले होते। लेकिन मेरा ख़्याल है कि अब तुम्हें कीश वापस जाने के बारे में सोचना चाहिए। लगता है कि हम अच्छे हाथों में हैं।'

'नहीं,' जमशेदी ने अड़ियलपन से कहा। 'मैंने ख़ुद अपने मुंह से कहा था कि मैं आपके साथ जाऊंगा। तो मैं आपके साथ जाऊंगा।'

'इनकी बात मान लो,' हैदरी ने जमशेदी से कहा। 'तुम हमारे लिए यहां से कहीं ज़्यादा कीश में अहम हो,' उसने उसे मनाने की कोशिश करते हुए आगे कहा। 'अगर इस ग्रुप को कीश के रास्ते निकलने की ज़रूरत हुई, तो तुम इनकी मदद के लिए मौजूद होगे। यहां से मैं संभाल सकता हूं। मैं अपने भेष बदले दो सैनिकों को भी यहां से भेज रहा हूं।'

जमशेदी अविश्वस्त सा एक-एक का चेहरा देखने लगा। 'ठीक है, मैं चला जाऊंगा,' आख़िरकार उसने कहा। 'बस मुझे ख़ैरियत का पैग़ाम भेज देना। और निकलने का भी। जल्दी, जल्दी।'

'तुम्हारा शुक्रया किस तरह अदा करें, ये न तो डैन को समझ आ रहा है और न मुझे,' लिंडा ने गर्मजोशी से कहा।

'बस शुक्रिया काफ़ी है,' जमशेदी ने जवाब दिया। 'सारे विदेशी लोगों को बताना कि इस देश में प्राचीन धर्म के लोग कितने अच्छे हैं।' उसकी बड़ी-बड़ी भावपूर्ण आंखें भीग गईं। 'और हम कितने बुरे हो रहे हैं।'

लिंडा मुस्कुराई। 'मैं वादा करती हूं,' उसने कहा और जमशेदी खड़ा हुआ और चला गया। हैदरी के दो साथियों ने भी अनुमति ली।

'अब क्या करें?' डैन ने पूछा। 'हम शीराज़ से निकल चुके हैं।

अगला क़दम क्या है?'

'जिम को डीसी1ए के बाहर शिफ़्ट कर दिया गया है,' सरोशपुर ने उन्हें बताया। 'मेरे एजेंट ने मुझे बताया है कि उन्हें तेहरान के पास वर्दावर्द में शाहिद दारू फ़ार्मा के प्लांट में रखा गया है। हमें सोचना होगा कि उन्हें वहां से कैसे निकालें।'

'उन्हें पकड़ा क्यों गया है?' हैदरी ने पूछा। लिंडा ने सरोशपुर को देखा, और फिर हैदरी को। *मैं कितनी जानकारी साझा करूं?* वो सोचने लगी। फिर उसे अहसास हुआ कि ये अकेले लोग थे जो जिम को निकालने में उसकी मदद कर सकते थे। अगर वो इन पर भरोसा नहीं करेगी, तो ये उस पर भरोसा क्यों करेंगे? ये उसके लिए ख़ुद को ख़तरे में क्यों डालेंगे?

'मेरे पति ने मेडिकल रिसर्च में एक बड़ी सफल खोज की है,' लिंडा ने कहा। 'पहले अमेरिका में एक फ़ार्मास्यूटिकल प्रतिद्वंद्वी ने उनका अपहरण किया था। लेकिन वो बस एक पड़ाव साबित हुआ। अब वो आईआरजीसी-क़ुद्स के हाथों में हैं।'

हैदरी ने सीटी बजाई। 'ख़ादिमहुसैनी के ग़ुंडे,' वो बुदबुदाया। 'उसके चंगुल से बहुत कम लोग ज़िंदा निकलते हैं।' उसने अपनी जीभ काट ली। लिंडा को और ज़्यादा परेशान करने की ज़रूरत नहीं थी।

'ये किस क़िस्म की मेडिकल रिसर्च थी?' सरोशपुर ने पूछा।

'मैं आपको संक्षेप में शुरू से बताऊंगी,' लिंडा ने धैर्यपूर्वक कहा। 'मैं आपको बता दूं कि जिम के लोग—आपकी तरह ज़ोरोस्ट्रियाई—मूल रूप से इसी देश के थे। सदियों पहले, वो भारत में बस गए थे, और सदियों बाद, जिम आगे की पढ़ाई के लिए अमेरिका गए। जिम और मैं स्टैनफ़ोर्ड यूनिवर्सिटी में मिले जहां मैं पढ़ती थी, और हमने शादी कर ली। उन्होंने आगे चलकर जेमिनी सैल्युलर रिसर्च सेंटर के नाम से अपनी रिसर्च कंपनी खोल ली। जिम का मानना है कि उनके पास एक ऐसा फ़ॉर्मूला है जो दुनिया की लगभग हर दवाई की जगह ले सकता है।'

'लेकिन ईरानी तो विरले ही ऐसी चीज़ों के पीछे भागते हैं,' सरोशपुर ने संदेहपूर्वक कहा। 'उसे चीनी तो हासिल करना चाह सकते हैं, लेकिन ईरानी नहीं जो मिसाइलों और परमाणु बमों पर ज़्यादा ध्यान देते हैं। मुझे समझ नहीं आता वो आपके पति के पीछे क्यों पड़े।'

'शायद इसलिए कि उनका मानना है कि वो उनकी तकनीक के वास्तविक हक़दार हैं?' लिंडा ने अविश्वस्त भाव से कहा। 'साफ़ बात कहूं, तो ऐसी बहुत से बातें हैं जिनसे मैं अनजान हूं। लेकिन मेरा अंदाज़ा ये है कि जिम के ज़ोरोस्ट्रियाई मूल से जुड़े कुछ मुद्दे अनसुलझे हैं।'

'दिलचस्प है,' सरोशपुर बड़बड़ाया। 'क्या उनकी रिसर्च पूरी तरह किसी नए फ़ॉर्मूले पर आधारित है या ये किसी मौजूदा यौगिक पर आधारित है?'

सरोशपुर जानता था कि वो सही रास्ते पर था।

53

इस्फ़हान शहर तेहरान से लगभग 400 किलोमीटर दक्षिण में स्थित है और ईरान का तीसरा सबसे बड़ा शहर है। एक दौर ऐसा था जब ये दुनिया के सबसे बड़े और शानदार शहरों में से एक था। दो मुख्य मार्गों के मेल पर स्थित इस्फ़हान अपनी शानदार सड़कों, बेहतरीन पच्चीकारी वाली मस्जिदों, शानदार महलों और ढके हुए पुलों के लिए प्रसिद्ध है। एक पुरानी फ़ारसी कहावत है, *'इस्फ़हान निस्फ़-ए-जहां अस्त।'* इस्फ़हान आधी दुनिया है।

वो शीराज़ से इस्फ़हान तक बहुत तेज़ी से चलते रहे और उन्होंने 480 किलोमीटर की यात्रा छह घंटे में पूरी कर ली। उनके ग्रे नेनवा मिलिट्री ट्रक की वजह से उन्हें एक बार भी रोका नहीं गया। हैदरी की बात सही थी। चोरी के ट्रक की किसी ने रिपोर्ट नहीं की थी।

लिंडा को महसूस हुआ कि वो सीधे शहर जाने के बजाय उससे बचकर निकल रहे थे। 'हम कहां जा रहे हैं?' उसने पूछा।

'*आतशगाहे-इस्फ़हान,*' सरोशपुर ने जवाब दिया।

'आतशगाह?' लिंडा ने कहा। 'आपका मतलब ज़ोरोस्ट्रियाई अग्नि मंदिर?'

'हां,' सरोशपुर ने जवाब दिया। 'वो टाउन सेंटर से लगभग दस किलोमीटर दूर है और काफ़ी वीरान सा रहता है। वो शायद रात बिताने के लिए सबसे सुरक्षित स्थान रहेगा।'

'वो किसी पहाड़ी पर है?' डैन ने ये देखते हुए पूछा कि ट्रक एक ढलानदार सड़क पर था।

'सही,' सरोशपुर ने कहा। 'वास्तविक अग्नि मंदिर आसपास की ज़मीन से लगभग सौ मीटर ऊपर है। लेकिन वहां जो बचा है वो सिर्फ़ खंडहर है, जो उस दयनीय हालत का प्रतीक है जिसमें हम पहुंच चुके हैं। मुझे अभी भी ये कल्पना करना मुश्किल लगता है कि सासानी दौर में ज़ोरोस्टरवाद फलता-फूलता राजकीय धर्म था।'

उन्होंने ट्रक को पहाड़ी से कुछ दूरी पर रोक दिया। हैदरी ने जल्दी से सादे कपड़े पहने और फिर ट्रक के पिछले भाग से सबके लिए एक-एक बैकपैक निकाल लिया। सरोशपुर, लिंडा और डैन, जिनके पीछे हैदरी चल रहा था, उन बैकपैक्स को लेकर जिनसे वो सैलानी दिखाई देते थे, पहाड़ी पर चढ़ने लगे। हैदरी के अकेले बचे साथी को उन्होंने ट्रक की रखवाली के लिए छोड़ दिया। अगले दिन तेहरान जाने के लिए ट्रक की ज़रूरत पड़ने वाली थी।

'आपको वो दिख रहा है?' सरोशपुर ने पहाड़ी के ऊपर एक गोल ढांचे की ओर इशारा करते हुए कहा। 'उसे ज़ोरोस्टरवादियों की अखंड अग्नि की सुरक्षा के लिए बनाया गया था।'

'आतश बहराम?' लिंडा ने पूछा। सरोशपुर प्रभावित हुआ। फिर उसे याद आया कि लिंडा ने इतिहास में पीएचडी की थी। और जिम से शादी होने के कारण ज़ोरोस्टरवाद के प्राचीन धर्म में उसकी

रुचि जाग गई थी। समय के साथ, वो ज़ोरोस्टरवाद से संबंधित सारी चीज़ों के बारे में और ज़्यादा जान गई थी।

'ये आतश बहराम ही रहा होगा,' सरोशपुर ने जवाब दिया। 'ईरान में लगभग सात प्राचीन अग्नि मंदिर ही बचे हैं। सातवीं सदी के बाद अधिकतर को या तो नष्ट कर दिया गया या फिर मस्जिदों में बदल दिया गया। लेकिन अग्नि मंदिरों में सामान्यतः चार मेहराबदार दरवाज़े होते थे। इसमें आठ हैं, जिसका मतलब है कि इस्लामी दौर तक वो इस ढांचे को निगरानी चौकी या दुर्ग की तरह इस्तेमाल करने लगे थे। जिन्हें सैन्य उद्देश्यों के लिए इस्तेमाल नहीं किया जा रहा था उन्हें आसानी से मस्जिदों में बदल दिया गया।'

'कैसे?' लिंडा ने पूछा।

'सिर्फ़ मक्का की सबसे क़रीबी दिशा में एक मेहराब जोड़कर।'

जिस हल्की सी ढलान पर वो लोग चढ़ रहे थे, वो अचानक एक सपाट चट्टान बन गई, जिसे लाखों पैरों ने चिकना बना दिया था। इससे भी बदतर ये कि सतह पर टूटे हुए पत्थर के टुकड़े पड़े थे, इसलिए हर क़दम ख़तरनाक था। 'मैंने ये जगह इसी कारण से चुनी है,' सरोशपुर ने समझाया। 'हमारे नक़्शेक़दम पर चलने की इच्छा बहुत कम लोगों में होगी!'

आख़िरकार बुरी तरह हांफते हुए वो चोटी पर पहुंच गए। गोलाकार ढांचे का व्यास लगभग बस पांच मीटर था, और ये कच्ची ईंटों, मिट्टी और चूने से बनाया गया था। मूल ढांचे से बचते हुए, वो आसपास के कमरों में से एक में चले गए। लिंडा का ख़्याल था कि मूल रूप से ये पुजारियों या धनी तीर्थयात्रियों द्वारा उपयोग किया जाने वाला कमरा रहा होगा। उन्होंने मिट्टी भरे फ़र्श पर बैठकर अपने बैकपैक खोल लिए। हर बैकपैक के अंदर एक पतला गद्दा, बोतलबंद पानी और पैक किए हुए स्नैक्स थे।

'हम यहां रात बिताएंगे और बाक़ी के सफ़र पर कल निकलेंगे,' सरोशपुर ने घोषणा की।

'यहां सांप तो नहीं होंगे?' लिंडा ने पूछा। उसके अनुभव में,

खंडहर सरीसृपों का पसंदीदा निवास स्थान होते थे। 'और टॉयलेट के लिए क्या करना होगा?'

'आप बाहर के सारे इलाक़े का उपयोग कर सकती हैं—बस सांपों पर पैर मत रखना,' हैदरी ने मज़ाक़ में कहा। ये देखकर कि लिंडा इस हंसी में शामिल नहीं हुई, उसने जल्दी से आगे कहा, 'हम आग का गड्ढा खोदेंगे। एक बार उसमें से धुआं उठने लगेगा, तो संभावना है कि सांप हमसे बचकर रहेंगे। हमारे पास ये भी है।' वो एक द्रव का कनस्तर पकड़े हुए था।

'ये क्या है?' डैन ने पूछा।

'गंधक, सेंधा नमक, सिरके और चूने का मिश्रण,' उसने जवाब दिया। 'वो चीज़ें जिनसे सांप नफ़रत करते हैं। आदर्श चीज़ तो अमोनिया है, लेकिन वो इंसान को भी नुकसान पहुंचाती है। मेरा ख़्याल है कि हम सभी इस भयंकर गंध को सहन करने के लिए तैयार हैं?' लिंडा ने ज़ोर से अपना सिर हिलाया। धुआं और गंध चलेंगे; सांप नहीं।

उनके कमरे के ठीक बाहर एक टहनी टूटी। हैदरी ने जल्दी से एक उंगली अपने होंठों पर लगाई और एक हाथ जैकेट की जेब के अंदर रखी पिस्तौल पर रखे हुए पता करने के लिए धीरे से बाहर निकला। अंदर, सरोशपुर, लिंडा और डैन सांस रोके इंतज़ार करते रहे। वो जल्दी ही वापस आ गया। 'बस कोई आवारा कुत्ता था,' उसने कहा।

वो एक बार फिर बाहर गया और उसने बार-बार अपनी आवाज़ कम करते हुए अपने मोबाइल फ़ोन पर किसी से बात की। लिंडा ने सुनने की कोशिश की लेकिन बस कुछ टुकड़े ही समझ आए। 'कल... शाहिद दारू... जिम दस्तूर... लिंडा...'

उसने अपनी बात पूरी की और वापस अंदर आ गया। 'चलें कुछ खा लें और फिर सोया जाए,' उसने अपनी कॉल के बारे में कुछ बताए बिना कहा।

'तेहरान पहुंचने के बाद हम जिम को कैसे आज़ाद कराएंगे?'

लिंडा ने बेसब्री से पूछा। 'मेरा मतलब, भले ही हम उसके ठीक बग़ल में हों, तो भी क्या वो उनकी रखवाली नहीं कर रहे होंगे?'

'आप बहुत आगे का सोच रही हैं,' हैदरी ने कहा। 'तेहरान में मेरे संपर्कों ने शाहिद दारू फ़ार्मा के फ़ैक्टरी परिसर का सर्वेक्षण करना शुरू कर दिया है। उम्मीद है, जब तक हम वहां पहुंचेंगे, हमें पता चल जाएगा कि उन्हें कहां रखा गया है और सुरक्षा कितनी कड़ी है।'

बाद में उस रात, अपने डरों के बावजूद लिंडा गहरी नींद सो गई—जिसका संभावित कारण शायद अत्यधिक थकान थी। हैदरी भी चैन की नींद सोया। लेकिन डैन नहीं सो सका; ल्यूक मिलर की योजना के बारे में ग़ौर करने ने उसकी नींद भगा दी थी।

उस कमरे में एक व्यक्ति और भी था जो नहीं सो रहा था: बहराद सरोशपुर। वो लिंडा की सोती हुई काया को घूर रहा था और अपने अगले क़दम के बारे में सोच रहा था।

54

तेल अवीव के नज़दीक कैंप मोशे दायान—जिसे ग्लिलॉट जंक्शन के नाम से भी जाना जाता है—में आईडीएफ़ डिफ़ेंस कॉलेज स्थित है। इसके प्रमुख निवासियों में से एक यूनिट 8200 है।

यूनिट 8200, जिसे आईएसएनयू—इज़रायली सिगिन्ट नेशनल यूनिट—के नाम से भी जाना जाता है, को अनेक लोगों द्वारा दुनिया की प्रमुख तकनीकी ख़ुफ़िया एजेंसी माना जाता है, जो विशालता को छोड़कर सभी पक्षों में एनएसए के समकक्ष है। अधिकांश कर्मचारी बीस-तीस वर्षीय कोडर और हैकर हैं। कई पूर्व आईएसएनयू एजेंट आगे चलकर आईटी कंपनियां स्थापित करते हैं और शीर्ष पदों पर आसीन रहते हैं।

आईएसएनयू के युवा एजेंट ने एनएसए में एस31172 के

रूप में नामित अपने समकक्ष से एक एन्क्रिप्टेड लाइन पर बात की। आईएसएनयू ने एनएसए के साथ एक व्यापक तकनीकी और विश्लेषणात्मक परस्पर संबंध बनाए रखा था, और वो अक्सर एक्सेस, अवरोधन, लक्ष्यीकरण, भाषा, विश्लेषण और रिपोर्टिंग पर जानकारी साझा करते हैं। वास्तव में, एनएसए और आईएसएनयू के बीच संबंधों ने अमेरिका और इज़रायल के बीच सहयोग को बढ़ाने में महत्वपूर्ण भूमिका निभाई थी। उस रिश्ते में अब सीआईए और मोसाद जैसी अन्य एजेंसियां भी शामिल हो चुकी थीं। एनएसए और आईएसएनयू के बीच सबसे महत्वपूर्ण आदान-प्रदान मध्यपूर्व में उन लक्ष्यों से संबंधित था जो अमेरिका और इज़रायल के लिए साझा रणनीतिक ख़तरा थे। दोनों एजेंसियां अक्सर संयुक्त रूप से जांच करती थीं और विशिष्ट मौक़ों पर कार्रवाई करती थीं। उनके समझौते में उत्तरी अफ्रीका, मध्य पूर्व, फ़ारस की खाड़ी, और साथ ही पूर्व सोवियत संघ के इस्लामी गणराज्यों में आंतरिक सरकारी, सैन्य, नागरिक और राजनयिक संचार शामिल थे।

एनएसए और आईएसएनयू दोनों ने अपने-अपने दूतावासों में संपर्क अधिकारी तैनात कर रखे थे, लेकिन ईरान में न तो अमेरिका का दूतावास था और न ही इज़रायल का। इसी कारण एस31172 को आईएसएनयू में एक एजेंट से सीधे तौर पर बात करने की ज़रूरत पड़ी थी। 'कुछ मिला?' एस31172 ने पूछा। 'जैसा कि आप जानते हैं, उनकी जानें ख़तरे में हो सकती हैं। और अधिकांश बंधक परिस्थितियों में, समय महत्वपूर्ण होता है।'

'कल एक बातचीत हुई थी,' आईएसएनयू वाले आदमी ने सपाट लहजे में जवाब दिया। 'जिम दस्तूर के नाम का विशेष रूप से उल्लेख किया गया था। कॉल इस्फ़हान में एक सेलफ़ोन से की गई थी। मैंने आपको निर्देशांक पहले ही भेज दिए हैं।' एस31172 ने राहत की सांस ली। इज़रायलियों के साथ काम करना सुखद रहता था। वो पेशेवर, कुशल—और पूरी तरह निर्मम रहते थे।

'एक बात और,' आईएसएनयू वाले आदमी ने कहा। 'शाहिद

दारू का बार-बार ज़िक्र किया जा रहा था। हमने जांच की है। ये तेहरान के पास स्थित एक फ़ार्मास्यूटिकल कंपनी है।'

'क्या आपके पास ऐसा कोई संसाधन है जिसका हम उपयोग कर सकें?' एस31172 ने पूछा।

'ये इस पर निर्भर करता है कि आप करना क्या चाहते हैं,' आईएसएनयू वाले आदमी ने रणनीतिक रूप से जवाब दिया। 'मेरे बॉस लोग बदले में कुछ चाहेंगे।' एस31172 जानता था कि उसका इशारा किस ओर था। इज़रायल-अमेरिका साझेदारी की कुछ अपनी चुनौतियां भी थीं। एनएसए अक्सर ऐसी जानकारी देने में हिचकिचाता था जो किसी विशिष्ट लक्ष्य से सीधे तौर पर जुड़ी न हों। इस समय आईएसएनयू को ईरान के परमाणु कार्यक्रम पर अधिक से अधिक जानकारी की ज़रूरत थी। एनएसए के आक़ाओं को अपने इज़रायली मित्रों के लिए सौदे को मधुर बनाने का कोई तरीक़ा खोजने की ज़रूरत थी।

'देखता हूं मैं क्या कर सकता हूं,' एस31172 ने कहा। 'इस बीच, इन अमेरिकियों को ढूंढ़ने में मेरी मदद करना, *ख़ैवर।*' उसने 'दोस्त' के लिए हीब्रू शब्द का जानबूझकर इस्तेमाल किया था। वो जानता था कि जिम दस्तूर, लिंडा दस्तूर और डैन कोहेन को ढूंढ़ने की उसकी इकलौती उम्मीद यूनिट 8200 थी।

'आख़री लोकेशन 32°38'53.7' उत्तर 51°34'15.4' पूर्व थी,' आईएसएनयू वाले आदमी ने कहा। 'हमारे मोसाद के साथियों का एक आदमी तेहरान के इलाहिया ज़िले में मौजूद है। वो उस इलाक़े में काम कर रहा है जहां से आपकी फ़ोन कॉल हुई थी। क्या हम इसमें हाथ डालें?'

'शुक्रिया,' एस31172 ने कहा। 'ये तो बहुत अच्छा रहेगा।' उसने एजेंट की जानकारी लेने की चिंता नहीं की—ईरान में इज़रायल के बेहतरीन एजेंटों को ही काम पर लगाया जाता था। अगर एजेंट अपने गेम में ज़रा भी ढीला हो, तो उसे आईआरजीसी उठा लेगी, या आरनॉल्ड श्वार्ज़नेगराई भाषा में, उसे 'टर्मिनेट' कर दिया जाएगा।

'आपके पास उन्हें अपने आदमी के बारे में सूचित करने के लिए संपर्क करने का कोई तरीक़ा नहीं है,' एस31172 ने पूछा।

'नहीं,' आईएसएनयू एजेंट ने जवाब दिया। 'इसमें जोखिम होगा। ईरान की हर मोबाइल लाइन को खुला मानकर चलना चाहिए। उनसे संपर्क करने का काम हमारे आदमी पर छोड़ दीजिए।'

'बिल्कुल सही,' एस31172 ने कहा। 'क्या उस इलाक़े में आपके कोई सर्वेलांस ड्रोन हैं जो हमें आइडिया दे सकें कि वो कहां हैं?'

'दे देंगे,' आईएसएनयू वाले ने कहा। 'लेकिन उससे भी अहम, हम शाहिद दारू का विश्लेषण करने की प्रक्रिया शुरू कर चुके हैं। बहुत मुमकिन है कि शायद वहां कुछ एक्शन की ज़रूरत पड़े।'

'महाबाद में हमारे कुछ कुर्दी सहयोगी हैं,' एस31172 ने कहा। 'अगर आपके आदमी को मदद चाहिए हो, तो हम उन्हें सक्रिय कर सकते हैं।'

'इसका कोई फ़ायदा नहीं होगा,' आईएसएनयू वाले आदमी ने कहा। 'महाबाद उस जगह से तक़रीबन 900 किलोमीटर दूर है जहां वो हैं। बेहतर होगा कि इसे हम ही संभालें। अगर तेहरान में किसी मदद की ज़रूरत हुई, तो हम आपको बता देंगे।'

'थैंक यू,' एस31172 ने कहा। 'आपने जिम दस्तूर की फ़ाइल पढ़ी होगी। लगता है कि आईआरजीसी के इसमें शामिल होने की कोई गहरी वजह है। आपके आदमी को किसी भी तरह के हालात के लिए तैयार रहना होगा।'

'चिंता मत कीजिए,' आईएसएनयू एजेंट ने कहा। 'इस पर हमारे बेहतरीन लोग काम कर रहे हैं। *'बि-ऐन तचब्युलॉत आइपॉल एम यू-तेशुआह बे-रोव योअत्स।'* एस31172 हंसने लगा। आईएसएनयू वाला मोसाद का नीति-वाक्य बोल रहा था।

जहां मार्गदर्शन न हो, वहां राष्ट्र गिर जाता है, लेकिन सलाहकारों की बहुतायत में सुरक्षा होती है।

55

लिंडा, डैन, सरोशपुर और हैदरी पहाड़ी से नीचे उतरने वाले उस रास्ते पर जाने लगे जहां पिछली शाम को उन्होंने ट्रक छोड़ा था। वो सड़क पर ऊपर-नीचे तलाशते रहे लेकिन ट्रक नहीं मिला। न ही उन्हें हैदरी का वो सहायक मिला, जिसे वो उसकी रखवाली के लिए छोड़ गए थे। हैदरी ने अपने आदमी के मोबाइल पर कॉल करने की कोशिश की, लेकिन नंबर स्विच्ड ऑफ़ था। शायद फ़ोन की बैटरी ख़त्म हो गई थी।

हैदरी चिंतित दिखाई दे रहा था। 'वो ऐसा है तो नहीं,' वो बोला। 'कुछ गड़बड़ है।'

'अब हम क्या करें?' सरोशपुर ने पूछा।

'वो चायख़ाना देख रहे हैं?' हैदरी ने कुछ दूरी पर चाय की दुकान की ओर इशारा करते हुए पूछा। 'वो उस जगह के ठीक सामने है जहां हमने ट्रक खड़ा किया था। हो सकता है दुकानदार ने कुछ देखा हो। आप तीनों यहीं रुकें—मैं जाकर पता करता हूं।' लिंडा, डैन और सरोशपुर एक पेड़ के नीचे अपने बैकपैक्स के सहारे इंतज़ार करने लगे।

हैदरी ने उस दुकान पर जाकर एक कप चाय मांगी। चायख़ाने के मालिक के साथ फ़ारसी में बातचीत शुरू करते हुए हैदरी ने कहा, 'मेरा ख़्याल था कि ये मिलिट्री डिपो है। पिछली कुछेक बार मैं यहां आया तो मैंने कई ट्रक देखे थे।'

'नहीं, ये डिपो नहीं है,' मालिक ने जवाब दिया। 'कल एक अकेला ट्रक आया तो था, लेकिन कुछ पुलिसवाले आए और उसे ले गए।'

'ऐसा क्यों? क्या उस ट्रक का कोई मालिक नहीं था?' हैदरी ने चाय का एक घूंट लेते हुए कहा।

'कुछ शोर-शराबा सा हुआ था,' बूढ़े आदमी ने कहा। 'बाद में,

कुछ देखने वालों ने बताया कि ट्रक चोरी का था, और कि पुलिस ने ड्राइविंग पर मौजूद लड़के को गिरफ़्तार कर लिया और ट्रक को ज़ब्त कर लिया। आजकल के बच्चे भी ना! इतनी बेशर्मी से चोरी कर लेते हैं—और वो भी मिलिट्री से!'

हैदरी ने बनावटी अविश्वास के साथ अपना सिर हिलाया। लेकिन उसका दिमाग़ कहीं और था। उसे चिंता ट्रक की नहीं थी। वो तेहरान पहुंचने का कोई भी तरीक़ा अपना सकते थे। उसे फ़िक्र अपने गिरफ़्तार हुए साथी की थी। अगर वो पूछताछ में टूट गया—जिसकी संभावना थी—तो कुछ ही समय लगेगा और प्रशासन उन सब पर धावा बोल देगा।

उसने चाय ख़त्म की, बूढ़े आदमी को शुक्रिया कहा, उसे पैसा दिया और उस पेड़ के पास वापस लौट आया जहां लिंडा, डैन और सरोशपुर बैठे थे। 'एक समस्या आ गई है,' उसने उनसे कहा। 'ट्रक को पुलिस ले गई है। और मेरे आदमी को भी।'

'जिसका मतलब है कि अब हम सब ख़तरे में हो सकते हैं,' सरोशपुर ने अपने विचारों को शब्द देते हुए कहा।

'अफ़सोस,' हैदरी ने कहा। 'ट्रक होने से यात्रा के आख़री भाग को पूरा करना आसान हो जाता। लेकिन कोई न कोई विकल्प मिल ही जाएगा।'

'आपके आदमी का क्या?' लिंडा ने हमदर्दी से पूछा।

'उसके लिए मैं कुछ ख़ास नहीं कर सकता,' हैदरी ने कंधे उचकाए। 'अगर मैं उसकी रिहाई पर समय लगाऊं, तो इस बात का चांस है कि ये देरी प्रशासन को हमें पकड़ने का मौक़ा दे देगी। नहीं, हमें ये जगह जल्दी से जल्दी छोड़ देनी चाहिए। मैं उसे छुड़वाने की कोशिश तब करूंगा जब हम जिम को शाहिद दारू से छुड़ा लेंगे।'

अभी वो विचार-विमर्श कर ही रहे थे कि एक सफ़ेद मिनीवैन उनके पास आकर रुकी। ये एक टूटी-फूटी सी जिनबे हेज़ थी—चीनी ऑटोमेकर जिनबे के लाइसेंस के तहत बनाई गई एक टोयोटा हाईएस। ड्राइवर ने सामने की खिड़की नीचे की और पूछा, 'आपको

टैक्सी चाहिए?' सरोशपुर और हैदरी दोनों को ये अजीब लगा कि मिनीवैन ठीक उसी समय वहां आकर रुकी थी। वैसे भी, अभी सुबह का ही समय था। पर्यटकों का आना अभी शुरू भी नहीं हुआ था। ये कुछ ज़्यादा ही बड़ा संयोग लग रहा था। लेकिन वो ये भी जानते थे कि इस वक़्त मिनीवैन ही उनका एकमात्र सहारा थी।

वो अंदर बैठ गए। हैदरी ड्राइवर के केबिन के सबसे पास वाली सीट पर बैठा। 'आप लोगों का कहां जाने का प्लान है?' ड्राइवर ने पूछा। 'मैं आपको इस्फ़हान घुमा सकता हूं। शाह मस्जिद, ख़्वाजू ब्रिज, आली क़ापू पैलेस या चहल सुतून गार्डन?'

'तुम तेहरान की एक तरफ़ा यात्रा का कितना लेते हो?' हैदरी ने पूछा।

ड्राइवर ने उन्हें सवालिया निगाहों से देखा। 'वहां के लिए नियमित उड़ानें हैं,' उसने कहा। 'सिर्फ़ नब्बे मिनट। रोज़ाना बसें और ट्रेनें भी चलती हैं। आपको टैक्सी क्यों चाहिए?'

हैदरी ने लिंडा की ओर इशारा किया। 'जब हम आतशगाह पर चढ़ रहे थे तो इनके टख़ने में चोट लग गई थी,' उसने झूठ बोला। 'हम चाहते हैं कि इन्हें पैदल न चलना पड़े।'

'दो सौ डॉलर लग जाएंगे,' ड्राइवर ने कहा। 'जो लगभग अस्सी लाख रियाल बनते हैं। ट्रैफ़िक पर निर्भर करते हुए सफ़र चार से पांच घंटे का है।'

'ये तो तुम बहुत ज़्यादा मांग रहे हो,' हैदरी ने कहा। वो जानता था कि सौदेबाज़ी न करना संदिग्ध लगेगा। लेकिन वो ये भी जानता था कि वास्तविक किराया इसका लगभग आधा होगा। 'मैं तुम्हें सौ डॉलर दूंगा,' उसने कहा। ड्राइवर विरोध या और कोई सौदेबाज़ी किए बिना मान गया। *ये तो अजीब बात है,* हैदरी सोचने लगा। *एक ऐसा टैक्सी वाला जो अपनी बताई हुई क़ीमत के आधे पर बिना बहस के तैयार हो जाए?*

उसने ड्राइवर का शुक्रिया अदा किया और उसे चलने को कहा, और पूरे समय ड्राइवर को ध्यान से देखता रहा। उसने एक

साधारण सी बुश शर्ट पहनी हुई थी जो उसके बेज कॉन ट्राउज़र के ऊपर लटकी हुई थी और जिसके ऊपर एक नीला ब्लेज़र था। उसके खिचड़ी बाल और कतरी हुई मूंछें थीं। फिर हैदरी को कुछ महसूस हुआ। जो चश्मा उसने पहना हुआ था वो आमतौर पर दिखने वाला सस्ता चाइनीज़ क़िस्म का नहीं, बल्कि शानदार रे-बैन्स था। और उसकी एकदम काली मूंछें उसके बालों से मैच नहीं करती थीं। इस आदमी के बारे में कुछ तो गड़बड़ थी। हैदरी पूरी तरह सतर्क हो गया।

उसने अपनी सीट से ड्राइवर के केबिन में झांका। ग्लवबॉक्स हल्का सा खुला हुआ था। अंदर एक गन थी—हैदरी ने उसे सिग सॉअर पी228 के रूप में पहचान लिया।

56

स्कूल में हमारी इंग्लिश टीचर मिसेज़ बाटलीवाला ने हमें बताया था कि ज़रथुष्ट्र की मृत्यु के बाद फ़ारस में क्या हुआ था। मैंने एक चांस लिया और उन्हें सर्च किया। वो मुंबई के ख़ुसरो बाग़—सबसे महान सासानी राजा से जुड़ा एक नाम—में एक छोटे से फ़्लैट में अकेली रहती थीं।

वो मुझे देखकर बहुत ख़ुश हुईं और स्टैनफ़ोर्ड में मेरे दाख़िले के बारे में पूछने लगीं। उन्होंने जल्दी से अपने रेफ्रिजरेटर से ड्यूक्स रैस्पबैरी सोडा की एक बोतल निकाली और मेरे सामने रख दी। मुझे ये बहुत पसंद थी। नवजोत पर मुंह भर पात्रा नी मच्छी *और* लगन नू कस्टर्ड *को गले से उतारने के लिए हमेशा यही मीठा शर्बत काम आता था।*

'तो, यहां कैसे आना हुआ, डिकरा?' मिसेज़ बाटलीवाला ने पूछा। मैंने बताया कि मैं उनके साथ हमारी साझा विरासत के कुछ पहलुओं पर बात करना चाहता हूं। वो ख़ुश हो गईं। उन्होंने जल्दी से

अपनी किताबों की अलमारी से कुछ किताबें निकालीं और मेरे सामने बैठ गईं। उनके गले में एक फ़रवहर पेंडेंट लटक रहा था। 'तुम क्या बात करना चाहते हो?' उन्होंने पूछा।

'दरअसल,' मैंने बात शुरू की, 'मुझे बताया गया है कि ज़रथुष्ट्र के तहत पुरोहितों का एक नया वर्ग उभरकर आया था, जिसे मागी कहा गया। कहा जाता है कि उनके पास अपार शक्तियां थीं, विशेष रूप से ज्योतिष, कीमिया और चिकित्सा के क्षेत्रों में। वास्तव में, जब मैंने थोड़ी खोजबीन की, तो पाया कि अंग्रेज़ी शब्द "मैजिक" भी "मैगी" शब्द से बना है। मैं सोच रहा था कि क्या आप मुझे उनके बारे में और बता सकती हैं।'

बेचारी अकेली बूढ़ी औरत बहुत ख़ुशी से मेरी बात मानने को तैयार हो गईं, और उन्होंने तुरंत कहानी सुनाना शुरू कर दी। 'मागी का एक विशेष क्रम भी पैदा हो गया था,' उन्होंने कहा। 'इस क्रम ने ज़रथुष्ट्र से लेकर साइरस, डैरियस और ज़रक्सीज़ जैसे राजाओं की पीढ़ियों तक कई रहस्यों की रक्षा की। उनमें से कुछ रहस्य पर्सेपोलिस के पुस्तकालय में बड़े-बड़े स्क्रॉल्स में संरक्षित किए गए थे। कुछ को घोलों, मंत्रों, उपकरणों और मिश्रणों में संरक्षित किया गया था।'

उन्होंने मुझे अपनी एक किताब में से कुछ पन्ने दिखाए। उनमें ऐसी चीज़ों के कई चित्र थे। लेकिन पुस्तक में जिस चीज़ का संदर्भ नहीं था, वो था वो छोटा सा मिट्टी का बक्सा जिसे स्वयं ज़रथुष्ट्र से लेकर अगली पीढ़ियों को दिया जाता रहा था। और उन कुछ पंक्तियों का जिन्हें केवल मौखिक रूप से पढ़ा जाता था।

'जल्द ही मागी वंशानुगत पुजारी बन गए, जिनके सदस्यों को गहन धार्मिक ज्ञान का श्रेय दिया जाता था,' मिसेज़ बाटलीवाला ने आगे कहा। 'विशेष रूप से डैरियस प्रथम के शासनकाल में, मागी ने नागरिक और धार्मिक दोनों तरह की दोहरी भूमिका प्राप्त कर ली थी। वो सर्वोच्च पुरोहित जाति बन गए, और उनकी शक्ति बाद के सेल्युकसी, पहलवी और सासानी काल के दौरान भी निर्विरोध बनी

रही।'

'वैसे वो आजीविका के लिए करते क्या थे?' मैंने पूछा। 'मेरा मतलब, धार्मिक समारोह आयोजित करने के अलावा।'

'मागियों के पास राजाओं के दरबारों में शक्तिशाली पद थे,' मिसेज़ बाटलीवाला ने जवाब दिया। 'राजा अक्सर अपने मागियों की सलाह के बिना महत्वपूर्ण निर्णय लेने से बचते थे। मागी सैनिकों के साथ युद्ध में जाते थे, और दिव्य आशीर्वाद के लिए अपने साथ पवित्र अग्नि को ले जाते थे। वो एक पीढ़ी से दूसरी पीढ़ी तक ज्ञान को संरक्षित और प्रसारित करने वाले शिक्षक, संत और विद्वान थे।'

'उन्हें चिकित्सकीय ज्ञान भी था?' मैंने रैस्पबेरी सोडा की आख़री कुछ बूंदों को निकालते हुए पूछा।

'बिल्कुल,' मेरी टीचर ने जवाब दिया। 'वो डॉक्टर और उपचारक भी थे, और वो जहां भी जाते, अपने साथ चीनी टहनियों का एक बंडल 'बरिस्मन' ले जाते थे। टहनियों के इस बंडल का गूदा बनाया जा सकता है और विभिन्न तरीक़ों से उपचार करने वाली दवाइयों में मिलाया जा सकता था। वास्तव में, मैगी ने एक सिद्धांत बनाया हुआ था जिसके अनुसार उन्हें अपनी ज़रूरतों को अलग रखकर किसी भी ऐसे व्यक्ति की ज़रूरतों पर ध्यान देना होता था जिसे इलाज की ज़रूरत हो।'

'और जादू के बारे में क्या?' मैंने एक बच्चे की तरह जिज्ञासु होकर पूछा।

'कहा जाता था कि मागियों के पास अथाह आध्यात्मिक शक्तियां होती हैं,' मिसेज़ बाटलीवाला ने कहा। 'ऐसा कहा जाता था कि वो दिमाग़ों को पढ़ सकते हैं, पानी पर और आग के बीच चल सकते हैं, साधारण धातुओं को सोने में बदल सकते हैं और इच्छानुसार प्रकट या ग़ायब हो सकते हैं। फिर, एक समय आया जब तीन ऐसे शक्तिशाली मागियों ने एक खगोलीय घटना देखी जो पृथ्वी पर एक मसीहा के आगमन की घोषणा करती थी। ये आकाशीय घटना उसी जैसी थी जिसे ज़रथुष्ट्र के जन्म के समय देखा गया

था: एक सुनहरे दोहरे तारे का प्रकट होना। ये जानकर, तारे के मार्गदर्शन में तीनों यरूशलेम की दिशा में निकल पड़े जहां वो एक नए मसीहा के जन्म के गवाह बने। बाइबिल तीन मागियों का "तीन बुद्धिमान पुरुषों" के रूप में वर्णन करती है और क्रिसमस कैरोल उन्हें "ओरियंट के तीन राजा" कहते हैं। वो मागी थे! और जिस दिव्य शिशु को देखने के लिए उन्होंने मीलों की यात्रा की, वो जीज़स थे!'

मैं मिसेज़ बाटलीवाला की कहानी में खो गया। यरूशलेम में, यहूदा का शासक राजा हेरोद तीन मागियों के असामान्य आगमन से चौंक गया। पूर्व की धूमधाम और घुड़सवार सेना के एक विशाल दस्ते के साथ यात्रा करते हुए मागियों से शक्ति की आभा फूट रही थी। और हेरोद को शानो-शौकत पसंद थी। दिखावेबाज़ हेरोद तुरंत मागियों की भव्यता से आकर्षित हो गया और उसने उन्हें अपने दरबार में आमंत्रित कर लिया।

'यरूशलेम में हेरोद का महल भव्य था,' उन्होंने कहा और वो विस्तार से उसका वर्णन करने लगीं, जैसे वो ख़ुद वहां गई हों। 'महल लगभग 16,000 वर्ग मीटर के एक विशाल, ऊंचे चबूतरे पर बनाया गया था और बहुत सी पुश्ता दीवारों पर टिका हुआ था, जो ज़मीन से पांच मीटर ऊपर थीं। बग़ीचों, नहरों, बरामदों, उपवनों और कांस्य फ़व्वारों के चारों ओर दो भव्य इमारतें बनाई गई थीं, और दोनों में ही भोज कक्ष, स्नानागार और आवास कक्ष थे। निर्माण में इस्तेमाल किया गया प्रत्येक विशाल पत्थर सफ़ेद संगमरमर का था और ब्लॉकों के बीच के जोड़ इतने बारीक थे कि उनकी बनावट एक अखंड विशाल भवन जैसी दिखती थी।'

मिसेज़ बाटलीवाला के अनुसार, मागियों ने हेरोद से पूछा, 'वो बच्चा कहां है जो यहूदियों के राजा के रूप में पैदा हुआ है? क्योंकि हमने उसके तारे को उदय होते देखा है, और हम उसके प्रति सम्मान प्रकट करने आए हैं।' ऐसा लगता है कि ये अनुरोध हेरोद का सोचा-समझा अपमान था। मागी जानते थे कि हेरोद एक असुरक्षित व्यक्ति था जिसकी 'यहूदियों के राजा' के रूप में शक्तिशाली स्थिति काफ़ी

हद तक जूलियस सीज़र के साथ उसके पिता के अच्छे संबंधों के कारण थी।

हेरोद का पिता एंटीपेटर नबातिया की एक राजकुमारी से शादी करने के बाद बहुत प्रभावशाली व्यक्ति बन गया था। जब 63 ईसा पूर्व में पॉम्पी ने फ़िलस्तीन पर आक्रमण किया, तो एंटीपेटर ने पॉम्पी को अपना पूर्ण समर्थन दिया। कुछ साल बाद, हेरोद की भी मार्क एंटनी से दोस्ती हो गई। ये दोस्ती आजीवन बनी रही। जूलियस सीज़र ने एंटीपेटर को एक मज़बूत सहयोगी के रूप में देखा और उसने उसे यहूदा का मुख़्तार नियुक्त कर दिया। इसी के साथ, उसके बेटे हेरोद को गैलिली का गवर्नर नियुक्त कर दिया गया। कुछ साल बाद, रोमन संसद ने आख़िरकार हेरोद को यहूदा के राजा की उपाधि दे दी। 'अधिकांश राजाओं के विपरीत ये नियुक्ति थी, अभिषेक नहीं,' मिसेज़ बाटलीवाला ने मुझे याद दिलाया।

'फिर हेरोद ने अपने विद्वानों से परामर्श किया और उसे पता चला तनाख़—हीब्रू शास्त्रों—की भविष्यवाणी थी कि मसीहा बेथलीहम में पैदा होंगे,' उन्होंने आगे कहा। 'मैथ्यू का गॉस्पेल बताता है कि कैसे हेरोद ने मागियों से ठीक उस तारीख़ का पता लगाया जिस दिन उन्होंने जन्म का सुसमाचार देने वाले तारे को देखा था।'

हेरोद के लिए ये विशेष तिथि भविष्यवाणी की पुष्टि थी। उसने मागियों को शिशु जीज़स से मिलने के लिए आगे जाने की अनुमति दे दी लेकिन साथ ही एक वचन भी ले लिया कि वो वापस आएंगे और उसे नवजात शिशु का सही स्थान बताएंगे।

57

'मागी बेथलीहम चले गए,' मिसेज़ बाटलीवाला ने आगे बताया। 'वो बालक जीज़स के लिए उपहार में सोना, लोबान और गंधरस ले गए

थे। ये वही उपहार थे जिन्हें दो शताब्दी पहले, पहले मागी ने राजा सेल्यूकस द्वितीय को मिलेटस के मंदिर में अपोलो को भेंट करने की सलाह दी थी।'

मेरी दादी सेसील ने कुछ साल पहले मुझे इन उपहारों का महत्व समझाया था। लोबान देवत्व का प्रतीक था। सोना राजशाही का संकेत देता था। और गंधरस—जो अंत्येष्टि संस्कारों में प्रयोग किया जाता था—मृत्यु का प्रतीक था। लेकिन सेसील के अनुसार, मागी ने सेल्यूकस को एक चौथा उपहार अपोलो को देने की सलाह नहीं दी थी—एक ऐसा उपहार जो पुनर्जन्म का प्रतीक है। सेसील की राय में इसे जानबूझकर छोड़ा गया था। इसलिए, सोने, लोबान और गंधरस के अलावा, तीनों मागी गुप्त रूप से शिशु जीज़स के लिए इस चौथे उपहार का भी एक छोटा सा भाग ले गए थे। माना जाता है कि इसे उनके सूली पर चढ़ने के बाद केवल एक बार इस्तेमाल किया गया था।

'पवित्र शिशु को देखने के बाद मागियों को एक पूर्वाभास हुआ,' मिसेज़ बाटलीवाला ने कहा। 'ये चेतावनी थी कि वो वापस हेरोद के पास न जाएं, वर्ना बच्चे की जान ख़तरे में पड़ जाएगी। वो एक अन्य रास्ते से फ़ारस के लिए रवाना हो गए। जब हेरोद को पता चला कि तीनों मागियों ने उसे धोखा दिया है, तो उसे बहुत ग़ुस्सा आया। ये देखते हुए कि मागी ने दो साल पहले उदय होते तारे को देखा था, उसने बेथलीहम में दो साल या उससे कम उम्र के सभी लड़कों को मारने का आदेश जारी कर दिया।'

मेरे पिता का वर्णन, मिसेज़ बाटलीवाला की कहानियां और मेरी दादी सेसील की किताब मेरे सिर में गड्डमड्ड हो रही थीं। मैं इस सबको समझने की कोशिश करने लगा।

'ज़रथुष्ट्र के मरने के बाद एक शक्तिशाली नेता उभरा,' मेरी टीचर ने कहा। 'उसने अपने लोगों को एक ऐसे राष्ट्र के रूप में एकीकृत किया जो असीरियाइयों के ख़िलाफ़ अपनी रक्षा कर सकता था। उसका नाम हख़ामनिश था, और यूनानियों में उसे अख़ामनिश

के नाम से जाना गया।'

'आपका मतलब साइरस से है?' मैंने पूछा।

'दरअसल, उसका पूर्वज,' उन्होंने जवाब दिया। 'अख़ामनिश के कई साल बाद, फ़ारसी फ़लक पर साइरस का उदय हुआ। वो ज़ोरोस्टरवादी मूल्यों से प्रभावित था, हालांकि उसने अपनी प्रजा पर कभी कोई विशेष धर्म थोपने की कोशिश नहीं की। उसे साइरस द ग्रेट के नाम से जाना गया। साइरस अख़ामनिश को अपने साम्राज्य का जनक मानता था। एक दशक में, साइरस ने इलाक़े के विभिन्न क़बीलों को एकजुट करके हख़ामनी साम्राज्य का निर्माण किया, जो कि सबसे पहला फ़ारसी साम्राज्य था।'

उन्होंने साइरस के बारे में जो कहानी सुनाई, वो अद्‌भुत थी। किंवदंती के अनुसार, मीडिया का राजा अस्त्याजीस फ़ारसियों का शासक था। अस्त्याजीस ने अपनी बेटी का विवाह फ़ारस में अपने जागीरदार क़ंबीज़ नामक एक युवा राजकुमार से किया था। इस मिलन से साइरस का जन्म हुआ।

अस्त्याजीस ने एक सपना देखा था कि नवजात शिशु एक दिन उसका तख़्ता पलट देगा। इसलिए उसने आदेश दिया कि साइरस को मार डाला जाए। 'तुम्हें याद है कि ये किस तरह हेरोद के समान है जो जीज़स को मारना चाहता था?' मिसेज़ बाटलीवाला ने पूछा। मेंने सिर हिलाया। मैंने उन्हें ये नहीं बताया कि ये पौराणिक कथाओं में बार-बार दोहराया जाने वाला विषय था। हिंदू पौराणिक कथाओं में राजा कंस इसी कारण से कृष्ण को मरवाना चाहता था।

'लेकिन अस्त्याजीस के भरोसेमंद मंत्री हार्पागस ने अपने राजा के आदेश को नज़रअंदाज़ कर दिया और बच्चे को चुपके से कहीं दूर एक चरवाहे को पालने के लिए दे दिया,' मिसेज़ बाटलीवाला ने आगे कहा। जैसे नंद और यशोधरा ने कृष्ण के साथ किया था, मैंने सोचा।

अपनी उत्कृष्टता और अद्‌भुत क्षमता के कारण, साइरस अंततः अस्त्याजीस की नज़रों में आ ही गया। वो उसका अंत होता,

लेकिन आश्चर्यजनक रूप से, अस्त्याजीस के सलाहकारों ने उसे साइरस को जीवित रहने देने के लिए मना लिया। ये अस्त्याजीस के लिए एक घातक निर्णय साबित हुआ। साइरस ने अपने नाना के ख़िलाफ़ विद्रोह कर दिया और उसका तख़्ता पलट दिया, और इस तरह अस्त्याजीस के सपने की भविष्यवाणी को सच साबित कर दिया। असहाय अस्त्याजीस ने पाया कि उसकी सेना ने भी उसे छोड़ दिया था और वो साइरस के साथ शामिल हो गई थी।

'साइरस ने उस समय के अधिक शक्तिशाली राज्यों—मीडिया, लीडिया और बेबीलोनिया के विरुद्ध कई सैन्य अभियान चलाए,' मिसेज़ बाटलीवाला ने बताया। 'अपनी जीतों के परिणामस्वरूप, उसने स्थानीय शासकों को क्षत्रपों के रूप में बनाए रखते हुए, मध्य पूर्व के अधिकांश भाग को फ़ारस के शासन के तहत एक कर लिया। इस तरह, वो निरंतरता और विस्तार की गारंटी देने में सक्षम था।'

'साइरस और यहूदियों की इस कहानी में कुछ था ना?' मैंने पूछा।

'हां, जो साइरस की करुणा से पैदा हुआ था,' मेरी स्कूल टीचर ने उत्तर दिया। 'उसने 539 ईसा पूर्व में यहूदियों को ग़ुलाम बनाने वाले कैल्डियाई राजाओं को हराकर बेबीलोनिया पर विजय प्राप्त की। साइरस ने यहूदियों को क़ैद से रिहा किया और उन्हें अपने वतन लौटने की अनुमति दी। यहां तक कि उसने उन्हें अपने मंदिर के पुनर्निर्माण में मदद करने के लिए आवश्यक संसाधन भी प्रदान किए। इस तथ्य को यहूदियों द्वारा बाइबल के छंद 137 में कृतज्ञतापूर्वक दर्ज किया गया।' मैं ये जानता था। 1978 में इस छंद को रूपांतरित करके बोनी एम ग्रुप ने एक हिट गीत बना दिया था। इसे बाई द रिवर्स ऑफ़ बेबीलोन नाम दिया गया था। मेरी पीढ़ी उस गाने को सुनते हुए बड़ी हुई थी!

'लेकिन एक बात याद रखना, बेटे,' मिसेज़ बाटलीवाला ने कहा, 'उस सांस्कृतिक संपर्क के आदान-प्रदान में यहूदी धर्म ने कई विचार ज़रोसोस्टरवाद से उधार लिए थे। स्वर्ग और नर्क, एक मसीहा

का आगमन, शैतान का प्रलोभन, फ़ैसले का दिन, अच्छाई और बुराई का द्वैतवाद, चमकता तारा और मृतोत्थान जैसी अवधारणाएं ज़ोरोस्टरवाद से प्रेरित थीं। इन विचारों ने अंततः अन्य इब्राहीमी धर्मों में भी अपनी जगह बना ली।'

'अविश्वसनीय,' मैं फुसफुसाया।

'साइरस के शासन में आधुनिक ईरानी शहर शीराज़ के क़रीब पासारगाद में बीस से अधिक भिन्न जनसंख्या समूह साथ-साथ रहते थे,' मिसेज़ बाटलीवाला ने कहा। 'साइरस सिलिंडर, जो कि फ़ारस की सबसे बड़ी कलाकृतियों में से एक है, और जो इंग्लैंड के मैग्ना कार्टा से लगभग दो सहस्राब्दी पहले का है, मानवाधिकारों के घोषणापत्र जैसा है। ये शिलालेख दासता और उत्पीड़न को प्रतिबंधित करता है; ये संपत्ति ज़ब्त करने को अवैध मानता है; ये सभी उपासकों को उनके विभिन्न देवताओं का सम्मान करने का अधिकार प्रदान करता है।'

'लेकिन सिलिंडर में अहुरा मज़्दा का उल्लेख नहीं है,' मैंने कहा। 'क्यों?'

'हो सकता है कि साइरस ने इसी को ठीक समझा हो,' उन्होंने जवाब दिया। 'जिस क्षेत्र पर उसने विजय प्राप्त की थी, वो मरदूक नामक देवता की पूजा करता था। बाद के वर्षों में मरदूक की विशेषताओं को आशूर में स्थानांतरित कर दिया गया था। और उसके बाद...'

'अहुरा मज़्दा में?' मैंने पूछा।

58

मैंने मिसेज़ बाटलीवाला को उनके समय के लिए धन्यवाद दिया और वहां से आ गया। मैं उनके लिए फलों की एक टोकरी ले गया था जिसे मैं बाहर निकलते समय उनकी रसोई में उनके लिए छोड़

आया। घर पहुंचने के बाद मैं लिविंग रूम में बैठकर सेसील की उस लाइब्रेरी की एक किताब पढ़ने लगा जो मेरे पिता के माध्यम से मुझ तक पहुंची थी।

मैं काउच पर लेटा हख़ामनियों के इतिहास में डूब गया। बज़ाहिर, अहुरा मज़्दा में विश्वास करने वाला अगला महान हख़ामनी हीरो साइरस का भतीजा डैरियस प्रथम था, जिसने 522 ईसा पूर्व से छत्तीस साल तक शासन किया था। कहा जाता है कि उसके दौर में फ़ारसी साम्राज्य अपने चरमोत्कर्ष पर पहुंच गया था।

डैरियस हख़ामनी सिंहासन का क़ानूनी उत्तराधिकारी नहीं था। उसके पिता केवल बैक्ट्रिया के फ़ारसी गवर्नर रहे थे। लेकिन सत्ता के लिए एक संघर्ष हुआ था जिसमें एक बहरूपिए राजा गौमत को सिंहासन पर बिठा दिया गया था। गौमत का शासन लंबे समय तक नहीं चला, क्योंकि जल्द ही षड्यंत्रकारियों के एक समूह ने—जिसमें डैरियस भी शामिल था—उसकी हत्या कर दी। तब ये प्रश्न उठा कि गौमत का उत्तराधिकारी कौन हो?

षडयंत्रकारी सिंहासन के लिए एक प्रतियोगिता में भाग लेने पर सहमत हो गए। सभी अगली सुबह अपने घोड़ों पर सवार होकर मिलेंगे। सबसे पहले हिनहिनाने वाले घोड़े के मालिक को राजा घोषित कर दिया जाएगा। चतुर डैरियस एक घोड़ी के गुप्तांगों पर हाथ मलने के बाद मीटिंग में पहुंचा। आयोजन स्थल पर पहुंचकर उसने अपने घोड़े को अपने हाथ सुंघा दिए। उसका घोड़ा लगभग तुरंत ही हिनहिनाने लगा और—आश्चर्य, घोर आश्चर्य—डैरियस को राजा घोषित कर दिया गया। मुझे हंसी आ गई। मुझे ऐसा लगा कि अगर हीरो जीत जाए तो छल-कपट भी ठीक था।

डैरियस ने अगले कुछ साल विद्रोहों को दबाने और अपने शासन को मज़बूत करने में बिताए। उसके बाद विशाल सैन्य अभियान किए गए। उसने मिस्र के एक बड़े भाग को भी अपने साम्राज्य में मिला लिया। अगले साल उसने एशियाई उपमहाद्वीप में उत्तरी पंजाब को फ़ारसी साम्राज्य के बीसवें क्षत्रप के रूप में जोड़ लिया।

डैरियस ने कम से कम बारह बच्चे पैदा किए, जिनमें से एक उसका उत्तराधिकारी ज़रक्सीज़ भी था। डैरियस कट्टर ज़ोरोस्टरवादी था, लेकिन वो अन्य सभी धर्मों को सहन करता था, बशर्ते कि उनके अनुयायी विनम्र बने रहें। ईरान के किरमानशाह प्रांत में बीस्तून पर्वत में एक चट्टान पर खुदे आलेख में उसके शब्द घोषणा करते हैं:

> *अहुरा मज़्दा महान ईश्वर है जिसने इस पृथ्वी को स्थापित किया,*
> *जिसने उस आकाश को स्थापित किया, जिसने मनुष्य को स्थापित किया,*
> *जिसने मनुष्य के लिए शांति स्थापित की, जिसने डैरियस को राजा बनाया,*
> *अनेकों पर एक राजा, अनेकों का एक सेनापति।*

एक और शिलालेख में डैरियस ने कहा:

> जब अहुरा मज़्दा ने इस पृथ्वी को संकट में देखा,
> तो उसने इसे मुझे दे दिया और मुझे राजा बना दिया।
> मैं अहुरा मज़्दा की महानता के कारण राजा हूं।

डैरियस के शिलालेख पर एक घेरा पकड़े पंख वाले आदमी की आकृति का चिह्न था। ये आगे चलकर ज़ोरोस्टरवादी धर्म से जुड़ा प्रतीक बन गया—फ़रवहर। प्रतीक नया नहीं था, इसका उपयोग पहले मिस्त्रियों और असीरियाइयों द्वारा किया जा चुका था, लेकिन हख़ामनी राजाओं के लिए फ़रवहर फ़रवशी का प्रतीक था—वो संरक्षक देवदूत जो सम्राट और उसके लोगों की रक्षा करता था। मैं उस प्रतीक को हर जगह देखते हुए बड़ा हुआ हूं—हमारे अग्नि मंदिरों में, प्रार्थना पुस्तकों में, यहां तक कि कार के स्टिकर्स पर भी। हाल ही में मैंने इसे मिसेज़ बाटलीवाला के गले में पेंडेंट के रूप में देखा था।

कहा जाता है कि जब डैरियस ने एथेंस को जीतने के लिए छह सौ कश्तियां और एक बड़ी सेना भेजी तो उसे हार का सामना करना पड़ा। उसके सैनिकों ने मैराथन के मैदानों पर क़ब्ज़ा कर लिया, और एक औचक हमले के लिए उपयुक्त समय की प्रतीक्षा करने लगे। जब मैराथन के निवासियों को डैरियस की योजनाओं का अंदाज़ा हुआ, तो उन्होंने एथेंस के लोगों को चेतावनी देने के लिए धावक फ़ीडिपिडीज़ को भेजा। ये बयालीस किलोमीटर की दूरी थी। बेशक, वो दौड़ आज तक दुनिया भर के शहरों में आयोजित होने वाली मैराथन दौड़ों के रूम में अमर हो गई। ख़ुद मेरी पत्नी लिंडा ऐसी कई रेसों में भाग ले चुकी हैं।

डैरियस की सेना को पीछे हटना पड़ा। लेकिन राजा का प्रशंसनीय योगदान सरकार की एक ऐसी व्यवस्था स्थापित करने में था जो इतने बड़े साम्राज्य का प्रशासन संभाल सके। डेरियस एक ऐसे साम्राज्य को संभालता था जो भूमध्य सागर से सिंधु नदी तक फैला हुआ था। उसके क़ानून ज़रथुष्ट्र की शिक्षाओं और बेबीलोनियाइयों से उधार ली गई हम्मूरब्बी की संहिता का मिश्रण थे। डैरियस ने इतने बड़े पैमाने पर शाही राजमार्गों का निर्माण किया जो पहले कभी नहीं देखे गए थे और नील नदी और लाल सागर के बीच एक नहर का निर्माण भी किया। उसने सैकड़ों क़नात—क्षैतिज सिंचाई कुएं—बनवाए। शूश में, डैरियस ने एक विशाल महल परिसर बनवाया जो उसका पसंदीदा निवास स्थान बन गया। उसने पर्सेपोलिस में एक अत्यंत भव्य महल भी बनवाया था, जिसे आख़िरकार दो सदियों बाद विजयी सिकंदर द्वारा जलाकर राख कर दिया गया। ये डैरियस ही था जिसने साम्राज्य के लिए एक नई मुद्रा—दारायका—की शुरुआत की थी। इस मुद्रा से, जिसे उसके अधीन सभी इलाक़ों में उपलब्ध करा दिया गया था, कर एकत्र करना बहुत आसान हो गया, और इस प्रकार राजस्व में वृद्धि हुई। उसने व्यापार को सुव्यवस्थित करने के लिए मापतौल की एक नई मानकीकृत प्रणाली भी शुरू की।

डैरियस का पुत्र, ज़रक्सीज़, अत्याचारी क़िस्म का था। उसकी

आधिकारिक पदवी 'शहंशाह' थी—राजाओं का राजा। मैं ये पढ़कर हैरान रह गया। मुझे हमेशा लगता था कि इस शब्द का इस्लामिक मूल था। लेकिन मैं ग़लत साबित हुआ। बेशक, ज़रक्सीज़ को 480 ईसा पूर्व में यूनान के ख़िलाफ़ अपनी सेना का नेतृत्व करने और थर्मोपाइले के युद्ध में स्पार्टन्स को हराने के लिए याद किया जाएगा। फिर उसने एथेंस को तहस-नहस कर दिया। लेकिन इससे पहले कि वो यूनान में अपनी विजयों को मज़बूती दे पाता, एक विद्रोह को कुचलने के लिए उसे बेबीलोनिया बुला लिया गया। अगले ही साल, यूनानियों ने प्लाटिया की लड़ाई में बदला ले लिया।

लेकिन इससे भी ज़्यादा अशुभ रूप से, डेढ़ सदी बाद सिकंदर द्वारा पर्सेपोलिस का विनाश एथेंस को नष्ट करने की क़ीमत साबित हुई।

59

अपने पिता द्वारा मुझे दी गई इस किताब को पढ़ने के बाद, मैंने अपनी दादी से मिलने का फ़ैसला किया। मेरे दादा की मृत्यु के बाद सेसील खंडाला की पहाड़ियों में रहने के लिए चली गई थीं। वो वहां जिस घर में रहती थीं, उसे मेरे दादा रुस्तम ने अपने वीकएंड रिट्रीट के तौर पर बनवाया था। लेकिन सेसील को वो जगह इतनी पसंद थी कि रुस्तम की मृत्यु के बाद उन्होंने वहां स्थायी रूप से रहने का फ़ैसला कर लिया था। इसमें आश्चर्य की कोई बाद नहीं थी कि सेसील ने प्रदूषित मुंबई की तुलना में पहाड़ियों की ठंडी ताज़ी हवा को तरजीह दी।

मैंने अपने पिता को अपनी योजना के बारे में बताया और उनकी सफ़ेद मर्सिडीज़-बेंज़ में चल पड़ा। ये एक पुरानी कार थी, लेकिन मेरे पिता ने भावनात्मक कारणों से इसे अपने पास रखा हुआ था। पीछे के विंडस्क्रीन पर ज़ोरोस्टरवादी फ़रवहर का एक सुनहरा स्टिकर लगा हुआ था। मैं जहां भी जाता मुझे ऐसा लगता कि ये

प्रतीक मेरा पीछा कर रहा था!

मेरे पिताजी ने सुनिश्चित किया कि हमारे पुराने और भरोसेमंद ड्राइवर अब्दुल ड्राइव करें। मेरे पिता ने उन्हें तेज़ ड्राइविंग न करने और घाटों पर अतिरिक्त सावधानी बरतने के सख़्त निर्देश दिए थे। मैंने कार में समय का उपयोग उन कुछ पंक्तियों को याद करने के लिए किया जो मेरे पिता ने मिट्टी के बक्से के साथ मुझे दी थीं। फिर मैंने उसे छोटे-छोटे टुकड़ों में फाड़ दिया और उसके कचरे को अगले पड़ाव पर फेंक दिया। मैं शाम को खंडाला पहुंचा, तब तक ठंड हो चुकी थी। सेसील के दो जर्मन शेफ़र्ड मेरा अभिवादन करने के लिए भागते हुए बाहर आए और मैंने उन दोनों को कुत्तों का खाना दिया।

उम्र ने सेसील को और भी ज़्यादा सौष्ठव प्रदान कर दिया था। उनके ब्लौंड बाल चांदी जैसे ग्रे हो गए थे, लेकिन उनकी नीली आंखें अब भी चमकती थीं। उनकी त्वचा जो कभी चमचमाती थी, अब पीली पड़ गई थी लेकिन अब भी चिकनी थी। वो एकदम सीधी चलती थीं, और बीमारी से मुक्त थीं, हालांकि वो अस्सी से बस एक साल कम थीं। मैंने उन्हें गले लगा लिया। 'फ्रेश हो लो, फिर हम डिनर करेंगे,' उन्होंने कहा। 'मैंने कुक से तुम्हारी मनपसंद डिशें बनवाई हैं।'

'मेरी मनपसंद डिश तो आप हैं,' मैंने उन्हें आंख मारते हुए छेड़ा। ये एक पुराना मज़ाक़ था जो कभी बासी नहीं हुआ, और कभी उन्हें गुदगुदाने से नहीं चूकता था। मैं जल्दी से फ्रेश हुआ और उनके सजावटी डाइनिंग रूम में उनके पास पहुंच गया। फ्रेंच ओनियन सूप का एक बोल, जो उनकी रसोई में मेरा पसंदीदा था, मेरे लिए पहले ही रखा जा रहा था। सेसील ने बगेट का एक बड़ा सा टुकड़ा तोड़ा और उसे ढेर सारे नर्म किए गए मक्खन के साथ मेरी साइड प्लेट पर रख दिया।

'मुझे ख़ुशी है कि तुम आए,' मेरी दादी ने सरलता से कहा। 'मैं चिंतित थी कि तुम्हारे स्टैनफ़ोर्ड जाने से पहले मैं तुमसे मिल नहीं पाऊंगी।'

'ऐसा कभी नहीं हो सकता था,' मैंने कहा, और मैंने ये सच कहा था। सेसील उन नेक आत्माओं में से थीं जिन्होंने बरसों से मुझ पर अपने प्यार की बरसात की थी। उन्हें अलविदा कहने के लिए उनसे मिले बिना मेरे अमेरिका जाने का सवाल ही नहीं उठता था।

'तुम्हारे दिमाग़ में कुछ चल रहा है,' उन्होंने कहा। 'मुझे बताओ।'

'मैं पारसी इतिहास की खोजबीन में लगा हुआ हूं, और आप उस पर किसी एंसाइक्लोपीडिया से कम नहीं हैं,' मैंने जवाब दिया। 'मुझे कभी ये समझ नहीं आया कि उन्होंने आपके साथ एक बाहरी व्यक्ति के रूप में बर्ताव क्यों किया। आप उन कथित अंदरूनी लोगों की तुलना में कहीं ज़्यादा अंदर पैठी हुई थीं!'

'मेरे लिए रुस्तम के प्यार की वजह से मैंने इस सबकी परवाह नहीं की,' उन्होंने बिना किसी विद्वेष के कहा। 'वो अपने मरने के दिन तक मेरे प्रति समर्पित रहे। ये सबसे अहम बात थी।'

बाक़ी का डिनर स्वादिष्ट था, हालांकि शाकाहारी था। सेसील और रुस्तम दोनों ने अपने जीवन के शुरुआती दिनों में ही मांस खाना छोड़ दिया था, जिससे ये बात और भी स्पष्ट हो जाती थी कि वो पारसी दुनिया में सांस्कृतिक विषमताएं थीं। मेरे सामने रखी थाली बड़ी लज़ीज़ दिख रही थी। लीक, मशरूम, प्याज़, पालक और बकरी के दूध से बने चीज़ का गर्मागरम कीश। डिनर एपल पाई और वनीला आइसक्रीम के साथ पूरा हुआ। अंत तक मेरा पेट पूरी तरह से भर चुका था। सेसील के घर पर मैं हमेशा भूल जाता था कि मैं मांसाहारी था।

डिनर के बाद मैं सेसील के घर के अपने पसंदीदा हिस्से, उनकी लाइब्रेरी, में गया। मैं उन किताबों पर नज़र डालने लगा जो इस दंपती ने वर्षों में जमा की थीं। लगभग हर कल्पनीय विषय: विज्ञान, चिकित्सा, धर्म, अध्यात्म, इतिहास, पुराणशास्त्र, संस्कृति, दर्शन और योग पर शेल्फ़ ठुंसे पड़े थे। इनके अलावा, क्लासिक्स और समकालीन लेखन सहित कविता और कथा साहित्य की रचनाएं

थीं। उनके विशाल भंडार से मुझे समझ आता था कि इस जोड़े का हमेशा जीवन के प्रति इतना सार्वभौमिक दृष्टिकोण क्यों था।

मैंने फ़िलिप फ्रीमैन की एलेक्ज़ैंडर द ग्रेट उठा ली। मेरी बड़ी इच्छा थी कि मैं सेसील के साथ बैठूं और गपशप करूं, लेकिन मैं थक गया था। मैंने अपनी दादी से अनुमति ली, अपने कमरे में गया और पढ़ना शुरू कर दिया।

60

फ्रीमैन की किताब के पहले कुछ पन्नों से मुझे पता चला कि सिकंदर तृतीय मैसेडोन के राजा फ़िलिप द्वितीय का बेटा था। 356 ईसा पूर्व के आसपास जन्मा सिकंदर अपने पिता की मृत्यु के बाद बीस वर्ष की अल्प आयु में ही राजा बन गया। वो आगे चलकर दुनिया के महानतम विजेताओं में से एक बना, और इस तरह उसने 'महान' की स्थायी उपाधि अर्जित की।

330 ईसा पूर्व में, सिकंदर ने हख़ामनी फ़ारसी साम्राज्य पर फ़तेह हासिल कर ली। गौगामेला की लड़ाई में डैरियस तृतीय पर अपनी जीत के बाद, सिकंदर की सेना ने फ़ारस की राजधानी पर्सेपोलिस की ओर कूच किया और लूटपाट का तांडव शुरू कर दिया। सिकंदर की योजना में ये ज़रक्सीज़ प्रथम द्वारा एथेंस को तहस-नहस करने का बदला था। हख़ामनी राजा ने 150 साल पहले यूनान पर हमला किया था, और एथेंस के प्रसिद्ध पार्थेनन सहित गांवों, शहरों और मंदिरों को धराशायी कर दिया था। उस हमले को यूनानियों ने न तो भुलाया था और न ही माफ़ किया था।

पर्सेपोलिस—या पारसा, जिस नाम से ये तब जाना जाता था—एक शानदार आनुष्ठानिक केंद्र था जहां पूरे राज्य से लोग राजा के प्रति अपना सम्मान प्रकट करने आते थे। इसके परिसर में सभागारों, सिंहासन कक्षों, कोषागारों, हरमों, शाही अभिलेखागारों और धार्मिक

पुस्तकालयों सहित कई विशाल इमारतें थीं। इनमें से कुछ का निर्माण डैरियस प्रथम ने और कुछ का ज़रक्सीज़ ने करवाया था। शहर के अलग-थलग भूगोल ने भी इसे बाक़ी दुनिया से छिपाकर रखा था। पर्सेपोलिस जल्द ही शाही ख़ज़ानों, कोषागारों और अभिलेखागारों को संग्रहीत करने के लिए सबसे सुरक्षित स्थानों में से एक बन गया था। मागियों के सबसे शक्तिशाली रहस्य वहीं छिपे थे: पवित्र ग्रंथ जिनमें दिव्य मंत्र, शुद्धता के अनुष्ठान और ज्योतिष, कीमिया, अंक शास्त्र और जड़ी-बूटियों के विज्ञान के रहस्य शामिल थे।

डैरियस प्रथम ने पर्सेपोलिस का स्थान सावधानीपूर्वक पुरानी राजधानी से दूर एक दूरस्थ क्षेत्र में चुना था। उसका प्रयास था कि उसका शासनकाल पासारगाद पर शासन करने वाले पिछले राजाओं से स्पष्ट रूप से भिन्न हो। विस्मय और कौतुक पैदा करने के विशिष्ट उद्देश्य से निर्मित पर्सेपोलिस की प्रत्येक इमारत वास्तुशिल्प का अजूबा थी। डैरियस के स्वागत कक्ष का उद्देश्य सभी आगंतुकों को प्रभावित करना और उन पर फ़ारसी साम्राज्य की शक्ति के प्रभाव को और अधिक मज़बूत करना था। केवल भव्य चबूतरे की छत का ही आकार 125,000 वर्ग मीटर था! उस पर, उसने बहत्तर स्तंभों वाले एक भव्य दर्शन कक्ष आपादाना का निर्माण किया, जिनमें से प्रत्येक उन्नीस मीटर ऊंचा था। उन स्तंभों के ऊपर लेबनान से लाई गई मशहूर देवदार की लकड़ी से बनी एक शानदार छत है।

पर्सेपोलिस एक शानदार ढंग से समृद्ध शहर था। सिकंदर ने, एक उच्छृंखल मनोस्थिति में, अपने मैसेडोनियाई सैनिकों को खुली आज़ादी दे दी कि वो निजी घरों को लूट लें, और जो भी सोना, चांदी और ख़ज़ाना हाथ लगे, वो ख़ुद ले लें। लेकिन लूटपाट में पूरा दिन बिताने के बाद भी मैसेडोनियाई अपने लालच को पूरी तरह से संतुष्ट नहीं कर सके। उन्होंने पुरुषों को अकारण मार डाला और महिलाओं और बच्चों को ग़ुलामों के रूप में घसीटकर ले गए।

इस बीच, सिकंदर ने शाही क़िले पर क़ब्ज़ा कर लिया और 2500 टन चांदी ज़ब्त कर ली, जिसे ले जाने के लिए उसने 3000

ऊंटों और ख़च्चरों की व्यवस्था की। इतिहास गवाह है कि सिकंदर ने नशे के उन्माद में शाही महल में आग लगा दी थी। कथित तौर पर ये थाइस नाम की एक महिला की शह पर किया गया था जो सिकंदर के सेनापति टॉलेमी की एथेनियन प्रेमिका थी।

लेकिन इतिहास ग़लत था।

61

हैदरी ने सरोशपुर को इस ढंग से देखा जिसे वो पहचानता था। *इस 'ड्राइवर' के साथ कुछ गड़बड़ है।* वो टूटी-फूटी टोयोटा हाईएस में थे। नया ड्राइवर चमत्कारिक रूप से कहीं से आ गया था। और फिर हैदरी ने ढीले ढक्कन वाले ग्लवबॉक्स में सिग सॉअर पी228 गन देखी थी।

वैसे लगता यही था कि ड्राइवर उन्हें सही दिशा में ले जा रहा था—आतशगाह बुलवर्ड से चमरान एक्सप्रेसवे और फिर इस्फ़हान ईस्टर्न बाईपास फ्रीवे पर। ड्राइवर ने रियरव्यू मिरर में हैदरी को देखा और वो उसके चिंतित भाव को भांप गया। हैदरी को ये देखकर और भी घबराहट हुई कि ड्राइवर ने रफ़्तार कम कर ली।

उसने सड़क के किनारे गाड़ी रोकी और हैज़ार्ड लाइटें जला दीं। फिर उसने ग्लवबॉक्स में हाथ डाला और पी228 को निकाला। उसे जेब में रखते हुए वो बाहर निकला और उसने यात्री केबिन का दरवाज़ा खोला। हैदरी, सरोशपुर, लिंडा और डैन सांस थामे इंतज़ार करते रहे। शायद उन सबका अंत क़रीब आ चुका था।

ड्राइवर ने अंदर सिर डालते हुए अपना चश्मा उतारा। 'मेरा नाम कावा अब्बासी है,' उसने हैदरी से कहा। 'कोई बेवक़ूफ़ी मत करना। मैं शायद तुम्हारे बचने का इकलौता चांस हूं।' हैदरी ख़ामोश था।

'कल मोबाइल फ़ोन पर तुम्हारी बातचीत,' अब्बासी ने बात

शुरू की। 'तुम तेहरान में किसी साथी से बात कर रहे थे, और तुमने जिम दस्तूर का नाम लिया था। वो बातचीत यूनिट 8200 ने सुन ली थी। इसीलिए मैं यहां हूं।'

'तुम सीआईए से हो?' सरोशपुर ने पूछा।

'नहीं, लेकिन हम अमेरिकियों के दोस्त हैं,' अब्बासी ने कहा। हैदरी और सरोशपुर का ध्यान तुरंत 'मैं' के बजाय 'हम' पर गया। वो मोसाद का अंडरकवर एजेंट था, सिर्फ़ उस तरह का एजेंट जो अभी भी ईरान के अंदर बचा रह सकता था। ईरान के अंदर सीआईए के ज़्यादातर ऑपरेशन मुहम्मद रज़ा पहलवी के निर्वासन के बाद दब गए थे। अब उसे ईरान में अपना कोई ऑपरेशन चलाने के लिए अपने इज़रायली समकक्ष पर निर्भर रहना पड़ता था।

'इस गाड़ी को फ्रीवे पर रोके रखना ठीक नहीं होगा,' अब्बासी ने कहा। 'पुलिस किसी भी समय आ सकती है। बेहतर यही होगा कि हम चल पड़ें। मैं ड्राइवर सीट पर वापस जा रहा हूं। बस मैंने सोचा कि मैं तुम लोगों का डर निकाल दूं ताकि तुम जल्दबाज़ी में कोई फ़ैसला न कर बैठो। बाक़ी बातें हम रास्ते में कर सकते हैं।'

अब्बासी ने यात्री दरवाज़ा बंद किया और अपनी सीट पर वापस चला गया। उसने झुककर अपना पी228 वापस ग्लवबॉक्स में रखकर ग्लवबॉक्स को बंद कर दिया। कुंडी ढीली थी, और ग्लवबॉक्स का कवर झटके से फिर खुल गया। फिर वो हाईएस को वापस फ्रीवे पर लाया और वो फिर से चल पड़े।

'घबराओ मत,' अब्बासी ने उन्हें विश्वास दिलाया। 'इस गाड़ी को सेनिटाइज़ कर दिया गया है। इसमें सुनने का कोई उपकरण नहीं है, इसलिए हम खुलकर बात कर सकते हैं।'

'एनएसए को कैसे पता चला कि किस फ़ोन को ट्रेस करना है?' हैदरी ने पूछा। 'मेरे अमेरिकी दोस्तों ने मुझे बताया है कि इन्होंने कीश आने वाले दिन ही अपने फ़ोन स्विच ऑफ़ कर दिए थे और जब ये नाव पर थे तो इन्होंने उन्हें पानी में फेंक दिया था। और मैंने अपनी बातचीत एक बर्नर फ़ोन से की थी।'

'वो ये नहीं जानते थे कि किस फ़ोन को ट्रेस करें?' अब्बासी ने कहा। 'इज़रायल की आईएसएनयू ने उनकी मदद की। ईरान के दो मोबाइल नेटवर्कों समेत ज़्यादातर में उनके बैकडोर हैं। उन्होंने पिछले चौबीस घंटों में कई स्वीप किए, और ख़ासतौर से 'जिम दस्तूर,' उनके साथियों, जगहों और कंपनियों जैसे नामों को सुनने की कोशिश करते रहे। सौभाग्य से, तुमने कल शाम आतशगाह से अपने फ़ोन का इस्तेमाल किया। प्रिज़्म के फ़नेल ने आईएसएनयू के ज़रिए उसी को पकड़ लिया। लगभग तुरंत ही, एजेंसियों ने तुम्हारी मोबाइल लोकेशन को तलाशना शुरू कर दिया।'

यात्री केबिन में ख़ामोशी पसर गई। ताकझांक करने की एजेंसियों की ताक़त सारी दुनिया में ज्ञात थी, लेकिन इसे एक्शन में देखना एक अलग ही बात थी। 'हम अभी भी जिम को आज़ाद कराने के क़रीब नहीं हैं,' लिंडा ने ख़ामोशी को तोड़ते हुए कहा।

'लेकिन अगर हम संसाधनों को जमा कर लें, तो हमारे पास बेहतर चांस होगा,' अब्बासी ने जवाब दिया। 'हमारे स्रोतों ने पुष्टि की है कि उन्हें शाहिद दारू फ़ार्मा के गेस्टहाउस में रखा गया है। आईआरजीसी-क़ुद्स ने लगभग हर जगह गार्ड तैनात कर रखे हैं। हम ये इसलिए जानते हैं कि अमेरिकियों के उपग्रह फ़ैक्टरी के अंदर देख सकते हैं।'

अमेरिका का नेशनल रीकनेसां ऑफ़िस—या एनआरओ—कीहोल नाम से ज्ञात उपग्रहों के एक समूह का संचालन करता था। उपयोग किए जा रहे कीएच-11 उपग्रह लॉकहीड मार्टिन द्वारा बनाए गए थे और उनमें उसी 2.4-मीटर मिरर का उपयोग किया गया था जिसका उपयोग हबल स्पेस टेलीस्कोप में किया गया था। बताया जाता था कि कीहोल प्रणाली ईरानी इलाक़े में पांच सेंटीमीटर जितनी छोटी वस्तुओं को भी पकड़ सकती थी। वो उपग्रह अब उन्हें फ़ैक्टरी के अंदर से डेटा फ़ीड कर रहे थे।

'दो अहम सवाल,' हैदरी ने कहा। 'एक। हम परिसर में कैसे घुसेंगे? दो। हम जिम को बाहर कैसे निकालेंगे?'

'कच्चे माल के ट्रक और डिलीवरी ट्रक कैसे रहेंगे?' सरोशपुर ने राय दी। 'परिवहन का आना-जाना तो लगातार लगा रहता होगा।'

'सारे ट्रकों की बारीकी से जांच हो रही है,' अब्बासी ने उन्हें सूचित किया। 'हर ड्राइवर के पास सुरक्षा क्लियरैंस होनी चाहिए। वो कोई चांस नहीं ले रहे हैं। जिम दस्तूर सोने की मुर्ग़ी हैं। हमें सोचना होगा।' अब्बासी ख़ामोश हो गया, लेकिन उसका दिमाग़ तेज़ी से चल रहा था।

कई वाहन आगे एक नाकेबंदी लगाई गई थी। ड्राइवरों से पहचान पत्र मांगे जा रहे थे। 'धत!' अब्बासी बुदबुदाया। 'पुलिसवालों की तादाद देखो। लगता है इसका ताल्लुक़ तुम्हारे सैन्य ट्रक से है। तुम्हारे साथी ने मुंह खोल दिया है।'

इसकी संभावना थी। मिनीवैन के अंदर सन्नाटा था और अब्बासी, सरोशपुर, हैदरी, लिंडा और डैन अपने विकल्पों का जायज़ा ले रहे थे। नाकेबंदी अभी भी लगभग बीस कारों की दूरी पर थी। उनकी बारी आने में अभी कुछ समय लगना था।

'ख़ामोशी से गाड़ी से उतर जाओ,' अब्बासी ने राय दी। 'मुझे अभी तुम्हारे ग्रुप के साथ नहीं माना जाता है, और शायद ये मुमकिन हो कि मैं नाके से निकल जाऊं। तुम चारों सड़क किनारे पर बाड़ से पार जाना और इस सड़क के किनारे-किनारे खेत में पैदल चलते जाना। मैं नाके के आगे से तुम्हें ले लूंगा।'

हैदरी सहमत था कि ये शायद सबसे अच्छी योजना थी। 'लेकिन एक्सप्रेसवे के बीच में हम चारों का गाड़ी से उतरना साफ़ नज़रों में आ जाएगा,' उसने कहा। 'क्यों न तुम साइड में रोककर टायर बदलने का नाटक करो? तब हमें निकलने का मौक़ा मिल जाएगा।'

अब्बासी ने इस सलाह को मंज़ूरी देदी। 'ये लो,' उसने कहा, और उसने हैज़ार्ड लाइटें जलाकर गाड़ी को एक्सप्रेसवे के किनारे की ओर लहरा दिया।

62

वो पांच घंटे से कुछ अधिक में तेहरान पहुंच गए। अगर नाकेबंदी नहीं होती तो और भी कम समय लगा होता। पुलिस अफ़सरों ने बस अब्बासी के काग़ज़ात देखकर उसे आगे बढ़ने का इशारा कर दिया था।

अब्बासी ने जो मुखौटा पहना हुआ था वो बहुत वास्तविक सा था। वो ईरान में सूखे मेवों की प्रोसेसिंग और पैकेजिंग का एक वैध बिज़नेस चलाता था। मोसाद में उसके संचालक ये सुनिश्चित करते थे कि उसे बिज़नेस में मुनाफ़ा होता रहे और उसके वित्तीय लेनदेन साफ़-सुथरे रहें। उसके सभी काग़ज़ात में घर का पता इलाहिया ज़िले की फ़रिश्ता स्ट्रीट था, जो तेहरान का सबसे महंगा इलाक़ा है। उसकी समृद्ध प्रोफ़ाइल ने ही ये सुनिश्चित किया था कि सड़क पर कम तनख्वाह पाने वाले पुलिसकर्मियों ने अब्बासी को बिना किसी अड़चन के जाने दिया था।

उन चारों को बिठाने तक, अब्बासी को एक आइडिया आ चुका था। उसने जल्दी से उन्हें उस बारे में बताया: 'शाहिद दारू फ़ैक्टरी से भारी मात्रा में अपशिष्ट पानी निकलता है। इसके अलावा, वहां मलीय और सेप्टिक गाद भी है जिसका निपटान करने को नगर निगम के अधिकारी तैयार नहीं होते हैं। इन सभी का उपचार एक नज़दीकी भूखंड पर कंपोस्टिंग के ज़रिए किया जाता है। एक प्राथमिक सीवर लाइन गाद को फ़ैक्टरी से कुछ सौ मीटर दूर एरोबिक पाचन इकाई तक पहुंचाती है।'

'तुम्हें ये कैसे पता?' सरोशपुर ने पूछा।

'बहुत सी चीज़ों को जानना मेरा काम है,' अब्बासी ने आत्मतुष्ट भाव से कहा। 'लेकिन तुम पूछ ही रहे हो, तो मेरे एक परिचित ने मुझे बताया था कि वर्दावर्द में कई उद्योग नगरपालिका सेवाओं, विशेष रूप से सीवरेज, की कमी के कारण नाराज़ हैं।'

'तुम क्या सोच रहे हो?' हैदरी ने पूछा।

'अगर सीवर लाइन ख़राब हो जाए तो—सही मायनों में—फ़ैक्टरी का गू निकल पड़ेगा,' अब्बासी ने कहा। 'उन्हें सीवर लाइन की मरम्मत होने तक गंद को साफ़ करने के लिए वैक्यूम ट्रक बुलाते रहने पड़ेंगे।'

हैदरी को अब्बासी की बात समझ में आ रही थी। 'बेतहाशा बदबू की वजह से वैक्यूम ट्रकों और श्रमिकों को उन गेटों से आना ही होगा। वो ठीक से उनकी जांच करने में अक्षम होंगे। वो इमर्जेंसी के कारण हमें गुज़रने देने को मजबूर होंगे। लेकिन मेरा एक सवाल है...'

'बोलो,' अब्बासी बोला।

'हमें सीवर ट्रक मिलेंगे कहां से?' हैदरी ने पूछा।

'मुझे पुकारो और मैं तुम्हें उत्तर दूंगा,' अब्बासी ने कहा। 'और तुम्हें ऐसी बड़ी-बड़ी और गुप्त चीज़ें दिखाऊंगा जिनके बारे में तुम नहीं जानते।' ग्रुप के अन्य लोग शिया इस्लाम के अनुयायी एक ईरानी को ओल्ड टेस्टामेंट के छंद पढ़ते देखकर चकित थे।

'मैं तबरीज़ी में एक यहूदी मूल की आंट के साथ बड़ा हुआ था,' उसने दांत निपोरे। 'बाइबिल पढ़ना तो अनिवार्य था।'

'लाजवाब जानकारी है,' डैन ने चिड़चिड़ेपन से कहा। 'लेकिन इससे हमें वैक्यूम ट्रक तो नहीं मिल जाएंगे।'

'वैक्यूम ट्रक सिर्फ़ टीपीडब्ल्यूडब्ल्यू के पास हैं,' अब्बासी ने कहा। 'तेहरान प्रोविंस वॉटर एंड वेस्टवॉटर कंपनी। हमें उनके कुछ ट्रक "उधार" लेने पड़ेंगे। और ये देखते हुए कि तारिक़ ट्रक चुराने की कला में कितने अच्छे हैं, काम का ये हिस्सा इनकी ही ज़िम्मेदारी होगा। और इस काम में इनका साथ बहराद देंगे।' हैदरी और सरोशपुर हंसने लगे।

'और हम?' लिंडा ने पूछा।

'सीवरेज ट्रक शाहिद दारू में तभी बुलाए जाएंगे जबकि हम

पहले गंद फैला दें,' अब्बासी ने जवाब दिया। 'मैंने हेडक्वार्टर से कहा है कि फ़ैक्टरी की सीवर लाइनों के नक़्शे का पता करें। हमें सामान्य ख़ाके के बारे में तो पता है, लेकिन हमें जो करना है उसके लिए हमें अधिक विशिष्ट नक़्शे की आवश्यकता है। एक बार हमें वो मिल जाएं, तो आपको, डैन को और मुझे ये समझना होगा कि लाइन के किस भाग को काटा जाए।'

लिंडा तर्क देना चाहती थी कि इस योजना में बहुत से जोखिम थे, लेकिन वो ये भी जानती थी कि अब्बासी, हैदरी और सरोशपुर जिम को बाहर निकालने का सबसे अच्छा चांस थे। उसने अपनी चिंताओं को अपने तक ही रखा।

'ये मानते हुए कि हम बहुत कम प्रश्नों के साथ अंदर पहुंच जाएंगे,' डैन ने कहा। 'अंदर पहुंचने के बाद हम जिम तक कैसे पहुंचेंगे?'

'गेस्टहाउस फ़ैक्टरी प्लॉट के उत्तर-पूर्व कोने में स्थित है,' अब्बासी ने कहा। 'भूमिगत सीवर लाइन का अनुमानित स्थान भी वही है। हम ठीक उसी जगह पर काम करेंगे।'

'लेकिन हमें गार्ड्स से भी तो निपटना पड़ेगा,' सरोशपुर ने कहा।

'तेहरान में एक ख़ुफ़िया जगह पर हैक्लर एंड कॉख़ जी36 राइफ़लों का एक ज़ख़ीरा छिपा हुआ है,' अब्बासी ने जवाब दिया। 'हम उन्हें अपने चोरी के ट्रकों में ला सकते हैं।'

'वो ट्रकों की जांच नहीं करेंगे?'

'हमारे लिए गंदे से गंदे ट्रक ढूंढ़कर लाने की ज़िम्मेदारी तारिक़ और बहराद की होगी,' अब्बासी ने अपने होंठों को क्रूरतापूर्वक मोड़ते हुए कहा। 'प्लास्टिक में लिपटे हुए हथियार ठीक टैंक के अंदर रखे होंगे। उनके अंदर कोई गार्ड नहीं देखेगा। आपमें से किसी को मल-मूत्र से तो कोई समस्या नहीं है ना?'

एक घिन भरी ख़ामोशी पसर गई। 'मैं इसे हां मानूंगा,' अब्बासी

हंसमुख भाव से बोलता रहा। 'अब हाथ गंदे करने का समय आ गया है।'

63

लिंडा ने अपनी घड़ी देखी। शाम के छह बज चुके थे। उन्होंने सरोशपुर और हैदरी को मुदर्रिस हाईवे के क़रीब उतार दिया था ताकि वो टीपीडब्ल्यूडब्ल्यू पहुंच सकें। फिर वो शाहिद दारू फ़ैक्टरी का चक्कर लगाने के लिए पश्चिम की ओर मुड़ गए थे।

मोसाद से नक़्शा एंड-टू-एंड एंक्रिप्टेड मैसेजिंग के लिए पसंदीदा विकल्प, सिग्नल, के माध्यम से आ गया था। हालांकि ईरानी प्रशासन समय-समय पर इस एप को ब्लॉक कर देता था, लेकिन मोसाद ने सुनिश्चित कर लिया था कि उसके एजेंट विशेष प्रॉक्सी सर्वर के माध्यम से कनेक्ट कर सकें।

नक़्शे दिखा रहे थे कि अब्बासी का अंदाज़ा सही था। फ़ार्मास्यूटिकल प्लांट से सीवरेज लाइन उत्तर-पूर्व कोने में निकलती थी। सिर्फ़ दो सौ मीटर की दूरी पर प्लॉट के पीछे के भाग में गेस्टहाउस था। मोसाद ने इज़रायल के अपने ओफ़ेक-16 सैटेलाइट से ली गई फ़ैक्टरी के प्लॉट की हाई-रिज़ॉल्यूशन हवाई तस्वीरें भी शेयर की थीं। वो अपनी स्पष्टता से चौंकाने वाली थीं; उनमें सुरक्षा गार्डों के हाथों में पकड़ी बंदूक़ों की टाइप भी साफ़ दिखाई देती थी।

उन्होंने एक परित्यक्त विद्युत सबस्टेशन में गाड़ी रोकी और मिनीवैन को वहीं पार्क कर दिया। गाड़ी से निकलने से पहले, अब्बासी ने एक डफ़ल बैग निकाला जो उसके लिए उस 'गुप्त जगह' पर छोड़ दिया गया था जिसके बारे में उसने बात की थी—शहर का बॉटैनिकल गार्डन। इसमें पांच हैक्लर एंड कॉख़ जी36 राइफ़लें थीं; अब्बासी, हैदरी, सरोशपुर, लिंडा और डैन के लिए एक-एक। साथ में तीस राउंड वाली कई पारदर्शी मैगज़ीनें भी थीं,

जिन्हें बुद्धिमानी से डिज़ाइन किया गया था ताकि उपयोगकर्ता देख सके कि उनमें कितने राउंड बचे थे। राइफ़लों के अलावा एक दर्जन हैंड ग्रेनेड, गैस मास्क, एक फ़्लोर स्कैनर, कंक्रीट ड्रिल और एक फावड़ा था। अंत में, लगभग पांच-पांच किलोग्राम के दो बड़े-बड़े बिना लेबल वाले नीले कनस्तर थे।

अब्बासी ने डैन को इशारा किया, और उसने दोनों बड़े कनस्तरों को उनके हैंडल पकड़कर खींच लिया। 'ये क्या है?' डैन ने पूछा। उनका वज़न एक टन लग रहा था।

'हाइड्रॉलिक सीमेंट,' अब्बासी ने कहा। 'सीवरेज लाइन के लिए।'

'मेरा ख़्याल था कि हम लाइन को उड़ाने के लिए ग्रेनेडों का इस्तेमाल करेंगे,' डैन ने कहा।

अब्बासी ने इंकार में सिर हिलाया। 'अगर हम ऐसा करेंगे, तो हम सीवेज और ड्रेनेज की समस्या फैक्टरी के *बाहर* पैदा करेंगे, न कि अंदर। नहीं, ये एक ऐसा उत्पाद है जिसका उपयोग कंक्रीट और राजगीरी में पानी और रिसाव को रोकने के लिए किया जाता है। ये गारे जैसा ही होता है लेकिन ये पानी के साथ मिश्रित होने पर बहुत तेज़ी से सैट होता है। ये किसी भी जलमग्न चीज़ के लिए आदर्श है। इसे सीवरेज लाइन में डाल भर देने से अंततः एक बड़ी रुकावट पैदा हो जाएगी।'

लिंडा और डैन को समझ आ गया कि मोसाद के एजेंटों को दुनिया के सर्वश्रेष्ठ एजेंटों में क्यों माना जाता था। उन्हें तुरंत सोचने का प्रशिक्षण दिया जाता था, ख़ासतौर से जब प्रतिकूल इलाक़ों में चुनौतीपूर्ण बाधाएं सामने हों। इससे भी अहम ये कि उन्हें योजनाएं बनाना और उन्हें बिना ग़लती के क्रियान्वित करना सिखाया जाता था।

वो तालिक़ानी स्ट्रीट जिस पर शाहिद दारू फ़ार्मा का सामने का गेट था, से बचकर फ़िफ़्थ फ़रवरदीन स्ट्रीट पर पैदल चल रहे थे। वो दाईं तरफ़ मुड़े और सिक्सटी थर्ड स्ट्रीट की ओर बढ़ गए,

जो शाहिद दारू प्लॉट का उत्तर-पूर्वी कोना थी। रास्ते में वो पास की एक फ़ैक्टरी के दो कर्मियों के पास से गुज़रे। अब्बासी जानता था कि अगर वो शाहिद दारू के होते तो उनकी वर्दी पर कैप्सूल का लोगो होता। लिंडा ने अपने हेडस्कार्फ़ को नीचे गिरा दिया था, जिससे उसके चेहरे का ऊपरी आधा भाग ढक गया।

'अस्सलामुअलैकुम,' अब्बासी ने उनका ध्यान आकर्षित करते हुए कहा। अगर कोई बातचीत होनी थी, तो डैन या लिंडा के बजाय उसके साथ होनी चाहिए थी।

'वअलैकुमस्सलाम,' उनमें से एक ने उत्तर दिया। उसने उन तीनों को कौतूहल से देखा। वो उनके क़रीब आया और उसके घूरने से लिंडा असहज महसूस करने लगी। डैन को पसीना आ रहा था लेकिन अब्बासी सहज रहा। 'लगता है हम खो गए हैं,' उसने फ़ारसी में उस जिज्ञासु आदमी से कहा। 'ये रूस से आई मेरी इंजीनियरों की टीम है,' उसने आगे कहा। 'ये यहां शाहिद दारू में एक फ़ैक्टरी की इमारत का नक़्शा बनाने के लिए आए हैं, लेकिन हमें गेट नहीं मिल रहा है।'

दख़लअंदाज़ कर्मी को शायद सहानुभूति सी हो गई। 'आप उसे चूक गए हैं,' उसने जवाब दिया। 'आप पिछली गली में हैं। आप तालिक़ानी स्ट्रीट पर जाने के लिए आगे से दाएं मुड़ सकते हैं। आपको एक बड़ा सा हरा मेहराब दिखाई देगा। वह मेन गेट है।'

'सिपास गुज़ारम,' अब्बासी ने उन्हें शुक्रिया करते हुए कहा। वो सड़क पर आगे चलते रहे और फिर उस आदमी के कहने के मुताबिक़ दाएं मुड़ गए। उन्होंने कुछ देर इंतज़ार किया और फिर उन आदमियों के ग़ायब होने के बाद फिर से वापस आ गए।

जब वो नक़्शे में दिखाई गई जगह से मेल खाती जगह पर जा रहे थे, तो उन्हें सड़क सुनसान मिली। शाहिद दारू की चारदीवारी दो मीटर से भी कम ऊंची थी और उसके ऊपर साठ सेंटीमीटर के कंटीले तार थे। ऊपरी भाग पर वीडियो कैमरे घूम रहे थे जिनका रुख़ अंदर की ओर भी था और वो समय-समय पर बाहर की ओर

भी घूम रहे थे। अब्बासी ने एक बाहर की ओर घूम रहे कैमरे का अपनी पी228 से निशाना लिया। कैमरा फटा और उस एंगल से गिर गया जिस पर वो टिका हुआ था। 'हमें तेज़ी से काम करना होगा,' अब्बासी ने कहा। 'मेरा अंदाज़ा है कि वीडियो फ़ीड में रुकावट के कारण की जांच करने के लिए गार्ड भेजे जाने से पहले हमारे पास लगभग पंद्रह मिनट हैं।'

अब्बासी के हाथ में एक बॉश डी-टेक्ट फ़्लोर स्कैनर था। ये पानी से भरे पाइपों, लाइव केबल्स, लौह और अलौह धातुओं, कंक्रीट बीमों, लकड़ी के तख़्तों और कई अन्य चीज़ों का पता लगा सकता था। उसने उसे जल्दी से चालू कर दिया। नन्ही सी स्क्रीन पर एक छोटा सा नेविगेशन टूल था जो ज़मीन से मिल रहे सिग्नल का सटीक स्थान दिखाता था। ये भूमिगत चीज़ की उपस्थिति को दर्शाने के लिए ध्वनि और दृश्य दोनों संकेत भेजता था। जैसे ही अब्बासी को विश्वास हुआ, उसने फावड़ा डैन को दे दिया। 'यहां खोदिए,' उसने कहा।

जल्द ही उनके सामने लगभग तीस सेंटीमीटर व्यास का एक छेद बन चुका था। एक मीटर से कुछ ही ज़्यादा नीचे सीवरेज का पाइप दिखाई दे रहा था। अब्बासी अपनी कंक्रीट ड्रिल लेकर नीचे झुका और वो भुरभुरे पत्थर में छेद करने लगा। पाइप फटने पर वो थोड़ा सा ग़ुर्राया। अंदर से एक जानलेवा बदबू निकली। गहरी भूरी कीचड़ गुड़गुड़ाने लगी। उन्होंने जल्दी से अपने गैस मास्क पहने और अपना काम जारी रखा। 'चलिए,' अब्बासी ने डैन से कहा, 'मेरी मदद करिए। उस पाइप को अपने फावड़े से तोड़ डालिए।'

डैन ने कुछ ज़ोरदार प्रहार किए जो कारगर रहे। फिर उन तीनों ने बनाए गए छेद में जल्दी से हाइड्रोलिक सीमेंट पलट दिया। 'हमें पानी डालने की ज़रूरत नहीं है क्योंकि फैक्ट्री का बहाव ख़ुद ही सीमेंट को सक्रिय कर देगा। हमें बस अवरोध बनने का इंतज़ार करना है।'

सीमेंट डालने के बाद उन्होंने छेद को दोबारा मिट्टी से भरा,

अपना सारा सामान बैग में डाला और वापस उसी दिशा में चल दिए जिधर से वो आए थे। अब उन्हें फ़ैक्टरी परिसर में प्रवेश करने से पहले तालिक़ानी स्ट्रीट के पास मिलने की एक जगह पर हैदरी और सरोशपुर की प्रतीक्षा करनी थी। प्रतीक्षा करते समय अब्बासी लिंडा और डैन को बंदूक़ों का इस्तेमाल करने की मूल बातें समझाता रहा।

'मैंने कभी नहीं सोचा था कि मैं ऐसा कहूंगा,' अब्बासी ने एक गंभीर मुस्कराहट के साथ कहा। 'लेकिन ऐसा लगता है कि एक भरा हुआ शौच का नाला वास्तव में हमारे स्वास्थ्य के लिए काफी लाभदायक हो सकता है।'

64

सेनिटेशन ट्रक नारंगी रंग के थे। हैदरी और सरोशपुर ने न केवल वाहन बल्कि टीपीडब्ल्यूडब्ल्यू कर्मचारियों द्वारा पहनी जाने वाली वर्दियां और टोपियां भी चुरा ली थीं। वो शाहिद दारू के परिसर में हंगामा मचने के संकेतों का इंतज़ार करते रहे। जैसे ही उन्होंने कर्मचारियों को एक-दूसरे पर चिल्लाते हुए सुना, उन्होंने ट्रक स्टार्ट कर दिए। ये ज़रूरी था कि वो वहां असली टीपीडब्ल्यूडब्ल्यू टीम के पहुंचने से पहले पहुंच जाएं।

एक ट्रक अब्बासी चला रहा था जबकि दूसरा ट्रक हैदरी चला रहा था। डैन और सरोशपुर दोनों के पैसेंजर साइड पर बैठे थे। लिंडा इस सबके लिए अजीब दिखती, इसलिए वो ड्राइवर के केबिन में डैन के पैरों के पास झुक गई थी, और प्रार्थना कर रही थी कि गार्ड जल्दबाजी में उनकी बारीकी से जांच न करें।

दोनों वैक्यूम ट्रकों को गेट पर रुकते देखकर गार्डों को राहत महसूस हुई। वो सोच में पड़ गए कि टीपीडब्ल्यूडब्ल्यू ने इतनी जल्दी कार्रवाई कैसे कर ली। 'मेन लाइन चोक हो गई है,' आगे वाले ट्रक से अब्बासी बोला। 'हमें आपके पड़ोसी से ख़बर मिली। फ़िलहाल हमें लाइन को ख़ाली करना होगा और जो कुछ भी उसे

रोक रहा है उसे साफ़ करना पड़ेगा।' गार्डों ने अपनी नाकों पर रूमाल रखकर ट्रकों की सरसरी सी जांच की। हैदरी और सरोशपुर ने सबसे गंदे ट्रक लाने का शानदार काम किया था। 'क्या ख़्याल है, टैंकों की जांच करें?' एक गार्ड ने दूसरे से पूछा।

'तू पागल है क्या?' उसके साथी ने कहा। 'साली लॉरियां बाहर से ही बदबू मार रही हैं और तुझे इनके अंदर झांकना है? जाने दे इन्हें!'

बैरियर को उठा लिया गया और दोनों ट्रक अंदर घुस गए। 'किस तरफ़?' अब्बासी ने पूछा। डैन ने अब्बासी के फ़ोन पर प्लॉट का नक़्शा देखा। 'सीधे आगे जाओ और उस ऑफ़िस ब्लॉक के ठीक बाद दाएं मुड़ जाना,' उसने कहा। 'बस कुछ सौ गज़ आगे चलकर हमें गेस्टहाउस तक पहुंच जाना चाहिए।' कुछ ही मिनटों में आवासीय ब्लॉक दिखाई देने लगा था। आईआरजीसी-क़ुद्स की कई वर्दियां दिखाई दे रही थीं। स्पष्ट था कि प्रशासन जिम दस्तूर के मामले में कोई जोखिम नहीं ले रहा था।

'गेस्टहाउस पर मत रुकना,' डैन ने कहा। 'बेहतर होगा कि हम सीवरेज पाइप वाली जगह तक बढ़ते जाएं और फिर पैदल वहां से वापस आएं।' अब्बासी ने सहमति में सिर हिलाया। गेस्टहाउस पर रुकने से वो सीधे तौर पर आईआरजीसी-क़ुद्स की नज़रों में आ जाते। एक अलार्म बजाया जाता, और आईआरजीसी-क़ुद्स के साथ पुलिस और सुरक्षा गार्ड भी मिल जाते। चौंकाए जाने के तत्व को बनाए रखना आवश्यक था, और उन्हें तेज़ी से काम करना था, क्योंकि असली टीपीडब्ल्यूडब्ल्यू ट्रक जल्द ही आने वाले थे।

वो गेस्टहाउस से लगभग दो सौ मीटर की दूरी पर चारदीवारी के पास जाकर रुके। वो एक केबल से लटका हुआ टूटा कैमरा देख सकते थे। ये वही सीसीटीवी कैमरा था जिस पर उन्होंने बाहर से गोली चलाई थी। ट्रकों से उतरते हुए उन्होंने जल्दी से अपनी हैक्लर एंड कॉख़ राइफ़लें और राउंड बाहर निकाल लिए।

न तो लिंडा ही कुछ बोली और न डैन। स्पष्ट था कि वो किसी

को मारने को लेकर सहज नहीं थे। अब्बासी उनकी दुविधा को समझ गया। 'एक बात याद रखना, मेरे दोस्तो। जिम पर पहरा देने वाली मिलिशिया आपको गोली मारने में एक पल के लिए भी नहीं हिचकिचाएगी। हम हत्याएं कम से कम करने की पूरी कोशिश करेंगे, लेकिन थोड़ा ख़ूनख़राबा हो सकता है।'

'कैसे?' लिंडा ने अपनी राइफ़ल को असहज रूप से पकड़ते हुए पूछा। 'हम हताहतों की संख्या को कम कैसे कर सकते हैं?'

अब्बासी ने अपने पेट पर चार ग्रेनेड और एक कनस्तर बांधा हुआ था। 'हम फ़ैक्टरी के तीन ऐसे क्षेत्रों में विस्फोट करेंगे जहां इंसान न हों। पहला, उत्तर-पश्चिमी कोने में वेस्ट डिस्पोज़ल पिट। दूसरा, दक्षिण-पूर्व में कच्चे माल का डिपो। तीसरा, गेस्टहाउस क्षेत्र के ठीक बाहर सामने का लॉन। धमाकों से दहशत फैलेगी और हमें जिम के गेस्टहाउस में घुसने का मौक़ा मिल जाएगा।'

वो हैदरी की ओर मुड़ा। 'तुम ग्रेनेड फेंकने में कितने अच्छे हो?' उसने पूछा। हैदरी हंसने लगा। 'मैं ज़िंदगी भर ग्रेनेड फेंकता रहा हूं। ईरान में, विपक्षी राजनीति का मतलब है युद्ध।'

'अच्छी बात है,' हैदरी को अपनी कमर पर लगाने के लिए एक और ग्रेनेड बेल्ट देते हुए अब्बासी ने कहा।

'बस इतना याद रखना कि विस्फोट एक साथ नहीं होंगे क्योंकि मेरे एक जगह से दूसरी जगह पहुंचने में कुछ समय लगेगा,' हैदरी ने जवाब दिया।

'मैं ये इसी तरह चाहूंगा,' अब्बासी ने कहा। वो लिंडा और डैन की तरफ़ मुड़ा। 'आप दोनों सामने की तरफ़ मोर्चा संभालेंगे और स्टाफ़ टॉयलेट ब्लॉक को कवर बनाएंगे। आप ज़बरदस्त गोलीबारी करके सामने की ओर से भटकाव पैदा करेंगे। किसी को मारने के लिए गोली मत चलाना, सिर्फ़ गार्डों के नज़दीक गोली चलाना। सरोशपुर और मैं पीछे के सर्विस गेट से गेस्टहाउस में घुसेंगे। हीट मैप के मुताबिक़ तीसरे फ़्लोर पर उस कमरे के आसपास ज़्यादा लोग होंगे जो केंद्रीय लॉन की ओर खुलता है। हम वहां तेज़ी से

घुसते हुए उन गार्डों को बेकार कर देंगे जिन्होंने जिम को पकड़ा हुआ है। हम दस मिनट में वापस आकर ट्रकों पर मिलेंगे और तेज़ी से निकल जाएंगे। सबको स्पष्ट हो गया कि किसे क्या करना है?' ग्रुप ने सहमति में सिर हिलाया।

'तो फिर काम पर लगते हैं,' उसने कहा। हैदरी पहले ही लॉन की तरफ़ दौड़ चुका था और उसने पहला ग्रेनेड फेंक दिया था। आवाज़ उनके कानों में हथौड़ों की तरह पड़ी। ज़मीन थर्रा गई और हवा एक तेज़ गंध से भर गई। हैदरी पागलों की तरह हंसता प्रतीत हो रहा था। वो माचिस से प्रयोग कर रहे बच्चे जैसा हो रहा था। उसने पलक झपकने भर को भी इंतज़ार नहीं किया और वेस्ट डिस्पोज़ल पिट की ओर दौड़ता चला गया। बाक़ियों को लगा कि उन्हें भी जल्दी से अपने कामों पर लग जाना चाहिए।

फ़ैक्टरी के भीतर अलार्म बजा दिया गया था और गेटहाउस से दो फ़ायर टेंडर विस्फोट की ओर बढ़ने लगे थे। गेस्टहाउस में मौजूद आईआरजीसी-क़ुद्स के गार्डों ने विस्फोट की दिशा में देखा तो पाया कि उन पर मशीनगनों से गोलियां चल रही थीं। उन्होंने टॉयलेट ब्लॉक की दिशा में जवाबी गोलीबारी की, जबकि अब्बासी और सरोशपुर गैस्ट ब्लॉक के सर्विस गेट से अंदर घुस गए।

आईआरजीसी-क़ुद्स के एक कमांडो ने रसोई के पास उनका रास्ता रोका। लेकिन इससे पहले कि वो गोली चलाता, अब्बासी गोली चला चुका था। उस आदमी का सिर तरबूज़ की तरह फट गया, जिससे स्टेनलेस-स्टील के काउंटरों पर ख़ून और भेजे के टुकड़े बिखर गए।

ज़िंदगी की एकमात्र निश्चित चीज़ मौत है, तीसरे फ़्लोर पर जाते हुए अब्बासी सोच रहा था।

65

अब्बासी और सरोशपुर रास्ते में आने वाले गार्डों को धराशायी करते हुए तेज़ी से सीढ़ियों पर चढ़े। लिंडा को दिए वचन का मान रखते हुए अब्बासी अंधाधुंध फ़ायरिंग नहीं कर रहा था। उसने अपनी राइफ़ल का इस्तेमाल कुछ गार्डों को पीटने के लिए किया, जबकि कुछ दूसरे मामलों में उसने उनके हाथों या पैरों पर गोली मारी थी। जल्दी ही वो तीसरी मंज़िल पर थे। गलियारे में मद्धम सी रौशनी थी लेकिन, कुछ दूरी पर, अब्बासी देख सकता था कि आगे एक दरवाज़ा खुला था और कुछ आदमी बाहर निकल रहे थे। इत्तफ़ाक़ से ये वही सामान्य स्थान था जो हीट मैप में दिखाया गया था।

दोनों ने उस समूह पर धावा बोल दिया, आगे बढ़ते हुए वो उनके सिर के ऊपर फ़ायरिंग कर रहे थे। समूह के केंद्र में एक शख़्स ऑर्डर देता मालूम हो रहा था। स्पेंसर एयरपोर्ट के उस धुंधले वीडियो फ़ुटेज के अलावा न अब्बासी को पता था और न ही सरोशपुर को कि जवाद मुसफ़्फ़ा कैसा दिखता था। लेकिन वो लिंडा के ब्योरे में फ़िट बैठता लग रहा था। अगर मुसफ़्फ़ा वहां था, तो इससे यही पक्का होता था कि जिम दस्तूर भी वहां होगा।

जिम और मुसफ़्फ़ा को घेरे हुए आईआरजीसी-क़ुद्स फ़ोर्स के जवान ने जवाबी गोलियां चलाईं। हरेक गोली उस संकरे गलियारे में गूंज रही थी, छर्रे, लकड़ी, प्लास्टर और कांच हवा में उड़ रहे थे। 'हमें ध्यान रखना होगा कि जिम को कुछ न हो,' अब्बासी ने कहा।

दोनों आदमियों ने अपने गैस मास्क चढ़ा लिए। अब्बासी ने पूरी ताक़त से सीएस गैस का कनस्तर उस ग्रुप की ओर फेंक दिया। फ़ौरन ही सारी जगह में आंसू गैस भर गई और आईआरजीसी-क़ुद्स ग्रुप बिखर गया। सीएस जैसे लैक्रिमेटर्स से आंखों में तेज़ दर्द, अस्थायी अंधापन, सांस लेने में परेशानी और, बहुत कम स्तर पर, त्वचा में खुजली-जलन होती है।

ये मानते हुए कि ग्रुप अक्षम हो गया होगा, अब्बासी और सरोशपुर को ज़ोरों का झटका लगा। मुसफ़्फ़ा ने गैस मास्क निकालकर अपना बचाव कर लिया था। उसने अपने ब्राउनिंग सेमी-ऑटोमेटिक से कुछेक फ़ायर भी किए, और साथ ही जिम को गलियारे के अंत में बने इमर्जेंसी गेट की ओर धकेलता रहा। एक गोली अब्बासी के बाएं गाल को छूती चली गई। दाईं ओर कुछेक मिलीमीटर अंदर गई होती, तो वो मारा गया होता। अब्बासी ने ख़ून बहते ज़ख़्म को नज़रअंदाज़ कर दिया और सरोशपुर को उसे सुरक्षात्मक कवरिंग फ़ायर देने का इशारा करते हुए मुसफ़्फ़ा से निबटने के लिए बढ़ गया।

सरोशपुर ने सावधानी से जिम को बचाते हुए गोलियों की बौछार कर दी, जबकि अब्बासी इमर्जेंसी गेट की ओर लपका जो अब खुला हुआ था। उसे पैरों की खटर-पटर सुनाई दे रही थी, जबकि मुसफ़्फ़ा जिम को अपने साथ घसीटता हुआ सीढ़ियों से नीचे ले जा रहा था। उसे मुसफ़्फ़ा के हांफते हुए जिम को धमकी देने की आवाज़ आ रही थी। 'तुम वही करोगे जैसा मैं कहता हूं। ये कुत्ते तो आज यहीं मर जाएंगे, ये तुम्हारी मदद नहीं कर पाएंगे।'

अब्बासी और सरोशपुर रेलिंग पर झुककर अंदाज़ा लगाने की कोशिश करते रहे कि मुसफ़्फ़ा और जिम कहां थे। वो यक़ीनन नीचे दूसरे फ़्लोर पर तो नहीं थे। अब्बासी दबे पांव नीचे उतरा। पहले फ़्लोर के चबूतरे पर उसे कामयाबी हाथ लग गई। मुसफ़्फ़ा और अब्बासी ने लगभग एक साथ ही एक दूसरे को देखा था। दोनों की बंदूक़ें एक साथ चलीं, लेकिन अब्बासी की गोली पहले लगी। वो मुसफ़्फ़ा के दाहिने कंधे पर लगी थी और उसकी रिवॉल्वर फ़र्श पर गिर पड़ी। सरोशपुर ने लपककर उसे उठा लिया जबकि अब्बासी ने मुसफ़्फ़ा के चेहरे पर एक घूंसा जड़ दिया। वो गिर पड़ा लेकिन जल्दी से संभला और पूरी ताक़त से अब्बासी पर झपटा। अब्बासी ने अपनी राइफ़ल की बट को हथियार की तरह इस्तेमाल किया और उसने मुसफ़्फ़ा की ठोड़ी पर सीधा वार किया। मुसफ़्फ़ा एक पल को लड़खड़ाया और फिर ज़मीन पर ढेर हो गया।

तभी अब्बासी ने जिम को सीढ़ियों पर वापस भागते देखा। 'अरे आप कहां भागे जा रहे हैं?' वो जिम के पीछे से चिल्लाया। उसने सरोशपुर को उसके पीछे जाने का इशारा किया। जिम तीसरे फ़्लोर पर इमर्जेंसी गेट पर वापस पहुंच गया था और अपने हाथों और घुटनों के बल बैठ गया था। 'हमें यहां से निकलना होगा,' सरोशपुर ने जिम से कहा, लेकिन उस बंदे को तो जैसे कुछ सूझ ही नहीं रहा था। कुछ सैकंड बाद जब उसने एक कैनवस के बैग को पकड़ा तो उसकी उत्साह की हल्की सी चीख़ निकली। ये उसकी बहुमूल्य संपत्ति थी, हमज़ा ड्यूरा, जो उसकी सुरक्षित पकड़ से छूट गया था।

'चलिए, हमें चलना है,' सरोशपुर ने जिम को कलाई से पकड़कर उसे नीचे ले जाते हुए कहा।

'आप कौन हैं?' सरोशपुर के निर्देशों पर चलते हुए भी जिम ने पूछा।

'बताने का समय नहीं है,' सरोशपुर हांफ रहा था। 'लिंडा बाहर इंतज़ार कर रही हैं।' जिम को यक़ीन नहीं था कि ये लोग कौन थे, न ही उसे इसका यक़ीन था कि वो उसे धोखा नही दे रहे थे। आंसू गैस ने उसे चकरा दिया था और उसकी नज़र धुंधला गई थी। लेकिन लिंडा का नाम भर ही उसके उन लोगों के साथ चल पड़ने के लिए काफ़ी था। जब वो ग्राउंड फ़्लोर के दरवाज़े पर पहुंचे तो आईआरजीसी-क़ुद्स के दो कमांडो टपक पड़े। सरोशपुर उनके लिए तैयार नहीं था, लेकिन अचानक उसने उन्हें अपने सामने ख़ूनी ढेर में गिरते देखा। अब्बासी ने लगभग रिफ़्लेक्स एक्शन में अपने हैक्लर एंड कॉख़ से फ़ायर कर दिए थे। वो ब्लॉक के बाईं ओर के इमर्जेंसी निकास से अपेक्षाकृत बिना किसी खरोंच के बचकर निकल गए।

बाहर हंगामा बरपा था। हैदरी ने तीन अहम जगहों पर बम विस्फोट कर दिए थे, जिनमें से दो ज्वलनशील पदार्थ के थे। सुरक्षा दल, लोकल पुलिस, कर्मचारी और फ़ायरफाइटर आग को बुझाने की कोशिशों में लगे थे। सब जगहों पर स्पीकरों से तेज़ और बहरा कर देने वाले आग के अलार्म बज रहे थे। सामने मौजूद आईआरजीसी-क़ुद्स

के जवानों और टॉयलेट ब्लॉक के पीछे मौजूद अज्ञात हमलावरों—डैन और लिंडा—के बीच पूरे पैमाने पर गोलीबारी चल रही थी। ठीक तभी एक तेज़ धमाका हुआ। हैदरी ने अब्बासी का दिया चौथा और आख़री बम सीधे गेस्टहाउस के सामने फेंक दिया था।

खिड़कियां टूट गईं और कांच के टुकड़े बरसने लगे, जबकि बाहर खड़े आईआरजीसी के कई वाहन आग का गोला बन गए। ये मूर्खतापूर्ण काम था जिसमें वो सब मारे जा सकते थे, लेकिन यही वो लकी ब्रेक साबित हुआ जिसकी अब्बासी को ज़रूरत थी। उसने कुछ सौ मीटर दूर खड़े अपने ट्रकों की ओर दौड़ते हुए जिम को खींचा। आख़री बम ने डैन, लिंडा और हैदरी को भी बेहद ज़रूरी अंतराल दिया था कि वो वाहनों की ओर दौड़ सकें।

जिम ने लिंडा को दौड़ते देखा और उसे यक़ीन ही नहीं हुआ कि वो वाक़ई वहां थी। 'यहां से बाहर निकलने के अलावा किसी चीज़ के लिए वक़्त नहीं है,' अब्बासी चिल्लाया, जबकि वो सब ड्राइवरों के केबिनों में ठुंस गए थे। 'मुश्किल सफ़र के लिए तैयार रहना। शायद आईआरजीसी ने गेटों को ब्लॉक कर दिया होगा।'

'हमें क्या करना है?' हैदरी चिल्लाया। दो वैक्यूम ट्रक हाई स्पीड पर मेन गेट की ओर दौड़ रहे थे जिससे वो अंदर आए थे। और यक़ीनन, वहां न केवल आईआरजीसी के आदमी थे, बल्कि सेना के ट्रक भी थे जिन्हें ऐसे कोण पर खड़ा किया गया था कि किसी के भी बाहर जाने को ब्लॉक कर दें।

'हमारे पास कितने ग्रेनेड बचे हैं?' अब्बासी ने पूछा।

'मैंने केवल चार फेंके थे,' हैदरी ने कहा।

'जाओ और पटाख़े फोड़ो, मेरे दोस्त,' अब्बासी ने स्पीड बढ़ाते हुए कहा और उसका ट्रक तेज़ी से आईआरजीसी बैरियर की ओर दौड़ पड़ा।

66

'तुम पागल हो!' अब्बासी चिल्लाया। 'पूरे पागल!'

लेकिन सब जानते थे कि उसने ये मज़ाक़ में कहा था। अगर हैदरी का पागलपन न होता तो वो मेन गेट से तोप के गोले की तरह निकल नहीं पाते। मेन बैरियर से कुछ गज़ की दूरी पर, हैदरी वास्तव में ट्रक से बाहर ही निकलकर सीधे फ़ायरिंग की ज़द में खड़ा हो गया था और बचे हुए कुछ ग्रेनेड उसने उन ट्रकों पर उछाल दिए थे जो उनका रास्ता रोके खड़े थे। उसके बाद भागने वाले समूह के लिए सफ़र आसान हो गया था।

अब वो तेहरान-कारज फ़्रीवे पर दौड़ रहे थे। वो जानते थे कि उन्हें जल्द से जल्द ट्रकों को छोड़ना होगा। शायद शहर भर में उनकी तलाश शुरू हो भी चुकी होगी। 'हम दाएं मुड़ेंगे,' अब्बासी ने तेज़ गति पर बहुत सफ़ाई से एक तीव्र मोड़ लेते हुए कहा। 'हम स्टोन कारवांसराय ब्रिज पर उतरेंगे और ट्रकों को बाईपास के नीचे डंप कर देंगे। फिर हमें सोचना होगा कि अपने आप को कैसे छुपाए रखा जाए।'

पंद्रह मिनट बाद, ट्रकों को स्टोन कारवांसराय ब्रिज के पास एक बेकार पड़े गोदाम में छोड़ दिया गया। जिम तो पहले से ही मुसफ़्फ़ा के दिए कपड़े पहने था, बाक़ी लोग जल्दी से अपनी वर्दियों से निकलकर सादे कपड़ों में आ गए। जिम कैनवस बैग को चिपकाए रहा जिसे उसने शाहिद दारू प्लांट से लगभग चमत्कारिक ढंग से हासिल किया था। लिंडा ने अब्बासी के गाल के गोली के घाव पर एक चिपकने वाला औषधीय पैच लगाने में मदद की।

'तुम पहले ही इस ग्रुप के लिए ज़रूरत से ज़्यादा कर चुके हो,' सरोशपुर ने हैदरी से कहा। वो ग़लत नहीं था। अगर हैदरी न होता, तो वो मिलिट्री ट्रक उस सुबह उन्हें शीराज़ से बाहर नहीं निकाल पाता और आईआरजीसी से नहीं बचा पाता। हैदरी ही उन्हें

अब्बासी की मिनीवैन तक लाया था। हैदरी ने ही टीपीडब्ल्यूडब्ल्यू ट्रक चुराने में मदद की थी। और हैदरी और उसका 'पागलपन' ही था जिसने शाहिद दारू प्लांट में उथल-पुथल मचा दी थी, जिससे वो जिम को बचा पाए थे। 'हम तुम्हें और ख़तरे में नहीं डाल सकते,' सरोशपुर ने कहा। 'अब यहां से तुम हमें अलविदा कह दो।'

'जिम, लिंडा और डैन को ईरान से बाहर निकालने का क्या?' हैदरी ने पूछा। 'बस कुछ ही वक़्त की बात है कि इनके लिए शहर में फैली चेतावनी देशव्यापी खोज में बदल जाएगी।'

'वो अब हमारी चिंता है,' लिंडा ने अपने पति का हाथ कसकर पकड़ते हुए कहा। 'मैं तहेदिल से शुक्रगुज़ार हूं कि आपने जिम को मेरे पास वापस लाने में इतनी मदद की। लेकिन आप पहले ही ईरान सरकार की नज़रों में हैं। हम आपकी ज़िंदगी को और ख़तरे में नहीं डाल सकते।'

हैदरी ने अपनी ठोड़ी से इशारा किया। 'ये जो भी चीज़ है जो आपके पति के हाथ में है, वो इतनी ख़ास है कि उसके लिए मरा या मारा जा सकता है,' उसने कहा। 'ख़ुदा हाफ़िज़ और सफ़र ख़ुश।'

सरोशपुर और हैदरी गले मिले। 'मेरा एक सुझाव है,' हैदरी ने कहा। 'सबर्ब की ओर जाना, हो सके तो पर्दीस की ओर। वहां कई अधूरी बनी इमारतें हैं जो सुनसान पड़ी रहती हैं। वहां से आप पूर्व की ओर बढ़ जाएं।'

'क्यों?' सरोशपुर ने पूछा।

'इससे आपके सामने उस बॉर्डर से निकलने का विकल्प खुला रहेगा जो ईरान को अफ़ग़ानिस्तान से जोड़ता है,' उसने कहा। 'जब तक कि अब्बासी इज़रायली विमान को ईरानी इलाक़े में बुलाने का कोई रास्ता न निकाल लें, ज़मीनी रास्ते से अफ़ग़ानिस्तान में घुसना आपके लिए बेहतरीन रास्ता लगता है।'

अब्बासी ने कंधे उचकाए। 'मुझे नहीं लगता इस वक़्त कोई विमान बुला पाना मुमकिन होगा,' उसने कहा। 'ईरान हाई एलर्ट पर होगा। लेकिन हमारे पश्चिम में तुर्किये और इराक़ हैं, हमारे उत्तर में

अज़रबैजान और तुर्कमेनिस्तान हैं, और पूर्व में अफ़ग़ानिस्तान और पाकिस्तान हैं। पश्चिम में इराक़ की वजह से बहुत सेना रहती है।'

'फिर तो तय हो गया,' सरोशपुर ने कहा। 'हम आपको अफ़ग़ानिस्तान में हिरात ले जाएंगे। उस देश में अमेरिकियों की अच्छी-ख़ासी सेना मौजूद है, और वहां के किसी एयर बेस से आपके लिए फ़्लाइट लेकर जाना मुमकिन होगा।'

'तुम सफ़र कैसे करोगे?' हैदरी ने निकलने की तैयारी करते हुए पूछा। 'मुझे लगता है कि इमाम रेज़ा हाईवे और रूट 44 तुम्हारे लिए बेस्ट रहेगा। अगर तुम लोग बिना रुके सफ़र करते रहे, तो तेरह घंटे में वहां पहुंच जाओगे।'

अब्बासी कुछ सोचते हुए अपनी ठोड़ी को टकटका रहा था। बॉर्डर तक पहुंचने का सफ़र एक हज़ार किलोमीटर का था। रास्ते में चैकपोस्ट और बैरियर भी होंगे। तीन अमेरिकियों के गिरफ़्तार हुए बिना निकलने की कितनी संभावना हो सकती थी? और अगर ये भी मान लिया जाए कि अब्बासी और सरोशपुर उनके साथ रहेंगे, तब भी ऐसा कैसे हो सकता था कि उन्हें पहचाना न जाए? जितना वो इस बारे में सोचता, उतना ही ये काम डरावना लगता था। और फिर उसे सूझा। एक बार जब उसने इसके बारे में सोच लिया तो हल बहुत ही सीधा-सरल लग रहा था।

उसके चेहरे के संतोष को सरोशपुर ने देखा। 'तुम क्या सोच रहे हो?' उसने पूछा। अब्बासी ने अपने फ़ोन पर *तेहरान टाइम्स* खोला। 'इसे पढ़ो,' उसने कहा।

> *ईरान से अफ़ग़ानिस्तान के लिए निर्यात में पिछले साल की अवधि की तुलना में 3.5 प्रतिशत टन की वृद्धि देखी गई है। इस अवधि के दौरान अफ़ग़ानिस्तान को निर्यात की जाने वाली प्रमुख वस्तुओं में फल और सब्ज़ियां, अन्य खाद्य पदार्थ, औद्योगिक सामान और निर्माण सामग्री शामिल थीं। निर्यात की सूची में टमाटर सबसे ऊपर थे, उसके बाद लोहे*

की छड़ें थीं। अफ़ग़ानिस्तान की घरेलू मांग का एक तिहाई माल ईरान से सड़क मार्ग द्वारा देश में प्रवेश करता है...

'इस खोपड़ी में क्या पक रहा है?' सरोशपुर ने लेख से नज़र उठाते हुए पूछा।

'अगर जिम, लिंडा और डैन मुसाफ़िरों की बजाय कार्गो के रूप में जाएं तो?' अब्बासी ने पूछा।

67

पूरा बंद शिपिंग कंटेनर बारह मीटर से कुछ ज़्यादा लंबा और पांच मीटर से कुछ कम चौड़ा था। लेकिन अंदर से ये केवल लगभग साढ़े दस मीटर लंबा था; कंटेनर के लगभग डेढ़ मीटर के हिस्से को नक़ली दीवार से बंद कर दिया गया था। इससे एक विशेष क़िस्म का कंपार्टमेंट बन गया था जिसे वर्जित सामान या लोगों को ले जाने के लिए इस्तेमाल किया जा सकता था। जब तक सीमा नियंत्रण या कस्टम अधिकारी विशेष रूप से सतर्क न हों, तब तक इसका पता लगाना असंभव होता, ख़ासकर तब जब बाक़ी कंटेनर माल से भरे हों। मगर अफ़सोस, ऐसे कंटेनरों का इस्तेमाल छोटे बच्चों और सैक्स ग़ुलामों की तस्करी कर सीमा पार ले जाने के लिए भी किया जाता था।

गुप्त कंपार्टमेंट में एक गद्देदार बेंच, और कार की बैटरी से जुड़े बिजली के बल्ब और पंखे थे। इसके अलावा, वहां पानी का बीस लीटर का कनस्तर और ईरान के लोकप्रिय ब्रांड फ़रख़नदा बिस्कुट के कई बक्से रखे थे। गुप्त कंपार्टमेंट के एक कोने में 113 लीटर का कचरे का डिब्बा था। छत में बने छोटे-छोटे छेदों ने ये सुनिश्चित किया था कि ताज़ा हवा आती रहे। कंटेनर में दाईं ओर, लगभग साठ सेंटीमीटर की भुजाओं वाला एक वर्गाकार ट्रैप डोर काटा गया था। ये चतुराई से अंदर की ओर से क़ब्ज़ों पर टिका हुआ

था; बाहरी दरारों को एपॉक्सी से छुपा दिया गया था और फिर कंटेनर के बाहरी हिस्से से मिलान करने के लिए पेंट कर दिया गया था। इससे आपातस्थिति में अंदर मौजूद लोग भाग सकते थे। ड्राइवर का केबिन एक इंटरकॉम द्वारा गुप्त कक्ष से जुड़ा हुआ था।

लिंडा, जिम और डैन इस गुप्त कंपार्टमेंट के अंदर गद्देदार बेंच पर बैठे थे, जबकि बाक़ी कंटेनर सूखे मेवों, डिब्बाबंद सामान और डिब्बाबंद पेय से भरा हुआ था। अब्बासी ट्रक चला रहा था और सरोशपुर उसके बग़ल में बैठा हुआ था। कंटेनर के अंदर झांकने वाला कोई भी अधिकारी इस धोखे को नहीं देख पाता। कंटेनर उस ड्राई फ्रूट ट्रेडिंग कंपनी का था जो अब्बासी का कवर थी। उसे ईरान ख़ुदरौ ट्रक पर चढ़ाया गया था जो उसी संगठन से संबंधित था। अफ़ग़ानिस्तान के लिए निर्यात का निर्देश देती काग़ज़ी कार्रवाई त्रुटिहीन थी। ट्रक आमतौर पर तुर्किये और ईरान के बीच चलता था, लेकिन अमेरिका द्वारा लगाए गए व्यापार प्रतिबंधों से उस विशेष व्यापार में कमी आ गई थी।

ट्रक पर निकलने से पहले उन्होंने कुछ घंटे पर्दीस में बिताए थे। तेहरान से लगभग सत्रह किलोमीटर उत्तर-पूर्व में स्थित इस क्षेत्र की लगभग आधी इमारतें अधूरी रह गई थीं। ईरानी सरकार ने राजधानी के पास बंजर भूमि पर टॉवरों में सैकड़ों सस्ते लेकिन साधारण फ़्लैट बनाने का प्रयास किया था। लेकिन उनमें से अधिकांश पानी की दोषपूर्ण आपूर्ति, बिजली यदा-कदा आने और ख़राब कनेक्टिविटी के कारण ख़ाली रहे। फ़ारसी में 'पर्दीस' नाम का मतलब जन्नत होता है लेकिन ये दूर-दूर तक भी ऐसा कुछ नहीं था। अब्बासी और सरोशपुर ने जिस टॉवर को चुना था, वो पूरी तरह से ख़ाली था, क्योंकि 2017 में आए भूकंप में इसके कुछ हिस्से नष्ट हो गए थे। चूहों की भरमार के कारण पर्दीस में वो कुछ घंटे बिताना भी मुश्किल हो गया था। अब वो गर्म और उमस भरे कंटेनर में बैठे थे, और अनुभव कर रहे थे कि इक्कीसवीं सदी में ग़ुलामों की तरह तस्करी किया जाना कैसा लगता होगा।

लिंडा जिस भी दौर से गुज़री थी, उस सबको भूल जाने की इच्छुक थी। जिम को ज़िंदा और आज़ाद देखने की ख़ुशी ही पर्याप्त मुआवज़ा था। उस गर्म और उमस भरे डिब्बे में भी, वो जिम का हाथ छोड़ने को तैयार नहीं थी। जिम के पास ही कैनवस का वो बैग था जिसमें हमज़ा ड्यूरा और फ़्लैश ड्राइव्स पर उसके रिसर्च डेटा वाला मिट्टी का बक्सा था। ये उसकी दस साल की मेहनत का फल था।

लिंडा ने जिम को वो सब बातें बताईं जो उसके अपहरण के बाद से आज तक हुई थीं। उसने जिम को बताया कि कैसे पुलिस में उसके दोस्त ग्रेग वॉल्टर्स ने उसकी मदद की थी, कैसे वो एफ़बीआई गए और फ्रेड स्मिथ सीन में आया, कीश आइलैंड के अपने सफ़र और कैब-ड्राइवर फ़िरोज़ जमशेदी द्वारा दी गई मदद के बारे में; कैसे वो सरोशपुर और आख़िरकार हैदरी और अब्बासी के संपर्क में आए थे। अपनी ओर से, जिम ने भी जवाद मुसफ़्फ़ा—उर्फ़ अली ज़मानी, एस्क्लीपियस, रायन पार्कर, अब्बास ख़ादिमहुसैनी, आईआरजीसी की ख़ुफ़िया क़ैद, और शाहिद दारू फ़ार्मा में अपने पड़ाव के बारे में बताया।

डैन बहुत कम बोलते हुए चुपचाप उनकी बातें सुनता रहा। वो जानता था कि ईरान से बाहर निकलने के लिए मिली-जुली कोशिश की ज़रूरत होगी, लेकिन वो ये भी जानता था कि उसे आख़िरकार जिम और उसकी बेजोड़ रिसर्च को ल्यूक मिलर को सौंपना होगा। रायन पार्कर ऐसा आदमी नहीं था जिसे कोई नज़रअंदाज़ कर सके। मिस्ट्रेस लूसिंडा महज़ एक मिसाल थी कि एस्क्लीपियस गैंग उन लोगों के साथ क्या कर सकता था जो उन्हें निराश करते थे।

अपने नाम का ज़िक्र सुनकर डैन की तंद्रा टूटी। 'डैन मेरे लिए मज़बूत संबल रहे हैं,' लिंडा जिम को बता रही थी। 'जब मैंने तुम्हें ढूंढ़ने के लिए ईरान आने का फ़ैसला किया, तो मेरे साथ चलने का फ़ैसला लेने में ये पल भर भी नहीं हिचकिचाए,' उसने कृतज्ञता भरी नज़र डैन पर डाली, जिसे कुछ ऐसा महसूस हुआ जैसा धोखेबाज़ों को महसूस होता होगा। 'मैं तुम्हें अकेले तो यहां कभी नहीं आने

देता,' उसने नाटक जारी रखते हुए कहा।

'मुझे पता नहीं था कि इतने लोग एक ही चीज़ के पीछे हैं,' जिम ने कहा। 'शुक्रिया, माई डार्लिंग लिंडा, हार न मानने के लिए।' डैन की ओर मुड़ते हुए उसने कहा, 'तुम मेरे सबसे क़रीबी दोस्त और राज़दार हो। मैं बहुत शुक्रगुज़ार हूं कि मेरी ज़िंदगी में तुम हो, डैन।'

'मुझे अभी भी समझ नहीं आया कि ईरानी सरकार तुम्हारे पीछे क्यों पड़ी है,' लिंडा ने दूसरा विषय उठाते हुए कहा।

'उन्हें लगता है कि मेरे पास कुछ ऐसा है जिसे अथ्रवन स्टार कहते हैं,' जिम ने कहा।

'वो क्या है?' लिंडा ने पूछा।

'पता नहीं,' जिम ने कहा। 'लेकिन उन्हें लगता है कि हमज़्रा ड्यूरा मेरे पास है तो किसी तरह से इसका मतलब ये है कि मुझे उसकी भी जानकारी है।'

'लेकिन अगर ये ज़ोरोस्ट्रियाई है, तो ईरानी प्रशासन इस पर कैसे दावा कर सकता है?' लिंडा ने पूछा।

'मैं यक़ीन से नहीं कह सकता,' जिम ने जवाब दिया। 'कई सदियों की इस्लामी हुकूमत में ज़ोरोस्टरवादियों को व्यवस्थित रूप से मार डाला गया या धर्मांतरित कर दिया गया था। अगर उस ख़त्म कर दिए गए समुदाय की कोई चीज़ थी, तो क्या तुम कहोगी कि आज की हुकूमत उसकी हक़दार है? कभी सारा ईरान ज़ोरोस्टरवादियों का हुआ करता था। आज शासन उन लोगों और उनकी धार्मिक कलाकृतियों और प्रतीक-चिह्नों तक का मालिक है।'

'लेकिन आज के जीवित बचे ज़ोरोस्टरवादी तो ख़ुद को इसका हक़दार मानते होंगे, है ना?' लिंडा ने पूछा।

जिम ने हामी भरी। 'लेकिन ज़रथुष्ट्र ने हमें हुमाता, हकता और हुवार्श्ता सिखाया था। सद्विचार, सद्वाणी और सत्कर्म। कोई भी ऐसी चीज़ जो दुनिया को बचा सकती हो, वो सारी मानवता के लिए है,

किसी चुने हुए समूह की नहीं।'

कंटेनर ईरान के हाईवेज़ पर आगे बढ़ता रहा। डैन ने जिम की गोद में रखे कैनवस के बैग को देखा। वो सोच रहा था कि अगर जिम को पता होता कि उसका सबसे क़रीबी दोस्त केटरिंग प्राइज़ के लिए उसे धोखा देने वाला था तो उसे कैसा लगता। जब तक कि उसने उस समय की सबसे शुरुआती सलाह को याद नहीं किया जब वो वाक़ई कमउम्र था। *ज़िंदगी में दो जालों से बचना चाहिए। एक। ये परवाह करना कि वो क्या सोचते हैं। दूसरा। ये सोचना कि वो परवाह करते हैं।*

68

'तुमने उसे भाग जाने दिया,' सुप्रीम लीडर ने सुलगती आंखों से मुसफ़्फ़ा को देखते हुए कहा। मुसफ़्फ़ा के दाएं कंधे और बांह पर प्लास्टर चढ़ा था। उसके कंधे से गोली तो निकाल दी गई थी, लेकिन अब्बासी के हाथों खाई मार से उसका चेहरा अभी भी सूजा हुआ था।

'ये नाक़ाबिले-बर्दाश्त चूक है,' ख़ादिमहुसैनी ने सुप्रीम लीडर की चापलूसी करते हुए सुर मिलाया।

'मेरे साथ ये गेम खेलने की कोशिश मत करो,' आयतुल्लाह ने उसकी ओर घूमते हुए कहा। 'तुमने ही मुसफ़्फ़ा को इस मिशन का इंचार्ज बनाया था। तुमने ही जिम दस्तूर को डीसी1ए से निकालकर शाहिद दारू के परिसर में रखने का फ़ैसला किया था। और तुमने ही शाहिद दारू के सुरक्षा इंतज़ाम में चूक की। अपनी ग़लती को अपने मातहत पर थोपने की कोशिश मत करो।'

डांट खाकर, ख़ादिमहुसैनी ने असहजता से अपनी कुर्सी पर पहलू बदला। 'हमें शाहिद दारू के चालू कैमरों से सुरक्षा वीडियो को देखने का मौक़ा मिला है,' उसने कहा। 'जिम दस्तूर को निकालने में शामिल लोगों में से एक हैदरी था—तारिक़ हैदरी।'

सुप्रीम लीडर की त्योरियां और भी गहरा गईं। ईरान का सिस्टम चुनावों की अनुमति देता था, लेकिन राजनीतिक दलों को अनिवार्य रूप से धार्मिक राज्य की अपराक्राम्य सीमाओं के भीतर ही काम करना था। अधिकांश चुनावों में लगभग आधे उम्मीदवारों को ईरान की वो गार्जियन काउंसिल अयोग्य घोषित कर देती थी जो उनकी उपयुक्तता और ईरान की धार्मिक बुनियाद के प्रति उनकी प्रतिबद्धता के लिए उनका परीक्षण करती थी। और हैदरी उन उत्पातियों में से एक था जो पूरी तरह और स्थायी रूप से अयोग्य बना रहा। ये आख़री कील थी।

ईरानी राजनीति से मोहभंग होने पर हैदरी मुजाहिदीन-ए-ख़ल्क़—एमईके—का हिस्सा बन गया था। एमईके की स्थापना 1965 में वामपंथी ईरानी छात्रों ने की थी जो शाह मोहम्मद रज़ा पहलवी की राजशाही के विरोधी थे। उन्होंने इस्लामिक क्रांति के दौरान ख़ुमैनी समर्थक ताक़तों के साथ गठबंधन किया। लेकिन 1981 में ख़ुमैनी शासन पर ही असफल हमले करने के बाद समूह को निर्वासित कर दिया गया था। हैदरी ने अपना अधिकांश जीवन उसी शासन को हटाने की दिशा में असफल रूप से काम करते हुए जिसे पहले उसने स्थापित करने में मदद की थी, ईरानी जेलों में जाने-आने में बिताया था।

'उस बदमाश का पता लगाइए और दादगाहे-इंक़लाब से कहिए कि उससे आम तरीक़े से निपटें,' आयतुल्लाह ने आदेश दिया।

'मैं उसे पकड़ने के क़रीब ही हूं,' ख़ादिमहुसैनी ने उत्तर दिया। 'उसके साथी, एक ड्राइवर, को हमने इस्फ़हान में पकड़ा है। वो जल्दी ही टूट जाएगा।'

'और वो बाक़ी दोनों अमेरिकी?' आयतुल्लाह ने पूछा।

'जिम दस्तूर की बीवी लिंडा और उसका साथी डायरेक्टर डैन कोहेन,' ख़ादिमहुसैनी ने उनके नाम बताए। 'दोनों कीश आईलैंड के रास्ते आए थे।'

'अगर वो कीश से आए थे, तो कीश में किसी ने तो खाड़ी पार

करने में उनकी मदद की होगी,' धार्मिक नेता ने कहा। 'पता कीजिए कि वो कौन था। हैदरी के साथ फ़ोटो में ये कौन आदमी है?' उन्होंने शाहिद दारू के निगरानी कैमरों से ली गई तस्वीरों को देखते हुए अचानक से पूछा।

'कावा अब्बासी, सूखे मेवों का कारोबारी है,' ख़ादिमहुसैनी ने जवाब दिया। 'इलाहिया ज़िले में फ़रिश्ता स्ट्रीट पर रहता है। शहर के महंगे इलाक़े में। अब हम उसके कारोबार की छानबीन कर रहे हैं ये पता लगाने के लिए कि वो कोई मुखौटा तो नहीं है। अब तक तो उसके सारे रिकॉर्ड सही हैं।'

'वो कोई कारोबारी नहीं है,' मुसफ़्फ़ा ने कहा। 'वो प्रशिक्षित कमांडो है। अगर ऐसा न होता तो वो कभी मुझ पर हावी न हो पाता।'

'वो उन अमेरिकी कुत्तों में से हो सकता है जो उनकी ओर हड्डी डालने पर उनका हुक्म बजाने लगते हैं,' आयतुल्लाह ने कहा। 'ख़ूब गहराई से और कड़ी छानबीन करो। ये अब्बासी ईरान से निकलने का इनका टिकट हो सकता है।'

'इससे ज़्यादा हैरतअंगेज़ तो *इस* शख़्स की मौजूदगी है,' ख़ादिमहुसैनी ने सरोशपुर की तस्वीर दिखाते हुए कहा।

'ये कौन है?' सुप्रीम लीडर ग़ुर्राए।

'इसका नाम बहराद सरोशपुर है,' ख़ादिमहुसैनी ने जवाब दिया। 'कुछ समय से इस पर हमारे आंख-कान लगे हैं, लेकिन इसे कभी कोई ख़ास नहीं समझा गया था। ये तेहरान में फ़िरदौसी स्ट्रीट से ऑपरेट करता है और एक ज़ोरोस्ट्रियाई चैरिटी ग्रुप चलाता है।'

'इस देश के ज़ोरोस्टरवादी अपनी औक़ात जानते हैं,' आयतुल्लाह ने कहा। 'ईरान की सरज़मीं पर वो तिनके बराबर भी नहीं हैं। सदियों से इस्लाम ने उन्हें अधीनस्थ अल्पसंख्यकों की उनकी जगह दिखा दी है जिसे अगर हम चाहें तो ईरान के नक़्शे से साफ़ कर सकते हैं।'

'जी, रहबरे-मुअज़्ज़म,' ख़ादिमहुसैनी ने कहा। 'लेकिन इस

चैरिटी के साथ जुड़ा एक एक्टिविस्ट ग्रुप भी है। उसका नाम गब्राबाद एक्शन फ़ोर्स—या जीएएफ़—है।'

'गब्राबाद?'

'इस्फ़हान के पास वाली बस्ती जिसमें सोलहवीं सदी में बहुत से ज़ोरोस्टरवादियों को भेज दिया गया था,' ख़ादिमहुसैनी ने कहा। 'ये ग्रुप उन कथित ज़्यादतियों की यादों को ताज़ा करना चाहता है।'

'मैंने पहले कभी इस जीएएफ़ ग्रुप के बारे में क्यों नहीं सुना?' सुप्रीम लीडर ने झिड़कते हुए पूछा।

'क्योंकि हमने उन्हें कभी गंभीरता से नहीं लिया था,' ख़ादिमहुसैनी ने जवाब दिया। 'उनके पास न तो इतनी इच्छाशक्ति है न संसाधन कि हमारे सिस्टम के लिए कोई ख़तरा बन सकें।'

'और फिर भी इस शख़्स सरोशपुर की जिम दस्तूर और उसकी बीवी से अच्छी साठगांठ दिख रही है,' आयतुल्लाह ने कहा। 'इसके अलावा वो बढ़-चढ़कर हैदरी और इस विदेशी एजेंट अब्बासी की मदद कर रहा है।'

'जिससे मुझे यक़ीन हो रहा है कि सरोशपुर भी उसी चीज़ के पीछे हो सकता है जिसके पीछे हम हैं,' ख़ादिमहुसैनी ने कहा। 'अथ्रवन स्टार।'

'उसे वो क्यों चाहिए होगा?' रहबरे-मुअज़्ज़म ने पूछा।

'ईरान के ज़ोरोस्टरवादी इसे ऐसी चीज़ के बजाय जो ईरान देश की है, अपनी धरोहर मानते हैं,' ख़ादिमहुसैनी ने जवाब दिया। 'हालांकि हम ठीक से नहीं जानते कि वो क्या है या क्या करता है, मगर ये जानते हैं कि ज़ोरोस्ट्रियाई साहित्य में उसका कुछ उल्लेख है।'

'वाक़ई?' सुप्रीम लीडर ने पूछा। 'कहां?'

'ऐसा लगता है कि ईरान के ज़ोरोस्टरवादियों ने भारत में अपने पारसी बंधुओं को अनेक धार्मिक निर्देश भेजे थे,' ख़ादिमहुसैनी ने कहा। 'उन्हें रिवायतें कहा जाता है। बज़ाहिर, इनमें से एक रिवायत,

एक अनौपचारिक रिवायत जिसे लिखा नहीं गया है, इसका उल्लेख करती है।'

आयतुल्लाह एक हाथ से अपनी दाढ़ी को सहलाते हुए कुछ सोचने लगे, और साथ ही दूसरे हाथ में पकड़ी फ़िरोजी रंग की तस्बीह के मनके फेरते रहे। बाक़ी दोनों आदमी जानते थे कि ऐसे वक़्त में कुछ कहना समझदारी नहीं थी। एक अनंत से लगने वाले मौन के बाद ईरान के इमाम ने मुंह खोला।

'सारे हवाई अड्डों, बंदरगाहों, रेलवे स्टेशनों, सीमा की चौकियों, बस स्टेशनों और टोल बूथों पर नोटिस जारी कर दो,' उन्होंने कहा। 'इसी के साथ, पता करो कि अब्बासी का किसी विदेशी ख़ुफ़िया एजेंसी से कोई ताल्लुक़ तो नहीं है। चौबीस घंटे के भीतर मुझे रिपोर्ट देना।'

'और सरोशपुर?' ख़ादिमहुसैनी ने पूछा।

'उसके ग्रुप में किसी के ख़िलाफ़ अभी कोई कार्रवाई मत करना,' आयतुल्लाह ने कहा। 'हमें इंतज़ार करना चाहिए।'

'क्यों?'

'अगर तुम अथ्रवन स्टार को हासिल करने में कामयाब नहीं हुए, तो मुमकिन है वो हो जाए,' आयतुल्लाह ने कहा, उनकी आंखें चमक रही थीं। 'उस सूरत में, हमें उसे हासिल करने में ज़्यादा जद्दोजहद नहीं करनी होगी।'

69

अब्बासी ध्यान से सड़क पर नज़रें जमाए ड्राइव कर रहा था। लेकिन कुछ घंटे बाद, उसका मन भटकने लगा। ईरान में बसा मोसाद का एजेंट होना अक्सर एकतरफ़ा रास्ता होता था। वो सोचने लगा कि उसने इतना जोखिम भरा काम क्यों क़ुबूल किया था। क्या ये मौत की गुप्त इच्छा थी?

वो 1986 में क्रांति के बाद के ईरान के शहर तबरीज़ में बहराम अमीनी के रूप में जन्मा था। उसके पिता एक सुधारवादी अख़बार *सलाम* में पत्रकार थे। प्रकाशन की साख खोजी पत्रकारिता की थी जो अक्सर प्रशासन को नागवार गुज़रती थी। उनकी पत्नी ने बहराम और उसके छोटे भाई को एक मां की सख़्ती और लाड़-प्यार के एक ख़ास मेल के साथ पाला था। बहराम स्कूल में अच्छे ग्रेड लाता था, क्योंकि तभी मां उसका मनपसंद *शोले ज़र्द*—चावल की केसरिया खीर—बनाती थीं जिसका स्वाद उसकी ज़बान पर आख़री कटोरे को चाट लेने के बाद भी देर तक बना रहता था।

लेकिन फिर 1999 में तेहरान यूनिवर्सिटी में प्रजातंत्र-समर्थक प्रदर्शन होने लगे। इसके बाद *सलाम* अख़बार बंद हो गया। सुरक्षा बलों के साथ मुठभेड़ों के नतीजे में छह दिन तक दंगे होते रहे और एक हज़ार से ज़्यादा छात्रों को गिरफ़्तार कर लिया गया। बहराम के पिता को भी हिरासत में ले लिया गया और उन पर आरोप लगाया गया कि उन्होंने मंत्रालय की एक गुप्त रिपोर्ट छापी थी जिसके नतीजे में प्रदर्शन हुए। एक महीने से ज़्यादा तक उनसे पूछताछ की जाती रही, फिर उन्हें छोड़ दिया गया। लेकिन उस पूछताछ से वो एक टूटे हुए शख़्स के तौर पर बाहर आए थे। परिवार ने उनके साथ खड़े होने की कोशिश की, लेकिन कोई फ़ायदा नहीं हुआ। वो शारीरिक, मानसिक और भावनात्मक रूप से बिखर गए थे। चालीस साल की उम्र में वो दिल का दौरा पड़ने से गुज़र गए।

बहराम की मां पड़ोस की औरतों के कपड़े सीने का काम लेकर किसी तरह परिवार का गुज़र-बसर करती रहीं। सिलाई मशीन पर उनका हाथ साफ़ था और उनके कौशल ने सुनिश्चित किया कि दोनों लड़के स्कूल जाते रहें और लौटने पर उन्हें खाना मिलता रहे। बहराम को क्या पता था कि वो एक भयानक राज़ का बोझ ढो रही थीं।

उनके दिल में छुपा राज़ ये था कि उनकी दादी यहूदी थीं। वो ख़ास वंशावली ईरान में एक बोझ थी, जैसे यक़ीनन इस्लामिक दुनिया

के दूसरे हिस्सों में भी थी। महान हख़ामनी राजा साइरस ने 539 ईसा पूर्व कैलडियन राजाओं को हराकर बेबीलोनिया पर विजय प्राप्त की थी जिन्होंने यहूदियों को ग़ुलाम बना रखा था। साइरस ने यहूदियों को ग़ुलामी से आज़ाद किया और उन्हें अपने देश लौटने की इजाज़त दी। लेकिन उनमें से कुछ यहूदी यहूदा लौटने की जगह फ़ारस के कुछ हिस्सों में बस गए। सासानी युग में उनकी आबादी बढ़ी, लेकिन इस्लाम के आगमन ने सब कुछ बदल दिया। ज़ोरोस्टरवादियों की तरह ही फ़ारस के यहूदियों पर भी बहुत ज़ुल्मो-सितम किए गए।

रज़ा शाह पहलवी के शासन में उनकी स्थिति बेहतर हुई थी। शाह द्वारा आज़ाद किए गए यहूदियों ने ईरानी अर्थव्यवस्था को पुनर्जीवित करने में महत्वपूर्ण भूमिका निभाई। 1979 की इस्लामी क्रांति से पहले ईरान में लगभग अस्सी हज़ार यहूदी थे। क्रांति के बाद हज़ारों लोग अपने शानदार मकानों और संपत्तियों को छोड़कर भाग गए। इसके तुरंत बाद यहूदी आबादी घटकर उस संख्या का दसवां हिस्सा रह गई।

यहूदी संबंधों के बावजूद बहराम का परिवार शिया धर्म का पालन करता था। इन वर्षों में, उसकी मां ने एक बेहतरीन दर्ज़ी की ख़्याति पा ली थी। मगर बदक़िस्मती से उनकी एक ग्राहक एक यहूदी महिला थी जिसके पति पर 'यहूदीवादियों' के साथ साज़िश रचने का आरोप था। वस्तुतः जो भी व्यक्ति उस दंपती के संपर्क में था, उसे अधिकारियों ने पकड़ लिया था। ये आयतुल्लाह के इस दावे के बावजूद था कि 'हम अपने यहूदियों को उन ईश्वरविहीन, इज़रायल के खून चूसने वाले यहूदीवादियों से अलग मानते हैं।' बहराम की मां को भी पकड़ लिया गया था। कुछ दिन बाद उन्हें रिहा कर दिया गया, लेकिन उनकी गिरफ़्तारी का उनके काम पर बहुत बुरा असर पड़ा था। नियमित ग्राहक अब उन्हें काम देने से बचने लगे थे।

उस समय अपने लड़कपन में चल रहा बहराम कॉलेज पूरा करने की उम्मीदों को तिलांजलि देने के लिए मजबूर हो गया। उसे न केवल अपना बल्कि अपनी मां और छोटे भाई का भी भरण-पोषण

करना था। उसने तबरीज़ में एक ठेले पर फ़लाफ़ेल सैंडविच बेचने का काम शुरू किया। आमदनी ज़्यादा नहीं थी लेकिन उसके परिवार के गुज़र-बसर के लिए पर्याप्त थी। उसकी मौसी ने, जिनके पूर्वज भी यहूदी थे, मूर्खता में आकर तेहरान के एक यहूदी क़ालीन व्यापारी से शादी करने का फ़ैसला किया। इससे एकदम ग़ैरज़रूरी ढंग से उनका अपना वंश फ़ोकस में आ गया था। लेकिन वो अपने भानजे से बहुत प्यार करती थीं, बहराम को अपने प्यार के साये में बांधे रखती थीं। हालांकि वो ये बहुत होशियारी बरतते हुए करती थीं, ये जानते हुए कि उनकी निकटता बहराम और उसके परिवार के लिए जोखिम खड़े कर सकती थी।

एक दिन, जब वो पत्तागोभी, सब्ज़ियों और अचार की तह पर बेसन के कोफ़्ते लगाने में जुटा था, तो एक बुजुर्ग ग्राहक उसके स्टॉल पर आए। उन्होंने सैंडविच चखा और बहराम की तारीफ़ की। इसके बाद तो वो नियमित रूप से बहराम के स्टॉल पर आने लगे। एक भी दिन ऐसा नहीं जाता था जब वो सैंडविच खाने नहीं आते और वो उसे अच्छी टिप देकर जाते थे। नौजवान बहराम उस समय ये नहीं जानता था, लेकिन उसके ये ग्राहक ईरान में मोसाद के सबसे पुराने भर्तीकर्ताओं में से एक थे। बहराम इस बात से अनजान था कि इज़रायली एजेंसी ने उसका पूरा डोज़ियर बना रखा था। उसके पिता की गिरफ़्तारी और मृत्यु की परिस्थितियों के साथ ही उसकी मां का आंशिक रूप से यहूदी वंश का होने ने उसे भर्ती के लिए एक प्रमुख लक्ष्य बना दिया था।

एक दिन उसके सरपरस्त ने उससे पूछा, 'फ़िलहाल तुम जितना कमा रहे हो, उसका कुछ सौ गुना ज़्यादा कमाना तुम्हें कैसा लगेगा?' 'मैं सुन रहा हूं,' बहराम ने कहा। उन्होंने साथ में चाय पी और बूढ़े व्यक्ति ने उसे बताया कि कैसे इस्लामी शासन सुन्नी मुसलमानों, पारसियों और यहूदियों समेत उन सबको व्यवस्थित रूप से निशाना बना रहा था जो उसकी योजनाओं में फ़िट नहीं बैठते थे।

'मुझे आपको पुलिस को सौंप देना चाहिए,' बहराम ने उनसे

कहा, लेकिन किसी अनजानी वजह से उसने ऐसा किया नहीं। उस दिन जब वो घर लौटा तो उसे ख़बर मिली कि उसकी मां और छोटा भाई सड़क पर एक हादसे का शिकार हो गए थे। एक ट्रक ने रुकने के संकेत को मिस कर दिया और उन्हें कुचल डाला। उसकी मां की तो उसी दम मौत हो गई थी, और भाई सीना यूनिवर्सिटी अस्पताल में मौत से लड़ रहा था। तीन दिन बाद उसने हार मान ली।

अब खोने को कुछ नहीं बचा था तो जब उसके मोसाद भर्तीकर्ता फिर से आए तो वो इंतज़ार ही कर रहा था। उसे तुर्किये के रास्ते इज़रायल के हर्ज़लिया शहर ले जाया गया। हर्ज़लिया में उसे मिदरशा नाम की एक अकादमी में ले जाया गया। यहां उसे विभिन्न मनोवैज्ञानिक और अभिरुचि परीक्षणों से गुज़रना पड़ा। फिर उसे ख़ुफ़िया जानकारी एकत्र करने का विज्ञान, आत्मरक्षा, स्रोत बनाना, गुप्त संचार, दूसरे एजेंटों की भर्ती करना, तकनीकी बारीकियां, भाषाएं—और हत्या करना—सिखाया गया। उसकी ट्रेनिंग तेल अवीव के पास कैंप मोशे दायान में एक कार्यकाल के साथ पूरी हुई।

कई साल बाद, वो मोसाद का पूरी तरह प्रशिक्षित *कात्सा*—फ़ील्ड इंटैलिजेंस ऑफ़िसर—बन गया था। जिस तरह ख़ामोशी से उसने ईरान छोड़ा था, उसी तरह रात के अंधेरे में वो देश में दाख़िल हुआ। उसे एक पूरी तरह से नई शख़्सियत प्रदान कर दी गई थी। बहराम अमीनी मर चुका था। और कावा अब्बासी पैदा हो गया था।

उसके पहले अभियानों में से एक का नाम ऑपरेशन स्टैंज़ा था। अब्बासी की कमान में, ईरान के नतंज़ न्यूक्लियर पॉवर प्लांट पर एक परिष्कृत साइबर हमला हुआ था। ऐसा ऑपरेशन जिसके लिए कई देशों का क़रीबी सहयोग आवश्यक था, इसमें एक स्टक्सनेट वर्म को लाना शामिल था जो प्लांट के सैंट्रीफ़्यूज के काम में रुकावट डालता और समय के साथ उन्हें बेकार कर देता। बदक़िस्मती से एक अमेरिकी जासूस ने ये भेद खोल दिया। नतीजतन फ्रैंकफ़र्ट में अब्बासी के डिप्टी की गोली मारकर हत्या कर दी गई। ऑपरेशन

कामयाब रहा, लेकिन अब्बासी ख़ुद को उस ग़लती के लिए कभी माफ़ नहीं कर पाया जो उसकी नहीं थी।

उस दिन के बाद, अब्बासी ने किसी पर भी भरोसा न करने का फ़ैसला कर लिया था।

70

उस रविवार की सुबह तेहरान के हुनरमंदान पार्क में सूरज निकलने से कुछ पहले तीन सौ लोगों की भीड़ जमा होने के बावजूद एक अजीब सा सन्नाटा पसरा हुआ था। मूल रूप से एक क़ाजार राजकुमार का बग़ीचा और हवेली रहे इस पार्क में अब ईरानियन आर्टिस्ट्स फ़ोरम, ईरानशहर थिएटर, एक पुस्तकालय, एक शाकाहारी रेस्तरां, एक फ़ुटबॉल मैदान और बास्केटबॉल कोर्ट था। हुनरमंदान पार्क बेफ़िक्री के माहौल में सुकून का प्रतीक था। लेकिन आज यहां का माहौल और सैटिंग पार्क के आम नज़ारे से उल्लेखनीय रूप से अलग थी।

सुबह-सुबह पुलिस की कुछ गाड़ियां वहां आई थीं। उसके बाद एटलस की एक विशाल कंस्ट्रक्शन क्रेन आई जिसने पुलिस वाहनों के पीछे मोर्चा संभाल लिया था। थोड़ी देर बाद, एक कैमरा टीम ने अपने उपकरण लगा लिए। पुलिसकर्मियों ने पाड़ों को इस्तेमाल करके अस्थाई बैरियर लगाने शुरू कर दिए थे। इसके बाद भीड़ का आना शुरू हुआ था। आधे घंटे बाद पुलिसकर्मियों की एक टुकड़ी से घिरा मुख्य आकर्षण पहुंचा। तब तक हुनरमंदान में जमा भीड़ को उत्सुकता से प्रतीक्षा करते एक घंटे से ज़्यादा हो गया था।

आज हुनरमंदान कला या खेल, या जीवन के किसी भी आनंदमय पहलू का जश्न नहीं मनाने वाला था, जिसके लिए ये समर्पित था। इसके बजाय, एक भयानक तमाशे में, ये मौत का आनंद लेने वाला था। एक सज़ायाफ़्ता शख़्स दो पुलिस ट्रकों के सामने निश्चल खड़ा था। उसके ठीक ऊपर एक विस्तार-सक्षम क्रेन

की भुजा से एक फंदा लटक रहा था। काली बॉम्बर जैकेट और नक़ाबें पहने फांसी देने वाला दल उस व्यक्ति को फांसी पर लटकाने के लिए उपयोग किए जाने वाले रिमोट कंट्रोल की बारीकी से जांच कर रहा था। अस्थाई बैरियर के पीछे जुटी भीड़ में अच्छी जगह के लिए धक्का-मुक्की हो रही थी। 'चलो दूसरे छोर पर चलते हैं,' एक तमाशबीन ने उत्साह से अपनी पत्नी से फुसफुसाते हुए कहा और उसका ध्यान उस जगह की ओर दिलाया जहां इस्लामिक रिपब्लिक ऑफ़ ईरान ब्रॉडकास्टिंग के कैमरे लगाए गए थे। 'मुझे लगता है वहां से हमें बेहतर नज़ारा दिखेगा।' भीड़ में कई बच्चे भी थे, जो अपने माता-पिता के पीछे उत्सुकता से लड़खड़ाते जा रहे थे।

पिछले दिन इस्लामिक रिवॉल्यूशनरी कोर्ट दादगाहे-इंक़लाब में मुजरिम का ट्रायल बमुश्किल कुछ मिनट चला था। कार्रवाई बंद दरवाज़ों के पीछे हुई थी और एक एकल न्यायाधीश ने उसकी क़िस्मत का फ़ैसला किया था। 'मुजरिम' को तोड़ना मुश्किल था। उससे और उसके साथी से जुर्म क़ुबूल करवाने के लिए बिजली के झटकों, कोड़ों, वॉटरबोर्डिंग और यौन शोषण का सहारा लिया गया था। अपने लक्ष्य तक पहुंचाने में मदद करने के लिए सहयोगी को छोड़ दिया गया था। फांसी से सज़ा-ए-मौत का फ़ैसला दिया गया था और अपील का कोई तंत्र नहीं था। ईरान हर साल क़रीब ढाई सौ लोगों को फांसी देता था। मौत की सज़ा न केवल हत्या या अपहरण जैसे बड़े अपराधों के लिए, बल्कि व्यभिचार, धर्मत्याग, समलैंगिकता, शराब पीने, ड्रग्स लेने या राजनीतिक विरोध के लिए भी दी जा सकती थी। छोटी-मोटी चोरी के लिए केवल अंगूठे और हथेली को छोड़कर मुजरिमों की उंगलियां काटी जा सकती थीं। चीन के बाद ईरान को दुनिया का दूसरा सबसे बड़ा सज़ा-ए-मौत देने वाला होने की पहचान हासिल थी।

ईरान में सज़ा-ए-मौत देने के लिए फांसी सबसे ज़्यादा आम तरीक़ा थी। लेकिन इसे झटके से खींचकर नहीं दिया जाता था, जिसमें गर्दन टूटने से शीघ्रता से मौत हो जाती है। इसके बजाय

कंस्ट्रक्शन क्रेन का इस्तेमाल किया जाता था। सज़ायाफ़्ता शख़्स को क्रेन द्वारा ऊपर जमीन से झुलाते हुए उठाया जाता, जिससे अपने कसते हुए फंदे से बहुत मुश्किल और दर्दनाक तरीक़े से गला घुटता था। भीड़ को हमेशा ये देखने के लिए प्रोत्साहित किया जाता था, और कुछ फांसियों को दूसरों के लिए एक उदाहरण के रूप में पेश करने के लिए टेलीविज़न पर प्रसारित किया जाता था। आमतौर पर, मुजरिमों के परिवारों को मौजूद रहने के लिए मजबूर किया जाता था। कई बार तो उन्हें इस सारे काम का ख़र्चा भी उठाना पड़ता था।

जब तेहरान के पूर्व में सूरज उगा, तो जल्लाद चमकीली लाल टीशर्ट पहने मुजरिम को क्रेन की ओर ले गए। जेल में उसके सिर को गंजा कर दिया गया था और उसकी आंखों पर पट्टी और हाथों में हथकड़ी बंधी थी। क़ैदी शांत रहा, न रोया, न अपनी ज़िंदगी के लिए गिड़गिड़ाया। ईरान के न्यायालय के एक प्रतिनिधि ने वहां मौजूद और टेलीविज़न के सभी तमाशबीनों को ज़ोर से पढ़कर उसका जुर्म और फ़ैसला सुनाया। फंदा उसके गले में डाला गया, और उसे क्रेन ने उठा लिया। सब देखने वालों के लिए उसका संघर्ष स्पष्ट था, जबकि उसका शरीर भीड़ के ऊपर हवा में झूल रहा था, उसकी टांगें फड़फड़ा रही थीं; उसकी अवरोधिनी मांसपेशियां शिथिल हो गई थीं, उसकी अंतड़ियों ने साथ छोड़ दिया, जैसा कि उसकी गीली और धब्बेदार शलवार पर देखा जा सकता था। वो ख़ामोशी से मर गया था, जबकि भीड़ में कुछ लोग विरोध में चिल्लाए, कुछ ने हंसी-ठट्टा किया, जबकि दूसरे इस दृश्य को रिकॉर्ड करने के लिए फ़ोन के कैमरों का इस्तेमाल कर रहे थे।

अहवाज़ में स्थित एक अलग मॉनिटर पर ख़ादिमहुसैनी ने दिन की अपनी पहली फ़रवरदीन जलाते हुए फांसी को देखा। उसने संतुष्टि की सांस छोड़ी, केवल धुएं की ही नहीं, बल्कि इस तथ्य की भी कि एक और बखेड़िये को क़ानून की ज़द में ले आया गया था। उम्मीद थी, ये फांसी सुप्रीम लीडर को ख़ुश कर देगी। इस मुजरिम को पकडने में ही ज़बरदस्त महाजाल बिछाना पड़ा था, और उसका

मुंह खुलवाने के लिए यातनाओं का बेहिसाब इस्तेमाल करना पड़ा था।

तारिक़ हैदरी मरने का हक़दार था। ख़ादिमहुसैनी ने अपनी सिगरेट मसल दी ठीक उसी तरह जैसे हैदरी की ज़िंदगी मसल दी गई थी।

71

खंडाला में सेसील के पास आकर मैं बहुत ख़ुश था। अगली सुबह, मैं जल्दी उठ गया और मैंने उनके घर के सामने वाले लॉन की ख़ुशगवार ठंडक में सुबह की चाय का आनंद लिया। पहाड़ों से उतरी धुंध घास पर कच्ची रूई की चादर सी फैली हुई थी। मैंने स्टाफ़ से पता किया तो मुझे बताया गया कि सेसील तो बहुत पहले ही उठ गई थीं और अपने कुत्तों को टहलाने ले गई थीं। जब वो वापस आईं, तो डाइनिंग रूम में नाश्ते पर हमने बातें की। मैंने सिकंदर द्वारा पर्सेपोलिस में आग लगाए जाने का मामला उठाया।

'इतिहास को ग़लत समझा गया है,' सेसील ने कहा। 'सिकंदर को तो फ़ारसी संस्कृति से प्रेम था। वास्तव में, सिकंदर साइरस को बहुत सराहता था। उसने ज़ीनोफ़ोन की लिखी साइरोपीडिया *पढ़ी थी, जो युद्ध में साइरस की निर्भीकता और राजा के तौर पर उसकी बेहतरीन प्रशासनिक योग्यता की कहानी बताती है।'*

सेसील ने मुझे बताया कि साइरस का मक़बरा पासरगाद शहर में है। उस पर लिखा है, 'ओ आदमी, तू जो भी है और जहां से भी आया है, मैं साइरस हूं जिसने फ़ारसियों के लिए उनका साम्राज्य जीता था। ज़मीन के इस छोटे से टुकड़े के लिए मुझसे डाह मत कर जिसने मेरी हड्डियों को ढक रखा है।' बदक़िस्मती से, सिकंदर के वहां पहुंचने तक साइरस के मक़बरे को लूटा जा चुका था। सिकंदर ग़ुस्से से भर गया और उसने मक़बरे के मागी संरक्षकों पर मुक़द्दमा

चलाया। उसने राज्य की ओर से उसके पुनरुद्धार का भी आदेश दिया था।

सिकंदर के लिए शानदार पर्सेपोलिस को जलाने की कोई वजह ही नहीं थी, उस शहर को जो अब उसका अपना था। आख़िरकार ये ऐसा शहर था जो साइरस की संस्कृति का प्रतीक था, वो व्यक्ति जिसका सिकंदर बहुत अधिक सम्मान करता था। और एथेंस की तवायफ़ थाइस, जिसे आग लगाने के लिए भड़काने का श्रेय दिया जाता है, महज़ हिटेरा थी, जो परिष्कृत अभिरुचियों वाली तवायफ़ के समकक्ष होती थीं, जिसकी प्रतिभाओं में गाना, शायरी, क़िस्सागोई, और कामुक कलाएं शामिल थीं। हालांकि ये सच है कि सिकंदर को उसका सान्निध्य पसंद था, लेकिन इसका कोई साक्ष्य नहीं था कि वो इस हद तक उससे प्रभावित रहा होगा। वो टॉलेमी की रखनी थी, सिकंदर की नहीं। इसके अलावा, सिकंदर के विश्वासपात्र, मैकेडोनिया के सेनापति पार्मेनियन ने पर्सेपोलिस को नष्ट करने के विचार का पुरज़ोर विरोध किया था।

सिकंदर ने फ़ारसियों पर अपनी जीत के उपलक्ष में भव्य खेलों का आयोजन किया था। उसने देवताओं को शानदार बलियां चढ़ाईं और अपने सहयोगियों का खुले दिल से मनोरंजन किया। ये भी सच है कि दावत के दौरान नशे ने सामूहिक उन्माद का रूप ले लिया था। तो बहुत मुमकिन है कि प्रचंड आग ने मैसेडोनियाई लोगों को हैरान कर दिया हो।

सेसील ने बताया, 'पर्सेपोलिस अभिलेखागार में ऐसे रहस्य थे जो पीढ़ियों से ज़रथुष्ट्र से लेकर उनके मागी तक चले आ रहे थे। मागी इन रहस्यों को आक्रमणकारी सिकंदर के हाथ नहीं लगने दे सकते थे। आख़िरकार ज़रथुष्ट्र द्वारा रचित मौलिक गाथाओं के कई अंश भी अभिलेखागार के विशेष स्क्रॉल में संग्रहीत थे। चुनाव कठिन था।'

ज़ाहिरी तौर पर, मागी ने यस्न करने के लिए पवित्र अग्नि जलाई और तब तक मक्खन डालना जारी रखा जब तक कि लपटों

ने लकड़ी के काम को नहीं पकड़ लिया और पूरे पुस्तकालय में आग नहीं लगा दी। वहां से आग पूरे परिसर में फैल गई। सिकंदर और उसकी सेना को शानदार पर्सेपोलिस छोड़ने के लिए मजबूर होना पड़ा। ये एक बहुत महंगी जीत थी।

सिकंदर क्रुद्ध था। पर्सेपोलिस के सबसे अनमोल रहस्य—जोरोस्टरवादी मागियों के—जलकर राख हो गए थे। लेकिन उन रहस्यों की रखवाली करने वाले व्यक्ति, स्वयं मागी, बच गए थे। और साथ ही एक मिट्टी का बक्सा भी जिसे ज़रथुष्ट्र ने मागियों को सौंपा था। और एक पवित्र छंद जिसे केवल मौखिक रूप से अगली पीढ़ी को बताया जाता था।

ज़ोरोस्टरवादी फ़ारस के विशाल ज्ञान और संस्कृति के लिए ये बहुत भारी नुकसान था। प्रारंभिक ज़ोरोस्टरवादियों के धार्मिक ग्रंथ, जिन्हें बकरी के चर्मपत्रों पर लिखा गया था, नष्ट हो गए थे। बेशुमार जार जिनमें आसव और शक्तिदायक औषधियां थीं चूर-चूर हो गए थे। साथ ही बेशक़ीमत टेपेस्ट्री, फ़र्नीचर, पेंटिंग्स और कलाकृतियां भी। मिट्टी के कीलाक्षरों में लिखे अधिकांश पटल भी नष्ट हो गए थे जिन पर मागियों के रहस्य लिखे हुए थे। मलबे में दबे कुछ पटल बाद में मिले थे, लेकिन वो बस शहर के प्रशासनिक रिकॉर्ड भर थे।

'सिकंदर की चौंतीस वर्ष की कम उम्र में ही मृत्यु हो गई थी। उसने रॉक्सैन नाम की एक बैक्ट्रियाई शहज़ादी से शादी की थी,' सेसील ने कहा। 'अफ़ग़ानिस्तान में चश्मे-शफ़ा नाम की एक जगह है। वही वो जगह कही जाती है जहां सिकंदर ने रॉक्सैन से शादी की थी।'

सेसील ने मुझे बताया कि सिकंदर की मौत के बाद उसके सेनापतियों में वर्चस्व के लिए संघर्ष छिड़ गया था। हख़ामनी क्षेत्र सेल्यूकस प्रथम निकेटर के हाथ में आ गया था। बहुत थोड़े से काल के लिए, फ़ारस हेलेनिस्टिक राज्य बन गया जिसे सेल्युकसी साम्राज्य कहा जाता है। अपने चरमोत्कर्ष पर सेल्युकसी साम्राज्य ने फ़ारस, अनातोलिया, लेवांत, मेसोपोटामिया और उन क्षेत्रों तक पांव

फैला लिए थे जो अब कुवैत, अफ़ग़ानिस्तान और तुर्कमेनिस्तान के कुछ भाग हैं। वो सेल्यूकस प्रथम के उत्तराधिकारियों में से ही एक था, जिसने आगे चलकर मिलेटस के मंदिर में अपोलो को चार नहीं, बल्कि स्वर्ण, लोबान और गंधराज की तीन भेंटें चढ़ाई थीं।

इस बीच, भारत में महान चंद्रगुप्त मौर्य ने मौर्य साम्राज्य पर अपनी पकड़ मज़बूत कर ली थी और पंजाब को उस क्षेत्र के ग्रीक क्षत्रपों से वापस ले लिया था। जब सेल्यूकस ने सिंधु की ओर कूच किया, तो उसे चंद्रगुप्त की 600,000 सैनिकों और 9000 जंगी हाथियों की शक्तिशाली सेना ने चुनौती दी। अंततः सेल्यूकस ने अपनी बेटी से चंद्रगुप्त का विवाह कराने की पेशकश की और एक संधि हुई जिसके माध्यम से चंद्रगुप्त को हिंदूकुश, अफ़ग़ानिस्तान और बलूचिस्तान सहित सिंधु के पश्चिमी इलाक़ों पर नियंत्रण हासिल हो गया था।

लेकिन फिर उत्तर-पूर्व से एक जनजाति ने ग्रीको-मैसेडोनियन शासकों को उखाड़ फेंका और एक साम्राज्य स्थापित किया जो साइरस जितना विशाल था। उन्हें पहलवी के रूप में जाना जाता था और वो पारसी साम्राज्य के निर्माण की दिशा में एक क़दम था।

72

'पहलवी ज़ोरोस्टरवादी थे, लेकिन उन्होंने अपनी प्रजा को उपासना की स्वतंत्रता दी थी,' सेसील ने कहा। 'उनका रोमन्स से लगातार युद्ध चलता रहता था जो कभी ज़ोरोस्टरवाद को नहीं अपना पाए थे। रोमन अहुरा मज़्दा के बजाय मित्रा—एक ऋग्वैदिक देवता—की उपासना करते थे। पहलवियों के तहत, ज़रथुष्ट्र और अहुरा मज़्दा के बीच संवाद का एक लिखित आलेख शुरू किया गया, लेकिन वो पांच सदी बाद सासानी युग में जाकर फलदायी हो पाया।'

'और वो ज़ोरोस्टरवाद का सुनहरा दौर था?' मैंने पूछा।

'जैसा कि सामने आया, सासानी साम्राज्य इस्लाम-पूर्व फ़ारस में आख़री साम्राज्य था,' सेसील ने जवाब दिया। 'इसकी स्थापना 224 ईसवी अर्दशीर प्रथम ने की थी और ये 651 ईसवी तक जारी रहा, जब इसे राशिदून ख़िलाफ़त के अरबों ने उखाड़ फेंका। लेकिन सासानी साम्राज्य की चार सदियां निस्संदेह फ़ारस में ज़ोरोस्टरवादी संस्कृति की पराकाष्ठा का दौर थीं।'

'सासानी रूढ़िवादी ज़ोरोस्टरवादी थे और उन्होंने धर्म के कोडिफ़िकेशन का काम किया। पुरोहित शक्ति का वरिष्ठता-क्रम स्थापित किया गया। ज़ोरोस्टरवाद को राजकीय धर्म घोषित कर दिया गया और धर्मांतरण को प्रोत्साहित किया गया ताकि ईसाई धर्मांतरण को बेअसर किया जा सके। 'भारत के पारसियों के विपरीत, फ़ारस के सासानी ज़ोरोस्टरवाद को एक ऐसा धर्म मानते थे जिसमें आवश्यक रूप से उसमें जन्म लिए बिना धर्मांतरित हुआ जा सकता था,' सेसील ने मेरी अचंभित बुद्धि में इज़ाफ़ा किया।

वो पल भर के लिए उदासी में डूब गईं। 'काश मुझे धर्म में शामिल करने की रुस्तम की याचिका पर पारसियों ने इसको ध्यान में रखा होता।' ये स्पष्ट था कि ये मुद्दा अंदर ही अंदर उन्हें कचोटता था।

'और अल्पसंख्यकों का क्या रहा?' मैंने उनकी उदासी को तोड़ते हुए पूछा।

'ओह, सासानी शासक यहूदी, ईसाई और मानी जैसे धार्मिक अल्पसंख्यकों को बर्दाश्त करते थे। वो बाद में आने वाले इस्लाम पर आधारित धार्मिक राज्य जैसा क़तई नहीं था।'

'और रोमन?' मैंने पूछा? 'क्या उन्होंने सासानियों का तख़्तापलट करने की कोशिश नहीं की?'

'सासानी साम्राज्य रोमन साम्राज्य का इकलौता समकक्ष था,' सेसील ने कहा। 'उन्होंने न केवल चीन के तांग राजवंश से बल्कि कई भारतीय राजाओं से भी अच्छे संबंध बनाकर रखे थे जहां उनके निर्यातों की बहुत अहमियत थी। यही वजह थी कि ज़ोरोस्टरवादियों के

गुजरात में शरण मांगने पहुंचने से पहले से ही जेदी राणा ज़ोरोस्टरवादी व्यापारियों से परिचित था। और यही वजह थी कि हुर्मुज़ का बंदरगाह भारतीय और चीनी व्यापारियों से परिचित था।'

पहले सासानी राजा अर्दशीर प्रथम ने दो अहम मुद्दों पर ख़ास ध्यान दिया था: राज्य की सत्ता का केंद्रीकरण और ज़ोरोस्टरवाद को राजकीय धर्म के रूप में अपनाना। उसके उत्तराधिकारी शापूर प्रथम को रोमन सम्राट वैलेरियन को पकड़कर रोमन साम्राज्य को अधीन करने के लिए याद किया जाएगा। उसने गुंदीशापूर की अकादमी भी स्थापित की थी, जिसमें उसका नाम भी आता है। और अगले महान सासानी राजा शापूर द्वितीय के तहत ज़ोरोस्टरवादी ग्रंथों को अंततः लिपिबद्ध करने का कार्य किया गया।

'लेकिन वो निस्संदेह ख़ुसरो प्रथम ही था, वो राजा जिसने छठी शताब्दी के पांच दशक तक राज किया था, जो इतिहास में आदर्श राजा की तरह जाना गया,' सेसील ने कहा। ख़ुसरो के तहत किए गए फ़ारसी कर-सुधारों ने राजकोष को समृद्ध किया और स्थानीय सरदारों और सामंतों की ताक़त को कम किया। उसके तहत फ़ारसी सेना को भी फिर से व्यवस्थित किया गया। सेना अब चार समूहों में विभाजित कर दी गई थी, हरेक का एक सेनापति था ताकि सीमा पर ख़तरों के लिए प्रतिक्रिया के समय को कम किया जा सके। ये इसलिए भी आवश्यक समझा गया कि सासानियों को पश्चिम में रोमनों से, पूर्व में हूणों से और दक्षिण में अरबों से ख़तरा था।

ख़ुसरो की उपलब्धियों में सबसे अहम थी गुंदीशापूर की अकादमी जिसे उसने अन्य किसी भी राजा से ज़्यादा सहयोग दिया था। ये दुनिया के सबसे महत्वपूर्ण शिक्षा केंद्रों में से एक बन गई थी। ख़ुसरो ने खुले दिल से यूनानी दार्शनिकों और नेस्टोरियनवादी ईसाइयों को संरक्षण दिया जो बिज़ैंटीन रोमन्स के अत्याचारों से भाग रहे थे। इनमें से अनेक शरणार्थियों ने यूनानी और सीरियाई ग्रंथों का पहलवी में अनुवाद किया। 'ख़ुसरो ने फ़ारसी हकीम बुरज़ूया को भारतीय और चीनी विद्वानों को गुंदीशापूर आमंत्रित करने के लिए भी

भेजा था,' सेसील ने कहा।

'बुरज़ूया?' मैंने पूछा। 'ये नाम पहचाना सा क्यों लगता है?'

'बुरज़ूया एक फ़ारसी हकीम था जिसने एक ऐसे अमृत की तलाश में ख़ुसरो के दरबार से कश्मीर का सफ़र किया था जो मृत को भी फिर से जीवित कर सकता था,' सेसील ने जवाब दिया। 'कश्मीर पहुंचने पर, उसने इस अमृत की तलाश की, लेकिन नाकाम रहा। तब उसे भार्गव नाम के एक ऋषि के पास भेजा गया। ऋषि ने बुरज़ूया को रास्ते पर ला दिया। बज़ाहिर, ऋषि ने बुरज़ूया से पूछा, "जब अज्ञानी को ज्ञानी बनाया जा सकता है, तो मरे हुए को जिलाने का क्या फ़ायदा है?" उन्होंने बुरज़ूया को संस्कृत की एक किताब भेंट की जिसका नाम था, फ़ाइव ट्रीटाइज़ेज़। बुरज़ूया फ़ारस लौटा और छठी शताब्दी में उसने उस किताब का पहलवी में अनुवाद किया। बदक़िस्मती से उसका पहलवी संस्करण तो नहीं रहा, लेकिन इब्ने-मुक़फ़्फ़ा द्वारा अरबी में किया अनुवाद बचा रहा। इस तरह, गुंदीशापूर की अकादमी जल्द ही खगोलशास्त्र, दर्शनशास्त्र, गणित और चिकित्साविज्ञान पर अनूदित ग्रंथों का भंडार बन गई।'

सासानी काल में ही ज़ोरोस्टरवादी ग्रंथ लिखित रूप में सामने आए, अनेक पिछले संस्करण पर्सेपोलिस की आग में नष्ट हो गए थे। इन ग्रंथों को समग्र रूप से अवेस्ता के रूप में जाना गया। अवेस्ता के चार खंड हैं: यस्न, सूक्तों की पुस्तक; यशत, प्रार्थनाओं की पुस्तक; विस्परतु, धार्मिक नीतियों की पुस्तक; और विदेवोदात, नियमों की पुस्तक। इन पुस्तकों में सबसे अहम यस्न थी जिसमें बहत्तर अध्याय हैं। इनमें से सत्रह को ख़ुद ज़रथुष्ट्र गाते थे और उन्हें गाथा कहा गया। गाथाओं को इस प्रकार यस्न में गूथ दिया गया, जैसे भागवद् गीता को महाभारत में गूथ दिया गया है। सासानी काल में, अवेस्ता का भी पहलवी में अनुवाद हुआ था।

लेकिन ये सब कुछ बदल जाने वाला था।

73

सेसील और मैं डाइनिंग रूम से बाग़ में टहलने चले गए। धुंध छंट गई थी, और दूर ड्यूक्स नोज़ का स्पष्ट आकार दिख रहा था। सेसील के कुत्ते हमारे टहलने से बेख़बर सर्दी की धूप सेंक रहे थे।

'तुम्हें पता था कि पहलवी और सासानी काल में ही ढके हुए अग्नि मंदिर वजूद में आए थे?' सेसील ने दूर उस अजीब से आकार वाले पहाड़ को देखते हुए पूछा। पहले एक बार आने पर मैंने ड्यूक्स नोज़ तक ट्रेकिंग की थी। 'तब तक, ज़ोरोस्टरवादी पुरोहित हमेशा आग और पानी को आनुष्ठानिक पवित्रता की शक्तियां मानते आए थे, और अपने यस्न खुले आसमान के नीचे थोड़ा उठे हुए स्थानों पर करते थे। वो अक्सर पहाड़ों के ऊपर बने मंदिरों के खुले अहातों में अपनी अग्नि जलाने के लिए सीढ़ियां चढ़कर जाया करते थे। बेशक, ये परंपरा उसका ही एक विस्तार था जिसे "तीन महा-अग्नियों" के रूप में जाना जाता था, हालांकि ये ठीक से किसी को नहीं पता कि वो कहां थीं।'

मैंने जितना जाना था, उसके अनुसार इन तीन महा-अग्नियों के बारे में ज़्यादातर जानकारी समय के साथ विलुप्त हो गई थी, लेकिन माना जाता था कि ये उन स्थानों पर मौजूद थीं जिन्हें आज़र बुर्ज़ीन महर, आज़र फ़र्नबग़, आज़र गुशनस्प कहा जाता था। वास्तव में, तीनों अग्नियां प्राचीन काल में इतना पीछे जाती थीं कि असल में कोई नहीं जानता था कि उनका वजूद था भी या नहीं। आज के समय में, विद्वानों ने इन तीनों महा-अग्नियों के स्थानों को पहचानने की कोशिश की थी। ख़ुरासान, बल्ख़, ख़्वारिज़्म और अज़रबैजान को सिद्धांततः ये स्थल माना गया था। लेकिन ये अस्पष्ट था कि क्या ये आगें कहीं और से आई थीं।

सासानी साम्राज्य से जुड़ी सारी महान बातें बहुत जल्दी धराशायी होने वाली थीं। मगर मागी और उनके राज़ बने रहेंगे।

'कल रात मैं सासानी साम्राज्य के बारे में पढ़ रहा था,' मैंने अपनी दादी से कहा। 'मुझे ये अजीब सा लगा कि जिन राजाओं ने ग्रंथों को कोडिफ़ाई किया, और ज़ोरोस्टरवाद को एक शक्तिशाली राजकीय धर्म बनाया, उन्होंने ही इसके पतन में हिस्सा लिया।'

'सच है,' सेसील ने उत्तर दिया, 'लेकिन साम्राज्य भीतर से कमज़ोर हो चुका था। रोमन बिज़ैंटियम के साथ लगातार होने वाले युद्धों ने राज्य का ख़ज़ाना ख़ाली कर दिया था। आख़री सासानी राजा यज़्दगर्द तृतीय जब 632 ईसवी में सिंहासन पर बैठा, तो वो मुश्किल से आठ साल का बच्चा था। यही वो साल था जब इस्लाम के पैग़ंबर मुहम्मद की मृत्यु हुई थी। यज़्दगर्द में इतनी परिपक्वता ही नहीं थी कि वो उन अनेक प्रांतपालों को नियंत्रित कर पाता, जो अपनी स्वतंत्रता की घोषणा कर चुके थे।'

'और अरबों ने इसे एक अवसर की तरह देखा?' मैंने पूछा। एक आठ वर्षीय सम्राट द्वारा एक विशाल साम्राज्य का प्रबंधन करने का विचार हास्यास्पद लग रहा था।

सेसील ने सिर हिलाया। 'यज़्दगर्द के सिंहासन पर बैठने से पहले ही मुहम्मद ने दूर-पास के शासकों को कई पत्र भेजे थे, जिनमें उनसे इस्लाम में परिवर्तित होने और अल्लाह के हुक्म के आगे झुकने का आग्रह किया गया था। ये पत्र उनके दूतों ने फ़ारस, बिज़ैंटियम, इथियोपिया, मिस्त्र और यमन तक पहुंचाए थे।'

'और उन्होंने उनके आग्रह को मान लिया?' मैंने पूछा।

'कुछ मान गए थे,' सेसील ने उत्तर दिया। 'मुहम्मद ने फ़ारस को जो पत्र भेजा था, वो यज़्दगर्द के दादा, ख़ुसरो द्वितीय के राज में आया था,' वो फ्रेंच खिड़कियों से होकर बग़ीचे से लाइब्रेरी में चली गईं। मैं उनके पीछे गया। सेसील ने एक बुककेस का रुख़ किया और एक किताब निकाली। ये तबक़ात-उल-कुब्रा नामक पुस्तक का अंग्रेज़ी अनुवाद था। 'इस पैसेज को पढ़ो,' उन्होंने एक खुले पेज और पैराग्राफ़ की ओर इशारा करते हुए कहा। मैंने पढ़ा और अपनी ग़ुस्से भरी प्रतिक्रिया पर हैरान हो गया।

अल्लाह के नाम से, जो कृपालु है, दयालु है,

अल्लाह के रसूल मुहम्मद की ओर से, ईरान के महान ख़ुसरो को

शांति हो उस पर, जो सत्य की तलाश करता है और अल्लाह और उसके पैग़ंबर में विश्वास व्यक्त करता है

और गवाही देता है कि अल्लाह के सिवा कोई इबादत के लायक़ नहीं और कि उसका कोई शरीक नहीं

और जो मानता है कि मुहम्मद उसके बंदे और पैग़ंबर हैं।

अल्लाह के आदेश से, मैं आपको उसकी ओर आमंत्रित करता हूं।

उसने मुझे सब लोगों के मार्गदर्शन के लिए भेजा है ताकि मैं उन्हें उसके क्रोध से आगाह कर सकूं

और अविश्वासियों को अंतिम चेतावनी दे सकूं।

इस्लाम को अपना लें ताकि आप सुरक्षित रह सकें।

और यदि आप इस्लाम स्वीकार करने से इंकार करते हैं, तो आप मागियों के पापों के लिए ज़िम्मेदार होंगे।

'मागियों के पाप,' सेसील ने ये शब्द लगभग थूक से दिए। 'बेशक, ख़ुसरो ने उस पत्र को नष्ट कर दिया था। फ़ारस का साम्राज्य इतना बड़ा और ताक़तवर था कि वो ऐसे संदेश को गंभीरता से नहीं लेता। उन दिनों ताक़तवर फ़ारसियों ने मुहम्मद को एक नौबढ़ की तरह देखा था।'

सेसील ने बताया कि अरब प्रायद्वीप में इस्लामी शक्ति का उदय लगभग उसी काल में हुआ था जब सासानी साम्राज्य सामाजिक, राजनीतिक, सैन्य और आर्थिक रूप से बेहद कमज़ोर हो गया था। साम्राज्य ने बिज़ैंटियम के ख़िलाफ़ बरसों से युद्ध छेड़ रखा था। जान और माल दोनों संसाधन बहुत हद तक चुक गए थे। कर इतने ज़्यादा हो गए थे कि अधिकांश जनता उनका भुगतान करने में असमर्थ

थी। युद्धों की वजह से हमेशा लाभकारी रहने वाले व्यापार मार्गों का उपयोग ख़त्म हो गया था।

ख़ुसरो के बाद, केवल चार वर्ष के भीतर दस नए दावेदार बारी-बारी से सिंहासन पर बैठे। अराजकता छा गई थी। फ़ारसियों के लिए हालात इसलिए और बिगड़ गए कि उसी समय मक्का में मुहम्मद ने अपने घोर दुश्मन क़बायलियों के साथ संधि की थी। अरब में अपेक्षाकृत शांति का मतलब था कि मुहम्मद अपना ध्यान अपने पड़ोसी मुल्कों पर दे सकते थे।

सासानी साम्राज्य दरअसल सासानी सम्राट और पहलवी राजाओं के बीच एक गठबंधन था। अब पहलवी क्षत्रपों ने खुलेआम अपने स्वतंत्र होने का ऐलान कर दिया था। कुछ ज़्यादा प्रभावशाली क्षत्रपों ने अरबों के साथ सुलह भी कर ली थी। 630 में मक्का के मुहम्मद के हाथ में जाने के बाद सनआ के फ़ारसी प्रांतपाल ने इस्लाम क़ुबूल कर लिया था। बदले में, मुहम्मद ने उसे यमन में अपना स्थानापन्न नियुक्त कर दिया। इसी प्रकार, बहरीन के मर्ज़बान ने भी इस्लाम क़ुबूल कर लिया था, साथ ही ओमान में सासानी सरदार ने भी।

'फिर क्या हुआ?' मैंने पूछा।

'मुहम्मद की 632 ईसवी में मृत्यु हो गई और अबू बक्र पहले ख़लीफ़ा बने,' सेसील ने कहा। 'उनका पहला साल अरब प्रायद्वीप में अपनी स्थिति मज़बूत करने में बीता। फिर उन्होंने अपना ध्यान फ़ारस की ओर मोड़ा। कुछ साल बाद, अबू बक्र ने हमला कर दिया। उन्होंने अपने बेहतरीन सेनापति ख़ालिद बिन वलीद को मेसोपोटामिया को जीतने भेजा, जो कि आज का इराक़ है।'

इस्लाम फ़ारस में सब कुछ बदल देने वाला था।

74

'अगले दशक में, फ़ारस के सबसे ज़्यादा अहम शहरी केंद्र मुस्लिम शासन के तहत ले आए गए थे,' सेसील ने कहा। 'जब अरब सेना ने पहले पहल सासानी क्षेत्रों में हमले शुरू किए, तो यज़्दगर्द ने उन्हें उस गंभीर ख़तरे के तौर पर नहीं देखा जोकि वो थे। वास्तव में, फ़ारस की सेना को रवाना भी नहीं किया गया, क्योंकि यज़्दगर्द के सलाहकारों ने उसे यक़ीन दिला दिया था कि ये ख़ानाबदोश क़बीलों के छिटपुट हमले थे। तेज़ और प्रभावी प्रतिरोध के बिना अरब सेनाओं को पांव जमाने के लिए काफ़ी वक़्त मिल गया।

जैसा कि इतिहास बताता है, 637 ईसवी में अल-क़दीसिया के मैदानों में अगले ख़लीफ़ा उमर के नेतृत्व में एक मुस्लिम सेना ने सेनापति रुस्तम फ़र्रुख़ज़ाद की कमान वाली एक बड़ी फ़ारसी सेना को हरा दिया। फ़ारसी सेना को बुनियादी परेशानियों से जूझना पड़ा था। बिज़ेंटियम के दिग्गजों से लड़ते हुए उनकी भारी-भरकम घुड़सवार सेना सफल साबित हुई थी, लेकिन चुस्त अरब घुड़सवार सेना और तीरंदाज़ों का प्रभावी ढंग से जवाब देने के लिए ये बहुत सुस्त थी। फ़ारसियों को बुरी तरह से हरा दिया गया था।

अरबों ने फिर वर्तमान बग़दाद के निकट सासानी राजधानी, तेसिफ़ोन पर हमला किया, और यज़्दगर्द भाग गया। 'बदक़िस्मती से, वो साम्राज्य के ख़ज़ाने का एक विशाल भंडार पीछे छोड़ गया था,' सेसील ने कहा। 'नतीजतन, अरबों ने न केवल फ़ारस की राजधानी पर, बल्कि सासानी साम्राज्य के वित्तीय संसाधनों पर भी क़ब्ज़ा कर लिया।'

'यज़्दगर्द का क्या हुआ?' मैंने पूछा।

'अंततः उसकी हत्या कर दी गई,' सेसील ने उत्तर दिया। 'सासानी क्षत्रपों के एक गठबंधन ने अरबों को रोकने की कोशिश की, लेकिन वो नहावंद की लड़ाई में हार गए, और सासानी साम्राज्य

अरबों के हाथों में चला गया। विडंबना ये है कि नहावंद की लड़ाई ने घटनाओं की एक ऐसी श्रृंखला शुरू कर दी जिसने अंततः ख़लीफ़ा उमर की जान ले ली।'

'कैसे?' मैंने उनसे पूछा। 'उमर तो सल्तनत के मालिक थे!'

'वो कहानी पीरूज़ नहावंदी नाम के एक व्यक्ति से शुरू हुई थी,' सेसील ने कहा। 'पीरूज़ का जन्म ज़ोरोस्टरवादी शाही ख़ानदान में हुआ था। नहावंद की लड़ाई के बाद, हमलावर मुसलमानों ने नहावंद और पास के शहर हमदान के लोगों का नरसंहार किया। महिलाओं के साथ बलात्कार किया गया और अनगिनत को ग़ुलाम बना लिया गया। पीरूज़ को भी पकड़कर ग़ुलाम बना लिया गया।' मैंने लूटमार करने वाली मुस्लिम सेना द्वारा बेड़ियों में जकड़े सैकड़ों ग़ुलामों को खींचकर ले जाने की कल्पना की।

'पीरूज़ को उसके मुस्लिम आक़ाओं द्वारा दिया गया नया नाम अबू लूलू था,' सेसील ने कहा। 'लूलू अरबों द्वारा अपने फ़ारसी भाई-बंधुओं पर किए गए अन्यायों से अपमानित महसूस कर रहा था। वो विजित प्रदेशों में मुस्लिम शासकों द्वारा लगाए जा रहे अत्यधिक करों से भी नाराज़ था। उसने कई बार इल्तेजा की, लेकिन किसी के कान पर जूं भी न रेंगी। तब उसने मामले को अपने हाथ में लेने का फ़ैसला किया।'

'एक ग़ुलाम क्या कर सकता था?' मैंने पूछा।

'बहुत कुछ, जैसा कि हुआ,' सेसील ने ज़ोरों से प्रतिवाद किया। 'उसका पहला काम मदीने में घुसना था। मुसलमान ग़ैर-अरबों को मदीना में रहने की इजाज़त नहीं देते थे, इसलिए लूलू ने एक बढ़ई के रूप में अपनी सेवाएं पेश कीं और अपना मालिक बनने के लिए एक अरब को दो दिरहम प्रतिदिन का भुगतान किया। अरब ने फिर लूलू को ख़लीफ़ा उमर को "बेच" दिया। इससे लूलू को अपने लक्ष्य तक पहुंच हासिल हो गई।'

'और फिर?'

'लूलू ने अपने लबादे में दोमुंही कटार छिपा रखी थी,' सेसील

ने कहा, 'ये एक ख़ास तरह का ख़ंजर था, जिसकी पकड़ दो बाहर को निकले फलों के बीच में थी। फिर वो मस्जिदे-नबवी, जो मदीना की सबसे प्रमुख मस्जिद है, में एक कोने में छिप गया, और सही वक़्त का इंतज़ार करने लगा। जब उमर फ़ज्र की नमाज़ की इमामत कर रहे थे, तब लूलू उनके पेट में छुरे के छह वार करने में कामयाब रहा।'

'उमर मर गए?' मैंने थोड़ी मूर्खता से पूछा।

'तीन दिन बाद,' उन्होंने संतोष के साथ कहा। 'लूलू ने भागने की कोशिश की, लेकिन वो उमर के अनुयायियों से घिरा हुआ था। अंत में ख़ुद को मारने से पहले उसने कई अन्य लोगों को घायल कर दिया। ख़लीफ़ा उमर ने फ़ारस को जीता था, और फिर इसके लिए अपनी जान गंवा दी। यही फ़ारस की प्रकृति है। ये शासकों को बेतहाशा ऊंचाइयों पर ले जाता है और फिर उन्हें ज़मीन पर ला पटकता है।'

सेसील ने थोड़ी उदासी से मेरी ओर देखा। 'कुछ फ़ारसी शहरों ने अपने नवनियुक्त अरब सूबेदारों की हत्या करके या अरब फ़ौजों पर औचक हमले करके विद्रोह किया, लेकिन इन्हें क्रूरता से दबा दिया गया,' उन्होंने कहा। 'शेष बचे सरदारों ने हमलावर अरबों के ख़िलाफ़ ज़ोरदार लड़ाई लड़ी, लेकिन ये एक हारी हुई लड़ाई थी। 651 ईसवी तक अधिकांश शहर और क़स्बे अरब हुकूमत के तहत आ गए थे।'

जैसा कि सेसील ने बताया, फ़ारस पर मुस्लिम आक्रमण ने न केवल ज़ोरोस्टर धर्म को नष्ट कर दिया बल्कि स्वयं इस्लाम में भी फूट डाल दी। इस्लाम में एक स्थायी टूट के नतीजे में अगली तेरह शताब्दियों से ज़्यादा चलने वाला कड़वाहट भरा सुन्नी-शिया बैर शुरू हो गया। फ़ारस में, सफ़वी वंश ने अंततः देश को सुन्नी प्रभुत्व से शिया गढ़ में बदल दिया।

'मुझे वास्तव में सुन्नियों और शियाओं के बीच ये बैर कभी समझ नहीं आया,' मैंने कहा।

सेसील को इसका जवाब मालूम था। 'जब मुहम्मद की मृत्यु हुई, तो उनके अधिकांश अनुयायियों का मानना था कि उनके उत्तराधिकारी का चुनाव इस्लाम के अनुयायियों के अंदरूनी दायरे को करना चाहिए,' सेसील ने जवाब दिया। 'लेकिन एक अल्पसंख्यक समूह को लगता था कि मुहम्मद के परिवार में से ही किसी को उनका उत्तराधिकारी होना चाहिए। इस अल्पसंख्यक समूह ने वकालत की कि अली—मुहम्मद के चचेरे भाई और दामाद—को उनका वाजिब वारिस होना चाहिए। इस समूह को "शीयते-अली" या अली के अनुयायी—संक्षेप में "शिया"—के रूप में जाना जाने लगा।'

'मेरा मानना है कि उत्तराधिकार को लेकर लड़ाई भी हुई थी,' मैंने उनसे कहा।

'हां,' सेसील ने उत्तर दिया। 'जैसी कि कहानी सामने आई, बहुमत जो परंपरा—या सुन्नत—में विश्वास करता था, जीत गया। उन्हें सुन्नियों के रूप में जाना जाने लगा और उन्होंने मुहम्मद के क़रीबी दोस्त और विश्वासपात्र अबू बक्र को ख़लीफ़ा बनाया। लेकिन शिया इससे नाख़ुश थे।'

'अली का क्या हुआ?'

सेसील ने कहा, 'अंततः, वो चौथे ख़लीफ़ा बने, लेकिन उनके पहले वाले दो की हत्या होने के बाद ही। लेकिन सुन्नी और शिया गुटों के बीच जारी सत्ता के संघर्ष में अली भी 661 ईसवी में कूफ़ा—वर्तमान इराक़—की मस्जिदे-मुअज़्ज़म में मारे गए। झगड़ा केवल मुहम्मद की धार्मिक विरासत को लेकर नहीं था। मुस्लिम हुकूमत के अधीन देशों से अब करों और भेंटों का भरपूर प्रवाह आता था।'

अपने मूल में, ये आस्था की नहीं, धन की विरासत पर लड़ाई थी।

75

सेसील गमलों में लगे पौधों से भरी टैरेस पर चली गईं, जो मेरे दादा रुस्तम की मनपसंद जगह थी। उन्हें वहां झूले पर बैठना, और पहाड़ों को देखना पसंद था। सेसील और मैं झूले की चौड़ी, रॉट-आइरन की सीट पर बैठ गए, और धीरे-धीरे झूलने लगे। हममें से कोई भी अपनी विस्तृत चर्चा को छोड़ना नहीं चाहता था—हालांकि सारी बातें करने में बेशक मेरी दादी ही सक्षम थीं, मैं तो बस उत्सुक श्रोता था।

'शिया मुहर्रम मनाते हैं, जिसका कुछ संबंध फ़ारस से भी है,' मैंने कहा। 'वो क्या है?'

'681 ईसवी में, अली के बेटे हुसैन ने फ़ारस के कर्बला शहर जाने के लिए पचहत्तर अनुयायियों के एक समूह का नेतृत्व किया था,' सेसील ने जवाब दिया। 'ये उमय्या वंश के ख़लीफ़ा यज़ीद के भेजे हत्यारों से बचकर भागने की एक कोशिश थी। रास्ते में हुसैन पर हमला हुआ, दस दिन तक जंग चलती रही, और अंततः उनका सिर क़लम कर दिया गया। उनके सिर को यज़ीद को भेंट करने के लिए दमिश्क़ ले जाया गया। इसके बाद, इस्लामी कैलेंडर के पहले महीने, मुहर्रम के दसवें रोज़ शिया उनकी शहादत मनाते हैं।'

'दसवें दिन?' मैंने पूछा।

'इसे आशूरा भी कहते हैं,' सेसील ने कहा। 'दसवां दिन कई मायनों में बहुत अहम है। लेकिन वो चर्चा फिर कभी।'

लेकिन इस्लाम के भीतर चाहे जो भी आपसी लड़ाइयां चलती रही हों, ज़ाहिरी तौर पर उन्होंने फ़ारस पर अरबों के शिकंजे पर असर नहीं डाला। मैंने कहा, 'कुछ विद्वान कहते हैं कि इस्लामीकरण की प्रक्रिया धीमे-धीमे हुई थी, कि अधिकांश ज़ोरोस्टरवादियों ने केवल जिज़िया कर का भुगतान करके अपने नए आक़ाओं के अधीन रहना जारी रखा था।'

'बकवास!' सेसील ने उपहास उड़ाया। 'अरब न केवल फ़ारस

की दौलत चाहते थे, वो हज़ारों धर्मांतरित लोगों को इस्लाम में जोड़ना भी चाहते थे। नया धर्म लागू करने के लिए पहले पुराने को नष्ट करना था। सीधा निशाना पुस्तकालय, विद्यालय और शिक्षा के केंद्र थे। सासानी राजधानी तेसिफ़ोन में सबसे बड़ी ज़ोरोस्टरवादी लाइब्रेरी थी। जब अरब सेनापति ने उसे देखा तो उसने ख़लीफ़ा से निर्देश मांगे। उसके आक़ा ने जवाब में लिखा, "अगर पुस्तकें क़ुरआन का खंडन करती हैं, तो वो ईशनिंदक हैं। और यदि वो क़ुरआन से सहमत हैं, तो ग़ैरज़रूरी हैं।" लाइब्रेरी को नष्ट कर दिया गया, और पीढ़ियों के लेखन को जला दिया गया।'

'कोई किताब नहीं बची?' मैंने पूछा।

'जो किताबें आग से बच गईं, उन्हें अंत में फ़िरात नदी में फेंक दिया गया,' सेसील ने जवाब दिया। 'इसी तरह का बर्ताव गुंदीशापूर की अकादमी में किया गया था, जिसकी ख़ुसरो प्रथम ने इतने प्यार से देखरेख की थी। कुछ बेहद शक्तिशाली मंत्र और औषधियां ख़त्म हो गईं। बुरज़ूया द्वारा किया फ़ाइव ट्रीटाइज़ेज़ का सुंदर पहलवी अनुवाद भी नष्ट हो गया। रे और ख़ुरासान के अन्य पुस्तकालयों का भी यही हश्र हुआ।'

'किताबों को जलाना और लोगों को मारना एक समान नहीं है,' मैंने प्रतिवाद किया।

सेसील की आंखों में असामान्य ग़ुस्से की चिंगारियां कौंध गईं। 'शिक्षित लोगों—विद्वानों, इतिहासकारों, लेखकों और मागियों—की हत्या कर दी गई ताकि ज़ोरोस्टरवादी शिक्षाओं के बचे रहने का कोई मौक़ा न रहे, जिमी! ख़ुरासान के सूबेदार मुहल्लब ने क़सम खाई कि अगर उसने फ़ारसियों पर जीत हासिल कर ली, तो अपने पीड़ितों के ख़ून से आटे की चक्कियां चलवाएगा ताकि वो उस ख़ूनी रोटी की दावत खा सकें। उसने वो वादा पूरा किया। फिर माज़नदरां के रास्ते में...'

'ये भी पहचाना सा लगता है,' मैंने बीच में कहा।

'माज़नदरां कैस्पियन समुद्र के दक्षिणी तट पर बसा एक ईरानी

प्रांत है,' सेसील ने मेरी भूगोल की याद्दाश्त—जोकि ख़राब थी—को ठेला, 'वहां एक नगर सारी है। जो ज़ोरोस्टरवादी भारत भाग आए थे उनमें से कुछ सारी से थे और उन्होंने गुजरात में एक शहर को नवसारी, या नया सारी, नाम दिया।'

'आह, हां, अब मुझे कनेक्शन याद आ गया,' मैंने कहा। 'आप मुहल्लब के माज़नदरां जाने का बता रही थीं?'

सेसील ने कहा, 'मुहल्लब ने 12,000 क़ैदियों को सड़क के दोनों ओर फांसी पर लटकाने का आदेश दिया ताकि लाशें उसकी सेना का माक़ूल स्वागत कर सकें।'

'लेकिन युद्ध तो सारे ही बेरहम होते हैं,' मैंने शैतान के वकील की भूमिका निभाते हुए तर्क दिया।

'ओह, जिमी,' सेसील ने गहरी सांस ली, वो समझ गई थीं कि मैं वास्तव में क्या कर रहा था—जैसे बचपन में वो मेरी शरारतों को समझ लेती थीं। 'एक जंग,' उन्होंने झिड़की भरी नज़र डालने के बाद आगे कहना जारी रखा, 'जेलोवाला की लड़ाई कहलाती है। "जेलोवाला" शब्द का अर्थ है "ढका हुआ।" इस नाम को चुनने की वजह ये थी कि एक लाख लाशें अंततः रेगिस्तान से "ढक गई" थीं। 130,000 से अधिक औरतों और बच्चों को ग़ुलाम बनाकर मक्का और मदीना के बाज़ारों में बेच दिया गया था। इस्तख़्र शहर ने अरब हमलावरों का बहादुरी से मुक़ाबला किया, लेकिन आख़िरकार इसके सभी निवासी मार डाले गए। अली के युद्ध के बाद, सेनापति ख़ालिद बिन वलीद ने चालीस हज़ार युद्ध बंदियों के सिर क़लम करवाए थे। सैकड़ों अग्नि मंदिरों को मस्जिदों में पुनर्नियोजित कर दिया गया... ये फ़हरिस्त तो अंतहीन है... धर्म के नाम पर जो क्रूरताएं की गई थीं, और की जा रही हैं!'

'अग्नि मंदिरों का पुनर्नियोजन?' मैंने पूछा। 'वो कैसे हो पाया?'

'अग्नि मंदिरों में सामान्यतः चार अक्षीय मेहराबदार दरवाज़े होते थे, और अभी भी होते हैं,' सेसील ने जवाब दिया। 'इन मंदिरों को आसानी से सिर्फ़ मक्का की सबसे क़रीबी दिशा में एक मेहराब

जोड़कर मस्जिदों में बदला जा सकता था।'

दादी का पीला चेहरा लाल हो गया था, और साफ़ दिख रहा था कि मेरे द्वारा उनके तर्कों को टालने से पुरानी नाराज़गियां फिर से जाग उठी थीं। उन्होंने एक गहरी सांस ली। 'धर्मों के बीच शांति बनाए रखने के लिए इतिहास को नज़रअंदाज़ करना आजकल फ़ैशन बन गया है,' उन्होंने कहा। 'मैं भी शांति और धर्मों के बीच आपसी समझ चाहती हूं। लेकिन वो प्रक्रिया ये जानने के साथ शुरू होनी चाहिए कि क्या हुआ था, न कि उस पर लीपापोती करके। जबरन धर्मांतरण हुए; ज़ोरोस्ट्रियाई पूजा स्थल नष्ट किए गए। अग्नि मंदिरों को मस्जिदों में तब्दील किया गया। ज़ोरोस्टरवादियों को दूषित प्राणियों के रूप में चिह्नित किया गया। उत्तराधिकार के अधिकार छीनकर ज़ोरोस्टरवादियों को भिखारी बना दिया गया। ज़ोरोस्टरवादी ग्रंथों को जला दिया गया। जिज़िया देने वालों का अनिवार्यत: अपमान होता था।' उनकी सांस फूलने लगी।

ठीक उसी तरह जैसे हज़ारों साल पहले हुआ था: दो सदियों की ख़ामोशी।

76

आगे ड्राइवर के केबिन में अब्बासी ने अपनी घड़ी पर नज़र डाली। वो क़रीब सात घंटे से सड़क पर थे। वो जानता था कि ईरान और अफ़ग़ानिस्तान के बीच व्यापार को सुगम बनाने वाले इस्लाम क़ला बॉर्डर पोस्ट तक पहुंचने में उन्हें छह घंटे और लगेंगे।

इस्लाम क़ला चैकपोस्ट से रोज़ाना क़रीब ढाई सौ ट्रक ईरान-अफ़ग़ानिस्तान बॉर्डर को पार करते थे। ये सबसे व्यस्त सीमा क्रॉसिंग में से एक था जो अफ़ग़ान राजकोष के लिए हर साल लगभग सौ मिलियन डॉलर कमाता था। वहां से गुज़रने वाले ट्रकों की तादाद में ही अब्बासी का ट्रक भी समा जाता। ज़ाहिर है, ये सबसे सुरक्षित

विकल्प था।

'हमारे रास्ते में अगला शहर कौन सा है?' सरोशपुर ने पूछा।

'सब्ज़िवार,' अब्बासी ने जवाब दिया। फिर उसने धीमे से गाली देते हुए, पीछे लिंडा से बात करने के लिए इंटरकॉम का बटन दबाया। 'आगे सब्ज़िवार से पहले सड़क पर नाकाबंदी है,' उसने कहा। 'मैं व्यापारिक चैकपॉइंट से तो निपट सकता हूं, लेकिन मुझे डर है कि ये नाकेबंदी आपके स्वागत में हो सकती है।'

'तो क्या करना चाहिए?' लिंडा ने आश्चर्यजनक रूप से शांत रहते हुए पूछा। वो उम्मीद कर रही थी कि वो सब्ज़िवार के रास्ते से जाएं जिसका मतलब होता कि वो नेशापुर से गुज़रेंगे, जो उसके पसंदीदा शायर उमर ख़य्याम का जन्मस्थान था। *इस पल में ख़ुश रहो। यही पल तुम्हारी ज़िंदगी है।*

'हमारे पास सब्ज़िवार को बाईपास करने और दाएं हाथ पर रूट 87 पर मुड़ने का विकल्प है,' अब्बासी ने कहा।

'मुझे सोचने दीजिए,' लिंडा ने कहा। 'आपने मुख्य बॉर्डर क्रॉसिंग इस्लाम क़ला कहा था। इसका मतलब है कि दूसरे क्रॉसिंग भी होंगे, है ना?'

'ईरान से अफ़ग़ानिस्तान जाने के बाक़ी दो क्रॉसिंग नीमरूज़ और फ़राह हैं, लेकिन वो दोनों हमें सीधे तालिबानी इलाक़े में पहुंचा देंगे,' अब्बासी ने जवाब दिया। 'ये अच्छा विचार नहीं होगा, ये देखते हुए कि हमारे साथ तीन अमेरिकी हैं।'

'इस्लाम क़ला सुरक्षित है?' लिंडा ने पूछा।

'बाक़ियों से सुरक्षित है,' अब्बासी ने जवाब दिया। 'ट्रकों की भारी तादाद को देखते हुए ये पार जाने के लिए सबसे आसान पॉइंट है। साथ ही शीनदंद एयरबेस—जो अमेरिका और नाटो के संयुक्त नियंत्रण में है—बॉर्डर से सिर्फ़ 120 किलोमीटर पर है। ये हमारी बेहतरीन उम्मीद है।'

'लेकिन रूट 44 बंद है तो हम इस्लाम क़ला कैसे पहुंचेंगे?'

लिंडा ने पूछा।

'हम रूट 87 पर दाएं मुड़ जाएंगे, सब्ज़िवार को बाईपास करेंगे, काशमर के दक्षिण में और फिर उत्तर-पूर्व में इस्लाम क़ला की ओर चलेंगे। इससे हमारा सफ़र कुछ घंटे लंबा हो जाएगा, लेकिन ये किया जा सकता है।'

'काशमर,' लिंडा ने दोहराया। 'पता नहीं क्यों इस नाम से कुछ याद आ रहा है।' वो ज़रा सोचने लगी। 'याद आया... काशमर का सरो!'

'वो क्या है?' डैन ने पूछा।

'वो एक प्राचीन सरो पेड़ था,' लिंडा ने जवाब दिया। 'माना जाता है कि उस पेड़ को ज़रथुष्ट्र ने उस पहले अग्नि मंदिर के बाहर बोया था जिसे उनके संरक्षक राजा विष्तस्प ने बनवाया था। हालांकि वो पेड़ दो हज़ार साल से ज़्यादा जीवित रहा था, मगर आख़िर में एक अब्बासी ख़लीफ़ा ने सामर्रा में अपने महल के लिए उसे कटवा दिया था।'

'तुम अबरकोह की बात कर रही होगी,' जिम ने प्रतिवाद किया। 'अबरकोह के सरो को क़रीब चार हज़ार साल पुराना कहा जाता है। माना जाता है कि उसे ज़रथुष्ट्र ने लगाया था।'

'नहीं,' लिंडा ने तर्क किया, जिसका विद्वतापूर्ण अध्ययन ख़ुद को निर्धारित कर रहा था। 'काशमर वाले को तो काट दिया गया था, इसलिए उसे फिर से देखने का तो सवाल ही नहीं है। उस पेड़ की प्रजाति कप्रेसस कैशमेरियाना थी। अबरकोह वाला पेड़ बचा रहा है, लेकिन उसकी प्रजाति कप्रेसस सेम्परवाइरेन्स है।'

सरोशपुर इंटरकॉम पर ये बातें सुन रहा था। उसके चेहरे के भाव बदले नहीं थे, लेकिन उसके मन में सैकड़ों विचार गुत्थमगुत्था हो रहे थे। *अगर दस्तूर के पूर्वज भारत में बसने के लिए ईरान से भाग गए थे, तो असली ज़ोरोस्टरवादी देशभक्त कौन हैं—वो जो भाग गए थे या वो जो वहीं रहे? क्या जिम के पास अश्रवन स्टार है? या वो जानता है कि वो क्या है और कहां है? उसके पास मौजूद वो बक्सा*

अथ्रवन स्टार से किस तरह जुड़ा है? क्या और अनमोल चीज़ें भी ले जाई गई होंगी? जिस पदार्थ की रक्षा के लिए जिम इतनी जद्दोजहद कर रहा है, उसमें इतना अहम क्या है कि सब लोग उसे पाने के लिए उत्सुक हो रहे हैं?

अब्बासी की आवाज़ ने उसकी विचार श्रृंखला को तोड़ा। 'हम काशमर में रुकेंगे नहीं,' अब्बासी इंटरकॉम पर लिंडा से कह रहा था। 'हम बस वहां से गुज़रेंगे। मैं चाहूंगा कि हम जल्दी से जल्दी इस्लाम क़ला पहुंच जाएं। आप तीनों पीछे छुपे रहेंगे, लेकिन सरोशपुर और मुझे हमारे रूट पास दिखाने होंगे। ज़्यादातर मौक़ों पर तो बिना किसी अतिरिक्त वीज़ा की ज़रूरतों के यही हमें जाने देने के लिए काफ़ी होता है।'

उनके ट्रक के आगे कुछ सौ वाहन क़तार में इंतज़ार करते खड़े थे। वो जल्दी से काशमर की सड़क पर निकल लिया। वो उम्मीद कर रहा था कि इस्लाम क़ला से पहले और कोई नाकेबंदी न हो। और अगर ऐसा हुआ, तो उसे उम्मीद थी कि कंटेनर का भ्रम उन्हें पार निकाल ले जाएगा।

'काशमर में तो एक अग्नि मंदिर था ना?' जिम ने पूछा।

'हां,' लिंडा ने जवाब दिया। 'लेकिन अब न तो वो अग्नि मंदिर मौजूद है और न ही पेड़। विष्तस्प के बनवाए मंदिर का नाम आज़र बुर्ज़ीन-महर था। लेकिन हमें वो जगह पता नहीं है। पास में ही एक और अग्नि मंदिर है जिसका नाम आतशगाह क़िला है, लेकिन वो बहुत बाद में बना था।'

'तीन महा-अग्नियां नाम की भी तो कोई चीज़ है, है न?' जिम ने पूछा।

'थी,' लिंडा ने पुष्टि की। 'उनके अलग-अलग नाम आज़र बर्ज़ीन महर, आज़र फ़र्नबग़, आज़र गुशनस्प थे। लेकिन उनकी सही-सही जगह किसी को नहीं पता। पास की बहुत सारी जगहें—हम अब ख़ुरासान में हैं, सही?—साथ ही ख़्वारिज़्म, बल्ख और अज़रबैजान को संभावित स्थल कहा गया था, लेकिन कोई पक्का

नहीं जानता। वास्तव में ये भी पता नहीं है कि वो वाक़ई कभी थीं भी या नहीं।'

अब्बासी ने इंटरकॉम पर बात काटी। 'ये चर्चा बहुत दिलचस्प है, लेकिन अभी हमारे सामने एक समस्या है,' उसने कहा।

'क्या?' जिम ने पूछा।

'आईआरजीसी ने हम सबके चेहरों के फ़ोटोग्राफ़ ख़ास-ख़ास जगहों पर प्रसारित कर दिए हैं,' अब्बासी ने जवाब दिया। 'मैंने सोचा था कि अगर आप तीनों छुपे रहेंगे तो इतना काफ़ी होगा। अब लगता है कि सरोशपुर और मैं भी रडार पर आ गए हैं।'

'तो अगर हम इस्लाम क़ला पहुंच भी गए, तो बॉर्डरपोस्ट कैसे पार करेंगे?' लिंडा ने सबके मन की बात कह दी।

'यही तो मुझे फ़िक्र है,' अब्बासी ने काशमर की ओर स्पीड बढ़ाते हुए कहा।

77

टैक्सी ड्राइवर फ़िरोज़ जमशेदी आराम से कीश आइलैंड वापस पहुंच गया था और शुक्र मना रहा था कि प्रशासन को कुछ ख़बर नहीं लगी थी। अगले दिन, वो जल्दी उठ गया और उसने अपने लिए चाय बनाई। नून-ए-तफ़्तून ब्रेड पैक करके वो जल्दी से अपने रोज़ के काम पर निकल पड़ा।

जल्दी ही दामून शॉपिंग सेंटर पर उसने एक सवारी को बिठाया। साधारण सी शर्ट-पैंट पहने उस यात्री की बांह एक स्लिंग में भी पड़ी थी। 'तुरंज मैरीन होटल,' यात्री ने टैक्सी में बैठते हुए कहा। लेकिन आधे रास्त में ही, घायल यात्री ने एक गन निकाली और जमशेदी के सिर पर लगा दी। 'बेबख़शीद, लेकिन तुम मेरे साथ चलोगे।'

'कौन हो तुम?' जमशेदी ने पूछा, लेकिन अपने दिल में उसे पता था कि ये सब क्या माजरा था।

पंद्रह मिनट बाद, जमशेदी ग्यारहवें इंक़लाब पुलिस स्टेशन में था। एक पूछताछ कक्ष में बैठे हुए जहां पसीने और पेशाब की टिपिकल बदबू भरी थी, जमशेदी उस पुलिसवाले के आने का इंतज़ार कर रहा था जिसने उसे गिरफ़्तार किया था। गर्म, उमस भरे और गंदे कमरे में बैठे हुए उसे अपनी पीठ से बहकर नीचे जाता पसीना महसूस हो रहा था, वो घबराहट में अपने सामने रखी मेज़ पर उंगलियां बजा रहा था। पल भर के लिए, कमरे का दरवाज़ा खुला और हाथ में एक फ़ाइल लिए, जिस पर जमशेदी का नाम लिखा था, मुसफ़्फ़ा अंदर आया। मुसफ़्फ़ा घायल सैनिक था, लेकिन जमशेदी जैसे मच्छरों को संभालने के लिए सक्षम था।

'हमें पता है कि तुम उस ग्रुप का हिस्सा थे जिसने लिंडा दस्तूर की मदद की थी,' मुसफ़्फ़ा ने कहा। 'इस पल तुम्हारी ज़िंदगी अधर में लटकी है—तुम्हारे मामले में, पब्लिक में। क्रेन धीरे-धीरे तुम्हें ज़मीन से उठाएगी, और तुम हवा में हाथ-पैर मारोगे। तुम्हारा दोस्त हैदरी तो अपनी ऐसी क़िस्मत भोग चुका है।' उसने बुरी तरह पसीने में नहाए जमशेदी की प्रतिक्रिया का इंतज़ार किया।

'मुझे पता नहीं था...' जमशेदी ने हिचकते हुए फ़ारसी में कहना शुरू किया।

'हां?' मुसफ़्फ़ा ने उकसाया। 'तुम्हें क्या पता नहीं था?'

'मुझे... मुझे... मुझे पता नहीं था कि आईआरजीसी जिम दस्तूर के पीछे है,' जमशेदी हकलाया। 'मुझे लगा वो बंधक है। जब उसकी बीवी ने मदद के लिए कहा, तो मैंने नेकनीयती से उसकी मदद की। हमारे पैग़ंबर भी हमें सद्विचारों, सद्वचन और सत्कर्मों की शिक्षा देते हैं।'

तड़ाक! जमशेदी के गाल पर पड़े मुसफ़्फ़ा के बाएं हाथ की आवाज़ ने उसे बता दिया था कि जमशेदी का पूछताछकर्ता उसके पैग़बंर के लिए क्या सोचता था। 'तुम्हें शायद शुरू में ये पता नहीं होगा, लेकिन जब तक तुम शीराज़ पहुंचे, तब तक तो पता चल गया था। और ये मत भूलो, तुमने नाजायज़ ढंग से लिंडा दस्तूर और डैन

कोहन की कीश पार करके चीरूइया जाने में मदद की थी। तुम्हें फांसी पर चढ़ाने के लिए मेरे पास बहुत सबूत हैं, लेकिन मौत तो तुम्हारे लिए बहुत रिआयत भरी सज़ा होगी।'

जमशेदी सुन्न बैठा, अपनी सांसों पर फ़ोकस करने की कोशिश कर रहा था। मुसफ़्फ़ा अपना चेहरा उसके चेहरे के क़रीब लाया। 'तुमने कभी सफ़ेद कमरे के बारे में सुना है?' जमशेदी ने हामी भरी। ज़्यादातर ईरानी इवीन जेल के बारे में बेहद डरते हुए बात करते थे।

'वो कमरा पूरी तरह सफ़ेद है—दीवारें, फ़र्श, छत—और तुम्हें कोई और रंग देखने को भी नहीं मिलेगा,' मुसफ़्फ़ा ने फुसफुसाकर कहा। 'तुम्हारे कपड़े सफ़ेद होंगे, और तुम्हारे सादा उबले चावल सफ़ेद होंगे। तुम्हारे ऊपर लगी नियोन रौशनियां तुम्हारी अपनी परछाईं को कोई दूसरा रंग नहीं बनाने देंगी। कोठरी साउंडप्रूफ़ है। तुम्हें बस अपनी आवाज़ सुनाई देगी। बहुत दिनों तक। दिन हफ़्तों में बदल जाएंगे, हफ़्ते महीनों में और महीने सालों में। तुम धीरे-धीरे पागल हो जाओगे, सो नहीं पाओगे, पागलपन के दौरे पड़ेंगे, भ्रम होने लगेंगे। तुम चाहोगे कि इसके बजाय तुम आसपास लोगों की मौजूदगी में क्रेन पर मर जाते।'

जमशेदी ने कुछ नहीं कहा, तो मुसफ़्फ़ा ने कहना जारी रखा। 'जब तुम इवीन जेल में सड़ रहे होगे, तो हम उन सबको पकड़ लाएंगे जो तुम्हारे क़रीबी हैं। हमें पता है तुम्हारे बीवी-बच्चे नहीं हैं, लेकिन दूसरे तो हैं जिनसे तुम प्यार करते हो, जिनकी परवाह करते हो—परिवार, दोस्त—उन सबका बलात्कार किया जाएगा, उन्हें पीटा जाएगा, बेइज़्ज़त किया जाएगा और तोड़ा जाएगा। *तुम्हारी* ग़लती के लिए। और जब तुम सफ़ेद कमरे में होगे, तो हम तुम्हें इस सबके बारे में बताते रहेंगे। वो कैसा महसूस होगा, सोच सकते हो?'

पसीने में घुले आंसू जमशेदी के गालों पर बहने लगे। वो ये ख़्याल भी बर्दाश्त नहीं कर पा रहा था कि उसके बदहाल लेकिन छोटे और क़रीबी समुदाय के लोगों पर उससे ज़्यादा मुसीबतें आएं जो वो पहले ही झेल रहे थे। वो ऐसा कुछ भी नहीं करना चाहता था

जिससे जिम, लिंडा, डैन या सरोशपुर पर कोई आंच आए। ख़ासकर जब वो ये सोचता था कि वो उस ख़ूबसूरत औरत लिंडा के साथ क्या करेंगे जो, जिस तरह वो उससे बात करती थी, उसकी मां जैसी हो सकती थी।

'आप जो भी जानना चाहते हैं, मैं बता दूंगा,' जमशेदी ने रुंधे गले से कहा।

मुसफ़्फ़ा ने जमशेदी के आगे टिश्यु का डिब्बा सरका दिया। फिर उसने दमावंद वॉटर की छोटी सी बोतल खोली और अपने बंदी के आगे बढ़ाई। 'देखा, थोड़े से सहयोग से क्या हो सकता है?' उसने जमशेदी को उकसाया। 'आराम से बैठो और मेरे सवालों के जवाब दो।' जमशेदी ने घूंट भर पानी पिया और टिश्यु से चेहरे को पोंछा।

'अब, ध्यान से सोचना,' मुसफ़्फ़ा ने कहा। 'बहराद सरोशपुरी तुम्हारे ग्रुप में कैसे और क्यों जुड़ा?'

'मैंने ही उससे संपर्क किया था,' जमशेदी ने कहा। 'मैं जानता हूं कि वो गब्राबाद एक्शन फ्रंट—जीएएफ—चलाता है। चूंकि जिम दस्तूर ज़ोरोस्टरवादी है, तो मैंने सोचा कि सरोशपुर उसके लिए जोखिम मोल लेना चाहेगा। और पता चला कि मैं सही था।'

'और तारिक़ हैदरी?'

'उसके बारे में मुझे कुछ नहीं पता था जब तक कि उसने हमें एक मिलिट्री ट्रक में फ़ार्स हाउस होटल से नहीं लिया,' जमशेदी ने जवाब दिया। 'और जब शीराज़ में वो ग्रुप में शामिल हुआ, तो मुझे जाने के लिए कह दिया गया।'

'और कावा अब्बासी?'

'वो कौन है?' जमशेदी ने पूछा।

'हम्म...' मुसफ़्फ़ा ने कहा। 'तुम कह रहे हो कि अब्बासी के पिक्चर में आने से पहले तुम ग्रुप को छोड़ चुके थे?'

'मुझे ज़रा भी इल्म नहीं है कि ये आदमी कौन है,' जमशेदी ने कहा।

मुसफ़्फ़ा ने उस पर यक़ीन किया। 'क्या उन्होंने जिम दस्तूर को बचाने के बाद अपने निकलने की योजना के बारे में कुछ कहा था?' उसने पता लगाने की कोशिश की। 'कोई ऐसे रास्ते जो वो लेना चाहते हों? कोई साथी जो उनकी मदद कर सकता हो?'

'नहीं,' जमशेदी ने अपने चक्कर खाते सिर को हिलाया। 'लेकिन हैदरी एमएमटीएम में अपने दोस्तों का ज़िक्र कर रहा था।'

ये मारा! मुसफ़्फ़ा ने अपनी जांघों पर हाथ मार ही दिया था। एमएमटीएम। मोसाद ले-मोदीन उले-तफ़्कीदीम मेयुहदीम।

दुनिया में अपने छोटे नाम से मशहूर। मोसाद।

78

वो कुछ देर के लिए काशमर में रुके। सरोशपुर ने कंटेनर के पीछे बैठे तीनों गुप्त यात्रियों को झांककर देखा। वो थके हुए थे लेकिन वैसे ठीक दिख रहे थे। फिर सरोशपुर ने एक बार फिर जिम को अपना थैला भींचे देखा। *ये अनमोल पदार्थ क्या है जिसे तुम छोड़ने को तैयार नहीं हो?* उसने न जाने कौन सी बार फिर से सोचा।

सरोशपुर के अंदर जद्दोजहद चलती रहती थी, जो जिम से मिलने के बाद और गहरा गई थी। उसका मन तेज़ी से अपने ग्रुप के एक सदस्य से दूसरे पर जा रहा था। उसे जिम पसंद था। और लिंडा भी। वो वाक़ई भले लोग दिखते थे, हालांकि मक्कार दिखने वाले डैन कोहेन की उसे परवाह नहीं थी। लेकिन फिर, जिम को पसंद करने ने उसकी दुविधा बढ़ा दी थी। आख़िर, जिम के पूर्वज सदियों पहले ईरान से ही तो भागे थे। *कौन ज़्यादा बहादुर था—वो जो वहीं रहे या वो जो भाग गए थे?* और अगर जिम के पास मौजूद चीज़ कुछ ऐसी थी जो उसके पूर्वज ईरान से ले गए थे, तो उसके असल हक़दार कौन थे? भारत के पारसी? ईरान में रह गए ज़ोरोस्टरवादी? ईरानी हुकूमत? भारत सरकार? अमेरिका की लैबोरेट्रीज़ जो इस पर

गहन रिसर्च कर रही थीं? या सारी इंसानियत?

सरोशपुर का जन्म ईरान की इस्लामी क्रांति के बस एक साल बाद 1980 में हुआ था। वो एक विद्रोह था जिसमें शाह मुहम्मद रज़ा पहलवी के तहत पहलवी सल्तनत का तख़्ता उलट दिया गया था और उनकी जगह आयतुल्लाह रूहुल्लाह ख़ुमैनी के तहत इस्लामिक गणतंत्र ने ले ली थी। शाह की तानाशाही ने विरोध को कुचल दिया था और राजनीतिक स्वतंत्रताओं पर पाबंदी लगा दी थी, लेकिन वो ईरान को धर्मनिरपेक्षता, औद्योगिकीकरण और आधुनिकता के युग में भी खींच लाई थी। रज़ा पहलवी के ईरान की एक विशेषता ये थी कि औरतों ने अपने हिजाब छोड़ दिए थे, स्कर्ट और छोटी बांहों के टॉप पहनने लगी थीं, तेहरान के बुटीकों में विंडो-शॉपिंग करने लगी थीं, और लड़कियों को यूनिवर्सिटी जाने के लिए बढ़ावा दिया जाने लगा था। क्रांति के बाद ये सब कुछ अचानक ही बदल गया था।

तेहरान में रे के सबर्ब में, सरोशपुर के ख़ानदानी घर के सामने एक अग्नि मंदिर था। लेकिन आईआरजीसी अपनी ट्रेनिंग गतिविधियां—जानबूझकर—मंदिर के खुले मैदान में करती थी। यहां तक कि बार-बार होने वाले बम धमाकों और गोलीबारियों से प्रार्थनाओं में भी बाधा पड़ती थी। उसके पिता, जो एक वरिष्ठ प्रशासनिक अधिकारी थे, बताते थे कि कैसे क्रांति के बाद कट्टरपंथी शियाओं की एक भीड़ मंदिर में घुस आई थी और उसने उसकी दीवारों पर सजी ज़रथुष्ट्र की तस्वीरों को तोड़ डाला था। उसकी जगह फ़टाफ़ट आयतुल्लाह रूहुल्लाह ख़ुमैनी की तस्वीर टांग दी गई थी। जल्दी ही हर ज़ोरोस्टरवादी मंदिर और कक्षा में ख़ुमैनी की तस्वीर प्रमुखता से लगा दी गई। सरोशपुर के पिता, जो शाह की नौकरशाही में उच्च पदों पर रह चुके थे, ने अब ख़ुद को ऐसे पदों से वंचित पाया जो केवल मुसलमानों के लिए आरक्षित कर दिए गए थे।

सरोशपुर राजनीति से दूर रहा और शिक्षा क्षेत्र में चला गया। उसने शरीफ़ यूनिवर्सिटी ऑफ़ टैक्नॉलोजी में एडवांस्ड मैथमैटिक्स पढ़ाना शुरू कर दिया। जब वो पच्चीस साल का ही था, तब

उसने शूरा-ए-निगहबान के चेयरमैन आयतुल्लाह अहमद जन्नती को ज़ोरोस्टरवादियों को 'धरती पर घूमने वाले और भ्रष्टाचार में लिप्त पापमय पशु' कहकर उनका मख़ौल उड़ाते सुना। शूरा में ज़ोरोस्टरवादियों का बस एक प्रतिनिधि था, और उसने इसका विरोध किया। उसे घसीटकर क्रांतिकारी ट्रिब्युनल के सामने ले जाया गया। ट्रिब्युनल के मौलवियों ने उसे चेतावानी दी कि अगर उसने फिर कभी उनके ऐलानों पर ऐतराज़ जताया तो उसे सज़ा-ए-मौत दी जा सकती थी। छोटा सा ज़ोरोस्टरवादी समुदाय इस घटना से इतना आतंकित हो गया कि उन्होंने उसे दुबारा नहीं चुना।

मगर फिर भी, तमाम मुश्किलों के बावजूद समुदाय बचा रहा, और उन कट्टरपंथी अधिकारियों को भी सहन करता रहा जो नियमित रूप से उनके त्योहारों, प्रार्थनाओं, शादियों और अंत्येष्टियों पर ये आरोप लगाते हुए नज़र रखते थे कि ज़ोरोस्टरवाद ने 'राष्ट्रीय सुरक्षा को ख़तरे में डाला था और इस्लामी क्रांति को अस्थिर किया था।' अपने लुप्तप्राय समुदाय के निरंतर हो रहे अपमान और दमन ने अंततः सरोशपुर को गब्राबाद एक्शन फ्रंट की नींव डालने के लिए प्रेरित किया। वो जानता था कि इसमें बहुत जोखिम था, लेकिन वो ये भी जानता था कि किसी को तो अपने लोगों और उनके विश्वास के लिए बोलना होगा। उसकी कोशिशों के नतीजे में, हज़ारों लोगों ने हाल ही में साइरस महान के मक़बरे के पास फ़ारसी नव वर्ष, नवरोज़, मनाया था।

सरोशपुर और उसके परिवार के लिए हर क़दम एक संघर्ष था। ईरान में जिम दस्तूर के आगमन ने उन अनेक परस्पर विरोधी भावनाओं को सामने ला खड़ा किया था। सरोशपुर को वो हख़ामनी और सासानी काल में फ़ारस द्वारा हासिल की गई बेहिसाब ताक़त और दौलत की वो कहानियां याद आईं जो उसके माता-पिता उसे सुनाते थे। वो हैरानी से बेमिसाल ढंग से समृद्ध पर्सेपोलिस और ज्ञान के उस भंडार गुंदीशापूर के विवरणों को सुनता था। नन्हा बहराद अपने पिता से बार-बार ज़रथुष्ट्र और उनके अनुयायी मागियों के

चमत्कारी क्रम की कहानियां सुनाने की ज़िद करता। इन लोगों की अविश्वसनीय शक्तियों के बारे में सुनने से वो कभी थकता नहीं था। विशेष रूप से, वो अथ्रवन स्टार की कहानी पर मोहित था।

कोई ठीक-ठीक नहीं जानता था कि अथ्रवन स्टार क्या था, इसका मूल पुरातनता में खो गया था। बहुत कुछ होली ग्रेल की तरह, हर अगली पीढ़ी ने इसे अपना ही रंग दे दिया था। उदाहरण के लिए, कुछ लोग होली ग्रेल को अंतिम भोज के दौरान इस्तेमाल किया जाने वाला पात्र मानते थे; कुछ मानते थे कि ये एक जादुई उपचारक पत्थर था; तो अन्य इसे एक प्याले के रूप में देखते थे जिसमें क्राइस्ट का लहू जमा किया गया था। इसी तरह अथ्रवन स्टार का भी विभिन्न तरीक़ों से वर्णन किया गया था—पत्थर, रत्न, बक्सा, तलवार, प्याला, हथौड़ा, मुकुट और दसियों दूसरी चीज़ों के रूप में। एकमात्र तथ्य जो कभी भिन्न नहीं हुआ था, वो ये था कि ज़रथुष्ट्र ने इसे अपने विशिष्ट अनुयायियों को सौंपा था, और ये कि इसके साथ जादुई गुण जुड़े हुए थे। इससे जुड़ी एक और दंतकथा ये थी कि इसे उन लोगों को सौंपा जाता था जो स्वतंत्रता और साहस के चिह्न दिखाते थे।

जब सरोशपुर ने जिम के हाथों में जकड़े उस थैले को देखा, तो वो जान गया कि उसे एक ऐतिहासिक ग़लती सुधारने का मौक़ा मिला था। क्या ऐसी अफ़वाहें नहीं थीं कि आईआरजीसी अथ्रवन स्टार को फिर से हासिल करना चाहती थी? क्या ये अफ़वाह व्यापक रूप से नहीं फैली हुई थी कि हाल ही में हुई साइरस सिलिंडर की चोरी भी उस खोज का हिस्सा थी? और क्या आईआरजीसी जिम दस्तूर के पीछे नहीं लगी थी? क्या ये मुमकिन नहीं था कि ईरान में जिम दस्तूर का आना अहुरा मज़्दा का संकेत था?

उसी पल सरोशपुर जान गया कि उसे असल में क्या करना था।

79

काशमर से इस्लाम क़ला की यात्रा बस चार घंटे लंबी होनी चाहिए थी। रास्ते में वो अज़ग़ंद, तुरबते-हैदरीया, दौलताबाद, बाख़र्ज़, तायबाद से गुज़रे। लेकिन आज कुछ अलग सा माहौल लगा। अब्बासी देख रहा था कि सड़क पर कहीं ज़्यादा वाहन थे। इससे ज़्यादा फ़िक्र की बात ये थी कि सेना की गाड़ियों की मौजूदगी बहुत ज़्यादा थी। 'तुम्हारा क्या ख़्याल है?' उसने सरोशपुर से पूछा जो अपनी ही दुनिया में खोया हुआ लगा। कोई जवाब न पाकर अब्बासी ने फिर से पूछा, 'तुम्हारे ख़्याल से हमें क्या करना चाहिए?'

'हह?' सरोशपुर ने जवाब दिया। 'माफ़ करना, मैं ख़्यालों में गुम था।' वो कोई ठीक सा जवाब देता, इससे पहले ही जवाब साफ़ हो गया था। तायबाद में सेना के ट्रकों, जीपों और सैनिकों की ज़बरदस्त नाकेबंदी थी।

उफ़, अब्बासी ने सोचा। *हम इस्लाम क़ला से बस आधा घंटा दूर थे!* इस बार कोई दूसरा रास्ता भी मौजूद नहीं था जिसे वो ले सकते। वो सावधानी से धीमे-धीमे ट्रक को आगे बढ़ाता रहा। उसके आगे कोई पचास वाहन रहे होंगे, लेकिन वो सैनिकों में बढ़ते जोश को पहचान रहा था। 'साला!' उसने आसमान को देखते हुए गाली दी। भिनभिनाहट की आवाज़ ने उसका ध्यान खींचा था। *ड्रोन!* उसे बस दो छोटे से यासिर ड्रोन दिखाए दिए, जो ईरानियों ने अमेरिकी स्कैन ईगल के डिज़ाइन की नक़ल पर बनाए थे। उसके सामने ये साफ़ था कि ऊपर से *उन पर* नज़र रखी जा रही थी। उसे जल्दी ही कोई फ़ैसला लेना होगा।

उसने इंटरकॉम ऑन किया और कंटेनर के पीछे के हिस्से में बैठे अपने मुसाफ़िरों से बात की। 'हमें इस ट्रक को छोड़ना होगा,' उसने हालात का ब्योरा देते हुए कहा। आगे वो देख रहा था कि सैनिक फ़टाफ़ट दूसरी गाड़ियों को निपटा रहे थे। *हरामज़ादे हमारा ही इंतज़ार कर रहे हैं,* अब्बासी ने सोचा। *वो जानते हैं कि हम इस*

ट्रक में हैं। अब हमारे आगे बस तीस वाहन हैं।

'हमारे पास फ़ैसला लेने के लिए कितना वक़्त है?' जिम ने पूछा। *बीस वाहन।*

'बिल्कुल वक़्त नहीं है,' अब्बासी ने जवाब दिया। 'आपके दाईं ओर एक चौकोर ट्रैपडोर है, बोल्ट और क़ब्ज़ों पर कसा हुआ। बोल्ट को खिसकाकर खोलें, दरवाज़े पर ज़ोर से मुक्का मारें, और वो बाहर की ओर खुल जाएगा और साइड पर लग जाएगा। इस सड़क के संकरा होने की वजह से हमारे दोनों ओर कोई और गाड़ी नहीं है। अब, भागें।'

'और आगे बैठे आप लोग?' लिंडा ने पूछा। *पंद्रह वाहन।*

'आपके साथ ही साथ हम भी ट्रक को छोड़ देंगे,' अब्बासी ने जवाब दिया। 'वो इतनी जल्दी-जल्दी आगे की गाड़ियां हटा रहे हैं, इससे साफ़ है कि उन्हें पता चल चुका है कि मैं कौन हूं। वो ये समझ गए होंगे कि ये कंटेनर एक कारोबारी मुखौटे का है।'

'बाहर निकलने के बाद हम कहां जाएंगे?' लिंडा ने पूछा। *अब आगे बस दस वाहन थे।*

'पैदल दक्षिण की ओर बढ़ना,' अब्बासी ने कहा। 'यहां से पांच किलोमीटर दूर फ़रमानाबाद नाम का एक छोटा सा गांव है। अगर हम साथ नहीं जा पाए, तो वहीं मिलेंगे।' *पांच वाहन।*

डैन अपनी बेंच से उठा, उसने ट्रैपडोर ढूंढ़ा और ज़ोर से उस पर हाथ मारा। अब्बासी ने सही कहा था। पैनल बस एक बोल्ट और बाहर बस पेंट और इपॉक्सी की पतली परत से टिका हुआ था। खड़खड़ाहट के साथ पैनल खुल गया और दोनों साइडों पर क़रीब साठ सेंटीमीटर का एक चौकोर दरवाज़ा सामने आ गया। पहले लिंडा कूदी, उसके बाद जिम, फिर डैन। जिम ने अपने झोले को चिपका रखा था, जबकि डैन ने शाहिद दारू हमले वाली अपनी हैक्लर एंड कॉख़ जी36 राइफ़ल ले रखी थी। उनके पीछे वाली गाड़ियों के यात्री ट्रक के साइड से उनके निकलने पर भौंचक्के थे।

जिम, लिंडा और डैन जल्दी से सड़क से दूर और उसके साथ लगी रेगिस्तानी झाड़ियों में भाग गए। 'वो हमारा पीछा कर रहे हैं,' जिम चिल्लाया। एक ड्रोन ट्रक को छोड़कर उनके ऊपर मंडरा रहा था। डैन रुक गया, उसने जिम और लिंडा को आगे भागने दिया। वो अपने घुटनों पर बैठा और ड्रोन का निशाना लिया जो उससे क़रीब छह मीटर ऊपर था। पहले तो वो चूक गया लेकिन आख़िरकर उसे गिराने में कामयाब रहा। फिर वो उठा और जिम और लिंडा की ओर भागा।

मेन रोड पर अब्बासी और सरोशपुर भी ट्रक से बाहर आ गए थे। *आगे बस दो वाहन थे।* लेकिन जिम के ग्रुप के विपरीत, दोनों आदमी फ़ौरन ही फ़ायरिंग की ज़द में आ गए। नाकेबंदी की ओर से चीख़ने की आवाज़ें आ रही थीं और सैनिक सड़क पर दौड़ रहे थे, सारी बंदूक़ें बरस रही थीं।

'ट्रक की आड़ ले लो,' अब्बासी ने चिल्लाकर सरोशपुर से कहा, और दोनों ने ख़ुद को बचाने के लिए ट्रक को शील्ड बना लिया था। उनके पीछे वाली गाड़ियों के ड्राइवर और मुसाफ़िर भी फ़ायरिंग की ज़द में आने से ख़ुद को बचाने की घबराहट भरी कोशिश में बाहर निकल आए थे। ये अब्बासी के लिए अच्छा ही था। सड़क पर जितने ज़्यादा लोग होंगे, आईआरजीसी के लिए उनका साफ़ निशाना लेना उतना ही मुश्किल होगा।

अब्बासी के इशारे पर, सरोशपुर तेज़ी से रेगिस्तानी झाड़ियों की ओर दौड़ पड़ा जिधर जिम का दल गया था। सैनिकों को हिलगाए रखने के लिए अब्बासी गोली चलाता रहा। फिर एक मौक़ा देखकर, वो भी तेज़ी से भागा। उसे एक गोली अपने कान के पास से सरसराती जाती महसूस हुई और दूसरी उसके टख़ने को छील गई, लेकिन कोई भी उसे धीमा नहीं कर पाई। सेना के दूसरे ड्रोन ने उसका पीछा किया लेकिन अचानक ही सरोशपुर की गोली से वो धराशायी हो गया। दोनों आदमी जल्दी से जिम, लिंडा और डैन की सामान्य सी दिशा में दक्षिण की ओर दौड़ पड़े।

आईआरजीसी के आदमी सड़क के साथ-साथ फैल गए और मरुभूमि में उनका पीछा करने लगे। अब्बासी ने हालात का जायज़ा लिया। ज़्यादातर सैनिक दक्षिणपूर्व की ओर झुंड में दिख रहे थे। उसने अपनी बैल्ट से एक ग्रेनेड निकाला और उसे उस झुंड की दिशा में उछाल दिया। उसने सेना की एक जीप की छत उड़ा दी, लेकिन उससे भी अहम इसने उसे और सरोशपुर को इतना वक़्त दे दिया कि एक ख़ाली पड़ी एटीवी को हथिया लें। 'बैठो,' अब्बासी ने एक्सीलरेटर दबाते हुए कहा। रेगिस्तानी रेत का ग़ुबार उड़ाते हुए वो रॉकेट की तरह जिम के ग्रुप की दिशा में निकल गए।

आईआरजीसी उन्हें जाने देने को तैयार नहीं थी। वो शेष बची एटीवीज़ में सवार हुए और उनके पीछे चल दिए। 'मैं चाहूंगा कि तुम एक-एक करके उन्हें निपटा दो, जबकि मैं ड्राइव करता रहूंगा,' अब्बासी ने चिल्लाकर सरोशपुर से कहा। उसका साथी तो काम पर लग भी चुका था। उसने सबसे नज़दीकी एटीवी का निशाना लिया और गोली चला दी। गाड़ी बेक़ाबू होकर घूम गई, गोली ड्राइवर को लगी थी। दाएं से तेज़ी से उनके क़रीब आ रही एक और एटीवी में मौजूद सैनिकों ने गोलियां चलाईं। सरोशपुर घूमा और उसने उसके ड्राइवर का निशाना लिया। उसकी गोली अपने निशाने पर लगी तो उसने आदमी का सिर फूटते देखा। गाड़ी अपने मुसाफ़िरों समेत उलट गई।

वो जिम, लिंडा और डैन के पास पहुंच गए थे, जो पैदल थे। 'चलो,' अब्बासी ने हांफते हुए उनसे कहा। दोनों आदमियों ने गाड़ी को छोड़ दिया और बाक़ी तीनों के साथ हो लिए, और पैदल ही फ़रमानाबाद की ओर भागने लगे।

80

ईरान के ख़ुरासान प्रांत में स्थित छोटे से गांव फ़रमानाबाद में सिर्फ़ 432 परिवार रहते हैं। जिम, लिंडा, डैन, अब्बासी और सरोशपुर देर

रात गए वहां पहुंचे। वो थकान से चूर थे, और उनके पास खाना-पानी या कोई व्यक्तिगत सामान नहीं था। बस कुछेक राइफ़लें थीं और जिम का सबसे अहम थैला था।

गांव ईंटों और प्लास्टर के घरों का एक झुंड भर था। हालांकि ये उस समय से बहुत बेहतर हो गया था जब ईरान के ग्रामीण इलाक़ों के घर मिट्टी की ईंटों को बेतरतीबी से जोड़कर बना दिए जाते थे, और सड़कें संकरी और कच्ची होती थीं, मगर फ़रमानाबाद अभी भी अनियोजित ही था। केवल दो इमारतें ही ख़ास थीं—एक सफ़ेद मस्जिद, जिसकी प्रावरणी पर थोड़ी सी ग्लेज़्ड टाइल्स लगी हुई थीं, और दूसरी, एक स्कूल की निर्जन सी इमारत। घरों के बीच में मवेशियों को रखने के लिए मिट्टी और पुआल की बाड़ वाले खुले मैदान थे।

सरोशपुर उन्हें मस्जिद की ओर ले गया। 'मस्जिद जाने से बॉर्डर पार करने में हमें कैसे मदद मिलेगी?' लिंडा ने पूछा, जो अब तक झल्ला चुकी थी।

'मेरी तेहरान की संपत्ति के एक बूढ़े ख़ादिम इसी गांव के हैं,' सरोशपुर ने बिना विचलित हुए जवाब दिया। 'मैं उनकी और उनके परिवार की कुछ मदद करता रहा हूं। मुझे यक़ीन है वो हमारी मदद करने के लिए मान जाएंगे। अपनी बीवी की मौत के बाद से वो मस्जिद में ही रह रहे हैं।'

'लेकिन क्या सारे गांववाले उन लोगों की मदद करने में डरेंगे नहीं जो आईआरजीसी-क़ुद्स से बचकर भाग रहे हैं?' जिम ने पूछा।

'ये चिंता वाजिब है,' सरोशपुर ने माना। 'लेकिन अभी हम ईरान-अफ़ग़ानिस्तान के बॉर्डर से आधे घंटे से भी कम की दूरी पर हैं। इन इलाक़ों में राष्ट्रीय पहचानों का कोई मतलब नहीं है। इनके बारे में एक बात और है जो आपको और आश्वस्त कर सकती है।'

'क्या?' जिम ने पूछा।

'ये बलोच हैं,' सरोशपुर ने जवाब दिया। 'बलोच लोग तीन देशों में फैले हुए हैं—पाकिस्तान, अफ़ग़ानिस्तान और ईरान। ये

अपनी बलोची भाषा बोलते हैं। इनके लिए देशों की सीमाएं कोई मायने नहीं रखतीं। ये जातीय और भाषाई आधार पर एक ही लोग हैं जो तीन अलग-अलग देशों में रह रहे हैं।'

'लेकिन ये तो बलोच इलाक़ा नहीं है,' अब्बासी ने तर्क दिया।

'बिल्कुल सही,' सरोशपुर ने जवाब दिया। 'बलोच इलाक़े में होने के लिए तो हमें और दक्षिण में ज़ाहेदान की ओर जाना होगा। लेकिन बलोच लोग *सारे* ईरान में बिखरे हुए हैं। ये शख़्स उन्हीं में से एक हैं।'

वो मस्जिद के पास पहुंचे और, सामने के गेट को छोड़ते हुए, इमारत के पीछे की ओर चले गए और एक यूटिलिटी शेड के पीछे इंतज़ार करने लगे। और बीस मिनट गुज़रने के बाद एक लंबी सी आकृति मस्जिद से बाहर आई। सरोशपुर ने अपनी आंखें सिकोड़कर उस आदमी के चेहरे को परखा और उसे इत्मीनान हो गया। वो मज़ार आस्कानी ही थे।

बाक़ी ग्रुप को नज़रों से दूर रहने का इशारा करते हुए, वो मुतवल्ली के पास गया। 'कैसे हैं, मेरे दोस्त?' सरोशपुर ने सकपकाए से आदमी से पूछा। हरा पठानी सूट और सिर पर टोपी पहने आस्कानी बूढ़े और पतले-दुबले आदमी थे। उनकी सफ़ेद दाढ़ी उनके सीने के बीच तक लटकी हुई थी। सरोशपुर को पहचानने में उन्हें एक मिनट लगा और फिर उन्होंने गर्मजोशी से उसे गले से लगा लिया।

'यहां कैसे आना हुआ?' उन्होंने सरोशपुर से पूछा।

'मुझे आपकी मदद चाहिए,' सरोशपुर ने जल्दी से उन्हें अपनी हालत बताते हुए जवाब दिया। सरोशपुर की कहानी सुनते हुए बूढ़े बलोच की आंखें फैल गईं। कुछ मिनट वो ख़ामोश रहे मानो सारे हालात पर ग़ौर कर रहे हों, और इस बीच वो अपनी दाढ़ी सहलाते रहे।

'आपके दोस्त कहां हैं?' आख़िरकार आस्कानी ने पूछा। जब सरोशपुर ने संकेत किया, तो वो शेड के पीछे अपने छिपने की जगह से बाहर निकले। सरोशपुर ने एक-एक का परिचय करवाया, तो

आस्कानी ध्यान से उन्हें देखते रहे—जिम, लिंडा, डैन और अब्बासी।

आस्कानी ने शिष्टता से उनका अभिवादन किया और फिर कहा, 'अगर मैं आप लोगों को मस्जिद के अंदर रखता हूं तो पूरी गुंजाइश है कि आप लोगों को देख लिया जाएगा। पीछे की ओर मेरे अपने इस्तेमाल के लिए एक छोटी सी झोपड़ी है। हालांकि वो बहुत छोटी सी है, लेकिन आप आराम कर लें। इस बीच, मैं कुछ खाने-पानी का इंतज़ाम करता हूं।'

'हम बॉर्डर पार अफ़ग़ानिस्तान कैसे जा सकते हैं?' अब्बासी ने इधर-उधर की बातों में वक़्त बर्बाद न करते हुए पूछा।

'ये आसान नहीं होगा,' आस्कानी ने जवाब दिया। 'ईरानी हुकूमत ने सीमा रक्षकों के तौर पर अनिवार्य सैन्य भरती के क़रीब तीन हज़ार सैनिकों को तैनात किया हुआ है।'

'लेकिन बॉर्डर तो बहुत बड़ा है,' अब्बासी ने कहा।

'ईरान और अफ़ग़ानिस्तान के बीच लगभग 900 किलोमीटर लंबे बॉर्डर में 400 किलोमीटर तटबंध, 800 किलोमीटर गहरी नहरें, चालीस किलोमीटर कंक्रीट की दीवार और 140 किलोमीटर कांटेदार तारों की बाड़ है। ये सब ड्रग्स की आवाजाही की परेशानी पर अंकुश लगाने के लिए किया गया है। मेरा यक़ीन करें, मैं बूढ़ा भले ही हूं, लेकिन जानता हूं।'

'तो फिर हमें क्या करना चाहिए?' सरोशपुर ने पूछा।

'कुछ घंटे आराम करें,' आस्कानी ने दोहराया। 'मैं आप लोगों के लिए कुछ खाने को लाता हूं। इस बीच, मैं एक बंदे को तलाशता हूं जिसे आप जानना पसंद नहीं करेंगे। लेकिन मौजूदा हालात में, वो आपके लिए बेहतरीन उम्मीद होगा।'

'कौन?' सरोशपुर ने सावधान होते हुए पूछा।

'वो ख़ुद को बहादुर अल-बलूची कहता है और अफ़ीम, हेरोइन, हशीश और मॉर्फ़ीन का धंधा चलाता है,' आस्कानी ने जवाब दिया। 'अगर कोई नाजायज़ तौर पर आपको अफ़ग़ानिस्तान में ले जा

सकता है, तो वो वही है।'

'हम उस पर भरोसा कर सकते हैं?' डैन ने पूछा।

'आपको मुझ पर भी भरोसा करना ही पड़ा,' आस्कानी ने जवाब दिया। 'आख़िर मैं भी तो आपको आईआरजीसी के सैनिकों से शरण देकर ख़तरे को दावत दे रहा हूं,' उन्होंने कहा। 'अगर ये पता चल गया कि मैंने आपकी मदद की थी, तो मुझे अपनी बक़ाया ज़िंदगी बदबूदार जेल में सड़ना पड़ेगा। लेकिन सरोशपुर के परिवार के मुझ पर पुराने अहसान हैं, और मैं अपने लिए उनकी दयालुता को भुला नहीं सकता। साथ ही, इस उम्र में मैं कोई आख़री काम ऐसा कर सकता हूं जिस पर मेरे बलोच पूर्वज नाज़ कर सकें।'

वो डैन को कृपापूर्वक देखने को रुके। 'अल-बलूची दानखाते में कभी कुछ नहीं करता। उसे क़ीमत चुकानी होगी—इस पर आपको उससे सौदेबाज़ी करनी होगी। लेकिन मुझे अल-बलूची जैसे लोग मिले हैं जो तब तक बेतहाशा भरोसेमंद रहते हैं जब तक कि आप सौदेबाज़ी का अपना सिरा पूरा करें।'

आस्कानी अपने मेहमानों को अपनी छोटी सी झोपड़ी में ले गए, जहां बस एक पतला सा गद्दा बिछा हुआ था जिसने ज़्यादातर फ़र्श को ढक रखा था। वो उन्हें कुछ मिनट के लिए छोड़कर गए और मिट्टी के मटके में पानी ले आए। कुछ मिनट बाद वो कुछेक बलूची सख़्त रोटियां *काक* ले आए जो मैदा, सूखे ख़मीर, चीनी, नमक, दूध, पानी और तिल डालकर बेक की जाती हैं। 'माफ़ी चाहूंगा मेरे पास गोश्त नहीं है,' आस्कानी ने माफ़ी मांगते हुए और भेड़ के दूध से बने सख़्त चीज़ *कडजगल* के साथ खाना नीचे रखते हुए कहा।

'आप पहले ही मेज़बानी की हद से बाहर जाकर मदद कर चुके हैं,' जिम ने कहा। 'हम तो समझ ही नहीं पा रहे कि आपका शुक्रिया कैसे अदा करें।'

आस्कानी मुस्कुराए। 'हुदा-ए-मय्यार बहूते,' उन्होंने कहा। ख़ुदा आपको सलामत रखे। लेकिन आस्कानी का दिमाग़ तिकड़मों

से लबरेज़ था। वो सोच रहे थे कि उनका अगला क़दम क्या होना चाहिए।

81

तायबाद से जहां जिम का ग्रुप आईआरजीसी-क़ुद्स को ग़च्चा देकर निकल गया था उनके जवान हर दिशा में फैल गए थे। ड्रोन्स के साथ-साथ जीपों, ट्रकों, एटीवीज़ और सैनिकों ने पचास किलोमीटर के दायरे में सभी गांवों-क़स्बों में भगोड़ों की तलाश की, वो दूरी जितनी उनके हिसाब से उतने समय में भागने वालों ने पैदल पार की होगी।

तायबाद के बीचोबीच एक खुले भूखंड में ट्रेलर केबिनों को पार्क कर दिया गया था जहां आईआरजीसी-क़ुद्स के शीर्ष सदस्य आकर जम गए थे। उनमें से एक में अमीर ख़ादिमहुसैनी का अस्थायी ऑफ़िस बन गया था। आईआरजीसी-क़ुद्स के चीफ़ पर सुप्रीम लीडर के ऑफ़िस से लगातार इन 'कुत्तों' और 'दुश्मन के एजेंटों' को पकड़ने और फिर उन्हें एक मिसाल बनाने का ज़बरदस्त दबाव पड़ रहा था।

ख़ादिमहुसैनी फ़ोन पर बात कर रहा था, उसके होठों में एक फ़रवरदीन लगी थी। जब मुसफ़्फ़ा ने दरवाज़े पर दस्तक दी तो उसका ऑफ़िस धुएं से धुंधला हो रहा था। ख़ादिमहुसैनी ने कहा, 'अंदर आ जाओ,' और एक ख़ाली कुर्सी की ओर इशारा किया। 'तो लेटेस्ट अपडेट क्या है?' उसने कॉल काटते हुए मुसफ़्फ़ा से पूछा।

'हम जानते हैं कि शुरू में वो दक्षिण की ओर भागे थे,' मुसफ़्फ़ा ने कहा। 'लेकिन हमने सारी दिशाओं—क़ुमी, हाजीआबाद, ख़ैराबाद, सरदाब, दौक़ारून और मोहसिनाबाद—में खोजी दल भेज दिए हैं। फ़िलहाल हम तायबाद के पचास किलोमीटर के दायरे में तलाश रहे हैं। अगर दोपहर तक हमें कोई नतीजा नहीं मिला तो हम

खोज का दायरा बढ़ा देंगे।'

'ऐसा ही करो,' ख़ादिमहुसैनी ने कहा। 'लेकिन ज़रा ठहरकर सोचो भी। मौजूदा हालात में, उनका बेहतरीन दांव क्या होगा? पूर्व में अफ़ग़ानिस्तान जाना? दक्षिण-पूर्व में पाकिस्तान जाना? या उत्तर-पूर्व में तुर्कमेनिस्तान जाना?'

'पश्चिमी सीमा—इराक़, तुर्किये और अज़रबैजान को तो हम हटा सकते हैं,' मुसफ़्फ़ा ने कहा। 'अगर उनके बाहर निकलने की योजना पश्चिमी रास्ते के ज़रिए होती तो वो तेहरान के पूर्व में हज़ार किलोमीटर का सफ़र नहीं करते। इसलिए, आप सही हैं, उनके पास विकल्प पाकिस्तान, अफ़ग़ानिस्तान और तुर्कमेनिस्तान ही हैं।'

'तुम इनमें से कौन सा रूट लेते?' ख़ादिमहुसैनी ने पूछा।

'पाकिस्तानी बॉर्डर मीरजावा 900 किलोमीटर दूर है,' मुसफ़्फ़ा ने जवाब दिया। 'मुझे नहीं लगता कि ये देखते हुए कि हम पीछे लगे हैं वो ये जोखिम उठाएंगे।'

'ठीक है,' ख़ादिमहुसैनी ने कहा। 'तो, हम बाक़ी दो पर फ़ोकस करते हैं—तुर्कमेनिस्तान और अफ़ग़ानिस्तान।'

'वो अफ़ग़ानिस्तान बॉर्डर के सबसे क़रीब हैं,' मुसफ़्फ़ा ने जवाब दिया। 'लेकिन ये देखते हुए कि ग्रुप में तीन अमेरिकी हैं, तालिबानी इलाक़े में घुसना ख़तरनाक हो सकता है। तुर्कमेनिस्तान बेहतरीन विकल्प है, लेकिन राष्ट्रपति क़ुर्बानक़ुली बहुत असंतुलित क़िस्म के हैं। उनकी आमदनी का अस्सी फ़ीसदी से ज़्यादा चीन को प्राकृतिक गैस के निर्यात से आता है। वो खेल खेल सकते हैं।'

मुसफ़्फ़ा का फ़ोन बजा। 'हां?' उसने कहा। फिर वो ध्यान से सुनता रहा। जब उसने जानकारी सुनी तो उसकी भौंहें तन गईं। 'उसे वहीं रखो,' उसने कहा। 'मैं आ रहा हूं।'

'क्या बात है?' ख़ादिमहुसैनी ने पूछा।

'यहां तायबाद में एक मज़ार आस्कानी नाम का आदमी आया है,' मुसफ़्फ़ा ने बताया। 'वो कहता है उसके पास हमारे भगोड़ों के

बारे में जानकारी है।'

'कैसी जानकारी?'

'पता नहीं,' मुसफ़्फ़ा ने कहा। 'वो कहता है कि वो सिर्फ़ आपसे ही बात करेगा।'

'वो ख़ुद को समझता क्या है?' ख़ादिमहुसैनी ने चिढ़कर कहा। 'सुप्रीम लीडर?'

'मैं जाऊं उसके पास?' मुसफ़्फ़ा ने पूछा।

'नहीं,' ख़ादिमहुसैनी ने जवाब दिया। 'उसे यहां लाओ। तुम मेरे साथ रहना। हम साथ में सुनेंगे कि उसे क्या कहना है।'

दस मिनट बाद हरा पठानी सूट और टोपी पहने एक बूढ़े आदमी को ख़ादिमहुसैनी के कामचलाऊ ऑफ़िस में लाया गया। उन्होंने डरी-डरी आंखों से उन दोनों आईआरजीसी-क़ुद्स के लोगों को देखा। जब उन्होंने बोलने के लिए मुंह खोला तो उनके होंठ कांप रहे थे। मुसफ़्फ़ा ने उन्हें बिठाया और उनके लिए दमावंद पानी की बोतल खोल दी। बूढ़े ने अहसान मानते हुए एक घूंट पिया। 'सुकून रखें, चचा,' मुसफ़्फ़ा ने कहा। 'बताइए आप क्या जानते हैं। हम आपकी हिफ़ाज़त करेंगे, इसलिए फ़िक्र करने की ज़रूरत नहीं है।'

'मैं फ़रमानाबाद की मस्जिद का मुतवल्ली हूं,' आस्कानी ने कहा। 'हालांकि मैं बलोच हूं, लेकिन अपने वतन ईरान का वफ़ादार हूं जिसने मुझे इतना कुछ दिया है। मैं आपके पास आया हूं क्योंकि मेरे पास एक ऐसी अहम जानकारी है जो आपके काम की हो सकती है।'

'कहते रहिए,' मुसफ़्फ़ा ने नर्मी से कहा।

'आप तीन अमेरिकियों को तलाश रहे हैं जिनके साथ दो ईरानी हैं,' आस्कानी ने कहा। 'वो फ़रमानाबाद आए थे।'

'क्या वो अब भी वहीं हैं?' ख़ादिमहुसैनी ने पूछा।

'नहीं,' आस्कानी ने जवाब दिया। 'वो क़ुमी में हैं, सीमा पार करके अफ़ग़ानिस्तान में घुसने की तैयारी कर रहे हैं।'

'कुछ पता है कि क़ुमी में वो कहां हैं?' मुसफ़्फ़ा ने पूछा।

'रूट 36 पर एक ख़ाली पड़ा शेड है,' आस्कानी ने जवाब दिया। 'वो वहीं छुपे बैठे हैं। वो शायद बैकअप का इंतज़ार कर रहे हैं।'

'क्या आप हमें उस जगह पर ले जा सकते हैं?' ख़ादिमहुसैनी ने पूछा।

'मैं आपको वहां ले जा सकता हूं, लेकिन आपको मुझसे वादा करना होगा कि जब तक मैं चला न जाऊं, आप अपना ऑपरेशन शुरू नहीं करेंगे,' उन्होंने कहा। 'मुझे डर है कि वो मेरा चेहरा देख लेंगे और बाद में मुझे खोज निकालेंगे।'

'फ़िक्र मत कीजिए, बाबा,' ख़ादिमहुसैनी ने कहा। 'आपको अगर किसी से डरने की ज़रूरत है तो वो हम हैं। और हम उसी पाले में हैं जिसमें आप हैं। जब तक कि...'

'जब तक कि?'

'जब तक कि आप हमें डबलक्रॉस करने की कोशिश न कर रहे हों।' ख़ादिमहुसैनी ने उस आदमी को कड़ी निगाह से घूरा। 'मुझे सच-सच बताना, क्या आप हमारा ध्यान भटकाने की कोशिश कर रहे हैं?'

'मैं अपने बच्चों की क़सम खाता हूं,' आस्कानी ने कहा। 'अगर मैं आपको धोखा दे रहा हूं तो मुझ पर ख़ुदा का क़हर टूटे।'

'आईआरजीसी-क़ुद्स के क़हर के सामने अल्लाह का क़हर कुछ नहीं है,' ख़ादिमहुसैनी ने शांति से कहा।

82

आस्कानी आईआरजीसी के टेंट में उन्हें दी गई चारपाई पर लेट गए। उनके विचार उस दिन ख़ादिमहुसैनी और मुसफ़्फ़ा के अस्थायी ऑफ़िस में उनके आने से पहले की घटनाओं की ओर चले गए।

साफ़तौर पर वो उस मीटिंग के बारे में सोच रहे थे जो उन्होंने उस सुबह बहादुर अल-बलूची से उन भगोड़ों की करवाई थी।

अल-बलूची राष्ट्रीयताओं की परवाह नहीं करता था। वो बलोच था, भले ही तीनों देश उस विशिष्ट पहचान को मान्यता न देते हों। बलूचिस्तान उस इलाक़े में फैला हुआ था जहां तीनों देश—ईरान, अफ़ग़ानिस्तान और पाकिस्तान—मिलते थे। वो हज़ारों साल से इस इलाक़े में रह रहे थे और कोई देश उनसे ये नहीं कहने जा रहा था कि वो बलोच के अलावा कुछ थे। बलोच इलाक़े का सबसे बड़ा हिस्सा पाकिस्तान में आता था, जहां बलोच मूल के क़रीब सत्तर लाख लोग रहते थे, उसके बाद बीस लाख की आबादी के साथ ईरान था। पाकिस्तान में, बलोच अलगाववाद के नतीजे में कई विद्रोह हुए थे, वहीं ईरान में इस दरार ने शिया-सुन्नी मतों का रुख़ अपना लिया था।

अल-बलूची की खोह, फ़रमानाबाद के पास एक गुफा, तक बहुत बीहड़ पहाड़ी रास्ते से ही जाया जा सकता था जिससे आस्कानी ग्रुप को ले गए थे। गुफा का अंदरूनी रूप उसके रास्ते से एकदम उलट था। उसमें ऊन और बकरी के बालों से बने क़ालीन बिछे थे और वो मिट्टी के तेल के लैंपों से रौशन थी।

अल-बलूची बलिष्ठ बदन का आदमी था जिसने सफ़ेद पठानी सूट, और सफ़ेद पगड़ी पहन रखी थी, जिसका एक सिरा उसकी छाती पर पड़ा हुआ था। उसकी काली मूंछों और दाढ़ी में तेल लगा था, और लंबे काले बाल ढेरों घूंघर बनाते हुए उसके कंधों पर पड़े हुए थे। उसकी कलाइयों में सोने के मोटे कंगन थे। उसकी साइड में एक एके-47 मशीन गन इस तरह रखी हुई थी जैसे उसका ख़्याल बाद में आया हो। अल-बलूची बीहड़ मर्दानगी का अद्‌भुत नमूना था, लेकिन ये आम जानकारी में था कि उसका यौन रुझान नौजवान आदमियों की ओर था। जब आस्कानी उन लोगों को उसके सामने लेकर आए तो वो लैदर के तकिए पर टेक लगाए बैठा हुक़्क़ा गुड़गुड़ा रहा था।

'तो, वो लोग आप हैं जो तेहरान से बाहर निकलना चाहते

हैं,' अल-बलूची ने अपने नथुनों से गाढ़ा धुआं छोड़ते हुए कहा। 'अपना परिचय देने की ज़हमत न करें। मेरे लिए, आप महज़ सामान हैं जिसे चोरी-छुपे अफ़ग़ानिस्तान ले जाना है। हम क़ीमत तय कर लेते हैं। फिर बात करेंगे कि ये कैसे हो सकता है।' उसकी अंग्रेज़ी आश्चर्यजनक ढंग से अच्छी थी। बहुत कम ही लोग जानते थे कि उसे इंग्लैंड में कट्टर बनाया गया था जहां वो कॉलेज की डिग्री के लिए पढ़ाई कर रहा था।

अब्बासी आगे बढ़ा। पैसा उसे ही देना होगा। जिम तो जब से एस्क्लीपियस से निकला था, तब से उसके पास कोई क़ीमती चीज़ नहीं थी। लिंडा और डैन अपने क्रेडिट कार्डों पर भरोसा करते हुए पर्यटकों की तरह आए थे—और अल-बलूची के वीज़ा या मास्टरकार्ड लेने की गुंजाइश बहुत कम थी। सरोशपुर के पास कुछ पैसा था, लेकिन वो उसका राई बराबर ही था जितना अल-बलूची चाहता था। मोसाद के जासूस के तौर पर एक अब्बासी ही उन लोगों में ऐसा था जिसे अच्छे-ख़ासे संसाधनों तक फ़ौरी पहुंच हासिल थी। 'हम बात कर लेते हैं,' उसने कहा। 'हम पांच लोग हैं। आप हमें बताएं कि आप कैसे हमारी मदद कर सकते हैं, फिर हम किसी क़ीमत पर सहमत हो सकते हैं।'

लिंडा ने बीच में पड़कर सरोशपुर से कहा, 'आप हमारे लिए पहले ही बहुत कुछ कर चुके हैं,' उसने कहा। 'आपका घर यहां ईरान में है। आप हमारे साथ सीमा पार क्यों करना चाह रहे हैं?'

'क्योंकि आप मानें या न मानें,' सरोशपुर ने राज़ खोला, 'मैं आप लोगों के साथ ही बेहतर रहूंगा। अब तक, सारी पुलिस और सेना के लोगों के बीच मेरा फ़ोटो प्रसारित हो चुका होगा। मेरे घर की तलाशी ली जा चुकी होगी——शायद सब उलट-पुलट कर दिया गया होगा। मैं आपके साथ जाकर महफ़ूज़ होने के बाद अपने विकल्पों पर सोचूंगा।' *मुझे आप लोगों के साथ लगे रहने और ये पक्का करने का भी कोई रास्ता निकालना होगा कि जो चीज़ ईरान के ज़ोरोस्टरवादियों की है, वो सुरक्षित वापस लौटे।* चाहे इसका

मतलब पोंगापंथी पारसियों के साथ गठजोड़ करना हो। या चाहे आईआरजीसी के ही साथ।

'ये सब बहुत ही दिल को छू लेने वाला है,' अल-बलूची ने कहा। 'लेकिन क्या हम काम की बातें कर लें? तो मामला ये है। कांटेदार तार, तटबंध और कंक्रीट की दीवारें देशों की सीमा निर्धारित करने के आजकल के साधन हैं। लेकिन इंसान इन इलाक़ों में हज़ारों सालों से रह रहा है। इंजीनियरिंग के ऐसे कई नायाब नमूने हैं जो हमारे पूर्वजों ने हासिल किए थे। हमें बस हमारे पूर्वजों पर भरोसा करना होगा।'

'आपका क्या मतलब है?' अब्बासी ने पूछा।

'मैं सीमा पार से ज़बरदस्त बिज़नेस चलाता हूँ,' अल-बलूची ने कहा। 'साथ ही, मैं जुंदुल्लाह की मदद भी करता हूं। ईरानी हुकूमत इसके लिए मुझसे ख़ार खाती है। तो मैं आपको सीमा पार जाने में मदद करने का एक और सरदर्द और आयतुल्लाह के गुर्गों का और ज़्यादा बैर क्यों मोल लूं?'

'जुंदुल्लाह?' डैन ने पूछा, उसे कोई जानकारी नहीं थी।

'ख़ुदा की फ़ौज,' अब्बासी ने जवाब दिया। 'एक बलोच उग्रवादी ग्रुप है जिसने ईरानी सैनिकों और सरकारी अफ़सरों पर कई हमले किए हैं। मैं उनकी मदद के बिना अपना काम नहीं कर सकता।'

'क्या वो आतंकवादी संगठन हैं?' डैन ने पूछा।

'ईरानी शिया नेतृत्व ने पक्का किया है कि हम सुन्नियों की कोई आवाज़ न हो,' अल-बलूची ने जवाब दिया। 'जुंदुल्लाह सुन्नियों के हक़ के लिए लड़ रहा है। निजी तौर पर, मुझे कोई परवाह नहीं। मैं तो बस अपना कारोबार आराम से चलाते रहना चाहता हूं।'

'मैं इसे आपके लिए मुनाफ़ेबख़्श बना दूंगा,' अब्बासी ने कहा। 'और मेरा मतलब बस पैसे से नहीं है।'

'कहते रहें,' अल-बलूची ने कहा। 'सुन रहा हूं।'

'हम सबको आईआरजीसी-क़ुद्स तलाश रही है,' अब्बासी ने बताया। 'उनका चीफ़ है आमिर ख़ादिमहुसैनी। उसके नीचे एक अहम ऑपरेटिव काम कर रहा है, जवाद मुसफ़्फ़ा। अभी जब हम बात कर रहे हैं, तब भी दोनों हाथ धोकर हमारे पीछे पड़े हुए हैं।'

'तो?' अल-बलूची ने अपने हुक़्क़े से गहरा कश लेते हुए पूछा, हुक़्क़े का पानी हौले से गुड़गुड़ाया।

'मान लें कि अपने दोस्त आस्कानी की मुख़बिरी से फुसलाकर हम उन्हें किसी जगह पर ले आएं,' अब्बासी ने कहा। 'जब वो वहां हों, तो आप उन पर हमला बोलकर उन्हें बंधक बना लें। सुप्रीम लीडर के लिए ये कितने शर्म की बात होगी? और आपके लिए कितने संतोष की!'

'मुझे सियासी जीतें हासिल करने में कोई दिलचस्पी नहीं है,' अल-बलूची ने मुंह बनाया। मगर अब्बासी देख रहा था कि वो सोच में डूबकर कश लेते हुए इस पेशकश पर विचार कर रहा था।

'आपको यक़ीन है कि आप इसका हिस्सा बनना चाहते हैं?' सरोशपुर ने आस्कानी से पूछा। 'अगर कुछ भी ग़लत हो गया तो आपको आईआरजीसी पकड़ सकती है या मार भी सकती है।'

आस्कानी मुस्कुराए। 'मैंने सारी ज़िंदगी ईरानियों को सबक़ सिखाने के तरीक़े ढूंढ़ते बिताई है,' उन्होंने कहा। 'मेरी फ़िक्र न करें।'

आख़िरकार, अल-बलूची बोला। 'आप मुझे ख़ादिमहुसैनी और मुसफ़्फ़ा दें,' उसने कहा। 'मेरे आदमी क़ुमी में उन पर हमला करने का इंतज़ार कर रहे होंगे।' उसने अब्बासी को काग़ज़ का एक पुर्ज़ा दिया। 'साथ में, आप इस्तांबुल में मेरे एजेंट को इतना पैसा पहुंचाने का इंतज़ाम कर दें—कोई सौदेबाज़ी नहीं होगी। फिर मैं अपने ख़ास संसाधनों का इस्तेमाल करके आपको और आपके दोस्तों को अफ़ग़ानिस्तान पहुंचा दूंगा।'

अब्बासी ने संख्या को देखा और बोला, 'आधा अभी और आधा हमारे पार पहुंचने के बाद।' अल-बलूची बिना किसी हील-हुज्जत के मान गया।

'दुबई में अपने आदमी से बात करने के लिए मुझे आपका सैटेलाइट फ़ोन चाहिए होगा,' अब्बासी ने कहा। 'वो इस्तांबुल में आपके एजेंट को कैश पहुंचाने का इंतज़ाम कर देगा।' अब्बासी ने जिम को देखा। *आप ये मुझे वापस देंगे,* वो कह रहा था। जिम ने अब्बासी की नज़र को समझते हुए हल्के से हामी भरी।

अल-बलूची अपनी सीट से उठा और आस्कानी के पास गया। 'आप बलोच जंग में मेरे भाई हैं,' उसने कहा। 'मेहरबानी करके मेरी ओर से तोहफ़े मे ये कंबल क़ुबूल करें। ख़ुदा आपको महफ़ूज़ रखे।' उसने मोटे ब्राउन काग़ज़ में लिपटा एक पैकेट आस्कानी को थमाया जिसे बुज़ुर्ग ने कृतज्ञतापूर्वक स्वीकार कर लिया। 'बलोच समसचार ज़िंदाबाद,' उन्होंने धीरे से कहा।

83

'कंक्रीट के बैरियर और कंटीले तार—मुझे तो बस यही दिख रहा है,' जिम ने उस बंजर भूमि को देखते हुए कहा जो ईरान और अफ़ग़ानिस्तान के बीच के इलाक़े को चिह्नित कर रही थी। वो इस्लाम क़ला से बस कुछ किलोमीटर दूर एक पहाड़ी पर खड़े थे। चैकपोस्ट पर कई ट्रक खड़े थे, ड्राइवर बेसब्री से निकलने का इंतज़ार कर रहे थे। बहुत से ट्रकों के घंटों से निश्चल खड़े होने को देखते हुए सब कुछ अव्यवस्थित सा लग रहा था। इस्लाम क़ला का ज़्यादातर इंफ्रास्ट्रक्चर एक साल पहले नष्ट हो गया था जब ईंधन ले जा रहे कई सौ टैंकरों ने आग पकड़ ली थी और इस सब में लाखों डॉलर का नुकसान हो गया था।

'आपके ख़्याल से आग किसने लगाई थी?' अल-बलूची ने शैतानी मुस्कुराहट के साथ पूछा।

'आपने?' स्तब्ध जिम ने पूछा। 'लेकिन आप ऐसा कुछ क्यों करेंगे?'

'इस बॉर्डर पर ड्रग्स की स्मगलिंग के अलावा दूसरा बड़ा बिज़नेस ईंधन की स्मगलिंग है,' अल-बलूची ने ख़ुलासा किया। 'पड़ोस के अफ़ग़ानिस्तान या पाकिस्तान की बनिस्बत ईरान में ईंधन कहीं ज़्यादा सस्ता है। तालिबान ने आग लगाने में मेरी मदद ली थी ताकि वो ईंधन अफ़ग़ानिस्तान में तैनात विदेशी फ़ौजों तक न पहुंच पाए। मुझे तालिबानी पसंद नहीं हैं, लेकिन बिज़नेस करने के लिए वो बहुत अच्छे हैं।'

ग्रुप के सारे लोग—जिम, लिंडा, डैन, सरोशपुर और अब्बासी—अफ़ग़ानी कपड़े पहने थे। आदमियों ने लिनेन के बने ख़त-परतूग पहने थे। उनके सिरों पर पगड़ियां थीं। लिंडा अब एक चादर पहने थी—एक फूला हुआ कवर जो उसके सिर से लेकर पांव तक पड़ा हुआ था और उसने उसके चेहरे को भी छुपा रखा था।

'आप हमें कभी बताएंगे भी कि हम कैसे पार जाएंगे?' लिंडा ने थोड़ा चिढ़ते हुए पूछा, शायद इसलिए कि उसे इन मध्यकालीन 'ज़नाना' कपड़ों में बंधना और बस आंखों के छेदों से ही देखना पड़ रहा था।

'मेरे पीछे आएं,' अल-बलूची ने कहा। वो पहाड़ी से नीचे उतरने लगे। वो बीच रास्ते में एक छोटी सी खोह पर रुक गया जो पहाड़ी की सतह पर एक गड्ढे से ज़्यादा नहीं लग रहा था। अल-बलूची अंदर गया और बाक़ी ग्रुप को पीछे आने का इशारा किया। जब वो अंदर पहुंच गए, तो उसने अपने हाथों से ज़मीन से मिट्टी की एक मोटी परत साफ़ की। अब एक ट्रैपडोर दिखने लगा था।

'आपने सुरंग बनाई थी!' डैन ने हैरानी से पूछा।

'मुझे ज़रूरत ही नहीं पड़ी,' अल-बलूची ने सबको टॉर्च, रबर के बूट और कुदालें थमाते हुए कहा। 'मैंने अपने पूर्वजों के बारे में क्या बताया था?' डैन ने याद करने की कोशिश की। आह, *हां। इंसान इन इलाक़ों में हज़ारों सालों से रह रहा है। इंजीनियरिंग के ऐसे कई नायाब नमूने हैं जो हमारे पूर्वजों ने हासिल किए थे। हमें बस हमारे पूर्वजों पर भरोसा करना होगा।*

अल-बलूची ने ट्रैपडोर खोलकर लकड़ी की संकरी सीढ़ियां दिखाईं। 'एक-एक करके उतर जाएं। मैं बाद में आऊंगा।' उसने अपने सहायक से अपने उतरने के बाद ट्रैपडोर बंद करने को कहा। जब वो सब सुरंग में पहुंच गए, तो उन्हें पानी बहने की हल्की सी आवाज़ सुनाई दी। 'हम तो क़नात के अंदर हैं!' लिंडा ने चहककर कहा, उसे रबर बूट पहनने पर ख़ुशी हुई।

'क्या मतलब है आपका?' सरोशपुर ने पूछा।

'फ़ारस और साथ ही बैक्ट्रिया—जिसे अब अफ़ग़ानिस्तान कहते हैं—की ज़मीन पर क़नातों या क्षैतिजीय कुओं से सिंचाई होती थी।'

'वो इन्हें बनाते कैसे थे?' डैन ने पूछा।

'क़नात थोड़ी ढलवां सुरंगें होती हैं जो ढलवां ज़मीन पर लगभग क्षैतिज रूप खोदी जाती हैं, जब तक कि पानी की सतह में छेद न हो जाए,' लिंडा ने समझाया। 'छेद होने के बाद भूजल चैनल में फ़िल्टर हो जाता है, उसकी हल्की ढलान से बहता है और एक धारा के रूप में सतह पर निकलकर आता है।'

अल-बलूची ने सहमति जताते हुए कहा, 'मैं इससे बेहतर तरीक़े से नहीं समझा सकता था। क़नातें साइरस और डैरियस के समय से मौजूद हैं। अफ़ग़ानिस्तान अपने अंजीर, ख़ूबानी, अंगूर, ख़रबूज़े, चैरी, बादाम, शहतूत, अनार, अख़रोट, खजूर और केसर के लिए मशहूर है। यदि इंसान ने मरुस्थल को सींचा न होता तो इनमें से कोई भी कैसे पनपता? अब सरहद की तरफ़ चलते हैं।'

'ये क्षैतिज सुरंगें हर कुछ सौ मीटर की दूरी पर लंबवत शाफ़्टों द्वारा सतह से जुड़ी हुई हैं,' लिंडा उत्साह से कह रही थी। आज तक उसने क़नातों के बारे में केवल पढ़ा ही था। 'इस प्रणाली के बारे में शानदार बात ये है कि वाष्पीकरण के कम से कम नुकसान के साथ गुरुत्वाकर्षण पानी को अच्छी-ख़ासी दूरी तक ले जाने का काम करता है। लेकिन,' वो स्पष्टीकरण के लिए अल-बलूची की ओर मुड़ी, 'मैं समझती थी कि ज़्यादातर क़नातें छोटी होती हैं?'

'ये असामान्य रूप से लंबी है,' उसने जवाब दिया। 'ये पूर्व-पश्चिम दिशा में लगभग सौ किलोमीटर जाती है। हम पूरे खंड को पार नहीं करेंगे। हिरात के पास एक वर्टिकल शाफ़्ट है जिससे हम ऊपर चढ़ जाएंगे। हमारे ऊपर ट्रक, बैरियर और अराजकता जारी रहेगी। लेकिन ये क़नातें देशों की सरहदों को नहीं मानतीं, बलूच लोगों की तरह, जो एक हैं, भले ही कई देशों में फैले हैं।'

ग्रुप रास्ते के बीच के हिस्से से बचते हुए आगे बढ़ रहा था, जिसमें अभी भी पानी की एक धार बह रही थी। हख़ामनी, पहलवी और सासानी सुल्तानों और उनके इंजीनियरों के कौशल से चकित वो लोग जब प्राचीन सिंचाई प्रणाली में से रास्ता बनाते हुए आगे बढ़ रहे थे तो उनकी टॉर्चों की रौशनी चिकनी चमकदार दीवारों पर पलटकर आ रही थी। कोई आश्चर्य की बात नहीं कि डैरियस सरीखे राजा रॉयल रोड जैसी शानदार सड़क जो ईरान से तुर्किये तक 2500 किलोमीटर तक जाती थी, या नील और लाल सागर के बीच अद्‌भुत नहर बनवा सके थे।

ग्रुप ख़ामोशी से चलता रहा, उनके जूते बीच-बीच में पानी में छप-छप कर रहे थे। उनके आगे बढ़ने में कहीं-कहीं गाद के जमावों और टूटी हुई चट्टानों ने रुकावट डाली जिसने कुछ हिस्सों में रास्ते को ब्लॉक कर दिया था। लेकिन उनकी कुदालों ने इस समस्या को दूर कर दिया।

'आराम कर लें,' अल-बलूची ने रूखेपन से उन्हें आश्वस्त किया। 'आप अपनी मंज़िल तक सही-सलामत पहुंच जाएंगे।' *उसके बाद आपके साथ क्या होगा, वो मेरी जिम्मेदारी नहीं है।*

84

शाम के चार बजे थे। ख़ादिमहुसैनी और मुसफ़्फ़ा अपनी जीप में आगे चल रहे थे जबकि सेना का एक ट्रक उनके एकदम पीछे चल रहा

था। इन दोनों आदमियों के पीछे मज़ार आस्कानी बैठे थे। 'आपको नहीं लगता कि आपको और सैनिक चाहिए होंगे?' आस्कानी ने पूछा। दोनों आदमियों ने एक दूसरे को देखा और हंस पड़े। 'मच्छरों को मारने के लिए हमें मशीन गन नहीं चाहिए। अगर तीन अमेरिकी और उनके ईरानी साथी यहां हैं, तो उन्हें निपटाने के लिए हमारे पीछे आ रहे दस सैनिक ही काफ़ी होंगे।'

वो ख़ामोशी से रूट 36 पर ड्राइव करते रहे और फिर क़ुमी की ओर मुड़ गए। दूर कहीं उन्हें समान रूप से बदहाल ज़मीन पर एक टूटा-फूटा सा शेड दिखा। वो शेड से कुछ मीटर दूर रुके और अपनी गाड़ियों से उतर गए। 'बिखर जाओ,' मुसफ़्फ़ा ने सैनिकों को आदेश दिया। 'ख़ामोशी से शेड को घेर लो मगर अंदर मत जाना। दरवाज़े पर बारूदी सुरंगें हो सकती हैं। मेरे इशारे पर ही अंदर जाना।' सैनिक ज़मीन की परिधि में फैल गए और उन्होंने अपने मोर्चे संभाल लिए।

ख़ादिमहुसैनी, मुसफ़्फ़ा और आस्कानी अपनी जीप से प्लॉट की ओर बढ़े। एक सुनसान मैदान में मौजूद उस बिखरते ढांचे पर दबे पांव चढ़ते हुए आईआरजीसी के आदमियों ने अपनी बंदूक़ें निकाल ली थीं। मुसफ़्फ़ा ने मुट्ठी बंधा हाथ ऊपर उठाया। ये सैनिकों के लिए एक इशारा था: अपनी पोज़ीशन पर रहो। मुसफ़्फ़ा ने अनेकों दरारों में से एक से अंदर झांका। शेड की नालीदार छत पूरी तरह से ज़ंग लगी थी और आधी गिर गई थी जिससे बड़े-बड़े छेद बन गए थे। उन छेदों से शीट को सहारा देने वाली लकड़ी की शहतीरें दिखने लगी थीं, कुछ तो गिर ही गई थीं। दीवारें गिरकर मलबे का ढेर बन गई थीं; उस ढांचे को संभाले रखने वाली इकलौती चीज़ बांस का अस्थायी झूला लगता था। 'वो यहीं हैं,' वो फुसफुसाया।

उसने दो सैनिकों को आगे आने और दरवाज़े पर दस्तक देने का संकेत दिया। दोनों सैनिकों ने शीघ्रता से आज्ञापालन किया। मुसफ़्फ़ा चिल्लाया, 'हमला!' और वो शेड के अंदर घुस गए, आस्कानी उनके पीछे-पीछे आए।

लेकिन अंदर आस्कानी को जो नज़ारा दिखा, वो वो नहीं था

जिसकी उन्हें उम्मीद थी। ख़ाली खलिहान के बीचोबीच अल-बलूची के कमांडोज़ का एक दल ज़मीन पर बैठा था, उनके हाथ-पैर बंधे थे। आईआरजीसी सैनिकों की एक टुकड़ी उनकी चौकसी करने के लिए पहले से वहां मौजूद थी। आस्कानी को हालात को समझने में बस कुछ सैकंड लगे। ख़ादिमहुसैनी और मुसफ़्फ़ा के लिए बिछाया गया जाल पूरी तरह से नाकाम हो गया था। आईआरजीसी-क़ुद्स जानती थी कि वो उन्हें डबलक्रॉस करने की कोशिश कर रहे थे। अब तक की सारी मुहिम उनके लिए एक भ्रम भर थी।

ख़ादिमहुसैनी हंसा। 'तुम वाक़ई सोचते हो कि अमेरिकियों को हमें सौंपने के लिए हम तुम पर—एक बलोच पर—भरोसा करेंगे?' उसने पूछा। 'हमने पहले यहां अपनी तहक़ीक़ात की और पाया कि तुमने और अल-बलूची ने सारा जाल बिछाया हुआ है।'

'उ-उसने मुझे धमकी दी थी,' आस्कानी हकलाने लगे। 'मेरे पास उसकी योजना का साथ देने के अलावा और कोई चारा नहीं था। अल-बलूची ने जैसा कहा था अगर मैं वैसा नहीं करता तो वो मुझे मार डालता। प-प्लीज़ मेरा यक़ीन करें, जनाब!'

'कितनी दुख भरी कहानी है,' मुसफ़्फ़ा ने दिखावटी हमदर्दी में च्च-च्च की आवाज़ की। 'अब तुम हमारा क़हर देखोगे, जैसा कि मैंने तुमसे वादा किया था। और याद रखना, तुम्हारी तकलीफ़ को कम करने का केवल एक ही रास्ता है। हमें वो ठीक-ठीक रास्ता बता दो जिससे अल-बलूची उन शैतानों को ले गया है।'

'मुझे कोई आइडिया नहीं है,' आस्कानी ने आतंक में डूबे भाव से कहा। 'वो नीमरूज़ पर सीमा पार करके अफ़ग़ानिस्तान जाने की बात कर रहे थे, लेकिन वो क़तई फ़ाइनल नहीं था।'

'इसे बांध दो,' ख़ादिमहुसैनी ने अपने सैनिकों से कहा। वो लपककर आगे आए और उन्होंने आस्कानी के हाथ-पैरों में हथकड़ियां डाल दीं, और उन्हें चलाते हुए जीप की ओर ले गए। इस बार, उनकी निगरानी के लिए गाड़ी में एक सैनिक पीछे उनके साथ बैठा था। अल-बलूची के आदमियों को दूसरी गाड़ी में ले जाया गया।

आस्कानी चुप बैठे रहे और हाईवे पर पहुंचने के लिए जीप हिचकोले खाती हुई फ़ीडर रोड पर बढ़ गई। वो उन सब ज़ुल्मों के बारे में सोच रहे थे जो ईरानी शासन ने बलोच लोगों पर ढाए थे: मनमाने ढंग से गिरफ़्तारियां, मनगढ़ंत सबूत, टेलीविज़न पर प्रसारित इक़बालिया बयान, क़ैदियों को दी जाने वाली यातनाएं और बुरा बर्ताव। उनकी औरतों की नियमित रूप से जानवरों की तरह ख़रीद-फ़रोख़्त की जाती, और बच्चों को सिर्फ़ जुर्म के सहारे ज़िंदा रहने के लिए छोड़ दिया जाता था।

उन्हें याद था कि कैसे बरसों तक सरोशपुर की जायदाद की देखभाल करने के बाद वो तेहरान से भागे थे। जब किसी ने उन पर चोरी का इल्ज़ाम लगाया तो वो समझ गए कि अब पुलिस उन्हें घेर लेगी। फिर उनके झूठे इक़बाले-जुर्म का सहारा लेकर उन्हें फंसा दिया जाएगा। बलोच लोगों की यही दुर्दशा थी। सरोशपुर उदार थे। उन्होंने आस्कानी को भागने के लिए पर्याप्त पैसा दिया और ख़ुद तेहरान से दूर फ़रमानाबाद में बस गए।

आस्कानी के पास बैठा सैनिक बाज़ की सी नज़र से अपने क़ैदी को देख रहा था। उसने देखा कि आस्कानी धीमी आवाज़ में प्रार्थना कर रहे थे, उनके कंधों पर कसकर कंबल लिपटा हुआ था। किसी वजह से क़ैदी सीट से अपनी पीठ रगड़े जा रहा था, खुजली से छुटकारा पाने की कोशिश में लगे किसी कुत्ते की तरह। सैनिक ने उसके कंबल के पैटर्न को देखा—साधारण चैक था, लेकिन शोख़ पीले रंग का। जब उसने और बारीकी से देखा, तो पाया कि पीले रेशे सामान्य से ज़्यादा मोटे थे। उसने कंबल को छूकर देखने के लिए अपने ख़ाली हाथ को आगे बढ़ाया। जब तक बात उसकी समझ में आई, बहुत देर हो चुकी थी। रेशे बाहर निकले हुए, प्लास्टिक से बंधे विस्फोटक थे—अस्थिर और घर्षण से आसानी से फट जाने वाले।

ख़ादिमहुसैनी, मुसफ़्फ़ा, आस्कानी और उस बेचारे सैनिक को ले जा रही जीप के परख़च्चे उड़ गए। जिस गति से वो ऊर्जा निकली थी, वो बहुत आला दर्जे की थी, वो आतंकी संगठनों द्वारा इस्तेमाल

की जाने वाली आम चीज़ नहीं थी। जीप फटकर आग का गोला बन गई और लपटों ने उसमें मौजूद सबको लील लिया। चारों में से किसी मुसाफ़िर की चीख़ तक नहीं निकली क्योंकि वो पहले ही टुकड़े-टुकड़े हो चुके थे।

बलोच समसचार ज़िंदाबाद।

85

वो कई घंटों से नम और अंधेरे भरे भूमिगत जल-मार्गों में चल रहे थे। उन्होंने जो सुरक्षात्मक कपड़े पहने हुए थे, उनसे उनका सफ़र और मुश्किल हो गया था। लेकिन फिर भी वो बढ़ते गए। जब अल-बलूची आख़िरकार उन्हें ये बताने के लिए रुका कि अब एक लंबवत शाफ़्ट पर चढ़ने का वक़्त आ गया था, तो सारे ग्रुप ने एक साथ राहत की सांस ली।

सबसे पहले अल-बलूची सीढ़ी पर चढ़ा। जब वो ऊपर पहुंचा, तो ऊपर मौजूद ट्रैपडोर को उठाने के लिए उसने अपनी सारी ताक़त से उसे धक्का दिया। हवा का झोंका अंदर आया—धूल भरा लेकिन फिर भी ख़ुशनुमा। अल-बलूची क़नात से बाहर निकला और बाक़ी लोग उसके पीछे-पीछे आए: लिंडा, फिर जिम, फिर डैन, उसके बाद अब्बासी और सरोशपुर।

जब अल-बलूची ट्रैपडोर बंद कर रहा था, वो चारों ओर देखते रहे। 'हम कहां हैं?' लिंडा ने पूछा। वो रेगिस्तान के एक विशाल मैदान के बीच में लग रहे थे। तेज़ी से डूबते सूरज की धुंधली सी रौशनी में केवल रेत के टीले ही नज़र आ रहे थे। 'हम अफ़ग़ानिस्तान के हिरात के पूर्व में लगभग सौ किलोमीटर दूर कोहसान के बाहरी इलाक़े में हैं,' अल-बलूची ने उन्हें इत्तला दी। 'हमारा लक्ष्य आपको अमेरिकी एयरबेस शीनदंद ले जाने का है। वो यहां से दक्षिण-पूर्व में क़रीब तीन घंटे दूर है।'

'हम वहां कैसे पहुंचेंगे?' लिंडा ने पूछा।

'सब्र रखिए,' अल-बलूची ने कहा। उसने अपना सैटेलाइट फ़ोन निकाला और एक नंबर पंच किया।

'सलाम, दूस्त,' उसने कहा। बातचीत बीस सैकंड से भी कम चली।

'अब?' डैन ने पूछा।

'अब हम इंतज़ार करेंगे,' अल-बलूची ने कूल्हों के बल बैठते हुए कहा।

क़रीब तीस मिनट बाद, एक बख़्तरबंद हम्वी अंधेरे में आकर रुकी। एक छद्मावरण वाली जैकेट पहने गहरी रंगत का ड्राइवर बाहर आया। उसके सिर और चेहरे के निचले हिस्से पर चैकदार कूफ़िया लिपटा हुआ था, जिसे अरबी पुरुष पसंद करते हैं।

'अस्सलामु अलैकुम,' उसने अल-बलूची से कहा, जिसने पारंपरिक 'व-अलैकुमस्सलाम' से जवाब दिया।

'ये मेरे दोस्त हैं, अख़्तर,' उसने कहा। 'इन्हें सही-सलामत शीनदंद पहुंचना है। क्या मैं आप पर भरोसा कर सकता हूं?'

'आपको चिंता करने की ज़रूरत नहीं है, भाई,' अख़्तर ने जवाब दिया। 'ये मेरे साथ सही-सलामत रहेंगे।'

जिम ने अल-बलूची को कोहनी से टहोका। वो सुने जाने की हद से दूर हुए तो जिम ने पूछा, 'ये आदमी कौन है और हम इस पर भरोसा क्यों करें?' अल-बलूची ने आश्वासन देने के अंदाज़ में जिम के कंधे पर हाथ रखा।

'इसका नाम अख़्तर है, और ये अफ़ग़ान तालिबान के एक टूटे हुए गुट का हिस्सा है।'

'और आप चाहते हैं कि हम एक तालिबानी के साथ जाएं?' जिम ने अविश्वास से पूछा।

'यहां सभी तालिबानी हैं,' अल-बलूची ने समझाया। 'लेकिन उनके दो बड़े ग्रुप हैं। पहला, हक़्क़ानी ग्रुप है जो पाकिस्तान और

अल क़ायदा का हिमायती है। दूसरा याक़ूब ग्रुप है जो काम करने के आज़ाद ढंग को पसंद करता है। ये आदमी, अख़्तर, दूसरे ग्रुप का है।'

जिम ने हथियार डालते हुए अपने कंधे उचकाए। अल-बलूची विदाई लेते हुए हल्के से झुका। 'अब मैं इजाज़त लूंगा। मैं बहुत देर तक अपनी बेस से दूर नहीं रह सकता,' उसने कहा। बदले में जिम ने अल-बलूची को धन्यवाद दिया।

अल-बलूची ने अब्बासी को आंख मारी। *क्या मेरे पैसे का भुगतान हो गया है?* मोसाद एजेंट ने अपने अंदाज़ में पुष्टि की कि बक़ाया पैसा चुका दिया गया था। 'तो फिर मैं चलूंगा,' अल-बलूची ने ट्रैपडोर की ओर बढ़ते हुए कहा।

अख़्तर ने ग्रुप के लिए हम्वी के दरवाज़े खोले। विभिन्न तालिबानी संगठनों द्वारा इस्तेमाल किए जाने वाले सभी वाहन वो थे जिन्हें उन्होंने अमेरिकी सेना से ज़ब्त किया था। अंदर बेतरतीबी से अस्लहा, ईंधन के बड़े-बड़े कनस्तर, संचार उपकरण, बंदूक़ें, रस्से, पैकेज्ड खाना और पानी भरा हुआ था। उसमें तीन लोगों की भी जगह नहीं थी, लेकिन किसी तरह वो पांचों उसमें समा गए, जिम मज़बूती से अपने क़ीमती बैगे को पकड़े रहा।

'ख़ुश आमदीद, दोस्तो,' अख़्तर ने कहा। उसने ज़बरदस्त 4-सीटी आर्मर्ड हम्वी का इंजन स्टार्ट किया। वो धड़धड़ाते हुए चालू हो गई और झटके से चल पड़ी। ग्रुप ने धूल से भरी खिड़कियों के बाहर देखने की कोशिश की ताकि उन्हें अपने स्थान का कुछ अता-पता लग सके, लेकिन उन्हें बस एक विशाल और अंधेरे भरा शून्य ही दिखाई दिया।

अल-बलूची को छोड़ने के क़रीब एक घंटे बाद उन्होंने दूर से आती हैडलाइट्स के एक और जोड़े को देखा। जब वो पास आईं, तो उन्हें समझ आया कि हैडलाइट दो गाड़ियों की थीं—दोनों कीचड़ में लिथड़ी फ़ोर्ड रेंजर थीं। दोनों गाड़ियां उनके पास रुक गईं। अख़्तर ने इंजन बंद किया और एक पल के लिए एकदम सन्नाटा छा गया।

फिर तालिबानों के बीच सबसे आम भाषा पश्तो में कुछ बातचीत हुई।

जिम ने लिंडा को देखा। उसकी आंखें डर से फैल गई थीं। जिम अपने ख़ुद के ज़ोरों से धड़कते दिल को क़ाबू में करने की कोशिश कर रहा था, लेकिन वो भी बहुत डरा हुआ था। उन्होंने दूसरी गाड़ियों वाले आदमियों को अख़्तर के साथ हंसते सुना। उनके चारों ओर बस रेगिस्तानी रेत और अंधेरा था। 'हम कहां हैं, अख़्तर?' अब्बासी ने पूछा। 'हम शीनदंद से कितनी दूर हैं?'

'बेबख़्शीद, दूस्त,' अख़्तर ने कहा। माफ़ करना, दोस्त। 'हम अभी भी वहां से बहुत दूर हैं। कम से कम दो घंटे और।'

'फिर हम यहां क्यों रुके हैं?' अब्बासी ने पूछा। 'फ़ोर्ड रेंजर्स में ये आदमी कौन हैं?'

'इन्हें मेरे बॉस ने हमें अतिरिक्त सुरक्षा देने के लिए भेजा है,' अख़्तर ने जवाब दिया, लेकिन वो कुछ विश्वसनीय नहीं लगा। 'बाक़ी रास्ते ये लोग हमारे साथ रहेंगे। रात में इस सुनसान इलाक़े में ड्राइव करना हमारे लिए सुरक्षित नहीं है।'

उसने एक बार फिर हम्वी का इंजन चालू किया, इसी के साथ बाक़ी दोनों गाड़ियां भी स्टार्ट हो गईं। उनमें से एक उनके आगे चली और दूसरी उनके पीछे थी। अब्बासी ने पिछले विंडस्क्रीन से देखा। पीछे आ रही गाड़ी में तीन या चार आदमी थे, सबके पास मशीन गन थीं। उसका अंदाज़ा था कि दूसरी गाड़ी में भी ऐसा ही होगा। *अगर ये लोग वो नहीं हैं जो ये कहते हैं कि ये हैं, तो हम तो मारे गए,* उसने मन ही मन सोचा।

अब्बासी ने आसमान को देखा। उसने उस तारामंडल को पहचान लिया था जो आसमान के दक्षिणी हिस्से में ओरायन और उसके दल को बना रहे थे। फिर उसने सिरियस को देखा, सारे तारों में सबसे चमकीला, जो अपनी ख़ास नीली आभा के साथ चमक रहा था। कुछ तो ठीक नहीं था।

अगर सिरियस आगे दिख रहा था, तो इसका मतलब था कि

वो दक्षिण-पूर्व की जगह दक्षिण की ओर जा रहे थे। उसका शक तीस मिनट बाद ही पक्का हो गया। तीनों गाड़ियां एक कैंप पर रुकीं। दूसरी दोनों गाड़ियों से आदमी कूदकर उतरे और उन्होंने हम्वी को घेर लिया। उनका ड्राइवर अख़्तर मुड़ा और बोला, 'अब तुम लोग हक़्क़ानी तालिबान के मेहमान हो। जैसा हम कहते हैं वैसा करो, तो तुम्हें कुछ नहीं होगा।'

अब्बासी ने मन ही मन गाली दी। उसे उस हरामज़ादे अल-बलूची पर भरोसा करना ही नहीं चाहिए था। *सूअर पैसे के लिए अपनी मां को भी बेच डाले।*

86

खंडाला में सेसील के साथ रहना मेरे लिए ज़िंदगी भर की शिक्षा साबित हुआ। उस दौरे पर मैंने फ़ारस, ज़रथ्रुष्ट्र धर्म और फ़ारस के इस्लामीकरण के बारे में उससे कहीं ज़्यादा जाना जितना ज़िंदगी भर पढ़कर नहीं जाना था।

एक दोपहर जब हम रमी खेल रहे थे, तो सेसील ने कहा, 'तुम जानते ही हो यहां बॉम्बे में पारसी समुदाय ने मेरे साथ कितना बुरा बर्ताव किया था। इसकी कोई वजह नहीं है कि मैं उनका बचाव करूं। लेकिन इतिहास हमेशा ऐसा क्यों हो जो विजेता के आख्यान को सूट करता हो?' मैंने ख़ामोश रहना ही बेहतर समझा क्योंकि मैं उनके प्रवाह में रुकावट नहीं डालना चाहता था। कभी-कभी इतिहास ताश से ज़्यादा दिलचस्प हो सकता है।

'राशिदून ख़िलाफ़त और फिर उमय्या फ़ारसी लोगों को इस्लाम में धर्मांतरित करने में कामयाब रहे थे,' मेरी दादी ने स्पष्ट चाव के साथ अपनी कहानी को जारी रखा। 'लेकिन वो फ़ारसियों को अरबों में रूपांतरित नहीं कर पाए। फ़ारसी अपनी भाषा, तौर-तरीक़ों और रीति-रिवाजों में साफ़ तौर पर फ़ारसी ही रहे थे।'

'वो भी जिन्होंने इस्लाम अपना लिया था?' मैंने अपने पत्ते रखते हुए पूछा।

'ज़्यादातर,' सेसील ने उत्तर दिया। 'लेकिन जब एक ज़रथुष्ट्री परिवार को ज़बरदस्ती धर्मांतरित कर दिया जाता था, तो बच्चों को अनिवार्य रूप से अरबी सीखने और क़ुरआन पढ़ने के लिए मदरसों में भेजा जाता था ताकि भावी पीढ़ियों के अंदर ज़रथुष्ट्र धर्म का कोई अंश भी न रहे।'

'लेकिन क्या ज़रथुष्ट्रियों से ज़िम्मी—या किताब वाले लोगों—की तरह बर्ताव नहीं किया गया था?' मैंने पूछा।

'उमय्यदों के बाद आने वाली अब्बासी ख़िलाफ़त ने ज़रथुष्ट्रियों का स्तर ज़िम्मियों से घटाकर काफ़िरों का कर दिया था,' सेसील ने जवाब दिया। 'एक के बाद एक वंशों ने ज़रथुष्ट्रियों को अपनी आस्था से हटाने के तरीक़े निकाले थे। सोलहवीं सदी तक, जब सफ़वी सत्ता में आए, जबरन धर्मांतरण आम हो गया था।'

शिया इस्लाम के कट्टर अनुयायी, सफ़वी सुल्तानों ने शिया में धर्मांतरित करने के लिए ज़रथुष्ट्रियों और सुन्नी मुसलमानों दोनों पर ज़ुल्म किए। अपवित्रीकरण के डर से बचे-खुचे ज़रथुष्ट्री मागियों ने अपनी पवित्र अग्नियों और प्रतीकचिह्नों को छिपा दिया, और दारी नाम की एक आविष्कृत बोली में बात करने लगे ताकि उन्हें आसानी से समझा न जा सके। उनके संरक्षित धार्मिक चिह्नों में एक मिट्टी का पात्र था जिस पर एक गोलाकार प्रतीक चिह्न बना था जिसे पीढ़ियों से हस्तांतरित किया जा रहा था। साथ ही एक संरक्षित पाठ था जिसे उनके बीच केवल मौखिक रूप से बताया जाता था।

'जब क़ाजार सल्तनत उभरी, तो ज़रथुष्ट्रियों की हर धरोहर को नाजायज़ क़रार दे दिया गया,' सेसील ने आगे बताया। 'ज़रथुष्ट्रियों को सड़कों पर पीटा जा सकता था। ज़रथुष्ट्री लड़कियों को अग़वा करके जबरन मुसलमानों से ब्याह दिया जाता था। आज ईरान में 25,000 से भी कम ज़रथुष्ट्री हैं—उस देश में जहां चौरासी मिलियन आबादी है!'

अब सेसील को रोका नहीं जा सकता था। 'एक उमय्या ख़लीफ़ा ने निर्देश दिया था, "पारसियों को दुहो और जब उनका दूध सूख जाए, तो उनका ख़ून चूसो!" अरब ज़रथुष्ट्रियों का शोषण करते, और फिर भी उनसे नफ़रत करते थे। उन्होंने उनका नाम अजम रखा था, जिसका अर्थ था "गूंगा।" यहां तक कि धर्मांतरित ज़रथुष्ट्रियों को दिया गया नाम भी कोई बेहतर नहीं था—उन्हें मवाली कहा जाता था। आधुनिक भारत में ये शब्द असभ्य व्यक्ति को इंगित करने के लिए इस्तेमाल किया जाता है, लेकिन दरअसल उन दिनों में मवाली का इस्तेमाल उन लोगों के लिए किया जाता था जिन्हें मुसलमान "आज़ाद किए गए ग़ुलाम" समझते थे। आज़ाद किए गए का मतलब ये नहीं था कि वो आज़ाद थे, वो बस धर्मांतरित थे, इसलिए ज़रथुष्ट्री धर्म से आज़ाद कर दिए गए थे। वो ऐसे ग़ुलाम तो बने रहे थे जिन्हें ख़रीदा, बेचा और तोहफ़ों में दिया जा सकता था।'

'ज़रथुष्ट्रियों ने विद्रोह क्यों नहीं किया?' मैंने ग़ुस्से से पूछा। आख़िरकार, वो बहुमत में थे।

'एक सौ तीस से ज़्यादा विद्रोह हुए थे, लेकिन उन सबको बेरहमी से कुचल दिया गया,' सेसील ने कहा। 'हर मौक़े पर, अरबों ने ज़मीन ज़ब्त कर ली और पराजितों को उन्हें सोना, चांदी और कमउम्र ग़ुलाम देने पर मजबूर किया। अनेक ज़रथुष्ट्रियों को इस्फ़हान—गब्राबाद—के पास एक अलग बस्ती में भेज दिया गया जहां उन्होंने घोर ग़रीबी का जीवन जिया।' जब सेसील ने उस जगह का ज़िक्र किया, तो मैं नहीं जानता था कि बहुत साल बाद ये मेरे जीवन में इतने महत्वपूर्ण ढंग से जगह लेगा।

सेसील के अनुसार, मुसलमान ज़रथुष्ट्रियों को अपवित्र और अछूत समझते थे। ज़रथुष्ट्री घरों की दीवारों को आवश्यक रूप से मुसलमानों के घरों से नीचा होना होता था। क़ानून के मुताबिक़ ज़रथुष्ट्री मकान के मुख्य दरवाज़े को बस एक क़ब्ज़े पर टिका होना होता था, ताकि जबरन प्रवेश आसान रहे। ज़रथुष्ट्रियों को ऊंटों या घोड़ों की सवारी करने की इजाज़त नहीं थी—केवल गधों की थी—

और उस पर भी रास्ते में किसी भी मुसलमान के पास से निकलने पर उन्हें क़ानूनन उससे उतरना होता था। बरसात के मौसम में, ज़रथुष्ट्रियों के घर से बाहर रहने पर पाबंदी थी, प्रकटत: इसलिए कि उनके शरीर से बहने वाला पानी मुसलमानों को नापाक कर सकता था। जिज़िया अनिवार्य था, मगर बेईमान अफ़सर उनसे अधिकृत कर का दुगुना-तिगुना वसूलते थे। अगर कोई नहीं देता था तो मां-बाप के सामने उनके बच्चों को पीटा जाता था।

अगर किसी ज़रथुष्ट्री परिवार का कोई पुरुष सदस्य इस्लाम क़ुबूल कर लेता था, तो इस तथ्य के बावजूद कि उत्तराधिकार की लाइन में असल में वो कहां था, वो अपने आप ही परिवार का एकमात्र वारिस बन जाता था। ज़रथुष्ट्रियों के लिए कोई मुनाफ़ेबख़्श व्यवसाय करना वर्जित था। सार्वजनिक स्थलों के लिए उन्हें सेवा देने पर प्रतिबंध था। ख़रीदारी करते वक़्त उनके लिए किसी खाने की चीज़ को छूने की मनाही थी। उन पर जब-तब हमले होते थे और सड़कों पर कोड़े मारे जाते थे। विनियमनों से ज़रथुष्ट्रियों के लिए एक पैच लगाना आवश्यक था जिससे उन्हें आसानी से पहचाना जा सके, बहुत कुछ वैसा ही जैसा कई सदियों बाद हिटलर ने यहूदियों के साथ किया था।

'छोटे से छोटा स्थानीय झगड़ा भी एक बड़े फ़साद में बदल सकता था जो अंतत: ज़रथुष्ट्रियों के नरसंहार में बदल जाता था,' सेसील ने अपने विषय पर जोश में आते हुए कहा। 'एक बार ख़ुरासान में मुसलमानों के एक गुट ने एक मस्जिद की दीवार नष्ट कर दी और उसका इल्ज़ाम ज़रथुष्ट्रियों पर लगाया। सुल्तान अहमद संजर के हुक्म पर, शहर के सैकड़ों ज़रथुष्ट्रियों को पकड़ लिया गया और कथित प्रतिशोध में उन्हें मार डाला गया।'

ईरानी विद्वान अब्दुलहुसैन ज़रींकूब ने बाद में लिखा था कि अरब शासन सन्नाटे की काली रात जैसा था, जिसे बस उल्लुओं की आवाज़ या बिजली का गर्जन ही तोड़ता था। और ईरानी लेखक एवं इतिहासकार शुजाउद्दीन शफ़ा हैरानी जताते हैं, 'इतने सारे लोगों को

क्यों मरना या कष्ट पाना पड़ा? क्योंकि एक पक्ष दूसरे पर अपना धर्म थोपने पर आमादा था—जो इसे थोपने की वजह भी नहीं समझ सकता था।'

87

अरबों को अंततः सीस्तान के एक आम आदमी ने बाहर खदेड़ा, जिसका नाम याक़ूब सफ़्फ़ार था। हालांकि वो विजयी हुआ था, मगर दजला नदी के तट पर बुरी तरह बीमार पड़ गया। ख़लीफ़ा के दूतों ने उसे बेशुमार दौलत के साथ-साथ सूबेदारी देने की पेशकश की, मगर याक़ूब ने इन पेशकशों को ठुकरा दिया। 'अपने सुल्तान से कह दो कि मैंने सारी ज़िंदगी अख़मीरी रोटी और प्याज़ पर काटी है। अगर मैं ज़िंदा रहा, तो केवल तलवार ही हम दोनों के बीच राज करेगी,' उसने ये साफ़ कर दिया था कि जब तक वो ज़िंदा रहेगा, उनके बीच शांति क़ायम नहीं होगी।

'इस तरह, फ़ारस में उमय्या ख़िलाफ़त का दौर ख़त्म हुआ और अब्बासी सल्तनत का दौर शुरू हुआ,' सेसील ने कहा। 'मगर ज़रथुष्ट्रियों की मुसीबतें बस बढ़ीं ही। वास्तव में, अब्बासी दौर में ही ज़रथुष्ट्री फ़ारस में अल्पसंख्यक बने। इस समय तक बहुत से पारसियों का 'अरबी-करण' हो चुका था और उन्होंने अपने नाम और धर्म बदल लिए थे। नए-नए धर्मांतरित मुसलमान ज़रथुष्ट्रियों के प्रति उससे भी ज़्यादा शत्रुता से भरे थे जितना कि अरब रहे थे। फ़ारसी विद्वान जो अरबी में पढ़ते-लिखते थे, उनकी अहमियत उनसे ज़्यादा थी जो फ़ारसी इस्तेमाल करते थे। एक ईरानी वज़ीर साहिब इब्ने अब्बाद तो ख़ुद को आईने में भी नहीं देखता था कि कहीं वो उसमें अपना पारसी अक्स न देख ले। सोचो ज़रा किसी शख़्स को किस हद तक ले जाया गया होगा कि उसमें इस तरह की आत्म-घृणा पनप गई थी!'

सेसील के अनुसार, ख़ुरासान का सूबेदार अब्दुल्लाह इब्ने

ताहिर अरबी के अलावा और किसी भाषा में जवाब देने से इंकार कर देता था। उसने फ़ारसी में लेखन पर प्रतिबंध लगा दिया था और ज़रथुष्ट्रियों के लिए ये अनिवार्य कर दिया था कि वो जलाए जाने के लिए अपनी धार्मिक पुस्तकों को लेकर आएं। अगर कोई इस आदेश का उल्लंघन करता पाया जाता तो उसे मौत के घाट उतार दिया जाता। जब मुस्लिम सुल्तान ग़ैर-अरबी और पहलवी के ग्रंथों को नष्ट करने लगे, तो पारसी विद्वानों ने उन पुस्तकों को बचाने के एकमात्र साधन के रूप में उनका अरबी में अनुवाद करने का सहारा लिया। सदियों बाद, इन अनुवादों को मौलिक अरबी ज्ञान के उदाहरणों के तौर पर रखा गया। इसी दौर में, हुर्मुज़ में बुरज़ूया द्वारा पहलवी में लिखी पुस्तक मिली। फिर इब्ने-मुक़फ़्फ़ा ने इसका कलीला-ओ-दिमना नाम से अनुवाद किया।

'ज़रथुष्ट्रियों को जूते नहीं, बस चप्पल पहनने की इजाज़त थी,' सेसील ने कहा। 'उनके पाजामों को आवश्यक रूप से छोटा होना होता था ताकि अगर उन पर पत्थर फेंके जाएं तो वो खुली त्वचा पर लगें। वो नए कपड़े नहीं, बस फटे-पुराने कपड़े पहनते थे। किसी मुस्लिम घर में जाने वाले ज़रथुष्ट्री को अपने साथ एक मोटा दुशाला ले जाना ज़रूरी था जिस पर वो बैठ सके ताकि ज़रथुष्ट्री त्वचा के सीधे संपर्क में आने से मेज़बान का फ़र्श दूषित न हो। तुम क्या कहते हो, जिमी? क्या ईरान में रहना किसी ज़रथुष्ट्री के लिए असल नर्क नहीं रहा होगा?' सेसील के होंठ नापसंदीदगी में टेढ़े हो गए थे।

लेकिन ये और भी बदतर हो गया।

'अब्बासियों के बाद सफ़वी आए,' सेसील ने कहा। 'ये बिना शक ज़रथुष्ट्रियों के लिए सबसे काला युग था। इस्लामी मौलवियों द्वारा लिखी किताबों को उनके प्रति बैर भड़काने के लिए इस्तेमाल किया जाता था। बाढ़ों और ज़लज़लों जैसी प्राकृतिक आपदाओं के लिए भी उन्हें ही इल्ज़ाम दिया जाता था।'

सेसील ने ग़ुस्से से लाइब्रेरी की डेस्क के ऊपर लगी शेल्फ़ से एक किताब खींच निकाली। ये फ्रेंच से एक अनुवाद था। इसमें

सत्रहवीं सदी के ईरान में एक फ्रांसीसी पादरी द्वारा लिखे एक पत्र का आलेख था। उसमें लिखा था, 'इस्लाम ईरानियों का एकमात्र धर्म नहीं है, ऐसे बहुत से ईरानी हैं जिन्होंने पुराने धर्म को संरक्षित रखा है। लेकिन उनके पास अपने पूर्वजों का ज्ञान और विज्ञान नहीं है। वो ग़ुलामी और घोर कष्ट की स्थिति में जीते हैं।'

'क्या वो बस जिज़िया देकर अपनी ज़िंदगी नहीं जी सकते थे?' मैंने पूछा।

'जो जिज़िया देते थे, उन्हें भी कर-निर्धारण आयोजन के हिस्से में सार्वजनिक अपमान का भागी बनने को मजबूर होना पड़ता था,' सेसील ने उत्तर दिया। उन्होंने अपने फ़ोटोकॉपी किए काग़ज़ों को खंगाला और एक स्टेपल किया बंच निकाला। 'ये पारसी मूल के एक मध्ययुगीन मुस्लिम विद्वान अल-ज़मख़शरी द्वारा लिखी अल-कश्शाफ़ नाम की किताब के पन्ने हैं,' सेसील ने उत्तर दिया। 'इस अनूदित पैसेज को देख रहे हो?' उन्होंने एक ख़ास पैराग्राफ़ को इंगित करते हुए वो काग़ज़ मुझे थमा दिए:

> उनसे हिक़ारत और अपमान के साथ जिज़िया वसूला जाएगा। धिम्मी को ख़ुद आना होगा, पैदल, किसी वाहन पर नहीं। जब वो कर चुकाएगा, तो उसे खड़े रहना होगा, जबकि कर-संग्राहक बैठा रहेगा। संग्राहक उसे गर्दन से पकड़ेगा, उसे झकझोरेगा और कहेगा, 'जिज़िया भर!' और जब वो उसे भर देगा, तो उसकी गर्दन के पिछले हिस्से पर तमाचा मारा जाएगा।

'संग्राहक अक्सर कुस्ती या सिद्रा पहनने के लिए ज़रथुष्ट्री करदाता का मज़ाक़ उड़ाता या उन्हें फाड़ देता था,' जब मैंने काग़ज़ सेसील को वापस किए तो उन्होंने कहा। 'ये सब कुछ एक आमंत्रित, खिखियाती भीड़ के सामने होता था।' हमारी बातचीत में एक ठहराव आ गया था। मैं उस सब भयावहता को आत्मसात करने की कोशिश कर रहा था जो फ़ारस में घटी थी।

'धर्मांतरण में तेज़ी लाने के लिए ईरान के सुल्तानों ने एक और चाल चली थी,' सेसील ने कहा। 'उन्होंने एक कहानी गढ़ी, जिसने शिया इस्लाम को मूलतः ईरानी दर्शाया। एक कहानी बुनी गई कि चौथे ख़लीफ़ा अली के पुत्र हुसैन ने शहरबानो नाम की एक बंदी सासानी शहज़ादी से शादी की थी। इस विवाह से कथित रूप से एक पुत्र हुआ था। पारसियों को इस तरह शिया इस्लाम का समर्थक होना चाहिए था।'

'क्या ये चाल कारगर हुई?' मैंने पूछा।

सेसील ने खिल्ली उड़ाते हुए नाक सिकोड़ी। 'अगर कारगर रही होती, तो वो नरसंहार रुक गए होते। ज़रथुष्ट्री लोगों का सबसे बुरा नरसंहार आख़री सफ़वी सुल्तान शाह सुल्तान हुसैन के आदेश पर हुआ था। सत्ता संभालने के शीघ्र बाद उसने आदेश दिया कि सारे ज़रथुष्ट्रियों को अनिवार्य रूप से इस्लाम में धर्मांतरण करना होगा वर्ना कठोर दंड भोगना होगा। कुछ अनुमानों के अनुसार, उस समय फ़ारस में लगभग एक लाख ज़रथुष्ट्री परिवार रहते थे। लगभग सभी को जबरन धर्मांतरित कर दिया गया या मार डाला गया।'

'गब्राबाद का क्या हुआ?' मैंने उस मनहूस नाम पर लौटते हुए पूछा।

'गब्राबाद की मलिन बस्ती की आबादी लगभग पूरी तरह ख़त्म कर दी गई थी और अनेक लाशों को ज़ायंद-रूद नदी में फेंक दिया गया। एक फ्रांसीसी अनुमान कहता है कि लगभग 80,000 ज़रथुष्ट्री मारे गए थे जबकि ज़रथुष्ट्री स्रोत कहीं बड़ी संख्या बताते हैं।'

उन्नीसवीं शताब्दी में ईरान में फ्रांसीसी राजदूत काउंट दे गोबिनॉ ने लिखा था, 'उनमें से केवल सात हज़ार बचे हैं और उन्हें मिटने से बस कोई चमत्कार ही बचा सकता है। ये उन लोगों के वंशज हैं जिन्होंने एक दिन दुनिया पर राज किया था।'

88

सेसील के यहां शाम की चाय हमेशा सुखद होती थी। चाय, स्कोन, केक और अच्छी तरह कटे सैंडविचों से भरी एक ट्रॉली लिविंग रूम में लाई जाती थी। ट्रॉली के हर आइटम को बहुत मेहनत से बनाया और झक्क मलमल और लेस से सजे चांदी और चाइना के बर्तनों में शानदार तरीक़े से सर्व किया जाता था। सेसील ने ख़ुद मेरे लिए नर्म स्पंजी मावा केक का एक स्लाइस काटा था। मैंने एक बाइट लिया और उसकी मिठास को अपने मुंह में घुलने दिया। हमारे इतिहास के ब्योरे से ये कितना सुखद बदलाव था!

'महमूद मीर ओवैस की कमान में हुए अफ़ग़ान विद्रोह ने सफ़वियों का तख़्तापलट कर दिया,' सेसील ने चाय का ताज़गी भरा घूंट लेते हुए कहा। 'लेकिन ख़ुद विजयी अफ़ग़ानों को एक ताक़तवर सैन्य कमांडर, फ़ारस के नादिर शाह ने हरा दिया जिसने बाद में भारत पर हमला किया और मशहूर तख़्ते-ताऊस ले गया।' बहुत साल मुझे ये याद आया था जब साज़िश की अनेक प्रकल्पनाओं में से एक का कहना था कि अश्रवन स्टार नाम का एक पुरावशेष तख़्ते-ताऊस में जड़ा था। बेशक, ये कोरी बकवास थी।

'लेकिन नादिर शाह ने तो ज़रथुष्ट्रियों को नौकरी दी थी,' मैंने तर्क किया।

'बेशक, बुढ़ापे में उसकी याद्दाश्त कम हो जाने पर उसने सामूहिक हत्याएं करवाई थीं,' सेसील ने उत्तर दिया। 'हालांकि उसकी सेना में 12,000 ज़रथुष्ट्री थे, मगर नादिर शाह ने ख़ुरासान और सीस्तान में ज़रथुष्ट्रियों का व्यवस्थित ढंग से नरसंहार करवाया था। बहुत थोड़ी संख्या में जीवित बचे लोगों ने पैदल रेगिस्तान पार किया और किरमान और यज़्द में शरण ली।'

'इतने सारे ज़रथुष्ट्री हुर्मुज़ के बंदरगाह की ओर क्यों भागे थे?' मैंने पूछा।

'क्योंकि,' सेसील ने जवाब दिया, 'हुर्मुज़ के संकरे जलडमरूमध्य के उत्तर में होने के कारण ये शहर फ़ारस की खाड़ी के मुहाने पर सामरिक रूप से स्थित था। मध्ययुग तक, इटली के मार्को पोलो, मोरक्को के इब्ने बतूता और चीन के ज़ेंग हे जैसे दुनिया भर के यात्रियों के लिए हुर्मुज़ अहम बंदरगाह रहा था। ज़रथुष्ट्री व्यापारियों ने हुर्मुज़ में अपने लिए बहुत मज़बूत आधार बना लिया था, और यहीं उन्होंने अपने विरोध का आख़री प्रदर्शन किया था।'

*सेसील ने मुझे नौंवी सदी के एक लेखक अहमद बिन यह्या बिन जाबिर अल बलाज़ुरी की अरबी की एक किताब फ़ुतूहुल-*बुलदान *का अनुवाद दिखाया। उसने उन ज़रथुष्ट्रियों का वर्णन किया था जो हुर्मुज़ पर चढ़ाई करने वाली मुस्लिम सेनाओं से लड़े थे। जब हार अवश्यंभावी दिखने लगी, तो जो लोग भाग सकते थे वो ज़मीन और समुद्र पर बिखर गए। कुछ ज़मीनी रास्ते से सीस्तान भाग गए, तो अन्य समुद्री पोतों से बलूचिस्तान में मकरान के समुद्री तट पर पहुंच गए। कुछ अन्य—मेरे पूर्वज—दीव होते हुए संजान की भयानक समुद्री यात्रा पर निकल पड़े।*

कई सदी बाद, भारत के कुछ पारसियों ने 1854 में एक दूत मानेकजी लिम्जी हटारिया को ईरान भेजा। उन्होंने एक साल ईरान में रहकर अल्पसंख्यक ज़रथुष्ट्रियों के हालात का अध्ययन किया। वापस आने पर उन्होंने पारसी पंचायत के सामने अपनी रिपोर्ट रखी। इसमें लिखा था:

> इस नेक समूह ने क्रूर और दुष्ट लोगों के हाथों इतने ज़ुल्म सहे हैं कि वो पूरी तरह से ज्ञान-विज्ञान से अपरिचित हो गए हैं। ग़ुलामों के तौर पर उन्हें कोई भुगतान नहीं किया जाता है। उनकी ग़रीबी के बावजूद, भूमि, आकाश, चरागाह के बहानों से उन पर भारी उत्तराधिकार और धार्मिक कर थोपे जा रहे हैं।
>
> स्थानीय शासक क्रूर थे और उन्होंने उनकी धरोहरें लूट लीं। उन्होंने पुरुषों को अपने लिए तुच्छ निर्माण कार्य करने

> पर मजबूर किया। ख़ानाबदोशों ने उनकी औरतों और बेटियों को अग़वा किया।

उनकी रिपोर्ट की अंतिम पंक्ति सबसे ज़्यादा मार्मिक थी:

> मैंने ज़रथुष्ट्रियों को दबा-कुचला पाया, इतना ज़्यादा कि इस दुनिया में कोई भी उनसे ज़्यादा बदहाल नहीं होगा।

'ज़रथुष्ट्री मागी क्या कर रहे थे?' मैं हतप्रभ था।

'उनमें से अनेक को तो मौत के घाट उतार दिया गया और उनकी किताबें जला दी गई थीं,' सेसील ने जवाब दिया। 'आम ज़रथुष्ट्रियों का तो धर्म-परिवर्तन करवाया जा सकता था, लेकिन मागियों का नहीं। वो जानते थे कि प्राचीन रहस्यों को संरक्षित रखने का दायित्व पूरी तरह से उनका है। उनमें से कुछ ने तो आत्महत्या ही कर ली थी, उन्होंने अपमान की ज़िंदगी पर ख़ुदकुशी को वरीयता दी थी। दूसरे सुदूर पहाड़ों में जा छिपे। कुछ अन्यों ने हुर्मुज़ में शरण ली और वहां से दीव की यात्रा की, और अंततः संजान पहुंच गए। भारत जाने वाले ज़्यादातर लोग मोबेद—ऊंची जाति के पुरोहित—थे।'

बातचीत में ख़ामोशी पसर गई थी। सोफ़े के पीछे दीवार पर परिवार के सदस्यों की पुरानी सेपिया टोन की तस्वीरें लगी थीं—एक टिपिकल पारसी घर की हर दीवार और सतह पर चित्र और फ़ोटो लगे होते हैं। उनमें से एक में मेरे दादा रुस्तम ईरान के शाह रज़ा शाह पहलवी के साथ दिख रहे थे। शाह और उनके पुत्र ने ईरान को आधुनिक युग में लाने की कोशिश की थी, मगर 1979 में आयतुल्लाह रूहुल्लाह ख़ुमैनी ने उनका तख़्ता पलट दिया था।

ग्रुप के बीच में नोबेल पुरस्कार विजेता बंगाली कवि रवींद्रनाथ टैगोर खड़े थे। अपना कप हाथ में लिए हुए मैं उस फ़ोटो को और ध्यान से देखने के लिए खड़ा हो गया। 'ये कब लिया गया था?'

'1932 में,' सेसील ने कहा। 'कला के प्रति रुस्तम का शौक़

रवींद्रनाथ टैगोर के शौक़ पर हावी हो गया था। शाह ने कवि को ईरान आमंत्रित किया था, और रुस्तम उनके प्रतिनिधिमंडल का हिस्सा थे। टैगोर ने शांतिनिकेतन में एक शैक्षिक पीठ को वित्तपोषित करने के लिए ईरान के शिक्षा और संस्कृति मंत्री को धन्यवाद दिया था। जानते हो मंत्री ने क्या जवाब दिया था?'

'मैं जानना चाहूंगा,' मैंने कहा।

'मंत्री ने कहा, "आपको हमें धन्यवाद देने की ज़रूरत नहीं है। एक हज़ार साल से आपका देश हमारे बेटे-बेटियों की मेज़बानी कर रहा है, जिन्हें पारसी के तौर पर जाना जाता है। उन्हें तकलीफ़देह हालात में ईरान से जाना पड़ा था, लेकिन हमने कभी इसके लिए शुक्रिया नहीं कहा। कृपया ईरानी अध्ययन की इस पीठ को हमारे शुक्राने के एक छोटे से टोकन के रूप में स्वीकार करें।"'

89

'पहलवियों के तहत, जिन्होंने खुलकर फ़ारस के ज़रथुष्ट्री मूल को अपनाया था, ज़रथुष्ट्रियों ने अपने हालात सुधरते देखे,' चाय का सामान हटाने के साथ ही सेसील वापस अपने प्रिय विषय पर आ गईं। 'अफ़सोस कि ये बहुत कम समय रहा।'

ईरानी इतिहास के इस हिस्से से मैं परिचित था। मिसेज़ बाटलीवाला इसे स्वर्ण युग की तरह बताती थीं। रज़ा शाह पहलवी ने क़ाजार वंश के आख़री सुल्तान अहमद शाह क़ाजार को सत्ता से हटाया था, और शाह के रूप में अपने चयन को मंज़ूरी देने के लिए ईरान के 1906 के संविधान में संशोधन किया था। उन्होंने पहलवी वंश की नींव रखी जो उनके पुत्र—सामान्यतः शाहे-ईरान कहे जाने वाले— मुहम्मद रज़ा पहलवी को 1979 में इस्लामिक क्रांति द्वारा सत्ताच्युत किए जाने तक चला।

'रज़ा शाह पहलवी और उनके पुत्र मुहम्मद रज़ा पहलवी ने

ईरान का व्यापक रूपांतरण किया और इसके प्राचीन इतिहास और ज़रथुष्ट्री विरासत की ओर ध्यान आकर्षित किया,' सेसील ने कहा। 'उन्होंने तो महीनों के नाम भी ज़रथुष्ट्री कैलेंडर के मुताबिक़ रख दिए और ईरान के ज़रथुष्ट्रियों के स्तर में सुधार लाने के उद्देश्य से अनेक आर्थिक और सामाजिक सुधार लाए।'

'लेकिन तब तक तो ज़्यादातर ज़रथुष्ट्री भाग गए होंगे, या मारे गए होंगे या धर्मांतरित हो गए होंगे,' मैंने तर्क रखा।

सेसील ने उदासी से हामी भरी। 'अगर पहलवी और फ़ारस की ज़रथुष्ट्री विरासत के प्रति उनका सम्मान नहीं होता तो ईरान को इस नाम से नहीं बुलाया जाता।' मैंने और ज़ोर नहीं दिया। 'पहलवियों ने दुनिया भर के पारसियों को वापस आने और ईरान में बसने के लिए प्रोत्साहित किया,' सेसील ने बताया। '1960 में तेहरान में पहला विश्व ज़रथुष्ट्री सम्मेलन हुआ था। इसी काल में दो संबंधित समुदायों—एक भारत में और दूसरा ईरान में—ने अपने प्राचीन नियमों में बदलाव करवाने चाहे। ईरानी और भारतीय शोधकर्ताओं ने अवेस्तन ग्रंथों के आधुनिक फ़ारसी और अंग्रेज़ी अनुवादों के ज़रिए ज़रथुष्ट्रियों में एक नई जागरूकता पैदा की। तब तक, जर्मन दार्शनिक फ्रेडरिक नीत्शे की एक किताब के ज़रिए पश्चिम भी ज़रथुष्ट्र से परिचित हो चुका था। स्टैनली कूब्रिक की वो स्पेस फ़िल्म जो तुम्हें पसंद है—उसकी पृष्ठभूमि को खंगालना और तुम समझ जाओगे कि मेरा क्या मतलब है।'

'तो नए ईरानी शासन में ज़रथुष्ट्रियों के साथ कैसा बर्ताव किया गया?' मैंने पूछा।

'पहलवियों के तहत ज़रथुष्ट्रियों ने जो क्षणिक राहत पाई थी, वो बहुत कम समय रही,' सेसील ने फिर कहा। 'जब 1979 की इस्लामिक क्रांति हुई, तो कट्टर शियाओं ने तेहरान में अग्नि मंदिरों पर हमला किया। ज़रथुष्ट्र की तस्वीर को पैरों से रौंदा गया और उसकी जगह आयतुल्लाह रूहुल्लाह ख़ुमैनी की तस्वीर लगा दी गई। धार्मिक समाज को चेतावनी दी गई कि ईरान के नए मज़हबी नेता

की तस्वीर न हटाएं। जल्दी ही ज़रथुष्ट्री स्कूल और कक्षाएं ख़ुमैनी की तस्वीरों और क़ुरआन की आयतों से भर गईं जो ग़ैर-मुसलमानों की निंदा करती हैं। 1980 से 1988 तक चली ईरान-इराक़ की ख़ूनी जंग के दौरान युवा ज़रथुष्ट्रियों को जबरन आत्मघाती मिशनों में भरती किया जाता था। ऐसे मिशनों के लिए ख़ुद को प्रस्तुत करने में नाकाम रहने का अर्थ था देशद्रोह के लिए सज़ा-ए-मौत।'

ये लगभग ऐसा था जैसे क़ुरआन की सूरह 9.29 राज्य का मिशन बन गई हो:

> उन लोगों से लड़ो जो अल्लाह और क़यामत के दिन में यक़ीन नहीं करते, न उसे वर्जित मानते हैं जिसे अल्लाह और उसके पैग़ंबर ने वर्जित किया है, न किताब के लोगों के बीच से सच के धर्म को स्वीकार करते हैं, जब तक कि वो ऐच्छिक समर्पण से जिज़िया नहीं देते, और ख़ुद को अधीन महसूस नहीं करते।

'इस्लामिक क्रांति ने एक बार फिर धार्मिक अल्पसंख्यकों को दूसरे दर्जे के नागरिक के स्तर पर ला दिया था, जिसने बचे-खुचे ज़रथुष्ट्रियों के भारी पलायन को प्रेरित किया,' सेसील ने कहा। 'भारत आए लोगों के अतिरिक्त, बचे हुए ज़रथुष्ट्री यूएसए, कनाडा और यूके चले गए, जो प्राचीन अग्नियों के नए आवास बने।'

बाग़ से चमेली की प्यारी महक का झोंका अंदर आया। सेसील परमानंद से मुस्कुराईं। 'पारसियों को अपने बाग़ बहुत पसंद थे,' उन्होंने कहा। 'संगीत, ड्रामा, आर्ट, काव्य, साहित्य, वास्तुकला और विज्ञान... ये सभी फ़ारस में एक साथ आए और फले-फूले। लेकिन इन उपवनों की उपजाऊ ज़मीन ज़रथुष्ट्रियों के ख़ून से भीगी है।'

वो बेचैनी से कहीं दूर देखने लगीं। 'ज़रथुष्ट्री शायर दक़ीक़ी और ज़रदुश्त—और सूफ़ी फ़ारसी शायर जैसे फ़िरदौसी, हाफ़िज़ और ख़य्याम—ने आध्यात्मिक दर्शन को ज़िंदा रखने की कोशिश

की,' उन्होंने कहा। 'शीराज़ के रहस्यवादी शायर हाफ़िज़ पुराने मागी के अनुयायी के रूप में अपना ज़िक्र करते हुए ज़रथुष्ट्री धर्म के लिए अपनी सराहना जताते हैं। एक नज़्म में हाफ़िज़ पाठकों को याद दिलाते हैं: मागी के मठ में, वो क्यों हमारा सम्मान करें; शायद जो आग कभी नहीं बुझती है, वो हमारे दिलों में जलती है।'

अपने पिता और दादी के साथ हुई विस्तृत चर्चाओं ने मुझे नई हासिल हुई जानकारी के बोझ से चकराता छोड़ दिया था। मैं खंडाला से बॉम्बे वापस आ गया, और अगले कुछ हफ़्ते स्टैनफ़ोर्ड जाने की तैयारियों में चकरघिन्नी की तरह निकल गए।

हालांकि मुझे पता था कि मेरे पूर्वज ज़रथुष्ट्री थे, जो ईरान से भागकर आए थे, मगर मैं इस तथ्य को कभी पूरी तरह समझ नहीं पाया था कि ज़रथुष्ट्रियों का हख़ामनी, पहलवी और सासानी सुल्तानों पर कितना बड़ा प्रभाव था। मैं फ़ारसी साम्राज्य की शक्ति और उस शक्ति की ओर से बेख़बर था जो मागियों के पास थी। ज़रथुष्ट्रवाद ने इब्राहीमी धर्मों को जो प्रेरणा प्रदान की थी, उसकी ओर से मैं अनजान था। और ईरान में सदियों तक इस्लामी उत्पीड़न की इंतेहा पर मैंने कभी पूरी तरह यक़ीन नहीं किया था।

सबसे अहम, मुझे उस अहम भूमिका के बारे में कोई जानकारी नहीं थी जो मेरे परिवार ने ईरानशाह ज्योति और पाइलट के प्रतीकचिह्न वाले उस छोटे से बक्से को संरक्षित रखने में निभाई थी। और वो पाठ जो अब मेरे द्वारा याद किया गया था।

90

कुछ हफ़्ते बाद, मैं अमेरिका के विमान पर सवार हुआ और अगले कुछ महीने मैंने वहां बसने में बिताए। ज़रथुष्ट्र और उसके प्राचीन लोगों की बातें मेरे मन में दूर-दूर तक भी नहीं थीं क्योंकि मेरा फ़ोकस सामने मौजूद उबाऊ कामों पर था: अपने रहने का इंतज़ाम, क्लासें,

असाइनमेंट और नई दोस्तियां। मैं अपने साथ मिट्टी का वो छोटा सा बक्सा ले गया था जो मेरे पिता ने मुझे दिया था, लेकिन वो एक दराज़ में बंद होकर रह गया, नज़रों और दिमाग़ से दूर। जो शब्द मैंने रटे थे, उनका कुछ अर्थ नहीं था। वो बस शब्द भर थे।

छोटे-मोटे और जीवन को बदल देने वाले कामों में कई साल गुज़र गए। और फिर लिंडा आ गई।

जब मैं अपनी डॉक्टरेट कर रहा था तो उससे कैंपस के एक रेस्तरां में मिला था। उसने सैल्फ़-सर्विस काउंटर से अपना ऑर्डर लिया था, लेकिन पानी की बोतल लेना भूल गई थी। उसे लेने का मतलब होता लाइन में फिर से खड़े होना। मैंने उसके लिए बोतल ख़रीदने की पेशकश की। उसकी कृतज्ञ मुस्कुराहट ने मुझे उसी पल मोह लिया।

मैं इतना शर्मीला था कि उससे बाहर चलने को नहीं पूछ पा रहा था, तो ये काम भी उसी ने किया। मुझे वो बुद्धिमान, गर्मजोशी से भरी और हाज़िरजवाब लगी। वो मुझसे बस कुछ ही साल छोटी थी, और धर्मों के इतिहास में मास्टर्स डिग्री हासिल करने की दिशा में काम कर रही थी। कुछ महीने बाद हमने ख़ुद को नियमित रूप से मिलते पाया।

लिंडा कैलिफ़ोर्निया में ही बड़ी हुई थी, वो सैन फ्रांसिस्को के एक श्वेत उदारवादी प्रोटैस्टैंट पिता और जकार्ता, इंडोनेशिया की एक हिंदू मां की बेटी थी। उसके मिश्रित मूल और परवरिश ने उसे हर तरह के दार्शनिक और आध्यात्मिक विचारों के प्रति खुले दिमाग़ की बना दिया था। वो कोई आम मास्टर्स प्रोग्राम की छात्रा नहीं थी; वो शायद अपनी क्लास में सबसे बहुत, बहुत आगे थी, वो अपने प्रोफ़ेसरों को सजग रखती थी। वो मेरे धर्म के बारे में जिज्ञासु थी और हम ज़रथुष्ट्रवाद के बारे में बहुत चर्चाएं करते थे। यहां तक कि वो लाइब्रेरी जाकर मेरी बातों के अनेक अंतरालों को भरने के लिए किताबें भी ले आती।

एक दिन हम साथ में मेरी मनपसंद फ़िल्म देख रहे थे—स्टैन्ली कूब्रिक की 1968 की फ़िल्म 2001: ए स्पेस ऑडीसी। जब

शुरुआती संगीत आया, तो मैं हमेशा की तरह मंत्रमुग्ध था। मैं उसे हज़ारों बार सुन चुका था, लेकिन उसने मुझे सम्मोहित करना नहीं छोड़ा था। शुरुआती धुन में लिंडा रहस्यमय रूप से आनंदित दिखी। मैं हैरान था कि वो इतनी ख़ुश क्यों थी। उसने मुझे बताया कि वो साउंडट्रैक रिचर्ड स्ट्रॉस की कंपोज़िशन की एक धुन का था।

जब मैंने पूछा कि इसमें इतना ख़ास क्या था, तो लिंडा ने मुझे बताया कि स्ट्रॉस जर्मन दार्शनिक फ्रेडरिक नीत्शे की किताब, दस स्पेक ज़रथुष्ट्र से बहुत अधिक प्रभावित था। किताब ने उसे आल्सो स्प्रैक ज़रथुष्ट्र, ऑप. 30 रचने के लिए भी प्रेरित किया। यही वो कंपोज़िशन थी जिसे फ़िल्म का आरंभ करने के लिए इस्तेमाल किया गया था। मैं हैरान था कि फ़िल्म का कोई ज़रथुष्ट्री संबंध भी था।

मुझे ये भी अहसास हुआ कि मेरे परचाचा होमी की यथा अहु वेर्यो की अपनी कंपोज़िशन भी शायद स्ट्रॉस से प्रभावित रही हो! इसने लिंडा और मेरे बीच ज़रथुष्ट्र पर एक बहस छेड़ दी—और फिर मेरी बाक़ी की ज़िंदगी ये विषय कभी नहीं छूटा।

कुछ महीने बाद, हम मेरे अपार्टमेंट में बैठे हुए थे कि तभी मेरी खुली दराज़ पर लिंडा की नज़र पड़ गई। उसने उत्सुकता से उसमें रखे मिट्टी के बक्से को देखा और मुझसे उसके ढक्कन पर बने असामान्य डिज़ाइन के बारे में पूछा। मैं उसे बस यही बता सका कि उस बक्से का मूल अज्ञात था, लेकिन मैं इसके बारे में बस इतना जानता था कि वो मेरे परिवार में कई पीढ़ियों से पीढ़ी दर पीढ़ी दिया जाता रहा था। हालांकि अब मैं दस्तूर परिवार का बिज़नेस प्रमुख नहीं बन सकता था, लेकिन अभी भी मैं उस बक्से का नामित संरक्षक था, आंशिक रूप से इसलिए कि मैं सामान्य मार्ग से हट गया था।

उस पल तक, मैंने कभी उस बक्से को खोलने और अंदर देखने का कष्ट नहीं उठाया था। लेकिन लिंडा की उत्सुकता ने मुझे ऐसा करने के लिए प्रेरित किया। अंदर किसी क़िस्म का एक सफ़ेद पाउडर था, लगभग महीन रेत जैसा। उसकी गंध में कुछ भी विशिष्ट नहीं था। मैंने बक्सा बंद कर दिया और उसके बारे में भूल गया।

मुझे क्या पता था कि ये हमेशा के लिए मेरी ज़िंदगी की राह बदल डालेगा।

लिंडा ने अंततः ज़रथुष्ट्री इतिहास को अपना जुनून बना लिया। अगले कई सालों में, जब मैं अपनी अनेक डिग्रियों के लिए काम कर रहा था, तो लिंडा ने न केवल अपना मास्टर्स कर लिया था बल्कि इतिहास में पीएचडी भी कर ली थी। वास्तव में ज़रथुष्ट्री इतिहास, धर्मशास्त्र, दर्शन और संस्कृति के मामलों में वो मुझसे कहीं ज़्यादा जानकार हो गई थी।

मेरे मन में, लिंडा मेरी दादी सेसील की युवा समकक्ष बन गई थी, चुंबक की तरह प्रबल रहस्यमयी धर्म ज़रथुष्ट्रवाद की ओर आकर्षित एक बाहरी व्यक्ति। एक बार आप इसे छू लें, तो वापसी नहीं हो सकती।

91

जिम, लिंडा, डैन, सरोशपुर और अब्बासी हम्वी से निकले और उन्हें कैनवस के फ़ोम से इंसुलेटेड—अमेरिकी सेना को आवंटित—एक बड़े से टैंट में ले जाया गया, जिसके प्रवेश के मेहराब को रेत के बोरों की टेक दी गई थी। बज़ाहिर, तालिबान अपनी आपूर्ति के एक बड़े भाग के लिए अमेरिकियों से चुराए गए सामान पर निर्भर थे।

ग्रुप दो पास-पास रखे बंक बेडों पर बैठ गया और इंतज़ार करने लगा। 'अगर हम हक़्क़ानी के हाथों में हैं, तो हमें अमेरिकियों के लिए चारे के तौर पर इस्तेमाल किया जाएगा,' अब्बासी ने कहा। 'मैं अभी भी ये नहीं समझ पा रहा हूं कि अल-बलूची ने हमें याक़ूब संगठन की जगह हक़्क़ानी संगठन को क्यों सौंपा। उसका तो हमारे साथ कारोबारी समझौता था।'

'शायद आस्कानी और अल-बलूची के आदमियों के साथ कुछ हो गया होगा,' सरोशपुर ने सुझाया। 'अल-बलूची नाराज़ हो

गया होगा। बेशक, सीधा-सादा लालच भी वजह हो सकता है।'

दो आदमी टैंट में आए। एक तो अख़्तर ही था, जो उन्हें ड्राइव करके वहां लाया था। दूसरा कुछ बड़ी उम्र का और ऊंचे ओहदे का लग रहा था। उसने भी छद्मावरण जैकेट और कूफ़िया पहना हुआ था, लेकिन उसकी दाढ़ी बेतरतीब सी थी। ये वैसी थी जैसी अफ़ग़ान मुजाहिदीन लीडर मुल्ला उमर की थी जिसने तालिबान के शुरुआती दौर में उसकी अगुआई की थी।

'मैं हमीदुल्लाह रसूल हूं,' उसने ग्रुप से कहा। 'हमें तुम लोगों को बंधक रखने में कोई दिलचस्पी नहीं है, न ही हम तुम्हें कोई नुकसान पहुंचाना चाहते हैं,' उसने कहा। 'यहां रहने के दौरान तुम इस टैंट का इस्तेमाल करोगे, और तुम्हें खाना, पानी, टॉयलेट और दवाएं मिलेंगी।'

'तुम हमें यहां क्यों लाए हो?' अब्बासी ने पूछा।

'क्योंकि तुममें से हर शख़्स हमारे लिए क़ीमती है,' हमीदुल्लाह ने जवाब दिया। 'तुम तीनों अमेरिकियों के लिए वाशिंगटन, डी.सी. से अच्छी-ख़ासी फिरौती मिलेगी। और तुम दोनों ईरानी वांछित शख़्स हो। मुझे यक़ीन है कि आईआरजीसी के वो शिया शैतान तुम्हें अपने शिकंजे में पाना पसंद करेंगे।'

हमीदुल्लाह ने ग्रुप पर एक नज़र डाली। 'अगर तुमने भागने की कोशिश की तो मेरे गार्ड तुम्हें गोली मार देंगे। अगर तुम भाग भी निकले, तो किसी भी दिशा में दूर-दूर तक भागने की कोई जगह नहीं है। तुम्हारे ज़िंदा रहने की उम्मीद ना के बराबर है। मैं राय दूंगा कि तुम लोग बिना कोई परेशानी खड़ी किए हमारा साथ दो। ये अख़्तर तुम्हारी सारी ज़रूरतों का ध्यान रखेगा।' वो मुड़ा और अख़्तर के साथ टैंट से बाहर निकल गया।

'हम तो आसमान से गिरकर बबूल में आकर अटक गए हैं,' लिंडा दुखी होते हुए बड़बड़ाई। जिम ने अपना थैला खोला और अंदर देखा। हमज़ा ड्यूरा वाला बॉक्स सही-सलामत था। और उसकी फ़्लैश ड्राइव भी। उसे फ़िक्र थी कि तापमान और नमी नियंत्रण

का अभाव हमज़ा ड्यूरा को ख़राब कर देगा। जब जिम सामग्री को खंगाल रहा था तो सरोशपुर बहुत ध्यान से उसे देख रहा था।

अख़्तर लकड़ी के एक डंडे पर लटका पानी का बड़ा सा मटका लेकर आया। दरवाज़े के पास एक छोटी सी मेज़ पर उसने कुछ पेपर कपों के साथ मटका रख दिया। वो फिर से गया और एक बड़े से बर्तन में मटन करी लेकर वापस आया। उसके ढक्कन पर कई सारी नान रखी थीं। 'खा लो,' उसने उन्हें अकेला छोड़कर जाते हुए कहा। कोई भी खाने के मूड में नहीं था, लेकिन अब्बासी ने उन्हें खाने पर मजबूर किया। 'हमें अपनी ताक़त और दिमाग़ को पोषण देना होगा,' उसने कहा। 'पानी पियो, खाना खाओ, थोड़ा सो लो और कसरत करो। अगर हम यहां से कभी बाहर निकल पाते हैं, तो मैं चाहूंगा कि हम सब तंदुरुस्त हों।'

ग्रुप ने खाना खाया और, बीच-बीच में अज़ान की बाधा के साथ, सो गए। इससे फ़र्क़ नहीं पड़ता था कि ये तालिबान का कौन सा धड़ा था, वो सब बहुत ज़्यादा रूढ़िवादी थे। 1996 से 2001 तक, तालिबान ने पचहत्तर प्रतिशत अफ़ग़ानिस्तान पर क़ब्ज़ा कर रखा था, और उनमें से ज़्यादातर पारंपरिक मदरसों से शिक्षित थे। अमेरिका-समर्थित करज़ई सरकार द्वारा सत्ता से हटाए जाने पर अब तालिबान एक विद्रोही आंदोलन था, और काबुल के परे अफ़ग़ान की सरज़मीं के व्यापक हिस्से पर उनका ही क़ानून चलता था। लेकिन अब जब अमेरिकी सेनाएं अफ़ग़ानिस्तान से जाने के लिए अपना बोरिया-बिस्तर बांध रही थीं तो वो पूरे देश पर अधिकार करने के लिए तैयार थे।

तालिबान जहां भी शासन करते थे वहां उन्होंने पश्तूनी सामाजिक मूल्यों के साथ इस्लामिक शरीया क़ानून को जोड़कर एक बेरहमी से दमित समाज बनाया था। औरतों को ठीक से चादर न ओढ़ने पर बेंत मारे जाते थे, और उचित लंबाई की दाढ़ी न रखने पर आदमियों को शारीरिक दंड दिया जाता था। लड़कियों को स्कूल जाने से सक्रियता से हतोत्साहित किया जाता था और टेलीविज़न

एवं स्मार्टफ़ोन जैसी आधुनिक सुविधाओं पर प्रतिबंध था। तालिबान लीडर मनमाने ढंग से लंबी क़ैदें, और सज़ा-ए-मौत समेत तुरत-फुरत सज़ाएं देने के लिए बदनाम थे। पाकिस्तान की इंटर-सर्विसेज़ इंटैलिजेंस—आईएसआई—और उसकी सेना ने तालिबान संगठनों को तहेदिल से समर्थन दिया था।

रात के लगभग दो बजे, टैंट में कुछ हलचल हुई। जब बाक़ी सब सो रहे थे, तो सरोशपुर पूरी तरह से जगा हुआ था। वो अपने पलंग पर बैठा और उसने बहुत ख़ामोशी से अपने जूते पहने। उठकर, दबे पांव वो उस बेड के पास गया जिस पर जिम लेटा हुआ था। उसका थैला उसके पास ही एक छोटी सी मेज़ पर रखा हुआ था। सरोशपुर ने चोरी से आसपास देखा। *क्या मैं सही काम कर रहा हूं? अगर इसका अथ्रवन स्टार से कोई वास्ता नहीं हुआ तो?* उसने सोचा। लेकिन वो ये भी जानता था कि ये उसके लिए इकलौता मौक़ा था। *मैं सारी ज़िंदगी डरकर नहीं जी सकता। जो ज़रथुष्ट्रियों का है, वो उनको लौटाया जाना चाहिए, चाहे वो ईरान में रहते हों, या भारत में या कहीं और। एक धरोहरी पुरावशेष को लैब का नमूना बनाने की जिम दस्तूर की हिम्मत कैसे हुई! और अगर तालिबान या आईआरजीसी ने मुझे पकड़ लिया, तो यही सही।*

उसने धीरे से मेज़ से थैला उठाया और रेंगते हुए टैंट के बाईं ओर बढ़ गया। टैंट का मोटा कैनवस एक लकड़ी के प्लेटफ़ॉर्म पर फैला हुआ था जो फ़र्श का आधार बना रहा था। उसे एक फ़्लैप बनाने के लिए कैनवस को काटना होगा जिसमें से वो बाहर निकल सके। उसने कोई चीज़ ढूंढ़ी जिसे वो इस्तेमाल कर सके। एक कोने में उसने वो नुकीला डंडा देखा जिसे अख़्तर ने पानी के मटके को लटकाने के लिए इस्तेमाल किया था। उसने उससे कैनवस में छेद किया और उसे फाड़ते हुए सावधानी बरती कि ग्रुप में कोई जाग न जाए।

कुछ मिनटों बाद वो रेंगते हुए टैंट से बाहर निकला और खुली हवा में आ गया, जिम का थैला उसके गले में पड़ा था। उसका

बेहतरीन दांव तालिबान की कोई गाड़ी हथियाना और उसे चलाते हुए सीधे इस्लाम क़ला बॉर्डर पर पहुंच जाना था। बेशक ईरानी प्रशासन उसे गिरफ़्तार कर लेगा। लेकिन वो बाद की फ़िक्र थी। कम से कम ज़रथुष्ट्रियों की सामूहिक विरासत उनकी जन्मभूमि पर वापस तो पहुंच जाएगी और हताश समुदाय को एकजुट करने की वजह बनेगी। सदियों से उसके ज़रथुष्ट्री भाई-बहनों को कुचला जाता रहा था। उन पर हर क़िस्म का ज़ुल्म ढाया गया था। अब समय था कि ईरान में ज़रथुष्ट्रियों के जोश को फिर से जगाया जाए। और उसे बहादुर होना होगा। अगर हैदरी अपने मक़सद के लिए जान दे सकता था, तो सरोशपुर भी दे सकता था।

टैंट के बाहर वो झुकी हुई स्थिति में ही रहा और उसने चारों ओर देखा। बंदियों के टैंट के प्रवेश पर बस दो गार्ड थे। दाईं ओर तालिबानी गाड़ियां खड़ी थीं। उसे टैंट के बाईं ओर से दाईं ओर जाना होगा और देखना होगा कि कौन सी गाड़ी ले। फिर उसे गेट पर लगे लकड़ी के सुरक्षा बैरियर को तोड़ते हुए निकलना होगा और रेगिस्तान में रेस के लिए तैयार रहना होगा। दूसरी ओर, अगर उसके हाथ कोई ऐसी गाड़ी लग सके जो कैंप की परिधि के *बाहर* हो, तो अपने लिए शुरुआती बढ़त हासिल करते हुए वो ख़ामोशी से निकलने में कामयाब होगा।

उसने अपना मन बना लिया था और मन ही मन प्रार्थना की। *यथा अहु वेर्यो अथा रतूश अशात चित हचा। वंगेऊश दज़्दा मनंगो...*

92

मुंबई के बैलार्ड एस्टेट में कालीकट रोड और कोचीन स्ट्रीट के बीच में एक फ्रांसीसी शैली का भवन है जिसे सर जॉर्ज गिल्बर्ट स्कॉट ने बनाया था, वही व्यक्ति जिसने मुंबई यूनिवर्सिटी बनाई थी। इसे शापूर दस्तूर ने कमीशन किया था लेकिन लगभग एक दशक बाद उनके पुत्र नवरोज़ ने पूरा करवाया था। दस्तूर सेंटर के नाम से ज्ञात ये भवन

भारत के सबसे बड़े बिज़नेस समूह दस्तूर ग्रुप का हैडक्वार्टर था। दस्तूर परिवार का राजस्व 125 बिलियन डॉलर से अधिक था और वो बॉम्बे स्टॉक एक्सचेंज के कुल बाज़ार पूंजीकरण के 8.3 प्रतिशत के हिस्सेदार थे।

मुंबई पोर्ट ट्रस्ट बिल्डिंग के साथ लगा हुआ कोने का ऑफ़िस सुरुचिपूर्ण ढंग से बर्मा टीक के फ़र्श, हाथ से बुनी कश्मीरी क़ालीनों, शानदार पॉलिश की गई एडवर्डियन डेस्क और रज़ा और गाइतोंडे जैसे भारतीय कलाकारों की पेंटिंगों से सुसज्जित था। मेज़ के पीछे आवान दस्तूर पुरानी सी लैदर की घूमने वाली कुर्सी पर बैठी थी जो कभी उसके दादा की रही थी। वो एक बहुत बूढ़े पारसी सज्जन से बात कर रही थी। *हम पारसी आख़िर इतना लंबा क्यों जीते हैं?* वो उन्हें देखते हुए सोच रही थी। *क्या हमारे ख़ून में कुछ ऐसा है, या हमारे खाने, हमारी ड्रिंक में है जो हमें चलाता रहता है, चलाता ही रहता है?*

आवान एक बहुत ख़ूबसूरत महिला थी, हमेशा बेदाग़ कड़क बनारसी सूती साड़ी में लिपटी, और आभूषणों के नाम पर बस कानों में सॉलिटेयर डायमंड के टॉप्स। वो सादगी में गरिमा की मिसाल थी। उसका चेहरा काफ़ी कुछ अपने भाई जिम की तरह था—तोते जैसी मुड़ी हुई नाक और बड़ा सा माथा—लेकिन ये समानता उसके छोटे खिचड़ी बालों से और बढ़ जाती थी जिन्हें वो रंगने को तैयार नहीं थी।

आवान एक सफल महिला भी थी, और उसने 1999 में अपने पिता बमन से व्यवसाय की बागडोर हासिल की थी। भारत सरकार ने देश के विकास में उसके योगदान के लिए 2005 में उसे पद्‌म भूषण और 2014 में पद्‌म विभूषण से सम्मानित किया था, जो भारत के दो सर्वोच्च नागरिक पुरस्कार हैं। उसके नेतृत्व में ग्रुप अब सीमेंट, बिजली, स्टील, जूट, चाय, कैमिकल्स, जहाज़रानी, उर्वरक, इंजन, सिंथेटिक्स, बैंकिंग, बीमा, रियल एस्टेट और सूचना प्रौद्योगिकी सहित अनेक क्षेत्रों में फैल गया था। इसके साथ ही, ग्रुप इन सभी शीर्ष क्षेत्रों में अग्रणी था।

'आख़िर समस्या है क्या, मि. उनवाला?' आवान ने पूछा। 'मुझे हैरानी है कि मेरे भाई की बिज़नेस गतिविधियों से बॉम्बे पारसी पंचायत को कोई भी सरोकार क्यों है? जिम को भारत छोड़े और अमेरिका में ख़ुद को स्थापित किए कई साल हो चुके हैं।'

उनवाला प्रभावशाली व्यक्ति थे, और दशकों तक अथक रूप से पंचायत में काम कर चुके थे। बेशक, अब वो रिटायर हो चुके थे और उदवाड़ा में अपना वक़्त बिताते थे। लेकिन अथ्रवन स्टार का मुद्दा और सरोशपुर से हुई उनकी बातचीत उनके दिमाग़ में सबसे ऊपर थी। उन्हें दस्तूर हाउस के कई चक्कर लगाने के बाद आख़िरकार आवान से बात करने का मौक़ा मिल पाया था।

'मैं इस बात को उठाना नहीं चाहता था,' उनवाला ने कर्कश आवाज़ में कहा, जिससे उनका नकियाता स्वर बेसुरा हो गया था। 'लेकिन आपका परिवार केवल एक बिज़नेस एंटरप्राइज़ नहीं है, ये एक परंपरा का संरक्षक है। और मैं यहां आपको बताने आया हूं कि वो परंपरा आपके भाई की वजह से ख़तरे में है।'

'जिस बिज़नेस एंटरप्राइज़ का आप ज़िक्र कर रहे हैं, उसने पंचायत को करोड़ों दान किए हैं,' आवान ने तीखेपन से उन्हें याद दिलाया। 'अगर दस्तूर परिवार न होता तो आपकी तिजोरियां ख़ाली होतीं।'

'ओह, दस्तूर परिवार ने पारसी समुदाय के लिए जो किया है, उसके हम शुक्रगुज़ार हैं,' उनवाला ने जवाब दिया। 'और हम जानते हैं कि 1858 में जब शापूर दस्तूर इस शहर में आए थे, तो शुरुआती पूंजी उस धन से आई थी जो आपके परिवार ने उदवाड़ा में एकत्र की थी। लेकिन जब हमारी परंपराओं से जुड़े मामलों की बात हो, तो हम सबको एक सुर में बोलना चाहिए।'

'उसी तरह जैसे आप सब मेरे दादा रुस्तम जी की पत्नी सेसील को ज़रथुष्ट्र धर्म अपनाने से रोकने के लिए लामबंद हो गए थे?' आवान ने पूछा।

'आप बात बदल रही हैं,' उनवाला ने अपनी चिढ़ाऊ आवाज़

में जवाबी वार किया। 'आपका परिवार—मेरे परिवार की तरह ही—उन मूल नौ परिवारों का हिस्सा था जिन्हें ईरानशाह की देखभाल की ज़िम्मेदारी दी गई थी। लेकिन उन नौ में से, आपके परिवार के पास ख़ासतौर से एक और भी बड़ी ज़िम्मेदारी थी। उस बेहद क़ीमती पुरावशेष का संरक्षक बनने के लिए आपके पर-परदादा शापूर ने होमी को चुना, और होमी ने रुस्तम को चुना। रुस्तम ने उसे जिम को सौंप दिया। तो हां, जिम जो भी करता है, उससे यक़ीनन हम सबको सरोकार है। हम *सबको*।'

'इसकी भी वजह थी कि उसे सबसे ज़्यादा विद्रोही को क्यों सौंपा जाता था,' आवान ने कहा। 'हो सकता है कि जिम का विद्रोह इसका विज्ञान की प्रगति में इस्तेमाल करने में निहित हो, न कि सामुदायिक भावना में।'

'ये अस्वीकार्य है,' उनवाला ने कहा।

'आप *जानते* भी हैं कि मेरा भाई कई दिनों से लापता है?' आवान ने टोका, जिसका पीला चेहरा चमककर गुलाबी हो उठा था। ये उसकी दबी हुई चिंता का पहला चिह्न था। 'यहां आकर अपना सहयोग जताने के बजाय आप यहां मुझे उस पर लेक्चर देने आए हैं जिसे आप जिम की ग़लती समझते हैं।'

'लगता है आप समझ नहीं रही हैं,' उनवाला अड़े रहे। 'दस्तूर नेर्योसंग धवल इसके बिना ईरानशाह को प्रतिष्ठापित नहीं कर सकते थे। और आपके भाई...'

'और आप शायद ये भूल रहे हैं कि बाद की पीढ़ियों ने अलग-अलग तरीक़ों से अलग-अलग चुनौतियों का सामना किया था,' आवान ने कहा। 'ऐसी बहुत सी चीज़ें थीं जो ज़रथुष्ट्र के जीवन और मागियों के उद्भव के बीच; पर्सेपोलिस से बुरज़ूया; इस्लामिक शासन से हुर्मुज़ के मोर्चे तक; इब्ने-मुक़फ़्फ़ा से मार्को पोलो तक, रिवायतों से नवसारी तक; और उदवाड़ा से बॉम्बे तक अनेक घटनाएं घटित हुई थीं। आप और आपके सहयोगी कब ख़ुद को अपडेट करेंगे?' *हमारे दख़मों से गिद्ध तक ग़ायब हो चुके हैं, अब उनकी*

जगह सोलर कंसेंट्रेटर्स ने ले ली है। लेकिन, भगवान न करे, आप में से किसी से किसी ओरिजिनल आइडिया की उम्मीद नहीं है!

'ईरान में हमारे भाई-बंधु भी चिंतित हैं,' उनवाला बिना विचलित हुए कहते रहे। 'इससे आपको कुछ आभास होना चाहिए कि ये मसला कितना गंभीर है।'

आवान की डेस्क पर रखा फ़ोन बजा। उसने अपनी सेक्रेटरी को निर्देश दिया था कि मीटिंग के पंद्रह मिनट बाद रुकावट डाल दे। उसने एक पल अपनी सेक्रेटरी की बात सुनी, रिसीवर रखा और फिर माफ़ी मांगते हुए उनवाला को देखा। 'मुझे बहुत अफ़सोस है लेकिन ये बात हम किसी और वक़्त जारी रखेंगे,' उसने कहा। 'मुझे अभी एक ऑडिट कमेटी की मीटिंग में पहुंचना है।' उनवाला भुनभुनाते हुए दस्तूर हाउस से चले गए। उन्होंने क़सम खाई कि वो इस घमंडी दस्तूर परिवार को सिखाकर रहेंगे कि परंपरा का सम्मान किस तरह किया जाता था।

वो इस बात से अनजान थे कि कई दिनों से कोई उनका पीछा कर रहा था। उस किसी ने अपना फ़ोन निकालकर ल्यूक मिलर को फ़ोन किया। 'उनवाला कई बार जिम दस्तूर की बहन के ऑफ़िस जा चुके हैं,' उसने कहा। 'पता नहीं वो जिम दस्तूर और हमज़ा ड्यूरा के ठिकाने के बारे में कुछ जानते हैं या नहीं।'

मिलर ने ध्यान से इंडिया से आए फ़ोन को सुना, फिर एस्क्लीपियस में रायन पार्कर को फ़ोन कर दिया।

93

वो अपने टैंट के बाहर हो-हल्ला सुनकर जाग गए। वो कुछ करते, इससे पहले ही कई तालिबानी लड़ाके उन पर बंदूक़ें ताने उनके टैंट में घुस आए। 'जहां हो, वहीं रहना,' हमीदुल्लाह चिल्लाया। 'उसके पीछे जाने का सोचना भी मत।'

जिम, लिंडा, डैन और अब्बासी आंखें झपकाते हुए जगे, और समझने की कोशिश करने लगे कि हो क्या रहा है। फिर उन्हें समझ आया कि सरोशपुर उनके बीच नहीं था। लिंडा ने अपनी घड़ी को देखा। रात के 2:10 बजे थे।

'सरोशपुर कहां है?' अब्बासी ने ज़ोर से हमीदुल्लाह से पूछा। 'तुम उसे कहां ले गए हो?'

'हमसे खिलवाड़ मत करो,' हमीदुल्लाह पलटकर चिल्लाया। 'वो कैंप से भाग गया है, शायद तुम लोगों की मिलीभगत से। लेकिन फ़िक्र मत करो। वो बहुत दूर नहीं गया होगा। अख़्तर और उसके आदमी उसके पीछे गए हैं।'

'हममें से किसी को उनकी योजना का पता नहीं था,' जिम ने शांति से हमीदुल्लाह से कहा। 'हम तो उतने ही हैरान हैं जितने...' अचानक उसका ध्यान गया कि उसका थैला ग़ायब था। उसने बेचैनी से टैंट में चारों तरफ़ देखा, फिर घुटनों के बल झुककर उसने पलंग के नीचे झांका।

'हिलो मत,' हमीदुल्लाह चीख़ा। 'शांत बैठे रहो, वर्ना गोली मार दूंगा।'

जिम ने अपने हाथ ऊपर उठाए और फिर से बेड पर बैठ गया। 'मेरा बैग ग़ायब है,' उसने कहा। 'मैं बस उसे ढूंढ़ रहा था।'

'उसमें ऐसा क्या था जो इतना अहम है?' हमीदुल्लाह ने पूछा।

'बस मेरे काग़ज़ात हैं,' जिम ने कहा। वो जानता था कि हमीदुल्लाह को विस्तार से बताना अक़्लमंदी नहीं होगी।

'कोई आइडिया कि सरोशपुर कहां गया होगा?' अब्बासी ने हमीदुल्लाह से पूछा।

'उसने इस टैंट में छेद बनाया और रेंगकर बाहर निकल गया,' हमीदुल्लाह ने जवाब दिया। 'फिर वो परिधि से बाहर निकला जहां एक मोटरसाइकिल खड़ी थी। वो यक़ीनन इस्लाम क़ला की ओर गया है।'

इस जानकारी से जिम हतप्रभ रह गया। इतनी दूर तक उनकी मदद करने के बाद सरोशपुर ने धोखा देने का क्यों सोचा? वो जिम का बैग और हमज़ा ड्यूरा को क्यों ले गया? वो ईरान बॉर्डर की ओर वापस क्यों गया? इनमें से कोई भी बात उसके गले नहीं उतर रही थी।

'तुम्हारे दोस्त की कारस्तानी ने तुम सबको ख़तरे में डाल दिया है,' हमीदुल्लाह ने कहा। 'अब तक तो हम तुम लोगों के साथ इज़्ज़त से पेश आए हैं। लेकिन उसके भागने से ये सब बदल सकता है।' टैंट के बाहर से आ रहा शोर बता रहा था कि अनेक निर्देश दिए जा रहे थे। भागते क़दम कैंप के पूरी तरह सक्रिय हो जाने का संकेत दे रहे थे। गाड़ियों के इंजनों के घरघराने की आवाज़ से पक्का हो गया था कि पीछा किया जा रहा था।

'हम पूरी तरह तुम्हारे साथ सहयोग करेंगे,' जिम ने कहा। 'लेकिन प्लीज़ मेरा बैग वापस लाने में मदद करो। उसमें मेरी ज़िंदगी भर का काम है।'

'हम कोई वादा नहीं कर सकते,' हमीदुल्लाह ने जवाब दिया। 'इस समय तो हमारी प्राथमिकता उसे पकड़ना है, ज़िंदा या मुर्दा। बाक़ी सब बाद की बात है।'

'तुम ग़लती कर रहे हो,' पहली बार डैन ने मुंह खोला था। 'तुम्हारी प्राथमिकताएं ग़लत जगह पर हैं।'

'क्या मतलब है तुम्हारा?' हमीदुल्लाह ने पूछा।

'सरोशपुर की अपने आप में कोई अहमियत नहीं है,' डैन ने कहा। 'दूसरी ओर, अगर तुम उसे वापस ला सको जो उसने चुराया है, तो ऐसे कुछ लोग हैं जो इसके लिए तुम्हें अकल्पनीय पैसा देने को तैयार हो जाएंगे।'

जिम ने नाराज़गी से डैन को देखा। इस बातचीत की दिशा क़तई मददगार नहीं हो रही थी। डैन आख़िर क्या हासिल करना चाह रहा था? हमीदुल्लाह ये समझने की कोशिश में बारी-बारी से डैन और जिम को देख रहा था कि किस पर यक़ीन करे।

'चुराई गई संपत्ति कितनी क़ीमत की है?' हमीदुल्लाह ने पूछा।

'कई हज़ार डॉलर की,' डैन ने उत्तर दिया। 'ये मेरे दोस्त अब्बासी ही अकेले उसे हासिल करने के लिए तुम्हें पचास हज़ार डॉलर देने को राज़ी हो जाएंगे।'

अब्बासी अकबका गया। वो पहले ही उन लोगों को लाने के लिए अल-बलूची को पैसा दे चुका था। अब उससे नई सामग्री वापस हासिल करवाने के लिए पैसा देने को कहा जा रहा था। उसने जिम को देखा और हल्की सी हामी को समझ गया। *मैं तुम्हारी सारी भरपाई कर दूंगा, मेरे दोस्त। बस इस मामले में साथ दे दो।*

'बैग में मौज-मस्ती की ड्रग्स हैं?' हमीदुल्लाह ने पूछा।

'नहीं,' डैन ने जवाब दिया। 'जिम डॉक्टर हैं, और इनके बैग में अहम दवाइयां हैं। अगर तुम्हारे आदमी उसे वापस ला सके, तो अब्बासी भुगतान का इंतज़ाम कर देंगे।'

'और तुम्हारे भगोड़े दोस्त का क्या?' हमीदुल्लाह ने पूछा।

'वो कोई दोस्त नहीं है,' डैन ने जवाब दिया। 'बस परिचित है।' ये कहने के लिए उसे अपराधबोध हुआ क्योंकि जब से उनकी कश्ती कीश आईलैंड पार करके चीरूइया पहुंची थी, तब से सरोशपुर ही उनकी मदद करता आ रहा था। लेकिन सरोशपुर की इस नई हरकत को समझ पाना मुश्किल था। *हमज़ा ड्यूरा चुराने की क्या ज़रूरत थी? वापस ईरान की ओर जाने की क्या ज़रूरत थी?* फिर डैन को याद आया कि सरोशपुर गब्राबाद एक्शन फ्रंट नाम के एक संगठन का हिस्सा था। *क्या ये वजह हो सकती है कि सरोशपुर साथ लटक लिया था, किसी निजी मक़सद से—जैसे डैन ख़ुद आया था?*

अब्बासी बोला, 'क़ुरआन की आयत 5:38 कहती है, "और जहां तक चोर का सवाल है, आदमी हो या औरत, उसके हाथ काट दो: ये उनके जुर्म के लिए मिसाल क़ायम करने के लिए अल्लाह की ओर से सज़ा है। और अल्लाह सबसे बड़ा है।"'

'अगर तुम एक लाख डॉलर देने को तैयार हो तो मैं उसे तुम्हारे

लिए वापस ला दूंगा,' हमीदुल्लाह ने कहा। आदेश देने के इंतज़ार में उसकी उंगली अपने दोतरफ़ा रेडियो पर थी। जिम ने गहरी सांस ली। फिर उसने सिर हिलाकर हामी भर दी।

हमीदुल्लाह ने पश्तो में रेडियो पर कहा। 'ग्रेनेड का इस्तेमाल मत करना,' उसने कहा। 'ज़रूरत हो तो गोली मार देना लेकिन वो बैग सही-सलामत वापस लाना। हमें कोई विस्फोट नहीं चाहिए।'

सही वक़्त पर क़ुरआन का हवाला देने के लिए जिम ने अहसानमंदी से अब्बासी को देखा। फिर जिम और डैन के बीच निगाहों का आदान-प्रदान हुआ। जिम की ओर से डैन की तुरत-बुद्धि के लिए ये एक मौन सराहना थी। और फिर उसके दिमाग़ में एक आइडिया और कौंधा। *अगर वो हमज़ा ड्यूरा को वापस पाने के लिए पैसा दे सकते हैं, तो ख़ुद को क़ैद से छुड़ाने के लिए भी पैसा क्यों न दे दें?*

'हमारी फिरौती के लिए दूसरों से बातचीत करने के बजाय, हम अपनी आज़ादी के लिए ख़ुद ही किसी क़ीमत को तय करने के लिए भी तैयार हैं,' तालिबानी के चेहरे पर झलकी हल्की सी मुस्कान को भांपते हुए जिम ने हमीदुल्लाह से कहा। इन तालिबान बदमाशों के लिए अतिरिक्त डॉलरों से ज़्यादा कोई चीज़ मायने नहीं रखती।

और कभी-कभार अल्लाह के शब्द—जब वो उन्हें सटीक लगें।

94

भारतीय राष्ट्रीय सुरक्षा सलाहकार—एनएसए—भारतीय प्रधानमंत्री के सरकारी आवास 7, लोक कल्याण मार्ग के गेट पर अपनी कार से निकले। बारह एकड़ के परिसर में बस एक ही गेट था और आगंतुकों के रोस्टर में पहले से सूचीबद्ध लोगों को ही अंदर जाने की इजाज़त होती थी। एनएसए की गाड़ी को भी गेट पर ही रोक दिया

गया था और वो पैदल ही अर्जुन और गुलमोहर से सुसज्जित गलियारे में चल दिए।

बी.के. सिंह—अपने मित्रों में बीके के नाम से ज्ञात—प्रधानमंत्री के आवास, नंबर पांच की ओर जा रहे थे। बीके एक लंबे आदमी थे, औसत भारतीयों से कहीं लंबे। उनकी अतिरिक्त लंबी चाल उन्हें अपने साथ चल रहे अन्य किसी की तुलना में ज़्यादा तेज़ी से दूरी पाटने देती थी। वो गोरे और पूरी तरह गंजे थे, और एक मोटा सा चश्मा स्थायी रूप से उनकी नाक पर टिका रहता था।

परिसर में पांच बंगले थे जिनमें पीएम का आवास, साधारण मीटिंगों के लिए स्थल, एक कांफ्रेंस स्थल, एक गेस्टहाउस और अंत में, स्पेशल प्रोटेक्शन ग्रुप के लिए आवास था। बीके एक दरवाज़े से अंदर गए जिसके साइड में पीएम के निजी सचिवों के लिए दो केबिन थे। उन्हें वरिष्ठ सचिव मिले जो उन्हें नेशनल गैलरी ऑफ़ मॉडर्न आर्ट से लाई गई पेंटिंग्स से सजे एक छोटे से गलियारे के पार ले गए, और उन्होंने उनके लिए पीएम के मुलाक़ात कक्ष का दरवाज़ा खोल दिया जहां वो ख़ुद इंतज़ार कर रहे थे। वो बीके को देखकर मुस्कुराए और इधर-उधर की बातें किए बिना सीधे पूछा, 'तो हम सही-सही कितना जानते हैं?'

'उससे ज़्यादा कुछ नहीं जो कुछ दिन पहले तक जानते थे, सर,' एनएसए ने कहा। 'जिम दस्तूर को एक हफ़्ते पहले पोर्टलैंड में अग़वा किया गया था और वो तब से लापता हैं। एफ़बीआई में मेरे आदमी ने इशारा दिया था कि उनका अपहरण शायद ईरान ने करवाया हो। लेकिन मक़सद के बारे में उसे भी कोई अंदाज़ा नहीं था। तेल अवीव में हमारे दोस्तों से हुई बातचीत से पता लगता है कि वो शायद ईरान से अफ़ग़ानिस्तान चले गए हैं—या ले जाए गए हैं।'

'तेहरान के सूत्रों से कोई जानकारी?' पीएम ने पूछा।

'जब से हम पर अमेरिका ने ईरान से कम तेल आयात करने के लिए दबाव डाला है, हमारे रिश्ते अच्छे नहीं रहे हैं,' बीके ने जवाब दिया। 'ये फ़रज़ाद-बी तेल क्षेत्र और चाबहार बंदरगाह परियोजना में

हमारी भागीदारी के प्रति ईरानी रवैये में भी दिखता है। क्या मैं पूछ सकता हूं, सर, कि जिम दस्तूर क्या वाक़ई हमारे लिए मायने रखते हैं? वो तो अब अमेरिकी नागरिक हैं।'

'हमें ये नहीं भूलना चाहिए कि जिम दस्तूर भारत के सबसे बड़े बिज़नेस लीडर बमन दस्तूर के बेटे हैं,' पीएम ने जवाब दिया। 'शापूर दस्तूर से शुरू करके, उस परिवार की बाद की पीढ़ियों ने—नवरोज़, रुस्तम, बमन और अब आवान समेत—हमारे देश की आर्थिक उन्नति में बहुत अहम भूमिका निभाई है।' *हमें ये भी नहीं भूलना चाहिए कि जिम की बहन आवान, जो अब दस्तूर साम्राज्य चलाती है, मेरी पार्टी के कोष में खुले हाथ से योगदान करती है।*

पीएम ने अपनी खिड़की से बाहर उपवन में मोरों को देखा। 'आप जानते हैं कि अमेरिकी भी उन्हें तलाश रहे हैं?' उन्होंने अंततः पूछा।

'इस बारे में एफ़बीआई के स्पेशल एजेंट फ्रेड स्मिथ से बातचीत हुई है जो जिम दस्तूर की गुमशुदगी का केस देख रहा है,' बीके ने उत्तर दिया। 'एफ़बीआई की हॉस्टेज रिकवरी फ़्यूज़न सैल भी संपर्क में है। लेकिन उससे भी अहम नेशनल सिक्योरिटी एजेंसी और मोसाद भी उन्हें ढूंढ़ने में सहयोग कर रहे हैं।'

बातचीत में थोड़ा सा विराम लगा। 'कुछ ऐसा है जो आप मुझे बता नहीं रहे हैं, सर,' बीके ने कहा। वो शायद अकेले ऐसे व्यक्ति थे जो पीएम के साथ इतना खुलकर बात कर सकते थे। पीएम ने अपने रिमलैस चश्मे से एनएसए को घूरा। फिर उन्होंने हार मान ली। उन्हें बीके को विश्वास में लेना ही होगा।

'1932 में रुस्तम दस्तूर रवींद्रनाथ टैगोर के नेतृत्व में एक प्रतिनिधिमंडल के हिस्से के रूप में ईरान गए थे,' पीएम ने कहा। 'ज़्यादातर लोगों को लगा कि उन्हें बस कला के प्रति उनके प्रेम के कारण प्रतिनिधिमंडल में शामिल किया गया है।'

'लेकिन?'

'लेकिन वो एक गुप्त कारण से उसमें थे,' पीएम ने कहा।

'पारसियों के पास कोई ऐसी चीज़ थी जिस पर ईरान दावा कर सकता था। वास्तव में, शाह चाहते थे कि साइरस सिलिंडर समेत महत्वपूर्ण ज़रथुष्ट्री ख़ज़ानों को वापस लाया जाए। रुस्तम रज़ा शाह पहलवी को राज़ी करने गए थे ताकि ये सुनिश्चित हो सके कि ऐसा कोई दावा नहीं किया जाएगा।'

'वो दावा किस चीज़ से संबंधित था?' बीके ने पूछा, उनकी उत्सुकता और बढ़ गई थी।

'हम नहीं जानते,' पीएम ने कहा। 'कहानियां कहती हैं कि वो गूढ़ ही सही लेकिन अथाह मूल्य की थी, और कि उसके गुणों को फ़ारसी हकीम बुरज़ूया की किसी किताब में बताया गया है। वो आलेख किसी पुराने भारतीय ग्रंथ पर आधारित था।'

'तो आपको लगता है कि जिम दस्तूर को उनके पास मौजूद इस ख़ास चीज़ के लिए अग़वा किया गया है?' बीके ने पूछा।

'ये तथ्य कि वो जिम दस्तूर हैं जिनका अपहरण हुआ है, और ये तथ्य कि उन्हें ईरान ले जाया गया है, ये शक पैदा करते हैं,' पीएम ने कहा।

'आप मुझसे क्या करवाना चाहते हैं?' बीके ने पूछा।

'पहली बात, पता कीजिए कि अब वो कहां हैं,' पीएम ने कहा। 'दूसरे, उन्हें वापस लाने का कोई रास्ता निकालें।'

एनएसए ने संकेत दिया कि वो समझ गए थे। 'मैं आईआरजीसी में अपने स्रोतों को सक्रिय करता हूं और, और ज़्यादा जानकारी निकालता हूं। बेशक अनौपचारिक रूप से,' उन्होंने कहा। 'और कुछ, सर?'

'क्या अफ़ग़ानिस्तान में आपके परोपकारी अभी भी हैं?' पीएम ने पूछा।

पीएम डॉक्टर, इंजीनियर और आर्किटेक्ट के दलों का ज़िक्र कर रहे थे जो अफ़ग़ानिस्तान के पुनर्निर्माण की कोशिशों में उसकी मदद करने के लिए वहां काम कर रहे थे। लेकिन इसका क्या मोल

था? अमेरिकियों की शीघ्र होने वाली निकासी से वो सब कुछ शून्य हो जाने वाला था।

भारत ने काबुल में नया संसद भवन बनाया था, इसने सलमा बांध बनाया था और अनेक ट्रांसमिशन लाइनें डाली थीं। ये सब चिमताल पॉवर स्टेशन, ज़रंज-दिलाराम हाईवे और बेशुमार स्कूलों, अस्पतालों, गोदामों, जलाशयों और ट्यूबवैलों के अलावा था।

'जी, सर,' बीके ने जवाब दिया। 'वहां हमारे कई सौ आदमी अभी भी हैं। लेकिन ज़्यादातर को जल्दी ही निकालना होगा।'

'उनमें कोई जासूस भी हैं?'

'कुछेक हैं,' एनएसए ने कहा। 'मैं सुब्रह्मण्यम से बात कर लूंगा।' अफ़ग़ानिस्तान में बड़े पैमाने पर किए जा रहे कामों का मतलब था कि पाकिस्तान की इंटर सर्विसेज़ इंटैलिजेंस की गतिविधियों पर नज़र रखने के लिए भारत की रिसर्च एंड एनैलिसिस विंग—या रॉ—के अनेक जासूसों को भी वहां तैनात किया जा सकता था।

'आपने श्रीनगर में विजय भार्गव से आख़री बार कब बात की थी?' पीएम ने एक थर्मस से अपने लिए गर्म पानी निकालते हुए पूछा। नीबू और शहद का पानी दिन भर का उनका मुख्य पेय था। उन्होंने बीके को भी लेने का इशारा किया। एनएसए ने विनम्रता से मना कर दिया। उनका पसंदीदा पेय दूध वाली फ़िल्टर कॉफ़ी थी।

'काफ़ी समय हो गया,' एनएसए ने कहा। 'मुझे लगता है कि कोई पोस्ट न दिए जाने की वजह से वो हमारे प्रशासन से कुछ नाराज़ हैं।'

पीएम हंस पड़े। 'प्रशासन से आपका मतलब मुझसे है।' एनएसए ने बहस नहीं की। 'उन पर नज़र रखें,' पीएम ने कहा। 'कश्मीर में कुछ अजीब सी गंध फैली है और जब ऐसा होता है, तो महक आमतौर पर उन तक ले जाती है।'

95

अल-फ़हीदी ज़िले में वो अधेड़, तोंदियल आदमी टैक्सी से उतरा। यहां बमुश्किल ही दुबई जैसा लगता था। ये बुर्ज ख़लीफ़ा, दुबई मॉल, एटलांटिस और पाम जुमेरा से दूर एक दुनिया थी। दुबई के पूर्व स्वरूप की पुरानी इमारतें शहर में भरी हुई थीं। यहां के लोग ज़्यादातर भारतीय और पाकिस्तानी थे, मॉल्स में आम अरब और यूरोपीय लोग नहीं दिखते थे। जगह के लिए जूझती ट्रैवल एजेंसियों, चाय की दुकानों, भारतीय कपड़ों की दुकानों, और मॉम-एंड-पॉप ग्रोसरीज़ के साथ ये शहर भारत, पाकिस्तान या बांग्लादेश के किसी स्थान जैसा ज़्यादा दिखता था।

दुबई आने वाले लोग बस पर्यटक स्थलों की चकाचौंध और ग्लैमर ही देखते थे। वो शायद ही कभी देखते थे कि छुपे हुए छोटे लोग कैसे रहते थे—आप्रवासी कर्मचारी जो शहर को चलाते थे। ये आमतौर पर लोहे के बंक बेड्स से भरी बदहाल डॉरमिट्रीज़ से भरे श्रमिक कैंप थे। सामुदायिक किचन और कॉमन शौचालयों के खंड इन शोचनीय हालात के इंतज़ाम को पूरा कर देते थे। इन ब्लू-कॉलर वाले कर्मचारियों की विशाल तादाद कुछ बचत नहीं करते थे, और वो जितना कमाते थे लगभग सब कुछ घर पर अपने परिवारों के पास भेज देते थे।

आगंतुक ने सूक़ अल-कबीर—पुराने शहर—को पार किया और दुबई क्रीक पहुंचा जहां कामगारों से भरी कई पारंपरिक नावें खड़ी थीं। तट पर वो भारतीय कपड़ों की एक दुकान में चला गया जो कपड़ों, साड़ियों और शलवार-क़मीज़ के थानों से भरी हुई थी। उसने बिक्री के क्षेत्र को पार किया और पीछे बने एक छोटे से ऑफ़िस में चला गया। अपने परिवेश जैसा ही पुराना दिखने वाला पाकिस्तानी मालिक चाय पी रहा था। उसने नज़र उठाकर आगंतुक को देखा और एक कुर्सी पेश की।

आगंतुक ने डेस्क पर एक लैदर बैग रख दिया। 'आप इसे

गिनना चाहेंगे?' उसने पूछा। दुकानदार ने हामी भरी, उठा और खिड़की के पर्दों को खींच दिया जिससे उसे बिक्री वाला क्षेत्र दिखता रहता था। उसने बैग की ज़िप खोली और अमेरिकी डॉलरों के बंडल निकाले। उसने प्रामाणिकता के लए कुछ नोटों को जांचा। विशेषकर उसने सुरक्षा तार की मौजूदगी देखी थी, और फिर नोटों पर वाटरमार्क देखने के लिए तेज़ सीलिंग लाइट के सामने रखा। फिर उसने सुघड़ता से बंडलों को अपनी काउंटिंग मशीन में लगाया। प्रक्रिया विधिवत लेकिन फिर भी झटपट हो गई। ये आदमी इस रुटीन को बहुत बार कर चुका था।

कोई दस मिनट बाद, दुकानदार अपनी गिनती से संतुष्ट नज़र आया। 'पूरे हैं,' उसने कहा। 'मैं सही वक़्त पर हमीदुल्लाह रसूल को बता दूंगा।' जब उसके मेहमान ने जाने का कोई संकेत नहीं दिखाया, तो दुकानदार ने सवालिया नज़र से उसे देखा, फिर वो समझ गया। अपना फ़ोन उठाकर, उसने एक नंबर डायल किया। 'अस्सलामु अलैकुम,' उसने कहा। 'चार लोगों के लिए पूरी रक़म और एक पार्सल मिल गया है, जनाब।' दूसरी ओर से एक आवाज़ ने कुछ कहा। दुकानदार ने लाइन काट दी और अपेक्षा के साथ उस आदमी को देखा।

आगंतुक खड़ा हुआ, दुकान से निकला और क्रीक की ओर चल दिया। वो एक कमज़ोर सी लकड़ी की अब्रा पर सवार हुआ, ये यात्रा बस एक दिरहम की पड़ी। क्रीक पर सफ़र करने के लिए भरोसेमंद अब्रा अभी भी सबसे सुविधाजनक तरीक़ा था और रोज़ाना पंद्रह हज़ार से ज़्यादा लोग इसका इस्तेमाल करते थे। ये विश्वसनीय प्रणाली दुबई के पुराने दौर से चली आ रही थी। जब नाव क्रीक पर अमेरिकी कॉन्सुलेट के सामने के एक पॉइंट तक जाने के लिए आगे बढ़ी तो अपने चेहरे को छूती हवा उसे अच्छी लगी।

वो नाव से उतरा और फ़र्स्ट इस्लामिक नेशनल बैंक की लॉबी में चला गया जो खाड़ी के उत्तरी किनारे पर स्थित था। नीचे एक सेक्रेटरी उसका इंतज़ार कर रही थी। वो फ़टाफ़ट एक

प्राइवेट एलिवेटर से उसे तीसरी मंज़िल पर ले गई जहां उसे उसका रिलेशनशिप मैनेजर मिला। उन्होंने एक गलियारा पार किया और वो एक छोटे से कांफ्रेंस रूम में दाख़िल हो गए। 'आज सुबह हमने एक रिज़र्व खाते से एक बड़ी राशि निकाली थी,' उस आदमी ने अपने मैनेजर से कहा। 'क्या जेमिनी सैल्युलर रिसर्च सेंटर से हमें उतना ही पैसा मिल गया है?'

'हमें ये तो निश्चित नहीं पता कि अंतिम प्रेषक कौन है,' मैनेजर ने कहा। 'लेकिन हां, दोपहर में उतनी ही राशि रिज़र्व खाते में ट्रांसफ़र कर दी गई थी। ट्रांसफ़र बैंक ऑफ़ अमेरिका की सिएटल ब्रांच से आया था।'

उस आदमी ने अपना फ़ोन उठाया, और बॉटिम नाम की एक एप से लंदन के एक नंबर पर वीओआईपी कॉल की। कॉल अपने आप ही यूक्रेन डाइवर्ट हो गई, जो फिर तेल अवीव के पास कैंप मोशे दायान में एक उपभोक्ता को बाउंस हो गई। 'बस ये बताना था कि हमने खाते से भुगतान कर दिया है और खाते में पैसा आ भी गया है,' दुबई में मौजूद आदमी ने कहा। 'हमारे लिए और कोई निर्देश?'

96

सड़क के खुले टुकड़े पर इंतज़ार कर रहा विमान सेस्ना 208 कारवां था। उस पर लिपटी मिट्टी की मोटी परत की वजह से उसके असली रंग को समझ पाना मुश्किल था। मूल रूप से ये अफ़ग़ान एयर फ़ोर्स का था, लेकिन मज़ार-ए-शरीफ़ के एयरबेस पर हुए एक तालिबानी हमले में अनेक विमानों पर क़ब्ज़ा करके खड़ा कर दिया गया था।

तालिबान ने तत्परता से पाइलटों को भी अग़वा कर लिया, और उनसे अपने आदमियों को ट्रेनिंग दिलवाई। ये सब ऐसे दौर में हुआ था जब अमेरिकी अफ़ग़ानिस्तान से हटने में व्यस्त थे। पुल-आउट का मतलब ये भी था कि अफ़ग़ान वायु सेना में और निवेश रुक

जाता। तालिबान से लड़ने में अफ़ग़ानिस्तान सरकार के प्रमुख सुदृढ़ पक्षों में से एक—हवाई ताक़त—अब कमज़ोर कर दी गई थी।

उनका पाइलट मुश्किल से बीस के दशक का एक नौजवान था। उसने कई महीनों से बंदी रहे एक अफ़ग़ानी पाइलट से विमान उड़ाने के बस कुछेक घंटे के सबक़ लिए थे। नौजवान तालिबान पाइलट ने अपने पहले विमान की दुर्घटना कर दी थी लेकिन किसी तरह बीहड़ इलाक़े में उसके फटने से बस कुछ पल पहले ही उससे बाहर निकल आया था। जब जिम, लिंडा, डैन और अब्बासी ने ये सुना तो वो एक दूसरे की शक्ल देखने लगे। उन्हें समझ नहीं आ रहा था कि वो कहीं पहले वाला प्रदर्शन ही तो नहीं दोहराएगा। जिम ने अपने बैग को और भी कसकर पकड़ लिया।

सरोशपुर को अस्मदाबाद के पास खोज निकाला गया और गोलीबारी में ढेर कर दिया गया। चोरी की उस लिथुआनियाई मोटरबाइक के फटने से ठीक पहले तालिबान लड़ाकों ने उसे उससे खींच लिया था। उन्होंने उसे होश में लाने की कोशिश की, लेकिन दाएं अलिंद में लगी गोली के घाव को बंद कर पाना नामुमकिन था। उन्होंने उसकी लाश को एक उथली क़ब्र में फेंका और फिर थैले को लेकर आ गए। अब्बासी द्वारा दुबई के ज़रिए सारे आवश्यक भुगतान करवाए जाने के बाद उसे उन्होंने जिम को सौंप दिया। जीसीआरसी द्वारा दुबई में मोसाद कोरियर के ज़रिए दिया गया पैसा उनकी आज़ादी और बेशक़ीमत हमज़ा ड्यूरा को वापस पाने के बदले बहुत मामूली सी क़ीमत थी।

'हमारे जाने की क्या योजना है?' जिम ने पूछा। सवाल हमीदुल्लाह से किया गया था, जो डॉलरों से ख़रीदे जाने के बाद अब उनका साथी बन गया था।

'मेरा पाइलट तुम्हें काबुल के बाहरी इलाक़े तक ले जाएगा,' हमीदुल्लाह ने जवाब दिया। 'वहां से बगराम एयरबेस बस थोड़ी ही दूरी पर है। अमेरिकी ख़ुशी-ख़ुशी तुम्हें अफ़ग़ानिस्तान से सुरक्षित निकालने का इंतज़ाम कर देंगे।' जिम समझ नहीं पा रहा था कि

इस नौजवान में, जिसे 'पाइलट' कहा जा रहा था, वास्तव में इस ख़तरनाक मशीन को उड़ाने की क़ाबिलियत थी भी या नहीं, लेकिन वो समझ रहा था कि उन्हें इसी योजना के अनुसार चलना पड़ेगा।

ग्रुप विमान पर सवार हुआ। सेस्ना में नौ लोगों के बैठने की स्वीकृत क्षमता थी लेकिन इसमें कॉकपिट की सीटों के अलावा केवल पांच यात्री सीटें थीं। इनमें से केवल तीन में ही सीट बेल्ट थी। चूंकि यात्री चार थे—जिम, लिंडा, डैन और अब्बासी—तो अब्बासी ने उस सीट पर बैठने की पेशकश की जिस पर बेल्ट नहीं थी। 'मैं इसका आदी हूं,' उसने मज़ाक़ में कहा। 'मैंने ज़्यादातर ज़िंदगी सुरक्षा बेल्टों के बिना ही बिताई है।'

हमीदुल्लाह ने उन सबको एक-एक पैराशूट का पैक दिया। 'अगर ज़रूरत पड़ जाए तो,' उसने कहा। ये क़तई आश्वासन भरी बात नहीं थी।

हवा का एक तेज़ झोंका विमान से टकराया और ऐसा लगा कि वो पलट जाएगा। मौसम की ओर से बेपरवाह, नौजवान पाइलट ने जल्दी से शुरू करने की प्रक्रिया के अपने संस्करण—ईंधन मिश्रण, ब्रेक, थ्रॉटल—को दोहराया और बोला, 'हम तैयार हैं,' जो आश्वस्त होने के लिए कुछ ज़्यादा ही जल्दी था। 'ख़ुदा हाफ़िज़,' उतरते हुए हमीदुल्लाह ने कहा। 'ख़ैर बेबीनी।'

पाइलट ने चाबी घुमाई और स्टार्टर हैंडल की ओर हाथ बढ़ाया। प्रॉपैलर धीरे-धीरे शुरू होते हुए चालू हो गया। फिर जब इंजन धड़धड़ाते हुए स्टार्ट हुआ तो उसकी आवाज़ दब गई। विमान धीमे-धीमे खुली ज़मीन के उस टुकड़े की ओर बढ़ा जो उनका रनवे होना था। गति पकड़ती जीर्ण-क्षीण मशीन घड़घड़ाती हुई खुले मैदान में आ गई। उसके तीनों टायर यात्रियों को हर उभार और गड्ढे की ख़बर दे रहे थे। पाइलट ने योक को पीछे खींचा, और चमत्कारिक ढंग से थका-हारा पंछी हवा में ऊपर उठ गया। पाइलट ने काबुल की सामान्य दिशा, पूर्व की ओर मुड़ते हुए उसके पंखों को साधा। रेतीले इलाक़े से तीन सौ मीटर ऊपर उठकर उसने विमान को सीधा किया

तो उसके यात्रियों ने एक साथ राहत की सांस ली। *नौजवान शायद अपना काम बख़ूबी जानता था।*

'देख रहे हैं? आपके नीचे वो हरीरूद नदी है,' पाइलट ने चिल्लाकर कहा। और तभी सेस्ना ने एक झटका खाया। लिंडा नाश्ते में पी चाय और ब्रेड को उलटने को तैयार थी। उसने मन ही मन कोसा। 'आप दूर उन इमारतों को देख रहे हैं? वो हिरात है। वहां अमेरिकी विमान खड़े किए जाते थे, लेकिन हाल ही में उन्हें हटा लिया गया है,' पाइलट ने चीख़कर कहा। वो अपने यात्रियों की असहजता की ओर से बेख़बर था। डैन ने घबराते हुए ये देखने के लिए बाहर की ओर झांका कि पाइलट क्या दिखा रहा था। अफ़ग़ानिस्तान हवा से भी उतना ही बदहाल दिखता था जितना कि ज़मीन से दिखता था।

पाइलट ने शोर मचाते विमान को नदी के साथ-साथ चलने के लिए मोड़ दिया, जो कि सफ़र के पहले भाग में उसकी बेहतरीन मार्गदर्शक होती। 'हमें अपनी मंज़िल पर पहुंचने में कितना वक़्त लगेगा?' लिंडा ने अपने पेट में घुमड़ते नाश्ते को नज़रअंदाज़ करते हुए चिल्लाकर पूछा।

'ये मानते हुए कि हमारे सामने कोई मुश्किल नहीं आएगी, उड़ान का कुल समय तीन घंटे का है,' पाइलट ने कहा। डैन ने धीमे से कुछ गालियां बकीं, शुक्र था कि इंजन के शोर ने ड्राइवर को उन्हें सुनने नहीं दिया था।

उनकी हिम्मत पर उड़ान भरने के शुरुआती हमलों, और हवा में आ जाने की राहत पा जाने के बाद, अब यात्री विमान की शोर भरी लय के आदी हो गए। लिंडा ने अपनी चादर उतार दी। *औरतें इन भारी-भरकम तंबुओं में कैसे रह पाती हैं?* इंजन की घड़घड़ाहट सम्मोहक थी। डैन और अब्बासी ऊंघने लगे।

क़रीब नब्बे मिनट बाद एक ज़ोरदार झटके ने उन्हें नींद से जगा दिया। 'हम नीचे गिर रहे हैं!' सेस्ना ने जब तेज़ी से ऊंचाई खोना शुरू किया तो पाइलट चिल्लाया। एक पल को अब्बासी को लगा

कि पागल पाइलट उनसे कोई बेहूदा मज़ाक़ कर रहा था लेकिन कुछ ही सैकंड में वो जान गया कि चेतावनी भयानक रूप से असली थी। कबाड़ का ढेर नीचे की ओर गिरा जा रहा था। 'हमें कूदना होगा!' पाइलट चीख़ा। उनकी मंज़िल से उत्तर में अनेक मीलों दूर, उनके नीचे बल्ख़ के खंडहर थे। मनहूस पाइलट अपने रास्ते से बहुत भटक गया था।

जब जहाज़ थरथराया और बेक़ाबू हो गया, तो लिंडा का सिर चकराने लगा। 'कूद जाओ! फ़ौरन!' कंट्रोल छोड़ते हुए पाइलट चिल्लाया और बाहर कूद गया, और उसने अपने पैराशूट की रस्सियां खोल दीं। उसके यात्री भी बिना सोचे-समझे उसके पीछे कूद गए। जिम अब लगभग फ़िक्र करने से दूर हो गया था। वो ये भी नहीं सोच रहा था कि उसका पैराशूट खुलेगा या नहीं—उसका मन उससे कह रहा था कि वैसे भी वो मरने ही वाला था। तालिबानी जहाज़ की हालत देखते हुए, बहुत मुमकिन था कि उनके बैकपैक में कोई पैराशूट हो ही नहीं। लेकिन फिर भी, जिम ने अपने थैले को कसकर पकड़ लिया था।

97

लिंडा अब बादलों के साथ तैर रही थी। उसका पैराशूट सफलतापूर्वक खुल गया था, और जब तैरते हुए धरती मां की ओर जा रही थी तो अपने चेहरे पर उसे हवा महसूस हो रही थी। धम! टकराव ज़रा भी आरामदेह नहीं था। लेकिन ज़मीन पर टकराने की कठोरता के बारे में सोचने का अभी वक़्त नहीं था। सेस्ना का तड़पता ढेर चिंघाड़ते हुए सौ मीटर से भी कम दूरी पर सूखी ज़मीन पर जाकर गिरा था, और फटकर आग का गोला बन गया था। उसने हिम्मत बटोरी और इस हादसे की वजह से हुए ताप के विस्फोट से बचने के लिए लुढ़कते हुए दूर चली गई।

आख़िरकार अपने पैरों पर खड़े होकर उसने जिम को तलाशा।

वो उससे बस पंद्रह मीटर दूर उतरा था लेकिन ख़ुद को पैराशूट से आज़ाद करने के लिए जूझ रहा था। फिर उसने अब्बासी और डैन को आते देखा। नौजवान पाइलट का कोई अता-पता नहीं था। 'उसने आख़िर हमें उतारा कहां है?' अब्बासी ने पूछा, जिसका चेहरा कालिख में लिपटा था। उनके चारों ओर एक विशाल क्षेत्र को घेरे हुए मोटी-मोटी दीवारें थीं। उसके अनुमान के मुताबिक़, वो गोलाकार चारदीवारी कम से कम हज़ार एकड़ को घेरे होगी।

'बल्ख़ में,' लिंडा ने जवाब दिया। 'मैंने इस जगह के जो सैकड़ों फ़ोटो देखे हैं, उनसे मैं इसे पहचान सकती हूं। लेकिन अगर ये बल्ख़ है, तो हम अपने रास्ते से बहुत दूर हैं। हम पूर्व की बजाय उत्तर में आ गए हैं।' गिरने से लिंडा की बांहों पर खरोंचें और कट लग गए थे लेकिन, अपने आसपास की जगह से अभिभूत होकर उसने उन पर ध्यान ही नहीं दिया।

'और हमारा पाइलट कहां है?' जिम ने अपने पैराशूट का बंडल बनाते हुए पूछा।

'वो भाग गया,' अब्बासी ने जवाब दिया। 'मैंने उसे इस इलाक़े की सीमा पर बनी बस्तियों में से एक की ओर भागते देखा था। वो डर रहा होगा कि हमीदुल्लाह को जब पता लगेगा कि उसका एक और क़ीमती पंछी मारा गया है तो वो उसका क्या हाल करेगा।'

'लेकिन इसका लुब्बे-लबाब ये है कि हम अभी भी अफ़ग़ानिस्तान में हैं,' डैन ने कहा। 'और यहां हमारे नाटकीय आगमन को देखते हुए, कुछ ही समय की बात है कि हम फिर से किसी न किसी आतंकवादी गुट के हाथ में पड़ जाएंगे।'

हादसे की जगह पर ज़मीन धंस गई थी। सेस्ना से काला कसैला धुआं निकल रहा था जो अगले सिरे के बल ज़मीन पर गिरा था, जिससे एक विशाल गड्ढा बन गया था। विमान के दो टुकड़े हो गए थे, और मिलाजुला मलबा कम से कम सौ मीटर के दायरे में बिखरा हुआ था। ख़ुशक़िस्मती से, उनमें से किसी को भी कोई गंभीर चोट नहीं आई थी। और जिम का बहुमूल्य सामान सही-सलामत था।

'तुम तो इस जगह से सम्मोहित सी लग रही हो,' उसने लिंडा को देखा।

'ओह जिम,' उसने भावविभोर होकर कहा, 'यही तो वो जगह है जहां ये सब शुरू हुआ था! नियति हमें बल्ख़ लेकर आई है!'

'इस कचरे के ढेर में ऐसी क्या ख़ास बात है?' डैन ने रूखेपन से पूछा।

'कहा जाता है कि ज़रथुष्ट्र आर्यानिमवैजा का अपना घर छोड़कर बल्ख़ आ गए थे—जिसे ग्रीक बैक्ट्रिया कहते थे। उस पर राजा विष्तस्प शासन करता था,' लिंडा ने कहा। हम ठीक उस जगह के केंद्र में हैं। ये खंडहर शायद सारे शहरों का मूल है!'

'ज़रथुष्ट्र यहां किसलिए आए होंगे?' जिम हैरानी से कह उठा। विशाल गोलाकार चारदीवारी को छोड़कर, वहां बंजर धरती के अलावा और कुछ नहीं था।

'वो उन लोगों से भाग रहे थे जो हिंसक ढंग से उनके धार्मिक विचारों का विरोध कर रहे थे,' लिंडा ने जवाब दिया। 'ज़रथुष्ट्र ने जब राजा के घोड़े अस्पे-स्याह को ठीक कर दिया तो विष्तस्प उनका अनुयायी बन गया। हमारे नीचे पुरातात्विक ख़ज़ाना दबा है। दुख की बात है कि यहां की अस्थिर राजनीतिक परिस्थितियों की वजह से कोई पुरातात्विक दल यहां कोई बड़ी खुदाई नहीं कर पाया है।' *बेहतर है कि वो ख़ज़ाने दबे ही रहें*, लिंडा ने सोचा। *अगर उन्हें खोज लिया गया, तो कुछ नहीं पता कि तालिबान उन्हें भी बम से उड़ा दें—बामियान बुद्ध की तरह।*

आसपास की कुछ दीवारों पर अब गांव बस गए थे तो कुछ पर लोगों ने क़ब्ज़ा कर लिया था। कुछ दूरी पर लिंडा लोगों को विमान के हादसे की जगह पर जमा होते देख रही थी। उनमें से कुछ चिल्लाते हुए उनकी ओर दौड़े। लेकिन तभी उसने धूल का ग़ुबार उठते देखा जबकि एक गाड़ी तेज़ी से उस जगह की ओर आ रही थी जहां वो खड़े थे। ये पहले भोगे अनुभव जैसा ही था। *कितनी बार हमें पकड़ा और छोड़ा जाएगा, बस फिर से पकड़ने के लिए?* वो

हताश हो गई थी।

खटारा टोयोटा कोरोला चिचियाते हुए उनके पास आकर रुक गई और मशीनगन लिए दो आदमी उससे उतरे। उनके पीछे एक तीसरा आदमी उतरा जो उनका बॉस लगता था। इत्र से सराबोर और काली पगड़ी बांधे, उसने कहा, 'मैं हाजी वसीक़ हूं, इस शहर का शैडो मेयर।'

लिंडा ने सवालिया निगाह अब्बासी पर डाली। *शैडो मेयर? ये क्या बला है?* 'काबुल के बाहर ज़्यादातर इलाक़ों में अफ़ग़ान सरकार के क़ानून नहीं चलते,' उसने धीरे से लिंडा को बताया। 'ये इलाक़ा—बल्ख़—तालिबानी नियंत्रण में है। सरकारी बल अपने बेस से नहीं निकल सकते। ये मुजाहिदीन इलाक़ा है और वो हरेक पद पर शैडो अधिकारी नियुक्त करते हैं। उनके लोग सत्ता का असली केंद्र होते हैं।'

तब तक, कुछ और गाड़ियां आ गई थीं। और लड़ाके बाहर आए, एक रॉकेट-प्रॉपेल्ड ग्रेनेड लॉन्चर लिए था, एक और के पास एम4 असॉल्ट राइफ़ल थी जो साफ़तौर पर अमेरिकी सेनाओं से ज़ब्त किए गए थे। हाजी वसीक़ ने उन चारों को तौला। 'आप लोग मेरे साथ चलेंगे,' उसने कहा। 'ये देखते हुए कि आप बाहरी लोग हैं, आपकी जान को ख़तरा है। यहां के लोग बाहरी लोगों पर भरोसा नहीं करते।' *लोग तो ठीकठाक दिख रहे हैं, समस्या तो तुम मालूम देते हो,* लिंडा ने सोचा।

उन्हें दो जर्जर सीडान कारों में ठूंस दिया गया जो, इससे पहले कि हादसे की जगह से कोई वहां पहुंचता, तेज़ी से वहां से चली गई थीं। सड़कों पर लिंडा को सड़क किनारे गिरे बमों से बने बड़े-बड़े गड्ढे दिख रहे थे। सड़कों के दोनों ओर भारी-भरकम हथियारों से लैस लोग खड़े थे। मुख्य रास्तों पर जगह-जगह चैकपॉइंट बनाकर तालिबानियों ने अपना अधिकार जमा लिया था। वो लगातार सड़कों पर चलने वाली गाड़ियों को रोककर ड्राइवरों से पूछताछ करते थे ताकि काबुल सरकार के पिट्ठुओं को अलग कर सकें। लेकिन ये तो

हाजी वसीक़ का क़ाफ़िला था। उन्हें तो बस सलाम किए जा रहे थे।

अफ़ग़ानिस्तान से अमेरिकी सेनाओं के जल्दी ही पीछे हटने के साथ ही चेतावनी साफ़ थी: तालिबान को खुली छूट मिल जाएगी। और इसके साथ ही उनके मित्र—पाकिस्तानी आईएसआई—भी जश्न मनाएंगे। तालिबान घोर कट्टरपंथी थे। वो दाढ़ी बनाने के लिए गांववालों को मारते थे, संगीत सुन रहे लोगों के स्टीरियो तोड़ देते थे, लड़कियों को स्कूल जाने से रोकते थे और कठोर शरीया क़ानून लागू करते थे।

'हम कहां जा रहे हैं?' लिंडा ने पूछा। वसीक़ से कोई जवाब नहीं मिला। वो बस इंतज़ार कर सकते थे।

98

उनकी कारें उस जगह से, जहां उनका हादसा हुआ था, क़रीब तीस किलोमीटर दूर जाकर रुकीं। ये इलाक़ा भी खंडहरों के झुंड जैसा दिखता था। लेकिन खंडहरों के बीच ईंटों और प्लास्टर के नए बने घरों का समूह था। पूरी तरह हथियारबंद अनेक पगड़ीधारी आदमी परिसर की सुरक्षा कर रहे थे। ग्रुप समझ गया कि वो हाजी वसीक़ के अड्डे में आ गए थे।

वो अपनी कारों से उतरे और वसीक़ के पीछे सबसे बड़े घर में गए जहां उन्होंने एक बड़े से हॉल में प्रवेश किया जिसकी दीवारों पर हरा पेंट था और फ़र्श पर गहरा लाल फूलदार अफ़ग़ानी क़ालीन बिछा था। चारों साइड पर लोगों के आराम करने के लिए गद्दे और तकिए लगे हुए थे। सफेद बालों वाला और मोटा चश्मा पहने एक लंबा, काला आदमी उनका इंतज़ार कर रहा था। उसने सादा सा पठान सूट पहना हुआ था लेकिन ऐसा लग रहा था कि वो पैंट और शर्ट पहनना ज़्यादा पसंद करता। वो आगे बढ़ा और उसने अपना हाथ बढ़ा दिया। 'मैं सुब्रह्मण्यम हूं,' उसने कहा। 'बल्ख़ के पॉवर

स्टेशन में चीफ़ इंजीनियर।'

'आप सोच रहे होंगे कि ये साहब कौन हैं,' वसीक़ ने कहा। 'सुब्रह्मण्यम हिंदुस्तान से हैं। ये अफ़ग़ानिस्तान के पुनर्निर्माण में शामिल एक प्रतिनिधिमंडल का हिस्सा हैं। ये मेरे दोस्त भी हैं।'

'दोस्त' शब्द से पहले बहुत मामूली सा ठहराव था। अब्बासी ने तुरंत उसे भांप लिया था। सुब्रह्मण्यम अफ़ग़ानिस्तान में भारत की रॉ का जासूस था। हालांकि ज़्यादातर तालिबानी पाकिस्तान-समर्थक थे, लेकिन लंबे समय से अफ़वाह थी कि भारत की ओर से कुछ सरदारों को लुभाने की गुपचुप कोशिशें हो रही थीं। आमतौर पर, पैसा सबसे आसान तरीक़ा होता है। एकजुट तालिबान जैसा कुछ नहीं था। उत्तर की ओर, तालिबान ताजिकिस्तान के प्रभाव में थे; पूर्व और दक्षिण में तालिबान पाकिस्तान के मित्र थे; पश्चिम की ओर तालिबान चुपचाप ईरान के साथ काम करते थे। रूस, भारत और चीन जैसे दूसरे देश पर्दे के पीछे रहकर अलग-अलग जगहों पर मित्र बनाने के लिए ख़ामोशी से काम कर रहे थे।

'हम असल में हैं कहां?' लिंडा ने पूछा।

'इस इलाक़े को *चश्मे-शफ़ा* या काफ़िरों का शहर कहा जाता है,' सुब्रह्मण्यम ने जानकारी दी। लिंडा अवाक थी। उसने चश्मे-शफ़ा के बारे में पढ़ा था लेकिन कभी सोचा भी नहीं था कि ये किसी तालिबान प्रमुख का हैडक्वार्टर बनेगा।

'आपको इस जगह के बारे में पता है?' सुब्रह्मण्यम ने उसके भावों को देखकर पूछा।

'हां, यक़ीनन। बहुत साल से, गांव वाले एंटीक स्मगलरों को बेचने के लिए यहां चश्मे-शफ़ा में पॉटरी और सिक्कों के लिए खुदाई कर रहे हैं। इसीलिए ये जगह खड्डों से भरी है। कभी ये एक महत्वपूर्ण ज़रथुष्ट्री शहर था। मैं अभी भी समझ नहीं पा रही कि तालिबान यहां क्यों रह रहे हैं।'

'क्योंकि वो जानते हैं कि वो ख़ज़ाने पर बैठे हैं,' सुब्रह्मण्यम ने जवाब दिया। 'सभी विवरणों के मुताबिक़, हमारे नीचे सोना और

जवाहरात दबे हुए हैं। हाजी वसीक़ ने अपना ऑफ़िस और घर यहां बनाए हैं ताकि किसी भी नई खोज के बारे में तुरंत इन्हें पता लग जाए। कहते हैं कि सिकंदर महान ने 327 ईसा पूर्व यहीं पर बल्ख़ की शहज़ादी रॉक्सैन से विवाह किया था।' जिम को याद आया कि सेसील ने भी इस जगह के बारे में बताया था।

'आप यहां क्यों हैं?' डैन ने सुब्रह्मण्यम से पूछा।

'मुझे भारत के प्रधानमंत्री के ऑफ़िस से निर्देश मिले हैं कि आप लोगों की यहां से सुरक्षित रवानगी सुनिश्चित करूं,' सुब्रह्मण्यम ने बताया। 'मि. जिम दस्तूर भारत के होनहार पुत्र हैं, और इनकी, इनके परिवार और मित्रों की सुरक्षा करना हमारा फ़र्ज़ है।' ग्रुप आश्वस्त नहीं था।

'फिक्र न करें,' वसीक़ ने कहा। 'लगभग तीन अरब डॉलर की प्रतिबद्धता के साथ हिंदुस्तान अफ़ग़ानिस्तान के सबसे बड़े दानदाताओं में से एक हो गया है। लेकिन मेरे जैसे दोस्तों के बिना सुब्रह्मण्यम यहां एक मिलीमीटर भी नहीं हिल सकते। इसीलिए हम साथ हैं। ये दोनों के लिए फ़ायदेमंद रिश्ता है। कुछेक साल पहले कुछ हिंदुस्तानियों को अग़वा कर लिया गया था। उन्हें बचाने में मैंने ही सुब्रह्मण्यम की मदद की थी।'

'हम यहां से कैसे जा सकते हैं?' अब्बासी ने असली मुद्दे पर आते हुए कहा।

'हमें आपको बगराम के अमेरिकी एयरबेस ले जाना होगा,' सुब्रह्मण्यम ने जवाब दिया। 'हालांकि अमेरिकी पीछे हट रहे हैं, लेकिन बगराम में अभी भी अमेरिकी कर्मचारी और विमान हैं। बगराम तक आठ घंटे की ड्राइव है लेकिन वसीक़ की सुरक्षा में हम आपको सही-सलामत वहां तक पहुंचा पाएंगे।'

'हम कब निकल सकते हैं?' लिंडा ने पूछा, जो अब इस सबसे निबटने के लिए बेसब्र हो रही थी।

'थोड़ी देर आराम कर लें,' सुब्रह्मण्यम ने जवाब दिया। 'कुछ खाएं। वसीक़ के घर का क़ाबिली मुर्ग़ पुलाव बहुत अच्छा होता है।

हम कुछेक घंटे में चल सकते हैं।' लिंडा की नाक ने चिकन पुलाव पकने की महक पकड़ ली और उसे अहसास हुआ कि उसे बहुत भूख लगी थी। जल्द ही वो फ़र्श पर बैठ गए और एक बड़े से, साझा थाल में से खाने लगे। सब लोगों ने अपने-अपने लिए छोटा सा हिस्सा निकाल लिया था।

'क्या ये मुमकिन होगा कि हम चश्मे-शफ़ा के खंडहरों को देख लें?' सबके खा चुकने के बाद, थोड़ा शांत होकर लिंडा ने पूछा।

'बिल्कुल,' सुब्रह्मण्यम ने कहा। 'मेरे साथ आइए। मैं ख़ुद आपको वहां ले चलूंगा।' लिंडा, जिम और डैन सुब्रह्मण्यम के साथ वसीक़ के घर से बाहर निकले।

वसीक़ के सुनने की हद से दूर निकल जाने पर लिंडा ने पूछा, 'वसीक़ ने हमें अकेले क्यों रहने दिया?'

'क्योंकि वो रॉ से पैसा पाता है,' सुब्रह्मण्यम ने सहजता से जवाब दिया।

'अगर तालिबान ने अफ़ग़ानिस्तान पर क़ब्ज़ा कर लिया तो ग़ैर-मुसलमानों का क्या होगा?' लिंडा ने पूछा।

'मुझे डर है कि ये सवाल अगर से ज़्यादा जब का है,' सुब्रह्मण्यम ने कहा। 'अभी ही अस्सी प्रतिशत के लगभग अफ़ग़ानिस्तान तालिबान के नियंत्रण में है। केवल काबुल और उसके आसपास के इलाक़े ही अभी भी अफ़ग़ानिस्तान सरकार के नियंत्रण में हैं। अब अमेरिकी किसी भी दिन जा सकते हैं।'

'फिर क्या होगा?' लिंडा ने पूछा, वो लोग वसीक़ के घर से खंडहरों की ओर जा रहे थे। कुछ सैनिक जींस और टीशर्ट पहनी लिंडा को घूरने लगे। उन्हें पश्चिम की नागरिक औरतों को देखने की आदत नहीं थी, वो भी उन कपड़ों में जो उन्हें पूरी तरह मिटा नहीं देते थे।

'चले जाएं, धर्म-परिवर्तन कर लें या ख़त्म हो जाएं, यही नियम रहेगा,' सुब्रह्मण्यम ने कहा। 'हम इक्कीसवीं सदी में जी रहे हैं,

लेकिन इस्लाम का तालिबानी स्वरूप आठवीं सदी से ज़रा भी अलग नहीं है।' सुब्रह्मण्यम आगे चल रहा था। 'मैं आपको निहाई पर ले जा रहा हूं,' उसने निराशाजनक बातों को बदलते हुए कहा।

'निहाई?' लिंडा ने पूछा।

'मुस्लिम इस जगह को चश्मे-शफ़ा कहते थे क्योंकि वो जानते थे कि ये काफ़िरों—ज़रथुष्ट्रियों—का शहर है,' सुब्रह्मण्यम ने जवाब दिया। उसने दूर कहीं संकेत किया। 'हमारे चारों ओर के पहाड़ देख रहे हैं? वहां निगरानी टॉवर हुआ करता था। तो ये जगह बहुत सुरक्षित रही होगी। आह, हम पहुंच गए।'

वो क़रीब दो मीटर ऊंचा निहाई जैसा पत्थर था। 'सबसे ऊपर कटोरे जैसा गड्ढा है, जो शायद ज़रथुष्ट्रियों की पवित्र अग्नि के लिए तेल भरने के काम आता हो। शायद यही वो जगह रही होगी जहां ज़रथुष्ट्र की हत्या की गई थी।'

'मुझे ख़ंदक़ें दिख रही हैं,' लिंडा ने कहा। 'क्या यहां कोई पुरातात्विक खुदाई चल रही है?'

'दरअसल,' सुब्रह्मण्यम ने कहा, '2008 में, फ्रांसीसी और अफ़ग़ान पुरातत्ववेत्ताओं ने इन खंडहरों की खोज करने की घोषणा की थी। तब से लुटेरों को इस जगह खुली छूट मिल गई है। अब, इस वसीक़ ने अपने ख़ुद के लुटेरों को काम पर लगाया है। उन्हें रोज़ाना खुदाई करने के पांच डॉलर मिलते हैं। आमतौर पर लुटेरे अच्छे खुदाई करने वाले साबित होते हैं क्योंकि उन्हें जगह के चप्पे-चप्पे की जानकारी होती है।'

'जो चीज़ें मिलती हैं, उनका क्या होता है?' जिम ने पूछा।

'माल तालिबान की तिजोरियों में जाता है,' सुब्रह्मण्यम ने जवाब दिया। उसने कंधे उचकाए। 'जानता हूं, जानता हूं,' उसने शर्मिंदगी के साथ कहा। 'ये कोई हल नहीं है। लेकिन वो लोग मूर्तियों और आकृतियों को नष्ट करें, उससे तो ये बेहतर ही है। ऐसी कोई भी चीज़ जो ज़ाहिरी तौर पर क़ीमती नहीं लगती, उसे वसीक़ ईमानदारी से हमें सौंप देता है। हमें निगाहें फेरनी पड़ती हैं क्योंकि हम तालिबान

से संबंध बिगाड़ना नहीं चाहते हैं। अमेरिकियों के जाने के बाद वही अफ़ग़ानिस्तान के शासक होंगे।'

लिंडा ने चश्मे-शफ़ा के भव्य विस्तार को आंखों में भरा। सुब्रह्मण्यम ने उसके भावों की थाह पा ली थी। 'यहां से दक्षिण में मौजूद नौबहार पुरावशेषों के सामने ये तो कुछ भी नहीं हैं। वहां का मंदिर मूल रूप से ज़रथुष्ट्री और फिर बौद्धों का रहा था।' लिंडा को उस जगह के बारे में पता था। नौबहार के पुरोहितों को बरमक कहा जाता था। वो मूल रूप से मागी थे जिन्होंने बाद के सालों में इस्लाम को अपना लिया था, मगर अनेक ज़रथुष्ट्री परंपराओं को क़ायम रखा था।

ठीक तभी, एक ज़बरदस्त धमाके से उनके पांव तले की ज़मीन दहल गई। 'आड़ ले लें,' सुब्रह्मण्यम ने चिल्लाकर ग्रुप से कहा। वो जल्दी से निहाई की ओर जाने वाली पत्थर की मेहराबों के नीचे दुबक गए।

'क्या हो रहा है?' डैन ने पूछा, जिसकी आवाज़ में घबराहट साफ़ दिख रही थी।

'ड्रोन हमला,' सुब्रह्मण्यग ने जवाब दिया। 'अमेरिकी तालिबानी अड्डों को ख़त्म करने की कोशिश कर रहे हैं। उन्हें पता नहीं है कि आप लोग यहां हैं।'

99

रायन पार्कर कुछ देर अपने फ़ोन को तकता रहा, फिर उसने उसे उठाया और डायल किया। चौथी घंटी पर दूसरी ओर से फ़ोन उठाया गया। 'गुड मॉर्निंग, हुआंग ज़ियांगशेंग,' उसने कहा, ये ध्यान में रखते हुए कि बीजिंग उसके यहां के समय से बारह घंटे पहले था। उसने हुआंग के लिए सम्मानसूचक 'ज़ियांगशेंग' का इस्तेमाल किया था। आख़िर, हुआंग कोई आम चीनी व्यापारी नहीं था। सब जानते थे

कि वो उन अनेक कारोबारों के लिए एक मुखौटा था जिन पर प्रत्यक्ष या अप्रत्यक्ष रूप से चीन की मिनिस्ट्री फ़ॉर स्टेट सिक्योरिटी—एमएसएस—का नियंत्रण था।

एमएसएस चीन की सबसे बड़ी जासूसी एजेंसी थी। इसका प्रमुख राज्य सुरक्षा मंत्री होता था, जो केंद्रीय समिति को रिपोर्ट करता था, इसके डिवीज़न ब्यूरो प्रमुख संभालते थे, जो सभी भूतपूर्व सैन्य अधिकारी होते थे और अपने आप में शक्तिशाली होते थे। एमएसएस न केवल उन देशों पर नज़र रखने के लिए था जो चीन के लिए सैन्य, राजनीतिक, या आर्थिक रूप से प्रासंगिक थे—जिनमें अमेरिका, ताइवान, दक्षिण कोरिया और जापान शामिल थे—बल्कि उन क्षेत्रीय ताक़तों पर भी नज़र रखता था जिनके साथ चीन की सीमाएं लगी हुई थीं—जिनमें रूस, भारत और वियतनाम भी थे।

हुआंग का कोई ओहदा नहीं था। वो महज़ एक बिज़नेसमैन था, और वैश्विक स्तर पर सबसे ज़्यादा मान्यता प्राप्त लोगों में से था। उसे अपने अंतरराष्ट्रीय चेहरे की तरह इस्तेमाल करके एमएसएस ऐसे वैश्विक गठजोड़ स्थापित करने में कामयाब रहा था जो पूरी तरह से निर्दोष नज़र आते थे: अकादमिक सहयोग, कारोबारी साझेदारियां, परोपकारी उद्यम और वैज्ञानिक गठबंधन।

हांग्ज़ो, ज़ेजियांग में जन्मे हुआंग ने एक स्थानीय होटल में अंग्रेज़ी बोलने वाले पर्यटकों के साथ बातचीत करते हुए कम उम्र में ही अंग्रेज़ी सीखना शुरू कर दिया था। लगभग एक दशक तक, हुआंग अपनी साइकिल पर तेरह किलोमीटर दूर जाकर अंतरराष्ट्रीय आगंतुकों को क्षेत्र का टूर कराता था। फिर उसने हांग्ज़ो टीचर्स कॉलेज में दाख़िला लेने की कोशिश की लेकिन असफल रहा। आख़िरकार, उसके भाषा कौशल के कारण एमएसएस ने उसे बाहरी व्यापारिक दुनिया के साथ संपर्क करने के लिए रख लिया।

'आह, मि. पार्कर,' हुआंग ने सटीक, साफ़ लहजे वाली अंग्रेज़ी में कहा। 'आपका फ़ोन आना अच्छा लगा। मेरे ख़्याल से आपने जिम दस्तूर के मामले को लेकर फ़ोन किया होगा?'

'मुझे आपकी मदद चाहिए,' पार्कर सीधे मुद्दे पर आ गया। 'दस्तूर और उनका हमज़ा ड्यूरा मेरी दुनिया के लिए गेम-चेंजर साबित हो सकते हैं।'

'केवल आपकी दुनिया के लिए ही नहीं, मि. पार्कर,' हुआंग ने कहा।

'क्या मतलब है आपका?' पार्कर ने हैरान होते हुए पूछा।

'जैसा कि पता लगा है, इस मैटीरियल के साथ हमारा भी कुछ इतिहास जुड़ा है,' हुआंग ने जवाब दिया। 'वो इतिहास बहुत पीछे 1275 ईसवी तक जाता है।'

'मैं समझा नहीं,' पार्कर ने कहा।

'देखिए, उस साल, महान यात्री मार्को पोलो शांग्दू—जो अब मंगोलिया में है—में कुबलई ख़ान के महल में पहुंचा था। वो अपने साथ ख़ान के लिए अनेक तोहफ़े लाया था, उनमें से कुछ वेनिस और क़ुस्तुंतुनिया से थे, और कुछ उन जगहों के जहां से होकर वो गुज़रा था।'

'और इसका जिम दस्तूर के रिसर्च मैटीरियल से कुछ संबंध है?' पार्कर ने पूछा।

'मुझे बताने दें, मि. पार्कर। लगभग 1271 ईसवी में, मार्को पोलो, उसके पिता और उसके चाचा एशिया के लिए निकले थे। वो जहाज़ से अक्का—वर्तमान इज़रायल का एक शहर—गए। वहां से वो ऊंटों पर सवार होकर एक बड़े फ़ारसी बंदरगाह शहर पहुंचे।'

'वो कौन सा शहर था?' पार्कर ने पूछा।

'हुर्मुज़,' हुआंग ने उत्तर दिया। 'वही शहर जहां से आठवीं सदी में फ़ारस के ज़रथुष्ट्री दीव और फिर संजान भागे थे।'

'क्या मार्को पोलो ने हुर्मुज़ की कोई चीज़ कुबलई ख़ान को दी थी?' पार्कर ने पूछा।

'हां,' हुआंग ने कहा। 'फ़ारस में रह गए कुछ ज़रथुष्ट्रियों ने कुछ चीज़ें अपने भारतीय भाई-बंधुओं को पहुंचाने की कोशिश की

थी। इनमें एक किताब भी थी। उन्होंने इन चीज़ों को लेकर मार्को पोलो पर भरोसा किया था। लेकिन मार्को पोलो पहले कुबलई ख़ान के पास पहुंचा, जिसने ज़िद की कि वो किताब उसे दी जाए। किताब में अश्रवन स्टार नाम की एक अद्‌भुत वस्तु का वर्णन था, जिसमें अथाह शक्तिशाली विशिष्टताएं बताई गई थीं। मगर अफ़सोस, ख़ुद वो वस्तु मार्को पोलो को नहीं मिली थी।'

'क्या मार्को पोलो या ख़ान ने उसे ढूंढ़ने की कोशिश की?' पार्कर ने पूछा।

'बिल्कुल,' हुआंग ने जवाब दिया। 'ख़ान ने मार्को पोलो को अपना विदेश दूत नियुक्त किया और उसे भारत, बर्मा, इंडोनेशिया, श्रीलंका और वियतनाम के राजनयिक मिशनों पर भेजा। प्रतिनिधित्व तो महज़ एक आवरण था—मार्को पोलो को तो अश्रवन स्टार को खोजने का काम सौंपा गया था। जब वो इसे खोज पाने में नाकाम रहा, तो उसने घर वापस जाने की इच्छा जताई, लेकिन ख़ान ने इंकार कर दिया। आख़िरकार 1291 में उसने उसे जाने की इजाज़त दी, लेकिन एक वचन लिए बिना नहीं।'

'मुझे बताएं वो क्या था,' पार्कर ने कहा।

'उसने मार्को पोलो से मंगोल शहज़ादी कोकोचीन के साथ फ़ारस जाने को कहा। वहां अरग़ून ख़ान से उसका विवाह होना था। एक बार फिर, ये भी एक आवरण था। मार्को पोलो को वापस फ़ारस भेजने का पहला मक़सद तो अश्रवन को ढूंढ़ने की कोशिश करना ही था।'

'ये देखते हुए कि हम इस मुद्‌दे पर एक ही पाले में हैं, क्या आपके लिए पाकिस्तानी प्रतिष्ठान में अपने संपर्कों से बात करना बहुत कठिन होगा?' पार्कर ने पूछा।

100

आसमान रौशन हो गया था और उनके नीचे ज़मीन हिल रही थी। शुरुआती बम के धमाके के बल ने उन्हें पीछे की ओर फेंक दिया था, और इसके पहले कि वो संभल पाते, और धमाके होने लगे। वो ज़मीन से चिपके रहे जबकि हवा धूल और काले धुएं से भर गई थी। 'वो कब तक बमबारी करते रहेंगे?' लिंडा ने दुखी होते हुए पूछा।

'कुछ मिनट से ज़्यादा नहीं,' सुब्रह्मण्यम ने शांतभाव से जवाब दिया। 'आमतौर पर वो बहुत सटीक होते हैं और जानते हैं कि वो किसके पीछे हैं।'

'ये एक पुरातात्विक स्थल है!' लिंडा ग़ुस्से से बोली।

'हां,' सुब्रह्मण्यम ने जवाब दिया। 'लेकिन ये भी एक वजह है कि वसीक़ ने यहां से काम करना चुना है—ये जानते हुए कि अमेरिकी ऐसी किसी भी जगह पर बमबारी करने से कतराएंगे। मुझे लगता है कि अपनी शीघ्र ही रवानगी से वो ज़्यादा आक्रामक और कम सावधान हो रहे हैं।'

ग्रुप लड़खड़ाते हुए अपने पैरों पर खड़ा हुआ। वो मिट्टी और कालिख में लिपटे हुए थे, लेकिन सही-सलामत थे। ठीक तभी, एक और विस्फोट ने निहाई को चूर-चूर कर दिया। धमाका इतना ज़बरदस्त था कि उसने उस विशाल चट्टान में पूरी तरह से एक गड्ढा बना दिया था। उस इलाक़े में कुछेक तालिबानी वाहन हवा में गहरा धुआं भरते हुए लपटों में घिर गए थे।

चिंता भरे कई पलों तक अपनी जगहों पर जड़ पड़े रहने के बाद ग्रुप एक बार फिर आगे बढ़ा। वो सब समझ रहे थे कि वो बहुत ख़ुशक़िस्मत थे कि इतने ज़बरदस्त हमले से बच गए थे। सुब्रह्मण्यम का सफ़ेद पठानी सूट ख़ाक के रंग का हो गया था। जिसे दुनिया ख़ाकी कहती है। वो सावधानी से वसीक़ के घर की ओर चले, इस सोच में गुम कि पता नहीं वो बचा होगा या नहीं। लिंडा के हाथ में

चट्टान का एक टुकड़ा था जो उसके पास आकर गिरा था।

वसीक़ का घर मलबे में बदल गया था।

9/11 के फ़ौरन बाद, अमेरिकी प्रीडेटर ड्रोन्स ने अल क़ायदा के लीडर ओसामा बिन लादेन को आसमान से खोज निकाला था। लेकिन अक्टूबर 2001 में पहला लक्षित हमला तालिबानी लीडर मुल्ला उमर के अपने इच्छित निशाने को चूक गया था, हालांकि उसके अड्डे के बाहर एक वाहन में उसके कुछ बॉडीगार्ड मारे गए थे। इस असफल अभियान से विचलित हुए बिना अमेरिकियों ने अफ़ग़ानिस्तान, पाकिस्तान, इराक़, सोमालिया, यमन, लीबिया और सीरिया में प्रीडेटर और रीपर दोनों ड्रोन्स को हथियारों से लैस करना और तैनात करना जारी रखा, और हर हमले के साथ उनकी सटीकता में सुधार होता गया।

वो घर जिसमें ग्रुप ने लंच किया था, अब वहां नहीं था। इसकी सुरक्षा में तैनात कई आदमी ज़मीन पर मरे या घायल पड़े थे। माहौल में सारे इलाक़े से आती चीख़-पुकार भरी हुई थी। 'आपको लगता है वसीक़ ज़िंदा होगा?' जिम ने पूछा। सुब्रह्मण्यम ने बिना कुछ कहे ग्रुप को अपने पीछे आने का संकेत दिया।

वो गड्ढों से भरे रास्ते से होते हुए एक ऐसी जगह पहुंचे जहां एक मलबे के बीच पत्थर का एक बड़ा सा ब्लॉक हटाया गया था। उसके पास ही एक ट्रैपडोर था। सुब्रह्मण्यम ने अपने हाथों से कालिख की एक मोटी परत को झाड़कर हटाया और फिर हैंडल पकड़कर दरवाज़े को उठाया और अंदर झांका। फिर ग्रुप को अपने पीछे आने को कहते हुए वो सावधानी से सीढ़ियां उतरने लगा।

जिस बेसमेंट में उन्होंने ख़ुद को पाया, वहां बैटरी से चलने वाली इमर्जेंसी लाइटें लगी हुई थीं। बम शेल्टर के लिए उपयुक्त, दीवारें मोटी मज़बूत कंक्रीट की थीं। अंदर शांत और संतुलित वसीक़ हाथ में बंदूक़ लिए बैठा था और अंगरक्षकों से घिरा हुआ था। जब वो अंदर गए तो वो विजयी दिखा। 'करते रहें वो हरामज़ादे कोशिशें, लेकिन मुझ तक कभी नहीं पहुंच पाएंगे,' उसने मज़ाक़ उड़ाया।

वसीक़ के पीछे वाली दीवारें तो और भी आश्चर्यजनक थीं। उन पर अमेरिकी असॉल्ट राइफ़लें, लेज़र, नाइट-विज़न गॉगल्स, रॉकेट-लॉन्चर्स, हैंडगन और ग्रेनेड रखे थे। 'सब हमारे अमेरिकी दोस्तों के तोहफ़े हैं,' वसीक़ ने अपनी बाहों को फैलाते हुए कहा। 'वो अक्सर लड़ाई के लिए आते हैं—और बार-बार अपने हथियार गंवा बैठते हैं,' वो हंसने लगा। 'इसीलिए तो वो अफ़ग़ानिस्तान से जा रहे हैं। वो तो अपने हथियार भी नहीं संभाल पा रहे हैं!' शासन करने के लिए अफ़ग़ानिस्तान हमेशा कुख्यात रूप से कठिन इलाक़ा रहा था। साम्राज्य और राष्ट्र योद्धा लोगों को वश में करने में पूरी तरह से नाकाम रहे थे, जिसने उनकी मातृभूमि को एक नाम दिलाया था 'साम्राज्यों का क़ब्रिस्तान।'

लिंडा, जिम और अब्बासी वसीक़ के पास फ़र्श पर बैठ गए। सुब्रह्मण्यम भी उनके साथ आ गया। 'बगराम का अपना सफ़र शुरू करने से पहले हमें कुछ समय इंतज़ार करना होगा,' उसने कहा।

ग्रुप में किसी का इस ओर ध्यान नहीं गया था कि उनका एक साथी ग़ायब था।

डैन कोहेन सीढ़ियों से उतरने की लाइन में आख़री व्यक्ति होता, लेकिन पहले उसकी नज़र किसी चीज़ पर पड़ गई थी। वसीक़ के धराशायी घर के मुख्य दरवाज़े के पास वसीक़ का एक मृत साथी पड़ा था। उसके पास ही एक मूल्यवान चीज़ पड़ी थी: थुराया सैटेलाइट फ़ोन। डैन ने जल्दी से उसे उठा लिया और अपने ग्रुप या किसी भी जीवित बचे गार्ड के सुनने की पहुंच से दूर घर के पिछले हिस्से की ओर भाग गया। उसने बाहर की कॉल का प्रीफ़िक्स 00 डायल किया और फिर अमेरिका के कंट्री कोड प्रीफ़िक्स के साथ एक मोबाइल नंबर पंच किया। कॉल लग गई तो उसने राहत की सांस ली।

'हां?' दूसरे छोर से आई आवाज़ ने पूछा। ये ल्यूक मिलर की आवाज़ थी।

'हम अफ़ग़ानिस्तान में हैं,' डैन ने फुसफुसाते हुए कहा। 'दिन

में बाद में बगराम जाएंगे। अगर जिम और उसका मैटीरियल अमेरिकी हाथों में पड़ गए, तो मैं नहीं जानता कि मैं कुछ कर पाऊंगा या नहीं।'

'अच्छा हुआ तुमने मुझे फ़ोन कर दिया,' ल्यूक ने कहा। 'तुम तेज़ी से सीख रहे हो,' उसने आगे जोड़ा।

'मेरा अगला क़दम क्या होगा?' डैन ने पूछा।

'ग्रुप के जाने में देरी करने का कोई तरीक़ा निकालना,' ल्यूक ने जवाब दिया। 'इससे मुझे उस इलाक़े में अपने संपर्कों को सक्रिय करने का समय मिल जाएगा।'

'अगर मैं ये कर भी पाया तो आगे?' डैन ने ये पक्का करने के लिए कि कोई सुन तो नहीं रहा था चारों ओर देखते हुए कपकपाती आवाज़ में कहा।

'बगराम पहुंचने के लिए तुम लोग एएच76 से जाओगे,' ल्यूक ने कहा। 'तुम्हारे बगराम पहुंचने से ठीक पहले एक गांव आएगा मलखान नाम का। मेरे आदमी वहीं इंतज़ार कर रहे होंगे।'

'वो कौन हैं?' डैन ने पूछा। 'मुझे उम्मीद है कि वो हममें से किसी को नुकसान नहीं पहुंचाएंगे?' मिस्ट्रेस लूसिंडा की यादें उमड़ती चली आई थीं।

'इससे तुम्हें कोई मतलब नहीं है,' ल्यूक ने आदेशात्मक लहजे में जवाब दिया। 'तुम्हें बस इतना ध्यान रखना होगा कि मलखान में तुम्हारे दल पर हमला होगा। बाक़ी सब रायन पार्कर और मुझ पर छोड़ दो।'

'मैं इसे लेकर कुछ असहज सा हो रहा हूं,' डैन कुनमुनाया।

'उतने असहज नहीं जितने तब होगे जब टैबलॉयड तुम्हारे फ़ोटो छापेंगे,' ल्यूक ने जवाब दिया। 'केटरिंग प्राइज़ याद रखो। तुम इतनी आसानी से हार मान लोगे?'

डैन ने गहरी सांस ली। 'मैं ऐसा न करने की अपनी पूरी कोशिश करूंगा,' उसने कहा।

'इसी में बेहतरी है,' ल्यूक ग़ुर्राया।

101

लिंडा और मैं जब स्टैनफ़ोर्ड में विद्यार्थी ही थे, तभी से हम साथ रहने लगे थे। एक दूसरे के बिना कुछ कर पाने में हमारी अक्षमता का यही एक स्पष्ट हल लगा था।

एक दिन हमारी नई-नई लत—हवाइयन कोना कॉफ़ी—के मग पर उसने कहा, 'तुम ज़रथुष्ट्र और उनकी शिक्षाओं के बारे में बहुत कुछ जानते हो, साथ ही इस बारे में भी अच्छा-ख़ासा कि उनकी मृत्यु के बाद क्या हुआ था। लेकिन उनके परिदृश्य पर आने से पहले के दौर के बारे में लगता है तुम बहुत कम जानते हो।'

'क्या तुम उस वक़्त की बात कर रही हो जब पृथ्वी पर डायनोसॉर घूमा करते थे?' मैंने मस्ती के अंदाज़ में पूछा। सब कुछ मौज-मस्ती का बुलबुला होता था जब वो उसे मुझ पर वापस फेंकने के लिए वहां होती थी।

'सीरियसली, जिम,' उसने मुझे वापस गंभीरता में धकेला, 'उन्होंने जब अपने विचार प्रतिपादित किए, उससे पहले तक उनके लोगों का क्या धर्म था?' लिंडा ने पूछा। 'वो किसी चीज़ में तो विश्वास करते होंगे। कहीं से तो आए होंगे।'

'विद्वान कहते हैं कि ज़रथुष्ट्र 1500 बीसीई में आर्यानिमवैजा नाम के देश में जन्मे थे,' मैंने अनमनेपन से गंभीर होते हुए जवाब दिया।

'लेकिन इसे लेकर कुछ स्पष्ट नहीं है कि ये आर्यानिमवैजा कहां था,' उसने कहा।

मैंने लिंडा के शब्दों पर विचार किया। 'मुझे लगता है तुम्हारी कोई थ्योरी है,' मैंने उसके भावों से अंदाज़ा लगाया।

उसने संकेत पाकर जवाब दिया, 'पश्चिमी दुनिया में ईरान का नाम "पर्शिया" था। ये तो 1935 में कहीं रज़ा शाह पहलवी ने विश्व-समुदाय से कहा कि उनके देश का संदर्भ देते समय "ईरान" शब्द

का प्रयोग करें। मगर "ईरान" शब्द कहां से आया था?'

'कहां से?' मैंने कर्तव्यपरायणता से दोहराया।

'इस नाम का सबसे पहले इस्तेमाल अवेस्ता में आर्यानिमवैजा के रूप में हुआ था,' लिंडा ने जवाब दिया। 'दरअसल इस नाम को दो शब्दों में बांटा जा सकता है, "आर्यानिम" और "वैजा।" "आर्यानिम" का अर्थ है आर्यन—या कुलीन। और "वैजा" वैदिक संस्कृत के शब्द "वेज" से आता है जिसका अर्थ है तेज़ी से बहने वाली नदी। और "ईरान" सीधे-सीधे "आर्यन" शब्द का अपभ्रंश है।'

'तो कुल मिलाकर, इन सारी अजीब सी आवाज़ों से क्या साबित होता है?' मैंने अभी भी थोड़ी दिल्लगी करते हुए पूछा।

'इनसे साबित होता है, जैसा कि तुम सीधे-सीधे इसे कह सकते हो, "तेज़ी से बहने वाली नदी की आर्यन भूमि।"' तब तक मैंने कभी भी 'ईरान' शब्द की व्युत्पत्ति के मूल के बारे में नहीं सोचा था। अब मैं बहुत ध्यान से लिंडा की बात सुनने लगा था, हैरान होते हुए कि वो अपनी थ्योरी से कहां पहुंचना चाह रही थी।

'आर्यानिमवैजा हमें दो महत्वपूर्ण सुराग़ देता है,' लिंडा ने कहा। 'एक, कि ये आर्यों का देश था। दो, ये ऐसा देश था जहां पर एक तेज़ बहने वाली नदी थी।'

'लेकिन दुनिया में तो बहुत सारी नदियां हैं,' मैंने तर्क दिया। 'ये तो कहीं भी हो सकता है।'

'सच है,' लिंडा ने कहा, 'लेकिन फ़िलहाल, हम इस बात पर फ़ोकस करते हैं कि ज़रथुष्ट्र ने अपनी पहली धर्म-सभा विष्तस्प के दरबार में स्थापित की थी। वो बैक्ट्रिया में था—अफ़ग़ानिस्तान में आज के बल्ख़ क्षेत्र में।'

'तो हमें अफ़ग़ानिस्तान की नदियों पर सोचना चाहिए,' मैंने कहा।

'बिल्कुल,' लिंडा ने कहा। 'वास्तव में, अवेस्ता में हरक्सवती

नाम की एक नदी का उल्लेख आया है।'

'वो नदी कहां है?' मैंने पूछा।

'पश्चिमी विद्वान इसे हेलमंद नदी या अफ़ग़ानिस्तान की अर्ग़नदाब नदी से जोड़ते हैं,' लिंडा ने जवाब दिया।

'तब तो सही है,' मैंने कहा। 'आर्यानेमवैजा अफ़ग़ानिस्तान में रहा होगा।'

लिंडा के चेहरे पर उसका विद्वता वाला भाव था। 'लेकिन ज़रा सोचो, जिम। अगर "हरक्सवती" असल में "सरस्वती" शब्द का बिगड़ा रूप हो तो?' इसने तो मुझे सोच में डाल दिया था। क्या लिंडा सही हो सकती थी?

'फ़ारसी आमतौर पर संस्कृत के "स" की ध्वनि को "ह" की ध्वनि से बदल देते थे,' लिंडा ने अपना विचारक्रम जारी रखा। 'सिंधु हिंदू हो गए; सोम हओमा हो गया; असुर अहुर हो गए... तो क्या ये मुमकिन नहीं है कि सरस्वती हरक्सवती हो गई हो?'

'लेकिन सरस्वती का तो अस्तित्व ही नहीं है,' मैंने तर्क किया। मुझे स्कूल की अपनी इतिहास की क्लास से ये पता था। हमारी टीचर्स ने ऐलान किया था कि वो नदी कोरी कल्पना थी!

'इसका अस्तित्व अब नहीं है,' लिंडा ने मुझे सुधारा। 'लेकिन क़रीब पांच हज़ार साल पहले तक ये भारतीय नदियों में सबसे शक्तिशाली थी। वास्तव में, सैटेलाइट इमेजिंग ने खोई नदी के मार्ग को पहचाना है।' लिंडा ने अपने कंप्यूटर पर कुछ खोजा। फिर वो सामने आए एक वैब पेज से कुछ पढ़ने लगी।

हे देवी सरस्वती, संपदाओं से परिपूर्ण,
हमारी रक्षा करना, हमारे विचारों को शक्ति देना।
जिसका असीमित अबाध जल,
तीव्र, चपलगामी,
धड़धड़ाता आता है।

तीन स्त्रोतों से निकलती सात-भगिनी,
शक्तिशालियों में भव्यता से शोभित
दूसरी तीव्रगामी नदियों से चपल महिमा,
रथ की भांति विजय का विस्तार बनाती,
सरस्वती जो सब संतों द्वारा स्तुत्य है।
हे सरस्वती, वैभवशाली कोश की ओर हमारा मार्गदर्शन कर।

'ये छंद कहां से है?' मैंने पूछा।

'ऋग्वेद का मंडल छह, सूक्त 69,' उसने उत्तर दिया। 'वैदिककालीन मुख्य क्षेत्र में सरस्वती बहती थी जो नदी-परिवार, सात बहनों का अंग थी। इसीलिए "सप्त सिंधु" या "सात नदियों का देश" नाम पड़ा है।'

लिंडा ने जल्दी से अपने कंप्यूटर की खुली हुई टैब्स को बदला। 'ऋग्वेद में एक सूक्त है जो गंगा से शुरू होता है और नदियों का एकरूप में वर्णन करता है जो पश्चिम में अफ़ग़ानिस्तान की ओर जाती हैं,' उसने बताया।

हे गंगा, यमुना, सरस्वती, शतुद्रि (सतलज), परुष्णी (रावी), मेरी स्तुति सुनो!

मेरा आह्वान सुनो, हे असिक्नी (चिनाब), मरुद्वृधा (मरुवर्धन), वितस्ता (झेलम), आर्जीकिय और सुषोमा सहित।

पहले तुम बहती हो तृष्टामा के साथ, सुसर्ता के साथ, और रसा के साथ, और श्वेता के साथ।

हे सिंधु, कुभा (काबुल) के साथ गोमती तक (गोमल), मेहत्नु के साथ क्रुमु (कुर्रम) तक, जिसके साथ मिलकर तुम आगे बढ़ती हो।

'मनुस्मृति में कहा गया है कि प्रलय से बचकर पलायन करने के बाद ऋषि मनु ने वैदिक सभ्यता की नींव डाली थी,' लिंडा ने

बताया। 'और उन्होंने अपनी ये वैदिक—या आर्य—सभ्यता कहां स्थापित की थी? सरस्वती नदी के पूर्व की धरती पर! इस तरह सरस्वती आर्य देश का हिस्सा थी। ये इत्तफ़ाक़ इतना बड़ा है कि इसे नज़रअंदाज़ नहीं किया जा सकता, जिम। बहुत मुमकिन है कि आर्यानिमवैजा सात बहनों की आर्य भूमि रहा हो।'

मैं उलझ गया था। लिंडा जो कह रही थी वो उस सबके विपरीत था जो मैंने अब तक जाना था। मुझे बताया गया था कि ज़रथुष्ट्रियों का मूल देश ग्रेटर ख़ुरासान था—वो क्षेत्र जिसमें उस भूमि के उत्तर-पूर्वी भाग थे जो अब ईरान, इराक़, अज़रबैजान, तुर्कमेनिस्तान, ताजिकिस्तान और अफ़ग़ानिस्तान के अधिकार में थे। इस जमघट में भारत का कभी नाम नहीं आया था। आम मान्यता ये थी कि मेरे पूर्वज ख़ुरासान से भारत आए थे।

अब लिंडा मुझे बता रही थी कि हम पारसी बस अपने मूल देश वापस आए थे!

102

'ज़रथुष्ट्र के मूल का एक और संकेत है,' लिंडा ने कहना जारी रखा। 'जो उनके जन्म क्षेत्र को और भी अधिक सटीकता से इंगित करता है।'

'और वो क्या है?' मैंने पूछा। उसके पिछले उत्तेजक ख़ुलासे के बाद, मैं दृढ़ था कि उसके विचारों के प्रति अपने दिमाग़ को खुला रखूंगा।

'उस पवित्र सरो की कहानी याद है जो ज़रथुष्ट्र ने पहले अग्नि मंदिर के बाहर लगाया था? जिसे राजा विष्तस्प ने बनवाया था?' लिंडा ने पूछा।

'हां,' मैंने उत्तर दिया। 'कहा जाता है कि वो हज़ारों साल ज़िंदा रहा था और फिर उसे अब्बासी ख़लीफ़ा मुतवक्किल के आदेश पर

काट दिया गया था। कहानी के मुताबिक़ ख़लीफ़ा की उसी रात एक तुर्की सैनिक ने हत्या कर दी थी जिस रात वो कटा हुआ सरो पेड़ दजला नदी के तट पर आया था।'

'फ़ुल मार्क्स,' लिंडा ने व्यंग्य से कहा। 'वो अग्नि मंदिर और पेड़ ख़ुरासान में एक क़स्बे में थे। ज़रुथुष्ट्र ने सरो का वो पेड़ वहां इसलिए लगाया था कि वो उनके घर का प्रतिनिधित्व करता। पेड़ की प्रजाति कप्रेसस कैशमेरियाना थी।'

'तो?'

'उस प्रजाति को कप्रेसस "कैशमेरियाना" इसलिए कहते हैं कि ये कश्मीरी सरो है,' लिंडा ने बल दिया। 'ख़ुरासान क़स्बा जहां वो अग्नि मंदिर है, उसे उस ख़ास पेड़ की वजह से अंततः "काशमर" कहा जाने लगा! ज़रुथुष्ट्र की मूल गृहभूमि कश्मीर थी!'

'लेकिन ये तो नामुमकिन है,' मैं बौखला गया था। 'ज़रथुष्ट्र का पहला आश्रयस्थल बैक्ट्रिया था। और उनके विचारों ने ईरान में जड़ें जमाई थीं।'

'तुम आज की राजनीतिक सीमाएं देख रहे हो,' लिंडा ने उत्तर दिया। 'वो तुम्हें उलझा रही हैं। प्राचीन समय में, वो सारे देश गंगीय वैदिक संस्कृति का अंग थे जिनमें कश्मीर भी शामिल था। अवेस्ता में "अनु-वर्षते दैनाय" या "अनु लोगों की धरती का धर्म" की भी बात की गई है। अनु जनजाति, जिसे अक्सर अण्व कहा जाता है, कश्मीर में रहती थी।' ज़रा सा ठहरकर ताकि उसकी बातें जज़्ब हो जाएं, उसने पूछा, 'अफ़ग़ानिस्तान में, क़ंधार नाम का एक शहर है। तुम्हारे ख़्याल से वो नाम कहां से आया है?'

'ये "गांधार" से आया है,' उसने ख़ुद ही जवाब दे दिया, 'उत्तरी अफ़ग़ानिस्तान में काबुल और स्वात नदियों के किनारे बसा प्राचीन हिंदू—और बाद में बौद्ध—राज्य।'

'आह!' मैंने अहसान मानते हुए कहा कि उसने मुझे उसकी पूछताछ का जवाब देने की मुश्किल से बचा लिया था। लेकिन मैं सहज होता, इससे पहले ही लिंडा ने मुझ पर एक और सवाल दाग़

दिया।

'और हिंदू पौराणिक कथाओं में गांधार का सबसे मशहूर पात्र कौन था?' लिंडा ने पूछा। मैंने लाचारी से कंधे उचका दिए।

'गांधारी,' लिंडा ने विजयी भाव से कहा। 'वो महाकाव्य महाभारत में धृतराष्ट्र की पत्नी थीं।'

'ओह!' मैंने कहा, मुझे नेत्रहीन राजा और आंखों पर पट्टी बांधे रहने वाली उनकी रानी से जुड़ी अनेक कहानियां याद आ गईं।

'तो, देखा तुमने, जिम, आज की आधुनिक राजनीतिक सीमाएं हमारे मूल स्थान को अस्पष्ट कर देती हैं। आर्य संस्कृति वहीं तक सीमित नहीं थी जिसे अब भारत कहा जाता है। आर्यानिमवैजा के विस्तार में भारत से लेकर सीरिया तक कई देश शामिल रहे होंगे। शायद उससे भी आगे।'

'उससे भी आगे?' मैंने पूछा।

'ज़रा सोचो इस पर,' लिंडा ने सुझाया। 'दूर पीछे 1380 ईसा पूर्व में, दो राज्यों—हत्ती और मित्तानी—के बीच संधि हुई थी।'

'आज नक़्शे पर वो कहां हैं?' मैं जानना चाहता था।

'वो कमोबेश आज के तुर्की और सीरिया के हिस्से हैं,' लिंडा ने जवाब दिया। 'लेकिन हैरानी की बात ये है कि प्राचीन संधि में मित्र, वरुण, इंद्र और नासत्य जैसे वैदिक देवताओं का आह्वान किया गया था। संक्षेप में, वैदिक सभ्यता भारत से यूरोप तक फैली हुई थी।'

'दूर यूरोप तक?'

'बिल्कुल,' लिंडा ने कहा। 'और दूर पश्चिम में चलते हैं। आयरलैंड को इसका नाम उनकी अपनी भाषा के शब्द "आयर" से निकला है। लेकिन इस शब्द "आयर" का असल में क्या मतलब है? कुलीन! वो "आर्य" या "ऐर्यनिम" से कैसे भिन्न है, उसका मतलब भी कुलीन है?'

'और फिर, हम एक और दिलचस्प कनेक्शन पर चलते हैं,'

उसने आगे कहा। 'संपूर्ण असीरियाई साम्राज्य, मेसोपोटामिया के केंद्र, के राजधानी नगर का नाम असुर था। वास्तव में, साम्राज्य का नाम—असीरिया—असुर शब्द से निकला है। है ना ये अजीब बात?'

'ये अजीब क्यों है? ये तो तर्कसम्मत ही है,' मैंने कहा।

'क्योंकि आज के हिंदू धर्म में असुर नकारात्मक शक्ति और देव सकारात्मक शक्ति हैं। ज़रथुष्ट्र धर्म में, हमारे पास अहुर और दैव हैं लेकिन उनके गुण उलटे हैं।'

'इसका क्या अर्थ है?' मैंने पूछा।

'ऋग्वेद में, किसी शक्तिशाली अस्तित्व का वर्णन करने के लिए असुर शब्द का प्रयोग किया गया है,' लिंडा ने समझाया। 'ये शब्द संज्ञा की अपेक्षा विशेषण ज़्यादा था। ये शब्द न केवल देवताओं, बल्कि शक्तिशाली मानवों पर भी लागू होता था। इस प्रकार असुर सर्वोच्च सम्मान की पदवी थी। ये अक्सर देवों का वर्णन करने के लिए भी इस्तेमाल होता था, उनकी शक्ति पर बल देने के लिए।'

'तो, हिंदू धर्म में बुरी शक्तियों के प्रतीक रूप में असुर शब्द का इस्तेमाल बहुत बाद में आया था?' मैंने पूछा।

'बिल्कुल,' लिंडा ने अपने निष्कर्षों में विश्वास के साथ कहा। 'असीरियाइयों ने अपने शहर को असुर कहा, ये इंगित करने के लिए कि वो एक शक्तिशाली राज्य की राजधानी थी। शहर के प्रमुख देवता का नाम भी अश्शूर था।'

मैं इस सारी नई जानकारी को जज़्ब करने की कोशिश कर ही रहा था कि लिंडा ने बम का गोला फेंक दिया। 'यहां तक कि मुस्लिम और यहूदी तक अश्शूर से जुड़े हैं,' उसने कहा।

'अब, ये तो कुछ ज़्यादा ही हो गया,' मैंने कमज़ोर सा प्रतिवाद किया। क्योंकि, मन में कहीं, मैं जानता था कि इस तरह का कोई विवादास्पद दावा करने के लिए लिंडा के पास ठोस वजहें ज़रूर होंगी।

'ऋग्वेद एक प्राचीन युद्ध का वर्णन करता है जिसे "दशराज्ञ"

या "दस राजाओं की लड़ाई" कहा जाता है,' लिंडा ने उद्धृत किया। 'इस युद्ध में, भरत कुल—वो वंश जिस पर भारत का नाम पड़ा है—के ख़िलाफ़ दस असुर राजाओं के एक परिसंघ ने युद्ध किया था।'

'ये युद्ध कहां हुआ था?' मैंने पूछा।

'रावी नदी के पास,' लिंडा ने जवाब दिया। 'रावी सप्त सिंधु की सात बहनों में से एक है। इस युद्ध ने वैदिककालीन विभाजन को चिह्नित किया जिसमें असुरों को सप्त सिंधु के पश्चिमी ओर धकेल दिया गया था।'

'नतीजतन...?' मैंने उकसाया।

'"असुर" शब्द दस की संख्या से जुड़ गया था क्योंकि भरत वंश के विरुद्ध दस राजा एकजुट हुए थे,' लिंडा ने कहा। 'सरस्वती के पश्चिम में, सामी भाषाओं में, असुर का मतलब "दसवां" होता है।'

'लेकिन ये यहूदियों या मुस्लिमों से किस तरह संबंधित है?' मैंने पूछा।

'यहूदी सातवें महीने के दसवें दिन यौम किप्पुर—प्रायश्चित का दिन—मनाते हैं। सदियों बाद, मुहम्मद ने भी अपने लोगों को इसी दिन उपवास करने के लिए प्रोत्साहित किया और ये इस्लामिक कैलेंडर के पहले महीने मुहर्रम का दसवां दिन आशूरा बन गया।'

'लेकिन आशूरा तो वो तारीख़ है जो शिया मुसलमानों के लिए अहम है,' मैंने तर्क किया। 'इसका तो कुछ वास्ता पैग़ंबर मुहम्मद के नवासे से है,' मैं याद करने की कोशिश कर रहा था कि बरसों पहले सेसील ने मुझे क्या बताया था।

'वो सालों बाद की बात थी,' लिंडा ने कहा। 'पैग़ंबर मुहम्मद के नवासे हुसैन कर्बला की लड़ाई में शहीद हुए थे। ये देखते हुए कि ये आशूरा के दिन हुआ था, ये शिया मुसलमानों के लिए मातम का दिन भी बन गया जो उनके वंश को पैग़ंबर के प्रभुत्व से जोड़ने का समर्थन करते थे।'

'यानी, "आशूरा" का इस्लामिक पालन, मेसोपोटामिया का शहर "असुर," ऋग्वैदिक "असुर," और अवेस्ता का "अहुरा" सब आपस में जुड़े हैं?' मैंने पूछा, अब जो इतने प्रत्यक्ष रूप से साफ़ दिख रहा था, उससे मैं चमत्कृत था।

'यक़ीनन,' लिंडा ने अपने विवरण की मेरी समझ पर मोहर लगा दी। 'आर्यानेमवैजा का सारा विस्तार असुर शब्द को शक्ति के साथ जोड़ देता। लेकिन बाद के सालों में, पश्चिम में रहने वाले लोगों और पूर्व में रहने वाले लोगों के बीच विभाजन हो गया।'

'तुम दस राजाओं के युद्ध की वजह से हुए विभाजन की बात कर रही हो?' मैंने पूछा। मुझे गर्व हो रहा था कि ये जानकारी मैंने याद रखी थी।

'हां,' लिंडा सहमत थी। 'लेकिन विभाजन का बेहतरीन प्रतीक थे दो व्यक्तिः भृगु एवं बृहस्पति।'

'भृगु और बृहस्पति कौन थे?' मैंने पूछा, मैं थोड़ा खिसियाने लगा था। ये मुझे क्या तब तक पीछे घसटती ले जाएगी जब तक कि मैं ख़ुद इतिहास का एक सूखा अवशेष न बन जाऊं?

'भृगु असुरों के गुरु थे, और बृहस्पति देवों के गुरु थे। दोनों ऋषि प्रतिद्वंद्वी थे।'

'इसका ज़रथुष्ट्रवाद से क्या लेना-देना है?' मैंने पूछा।

'इसका ज़रथुष्ट्रवाद से पूरा-पूरा लेना-देना है,' लिंडा अब पूरे बल से वापस आ गई थी। 'भृगु और बृहस्पति से पहले, दोनों ही शब्द—असुर और देव—सम्मानसूचक शब्द माने जाते थे। उनके बीच एकमात्र फ़र्क़ ये था कि असुरों को निराकार माना जाता था, जबकि देव साकार थे।'

'हम्म, तो "देव" शब्द का असल में क्या अर्थ है?'

'देव का मतलब है "चमकीला।" अब, अगर कोई चीज़ दिखाई न दे तो उसका चमकना नामुमकिन होता है, है ना? तो, देव साकार थे और असुर निराकार या अदृश्य थे।'

'और दोनों को लेकर पंथ विकसित हो गए?' मैंने पूछा।

'हां,' लिंडा ने जवाब दिया। 'बटवारे के नतीजे में उपासना की दो पद्धतियां बन गईं—पितृयान और देवयान। पहले असुरों की उपासना करते थे और दूसरे देवों को पूजते थे।'

'एक पल के लिए इसको मान लेते हैं,' मैंने कहा। मैं लिंडा के तर्कों को पूरा सुनना चाहता था।

'भृगु के एक प्रसिद्ध वंशज थे वशिष्ठ,' लिंडा ने बताया। 'वो सबसे महान असुर वरुण के भक्त थे। लेकिन वरुण के एक और महान भक्त हुए थे। ऋग्वेद में उनका नाम जरूथ बताया गया है।'

'जरूथ?' मैंने पूछा।

'बहुत ज़्यादा ज़रथुष्ट्र जैसा सुनाई देता है ना?' लिंडा ने मोनालिसा की सी मुस्कुराहट के साथ पूछा।

103

'बकवास,' मैंने उससे कहा। लेकिन मेरे लहजे में य़कीन की कमी थी।

'जरूथ और वशिष्ठ एक ही पक्ष में थे, जिम,' लिंडा ने कहा। 'दोनों ही वरुण के उपासक थे। लेकिन ऐसा लगता है कि जरूथ के पास नए विचार थे जो वशिष्ठ को पसंद नहीं आए। जरूथ को इन विचारों को स्वीकृति दिलवाने के लिए घर छोड़कर जाना पड़ा। विद्रोहियों की श्रृंखला में वो पहले विद्रोही थे।'

ये कहानी बातों को कुछ ज़्यादा ही दूर तक खींचती प्रतीत हो रही थी। लिंडा ने मेरे चेहरे के भावों से मेरी शंका को समझ लिया। 'सिर्फ़ इसलिए ये कम संभाव्य नहीं हो जाता कि ये उस ब्योरे में फ़िट नहीं बैठता है जो तुमने सुना है,' उसने कहा और आगे जारी रखा। 'जरूथ—या ज़रथुष्ट्र जैसा कि हम उन्हें जानते हैं—बैक्ट्रिया चले गए। वो विष्तस्प के दरबार में गए—और बाक़ी कहानी तो तुम

जानते ही हो।'

लिंडा अविश्वास के किसी भी भाव को पकड़ने के लिए मेरे चेहरे का विश्लेषण कर रही थी। बज़ाहिर कुछ न मिलने से संतुष्ट होकर उसने लेक्चर का दूसरा दौर जारी रखा। 'तुम्हें पता है वरुण को ऋग्वेद में क्या कहा गया है?'

'कोई आइडिया नहीं,' मैंने कहा, वो भी जानती थी कि मैं यही कहूंगा।

'उन्हें असुर माया कहा गया है,' लिंडा ने कहा। 'वो इसलिए कि वरुण की सुपरनैचुरल शक्ति "माया" थी जिसके ज़रिए वो बारिश करवाने और नदियां बनाने जैसे काम करते थे। यही असुर माया नए धर्म में ज़रथुष्ट्र के अहुरा मज़्दा बन गए थे!'

'मैं किसी वेद से, दूसरे धर्म के किसी ग्रंथ से ली गई किसी भी बात पर यक़ीन क्यों करूं?' अंत में मैंने अक्खड़पन से कहा।

'पहली बात,' लिंडा ने कहा, 'इसलिए कि वशिष्ठ का संदर्भ केवल ऋग्वेद में ही नहीं, अवेस्ता में भी आया है। एकमात्र फ़र्क यह है कि "वशिष्ठ" नाम अवेस्ता में "वहिष्त" हो जाता है। मैंने पहले भी तुम्हें बताया था, जिम, कि सप्त सिंधु के पश्चिम में "स" की ध्वनि को किस तरह "ह" में बदल दिया गया था।'

'अगर मैं तुम्हारी थ्योरी पर यक़ीन कर भी लूं कि ज़रथुष्ट्र के धर्मशास्त्र-सिद्धांत में अहुरा मज़्दा दरअसल असुर माया—या वरुण हैं, तो अहुरा मज़्दा के विरोध में एंगरा मैन्यू—या अह्रिमान—भी तो हैं।'

'सही है,' लिंडा ने कहा। 'लेकिन ज़रथुष्ट्र के समय तक, असुर-देव विभाजन हो गया था। याद है कि भृगु असुरों के गुरु थे, और बृहस्पति देवों के?'

'तो?'

'भृगु के अनुयायी, ज़रथुष्ट्र समेत, बृहस्पति की परवाह नहीं करते थे,' लिंडा ने जवाब दिया। 'बृहस्पति का एक दूसरा नाम

अंगिरस है। ज़रथुष्ट्र के संसार में, अंगिरस ने एंगरा मैन्यू या अह्रिमान का रूप ले लिया था,' इन शब्दों के आक्रमण से मेरा सिर चकराने लगा था जो मेरी आंखों के सामने मोड़े-मरोड़े जा रहे थे। मुझे तकते हुए लिंडा ने अब तक ठंडी हो चुकी अपनी कॉफ़ी का शांति से घूंट भरा।

अपने संदेहों के बावजूद मुझे अभी भी सुनने को तैयार पाकर उसने आगे कहा। 'ज़रथुष्ट्र के सिद्धांत में, देव और उनके गुरु अंगिरस नकारात्मक बल बन गए थे। और तुम्हें ये बताने की ज़रूरत नहीं है, जिम, कि शक्ति सकारात्मक या नकारात्मक हो सकती है। शब्द "देव" "दिव्य" और "दैवी" शब्दों का मूल शब्द है। लेकिन यही "दानव" और "दैत्य" का भी मूल शब्द है। सोचो इस पर!'

हमारी बातचीत में थोड़ा ठहराव आया। 'ज़रथुष्ट्र का अपना परिवार भी पुरोहित था, तुम ये तो जानते हो ना?' लिंडा ने पूछा।

'हां,' मैंने अच्छे विद्यार्थी की तरह जवाब दिया। 'उन्हें "मागी" कहा जाता था जिससे हमें "मैजिक" शब्द मिलता है।' उसके कम से कम एक सवाल का जवाब पता होने से मैं ख़ुद को गुणी जैसा महसूस कर रहा था।

'बाइबिल के "पूर्व के तीन बुद्धिमान राजाओं" की तरह,' लिंडा सहमत थी। 'लेकिन "मागी" शब्द कहां से आता है?' ख़ुशक़िस्मती से, ये भी भाषणगत सवाल ही निकला, और इससे पहले कि मैं अपना मुंह भी खोलता, लिंडा जवाब देने लगी थी।

'मागी, बेशक, "मैगस" शब्द का बहुवचन है,' मेरी घरेलू थिसॉरस और एन्साइक्लोपीडिया ने कुछ ज़्यादा ही शिक्षाप्रद होते हुए इसका उच्चारण किया। 'और मैगस कई चीज़ों को दर्शाता है: जादूगर, दिव्यदर्शी, द्रष्टा, भविष्यवक्ता, पुजारी या तांत्रिक।' बेशक, मैं ये जानता था!

'लेकिन मैजिक, मैगी और मैगस शब्दों का मूल "मैगा" शब्द में निहित है,' लिंडा ने कहना जारी रखा। 'ऋग्वेद में, मग शब्द का अर्थ निपुणता या आज्ञा है। ये महानता और उदात्तता को दर्शाता है।

इंद्र को अक्सर "मगवन" या महाशक्तिशाली कहा जाता है। वैदिक सभ्यता के सभी महान ऋषि मग थे। भृगु, बृहस्पति, वशिष्ठ, ज़रथुष्ट्र और कई अन्य मग थे! ये उन सबको मागी बना देता है!'

'लेकिन इसमें से कुछ भी हमें इस बारे में कोई निश्चितता नहीं देता कि कश्मीर ज़रथुष्ट्र का जन्मस्थान था,' मैंने तर्क किया।

'अवेस्ता कहता है "आर्यानेमवैज वंघुयदो दैत्यायो,"' लिंडा ने प्रतिवाद किया। 'इसका मोटा-मोटा अनुवाद है "दैत्य नदी के पास आर्यों की भूमि।"'

'तो?' मैंने चुनौती दी।

'कश्मीर में एक नदी है जिसका नाम दीती है जो झेलम में मिलती है। पूरी झेलम को अवेस्ता में दैत्या कहा गया है।'

'हम इस बारे में निश्चित कैसे हो सकते हैं?' मैंने पूछा। अपने पहले लिए निर्णय के बावजूद मैं शंकालु होने पर तुला हुआ था।

'ज़रथुष्ट्री ब्रह्मांडविज्ञान की एक और कृति है, बंदाहिष्न। ये दतिया नदी को "सभी नदियों की प्रमुख" कहता है। ये दिलचस्प है कि अन्य नदी प्रणालियों में झेलम की कहीं अधिक सहायक नदियां हैं।'

उसकी रिसर्च के महासागर में उथला साबित होने पर मैंने बहुत पहले ही चर्चा को लंबा खींचना बंद कर दिया था। 'तुम्हारे सोचने के लिए एक अंतिम विचार,' लिंडा ने बिना कोई दया किए कहा।

मैंने उसके कहने का इंतज़ार किया।

'कहा जाता है कि जब ज़रथुष्ट्र तीस साल के थे, तो वो बसंत विषुव के एक उत्सव में शामिल हुए थे,' लिंडा ने कहा। 'ये वो बसंत उत्सव था जो ज़रथुष्ट्री अब नौरोज़ के रूप में मनाते हैं।'

'ओह, हां,' मैंने कहा। 'मुझे बताया गया है वो दतिया नदी के सबसे शुद्ध हिस्से से पानी ले रहे थे जब एक फ़रिश्ते ने उन्हें अहुरा मज़्दा के दर्शन करवाए थे।'

लिंडा अनिश्चित सी लगी कि वो मुझे टीचर का पसंदीदा

विद्यार्थी बनते देखना चाहती थी या नहीं। फिर उसने एक हमदर्द की तरह मेरे हाथ को छुआ। 'लेकिन जिम, क्या तुम्हें पता था कि कश्मीरी पंडित भी वो दिन मनाते हैं? बस वो इसे नौरोज़ की जगह नवरेह कहते हैं!'

'साथ ही, क्या तुम्हें पता था कि सारे ब्राह्मणों को, कश्मीरी पंडितों समेत, अपने ऊपरी शरीर पर एक बंडी पहननी होती थी जिसे सद्र कहते थे? मागियों को भी इसी तरह की एक बंडी पहननी होती थी जिसे सिद्रा कहते थे। और बेशक, दोनों सामाजिक समूहों को एक पवित्र धागा पहनना होता था। शायद यही वजह है कि आज भी अपने नवजोत समारोह पर पारसी बच्चों को ये विलक्षण चीज़ मिलती है।' मुझे अपना नवजोत याद आ गया। कोलाबा में सेठ जीजीभॉय दादाभॉय अगियारी में पहनने के लिए हम दोनों को, मेरी बहन आवान और मुझे, पवित्र कुस्ती और सिद्रा मिले थे। फिर बीच-बीच में रसभरी सोडा के—वो शर्बत जो मिसेज़ बाटलीवाला मुझे अपने घर पर पिलाती थीं—घूंट भरते हुए हमने बहुत बढ़िया दावत खाई थी।

मैं हमेशा से ये जानता था कि मेरे पूर्वज ईरान से भारत आए थे। अब लिंडा मुझे बता रही थी कि ज़रथुष्ट्र ख़ुद भारत से पश्चिम की ओर गए थे। ये तो मेरी खोपड़ी में कहानी पूरी तरह से उलट-पुलट कर देने जैसा था। 'ज़रथुष्ट्र और वैदिक धर्म के बीच इतनी सारी कड़ियां हैं कि उन्हें नज़रअंदाज़ नहीं किया जा सकता,' लिंडा ने कहा।

'और कितनी हैं?' मैंने पूछा।

'उदाहरण के लिए, ज़रथुष्ट्री अग्नि मंदिरों के बाहर तुम्हें लामासू मिलेंगे, पंखों वाले पौराणिक बैल। और हिंदू मंदिरों के बाहर तुम्हें नंदी बैल मिलेंगे। सोचोगे नहीं क्यों? लेकिन,' उसने बेहतरीन बात को अंत के लिए बचाते हुए कहा, 'सबसे ज़्यादा जिस कड़ी की बात होती है वो है दोनों भाषाओं—संस्कृत और अवेस्ता—के बीच। इसे देखो...!' लिंडा ने अपने कंप्यूटर पर एक पेज खोला।

ऋग्वेद 10.87.21:

महानता मित्रा वरुणा सम्राजा देवाव असुराः सखे...

गाथा 17.4 यस्न 53.4:

महानता मित्रा वरुणा देवाव अहुराः सखे...

मैं भी इसे मात्र संयोग नहीं कह पाया।

'इस तरह के अनगिनत उदाहरण हैं, जहां वाक्य लगभग एक जैसे हैं,' लिंडा ने कहा। 'उदाहरण के लिए संस्कृत के इन शब्दों को ही लो "तम अमावंतम यजातम्।" अवेस्ता में ये "तेम अमावंतेम यज़ातेम" रूप में हैं। दोनों ही वाक्यांशों का अर्थ समान है—"शक्तिशाली ईश्वर।"'

'एक और सरल सा वाक्य लेते हैं,' लिंडा ने कहा, वो आख़िरकार अपने उस अनमोल ज्ञान को बांटने का मौक़ा पाकर लगातार जोश में आती जा रही थी जिसे इतने समय से अपने साथी विद्यार्थियों में दिलचस्पी का अभाव होने के डर से वो अपने अंदर ही समेटे रही थी। 'ये वाक्य है: "किस देवता के लिए मैं बलि दूं?" अथर्ववेद में ये "कस्मै देवाय विधेम।" ज़ेंद अवेस्ता में, शब्द हैं "कम्हई देवाय विधेम।" लगभग एक समान!'

'लेकिन भाषा मात्र से तो किसी का जन्मस्थान स्थापित नहीं होता,' मैंने बहादुरी से एक बार फिर मोर्चा संभाला। 'भारतीयों और ईरानियों का एक ही मूल स्थान—सेंट्रल एशिया या यूरेशियन स्टैप्स में किसी जगह—हो सकता है।'

'संस्कृत में, सात बहनों की भूमि सप्त सिंधु है,' लिंडा ने मुझे याद दिलाया। ये मेरी उंगलियां तोड़ते-तोड़ते रह गई है, मैंने मन ही मन हंसते हुए सोचा। 'अवेस्ता में इसे हप्त हिंदू कहा गया है। वेंडिडाड में, अहुरा मज़्दा सोलह "परिपूर्ण स्थानों" का वर्णन करता है। उस सूची में अंतिम नाम से पहले हप्त हिंदू है। तो, ये स्थान ज़रथुष्ट्र के लिए अजाना नहीं था। उसमें वो और जोड़ लो जो मैंने

तुम्हें सरो के पेड़ और कश्मार शहर के बारे में बताया था। और उसमें, अवेस्तन "अनु-वर्षते दैनाय" या "अनु लोगों की भूमि के धर्म" को। फिर दैत्य नदी पर सोचो। हमें इसके कुछ हिस्सों को नहीं बल्कि सारे साक्ष्यों को साथ लेना होगा, जिमी!'

104

मेरे भीतर कोई शैतानी बौना—या, जैसा लिंडा कहती थी, जिनी—उस सब पर अविश्वास करना चाहता था जो वो मुझे बता रही थी, लेकिन मैं तथ्यों को दरकिनार नहीं कर पाया। मेरे मन में चल रही दुविधा को महसूस करते हुए वो अपने विश्वास के प्रति मुझे आश्वस्त करने की जद्दोजहद कर रही थी। 'यहां तक कि "गाथा," ज़रथुष्ट्रवाद की प्रार्थनाएं, भी "कथा" शब्द के समान है जिसका अर्थ कोई कहानी या काव्य है। दोनों ही शब्द संस्कृत के मूल शब्द "गेय" यानी गाना से निकले हैं।'

'या चैंट।'

'बिल्कुल सही,' लिंडा ने सहमति दी। 'अवेस्ता की तरह वेदों को भी चैंट किया जाता है। और "चैंट" शब्द भी संस्कृत के "छंद" शब्द से आता है जो उस मीटर को बतलाता है जिसके आधार पर काव्य रचा गया हैं। समय में आगे चलें तो "छंद" "ज़ेंद" बन जाता है, जैसे जेंद अवेस्ता में है।'

'और "अवेस्ता"?' ये सवाल स्वाभाविक रूप से उभरा। 'इस शब्द का क्या मतलब है?'

'संस्कृत का शब्द "अपिस्तिका," अर्थात पुस्तक, "अवेस्ता" बन गया,' लिंडा ने उत्तर दिया। 'वैदिक "यज्ञ" ज़रथुष्ट्र धर्म में "यस्न" बन गया। गाथाओं के पूरे-पूरे पैराग्राफ़ बस फ़ोनेटिक अंतरण से शुद्ध संस्कृत में बदले जा सकते हैं।'

लिंडा का हर ख़ुलासा मेरे दिमाग़ में जमी अवधारणाओं को

छीलता जा रहा था। 'दोनों धर्मों में वरुण, मित्र, यम, वायु और आर्यमन जैसे समान देवता हैं,' उसने फिर से पुष्टि की। 'ये समानताएं सब देख सकते हैं—और हममें से कुछ लोग इन्हें सराह सकते हैं।'

'जिस तरह से हिंदू अपने मंत्रों में "नमो" शब्द को शामिल करते हैं, उसी तरह से ज़रथुष्ट्री भी "नमो अहुराई मज़्दाई" जैसे वाक्यांशों में इस शब्द का इस्तेमाल करते हैं,' लिंडा ने कहा। 'फिर ज़रथुष्ट्रियों द्वारा बोला जाने वाला "नेमसेते" एक और शब्द है जो संस्कृत के "नमस्ते" के समकक्ष है। मुस्लिम प्रार्थना के लिए "नमाज़" शब्द का प्रयोग करते हैं। अधिकांश लोग इस बात से अनजान हैं कि ये शब्द भी इसी मूल से निकला है!'

लिंडा ने मेरे दिमाग़ की कसरत करवा दी थी। 'तुम्हें राजा के उस घोड़े की कहानी याद है जिसे ज़रथुष्ट्र ने ठीक किया था?'

'बिल्कुल,' मैंने उत्तर दिया। 'राजा विष्तस्प के पास अस्पे-स्याह नाम का एक घोड़ा था जो बीमार पड़ गया था।'

'संस्कृत में,' लिंडा ने ख़ुलासा किया। '"घोड़े" के लिए "अश्व" शब्द होता है। अवेस्ता में, वो "अस्प" हो गया। हमने देखा है कि ज़रथुष्ट्र के आश्रयदाता का अस्पे-स्याह नाम का एक प्रिय घोड़ा था। और राजा ने ख़ुद, जो पारंगत घुड़सवार भी थे, विष्त-अस्प की पदवी हासिल की।'

'ये तो फिर से भाषा-विज्ञान शुरू हो गया,' मैंने आह भरी।

'हिंदू और ज़रथुष्ट्री अपने पूर्वजों की प्रार्थना करते हैं,' लिंडा अविचलित हुए बिना कहती रही। 'दोनों ही अपनी रस्मों में आग का इस्तेमाल करते हैं। उनके देवता समान हैं। ये भाषा-विज्ञान नहीं है। बरिस्मन बंडल भाषा-विज्ञान नहीं है। ये अथक शोध से प्राप्त ज्ञान है, जिमी! वैसे ही जैसे तुम्हारे लिए साइंस है।'

'बरिस्मन बंडल?' मैंने आधे-अधूरे पहचाने से शब्दांश को पकड़ते हुए पूछा। फिर मुझे याद आया कि वो कुछ टहनियों का बंडल होता था जिसे औषधीय उद्देश्यों से मागी अपने साथ रखते थे।

'वो टहनियां होती थीं जिनका रस निकालकर और विभिन्न तरीक़ों से मिलाकर औषधियां बनाई जा सकती थीं,' लिंडा ने जवाब दिया। 'अब विद्वान कहते हैं कि वो टहनियां "चीनी" पेड़ की होती थीं। तुम्हें पता है कि चीनी पेड़ असल में चिनार है, जो कश्मीर में हर कहीं होता है? ये भी दिलचस्प है कि वेदी के सामने विशेष रूप से बुने हए घास के आसन के लिए वैदिक वर्णन "बर्हिष" है। अवेस्ता का "बरिस्मन" उसी शब्द का अपभ्रंश है।'

'ईरानी अनुष्ठानों में आग का सर्वोच्च महत्व था,' लिंडा ने अपनी बात जारी रखी। 'प्राचीन ईरान में, आग को "अथर" के रूप में दिव्यरूप दिया गया था। क्योंकि जली हुई बलि देवता को नहीं दी जाती थी, इसलिए अथर की भूमिका मुख्यत: आकाश और पृथ्वी—और मनुष्यों और देवताओं—के बीच मध्यस्थ की थी। ये अथर के वैदिक समकक्ष अग्नि के समान ही है। हिंदुओं का तो अथर्ववेद भी है!'

वो सारे साक्ष्य परोसे जा रही थी और मैं ख़ुद को उनमें डूबता-उतराता पा रहा था। 'आग की अनमोल प्रकृति को यस्नों के बाहर भी स्वीकार किया गया है,' लिंडा ने कहा। 'चाहे घरों में हो, या बाद में अग्नि मंदिरों में, आग को उचित ईंधन से बरक़रार रखा जाता था, प्रदूषणकारी तत्वों से सुरक्षित रखा जाता था, और सबसे अहम—कभी बुझाया नहीं जाता था।' इससे वो सारा कष्ट समझ आता है जो इतनी सारी मुसीबतें झेलने के बाद भी पारसियों ने ईरानशाह को बचाए रखने के लिए उठाया था।

'और "स्पेंटा मैन्यु" का क्या? ज़रथुष्ट्री ग्रंथ उनका पवित्र आत्माओं के रूप में आदर करते हैं। हिंदू धर्म में वो कहां हैं?'

'ओह, वो भी हैं। "स्पेंटा" का मतलब है "ऊर्जा,"' उसने कहा। 'संस्कृत का समकक्ष शब्द है "स्पंद," वो भी ऊर्जा या गति है। लेकिन जानते हो असल में दिलचस्प बात क्या है?'

'अब क्या है?' मैंने पूछा, और पहली बार नहीं।

'कश्मीरी साहित्य में दूसरी किसी भी जगह के मुक़ाबले बार-

बार "स्पंद" शब्द का इस्तेमाल हुआ है। कश्मीर के लोगों ने ऐसी कृतियां रचीं जिनमें से कम से कम दो को स्पंद सूत्र और स्पंद निर्णय कहा गया था।'

वो रुकी। 'इसके अलावा, हम जानते हैं कि साइरस महान ने अपने नाना, मेदिया के राजा अस्त्याजीस को गद्दी से हटाया था जो फ़ारसियों का राजा था। लेकिन क्या ज़्यादातर लोग जानते हैं कि उसके राज्य को मेदिया क्यों कहा जाता था?'

'मुझे शक है,' मैंने कहा।

'क्योंकि ये मेसोपोटामिया क्षेत्र के केंद्र में पड़ता है,' लिंडा ने जवाब दिया। 'और केंद्र के लिए संस्कृत शब्द "मध्य" है। जैसे भारत का मध्य प्रदेश राज्य। मेदिया मध्य से उत्पन्न शब्द है। ये बहुत बड़ा विस्तार था, जिम। एक महान वैदिक ऋषि कश्यप ने दनु नामक स्त्री से विवाह किया था। "दनु" शब्द अवेस्ता और ऋग्वेद दोनों में "नदी" के लिए प्रयुक्त हुआ है। एक थ्योरी ये भी है कि कैस्पियन समुद्र का नाम कश्यप के ऊपर और डेन्यूब नदी का नाम दनु पर पड़ा था।'

'वाक़ई?' मैंने पूछा।

'एक और संकेत है,' लिंडा ने कहा। 'जब वरुण की पूजा की जाती थी, तो उनके "मित्र" की भी की जाती थी। तो, वरुण-मित्र द्वय को वैदिक क्षेत्रों में मान्यता प्राप्त होने लगी थी। और फिर, रोमन्स को मित्र वरुण से ज़्यादा पसंद आ गए। तो उनके द्वारा मित्र की अकेले ही उपासना की जाने लगी।'

'अब तुम मज़ाक़ कर रही हो,' मैंने विरोध किया।

लिंडा सख़्त सी दिखी। 'और भी बहुत सारी कड़ियां हैं, जिम—और उनमें से कोई भी हंसी की बात नहीं हैं। ज़रथुष्ट्र के वक़्त के आसपास, मेसोपोटामिया में एक राज्य था जिसके राजा ने सिहांसन पर बैठने के बाद तरसरत नाम धारण कर लिया था।'

मैंने बहुत कोशिश की, लेकिन मैं कोई संबंध नहीं देख पाया।

'उसने शायद अयोध्या के महान राजा दशरथ के सम्मान में ये नाम अपनाया होगा,' लिंडा ने समझाया। 'दशरथ की एक पत्नी कैकेयी कैकेय की थीं, जो कि वर्तमान कॉकस क्षेत्र का एक राज्य था।'

लिंडा ने मुझे हैरान करना बंद नहीं किया। 'और शहंशाह शब्द को परखो। हम सब सोचते हैं कि ये इस्लामिक मूल का शब्द है।'

'ज़ाहिर है,' मैंने जवाब दिया। 'भारत के मुग़ल राजा अक्सर ये पदवी लेते थे।'

'लेकिन मशहूर बीसतून शिलालेख में राजा डैरियस ख़ुद को "क्षैतिया क्षैते" या राजाओं का राजा कहता है,' लिंडा ने मुझे बताया। 'बाद के युगों में ये शब्द शहंशाह बन गया। लेकिन मूल वाक्यांश में, डैरियस ख़ुद को क्षत्रियों का क्षत्रिय कह रहा था!'

'ये तो नाक़ाबिले-यक़ीन है कि—' मैंने कहना शुरू किया लेकिन लिंडा ने बीच में काट दिया। वो अधीर थी कि इससे पहले कि हमारी निजी बातों में ज़िंदगी का दख़ल हो, वो ये सब बता डाले।

'ऋग्वेद में एक सूक्त है: "हे अग्नि, ये तीनों प्रमुख देवियां— भारति, इड़ा, एवं सरस्वती—ऋषियों के साथ यहां घास पर अपना आसन ग्रहण करें।"'

'इसका क्या मतलब हुआ?' मैंने पूछा।

'"भारति" शब्द का अर्थ है भारत; "इड़ा" शब्द ईरान के लिए है; और "सरस्वती" भारती और ईरान के बीच की भूमि है। ये सभी क्षेत्र एक ही निकटवर्ती संस्कृति शेयर करते थे, जिम।'

'और सोचो कि ये पश्चिम में और भी आगे तक गई थी,' मैं अचंभित था।

'बिल्कुल,' लिंडा ने कहा। 'वरुण की उपासना केवल ईरानी ही नहीं, बल्कि यूनानी भी करते थे जिन्होंने उन्हें यूनानी-रोमन देवताओं के राजा यूरेनस के रूप में अपना लिया था।'

उसने अपने सामने रखा लैपटॉप बंद कर दिया। मैंने इसे इंटरवल का संकेत समझा। 'मैं हमारे लिए एक और कॉफ़ी लाता

हूं,' मैंने वॉलंटियर किया। 'इस बार वाक़ई स्ट्रॉन्ग वाली।'

लिंडा भड़क गई। 'क्यों, तुम सो रहे थे?' उसने ठंडे लहजे में और ऐसे यक़ीन के साथ पूछा कि मेरी रूह सिहर गई। 'सच बताओ, जिम, मैंने जो कुछ भी कहा, उसका तुमने एक शब्द भी सुना था?'

'नहीं, नहीं, नहीं—मेरा मतलब हां, हां,' मैं हड़बड़ा गया। 'मैं तो तुम्हारे लिए सोच रहा था—इतने सबके बाद तुम बुरी तरह थक गई होगी।'

और फिर मैंने गंभीरता से कहा, 'थैंक यू, माई डार्लिंग लिंडा। तुमने मुझे सोचने के लिए बहुत कुछ दे दिया है।'

105

अपनी चर्चा में हम दोनों को ही समय का कोई होश नहीं रहा था। मुझे अहसास हुआ कि मुझे भूख लग रही थी। लिंडा भी जल्दी ही समझ गई कि कॉफ़ी की ज़रूरत किसी और चीज़ की ख़्वाहिश थी।

'वो फ़िले मीन्यों जो तुम्हें पसंद हैं?' उसने पूछा।

'ओह, हां!' मैंने उम्मीद लगाते हुए कहा, मैं उस बेहतरीन स्टेक के बारे में सोच रहा था जो हमने कुछ दिन पहले फ़्लेमिंग्स स्टेकहाउस में खाए थे। उसे बेक्ड पोटेटो, क्रीम्ड पालक और फूलगोभी के मैश के साथ सर्व किया गया था। मेरे मुंह में पानी आ गया था।

'अवेस्ता के इस अनुवाद को पढ़ो,' लिंडा ने दुष्टता से अपना लैपटॉप फिर से खोलते हुए कहा। अपनी निराश भूखी आत्मा के साथ मैंने स्क्रीन को देखा।

अवेस्ता, गाथा यस्न 16.4

हां, हम सृष्टा अहुरा मज़्दा की, और अहुरा मज़्दा के पुत्र अग्नि की, और जल की जो मज़्दा से निर्मित हैं और पवित्र

> हैं, और तीव्रगामी अश्वों वाले दैदीप्यमान सूर्य की, पशुओं के बीजों वाले चंद्रमा की उपासना करते हैं... और हम अक्षयनिधि से अनुग्रहीत गाय की आत्मा की उपासना करते हैं।

मेरी उठी हुई भौंहों को देखकर लिंडा हंस पड़ी। 'यही तो,' उसने कहा। 'ठीक उसी तरह जैसे हिंदू गाय की पूजा करते हैं, वैसे ही ज़रथुष्ट्री भी करते हैं। संस्कृत की "गौ" अवेस्ता की "गेऊश" है। अवेस्ता के नौवें चैप्टर वेंदिदाद में, गौमूत्र की शुद्धिकारक शक्ति का भी वर्णन है।'

मैं विरोध करता, इससे पहले ही लिंडा ने जल्दी से जोड़ दिया, 'और नहीं, मैं तुमसे इसे पीने को नहीं कह रही हूं, न ही मैं ये कह रही हूं कि तुम अपना फ़िले मीन्यों खाना बंद कर दो। मैं बस कुछ समानताओं की ओर इशारा कर रही हूं जो बरसों से हमें मुंह बाए तक रही हैं। वो राजा याद है जिसे डैरियस ने हराया था? उसका क्या नाम था?'

'गौमत!' मैं कह उठा, ये समझते हुए कि ज़रथुष्ट्री इतिहास के नामों में से एक हिंदुओं की 'गौमाता' पर आधारित था। मैंने तर्क करने की ख़ातिर अपने दिमाग़ को खंगाला कि दोनों धर्मों की धार्मिक गतिविधियों में कोई सटीक फ़र्क़ सोच सकूं। मुझे मिल गया। 'हिंदू अपने मृतकों को आग के सुपुर्द करते हैं,' मैंने कहा। 'ज़रथुष्ट्री आकाशीय दफ़्न करते हैं।'

'आकाशीय दफ़्न सप्त सिंधु में अज्ञात नहीं थे,' लिंडा ने झट से जवाब दिया। 'महाभारत में, राजा अष्टक तीन भिन्न प्रकार के अंतिम संस्कार बताता है—दह्यते, निखन्यते और निग्रस्यते। जलाना, दफ़्नाना, और क्षरण। राजा विराट ने द्रोणाचार्य से अपने शव को गिद्धों को प्रस्तुत करवाया था। विदुर भी दो तरीक़ों के बारे में बताते हैं—जलाना और शिकारी पंछियों द्वारा समाप्त किया जाना। जब यूनानी इतिहासकार, कैसैन्ड्रीया का एरिस्टॉब्युलस, तक्षशिला पहुंचा,

तो उसने देखा कि मृतकों को अक्सर खुली हवा में गिद्धों और दूसरे लाश खाने वाले जानवरों के लिए रख दिया जाता था।'

'इतिहास का एक अंतिम सबक़,' लिंडा ने अपनी उंगली मेरी ओर हिलाते हुए कहा। 'वो ज़रथुष्ट्री प्रार्थना क्या है जिसे तुम्हारे पर-परचाचा ने सिंफ़नी पर सैट किया था? जो तुम हमेशा सुनते हो?'

'यथा अहु वेर्यो,' मैंने तुरंत कहा। इसके शब्द मुझे रटे हुए थे।

'अब मैं तुम्हें ऋग्वेद की सबसे पवित्र ऋचा गायत्री मंत्र की दूसरी लाइन सुनाती हूं,' लिंडा ने कहा। '"तत सवितुरवरेण्यं।' "वेर्यो और "वरेण्यम्" दोनों का अर्थ एक ही है—ब्रह्मांड।'

लिंडा और मेरी कभी-कभार तेज़ होने वाली बहसें ज़िंदगी भर हमारे साथ रही थीं। शायद यही वजह थी कि हमारी इतनी अच्छी कैमिस्ट्री थी—हमारे पास हमेशा बातें करने के लिए विषय होते थे। हमने स्टैनफ़ोर्ड में अपने-अपने प्रोग्राम पूरे किए, शादी की और सिएटल में बस गए।

मेरी बायोटैक रिसर्च कंपनी जीसीआरसी अभी जन्मी नहीं थी। लिंडा ने ही ये नाम सुझाया था। हम अपने गार्डन में बैठे वाइन पी रहे थे, तभी लिंडा ने कहा, 'तुम्हारा अपना नाम इस तथ्य का साक्ष्य है कि वैदिक विस्तार एक भौगोलिक इकाई था।'

'मेरे नाम का क्या?' मैंने पूछा। 'जिम में ऐसा क्या ख़ास है?'

'जिम नहीं, बुद्धू,' लिंडा ने मुझे झिड़का। 'तुम्हारा असली नाम—जमशेद।'

'जमशेद?' मैंने पूछा। 'इस नाम का इस सबसे क्या लेना-देना है?'

'कहा जाता है कि यम सूर्य देव के पुत्र थे,' लिंडा ने कहा। 'उनके भाई मनु थे जिनके नाम से संस्कृत का शब्द "मनुष्य" और इंग्लिश का शब्द "मैन" निकले हैं। यम से पश्चिम के राजाओं का वंश निकला; और मनु से पूर्व के राजाओं का वंश। लेकिन पूर्व और पश्चिम दोनों एक ही भौगोलिक भूभाग थे।'

'इससे अभी भी पता नहीं लगता कि इसका मेरे नाम से क्या वास्ता है,' मैंने कहा।

'पश्चिमी देशों में, यम को यिमा कहते थे,' लिंडा ने जवाब दिया। 'उनका पूरा पद "यिमा क्षैत" था। जैसा कि तुम जानते हो, "क्षैत" शब्द "क्षत्रिय" से निकला है जिसका अर्थ "राजा" था। इस तरह, यम क्षैत का अर्थ था "यम राजा।" सदियों बाद यम क्षैत मिलकर तुम्हारा नाम बन गया—जमशेद।'

मैंने अप्रभावित दिखने की कोशिश की, लेकिन लिंडा जानती थी कि उसने मुझे चित कर दिया था। 'तुम्हारा जन्मदिन पच्चीस मई को है,' लिंडा ने कहा।

'सही,' मैंने जवाब दिया।

'तुम जेमिनी हो,' लिंडा ने कहा। 'तुमने कभी सोचा है कि तुम्हारे माता-पिता ने तुम्हारे राशि चिह्न के संदर्भ में तुम्हारा नाम जमशेद क्यों चुना था?'

'हम पारसियों में वही नाम बार-बार रखने का शौक़ है,' मैंने मज़ाक़ किया। 'हममें से ज़्यादातर जमशेद, साइरस, डैरियस, फ़िरोज़, ज़ुबीन, होमी, नुस्ली या रुस्तम हैं। इसमें बहुत ज़्यादा सोच-विचार नहीं होता!'

लिंडा हंसने लगी। 'मज़ाक़ अलग,' उसने कहा। 'यम की एक जुड़वां बहन थीं, यामिनी। यम और यामिनी ने यूनानी-लातिनी जुड़वां सितारों—जेमिनी—की अवधारणा प्रदान की। चूंकि तुम्हारी जन्मराशि जेमिनी है, तो तुम्हें यम पर आधारित नाम दिया जाना सही ही था।'

'ये दिलचस्प है,' मैंने कहा। 'मेरे पर-परदादा ने जो टैक्सटाइल मिल लगाई थी, उसका नाम भी जेमिनी मिल्स था।'

'शायद इसलिए कि उसमें दो पार्टनर थे—शापूर और मुर्डोक,' लिंडा ने कहा। इस तरह की बातें सहज ही उसको सूझ जाती थीं।

'और ये मुझे उस कंपनी पर लाता है जो तुम शुरू करना चाहते हो,' लिंडा ने कहा। 'क्यों न इसका नाम जीसीआरसी रखो—जेमिनी

सैल्युलर रिसर्च सेंटर?'

ये बहुत अच्छा आइडिया था। लेकिन लिंडा के पास बताने को अभी और भी कुछ था। 'और मेरे पास तो तुम्हारे पहले प्रोजेक्ट के लिए भी आइडिया है,' उसने कहा। पिछले कुछ सालों से मैं नैनोरोबोट्स पर काम कर रहा था जो सैल्युलर सुधार कर सकते थे।

'बताओ?'

'वो मिट्टी का बक्सा,' लिंडा ने कहा। 'कोई तो वजह होगी कि ये तुम तक पहुंचा है। क्यों न एक अवधारणा से शुरू करो?'

'और वो क्या अवधारणा है?'

'कि उसके अंदर रखा मैटीरियल पारसियों की लंबी उम्र से जुड़ा हो सकता है,' लिंडा ने जवाब दिया। 'मुझे पढ़ना याद है कि भारतीयों की औसत आयु उनसठ साल होती है, जबकि भारतीय पारसियों की पचहत्तर साल।'

'मैं इस अवधारणा को टैस्ट कैसे करूंगा?' मैं हैरान था।

'साइंटिस्ट तुम हो, मैं नहीं,' लिंडा ने प्रतिवाद किया। 'लेकिन अगर वो थ्योरी सही साबित हुई, तो इसके नाम को लेकर मेरा एक सुझाव है।'

'क्या? मुझसे पुछवाओ मत!'

'अरबी में, हमज़ा का मतलब है "चुभोना या कोंचना।" ड्यूरा "ड्यूरेबल" का मूल है। तो हमज़ा ड्यूरा का निहितार्थ है स्थायित्व को बढ़ाना। उस वस्तु के लिए यही तुम्हारा नाम है।'

वो रुकी। 'तुम्हें इसे ये कहने की एक और वजह चाहिए? क्योंकि मैं तुम्हें ऐसा करने के लिए कोंच रही हूं।'

106

इस्लामाबाद के व्यस्त आबपारा बाज़ार क्षेत्र के बीचोबीच स्थित 'ज़ीरो पॉइंट' नामक एक विशाल परिसर में, बड़े-बड़े लॉन और

फ़व्वारों से विभाजित अनेक लो-राइज़ इमारतें हैं। परिसर का प्रवेश द्वार निगरानीयुक्त और उचित रूप से गुमनाम है। परिसर का समग्र स्वरूप एक प्रतिष्ठित विश्वविद्यालय का सा है, जिसमें अच्छे रखरखाव वाले भवन, सुव्यवस्थित लॉन और शानदार फ़व्वारे हैं। एकमात्र प्रतिकूल सी लगने वाली चीज़ गेट पर सादे कपड़ों में मौजूद ऑफ़िसर हैं, जो सैन्यकर्मियों और खोजी कुत्तों द्वारा संचालित बैरिकेड्स की भूलभुलैया से आगंतुकों को सावधानीपूर्वक उनके गंतव्य तक भेजते हैं।

इंटर-सर्विसेज़ इंटैलिजेंस निदेशालय—या आईएसआई जिस नाम से आमतौर पर इसे जाना जाता है—पाकिस्तानी मिलिट्री प्रतिष्ठान का केंद्र है। कुछ लोग इसे भ्रष्ट एजेंसी कहते हैं; तो कुछ और इसे एक राज्य के भीतर राज्य कहते हैं। लेकिन इससे किसी को इंकार नहीं है कि ये बेतहाशा शक्तिशाली है। अपने तिहत्तर साल के विवादास्पद इतिहास में आईएसआई पर अफ़ग़ानिस्तान में तालिबान को हथियार उपलब्ध करवाने और सत्ता में लाने, कश्मीर में इस्लामी आतंकवादी समूहों का समर्थन करने, बलूचिस्तान में नेताओं की हत्या करने और पाकिस्तान की घरेलू राजनीति में हस्तक्षेप करने का आरोप लगाया जाता रहा था। संस्था का सटीक आकार और बजट हमेशा अंतरराष्ट्रीय ख़ुफ़िया विशेषज्ञों के बीच अटकलों का विषय बना रहा।

आईएसआई मुख्यालय के पास ही प्रसिद्ध लाल मस्जिद है। जब 2007 में भारी हथियारों से लैस मदरसे के कट्टरपंथी छात्रों ने पाकिस्तानी अधिकारियों के साथ ख़ूनी खेल खेला, तो ये एक बड़ा झटका था। इसका अंत पाकिस्तानी सैन्य बलों द्वारा मस्जिद पर धावा बोलने और सौ से अधिक लोगों की मौत के साथ हुआ। ये एकमात्र मौक़ा था जब अपनी नाक के नीचे एक विशाल शस्त्रागार की मौजूदगी से बेख़बर होने के लिए आईएसआई की बहुत किरकिरी हुई थी। लेकिन वो कई साल पहले की बात थी, और राजनीति तो अजीबोग़रीब लोगों को साथ लाने के लिए मशहूर है।

आईएसआई की सेंट्रल बिल्डिंग, जिसमें सबसे ऊपरी मंज़िल पर डायरेक्टर-जनरल का ऑफ़िस था, गोल, गूंजती लॉबी वाली एक आधुनिक संरचना थी। कई दूसरे आगंतुकों के विपरीत, लाल मस्जिद के उस व्यक्ति को आसानी से अंदर आने दिया गया। उसने भूरे रंग के वेस्टकोट के साथ बेज रंग की शलवार-क़मीज़ पहन रखी थी। उसके पैरों में पेशावरी सैंडल थे, जिन पर बेहतरीन पॉलिश हुई थी। वो चुस्ती से डीजी के चैंबर में दाख़िल हुआ और डैस्क के सामने एक गद्‌दीदार कुर्सी पर बैठ गया। डीजी ने उसका स्वागत किया। डीजी के पीछे पाकिस्तान के संस्थापक मोहम्मद अली जिन्ना का चित्र था। उसके पास ही एक ध्वज स्तंभ पर पाकिस्तान का हरा और सफ़ेद झंडा लगा था। लाल मस्जिद का बंदा आईएसआई का एक ऑपरेटिव था जिसका अफ़ग़ानिस्तान में काफ़ी गहरा नेटवर्क था, लेकिन वो परफ़ेक्ट अंग्रेज़ी बोलता था जो उसने कराची ग्रामर स्कूल में पढ़ने के दौरान सीखी थी।

'मुझे एक छोटे से मसले में आपकी मदद चाहिए,' डायरेक्टर-जनरल ने कहा। 'मेरे पास हमारे चीनी दोस्तों का फ़ोन आया था।' चीनी-पाकिस्तानी संबंधों को बहुत अहमियत दी जाती थी क्योंकि चीन नियमित रूप से पाकिस्तान को आर्थिक, सैन्य और तकनीकी सहायता प्रदान करता था। इसके अलावा, दोनों देशों का एक समान दुश्मन था: भारत।

'किस सिलसिले में?' लाल मस्जित वाले आदमी ने पूछा।

'हमारे चीनी दोस्त एस्क्लीपियस नाम की एक अमेरिकी कंपनी में सबसे बड़े विदेशी निवेशक हैं,' डीजी ने कहा।

'ग्लोबल फ़ार्मास्यूटिकल्स के बाज़ार के सत्तर फ़ीसदी हिस्से पर उनका क़ब्ज़ा है। उनका सीईओ बहुत मशहूर है: रायन पार्कर।'

'हां, मैंने उसका नाम सुना है,' लाल मस्जिद वाले आदमी ने कहा।

'लगता है उनकी कंपनी से किसी ने एक बहुत ही अहम फ़ॉर्म्युलेशन चुरा लिया है और उसे लेकर ईरान भाग गया है,' डीजी

ने कहा। ऑपरेटिव के चेहरे पर नापसंदीदगी छा गई। शिया बहुमत वाले ईरान और सुन्नी बहुमत वाले पाकिस्तान के बीच संबंध बहुत पेचीदा थे।

'उसके बाद, चोर शायद ईरान को छोड़कर अफ़ग़ानिस्तान पहुंच गया है।'

'और आप उसे उड़वा देना चाहते हैं?'

'नहीं,' आईएसआई चीफ़ ने जल्दी से कहा। 'उड़ाना नहीं है। ये अहम है कि उसे उसके मैटीरियल के साथ ही पकड़ा जाए।'

'क्या नाम है उसका?' लाल मस्जिद वाले आदमी ने पूछा।

'जिम दस्तूर,' चीफ़ ने जवाब दिया। 'हिंदुस्तान में जन्मा था, अमेरिका में बस गया है।'

'हिंदुस्तानी हरामज़ादा,' जासूस ने उम्मीद के मुताबिक़ कहा। 'हम उसे पकड़ लेंगे। कुछ पता है वो कहां है?'

'आख़री बार बल्ख सूबे में देखा गया था,' डीजी ने कहा। 'बज़ाहिर हाजी वसीक़ की हिफ़ाज़त में।'

'उस बदमाश पर मुझे कभी भरोसा नहीं हुआ,' मस्जिद वाले आदमी ने उत्तर दिया। 'उसकी आदत ही है दो नावों में पैर रखने की।'

डायरेक्टर-जनरल ने हामी भरी। 'मुझे ऐसी जानकारी दी गई है कि वो और उसके साथी बगराम पहुंचने की कोशिश कर रहे हैं,' उसने कहा।

'अगर मंज़िल बगराम है तो क्या फ़िक्र है?' ऑपरेटिव ने पूछा। 'बगराम पर तो अभी भी अमेरिकियों का क़ब्ज़ा है। अगर रायन पार्कर चाहे तो वो दस्तूर को वहां बहुत आसानी से पकड़वा सकता है।'

'ये इतना सीधा-सरल नहीं है,' चीफ़ ने जवाब दिया। 'बज़ाहिर, अमेरिकी इंटैलिजेंस में दस्तूर के दोस्त हैं। वो अफ़ग़ानिस्तान से भागकर किसी ऐसे देश में जाने की कोशिश कर सकता है जिसके

साथ अमेरिका की प्रत्यार्पण संधि न हो।'

'आप क्या करवाना चाहते हैं?'

'उसके बगराम पहुंचने से पहले उसका पता लगाएं,' चीफ़ ने जवाब दिया। 'जब वो बगराम से कोई सौ किलोमीटर पहले मलखान पहुंचे, तो उसके दल पर हमला करवाएं। उसे एक एमआई-35एम3 चॉपर में डालें और यहां ले आएं।'

'मेरे पास कितना वक़्त है?' ऑपरेटिव ने पूछा।

'आपको इसी वक़्त काम में जुटना होगा,' चीफ़ ने कहा। 'उस इलाक़े में अपने तालिबान दोस्तों से बात करें कि वो आपकी ख़ातिर उसके ग्रुप को रोक लें। लेकिन प्लीज़, मुझे दस्तूर ज़िंदा चाहिए। साथ ही, हमें उसका चुराया मैटीरियल अछूता चाहिए।'

'उसे सीधे अमेरिका क्यों न रवाना कर दें?'

'क्योंकि माक़ूल क़ीमत वसूले बिना मैं कभी कुछ नहीं करता,' चीफ़ ने मुस्कुराते हुए कहा। 'अमेरिकियों के ओसामा बिन लादेन तक पहुंचने से पहले वो एबटाबाद में बरसों रहा था। हमने पहले अपनी क़ीमत वसूल की।'

107

इन इलाक़ों में ट्रक हर कहीं होते थे। ये चुटकुला भी आम था कि आमतौर पर एक ट्रक ड्राइवर अपनी बीवी से ज़्यादा वक़्त अपने ट्रक के साथ गुज़ारता था। यही वजह थी कि वो अपने दस टन और छह पहियों वाले ट्रक को नई दुल्हन की तरह सजा-संवारकर रखना चाहता था। वो जिंगल ट्रक के नाम से मशहूर थे क्योंकि चेसिस पर घंटियां लटकी रहती थीं। जिस ट्रक में जिम, लिंडा, डैन और अब्बासी थे, वो सर से पांव तक अनेक रंगों में रंगा हुआ था। बाहर की बॉडी पर पक्षी, फूल और लैंडस्केप पेंट किए गए थे। केबिन के अंदर का हिस्सा प्लास्टिक के फूलों, मोतियों, छोटी-छोटी फ़्लैशिंग

लाइटों, रिबन्स और मख़मल से सजा था।

अब्बासी केबिन में वसीक़ के ड्राइवर के साथ बैठा था जबकि बाक़ी ग्रुप—वसीक़ के दो आदमियों समेत—पीछे खाद के प्लास्टिक के बोरों के बीच बैठा था। वसीक़ ने ध्यान रखते हुए उनके सफ़र के लिए खाने और पानी का इंतज़ाम कर दिया था। बगराम चार सौ किलोमीटर दूर था और सामान्यत: वहां पहुंचने में आठ घंटे लगते थे, लेकिन ये जिंगल ट्रक शायद उनके सफ़र में कुछ घंटे और जोड़ दे।

लिंडा बहुत ध्यान से अपने हाथ में मौजूद पत्थर के टुकड़े को देख रही थी। 'तुम्हारे हाथ में वो क्या है?' जिम ने पूछा।

'जब निहाई फटी थी तो ये मेरे पास आकर गिरा था,' लिंडा ने कहा। 'इस पर कुछ अक्षर से खुदे लगते हैं। शायद अग्नि मंदिर के पास किसी प्राचीन चिह्न का है?'

'ये कौन सी लिपि है?' जिम ने पूछा। 'कीलाक्षर?'

'नहीं,' लिंडा ने जवाब दिया। 'ये वैसा नहीं है जैसा साइरस सिलिंडर पर है। न ही ये उस लिपि में है जो बीसतून पर्वत के शिलालेख में राजा डैरियस ने इस्तेमाल की थी। ये तो बहुत बाद के समय का लेखन लगता है। शायद कोई लिपि जो सासानी दौर में अवेस्ता के पाठ के लिए विकसित की गई थी।'

'मुझे तो अरबी सी लगती है,' डैन ने कहा।

'तुम्हें ऐसा कोणों और बहावदार घुमावों, और दाएं से बाएं ओर की लिखाई की वजह से लग रहा है,' लिंडा ने जवाब दिया। 'यह पाज़िंद सी लगती है, जिस भाषा और लिपि में ज़रथुष्ट्र पुजारी अपने धार्मिक ग्रंथ दर्ज करते थे, उन रिवायतों समेत जो उन्होंने भारत भेजी थीं।'

'कोई आइडिया कि इसमें क्या लिखा है?' जिम ने पूछा। वो जानता था कि लिंडा ने अपनी पीएचडी के हिस्से के तौर पर इन भाषा पद्धतियों का अध्ययन किया था। वो ज़रथुष्ट्री इतिहास की अपनी जानकारी पर लिंडा की जानकारी की श्रेष्ठता को हमेशा स्वीकार

करता था।

‘इस टुकड़े पर बस एक शब्द ही साफ़ है,’ लिंडा ने जवाब दिया। ‘वो है “वेर्यो।”’

‘ये मैंने पहले कहां सुना है?’ जिम ने मुस्कुराते हुए पूछा। ये उसकी नित्य की प्रार्थना में आता था।

‘यथा अहु वेर्यो,’ लिंडा ने गुनगुनाया। ‘ये संस्कृत के “वरेण्यम्” से मेल खाता है। ये वो मशहूर प्रार्थना है जिसे तब लिखा गया था जब विष्तस्प ने ज़रथुष्ट्र के विचारों को अपनाया था। बहुत सदियों बाद, इसे होमी दस्तूर द्वारा एक ओपेरा की धुन में सैट किया गया था।’

जिम अपनी जगह से उठा और उसने कैनवस के फ़्लैप के नीचे से झांककर अंदाज़ा लगाना चाहा कि वो कहां थे। उनके पीछे सड़क पर घोर अंधेरा था, इसलिए अगर कहीं किसी बस्ती का चिह्न था भी तो वो दिखाई नहीं देता था। ‘कोई आइडिया कि हमें सड़क पर चलते हुए कितना वक़्त गुज़र गया होगा?’ उसने पूछा।

‘चार घंटे से कुछ ज़्यादा,’ लिंडा ने कहा। शांति से सुन रहे डैन ने जल्दी से हिसाब लगाया कि बगराम से मलखान का सफ़र क़रीब पांच घंटे का होगा, इसका मतलब था कि वो एक घंटे से भी कम में मलखान पहुंचने वाले होंगे। वो सोच रहा था कि पता नहीं ल्यूक मिलर और रायन पार्कर ने वहां क्या इंतज़ाम किया होगा।

‘तुम बहुत चुप-चुप हो, डैन,’ लिंडा ने कुछ चिंता भरे अंदाज़ में ध्यान दिया। ‘कुछ बात है क्या? अलावा इसके कि कोई सिरा दिखे बिना हम गोल-गोल घूम रहे हैं?’ उसने उसका मन हल्का करने के लिए कहा।

‘अरे, कुछ नहीं,’ डैन ने कहा। ‘बस थक गया हूं। लगता है मेरा इंजन अब धुएं पर चल रहा है।’ उसके चेहरे पर कमजोर सी मुस्कुराहट आई, वो उस भयानक राज़ के बोझ से त्रस्त था जिसे उसने छुपा रखा था। ऐसे भी पल आते थे जब वो सोचता था कि उसने ख़ुद को इस सबमें कैसे खिंचने दिया। उसने ख़ुद को ब्लैकमेल क्यों होने दिया? केटरिंग प्राइज़ को लेकर वो इतना लालची क्यों हो

गया था? लेकिन अब बहुत देर हो चुकी थी। अब कोई वापसी नहीं थी।

गोलियां बरसने लगीं तो ट्रक अचानक ज़ोर से ब्रेक लगाते हुए रुक गया।

ट्रक के पीछे बैठे दोनों तालिबानियों ने ग्रुप को बैठे रहने का इशारा किया और ख़ुद बाहर कूद गए; उनकी बंदूक़ें फ़ायर करने को तैयार थीं। ट्रक से बाहर निकलते हुए उन्होंने फ़्लैप गिरा दिया था। उनके और हमलावरों के बीच भयानक लड़ाई होने लगी तो बंजर इलाक़ा भारी शोर से गूंज उठा। दोनों गार्ड ज़मीन पर ढेर हो गए। पीछे के फ़्लैप से ढके ट्रक के अंदर बैठे जिम और लिंडा बस कल्पना ही कर सकते थे कि बाहर क्या हो रहा होगा।

अचानक, फ़्लैप फिर से खुला। दो अजनबियों ने, जिनके सिर और चेहरे काले कूफ़ियों से ढके हुए थे, अंदर बैठे मुसाफ़िरों पर अपनी बंदूक़ें तान दीं। उन्होंने टॉर्च की रौशनी मारी, पहले लिंडा पर, फिर जिम पर, और आख़िर में डैन पर।

'तुममें से जिम दस्तूर कौन है?' उनमें से एक ने पूछा। जवाब में जिम ने अपना हाथ सीने पर रखा। इससे पहले वो अपना हाथ नीचे ला पाता, नज़दीक ही एक कान फाड़ देने वाली गोली चली। लिंडा चीख़ उठी।

कुछ बुरा होने के अंदेशे के साथ उसने कांपते हुए नज़र उठाकर गोली का नतीजा देखा। 'जिम!' वो उसके ऊपर झुकते हुए चीख़ उठी। जिम ख़ूनमख़ून था, और सदमे में था लेकिन सांस ले रहा था। *शुक्र है!* उसने उसे ऊपर से नीचे तक जांचा, और उसे अभी भी ये चमत्कार ही लग रहा था कि वो ज़िंदा था।

लेकिन ख़ून? लिंडा ने फिर डैन को खोजा। और फिर जब उसने अपनी नज़र नीचे घुमाई तब उसे ट्रक के फ़र्श पर ढेर हुआ डैन दिखाई दिया, उसके सीने में एक बड़ा सा छेद था। जिम के ऊपर असल में डैन का ही ख़ून था।

'जहां हो वहीं बैठी रहो,' गोली चलाने वाले आदमी ने जब

लिंडा को डैन के क़रीब जाने की कोशिश करते देखा, तो वो चीख़ा। उसने बंदूक़धारी की चेतावनी अनसुनी कर दी और उस आदमी के सिर को गोद में लेने को झुकी जो उसके पीछे-पीछे आधी दुनिया पार करके आ गया था। लेकिन उसे दिलासा देने के लिए बहुत देर हो चुकी थी।

अचानक ट्रक का पिछला हिस्सा रौशनी से भर गया जब उसके बिल्कुल पीछे एक एसयूवी आकर रुकी जिसकी छत की छड़ों पर फ़ॉग लैंप लगे हुए थे। काले कूफ़ियाधारी लड़ाके फ़ौरन सावधान की मुद्रा में पीछे हट गए।

इस बीच अब्बासी ड्राइवर के केबिन से उतरा और उसके पास आ गया था। एसयूवी का ड्राइवर भी उतर आया और उसने अब्बासी से हाथ मिलाया। फिर अब्बासी एसयूवी के पास गया और ड्राइवर की सीट पर बैठ गया। उसने हॉर्न बजाया—जो जिम और लिंडा के लिए उस वाहन में आने का संकेत था। काले कूफ़ियाधारी ट्रक में चढ़े और उन्होंने उसे रास्ते से हटा दिया। फिर उन्होंने वसीक़ के ड्राइवर और सैनिकों की लाशें हटाकर एसयूवी के जाने के लिए रास्ता बना दिया।

'लेकिन डैन का क्या होगा?' एसयूवी में बैठने पर लिंडा ने पूछा। 'हम उसे इस तरह यहां नहीं छोड़ सकते!'

'मैं आपको आपके प्यारे मृत दोस्त डैन कोहेन के बारे में बताता हूं,' अब्बासी ने एसयूवी का इग्नीशन घुमाते हुए कड़वाहट से कहा। फिर उसने एक फ़ोन का इस्तेमाल किया जो हमलावरों ने उसे दिया था। 'हैलो?' उसने कहा। 'आप कैम हैं?'

108

पेस्टनजी उनवाला दोपहर में दीव पहुंचे, जो गुजरात प्रायद्वीप के दक्षिणी तट के पास तेज़ हवाओं से भरा एक द्वीप था। लगभग

चालीस वर्ग किलोमीटर के क्षेत्र में फैला ये द्वीप सेंट पॉल चर्च और दीव क़िले के आसपास के कुछ आवासीय इलाक़ों को छोड़कर आमतौर पर निर्जन था। लेकिन कामकाजी घंटों के दौरान भी दीव सोया-सोया सा ही नज़र आता था। इस सन्नाटे को कभी-कभी किसी मोटरबाइक या ऑटोरिक्शा की आवाज़ तोड़ती थी, लेकिन अधिकांशत: दीव शांत था, और इसकी सड़कें सुनसान थीं। 1961 तक एक पुर्तगाली उपनिवेश रहा दीव, यदि चलता भी था, तो पुराने दिनों की उसी धीमी गति और उदास यादों पर।

दीव वो स्थान था जहां आठवीं शताब्दी में ईरान से आए पारसी शरणार्थी पहली बार उतरे थे, पुर्तगालियों के वहां क़दम रखने से बहुत पहले। संजान की ओर बढ़ने से पहले वो उन्नीस वर्ष दीव में रहे थे।

उनवाला को दीव क़िले में कोई दिलचस्पी नहीं थी, जहां से पुर्तगालियों ने 1537 से बस्ती पर शासन किया था। न ही उन्हें सेंट पॉल चर्च, नागोआ बीच, या पानीकोटा जेल जैसे लोकप्रिय स्थानों में कोई दिलचस्पी थी। उनका ध्यान तो पूरी तरह से एक ऐसे क्षेत्र पर केंद्रित था जिसे अब यूनेस्को-पार्ज़र द्वारा एक पर्यटन आकर्षण के रूप में विकसित किया जा रहा था। ये भारत में पहली पारसी बस्ती थी।

इस बस्ती के नाम पर बस दो दख़मा—टॉवर ऑफ़ साइलेंस—और एक अग्नि मंदिर ही बचे थे जिन्हें वर्तमान में भारतीय पुरातात्विक सर्वेक्षण विभाग द्वारा संरक्षित किया जा रहा था। पारसियों के दूसरे पवित्र स्थलों के विपरीत जहां केवल वही लोग जा सकते थे जो धर्म के सदस्य हों, दीव के स्थलों का अधार्मिकीकरण कर दिया गया था क्योंकि दीव में अब पारसी नहीं बचे थे। इसका मतलब था कि आम लोग वहां जा सकते थे और जी भरके उन्हें देख सकते थे।

उनवाला हल्की चढ़ाई वाले रैंप से होते हुए टॉवर ऑफ़ साइलेंस पर चढ़ गए और अंदर चले गए। वो पूर्व की ओर बने एक दरवाज़े से अंदर गए—आने-जाने का ये एक ही रास्ता था—और

उन्होंने ख़ुद को एक विशाल बेसिन के अंदर पाया, जिसके बीच में एक बड़ा और गहरा अस्थि-स्थल था। गोलाकार गड्ढे में चारों ओर सूरज की किरणों की तरह व्यवस्थित सपाट शिलाओं पर शव रखे जाते होंगे, जिसमें बाहरी घेरे में पुरुषों के, बीच में स्त्रियों के और सबसे भीतरी घेरे में बच्चों के शव रखे जाते होंगे। जब उनके मांस को गिद्ध खा चुकते होंगे और हड्डियां साफ़ और धूप से सूख जाती होंगी, तो अवशेषों को गड्ढे में एकत्र कर दिया जाता होगा, जहां उन्हें धीरे-धीरे टूटकर सफ़ेद पाउडर बनने दिया जाता होगा। उनवाला के मन में विचार उभरा कि क्या हमज़ा ड्यूरा... वो सिहर उठे और उन्होंने इस विचार को पूरा नहीं किया।

ज़रथुष्ट्रियों द्वारा आकाशीय दफ़्न की ये प्रथा उनके अनुष्ठानों में सबसे पवित्र तत्वों—अग्नि, जल, और पृथ्वी तक—को प्रदूषित करने से रोकने के लिए की जाती थी। बदक़िस्मती से, इंसानों और मवेशियों की लाशों में डिक्लोफ़ेनेक जैसी आम एंटी-इंफ़्लेमेट्री दवा जैसी ज़हरीली दवाओं की मौजूदगी से गिद्धों की आबादी कम हो गई थी। वर्तमान दख़माओं में, पारसी अब सौर-संकेंद्रण लगा रहे थे ताकि लाशों के क्षरण में तेज़ी लाई जा सके। विडंबना की बात थी कि दीव के भूखंड की परिधि में एक बड़ा सौर पार्क बना था, हालांकि इस परियोजना का इन टॉवरों से क़तई कोई संबंध नहीं था।

सूरज आज इतना मेहरबान नहीं था। उनवाला उसकी किरणों से तपे दख़मा के पत्थरों पर खड़े थे। उन्होंने अपनी पारसी टोपी उतारी और अपने रूमाल से पसीने की बूंदों को सिर से पोंछा। फिर उन्होंने अपनी उंगलियां अपनी सफ़ेद दाढ़ी पर फिराईं और सावधानी से टोपी को फिर से पहन लिया। उन्होंने परिधि के साथ लगी पत्थर की शिलाओं की जांच शुरू की, उन्हें एक शिलालेख को फिर से पाने की उम्मीद थी जो बिखरे बिंदुओं को जोड़ने में मदद कर सकता था, जैसे नवसारी पुस्तकालय में उनकी खोज ने की थी। वो अपने फ़ोन से तस्वीरें भी खींचने लगे। अस्सी से ज़्यादा की आयु होने के बावजूद, उनके अंदर असीम ऊर्जा थी।

उनका ध्यान नहीं गया कि वो अकेले नहीं थे। एक अजनबी जो दस्तूर हाउस के बाहर मंडरा रहा था, अब उस रैंप पर चढ़कर ऊपर आ रहा था जो पूर्वी दरवाज़े की ओर जाता था। उनवाला ने जैसे ही उस आदमी के क़दमों की आहट सुनी, वो एकदम से पलट गए। उस क्षेत्र में मौत का सा सन्नाटा पसरा हुआ था, और हल्की सी भी आवाज़ बहुत दूर तक सुनी जा सकती थी। उन्होंने उस आदमी की फटी जींस, सफ़ेद सूती टीशर्ट और काले चश्मे को नज़र भरकर देखा जो स्थानीय आदमी नहीं लगा था। और इस जगह पर किसी पर्यटक का तो शायद ही कोई काम था। बहुत मुश्किल से ही कोई पर्यटक अब दख़मा देखने आता होगा। उनवाला उस आदमी को देखते रहे, इस उम्मीद में कि शायद ये कोई भूला-भटका पर्यटक ही हो। लेकिन जब वो आदमी तेज़ क़दमों से उनकी ओर बढ़ता चला आया तो उनवाला समझ गए कि ये कोई जिज्ञासु पर्यटक नहीं था।

वो आदमी उनवाला के पास आया और उसने सीधे उनके चेहरे को देखा। 'आपको कुछ तो पता है कि जिम दस्तूर कहां है,' उसने कहा। 'आपके पास जो जानकारी है, अगर वो बताएंगे तो मैं इसे आपके लिए मुनाफ़े का सौदा बना सकता हूं।' उनवाला को उस आदमी की सांस में निकोटिन की गंध आई। वो इस जगह पर, अकेले और इस अजनबी की कंपनी में असुरक्षित होने को लेकर डर रहे थे। उनकी पत्नी ने उन्हें इस सफ़र पर न आने की सलाह दी थी, लेकिन वो अड़े रहे थे। उन्होंने बोलने के लिए मुंह खोला, लेकिन कोई शब्द नहीं निकला। अजनबी ने उनवाला के कंधे पर हाथ रखा। 'मैं आपके साथ कुछ नहीं करूंगा,' उसने कहा। 'बस मुझे सब बता दें, फिर आपको कुछ नहीं होगा।'

'अर... मैं... मैं... स- सच कहता हूं मुझे कुछ पता नहीं है,' उनवाला हकलाने लगे थे। 'मैं त- तो एक प्राचीन ज़रथुष्ट्री धरोहर पर एक प्रोजेक्ट के लिए रिसर्च कर रहा हूं। बस। मेरी रिसर्च का जिम दस्तूर से कोई लेना-देना नहीं है।'

'मैं जानता हूं आप कई बार आवान दस्तूर के ऑफ़िस गए

हैं,' अजनबी ने कहा, उनवाला के कंधे पर उसकी पकड़ सख़्त हो गई थी।

'व- वो तो मददगार है,' उनवाला ने बताया। 'वित्तीय संसाधनों के लिए मैं उस पर निर्भर रहता हूं। मैं सच कह कह रहा हूं; मुझे कुछ पता नहीं कि जिम दस्तूर कहां है। आप उसकी पत्नी से क्यों नहीं पूछते?'

उनवाला के कंधे पर पकड़ अब तकलीफ़देह होने लगी थी। अजनबी ने उनवाला को पीछे धक्का दिया। बुज़ुर्ग को गिराने के लिए बहुत कम कोशिश की ज़रूरत थी। वो शिला पर गिर गए, ऊपर से पड़ रही तेज़ धूप ने उन्हें चौंधिया दिया था। जब उन्होंने अपनी कल्पना में पास आते गिद्धों की कर्कश आवाज़ें और उनके भुरभुरे पंखों की फड़फड़ाहट सुनी तो डर के मारे उन्हें चक्कर आने लगे। वो जानते थे कि जिस जगह पर वो थे उसका दसियों साल से इस्तेमाल नहीं किया गया था, लेकिन फिर भी उन्हें मौत की गंध आ रही थी। वो कल्पना कर रहे थे कि उनका शरीर खुले में सड़ने के लिए पड़ा था और मक्खियां, कीड़े और मुड़ी चोंच वाले पक्षी उनकी सांसारिक मौजूदगी को समाप्त कर रहे थे। 'प-प्लीज़, प्लीज़!' गड्ढे के सामने सिर किए उस भट्टी जैसे तपते पत्थर पर पड़े हुए वो गिड़गिड़ाने लगे थे।

अजनबी ने अपने पैरों से उनवाला को बीच के गड्ढे की ओर धकेल दिया। 'नहीं!' उनवाला चीख़े। 'प्लीज़, नहीं!' जब उनवाला का सिर गड्ढे के ऊपर लटक रहा था, तो उनका हमलावर उनकी ओर बढ़ा और उनके सीने के दोनों ओर टांगें फैलाकर बैठ गया, उसने इसका ध्यान रखा था कि बुज़ुर्ग पर अपना वज़न न पड़ने दे।

'एक... आख़री... बार,' अपने शब्दों को रुक-रुककर बोलते हुए वो फुफकारा, उसने वृद्ध व्यक्ति की गर्दन पकड़ ली थी।

'मेरा यक़ीन करो,' उनवाला हांफते हुए बोले। 'मैं तो बस अथ्रवन स्टार को ढूंढ़ने की कोशिश कर रहा था।' हमलावर की आंखों में इस शब्द को पहचानने की चमक आ गई। हुआंग ने इसका

ज़िक्र पार्कर से, पार्कर ने मिलर से, और मिलर ने उससे किया था।

'जानते हो वो कहां है?' अजनबी ने पूछा, उनवाला की गर्दन पर उसकी पकड़ कस गई थी।

'नहीं,' वृद्ध ने किसी तरह एक शब्द कहा। और वही अंतिम भी बना। अजनबी ने निराश स्वीकृति में गहरी सांस ली, उनवाला की टांगों को किसी ठेले के हैंडल की तरह पकड़ा और गड्ढे में धकेल दिया। अस्थि-स्थल के फ़र्श से टकराते ही उनवाला की चीख़ निकल गई। वो पीठ के बल गिरे थे और उन्होंने अपनी हड्डियां टूटने की आवाज़ सुनी थी। बेतहाशा तकलीफ़ उन्हें हिलने भी नहीं दे रही थी। सांस लेने में तकलीफ़ के कारण, वो अब दया की मांग भी नहीं कर सकते थे।

ऊपर से उन्हें उस अजनबी की आवाज़ आती सुनाई दी। 'अभी भी बहुत देर नहीं हुई है,' उसने कहा। 'मैं आपको बाहर निकालकर डॉक्टर के पास ले जा सकता हूं। लेकिन मुझे जो चाहिए वो नहीं बताओगे, तो तुम इसी गड्ढे में मरोगे। गर्मी में बस कुछ घंटे और, फिर पानी की कमी काम तमाम कर देगी।'

गड्ढा एकदम सूखा था, लेकिन उनवाला पुराने ख़ून और शरीर के दूसरे तरल पदार्थों, ऊतकों और हड्डियों के मिश्रण की कल्पना कर रहे थे जो इतने बरसों में इस गड्ढे में रिस-रिसकर आ गए होंगे। ऊपर धुंधली नज़रों से सूरज की किरणों की तरह बिछाई गई शिलाओं के नीचे की तरफ़ देखते हुए उन्हें उनके बजाय गिद्धों के फैले हुए पंख दिख रहे थे। और वो अचानक ही समझ गए थे कि उस प्रतीक का क्या अर्थ था।

109

वो सही-सलामत बगराम पहुंच गए थे, लेकिन उनके वहां पहुंचने का सारा मक़सद ही बेकार हो गया था। एयरबेस का गेट खुला पड़ा

था और कोई अमेरिकी नज़र नहीं आ रहा था। वो जगह लगभग निर्जन पड़ी थी, अफ़ग़ानिस्तान में अमेरिका के कार्यकाल की निशानी भर। अप्रयुक्त वाहनों, उपकरणों और सप्लाई की पंक्तियां बगराम में अमेरिकियों की मौजूदगी के आख़री संकेत थीं; जहां अपने बीस साला जीवन में इसके गेटों से एक लाख से ज़्यादा सैनिक गुज़रे होंगे। 'क्या चक्कर है?' जिम ने पूछा। 'ये जगह भुतहा सी क्यों दिख रही है?'

'अमेरिकी कल रात ही निकल गए,' अब्बासी ने जवाब दिया। 'हमें यहां पहुंचने में थोड़ी सी देर हो गई। मैंने भी इसके बारे में उन लोगों से ही सुना था जिन्होंने हमें मलखान में रोका था। अमेरिकी एक ही रात में चले गए, यहां तक कि परिसर की सुरक्षा कर रहे अफ़ग़ानी सैनिकों तक को ख़बर नहीं दी। मेरे सूत्र कहते हैं कि वो कोई पैंतीस लाख आइटम छोड़ गए हैं, जिनमें पानी की बोतलें, एनर्जी ड्रिंक, और सेना के लिए रेडीमेड भोजन शामिल हैं। ये सब हज़ारों नागरिक वाहनों, सैकड़ों बख़्तरबंद वाहनों, हथियारों और अस्लहे के अलावा हैं। ये अमेरिकी भी पागल हैं।'

अमेरिकियों के जाने के आधे घंटे के अंदर ही बगराम की बिजली काट दी गई थी, और बेस घोर अंधकार में डूब गया था। जिम, लिंडा और अब्बासी ने ख़ुद को अपनी हैडलाइट्स की रौशनी में सूनी गलियों में ड्राइव करते पाया। इधर-उधर कुछेक अफ़ग़ानी गार्ड दिख रहे थे, लेकिन पिछले चौबीस घंटों में लुटेरों को खुली छूट मिल चुकी थी। उन्होंने बैरियर तोड़कर ख़ाली इमारतों में लूटपाट कर ली थी। बेस से हासिल किए परित्यक्त आइटम अपेक्षित रूप से पास के बाज़ारों में पहुंच गए थे। ख़ुशक़िस्मती से, अमेरिकियों ने जाने से पहले कुछ अस्लहा भंडारों को उड़ा दिया था, वर्ना वो भी तालिबानी हाथों में पहुंच जाते। बगराम में बचा-खुचा अफ़ग़ानी बल पूरी तरह से बेतरतीब, पस्त और अनमना दिख रहा था। बगराम किसी ऐसे अनाथ जैसा था जिसे छोड़ने पर उन लोगों की ओर से कोई सवाल नहीं उठाया गया जिनके पास उसे बचाने की ताक़त थी।

'मैं इस जगह के बेहतरीन दौर में यहां आ चुका हूं,' अब्बासी ने कहा। 'अपनी तादाद के चरम पर इस एयरबेस में दसियों हज़ार सैनिक हुआ करते थे। ये एक आम अफ़ग़ान एयरबेस से छोटा-मोटा अमेरीकी शहर बन गया था। स्विमिंग पूल, सिनेमा, स्पा और बर्गर किंग और पीत्ज़ा हट जैसे विदेशी फ़ास्ट-फ़ूड आउटलेट आम दिखा करते थे। अब इसे देखकर दुख हो रहा है।'

'अगर यहां कोई नहीं है तो हम यहां क्यों आए हैं?' जिम ने पूछा। 'हम तो घर वापसी के लिए अमेरिकियों के भरोसे थे।'

'क्योंकि हालांकि अमेरिकी भाग गए हैं, लेकिन मैं अभी भी तुम लोगों का साथ देने और मदद करने के लिए यहां हूं,' अब्बासी ने कहा। 'तुम्हें अपनी सुरक्षा के लिए मेरी मदद की ज़रूरत है।' उसने डैन कोहेन का ज़िक्र नहीं किया, लेकिन जिम और लिंडा जानते थे कि उसका क्या मतलब था। वो दंपती अभी भी डैन की मौत के सदमे में थे।

सारे हालात समझाने में अब्बासी को बगराम तक की एक घंटे की ड्राइव लग गई थी। 'डैन को ब्लैकमेल किया जा रहा था,' अब्बासी ने उजागर किया। 'ब्लैकमेलर ख़ुद को ल्यूक मिलर कहता है और रायन पार्कर और एस्क्लीपियस के लिए काम करता है।'

'तुम्हें इसका इतना यक़ीन कैसे है?' जिम ने पूछा। 'डैन मेरा दोस्त और पार्टनर था। हम स्टैनफ़ोर्ड में साथ पढ़े थे। बाद के सालों में, उसने जेमिनी को ज़मीन से बनाकर ऊंचाई तक पहुंचाने में मेरी मदद की थी।'

'मैं तुम्हारी याद्दाश्त को थोड़ा झकझोरना चाहता हूं,' अब्बासी ने कहा। 'वसीक़ के कैंप पर जब अमेरिकी ड्रोन का हमला हुआ था, तो हम सब जल्दी से भूमिगत बम शैल्टर में चले गए थे, है ना?'

'हां,' जिम ने कहा।

'लेकिन ध्यान से सोचो, जिम। डैन हमारे साथ नहीं था। उस दौरान, उसने एक थुराया सैटेलाइट फ़ोन से ल्यूक मिलर को फ़ोन किया था। वो मिलर को ये टिप देने के लिए किया था कि हम बगराम

की ओर जा रहे हैं।'

'मिलर अफ़ग़ानिस्तान के दूरदराज़ के बंजरों में कुछ भी कैसे कर सकता है?'

'एस्क्लीपियस के मुख्य निवेशकों में से एक चीन की सरकार द्वारा नियंत्रित उद्यम है जिसका मुखौटा हुआंग नाम का एक अरबपति है,' अब्बासी ने उन्हें पहली बार बताया। 'उसी चीनी ने पाकिस्तानी आईएसआई में अपने दोस्तों से हम पर हमला करने को कहा। लेकिन उनमें से कोई ये नहीं जानता था कि इज़रायली सिगिन्ट नेशनल यूनिट सुन रही थी।'

'तुम्हें कैसे पता लगा?' लिंडा ने पूछा।

'चूंकि मोसाद के पास मुझसे सीधे संपर्क करने का कोई ज़रिया नहीं था,' अब्बासी ने दोहराया, 'तो कैंप मोशे दायान ने दिल्ली में रॉ से मुझे ढूंढ़ने का निवेदन किया। उन्होंने आगे अपने आदमी सुब्रह्मण्यम को काम पर लगा दिया। हमारे वसीक़ के कैंप से निकलने से पहले सुब्रह्मण्यम ने मुझे डैन कोहेन के फ़ोन के बारे में और वसीक़ के ड्राइवर के बारे में बताया था कि पाकिस्तान की आईएसआई ने उसे हमारे बगराम पहुंचने से कुछ पहले मलखान में हम पर हमला करवाने का कॉन्ट्रैक्ट दिया है।'

गाड़ी में ख़ामोशी पसर गई। इस सबको एक साथ गले से उतार पाना बहुत मुश्किल था। 'ये जानते हुए कि अमेरिकी जाने की तैयारी कर रहे हैं, मैं हमारे बगराम पहुंचने को टाल नहीं सकता था,' अब्बासी ने अपनी बात जारी रखी। 'तो मैंने सुब्रह्मण्यम से आग्रह किया कि दिल्ली से किसी लोकल बदमाश की मदद से पहले हमला करवाने का इंतज़ाम करवा दे।'

जिम की आंखें नम हो गईं। डैन की ग़द्दारी सामने आने से नहीं, बल्कि उस दोस्त की यादों से जो वो कभी रहा था। ये सच था कि अपनी पत्नी सूज़न के जाने के बाद डैन पहले जैसा नहीं रहा था, और डैन ने अपने नुकसान की भरपाई करने के लिए ख़ुद को काम में डुबो लिया था। और अब ये...

'आख़िर उसे ब्लैकमेल किया किसलिए जा रहा था?' जिम ने पूछा।

अब्बासी ने जिम को देखा। *मुझे इसे कितना बताना चाहिए?* वो सोचने लगा। *डैन की इमेज को पूरी तरह चकनाचूर करके कुछ हासिल होगा?* अब्बासी ने कंधे उचका दिए। 'इसका कुछ वास्ता केटरिंग प्राइज़ से था। और तुम्हारे साथ ईरान चलने के मौक़े पर झट से तैयार हो जाने की वजह—मुझे तुम्हें ये बताते हुए अफ़सोस है, लिंडा—ये थी कि उसे सबसे पहले जिम और उसके हमज़ा ड्यूरा को ढूंढ़ना, और फिर उन पर नज़र रखनी थी,' अब्बासी ने उन्हें ये बताना ठीक समझा था। 'तुम वाक़ई ख़ुशक़िस्मत हो कि—एफ़बीआई, एनएसए, मोसाद और रॉ समेत—इंटैलिजेंस एजेंसियों का एक नेटवर्क तुम्हें बचाने के लिए जुटा हुआ है। वर्ना डैन की बजाय अब तक जिम मारे गए होते।'

'हम बहुत शुक्रगुज़ार हैं—ख़ासकर तुम्हारे, मेरे दोस्त। लेकिन अब क्या? हम एक ख़ाली पड़े एयरबेस पर हैं और कोई मदद सामने नहीं दिख रही है।'

'सब्र रखो,' अब्बासी ने एसयूवी को एयरस्ट्रिप के किनारे की ओर लगाते हुए कहा। 'हमें कुछ मिनट यहां इंतज़ार करना होगा।' जिम ने बोलने के लिए मुंह खोला लेकिन अब्बासी ने इशारा करके चुप रहने को कहा। वो ध्यान से सुनता रहा और फिर आश्वस्त सा दिखा। 'ध्यान से सुनो... दूर से आती हेलीकॉप्टर के रोटर्स की आवाज़,' उसने धीमे से कहा।

जब चॉपर कुछ दूरी पर उतरा तो वो एसयूवी में ही इंतज़ार कर रहे थे। अफ़ग़ान सेना के गार्डों ने ये पक्का करने के लिए उस पर अपनी फ़्लैशलाइट डालीं कि वो दोस्त है या दुश्मन। फिर उन्होंने नारंगी गोले के अंदर एब्स्ट्रैक्ट में नीले रंग का पक्षी देखा। ये अफ़ग़ानिस्तान की नागरिक एयरलाइन कैम एयर का लोगो था। अब्बासी ने जल्दी से एसयूवी स्टार्ट की और चॉपर की ओर चल दिया। ये मिल एमआई-8 चॉपर था जिसे कैम एयर प्राइवेट चार्टर

सर्विसेज़ प्रदान करने के लिए इस्तेमाल करती थी। उनके लिए ज़ीना नीचे किया जा चुका था। 'हम कहां जा रहे हैं?' जिम ने चढ़ते हुए पूछा। लेकिन रोटर के शोर में अब्बासी को सुनाई नहीं दिया।

जब वो अंदर पहुंच गए तो लिंडा ने पूछा, 'अब क्या?'

'हम काबुल में हामिद करज़ई एयरपोर्ट जा रहे हैं,' अब्बासी ने कहा। चॉपर अब ऊपर उठने लगा था। 'काबुल से दिल्ली के लिए कैम एयर की डेली नॉन स्टॉप फ़्लाइट चलती है। काबुल अभी भी अफ़ग़ानिस्तान सरकार के क़ब्ज़े में है, तो हमें सुरक्षित रहना चाहिए। रॉ ने हमारे दिल्ली जाने के इंतज़ाम कर दिए हैं।'

110

काबुल से नई दिल्ली की फ़्लाइट घटनारहित रही। कैम एयर आश्चर्यजनक रूप से अच्छी निकली। वास्तव में, अफ़ग़ानिस्तान में चल रही परेशानियों के बावजूद, एयरलाइन न केवल नई दिल्ली के, बल्कि इस्लामाबाद, कुवैत, जद्दा, इस्तांबुल, अंकारा, शारजाह और तेहरान के रूट पर भी चल रही थी। इनके अतिरिक्त ये तेरह डोमेस्टिक शहरों को तो जोड़ ही रही थी। एयरलाइन के पास तेरह विमानों का बेड़ा था, जिनमें एयरबस ए340 और बोइंग बी737 थे। केबिन क्रू स्मार्ट और विनम्र था। ये सब कब तक रहेगा, कोई भी अंदाज़ा लगा सकता था। तालिबान पूरी तरह अफ़ग़ानिस्तान पर क़ब्ज़ा करने के लिए तैयार थे।

जिम, लिंडा और अब्बासी ने बिज़नेस क्लास की एक लाइन में सीटें ली थीं। जब स्टीवर्ड ने उनके सामने गर्म खाने की ट्रे रखीं तो तीनों उन पर ऐसे टूट पड़े जैसे कई दिनों से उन्होंने कुछ न खाया हो। 'स्ट्रेस रिलीज,' अब्बासी ने मज़ाक़ में कहा।

फ़्लाइट ठीक समय पर थी और सवा दो घंटे बाद उसने लैंड किया। वो इंदिरा गांधी इंटरनेशनल एयरपोर्ट पर उतरे जहां एयरब्रिज

पर अधिकारियों की एक टीम उनका इंतज़ार कर रही थी। ये बताना नामुमकिन था कि वो किस एजेंसी के थे। एक इलेक्ट्रिक बग्गी जल्दी से उन्हें इमिग्रेशन की ओर ले गई जहां भारतीय वीज़ा न होने के बावजूद उन्हें निकाल दिया गया। उनके पास सामान तो कुछ था नहीं इसलिए वो सीधे गेट की ओर बढ़ गए जहां एक काली मर्सिडीज़ बेंज़ वैन उनके इंतज़ार में खड़ी थी। वो उसमें बैठे और लोधी होटल चल दिए। जिम हमेशा की तरह अपने थैले को कसकर पकड़े हुए थे। उनके रहने का इंतज़ाम कर दिया गया था।

होटल पहुंचने पर उन्हें एक मीटिंग रूम में ले जाया गया। वहां सुब्रह्मण्यम उनका इंतज़ार कर रहा था जिसे बल्ख़ की मुलाक़ात से वो पहचानते थे। उसने गर्मजोशी से उनसे हाथ मिलाया। 'आपके जाने के कुछ घंटे बाद ही मुझे वहां से निकाल लिया गया था,' उसने बताया। 'भारत सरकार ने काबुल के भारतीय दूतावास में कुछ प्रमुख अधिकारियों के अलावा सबको निकालने का फ़ैसला लिया था।'

उसके पास ही एक बहुत लंबा, चश्माधारी, गंजा आदमी था। 'मैं बी.के. सिंह हूं,' उन्होंने अपना परिचय दिया। 'नेशनल सिक्योरिटी एडवाइज़र। लेकिन आप मुझे बीके कह सकते हैं।' उसने अब्बासी को दोस्ताना नज़र से देखा।

एनएसए में अपनी नियुक्ति से पहले, बीके देश के ख़ुफ़िया तंत्र में सबसे अहम पदों में से एक पर थे। लोधी रोड पर ही भारत की विदेशी इंटैलिजेंस एजेंसी, द रिसर्च एंड एनैलिसिस विंग थी, जिसे आमतौर पर इसके संक्षिप्त नाम रॉ से जाना जाता था। रॉ के चीफ़ को एक सामान्य सी पदवी से जाना जाता था: सेक्रेटरी-आर। पदवी में 'आर' का सामान्य सा अर्थ था 'रिसर्च' और 1968 में एजेंसी की स्थापना के बाद से ही रॉ के हरेक चीफ़ की यही अजीब और सामान्य सी पदवी रही थी। भारत के प्रमुख जासूस का पद प्रदान किए जाने से पहले बीके ने सबसे लंबे समय तक सेक्रेटरी-आर के पद पर काम किया था।

आम जनता को पता नहीं है, लेकिन रॉ का मोसाद के साथ

शुरू से ही गुप्त संबंध रहा था। रॉ के अनेक जासूस तेल अवीव में अतिरिक्त ट्रेनिंग लेते थे। जैसे बीके ने भी ली थी। 'आपके साथी अब्बासी और मैं पुराने दोस्त हैं,' बीके ने जिम और लिंडा से कहा। 'हम एक दूसरे को कैंप मोशे दायान में मेरे ट्रेनिंग के दिनों से जानते हैं।'

'आप सबकी मदद के लिए हम शुक्रगुज़ार हैं,' जिम ने कहा।

'ख़ुशक़िस्मती से उस समय तक सुब्रह्मण्यम वसीक़ के घर पर मौजूद थे,' बीके ने अपने शुक्रिये को दरकिनार करते हुए कहा। 'जब फ्रेड स्मिथ ने मदद मांगी, तो हम वास्तव में कुछ कर पाए। कुछेक दिन और निकल जाते तो हम लाचार हो जाते।'

जिम बीके को देखकर मुस्कुराया। 'भारत मेरा घर है,' उसने कहा। 'अपनी रिसर्च के लिए मैंने यूएस को भले ही चुना हो, लेकिन भारत वो देश है जहां तेरह सदी पहले मेरे पूर्वज आए थे। ये देश तब भी हमारा स्वागत करने से हिचकिचाया नहीं था, और अभी भी आप हमारी मदद करने में नहीं हिचकिचाए।'

'ख़ुशी है कि मैं कुछ काम आ सका,' बीके ने हल्के अंदाज़ में कहा। 'मैं राय दूंगा कि आप इस शहर में आराम करें जो आपके लिए बहुत ज़रूरी है। यहां आपके लिए कमरे बुक हैं। फिर आप तय कर सकते हैं कि कब और कैसे यूएस वापस जाना चाहेंगे। मेरा ख़्याल है कि आपकी बहन मिस आवान दस्तूर आपसे मिलने के लिए मुंबई से रवाना हो चुकी हैं।'

'ये तो बहुत अच्छी ख़बर है!' जिम ने ख़ुशी से कहा। 'तब तो, मैं कुछ दिन यहां रहूंगा, अगर आपको ऐतराज़ न हो तो।'

'ये सुनकर मुझे ख़ुशी हुई,' बीके ने कहा। 'और आप, अब्बासी? आपका क्या प्लान है?'

'ईरान में तो मेरा कवर पूरी तरह बेनक़ाब हो गया है,' मोसाद के बंदे ने कहा। 'मेरा ख़्याल है कि मैं जल्दी ही तेल अवीव वापस जाऊंगा।'

'आप न होते, अब्बासी, तो हम यहां नहीं पहुंच पाते,' लिंडा ने कहा। 'मुझे समझ नहीं आ रहा कि आपका शुक्रिया कैसे करूं।'

'मैं बस अपना काम कर रहा था,' अब्बासी ने सकुचाते हुए कहा।

'तुम तेल अवीव कब लौटने का सोच रहे हो?' बीके ने पूछा।

'बार में व्हिस्की की एक बोतल ख़त्म करने के बाद,' अब्बासी ने कहा, फिर जोड़ा, 'दरअसल, मैं सोच रहा हूं कि जब तक जिम और लिंडा यहां हैं, तब तक मैं यहीं रहूंगा।'

'आप पहले ही अपने फ़र्ज़ से कहीं ज़्यादा कर चुके हैं,' लिंडा ने कहा। 'प्लीज़ हमारी वजह से और देर मत कीजिए। आप हमारा हाथ पकड़े-पकड़े थक गए होंगे।'

इस्फ़हान में मिनीवैन से शाहिद दारू में जिम को बचाने तक; पार्दिस में शिपिंग कंटेनर से फ़र्मानाबाद के गांव तक; हिरात में भूमिगत जल-मार्गों से हक़्क़ानी तालिबान कैंप तक; बल्ख़ में सेस्ना हादसे से चश्मे-शफ़ा में ड्रोन हमले तक; मलखान में हुए हमले से बगराम में चॉपर तक; अब्बासी लगातार उनका इकलौता साथी और रक्षक रहा था। इन सारी यातनाओं की यादें नज़रों के सामने घूम गईं तो लिंडा भावुक सी होने लगी थी।

अब्बासी ने आगे बढ़कर उसे गले लगा लिया। 'मुझे ख़ुशी है कि मैं मदद कर पाया,' उसने पीछे हटते हुए कहा। 'और जब तक आप लोग सही-सलामत घर वापसी के रास्ते पर नहीं होंगे, मैं आपके साथ ही रहने का सोच रहा हूं।'

111

जिम और लिंडा ऊपर अपने कमरे में चले गए और देर तक गर्म पानी का शॉवर लेते रहे। उनके लिए नए कपड़ों का इंतज़ाम किया गया था। एक तरह से कायाकल्प हुआ सा महसूस करते हुए वो नीचे

होटल के पूलसाइड कैफ़े की ओर गए, जिम एक पल को भी अपने थैले को ख़ुद से दूर नहीं कर रहा था। 'मैं वही ग़लती दोबारा नहीं करूंगा,' उसने उदासी से कहा। उन्होंने पूल के किनारे एक टेबल ली और खाने का ऑर्डर कर दिया।

कुछ टेबल दूर, और दस्तूर दंपती की नज़रों से छुपा हुआ अब्बासी एक अजनबी के साथ बैठा हुआ था—एक लंबा और गोरी रंगत का आदमी जिसके बाल आगे से कम हो गए थे और नाक मुड़ी हुई थी। कड़क कुर्ता-पाजामा पहने, उस आदमी ने गूची के नर्म लैदर के लोफ़र्स पहने हुए थे। उसकी प्रभावशाली नाक पर बुल्गारी चश्मा टिका हुआ था; कलाई पर गोल्ड रोलेक्स थी; कुर्ते की जेब में माइस्टर्स्टक प्लेटिनम-कोटेड मोंटब्लैंक पैन लगा हुआ था। ये साफ़-साफ़ एक ऐसा आदमी था जिसे ज़िंदगी की बेहतरीन चीज़ें पसंद थीं।

'मैंने आपसे कहा था कि मैं नतीजे देता हूं,' अब्बासी ने धीमे से भार्गव से कहा। 'मैंने श्रीनगर में आपके घर पर एक घंटा लगाकर बताया था कि ये कैसे होगा।'

चौरासी साल के कश्मीरी ने हामी भरी। 'मैं जानता हूं कि तुम उन्हें यहां दिल्ली ले आए हो,' उन्होंने कहा। 'लेकिन मैं ये नहीं समझ पा रहा कि मुझे अभी तक अथ्रवन स्टार क्यों नहीं मिला।'

'ये फाइनल स्टेप है,' अब्बासी ने जवाब दिया। 'बाक़ी सारे प्रतिद्वंद्वियों को रास्ते से हटाना बहुत मुश्किल काम रहा था। वो कमीना डैन कोहेन उसे फ़ार्मास्यूटिकल महारथी एस्क्लीपियस के लिए हासिल करना चाहता था। और सरोशपुर को ये महान सासानी साम्राज्य की अपनी रोमांटिक—हालांकि बेवक़ूफ़ाना—अवधारणा के लिए चाहिए था।'

'और तारिक़ हैदरी?' भार्गव ने पूछा।

'उसे ईरानियों ने सूली पर चढ़ा दिया था,' अब्बासी ने जवाब दिया। 'लेकिन उसका कोई अपना मक़सद नहीं था। हो सकता है कि वो हमारे साथ रहता तो शायद आज ज़िंदा होता।'

'और मज़ार आस्कानी?' भार्गव ने पूछा।

'उसने ख़ुद को बलोचों के लिए मरवा दिया,' अब्बासी ने तंदूरी चिकन का रसीला निवाला चबाते हुए जवाब दिया।

'क्या मोसाद में तुम्हारे बॉस जानते हैं कि तुम केवल जिम और लिंडा को नहीं बचा रहे थे, बल्कि मेरे लिए भी काम कर रहे थे?' भार्गव ने पूछा। उन्होंने सराहते हुए अपनी आइस्ड लैमन टी का घूंट भरा।

'नहीं,' अब्बासी ने जवाब दिया। 'श्रीनगर में मेरा आपसे मिलने आना ड्यूटी से एकदम अलग था। और अगर आप सोचें, तो मैंने ठीक वही किया जो एजेंसियां चाहती थीं—जिम और लिंडा को सही-सलामत पहुंचा दिया।'

भार्गव ठठाकर हंस पड़े—इतने बूढ़े आदमी के लिए ये अजीब कुटिल सी हंसी थी। कैबिनेट मंत्री, लोकसभा सांसद, राज्यपाल, यूनिवर्सिटी के चांसलर और राजनयिक के रूप में अपने सभी कार्यकालों में भार्गव के लिए सबसे चुनौतीपूर्ण ईरान में भारतीय राजदूत के रूप में बिताए चार साल थे। इसी दौरान उनकी और अब्बासी की जान-पहचान हुई थी। तब तक रक्षा संबंधी और ख़ुफ़िया जानकारी साझा करने के क्षेत्रों में इज़रायल और भारत के बीच सहयोग परवान चढ़ चुका था। दोनों व्यक्तियों ने आपसी हित के मामलों में एक दूसरे की मदद की थी।

लेकिन कई साल बाद 26/11 हो गया। नवंबर 2008 में, पाकिस्तान के एक इस्लामी आतंकवादी संगठन लश्कर-ए-तैयबा के दस सदस्यों ने भारत की कमर्शियल राजधानी मुंबई में चार दिनों में एक साथ कई जगहों पर गोलीबारी और बम विस्फोट किए। मृतकों की तादाद: 174; घायल: 300 से अधिक।

एक हमला खबड हाउस पर हुआ था जो कोलाबा में एक यहूदी सेंटर है। अब्बासी को पता चला कि उसके अंदर बंधकों में से एक उसकी मौसी थीं, जो यहूदी वंश की उसकी मां की बहन थीं। वो एक ही थीं, जिन्होंने हमेशा उस पर स्नेह बरसाया था। बहराम अमीनी से कावा अब्बासी के रूप में अपनी पहचान बदलने के बाद

उसने ऐसे किसी से भी और उन सभी से सारे संपर्क काट दिए थे जो उसे उसकी पहले की पहचान से जानते थे। उन्हें पता भी नहीं था कि उनका प्यारा भानजा अभी भी उन्हें याद करता था या नहीं—जहां कहीं भी वो था।

अब्बासी ने तुरंत भार्गव को फोन किया था, जिनके राष्ट्रीय सुरक्षा गार्ड—एनएसजी—में कई संपर्क थे। भार्गव एनएसजी कमांडोज़ को मनाने में कामयाब रहे कि वो हेलीकॉप्टर से उस छत पर उतरें और पास की इमारतों में तैनात स्नाइपर्स द्वारा प्रदान कवर के बीच घर पर धावा बोलें। नौ बंधकों को बचा लिया गया, उनमें अब्बासी की मौसी भी थीं। कुछ अन्य मारे गए।

अब्बासी हमेशा अहसानमंद रहा और वो जानता था कि अब उसे भार्गव का अहसान चुकाना होगा। उनके लए अथ्रवन स्टार को वापस लाने से वो पुराना क़र्ज़ चुकता हो जाता। हालांकि ये साबित करने के लिए कुछ नहीं था कि जिम के पास मौजूद हमज़ा ड्यूरा ही असल में अथ्रवन स्टार था।

भार्गव की अपनी अंतरात्मा साफ़ थी। वो वस्तु उसके परिवार की थी—जिम दस्तूर के पास तो वो बस संयोग से थी। भार्गव जानते थे कि वंचितों को अनुचित स्वामित्व कैसा महसूस होता है। एक कश्मीरी पंडित के रूप में उन्होंने देखा था कि उनके कई मित्रों के घरों पर मुस्लिम परिवारों ने नाजायज़ क़ब्ज़ा कर लिया था। *सिर्फ़ इसलिए कि कोई आपके घर में घुसकर बैठ गया है, क्या वो उसका घर हो जाएगा?* वो मन ही मन कुढ़ते थे। *और बाबा मलिक इस पर कोई भी दावा कैसे कर सकता है? चोर!* अपने बड़बड़ाने के इन पलों में भार्गव आराम से अपने ख़ुद के गठजोड़ों को भूल जाते थे। 'ठीक है, ठीक है, तो तुम उन्हें यहां ले आए हो। लेकिन मुझे जो चाहिए, उसे मुझ तक पहुंचाने के बारे में तुम्हारी क्या योजना है? और कब? मुझे और कितना इंतज़ार करना होगा?' भार्गव ने अब्बासी से पूछा।

'बहुत नहीं,' अब्बासी ने जवाब दिया। 'उस वेटर को देख रहे हैं जो उन्हें सर्व कर रहा है? जिसके बाल पीछे को कढ़े हुए हैं? वो

उठाईगीरी में उस्ताद है। मैंने पहले भी उससे काम लिया है—जब हमें मुंबई में एक सऊदी राजनयिक से कुछ काग़ज़ात चोरी करवाने थे। मैं उसे इस काम के लिए पैसा दे चुका हूं। उनके खाने के बीच में वो बिना कोई गुलगपाड़ा किए हमारे लिए सामान हासिल कर लेगा।'

भार्गव और अब्बासी सावधानी से देखते रहे जबकि वो वेटर जिम और लिंडा को उनकी ड्रिंक्स और स्टार्टर्स सर्व कर रहा था। उनकी टेबल पर उनके साथ कोई आ बैठा था। भार्गव ने अपनी आइस्ड टी का एक और घूंट भरा और अपने होंठों पर जीभ फिराई। चीज़ें आख़िरकार गतिशील हो गई थीं।

112

जिम और लिंडा लंच में आवान के शामिल होने से बहुत ख़ुश थे। जिम की बहन ने ग्यारह साल पहले उनके पिता का देहांत होने के बाद न केवल दस्तूर साम्राज्य की लगाम संभाल ली थी बल्कि वो पारसी वरिष्ठों को जिम के ऊपर सवार होने से रोकने में भी कामयाब रही थी। जिम को देखकर उसकी आंखों में उतरी राहत स्पष्ट थी। जब वो जिम से कसकर लिपटी तो अपने आंसू रोक नहीं पाई। इस सबमें उसने अपनी कड़क सूती साड़ी को भी मुचड़ जाने दिया था। 'मैं तुम्हारे लिए बहुत फ़िक्रमंद थी, जिमी,' उसने कहा। वो उन कुछ लोगों में से थी जो उसे जमशेद या जिम के बजाय उसके नाम के इस रूप से पुकारते थे।

'जानता हूं मैंने तुम्हें परेशान किया है,' जिम ने उसका हाथ दबाकर अफ़सोस करते हुए कहा, 'लेकिन मुझे उम्मीद है कि तुम समझ गई होगी कि क्या दांव पर लगा था। उन्होंने तो लिंडा तक को अग़वा कर लिया था! और कई दिनों तक तो दोस्त और दुश्मन में फ़र्क़ बता पाना भी नामुमकिन था।'

'रुस्तम दस्तूर सही थे,' आवान ने मुस्कुराते हुए कहा। 'हमारे

दादाजी ने बहुत पहले ही तुम्हारी वो बाग़ी रग पकड़ ली थी। इसीलिए वो तुम्हारे लिए वो अहम छोटा सा डिब्बा छोड़ गए थे। उन्हें क्या पता था कि तुम इसके इस्तेमाल में भी बग़ावत करोगे।' जिम और लिंडा युगों बाद तनावरहित बातचीत का पहला आनंद ले रहे थे।

'दादाजी भी तो बाग़ी थे,' जिम ने कहा। 'सॉरबोन में कला को अपनाना और एक कैथोलिक फ्रेंच औरत से शादी करना किसी विद्रोह से कम नहीं था—ईश्वर सेसील की आत्मा को शांति दे!'

'सच है,' आवान ने अपने एवियन का घूंट लेते हुए कहा। 'लेकिन उनके चाचा होमी भी कोई बेहतर नहीं थे। संगीत के पीछे वियना भाग जाना!'

'ख़ून, ये तो ख़ून में है!' जिम ने शेख़ी बघारी। 'हमारे पर-परदादा शापूर ने भी पुरोहिताई के अपने काम को छोड़कर और उदवाड़ा से मुंबई भागकर विद्रोह ही किया था।'

आवान ने हामी भरी। 'सच कहें तो, अगर ये रवैया न रहा होता, तो पहले 18,000 ज़रथुष्ट्री ईरान से जहाज़ों पर रवाना नहीं हुए होते और न ही भारतीय तटों पर पहुंचते। और बंधी-बंधाई लीक पर न चलने की रीति तो ख़ुद ज़रथुष्ट्र में ही थी, उन्होंने भी तो राजतंत्र को नाराज़ किया था।'

'मैं इसके नाम पियूंगा,' जिम ने अपना गिलास उठाते हुए कहा। 'लेकिन मैं अभी भी ये नहीं समझ पाया कि ईरान के ज़रथुष्ट्री और भारत के पारसी एकजुट होकर मुझे दुश्मन क्यों समझने लगे। ये सुनकर तो मुझे धक्का लगा है कि उनवाला मेरी शिकायत लेकर तुमसे मिलने गए थे, आवान! क्या वो कुछ नहीं समझते हैं?'

'बात ये है कि वो अगली पीढ़ी के सबसे स्वतंत्र विचारक को वो डिब्बा सौंपने की परंपरा को *तो* समझते हैं। लेकिन विज्ञान के हित में उस परंपरा को तोड़ने की बात उनकी खोपड़ी में नहीं समा रही है। ये वाक़ई व्यंग्यात्मक है! दुनिया में बमुश्किल कुछ पारसी बचे हैं लेकिन हम अभी भी अपनी जान को लेकर अपनी परंपराओं से चिपके हुए हैं। उनवाला और सरोशपुर के बीच गठजोड़ और कैसे

समझा जा सकता है? तुम्हें उस चीज़ को संभालकर रखना होगा जिसे तुम हमज़ा ड्यूरा कहते हो!'

'मुझे लगता है जिम जो कर रहा है वो बहुत शानदार काम है,' लिंडा ने निष्ठा के साथ कहा। 'हर आने वाली पीढ़ी को किसी एक संकीर्ण समूह के लिए नहीं, बल्कि सारी मानवता के लिए काम करने के तरीक़े तलाश करने चाहिए।'

'तुम मुझे सेसील की याद दिलाती हो। पक्का तुम उनकी रिश्तेदार नहीं हो?' आवान ने मज़ाक़ किया।

वेटर ने उनकी स्टार्टर की प्लेट्स हटा दीं और उनके खाने के लिए नई प्लेटें लगा दी थीं। आवान के लिए पैन-सीयर्ड सामन, जिम के लिए फ़िश और चिप्स और लिंडा के लिए बेबी पोटैटोज़ के साथ कॉसकॉस। उसने गिलासों में वाइन डाली जो जिम ने तीनों के लिए ऑर्डर की थी, फिर उन्हें प्राइवेसी देने के लिए पीछे हट गया।

जिम ने अपने कांटे में मछली का पीस लेकर उसे टार्टार सॉस में डुबोया ही था कि उसकी नज़र उस छोटी सी साइड टेबल पर पड़ी जो वेटर ने उनके निजी सामान को रखने के लिए उनके पास रखी थी। *मेरा थैला कहां है?*

लिंडा ने तुरंत उसके चिंतित भाव को देख लिया और वजह समझ गई: उसका बैग ग़ायब था। 'वो वेटर,' उसने रेस्तरां में चारों ओर अपने वेटर को तलाशते हुए कहा। उसने देखा कि वो सबसे दूर के कोने में, किचन के पास है। 'रुको!' वो चिल्लाई। दूसरी मेज़ों पर मौजूद लोग इस शोर से चौंक गए थे। और कुछ मिनट बाद वो वेटर पूरी तरह ओझल हो चुका होता।

जिम अपनी कुर्सी को गिराते हुए खड़ा हुआ और वेटर की ओर दौड़ा जो थैले को फेंक चुका था और अपने हाथ से सीधे हमज़ा ड्यूरा वाले मिट्टी के डिब्बे को पकड़े हुआ था। लिंडा भी जिम के पीछे भागी। अब तक सारा रेस्तरां उन्हें घूर रहा था और हैरान था कि ये सारा तमाशा क्या है। वेटर किचन में से होकर मुख्य गलियारे में चला गया था, वो उम्मीद कर रहा था कि सर्विस गेट के रास्ते भाग

निकलेगा। 'रोको उसे,' किचन में घुसते, और भरी ट्रे लिए वेटरों से टकराते हुए जिम चिल्ला पड़ा। चोर अब पकड़ में आने लायक़ दूर था और वेटर के कोट के पिछले हिस्से को पकड़ने की उम्मीद में जिम उसके पीछे लपका। वेटर छलकी हुई ग्रीस पर फिसल गया और लगभग हास्यास्पद ढंग से फ़र्श पर ढेर हो गया। डिब्बा उसके हाथों से हवा में उछला, और उसे पकड़ने की नाकाम कोशिश में, वेटर ने उसे चक्कर खाते हुए हवा में और दूर फेंक दिया था।

जिम ने जब अपने ज़िंदगी भर के काम को वेटर के हाथों से हवा में उड़ते देखा तो वो जड़ हो गया। जब उसने उसे बड़ा सा आर्क बनाते और फिर बड़े से तंदूर में गिरते देखा जिसमें वहां का मशहूर फ्रंटियर रोस्ट बनते थे, तो उसका मुंह खुला रह गया। 'नहीं!' जिम चिल्लाया और तंदूर की ओर दौड़ पड़ा—अगर उसके बस में होता तो डिब्बे को बचाने के लिए वो ख़ुद उसमें कूद गया होता। हैड शेफ़ ने उसे पकड़ लिया था। 'अंदर टेंपरेचर 480 डिग्री सेल्सियस है,' गोलमटोल बंदे ने उसे चेतावनी दी। 'वो जो कुछ भी था, अब तक आग उसे लील चुकी होगी।' शेफ़ की इस बात पर चिढ़ अनकही थी कि तंदूर का फिर से इस्तेमाल करने से पहले उसे बहुत अच्छी तरह से उसकी सफ़ाई करनी होगी।

गुनहगार अपने मोच खाए टख़ने को पकड़े तकलीफ़ में पड़ा था। रेस्तरां के मैनेजर ने सिक्योरिटी को बुला लिया था जो खड़े होने में उसकी मदद कर रहे थे, जिसके बाद उसे पुलिस को सौंप दिया जाता। जिम सब कुछ फ्रेम दर फ्रेम याद कर रहा था, अतिरिक्त स्लो मोशन में। जो उसने गंवा दिया था उसे लेकर वो अभी भी भौंचक्का था, जबकि लिंडा उसे शांत करने की कोशिश कर रही थी।

ये सब कुछ किसलिए था? जिम के भाव सब कुछ कह रहे थे। *सब ख़त्म हो गया।*

113

जिम अपने हाथों से चेहरा थामे लोधी होटल की लॉबी में बैठा था। वेटर को हिरासत में ले लिया गया था, लेकिन ये साफ़ था कि वो तो एक कहीं बड़े खेल में एक प्यादा भर था। उसे उसकी हाथ की सफ़ाई के करतब के लिए कुछ टुकड़े डाल दिए गए होंगे।

लिंडा ने जिम को दिलासा देने की कोशिश की लेकिन वो जानती थी कि अपने नुकसान के साथ तालमेल बिठाने का तरीक़ा उसे ख़ुद ही ढूंढ़ना होगा। 'ये सब किसलिए था?' जिम ने फिर कहा, इस बार ज़ोर से। 'जिस शख़्स को मैं अपना सबसे अच्छा दोस्त समझता था, डैन, वो मुझे धोखा देने को राज़ी था और इसमें मारा गया। सरोशपुर—जिसने आईआरजीसी-कुद्स के शिकंजे से तुम्हें छुड़ाने में मदद की—उसका अपना अलग ही मक़सद था, जिसमें मुझसे चोरी करना शामिल था।'

'सब इतना बुरा भी नहीं रहा है,' लिंडा ने धीरे से कहा।

'कैसे नहीं रहा?' जिम ने पूछा। 'फ़िरोज़ जमशेदी—वो भला बंदा जिसने मेनलैंड से कीश आईलैंड पहुंचने में तुम्हारी मदद की—शायद कहीं हिरासत में होगा। मज़ार आस्कनी—जिन्होंने अल-बलूची से हमें मिलवाकर अफ़ग़ानिस्तान पहुंचने में मदद की—बलोच मक़सद के लिए उड़ गए। तारिक़ हैदरी को ईरानी हुकूमत ने सरेआम फांसी दे दी। कितनी ज़िंदगियां ख़त्म हो गईं या बर्बाद हो गईं। और अब हमज़ा ड्यूरा—सबका होली ग्रेल—भी नष्ट हो गया।' जिम को किसी तरह दिलासा नहीं दी जा सकती थी।

ठीक तभी, लॉबी मैनेजर आया। 'सर, आपके लिए यूनाइटेड स्टेट्स से कॉल है,' उसने विनम्रता से कहा। 'आप उसे लेना चाहेंगे?'

जिम ने सिर उठाकर देखा और पूछा, 'क्या आपको पता है किसका कॉल है?'

'कॉलर ने कहा कि उनका नाम ग्रेग वॉल्टर्स है, सिएटल पुलिस

विभाग के डिप्टी चीफ़।' जिम खड़ा हो गया। ऐसा लग रहा था जैसे ग्रेग किसी दूसरी दुनिया में हो। सोचने वाली बात थी कि इस सबकी शुरुआत सिएटल में लिंडा के अपहरण से हुई थी—और मदद के लिए ग्रेग वॉल्टर्स को इसमें घसीटा गया था।

लिंडा जिम की कोहनी को बहुत धीमे से छूते हुए उसके साथ रिसेप्शन डैस्क पर टेलीफ़ोन के पास गई। 'हैलो?' जिम ने फ़ोन को स्पीकर पर डालते हुए पूछा ताकि लिंडा भी बातचीत सुन सके।

'जिम! तुम्हारी आवाज़ सुनकर अच्छा लगा, दोस्त,' ग्रेग ने कहा। 'मेरे साथ फ़ैड्स से फ्रेड स्मिथ हैं। हम दोनों ही तुम्हारी और लिंडा की खोज-ख़बर रख रहे थे। तुम दोनों ही किस भयानक दौर से गुज़रे हो!'

'शुक्रिया, ग्रेग,' जिम ने जवाब दिया। 'तुम लोगों ने अगर उन सारी एजेंसियों को काम पर न लगाया होता, तो मुझे नहीं लगता कि मैं यहां बैठा होता, या ज़िंदा भी होता।'

'तुम्हें मुझे रैकेटबॉल में जीतने देना होगा, जिसमें मैं तुम्हें धुनकर रख दूं,' ग्रेग ने कहा। 'लेकिन मैंने इस वजह से फ़ोन नहीं किया है।'

'बोलो,' जिम ने कहा।

'जैसा कि तुम्हें शायद याद हो, मेरे पिता अमेरिकी हैं, लेकिन मेरी मां यज़ीदी हैं,' ग्रेग ने कहा। 'वो 1960 के दशक में तुर्किये से अमेरिका आई थीं।' जिम सुनता रहा, उसे समझ नहीं आ रहा था कि उसे ये बात क्यों याद दिलाई जा रही थी।

'मेरे पास इस बंदे, नस्र तामोयान का फ़ोन आया था,' ग्रेग ने कहा। 'वो यज़ीदी स्कॉलर हैं और ईरान में एकेडेमिक हैं। उन्होंने यज़ीदी एल्युम्नाई नेटवर्क से मुझे ढूंढ़ा था। तामोयान तुमसे संपर्क करने की कोशिश कर रहे हैं। वो कहते हैं कि उनके पास कुछ ऐसी जानकारी है जो तुम्हारे सबसे हालिया प्रोजेक्ट में तुम्हारी मदद कर सकती है।'

'अब उसका कोई फ़ायदा नहीं है, ग्रेग,' जिम ने कहा। 'कुछ देर पहले एक तरह से आग में हमने हमज़ा ड्यूरा को गंवा दिया है।'

'ये सुनकर मुझे अफ़सोस हुआ, जिम,' ग्रेग ने कहा। 'लेकिन तुम फिर भी तामोयान से बात करना चाह सकते हो। बज़ाहिर, वो बहराद सरोशपुर नाम के एक और आदमी के साथ काम कर रहे थे।'

जिम के कान खड़े हो गए। 'पक्का उन्होंने यही कहा था?' उसने पूछा। 'उन्होंने साफ़-साफ़ सरोशपुर का ही नाम लिया था?'

'हां,' ग्रेग ने कहा। 'मैंने उन्हें ये नहीं बताया कि तुम नई दिल्ली में हो। मुझे पता नहीं था कि तुम ढूंढ़े जाना चाहते हो या नहीं!'

'मुझे ढूंढ़ने में तो जिस इकलौते आदमी को दिलचस्पी होती, वो रायन पार्कर होता,' जिम ने कहा। 'और अब, अगर वो ढूंढ़ भी लेता है, तो हमज़ा ड्यूरा के बिना मैं उसके किसी काम का नहीं होऊंगा।'

'पार्कर की फ़िक्र छोड़ दो,' ग्रेग ने कहा। 'वो अपनी मुसीबतों से निबटने में लगा है।'

'कैसी मुसीबत?' जिम ने पूछा।

'वॉल स्ट्रीट जरनल में एक आइटम छपा था,' ग्रेग ने कहा। 'सामने आया है कि एस्क्लीपियस के चीनी निवेशक को चीनी एमएसएस की एक प्रॉक्सी कंट्रोल करती है,' ग्रेग ने जवाब दिया। 'पिछले कुछ दिन से शेयर डूब गए हैं। पार्कर तो फ़िलहाल छिपा फिर रहा है। वो तुम्हारे पीछे नहीं पड़ने वाला।'

जिम ने इस नई जानकारी को जज़्ब किया। उसे याद आया कैसे पार्कर और उसके आदमी ल्यूक मिलर ने डैन के लिए पाकिस्तानी आईएसआई को सक्रिय कर दिया था। ये चीनी संपर्क का फ़ायदा उठाकर ही किया गया था।

'ये तामोयान बहुत जोश में लगते हैं,' ग्रेग ने कहा। 'मैं उन्हें शांत करने की कोशिश करता रहा ताकि समझ तो पाऊं कि वो कह क्या रहे हैं। अगर तुम्हें दिलचस्पी हो, तो मैं उनसे तुम्हारा संपर्क

करवाने की कोशिश कर सकता हूं।'

जिम ने लिंडा को देखा जिसने सारी बातचीत सुनी थी। *तुम्हारे ख़्याल से मुझे क्या करना चाहिए?* वो जैसे पूछ रहा था। उसने ज़ोरों से हां में सिर हिलाया। 'कांफ्रेंस फ़िक्स करवा लो,' उसने धीरे से कहा। 'क्या पता दरवाज़े के दूसरी ओर क्या हो।'

114

जिम और लिंडा लोधी होटल के बिज़नेस सेंटर के अंदर एक कांफ्रेंस रूम में थे। ग्रेग वॉल्टर्स ने नस्त्र तामोयान के साथ स्काइप—वो एप्लिकेशन जिसे अभी ईरानी प्रशासन ने बैन नहीं किया था—पर एक वीडियो कांफ्रेंस आयोजित करवा दी थी।

तामोयान को समझ नहीं आ रहा था कि उन्हें जिम दस्तूर से बात करनी चाहिए या नहीं। लेकिन जब उन्हें ये ख़बर मिली कि सरोशपुर तालिबान के हाथों मारा गया था, तो उनके मन में कोई दुविधा नहीं रही। उनकी ओर से गूगल पर झटपट की गई सर्च ने दर्शाया कि जिम सामान्यतया सिएटल में रहता था। लिंक्डइन, फ़ेसबुक और एक यज़ीदी व्हाट्सएप ग्रुप पर थोड़ा-बहुत पता करने पर ग्रेग वॉल्टर्स का नाम यज़ीदी वंश का होने और सिएटल में बसा होने के तौर पर सामने आया। तामोयान जानते थे कि ये अंधेरे में तीर चलाने जैसा था लेकिन उन्होंने चांस लिया।

तामोयान ख़ुद भी यज़ीदी थे। यज़ीदी एक ख़ास ज़बान बोलते थे जिसे कुर्मानजी कहते थे और वो इराक़, ईरान, सीरिया और तुर्किये के कुर्दी इलाक़ों में रहते थे। कुछ विद्वान मानते हैं कि यज़ीदी कुर्दों की उपजाति है, लेकिन तामोयान जानते थे कि ये धारणा पूरी तरह बकवास है। यज़ीदी ऐसे धर्म का पालन करते थे जो इस्लाम, ईसाई, यहूदी या ज़ोरोस्टरवादी धर्मों से भिन्न था। पीढ़ियों से, उनके लोग यातनाएं भोगते आ रहे थे क्योंकि इस्लामी धर्मगुरुओं का मानना था

कि यज़ीदी एक विधर्म शैतान-उपासक धर्म है।

यज़ीदी-विरोधी हिंसा उस्मानिया सल्तनत तक खोजी जा सकती है। वास्तव में, यज़ीदियों ने जातीय-संहार के बहत्तर प्रयासों को झेला था जिन्होंने उन्हें लगभग ख़त्म कर दिया था। हाल के वक़्तों में, इस्लामी स्टेट ने एक क्रूर अभियान चलाया था जिसमें पांच हज़ार यज़ीदी नागरिक मारे गए थे। जो इन हमलों में बच गए थे, उन्हें जबरन इस्लाम में धर्मांतरित करवा दिया गया और हज़ारों यज़ीदी औरतों और लड़कियों को सीरिया में सैक्स ग़ुलाम बना दिया गया।

जिम तामोयान का फ़ोन आने से हैरान था क्योंकि उस व्यक्ति ने इस बात को छिपाया नहीं था कि वो सरोशपुर के साथ काम कर रहा था। 'मैं जानता हूं कि आप हमज़ा ड्यूरा की प्रॉपर्टीज़ से जुड़ी एक रिसर्च पर काम कर रहे हैं,' तामोयान ने कहा। 'सरोशपुर को इसमें दिलचस्पी थी क्योंकि उनका ख़्याल था कि ये किसी तरह से अथ्रवन स्टार से जुड़ा है।'

'लेकिन आप ये जानकारी मुझे क्यों दे रहे हैं?' जिम ने पूछा। 'सरोशपुर मेरे ख़िलाफ़ काम कर रहा था।'

'वो बस उसे पाने की कोशिश कर रहे थे जो उन्हें लगता था कि सारे दमित ज़ोरोस्टरवादी समाज का है,' तामोयान ने जवाब दिया। 'मैं जानता हूं अत्याचार झेलना क्या होता है। मेरा समुदाय भी सदियों से भुक्तभोगी है।'

बातचीत में ज़रा सा ठहराव आया। 'आप भारत में पैदा हुए थे,' तामोयान ने कहा। 'आपको शायद पता न हो कि हम यज़ीदियों में हिंदुओं से काफ़ी ज़्यादा समानताएं हैं। और आप ज़ोरोस्टरवादियों में भी। इससे हम लगभग संबद्ध हो जाते हैं।' वो सकुचाते हुए हंसे।

'वाक़ई?' जिम ने पूछा। 'कैसे?'

'प्राचीन समय में, हम यज़ीदी ख़ानाबदोश थे और भारत चले गए थे,' तामोयान ने जवाब दिया। 'काफ़ी सारी हिंदू संस्कृति को अपनाकर हम अंततः मध्य एशिया और मध्य पूर्व में वापस आए। उदाहरण के लिए, अगर आप हमारे किसी धर्मस्थल को देखें—जिन्हें

हम “लालिश” कहते हैं—तो आप पाएंगे कि वास्तुशिल्प में वो हिंदू मंदिरों से मेल खाते हैं।’

‘दिलचस्प है!’ हमेशा की तरह जिज्ञासु लिंडा ने टिप्पणी की।

‘और हमारे तेल के दीपक संजक हिंदू आरतियों में इस्तेमाल होने वाले दीयों की तरह हैं,’ तामोयान ने आगे कहा। ‘ताऊस मलिक नाम से जाने जाने वाले यज़ीदी देवता एक मोर हैं, बहुत कुछ हिंदू कार्तिकेय या कार्तिकेयन पर्वत की तरह।’

लिंडा पूरे मनोयोग से तामोयान की बातों को सुन रही थी। ‘हम भी हिंदुओं की तरह अपने माथे पर ‘तीसरी आंख’ से लेप करते हैं,’ तामोयान ने कहा। ‘हिंदुओं की तरह हमारे यहां भी एक जाति व्यवस्था है, और हम उनकी तरह ही पुनर्जन्म में विश्वास करते हैं। भारत और उन अनेक देशों के बीच, जो कभी मेसोपोटामिया क्षेत्र हुआ करते थे, संबंध बहुत पुराने हैं।’

‘ये तो बहुत ही रोचक जानकारी है, और हमें इस पर और गहराई से बात करनी चाहिए। लेकिन फ़िलहाल, मैं एक फ़ौरी परेशानी से आगे नहीं सोच पा रहा हूं। मेरा हमज़ा ड्यूरा खो गया है, और मेरे पास इसे फिर से बनाने का कोई तरीक़ा भी नहीं है,’ जिम ने कहा। ‘न ही मेरे पास कोई क्लू है जिससे इसका मूल स्रोत ढूंढ़ सकूं,’ उसने दुखी होते हुए कहा।

‘आप इसे एक वैज्ञानिक की नज़र से देख रहे हैं,’ तामोयान ने कहा। ‘अब अपनी पत्नी को इसे उस नज़र से देखने दें जैसे एक इतिहासकार देखेगा।’ फिर उन्होंने सारगर्भित ढंग से जोड़ा, ‘सामग्री से ज़्यादा अहम पैकेजिंग है।’

‘क्या मतलब है आपका?’ जिम हैरान सा पीछे को हो गया।

‘अगर आप उस कंटेनर पर फ़ोकस करें जिसमें आपकी वस्तु रखी थी, तो आपको स्रोत मिल जाएगा,’ तामोयान ने जवाब दिया। ‘क्या उस पर फ़रवहर बना था—पंखों वाला नर पक्षी जिसने एक घेरा पकड़ रखा था?’

'नहीं,' जिम ने उत्तर दिया।

'ये तो अच्छी ख़बर है,' तामोयान ने कहा। 'अगर उस पर फ़रवहर होता, तो वो उतना प्राचीन नहीं होता जितना हम इसे सोचते हैं। असल में उस पर किस तरह का प्रतीक बना हुआ था?'

'वो पाइलट के बैज जैसा था,' जिम ने कहा। 'मेरे ड्रॉपबॉक्स अकाउंट में ढक्कन का फ़ोटो है। मैं यहां से लॉग इन करके आपको दिखाता हूं।' जिम ने जल्दी से उस फ़ोटोग्राफ़ को एक्सेस किया जो वो तलाश रहा था और उसे तामोयान के साथ शेयर कर दिया।

'बिल्कुल यही मैं सोच रहा था,' तामोयान ने कहा। 'लोगों को पता नहीं है कि पंखदार सूरज दुनिया के सबसे पुराने प्रतीकों में से है। ये बेबीलोनिया, मिस्र, असीरिया, सुमेर, यहूदा, और अन्य जगहों के वास्तुशिल्प, कला और सिलिंडर मोहरों में मिलता है। ये बस सूरज है जिसके दोनों ओर एक-एक यूरियस है।'

'वो क्या है?' जिम ने पूछा।

'यूरियस—कोबरा—प्रभुत्व और दिव्य अधिकार का प्रतीक,' तामोयान ने जवाब दिया। 'प्राचीन मिस्र में, ये प्रतीक होरस का प्रतिनिधित्व करता था।'

'क्या, जो डिब्बा मैं लिए घूम रहा हूं, वो मिस्र का है?' जिम ने हैरानी से पूछा।

'नहीं,' तामोयान ने जवाब दिया। 'पंखदार वृत्त के प्रतीक को असीरियाइयों ने देवता अश्शूर का प्रतिनिधित्व करने के लिए अपना लिया था। लेकिन उनका प्रतिनिधित्व अब पंखदार वृत्त के अंदर एक

तीरंदाज़ करता है। ज़रा रुकें, मैं आपके लिए वो इमेज निकालता हूं।'

पंद्रह सैकंड बाद, जिम और लिंडा ने वो देखा जिसकी तामोयान बात कर रहे थे। पंखदार वृत्त अब बीच में एक दाढ़ी वाले तीरंदाज़ की उभरी हुई आकृति के साथ कहीं ज़्यादा अलंकृत हो गया था।

जिम को बहुत साल पहले लिंडा के साथ हुई बातचीत याद आ गई। *'यानी, "आशूरा" का इस्लामिक पालन, मेसोपोटामिया का शहर "असुर," ऋग्वैदिक "असुर," और अवेस्ता का "अहुरा" सब आपस में जुड़े हैं?'*

और हख़ामनी काल से ही, अशूर को मरदूक की विशेषताएं प्रदान की जा रही थीं ताकि मरदूक के उपासक प्रभावी रूप से अशूर की उपासना करें।

'अब और आगे चलते हैं,' तामोयान ने कहा। 'डैरियस के वक़्त तक, प्रतीक में और सुधार कर दिया गया था। तीरंदाज़ की जगह एक उम्रदराज़ पुरुष आकृति ने ले ली, ये भी पंखदार थी, हाथ में एक घेरा लिए। आपके साथ पिक्चर शेयर कर रहा हूं।'

'ज़ोरोस्टरवादियों ने अशूर प्रतीक को अपना लिया था,' तामोयान ने कहा। 'फ़रवहर, जैसा कि इसे हख़ामनी दौर से दर्शाया जा रहा है, एक बुजुर्ग पुरुष है, जिसे आम तौर पर मानव आत्मा का प्रतिनिधित्व करने के लिए माना जाता है। उनका वृद्ध रूप ज्ञान को दर्शाता है। एक हाथ ऊपर की ओर संकेत कर रहा है, इस तरह अपने अनुयायियों को सुधार करने के लिए प्रयत्न करने की याद दिलाता है। उनके दूसरे हाथ में एक घेरा है, जो एक प्रतिज्ञा का प्रतीक है। जिस वृत्त से पुरुष आकृति उभरती है वो आत्मा की अमरता का प्रतीक है। दोनों पंख पंखों की तीन-तीन पंक्तियों से बने होते हैं, जो सद्विचार, सद्वाणी और सत्कर्म के पारसी सिद्धांत का प्रतिनिधित्व करते हैं।'

जिम ये सब जानता था। ये प्रतीक पारसियों के बीच सर्वव्यापी था—उसके पिता की कार पर स्टिकर के रूप में, पारसी अग्नि मंदिरों पर, घरों में वॉल पेंटिंग के रूप में, कफ़लिंक्स और पेंडेंट तक पर। जिम ने थोड़ा थके हुए स्वर में कहा, 'मुझे अभी भी समझ नहीं आया कि आप इस सबसे क्या कहना चाह रहे हैं।' उस दिन उसे जो सदमा लगा था, उसने पिछले सप्ताह की घटनाओं की तुलना में उस पर कहीं गहरा असर डाला था।

तामोयान ने कहा, 'अगर आपके मिट्टी के बक्से पर फ़रवहर होता, तो ये हख़ामनी काल या उसके बाद के दौर का बक्सा होने का संकेत होता। लेकिन ज़रथुष्ट्र के समय में ये अपने शुरुआती विकासशील रूप में रहा होगा। ये आपका सबसे अच्छा प्रमाण है कि

आपका मिट्टी का बक्सा बहुत प्राचीन स्रोत का है।'

लिंडा को लगा कि तामोयान की बातों में सार है। 'इस बक्से के मूलस्थान के बारे में आपका कोई अनुमान है?'

'मेरा अभी भी मानना है कि इसका जवाब गुंदीशापूर में मिलेगा,' उन्होंने कहा। 'मेरा सुझाव है कि आप भारत-ईरान कड़ी पर फ़ोकस करें, ख़ासकर फ़ारसी हकीम बुरज़ूया की गुंदीशापूर अकादमी में वापसी पर।'

'इस बारे में थोड़ा और बताइए,' जिम ने निवेदन किया।

'बुरज़ूया एक पारसी हकीम था जो एक ऐसी औषधि की खोज में ख़ुसरो के दरबार से कश्मीर गया था जो मुर्दों को जिला सकती थी,' तामोयान ने कहा। 'कश्मीर पहुंचने पर वो अपनी खोज में नाकाम रहा। तब उसे एक साधु के पास भेजा गया। साधु ने बुरज़ूया से पूछा, "जब अज्ञानी को ज्ञानी बनाया जा सकता है, तो मुर्दे को जिलाने का क्या फ़ायदा है?" उसने बुरज़ूया को संस्कृत की एक किताब दी जिसका नाम *फ़ाइव ट्रीटाइज़ेज़* था। बुरज़ूया फ़ारस लौटा और उसने पहलवी में उस किताब का अनुवाद किया। ये छठी शताब्दी में हुआ होगा। बदक़िस्मती से, बुरज़ूया का पहलवी संस्करण खो गया। लेकिन मुझे लगता है उसमें आपके सवाल का जवाब मिलेगा।'

जिम और लिंडा तामोयान के साथ अपनी उत्तेजनापूर्ण चर्चा में लगे रहे। उन्हें पता नहीं था कि एक पतला और फीकी सी रंगत वाला आदमी, जिसके भूरे लाल बाल थे और उसने रिंकल्ड ग्रे बिज़नेस सूट पहन रखा था, एक आख़री काम के लिए उनके बग़ल वाले कमरे में चैक इन कर रहा था।

115

लोधी होटल के अपने कमरे में जिम बेड पर टेक लगाकर बैठा हुआ

था। उस दिन की घटना से वो अभी तक स्तब्ध था। पास की कॉफ़ी टेबल पर होटल की हाउस मैगज़ीन की एक कॉपी रखी थी। लिंडा के बाथरूम से बाहर आने का इंतज़ार करते हुए जिम बेध्यानी में उसके पन्ने पलटने लगा। उसकी निगाह किसी चीज़ पर अटक गई। वो मैगज़ीन का किड्स सैक्शन था जिसमें *पंचतंत्र* से प्रेरित एक कॉमिक स्ट्रिप थी। 'लिंडा,' उसने आवाज़ दी। अपने हेयर ड्रायर के शोर में उसने सुना नहीं। जिम ने बाथरूम का दरवाज़ा खोला और कॉमिक स्ट्रिप की ओर इशारा करते हुए मैगज़ीन को काउंटर पर रख दिया।

लिंडा ने ड्रायर बंद कर दिया और स्ट्रिप को देखा। *'पंचतंत्र?'* उसने उसे देखते हुए पूछा। फिर उसे समझ आया कि जिम क्या इशारा कर रहा था। उन्होंने लगभग एक साथ ही कहा: *'फ़ाइव ट्रीटाइज़ेज़!'* सरोशपुर ने अनजाने में, और तामोयान ने भी, उनसे इसका ज़िक्र किया था। बाहर बेडरूम में हल्की सी क्लिक की आवाज़ आई, पास वाले कमरे के दरवाज़े का ताला खोला गया था।

जिम और लिंडा वापस गए और बेड पर बैठ गए। *पंचतंत्र* 200 या 300 ईसा पूर्व के बीच कहीं लिखा गया था लेकिन कहीं पहले की मौखिक वाचन परंपरा पर आधारित था। ये पशु पात्रों के साथ लिखी नीतिकथाओं का संग्रह था। इसके लेखन का श्रेय किसी वासुभाग या विष्णु शर्मा को दिया जाता था—शायद ये वही विष्णु शर्मा हों जिन्होंने *अर्थशास्त्र* की रचना की थी।

'पंचतंत्र में वर्णित भौगोलिक विशिष्टताओं और पशुओं के आधार पर उसकी सैटिंग कश्मीर में मानी जाती है,' लिंडा ने कहा। 'बेशक ये अब तक की सबसे ज़्यादा अनूदित हिंदू कृति है। दुनिया भर में पचास से अधिक भाषाओं में इसके दो सौ संस्करण हैं।'

'सरोशपुर और तामोयान दोनों की बातों में इसका ज़िक्र क्यों आया? *पंचतंत्र* का हमज़ा ड्यूरा से क्या संबंध है?'

'जैसा मुझे याद आता है, वो कश्मीर के एक राजा की कहानी है, जो अपने तीन बिगड़े बेटों के लिए चिंतित था,' लिंडा ने जवाब दिया। 'राजा इनमें से किसी भी राजकुमार को राज्य की बागडोर

सौंपने से घबराता था जो कुछ भी सीखने को तैयार नहीं थे। मनोरंजक नीतिकथाओं के माध्यम से उनमें अच्छे मूल्य डालने के लिए *पंचतंत्र*—या *फ़ाइव ट्रीटाइज़ेज़*—की रचना की गई थी। बज़ाहिर, इसने उनकी शिक्षा-दीक्षा में चमत्कार ला दिया था।'

'मेरी समझ में अभी भी नहीं आ रहा है,' जिम ने कहा। 'पशु-कथाओं के किसी संग्रह का प्राचीन फ़ारस से क्या संबंध हो सकता है?'

'इसे एक-एक चरण करके देखते हैं,' लिंडा ने सुझाया। 'सासानी बादशाह ख़ुसरो प्रथम ने, वो राजा जिसने छठी शताब्दी के पांच दशक तक राज किया था, गुंदीशापूर की अकादमी को सहायता दी थी। ये दुनिया में ज्ञान के सबसे अहम केंद्रों में से एक बन गया था। वो ख़ुसरो ही था जिसने फ़ारसी हकीम बुरज़ूया को कश्मीर भेजा था। वो उस मशहूर औषधि की खोज में था जो मृत को ज़िंदा कर सकती थी।'

'अब तक तो ठीक है,' जिम ने कहा।

'अब कल्पना करो कि हमज़ा ड्यूरा ही वो औषधि थी,' लिंडा ने कहा। 'तो ये इसका स्रोत कश्मीर में होने का संकेत देगा। बुरज़ूया ने इस औषधि की खोज की लेकिन नाकाम रहा। इससे ऐसा संकेत मिलता प्रतीत होता है कि उस औषधि को कहीं और ले जाया गया था। फिर बुरज़ूया को एक साधु के पास भेजा गया जिसने उसे *पंचतंत्र* दिया। कहानी के मुताबिक़, बुरज़ूया के लिए उस किताब को हासिल कर पाना आसान नहीं था। कुछ लोग कहते हैं कि वो साधु रोज़ बुरज़ूया को किताब का बस थोड़ा सा हिस्सा पढ़ने देता था और वो फ़ारसी हर बार चुपचाप उसे रट लेता था। दूसरी कहानियां कहती हैं कि बुरज़ूया को किताब पाने के लिए चालीस ऊंटों की रिश्वत देनी पड़ी थी।'

'अब तक तो मुझे समझ आ गया,' जिम ने कहा। दोनों कमरों के बीच के दरवाज़े के हैंडल को बहुत धीरे से घुमाए जाने पर न तो जिम का ध्यान गया और न ही लिंडा का।

'बुरज़ूया के साथ शेयर किए गए *पंचतंत्र* के संस्करण में अगर उस कथित औषधि का कोई संदर्भ रहा हो तो?' लिंडा ने पूछा। 'वो पदार्थ तब कश्मीर में तो नहीं रहा था, लेकिन अगर उसमें बताया गया हो कि वो कहां है तो?'

'बुरज़ूया उस जानकारी को अपने साथ वापस गुंदीशापूर ले गया होगा,' जिम ने कहा। 'लेकिन वो छठी सदी की बात थी। क्या उस तरह के पदार्थ का संदर्भ पहले से ही फ़ारस में नहीं रहा होगा? ये मानते हुए कि ये कोई ऐसी चीज़ थी जिसे ज़रथुष्ट्र के समय से आगे सौंपा जाता रहा था?'

'लेकिन 330 ईसा पूर्व में सिकंदर ने पर्सेपोलिस को जला दिया था,' लिंडा ने कहा। 'मुमकिन है कि ये उन रहस्यों में से एक रहा हो जो उस आग में जल गए थे। तो हालांकि ये डिब्बा और इसकी सामग्री तो मागियों के पास थे, मगर इसके स्रोत का संदर्भ अब बस *पंचतंत्र* जैसे भारतीय ग्रंथों में ही था।'

'और वो बुरज़ूया के ज़रिए वापस फ़ारस आ गई थी!' जिम ने उत्तेजित होते हुए कहा।

'हमें इस तथ्य पर विचार करना चाहिए कि ख़ुसरो को "अनुशीरवान" या "अमर" माना जाता था,' लिंडा ने कहा। 'एक ओर तो इसका मतलब ये हो सकता है कि *पंचतंत्र* के अमर ज्ञान को बुरज़ूया के पहलवी अनुवाद के माध्यम से जज़्ब कर लिया गया हो। वैकल्पिक तौर पर, इसका मतलब ये भी हो सकता है कि लंबी आयु से जुड़ा कोई बड़ा रहस्य उसे बता दिया गया हो। ये सदियों पहले की बात थी, जिम। बहुत से रहस्य वक़्त के साथ खो गए हैं।'

'लेकिन हमारे पास *पंचतंत्र* का पहलवी अनुवाद नहीं है जो बुरज़ूया ने किया था,' जिम ने इंगित किया।

'ये सच है,' लिंडा ने माना। 'ये ख़ास किताब तब खो गई हो सकती है जब सातवीं सदी में अरबों ने फ़ारस पर हमला किया था और कई लाइब्रेरियां जला दी थीं। या इसे किसी सुरक्षित स्थान पर पहुंचा दिया गया हो सकता है जहां से इसे आसानी से फ़ारस से बाहर

ले जाया जा सकता हो।'

'ऐसा स्थान क्या हो सकता है?'

'हुर्मुज़ का बंदरगाह,' लिंडा ने बेहिचक कहा। 'जो ज़ोरोस्टरवादी दीव आए थे, वो हुर्मुज़ से चले थे। ये मुमकिन है कि बुरज़ूया की किताब की कोई प्रति वहां छूट गई हो। तो संजान आए पारसियों के पास डिब्बा तो था लेकिन वो लिखित आलेख नहीं था जो इसके मूल के बारे में बताता था।'

'लेकिन अगर बुरज़ूया की कृति खो गई है, तो अब हम कुछ नहीं कर सकते,' जिम फिर वहीं आ गया था।

'तीन सदी बाद, पारसी से इस्लाम में धर्मांतरित एक शख़्स, अब्दुल्लाह बिन मुक़फ़्फ़ा, ने बुरज़ूया की किताब का ऐसी शैली में अरबी में अनुवाद किया कि उसे अक्सर अरबी गद्य का बेमिसाल नमूना माना जाता है। किताब का नाम था *कलीला-ओ-दिमना,* जो उन दो गीदड़ों के नाम पर रखा गया है जो इन कहानियों के मुख्य पात्र हैं।'

'मेरी समझ में नहीं आया कि पारसी से इस्लाम में धर्मांतरित एक शख़्स किसी हिंदू किताब का अनुवाद क्यों करेगा?' जिम ने पूछा।

'ओह, इस तरह के सांस्कृतिक आदान-प्रदान के तो अनगिनत उदाहरण हैं,' लिंडा ने जवाब दिया। 'गणितीय खगोल विज्ञान पर ब्रह्मगुप्त के *ब्रह्मसिद्धांत* का अल-फ़ज़ारी ने अरबी में *सिंदहिंद* नाम से अनुवाद किया था। उस अनुवाद के बिना हिंदू अंक उस तरह से संसार के मानक नहीं बन पाते जिस तरह वो बने थे। हारून अल-रशीद के दरबार में एक भारतीय वैद्य मनका ने संस्कृत के ग्रंथ *सुश्रुत संहिता* का फ़ारसी में अनुवाद किया था। *कलीला-ओ-दिमना* ख़ासतौर से प्रशासनिक वर्ग के लिए थी, लेकिन ये इतनी मनोरंजक थी कि अरब से ये स्पेन पहुंच गई, जहां तेरहवीं सदी में इसका अनुवाद हुआ। प्रिंटिंग प्रेस की खोज के बाद ये इटली में आने वाली पहली किताबों में से थी। बाक़ी तो सबको पता ही है।'

'तो फ़ारस में ज़ोरोस्टरवादी मागियों ने इसे पढ़ा होगा?' जिम ने पूछा।

'आठवीं सदी तक, अधिकांश फ़ारसी लोग अरबी जान चुके थे,' लिंडा ने कहा। 'ये मुमकिन है कि मागियों को अब समझ आया हो कि उन्हें ये जानकारी भारत में अपने भाई-बंधुओं को पहुंचानी है।'

'मुझे याद है कि मेरे पिता ने मुझे पहली और एकमात्र गुप्त रिवायत याद करने को कहा था। उनके मुताबिक़ मुझे बस वही एक याद करनी थी। मुझसे कहा गया था कि उसे याद करूं और फिर नोट को नष्ट कर दूं। मेरे पिता ने कहा था कि ये हमारे पास गुप्त रूप से एक किताब के ज़रिए आई थी जिसे ज़रथुष्ट्री फ़ारस में छोड़ आए थे और कि उसे हम तक पहुंचाने की बहुत कोशिशें की गई थीं।'

उनके कमरे के फ़र्श पर बिछे मोटे क़ालीन में दोनों कमरों के बीच के दरवाज़े के खुलने की आवाज़ दब गई थी। जिम और लिंडा अपनी बातों में इतना डूबे हुए थे कि उन्होंने कुछ ध्यान भी नहीं दिया।

'वो अवधारणा में फ़िट होता है,' लिंडा ने फिर से सिरा पकड़ा। 'हुर्मुज़ एक व्यस्त बंदरगाह रहा होगा। फ़ारस के मागी अपने भारतीय बंधुओं को सीधे कोई संदेश नहीं भेज सकते थे क्योंकि इसका मतलब होता कि रहस्य को किसी मध्यस्थ के सामने उजागर करना। इसलिए उन्होंने उसे *कलीला-ओ-दिमना* के पन्नों में पाज़िंद में टिप्पणी में लिख दिया होगा और किसी से, जैसे मार्को पोलो से, कहा होगा कि उसे उनकी ओर से भारत ले जाए।'

'और उसे कुबलई ख़ान ने हथिया लिया,' जिम ने कहा।

'उनकी ख़ुशक़िस्मती से, पंद्रहवीं सदी में चंगाशाह ने नारिमन होशांग को रिवायतें लाने के लिए भेजने का फ़ैसला किया,' लिंडा ने कहा। 'इस काल में टिप्पणियों के साथ किताब की एक और प्रति फ़ारसियों के पास वापस आ गई होगी। और अब, कोई जोखिम न लेते हुए, उन्होंने फ़ैसला किया कि भविष्य में संदेश केवल मौखिक ही रहेगा।'

और तभी दरवाज़े में खड़ी आकृति ने जिम और लिंडा को चौंका दिया।

116

अपनी ज़िंदगी में मैं ये दूसरी बार मरते-मरते बचा था। दरवाज़े पर खड़ी आकृति से झटका लगा होगा, लेकिन उन वजहों से नहीं जो आप सोच रहे होंगे। जब वो मेरी ओर अपनी गन उठा रहा था, ठीक तभी फ़र्श पर ढेर हो गया, उसका सिर उसी क़ालीन पर तरबूज़ की तरह फट गया था जिसने उसके आने की आहट को दबा दिया था।

जैसा कि बाद में सामने आया, ल्यूक मिलर को रायन पार्कर ने मुझे ख़त्म करने के लिए नई दिल्ली भेजा था। पार्कर और उसके चीनी निवेशक मुझे हमज़ा ड्यूरा को फिर से बनाने या संश्लेषित करने से रोकने पर तुले हुए थे। इससे वो ग्लोबल फ़ार्मास्यूटिकल मार्केट में अपना अहम स्थान बचाए रखने में कामयाब रहते। मिलर हमारे कमरे के पास वाला कमरा बुक करने में सफल रहा था और मुझे मारने ही वाला था कि तभी कुछ और हो गया। इससे पहले कि मिलर मुझे ख़त्म करता, एक गोली—साइलेंसर के ज़रिए चली—ने उसका ख़ात्मा कर दिया। ये काम भावहीनता, सटीकता और, सबसे अहम, ख़ामोशी से हुआ था।

जब लिंडा और मैं आंतकित से मिलर के बिखरे अवशेषों को घूर रहे थे, तभी हमने एक और आकृति को हमारे और मिलर के कमरे के बीच के—अब चौपट खुले—दरवाज़े पर देखा। वो अब्बासी था। इस सबसे उबरने में हमें कुछ मिनट लगे, लेकिन अब्बासी ने जल्दी ही हमें हमारी उलझन से बाहर निकाल लिया था। वो मिलर की नब्ज़ देखने को झुका। ये बस आदतन, मगर ग़ैरज़रूरी काम था, क्योंकि उसकी खोपड़ी से उसका भेजा तो बाहर आ ही गया था।

अब्बासी ने ऊपर देखा। 'मुझे बीके से टिप मिली थी कि फ्रेड स्मिथ संपर्क में है,' उसने हमें बताया। 'ल्यूक मिलर को यूएस से भारत के लिए निकलते देखा गया था। मुझे पता नहीं था कि मिलर कौन है जब तक कि मैंने वो फ़ोटो नहीं देखी जो बीके ने मुझे दिखाई थी।'

'ये रायन पार्कर का गुर्गा था,' मैंने कहा। 'लेकिन ये तो तुम जानते ही हो, है ना?'

'हां, लेकिन ये पता नहीं था कि ये दिखता कैसा है,' अब्बासी ने जवाब दिया। 'जब मैंने तस्वीर देखी, तो पहचान गया कि ये वही बंदा है जिसने मेरा ऑपरेशन स्टैंज़ा बिगाड़ा था। इसका सुराग़ देने के नतीजे में, फ्रैंकफ़र्ट में मेरे साथी को गोली मार दी गई थी, हालांकि हम आख़िरकार ईरान के न्यूक्लीयर प्रयासों में बाधा डालने में कामयाब रहे थे। जब मुझे पता लगा कि ये आपको मारने के लिए आ रहा है, तो मैंने रुकने और इस आख़री काम को अंजाम देने का फ़ैसला किया।'

'आप जा रहे थे?' मैंने पूछा। 'गुडबाइ कहे बिना?'

'आप जल्दी ही समझ जाएंगे कि सब कुछ वैसा नहीं है जैसा दिखता है, जिम,' अब्बासी ने जवाब दिया। 'ये सच है कि मैंने आपको ईरान और अफ़ग़ानिस्तान से निकाला। ये भी सच है कि मैंने आपकी जान बचाई। लेकिन ऐसा करने के पीछे मेरा अपना एजेंडा था।'

'क्या आप भी हमज़ा ड्यूरा के पीछे थे?' मैंने पूछा। मैं सोचने लगा था कि तंदूर की घटना का क्या अब्बासी से कोई वास्ता था।

उसने सवाल को दरकिनार कर दिया। 'मैं बीके से इस गंद को साफ़ करवाने को कह रहा हूं ताकि हममें से किसी को पुलिस कार्रवाई के पचड़े में ने पड़ना पड़े। ल्यूक मिलर मर गया है, और रायन पार्कर क़ानून से भागता फिर रहा है; सरोशपुर मारा गया; ख़ादिमहुसैनी और मुसफ़्फ़ा भी गए... अब आपको किसी से नहीं डरना है। लेकिन विजय भार्गव...'

'अब, भला ये विजय भार्गव कौन आ गया?' मैंने पूछा। साज़िश गहराती जा रही थी, मैंने थकान से और बिना मज़ा लिए सोचा।

'मुझसे कोई सवाल मत कीजिए और मैं आपसे झूठ नहीं बोलूंगा,' अब्बासी ने रहस्यमय ढंग से कहा। 'लेकिन बस उससे सतर्क रहना। वो सोचता है कि आपका हमज़ा ड्यूरा उसका है। लेकिन मेरा अंदाज़ा है कि अब वो खेल भी ख़त्म हुआ।' वो रुका और फिर बोला, 'इस बीच, मैं राय दूंगा कि आप लोधी से चैक आउट कर लें और ताज मानसिंह में चैक इन कर लें।'

'क्यों?' लिंडा ने पूछा, वो भी बार-बार इधर-उधर भगाए जाने से उकता गई थी।

'दो वजहें हैं,' अब्बासी ने कहा। 'पहली, उस होटल में क्यों रहें जहां आपने अभी-अभी एक मर्डर देखा है?'

'और दूसरी?' मैंने पूछा।

'ताज की बार, रिक्स, शहर का बेहतरीन शराबख़ाना है,' अब्बासी ने कहा। दरवाज़े पर हल्की सी दस्तक हुई। अब्बासी ने सादे कपड़ों में खड़े दो आदमियों के लिए दरवाज़ा खोला। बीके के आदमी सारी गंद को साफ़ करने आ गए थे। लिंडा और मैंने सामान लिया और चले गए। अब्बासी से हम फिर कभी नहीं मिले।

हम ताज मानसिंह के एक सुइट में फिर से सैटल हुए। देशों और महाद्वीपों से हमारे पीछे चले आ रहे संकट ने हमें बुरी तरह थका दिया था, तन-मन दोनों से। अगले कुछ दिन, हम बमुश्किल ही अपने कमरे से बाहर निकले। हमने इसके बजाय टेलीविज़न देखना, हॉट शॉवर में ख़ुद को तर रखना और रूम सर्विस का ऑर्डर देना बेहतर समझा। शुरू में, किसी अनकहे समझौते के तहत हमने अपनी हालिया यातना पर बात नहीं की।

'दुख की बात है कि जो चीज़ मानवता को बचा सकती थी, वो पूरी तरह नष्ट हो गई है,' अपनी निष्क्रियता के तीसरे दिन मैंने कहा। 'हमज़ा ड्यूरा का कोई ज्ञात स्रोत नहीं है, और हमारे पास इसे फिर

से बनाने का कोई तरीक़ा नहीं है।'

'मैं तो बस शुक्रगुज़ार हूं कि तुम ज़िंदा और सही-सलामत हो,' लिंडा ने मेरे हाथ को अपने हाथ में लेते और उसे चूमते हुए कहा। 'अगर तुम्हें कुछ हो जाता तो पता नहीं मैं क्या करती।'

मैं इस अहसास को जानता था। मुझे याद है जब लिंडा का अपहरण हुआ था तब मैंने कैसी बेचारगी महसूस की थी। मैंने उस भयानक याद को झटक दिया।

117

ताज मानसिंह में तीन दिन तक दुनिया से छिपे रहने से हमारी ताक़त वापस आ गई थी, और मैंने देखा कि मैं भिन्न तरीक़े से भी चल रहा था, लंबे समय से क़ैदी रहे किसी आदमी की तरह घिसटता हुआ नहीं। लिंडा और मैं ताज के बेहतरीन रेस्तरां मचान में डिनर करने नीचे गए। शानदार इंडियन कैबरने सॉवेन्यां की आधी बोतल के बाद, मैंने एक बार फिर हमज़ा ड्यूरा का ज़िक्र छेड़ दिया—जो अब हमेशा के लिए खो चुका था।

'तुमने आइडिया दिया था कि ज़रथुष्ट्र कश्मीर के हो सकते थे,' मैंने लिंडा को याद दिलाया। 'क्या कोई तरीक़ा है कि हम पिनपॉइंट कर सकें कि वो ठीक-ठीक कहां के थे? क्या हमारा हमज़ा ड्यूरा भी वहीं से निकला नहीं हो सकता था?'

'ज़रथुष्ट्र के मूलस्थान के बारे में हमें यक़ीन से बस इतना पता है कि वो ऋषि-राजाओं के एक परिवार में जन्मे थे,' लिंडा ने कहा। 'उन्हें "नरेपिश राजिश" या "राजिश का राजकुमार" कहा गया है, लेकिन हमें ये नहीं पता कि राजिश नाम की जगह कहां है—या थी।'

'क्या किसी ने पता लगाने की कोशिश नहीं की?' मैंने हैरानी से पूछा।

'ईरानियों की बाद की पीढ़ियों ने उस जगह को विभिन्न नामों

से पुकारा—राजिश, राजी, राग़ा, रगाउ और रे उनमें से कुछ हैं। तेहरान से कुछ ही दूर एक शहर है जिसका नाम रेजिस है, और उसे भी कुछ विद्वान संभाव्य स्थान मानते हैं।'

'और तुम क्या सोचती हो?' मैंने पूछा। मेरे द्वारा उसके दृष्टिकोण को प्राथमिकता दिए जाने से लिंडा का चेहरा ख़ुशी से नर्म पड़ गया।

'राजिश को जब्बार पर्वत और दैत्या नदी के पास बताया गया है,' उसने लंबे समय से भुला दिए गए लोगों और स्थानों की अपनी असाधारण याद्दाश्त से कहा। 'अब इस पर विचार करो। कश्मीर के बडगाम ज़िले में रेहान बाग़ नाम का एक गांव है। ये एक उरनी जब्बार नाम की चोटी के क़रीब है। और बेशक, हम जानते हैं कि राजिश आर्यनिमवैजा में था और इस इलाक़े में दैत्या नदी है—जिसे दीती या झेलम भी कहते हैं।'

'तो, रेहान बाग़ वो स्थान हो सकता है?' मैंने पूछा।

'मुमकिन है,' लिंडा ने कहा। 'कश्मीर के सोपोर ज़िले में रेनजी नाम का भी एक स्थान है। वो भी हो सकता है। इसके अलावा, कश्मीर के साथ ही इसके पड़ोसी जम्मू में भी दूसरे गांव-क़स्बे हैं जिनके नामों में 'राय' आता है। मसलन रायपुरा, राइका गुरा, राइका लबाना, राइका महुवा, रैनावारी और राइथान। लेकिन उनमें से कोई भी उस तरह से भौगोलिक संकेतों पर पूरा नहीं उतरता है जैसे रेहान बाग़ उतरता है।'

एक पल सोचने के बाद, लिंडा को कुछ याद आया। 'तुमने मुझे एक ख़ास रिवायत के बारे में बताया था जो तुम्हारे पिता ने तुम्हें दी थी,' लिंडा ने कहा।

'वो बस एक काग़ज़ पर लिखी कुछ लाइनें थीं। उन्होंने मुझसे उन्हें याद करने और फिर उस काग़ज़ को नष्ट कर देने को कहा था।'

'वो क्या थीं?' लिंडा ने पूछा। मुझे उस संदेश को गुप्त रखना था लेकिन ये देखते हुए कि हमज़ा ड्यूरा नष्ट हो गया था, मैंने

सोचा कि लिंडा को वो बताने में कोई नुकसान नहीं था। मैंने अपनी याद्दाश्त से उसे दोहराया।

सारे जब्बार में, रौशनी आंखों को चकाचौंध कर देती है
क्योंकि आकाश में तीन बड़ी अग्नियां धधक रही हैं
देखो, दैत्या में अथ्रवन प्रार्थना करता है
और अनु लोग आसमान को टकटकी लगाए देखते हैं
वो चौथे को जानते हैं जो तीन से निकलता है
अर्थात सर्वकालिक सर्वशक्तिमान यस्न।

लिंडा के चेहरे के भाव गंभीर हो गए। 'ऐसी अनेक रिवायतें थीं जो ईरान के ज़ोरोस्टरवादियों ने भारत में अपने भाई-बंधुओं को भेजी थीं,' उसने याद किया। '1478 से 1773 के बीच पारसियों को कोई छब्बीस रिवायतें मिली थीं। मैंने वो सब पढ़ी हैं। ये उनमें नहीं थी। मैं सोच रही हूं क्या ये वही अनुच्छेद हो सकता है जिसे अब्दुल्लाह बिन मुक़फ़्फ़ा ने *कलीला-ओ-दिमना* के एक पन्ने पर टिप्पणी की तरह लिखकर भेजा था? वही अनुच्छेद जो पहले *पंचतंत्र* और बुरज़ूया के अनुवाद में आया होगा?'

'शायद ये सीक्रेट था,' मैंने कहा। 'कुछ ऐसा जो अज्ञानियों के लिए उपलब्ध नहीं होना था। आख़िरकार, वेद और गाथाएं भी तो शुरू में लिखे नहीं, बस कहे जाते थे। लेकिन तुम्हीं क्यों न मुझे बताओ कि इन शब्दों में हमें कोई संकेत मिल रहे हैं या नहीं?'

लिंडा हंसी। 'इसमें बहुत सी वो बातें हैं जिन पर हम चर्चा करते रहे हैं,' उसने कहा। 'ये जब्बार पर्वत और दैत्या नदी का ज़िक्र करता है। ये मानते हुए कि इनका प्रतिनिधित्व आज के अरनी जब्बार और झेलम नदी करते हैं, मेरा अनुमान है कि कश्मीर के बडगाम ज़िले का रेहान बाग़ सही होगा।'

'तुम्हारी थ्योरी सही है या नहीं, ये पता लगाने का बस एक ही तरीक़ा है,' मैंने सोचते हुए कहा।

'तुम थके नहीं हो?' लिंडा ने पूछा। 'मुझे तो लगा था कि ग्लोब का चक्कर काटते-काटते तुम उकता गए होगे।'

'ये बहुत ज़्यादा अहम है,' मैंने जवाब दिया। 'अगर हमज़ा ड्यूरा का स्रोत ढूंढ़ने की ज़रा सी भी संभावना है, तो हमें दुनिया की ख़ातिर उसका पता लगाना होगा।'

लिंडा ने अपना वाइन का गिलास ख़ाली किया और एक्शन के लिए एकदम तैयार नज़र आई। 'एक आइडिया है,' उसने कहा। 'ज़रथुष्ट्र के परिवार के सदस्यों को "स्पितमा" कहा जाता था।'

'और...?'

'मूल शब्द "श्वेतमा" था, "स्पितमा" नहीं। दोनों ही तरह से, इस शब्द का अर्थ है "सबसे सफ़ेद।"' मैं समझ नहीं पा रहा था कि वो इस ज़िक्र से किस ओर जा रही थी लेकिन जानने के लिए मैंने इंतज़ार किया।

'एक पल के लिए, हम वापस पश्चिम-पूर्व के विभाजन पर चलते हैं,' उसने कहना जारी रखा। 'यम और मनु के बीच का विभाजन, पितरायण और देवायन के बीच का विभाजन, असुरों और देवों के बीच का विभाजन, और भृगु और बृहस्पति के बीच का विभाजन।'

'सप्त सिंधु का महाविभाजन,' मैंने निचोड़ निकाला।

'बिल्कुल सही,' उसने हामी भरी। 'ज़रथुष्ट्र, बेशक, भृगु पक्ष में थे। अब, भृगु का एक और नाम शुक्र था। "शुक्र" शब्द का क्या मतलब होता है? सफ़ेद! तो, चाहे हम शुक्र कहें, या श्वेतमा, या स्पितमा, उन सबका मतलब एक ही है—सफ़ेद।'

'ठीक है,' मैंने धीमे-धीमे कहा। 'लेकिन मैं समझ नहीं पा रहा कि तुम इससे कहना क्या चाह रही हो।'

'अनिवार्य रूप से, भृगु के अनुयायी, ज़रथुष्ट्र समेत, इस शब्द से जुड़ गए थे,' लिंडा ने कहा। 'हो सकता है ये उनके कपड़े पहनने के या शुद्धता के लिए उनकी हठधर्मी के तरीक़े से जुड़ा हो। आज

भी, ज़रथुष्ट्री पुजारी हमेशा सफ़ेद कपड़े ही पहनते हैं। लेकिन अगर नाम के पीछे ये वजह न हो तो?'

'अगर ये वजह नहीं है तो क्या है?'

लिंडा ने सांस ली। 'अगर सफ़ेद पाउडर—जिसे हम हमज़ा ड्यूरा कहते हैं—वो वजह हो जिसके लिए "स्पितमा" शब्द इस्तेमाल होता हो तो?' उसने पूछा।

118

अगले दिन हमने किसी तरह दिल्ली से श्रीनगर की सुबह-सुबह की फ़्लाइट ले ली थी। थका देने वाली सुरक्षा जांचों की वजह से, जो रुटीन का हिस्सा थीं, श्रीनगर आना-जाना किसी जंग को जीतने जैसा था। भारत-पाकिस्तान के अनंत संघर्ष में कश्मीर प्यादा है, दोनों ही परमाणु शक्तियां हैं। नतीजे ने तुरंत ही अमेरिकी प्रेज़ीडेंट बिल क्लिंटन को कश्मीर को 'दुनिया की सबसे ख़तरनाक जगह' कहने के लिए प्रेरित कर दिया था। लेकिन ये अफ़ग़ानिस्तान, पाकिस्तान और सीरिया के कहीं ज़्यादा ख़तरनाक हो जाने से पहले की बात थी।

श्रीनगर पहुंचकर हम एक टूरिस्ट टैक्सी में बैठ गए जिसे मैंने पहले ही बुक कर दिया था। ड्राइवर हमें नेशनल हाईवे वन से हमारी मंज़िल, रेहान बाग़ गांव, की ओर ले गया। वो जम्मू-कश्मीर राज्य—जैसा कि अपने नाटकीय विभाजन से पहले इसे कहा जाता था—के पश्चिमी हिस्से में है।

'कश्मीर' नाम संस्कृत के शब्द 'काशमीरा' से पड़ा है जो देवी पार्वती के अनेक नामों में से एक है। पहली सहस्त्राब्दी में कश्मीर एक महत्वपूर्ण वैदिक केंद्र रहा था और कालांतर में बौद्ध ज्ञान का भी उतना ही महत्वपूर्ण केंद्र रहा। चौदहवीं शताब्दी के बाद कश्मीर पर मुग़लों समेत मुस्लिम शासन हो गया, जब तक कि महाराजा रंजीत सिंह ने इसे सिख साम्राज्य में शामिल नहीं कर लिया। फिर राजा

गुलाब सिंह और उनके वंशजों ने 1947 में भारत का विभाजन होने और पाकिस्तान बनने तक इस राज्य पर राज किया। विभाजन के बाद, कश्मीर पाकिस्तानी और चीनी घुसपैठ, इस्लामी उग्रवाद और घटिया भारतीय राजनीति का केंद्र बन गया।

हम ख़ुशक़िस्मत थे कि उस क्षेत्र में एक ऐसे समय में पहुंचे थे जो अपेक्षाकृत शांत था। बाक़ी समय में जम्मू-कश्मीर में हिंसा होती रहती थी, और सड़कों पर जाम और सैन्य कर्फ़्यू सामान्य यात्रा को नामुमकिन बना देते थे। हमारा ड्राइवर, फ़ारूक़ नाम का अधेड़ शख़्स, हमें ले जाते हुए सियासी हालात की जानकारी देता रहा। उसने अजीब तौर पर मुझे मेरे डैड के शोफ़र अब्दुल की याद दिला दी थी। अब्दुल की तरह ही फ़ारूक़ भी विनम्र, आदरपूर्ण और सड़क पर सजग था।

अपने चारों ओर बिखरी बेमिसाल ख़ूबसूरती को नज़रअंदाज़ कर पाना नामुमकिन था। हिमालय की ऊंची पर्वत श्रृंखला की बांहों में सिमटा कश्मीर सुरम्य है। ये एक विस्तृत कॉफ़ी-टेबल बुक है जिसका हरेक पन्ना एक हरी-भरी घाटी, चंचल-चपल नदी, फूलों से भरा मैदान, पर्वत शिखर, फलों के बाग़ान या झिलमिलाती झील है—सब प्राकृतिक और लगभग असंभाव्य रूप से परिपूर्ण। कहते हैं मुग़ल सम्राट जहांगीर ने कहा था, 'अगर फ़िरदौस बर रू-ए-ज़मीं अस्त, हमीं अस्तो, हमीं अस्तो, हमीं अस्त!' अनुवाद करने पर इसका अर्थ है, 'अगर इस पृथ्वी पर कहीं स्वर्ग है, तो वो यहीं है, यहीं है, यहीं है!' अफ़सोस, वक़्त-वक़्त पर जब भी इस्लामी उग्रवाद अपना बदसूरत सिर उठाता है तो कश्मीर स्वर्ग और नर्क के बीच झूलने लगता है।

जब हम अपने सफ़र में सहज हो गए, तो मुझे वो रिवायत याद आई जो मेरे पिता ने मुझे याद करवाई थी।

सारे जब्बार में, रौशनी आंखों को चकाचौंध कर देती है
क्योंकि आकाश में तीन बड़ी अग्नियां धधक रही हैं

देखो, दैत्या में अथ्रवन प्रार्थना करता है
और अनु लोग आसमान को टकटकी लगाए देखते हैं
वो चौथे को जानते हैं जो तीन से निकलता है
अर्थात सर्वकालिक सर्वशक्तिमान यस्न।

यही शब्द थे जो हमें यहां लाए थे। मैंने नोट किया कि इस रिवायत में तीन बड़ी आगों का ज़िक्र था और मुझे बहुत साल पहले सेसील से उनके बारे में बात करना याद आ गया। मैंने लिंडा से पूछा कि क्या उसे आगों के बारे में कुछ पता था।

'उन्हें पवित्रतम आग समझा जाता है,' लिंडा ने जवाब दिया, 'हालांकि वक़्त के साथ इन तीनों आगों के बारे में जानकारी खो गई है। मुझे पता है कि ज़ोरोस्टरवादी रिकॉर्ड तीन नाम बताते हैं: आज़र बुर्ज़ीन महर, आज़र फ़र्नबग़, आज़र गुशनस्प। लेकिन सवाल वहीं रहता है: तीन बड़ी आग क्यों थीं? और तीन ही क्यों? एक क्यों नहीं? या पांच? और क्या ये असल जगहें थीं, या काल्पनिक थीं? अगर वो असल थीं, तो क्या ये मुमकिन है कि तीनों आग कहीं और से आई हों, कुछ-कुछ ईरानशाह की तरह जिसे एक जगह से दूसरी जगह ले जाया गया था?'

'और ज़रथुष्ट्र का जन्मस्थान?' मैंने पूछा। 'क्या वो आग का मूल स्रोत हो सकता था?'

'हो सकता था,' लिंडा ने मनन किया, 'लेकिन हमें पक्का नहीं पता।'

'लेकिन अथ्रवन के संदर्भ का क्या?' मैंने पूछा। 'देखो, दैत्या में अथ्रवन प्रार्थना करता है...'

लिंडा ने अपने फ़ोन पर एक वैब पेज खोला। मोबाइल नेटवर्क *अच्छा नहीं था, लेकिन उसने मुझे एक आंशिक रूप से खुला पेज दिखाया।*

अवेस्ता 24.94:

हमारी जय हो! क्योंकि उसका जन्म हो गया है, अथ्रवन स्पितमा ज़रथुष्ट्र...

'इससे क्या पता लगता है?' मैंने पूछा।

'याद है, शुरू में तीन वेद थे—ऋग्वेद, यजुर्वेद, और सामवेद,' लिंडा ने उत्तर दिया। 'इन तीन में एक चौथा भी जोड़ा गया था, अथर्ववेद। "अथर" शब्द का अर्थ था आग—देवताओं को बलि पहुंचाने की मध्यस्थ। तो, अथ्रवन आग के रक्षक थे।'

'तुम कह रही हो अथरवनों ने अथर्ववेद का अध्ययन किया था?' मैंने हैरानी से पूछा।

'हां,' लिंडा ने कहा। 'संस्कृत में उन्हें एथरवन कहा गया था, अवेस्ता में उन्हें अथ्रवन कहा गया,' लिंडा रुकी। 'लेकिन क्या तुमने पांचवें वेद के बारे में कुछ सुना है?' उसने आख़िरकार पूछा।

'अभी तो तुमने कहा कि चार वेद हैं,' मैंने जवाब दिया। इस औरत की खोजों का कोई अंत नहीं था।

'कहा जाता है कि महाभारत के रचयिता व्यास ने अपने शिष्यों को चार वेद पढ़ाए थे, और पांचवां, गुप्त रूप से, अपने पुत्र को,' लिंडा ने कहा। 'अगर सच में बस चार ही वेद होते, तो पांचवें वेद का संदर्भ क्यों होता?'

'और पांचवां खो गया?' मैंने लिंडा से पूछा।

'समय में थोड़ा पीछे जाओ,' लिंडा ने उकसाया। 'चौथा वेद यक़ीनन अथर्ववेद था, लेकिन तब तक पितरयान और देवयान समूहों में विभाजन हो चुका था, पहले वाले असुरों की उपासना करते थे, और दूसरे देवों की। मेरी अपनी रिसर्च बताती है कि अथर्ववेद के दो भिन्न भाग थे—भृगु भाग और बृहस्पति भाग।'

'क्या तुम वही कह रही हो जो मैं समझ रहा हूं कि तुम कह रही हो?' मैंने अविश्वास से पूछा।

'हां,' लिंडा ने कहा। अगर मेरी पत्नी इतनी गंभीर विद्वान न होती, तो मैं कहता कि वो ये रहस्योद्घाटन करके बहुत ख़ुश दिख रही थी। 'ज़रथुष्ट्रियों की गाथाओं में अथर्ववेद का भृगु भाग है जिसे भारत ने गंवा दिया था। और जिसे अथर्ववेद कहा जाता है, वो बृहस्पति भाग है जिसे ईरान ने गंवा दिया था। अथर्ववेद एक नहीं दो ग्रंथ हैं!'

मेरे मन में धीरे-धीरे एक तस्वीर आकार लेने लगी थी। सप्त सिंधु क्षेत्र में प्राचीन वैदिक संस्कृति की; यम और मनु द्वारा विभाजित भूमि; दस राजाओं का युद्ध और देवों एवं असुरों के बीच फूट; भृगु और बृहस्पति के बीच प्रतिद्वंद्विता; अथर्ववेद का मंत्रोच्चार करने वाले सफ़ेद वस्त्रधारी अथ्रवन पुजारियों का उद्भव; अपने नूतन विचारों की अस्वीकार्यता के कारण अपना घर छोड़कर चला गया ज़रथुस्त्र नामक एक युवा पुजारी; पितृयान और देवयान के बीच अंतिम विभाजन; एक नए धर्म का उदय।

लेकिन अस्पष्ट क्षेत्र भी थे। क्या जरूथ नामक व्यक्ति वास्तव में ज़रथुष्ट्र रहे होंगे? क्या वो उस स्थान पर रहे होंगे जहां अभी हम जा रहे थे, रेहान बाग़? क्या गाथाएं पांचवां वेद हो सकती थीं? ये सब कुछ ज़्यादा... बहुत ज़्यादा... काल्पनिक लग रहा था।

119

फ़ारूक़ ने विनम्रता से रियरव्यू मिरर को संबोधित करते हुए कहा कि रेहान बाग़ बस आधा घंटा दूर था। 'साहब, आपको सोपोर ज़िले में बोमई जाने पर भी सोचना चाहिए,' उसने झिझकते हुए सुझाया। 'रेहान बाग़ में तो देखने को ज़्यादा कुछ नहीं है।'

'क्यों?' मैंने पूछा। 'बोमई में क्या ख़ासियत है?'

'शिलाचित्र,' फ़ारूक़ ने जवाब दिया। 'हज़ारों साल पुराने।'

'फिर किसी वक़्त,' मैंने कहा। 'अभी तो, पहले रेहान बाग़

जाना है।'

लिंडा की ओर मुड़कर मैंने कहा, 'वैसे देखा जाए तो, हम रेहान बाग़ में करेंगे क्या? वो बस छह सौ लोगों का एक गांव है। हम शुरू भी कहां से करेंगे?'

फ़ारूक़ अब शीशे में मुझे देख रहा था। 'साहब, गांव में एक बुज़ुर्ग ज्ञानी हैं। वो बहुत बूढ़े हैं और उन्हें बहुत जानकारी है। मैं आपको उनके पास ले जा सकता हूं।'

'वो कौन हैं?' मैंने पूछा, मैं सोच रहा था कि कहीं मैंने अपनी क़िस्मत ऐसे किसी मीठा बोलने वाले, चालाक टूर गाइड के हाथ में तो नहीं सौंप दी जिनकी बदमाशों के साथ सांठगांठ होती है।

'सबसे पुराने निवासियों में से एक हैं,' फ़ारूक़ ने कहा। 'किसी को नहीं पता वो कब से रह रहे हैं। लोग उन्हें "शेख़" या "बाबा" कहते हैं क्योंकि वो बहुत ज्ञानी हैं। उनका नाम बाबा मलिक है।'

हमारा कुछ जा तो रहा नहीं था। ये किसी भी दूसरी तरह की पूछताछ करने जितना ही अच्छा रहता। 'ठीक है,' मैं सहमत हो गया। 'उनसे मिलने चलते हैं।'

कुछ मिनट बाद, हम एक छोटे से घर के बाहर रुके। वो बेतरतीब कटे पत्थरों से बना था जिन्हें एक के ऊपर एक लगाकर मिट्टी से लेप दिया गया था। ढलवां छत देवदार की लकड़ी से बनी थी, जैसी इस इलाक़े में ज़्यादातर घरों की थी।

हम हिचकिचाते हुए घर में गए। मुख्य कमरे में बहुत गोरे रंग के एक ख़ूबसूरत व्यक्ति क़ालीन पर बैठे थे। वो पूरी तरह सफ़ेद कपड़े पहने थे और उनके सिर पर फ़क़ीरों की तरह सफ़ेद कपड़ा लिपटा हुआ था। फ़ारूक़ श्रद्धा से उनके सामने झुका और उसने हमारा परिचय दिया। हालांकि फ़ारूक़ ने हमें तौर-तरीक़ों के बारे में नहीं बताया था, लेकिन लिंडा और मैंने नमस्ते में हाथ जोड़ दिए। अपने सीधे हाथ की उंगलियों को अपने चेहरे तक ले जाकर और लगभग माथे से लगाते हुए उन्होंने हमारे अभिवादन का जवाब आदाब-सलाम से दिया।

मैं उलझन में था। फ़ारूक़ ने कहा था कि बाबा मलिक बुज़ुर्ग थे, गांव के किसी भी शख़्स से ज़्यादा उम्रदराज़। लेकिन मुझे वो चालीस साल से ज़्यादा के नहीं लग रहे थे। उनके चेहरे पर युवाओं की सी कांति थी। उनका शारीरिक डीलडौल भी हृष्ट-पुष्ट था, किसी फ़क़ीर की अपेक्षा पहलवानों जैसा। उनके पास ही तांबे का एक पात्र था जिसमें से धूप का सुगंधित धुआं निकल रहा था।

बाबा मुस्कुराए। 'मैं जानता हूं तुम क्या तलाश रहे हो,' हम उनके सामने आलती-पालती मारकर बैठे तो उन्होंने कहा। 'ये तुम्हारे चारों ओर सब जगह है, लेकिन तुम इसे पहचान नहीं पा रहे हो।'

लिंडा ने सीधे उनके चेहरे को देखा। 'फ़ारूक़ ने कहा था कि आप कश्मीर के सबसे बुज़ुर्ग लोगों में से हैं,' उसने लगभग शिकायती लहजे में कहा, 'लेकिन आप तो शुरुआती अधेड़ उम्र के लगते हैं!' बाबा ख़ुश दिखे। 'उम्र तो बस एक संख्या है,' उन्होंने रहस्यमय तरीक़े से कहा। 'लेकिन तुम लोग यहां मेरी उम्र के बारे में तो जानने नहीं आए हो।'

'हमें अपने बारे में कुछ बताइए, बाबा,' अपनी ज़रूरत को ज़ाहिर न करने की कोशिश करते हुए मैंने उनसे निवेदन किया। अगर यहां कुछ बात नहीं बनी, तो शायद रेहान बाग़ में ऐसा कुछ नहीं होगा जिससे हमें कुछ मदद मिल सके, और हमें अपनी अंधी दौड़ से कुछ भी हासिल किए बिना घर लौटना पड़ेगा। ख़ुद अपने लिए भी कुछ पाए बिना।

'लोग मुझे बाबा मलिक कहते हैं,' उन्होंने विनम्रतापूर्वक कहा। 'अनेक पीढ़ी पहले, कश्मीर के मुस्लिम शासकों ने मेरे परिवार को इस्लाम में अंतरित करवा दिया था। क्या तुम मेरे नाम से अंदाज़ा नहीं लगा सकते कि मैं कौन हूं?'

मैं तो इसमें माहिर नहीं था, लेकिन लिंडा अपने खेल में पारंगत थी। 'मलिक का मतलब है "स्वामी,"' उसने संकेत पाकर कहा। 'इसका मतलब है कि आपके हिंदू पूर्वजों का भी कुछ ऐसा नाम होगा जिसका यही अर्थ होगा।'

इस बार बाबा ज़ोर से हंसे। 'बहुत अच्छा तर्क है,' उन्होंने तारीफ़ करते हुए कहा। 'आगे कहो।'

'स्वामी शब्द के लिए हिंदू ग्रंथों में बहुत सारे शब्द हैं,' लिंडा ने आगे कहा। 'लेकिन उनमें से एक अलग दिखता है।'

'और वो है?'

'भृगु, मतलब "प्राणियों के स्वामी।" ब्रह्मा का एक और नाम। और साथ ही महर्षि भृगु का नाम भी।'

बाबा की आंखें चमकने लगीं। 'क़रीब पहुंच रही हो,' उन्होंने कहा।

'भृगु के शिष्यों को भार्गव कहा जाता था,' लिंडा ने आगे कहा। 'मैं शर्त लगाने को तैयार हूं कि आपके परिवार का उपनाम भार्गव था। इस्लाम में धर्मांतरित होने पर उन्होंने मलिक नाम अपना लिया होगा।'

'बहुत ख़ूब!' बाबा मलिक ने ख़ुशी से कहा। उन्होंने मुझे देखा और कहा, 'तुम्हारी पत्नी वाक़ई ज़हीन है।' मैंने विनम्रता से हामी भरी। सब लोग जानते थे कि लिंडा मुझसे कहीं ज़्यादा ज़हीन थी।

'अब जब तुम जान गए हो कि मैं कौन हूं, तो क्यों न तुम मुझे अपने बारे में बताओ?' बाबा मलिक ने उचित रूप से पूछा।

मैंने बाबा को अपनी कहानी सुना दी। उनके बारे में कुछ इतना आश्वस्ति भरा था कि मुझे खुलना सहज लगा। मैंने सभी बिंदुओं को कवर कर लिया था: कि मैं एक पारसी के रूप में जन्मा था; कैसे मेरा परिवार दस्तूरों के एक वंश का था; वो मिट्टी का बक्सा जो मुझे सुरक्षित रखने के लिए दिया गया था; कैसे मैंने उसका उपयोग मानवजाति की मदद करने वाले फ़ॉर्मूला को बनाने की कोशिश में किया था; मेरा अपहरण और बचकर भागना; आग में उस बक्से और उसमें रखी सामग्री को गंवाना—मैंने यथासंभव सारा ब्योरा देने का प्रयास किया।

'और तुम्हें लगता है कि उस सामग्री का स्रोत रेहान बाग़ में है?' बाबा मलिक ने पूछा।

मैंने हामी भरी। 'हमने सारे बिंदुओं को जोड़ने की कोशिश की है,' मैंने कहा। 'और ऐसा लगता है कि ये जगह वास्तव में राजिश है, जिसे जब्बार पर्वत के पास बताया गया है। ये गांव उरनी जब्बार पर्वत की तलहटी में है, इस स्थिति में, ये सहज ही ज़रथुष्ट्र का जन्मस्थान हो सकता है।'

'मान लेते हैं कि तुम सही हो,' बाबा मलिक ने कहा। 'लेकिन क्या इससे तुम्हें ये भी पता लगता है कि उस सामग्री का स्रोत भी यहां है, जिसे तुम हमज़ा ड्यूरा कह रहे हो?'

मैंने अपना सिर हिला दिया। 'नहीं,' मैंने जवाब दिया, 'लेकिन अगर अनेकों घातक बीमारियों से मानवजाति को ख़त्म होने से बचाने की कोई उम्मीद है, तो वो हमज़ा ड्यूरा में ही है।'

बाबा मलिक ने हामी भरी। 'अगर ऐसा है तब तो हमें बोमई जाना होगा,' उन्होंने क़ालीन से उठते हुए कहा। मैं जानता था इस स्फ़िंक्स जैसे व्यक्ति से वजह पूछना बेमानी था।

120

हम फ़ारूक़ की कार में बैठे और बोमई के लिए चल दिए। बाबा मलिक आगे बैठे थे, वहां पहुंचने तक उन्होंने किसी भी सवाल का जवाब देने से इंकार कर दिया था। रास्ते में मागम, पट्टन, सोपोर पार करते हुए वहां पहुंचने में हमें क़रीब डेढ़ घंटा लगा। ये ख़ुशक़िस्मती थी कि रेहान बाग़ और बोमई दोनों ही 'नियंत्रण रेखा' के भारतीय हिस्से में पड़ते थे, जो अधिकृत रूप से भारतीय सेना को पाकिस्तानी सेना से अलग करती थी। मैंने अपनी जैकेट कस ली। शाम की बर्फ़ीली ठंडक कार में घुसी जा रही थी, लेकिन बाबा मलिक इसकी ओर से बेपरवाह थे।

आख़िरकार हम रुके और कार से उतरे, छोटा सा ब्रेक लेकर हमने अपने हाथ-पैर खोले और चिनार के पेड़ों की हवा अपने अंदर भरी। बाबा मलिक ने इशारा किया, और हम उनके पीछे-पीछे एक

पठार के उत्तर-पश्चिमी छोर की ओर गए, जहां से भारत की सबसे बड़ी झील वुलर दिखाई देती थी।

उन्होंने आख़िरकार हमें रुकने का संकेत किया, और हमने देखा कि वो कुछ इशारा कर रहे थे। ये लगभग एक वर्ग मीटर आकार का एक विशिष्ट शिलाचित्र था। चट्टान की सतह पर संकेंद्रित वृत्तों की एक श्रृंखला उकेरी गई थी।

'हम क्या देख रहे हैं?' मैंने पूछा।

'ये शिलाचित्र उत्तर पुरापाषाण काल में बनाए गए थे,' बाबा ने जवाब दिया।

'यानी छह हज़ार से बीस हज़ार साल पहले के बीच में?' लिंडा ने सवाल किया।

'हां,' बाबा ने जवाब दिया। 'और ये ऐसे ही कुछ नहीं हैं, जैसा शायद तुम्हारे पति को लग रहा है।'

उन्होंने मेरे चेहरे के भाव पढ़ लिए थे। मुझे बस एक उत्कीर्ण सतह पर फैले कुछेक गोले दिख रहे थे और मैं उलझन में था कि वो हमें यहां क्यों लेकर आए थे। मैं सोचने लगा था कि बाबा सनकी थे।

'ये एक बड़ी खगोलीय घटना को दर्शाते हैं जो उस काल में हुई होगी,' बाबा ने बताया। 'जिन लोगों ने उस घटना को देखा होगा, वो इसे दर्ज करना चाहते होंगे।'

'और वो घटना क्या थी?' मैंने पूछा। मुझे मेरी औक़ात याद दिला दी गई थी।

'एक उल्का जो पृथ्वी के वायुमंडल में प्रवेश करते ही कई खंडों में बिखर गया था,' बाबा ने जवाब दिया। लिंडा और मैं दोनों चुप हो गए। मुझे अब समझ में आ गया था कि बाबा मलिक हमें यहां क्यों लाए थे।

बाबा ने समझाया, 'अदक्ष आंखों को उल्का आकाश से गिरते आग के निशान की तरह दिखता है। लेकिन जब कोई उल्कापिंड पृथ्वी से टकराता है तो वो सतह को तोड़ देता है। ये टूटन अक्सर

संकेंद्रित वृत्तों के रूप में होते हैं। ये चित्र बस यही दर्शाते हैं।'

'लेकिन कश्मीर में उल्काओं के टकराने का कोई ज्ञात स्थान नहीं है,' मैंने तर्क दिया।

'ऐसा इसलिए है कि उनसे जो गड्ढे बने थे, वो अंततः पानी से भर गए,' बाबा मलिक ने उत्तर दिया। 'ये वुलर झील जो तुम देख रहे हो, उन्हीं में से एक थी। अन्यों में श्रीनगर की डल झील और मानसबल झील भी थीं।'

बाबा मलिक उस पर वापस आए, जिस पर हमारा ध्यान था। 'यहां के चित्रों के आधार पर,' वो अपने सबक़ पर आगे बढ़े, 'हम सुरक्षित रूप से मान सकते हैं कि उल्का उत्तर-पश्चिम से इलाक़े में आया और दक्षिण-पूर्व दिशा में गिरा होगा,' उन्होंने कहा। 'इस चित्र में तीन वृत्त हैं जो एक रेखा में हैं, और उनके आकार अलग-अलग हैं—इससे पता लगता है कि वो खंड अलग-अलग आकार के थे। लेकिन वो झील के स्थानों का अनुमान देते हैं।'

'उल्का के तीन खंड,' मैं बड़बड़ाया। 'तीन झीलें... तीन बड़ी आग!'

सारे जब्बार में, रौशनी आंखों को चकाचौंध कर देती है
क्योंकि आकाश में तीन बड़ी अग्नियां धधक रही हैं
देखो, दैत्या में अथ्रवन प्रार्थना करता है
और अनु लोग आसमान को टकटकी लगाए देखते हैं
वो चौथे को जानते हैं जो तीन से निकलता है
अर्थात सर्वकालिक सर्वशक्तिमान यस्न।

'यानी, जब्बार उरनी जब्बार पर्वत है,' मैंने धीरे से कहा। 'तीन बड़ी आग वो उल्कापिंड हैं जो ज़रथुष्ट्र से हज़ारों साल पहले गिरे होंगे। अथ्रवन भृगु के अनुयायी थे। दैत्या दीती, या झेलम थी। लेकिन अनु लोगों वाली बात है...'

'आर्यानिमवैजा को "अनु-वर्षते" भी कहते हैं, जिसका अर्थ

है "अनु लोगों का देश,"' लिंडा बोल पड़ी। 'अनु जनजाति को अक्सर अण्व कहा जाता था, और वो कश्मीर में रहते थे। कश्मीर के पहलगाम इलाक़े में अनु लोगों के नाम पर रखा गया एक गांव ऐनु ब्राई है।'

बाबा मलिक लिंडा और मुझसे ख़ुश दिखाई दिए, जैसे कोई स्कूली टीचर अपने दो छोटे शिष्यों को सामान्य से अधिक तेज़ पाकर होती होगी। 'मैं अनु हूं,' उन्होंने हमारे सामने राज़ खोला। 'सारे अनु अथ्रवन थे। इसलिए हम न केवल अथर्ववेद के बृहस्पति भाग से परिचित थे, बल्कि भृगु भाग को भी जानते थे जो गाथा बना।'

'और इसकी भी कोई वजह रही होगी कि ज़रथुष्ट्र ने और कहीं न जाकर बल्ख़ में विष्तस्प के दरबार में जाने का फ़ैसला किया,' लिंडा ने कहा। 'अनु जनजाति का प्रभुत्व केवल कश्मीर में ही नहीं था, बल्कि उन्होंने बैक्ट्रिया पर भी अधिकार किया था।'

'और इस संदर्भ "वो चौथे को जानते हैं जो तीन से निकलता है" का क्या?' मैंने पूछा। 'इसका क्या मतलब है?'

बाबा मलिक के पास जवाब था। 'जब पूर्व के तीन ज्ञानी राजा—मागी—शिशु जीज़स को आशीर्वाद देने गए थे, तो वो अपने साथ भेंट में सोना, लोबान और गंधरस ले गए थे। लोबान एक धूप था और इस प्रकार देवत्व का प्रतीक था; सोना राजशाही दर्शाता था; और गंधरस—जो अंत्येष्टि संस्कार में प्रयोग किया जाता है—मृत्यु का प्रतीक था। किंतु वो गुप्त रूप से एक चौथा उपहार भी लेकर गए थे, जो किसी और को कभी नहीं दिया गया था। वो इतना शक्तिशाली था कि उसने ईसा मसीह को पुनर्जीवित कर दिया था। उसने ज़रथुष्ट्र को विष्तस्प के घोड़े को ठीक करने दिया था। वो चौथा उपहार ही वो तत्व है जिसे अब तुम खोज रहे हो। इसके नतीजे में "श्वेतमा" या "स्पितमा" नाम मेरे लोगों के साथ जुड़ गया, उस सफ़ेद पाउडर की वजह से जो एक उल्कापिंड से हमें मिला था। हमने रहस्य को सुरक्षित रखने के लिए कड़ी मेहनत की। महान सासानी राजा ख़ुसरो ने भी इसे हमसे हासिल करने की कोशिश की थी, लेकिन सफल

नहीं हुआ।'

'और उसने किस तरह कोशिश की थी?' मैंने पूछा।

'ख़ुसरो के राज में गुंदीशापूर की अकादमी दुनिया में शिक्षा का सबसे अहम केंद्र बन गई थी,' बाबा मलिक ने जवाब दिया। 'ख़ुसरो ने फ़ारसी हकीम बुरज़ूया को उस तत्व की खोज में कश्मीर भेजा था।'

'फिर?' लिंडा ने पूछा।

'वो मेरे एक पूर्वज से मिला था,' बाबा मलिक ने जवाब दिया। 'भार्गव नाम के एक ऋषि। मेरे पूर्वज ने बुरज़ूया को समझाया कि मृतकों को ज़िंदा करना व्यर्थ है लेकिन बुद्धिमानी भरा जीवन वास्तविक अमरता लाता है। उन्होंने बुरज़ूया को संस्कृत की एक किताब फ़ाइव ट्रीटाइज़ेज़—या पंचतंत्र दी, जैसा कि तुमने हाल में जान लिया है। बुरज़ूया के हाथ वो तत्व कभी नहीं लग पाया लेकिन वो फ़ारस लौटा और उसने उस किताब का पहलवी में अनुवाद किया। पंचतंत्र का जो संस्करण भार्गव ने बुरज़ूया को प्रदान किया था, उसमें उस तत्व के स्रोत का एक संदर्भ था। वो तुम्हारे उस अनुच्छेद में था,' उन्होंने आदर में अपना सिर झुकाया।

'अब जब हम जानते हैं कि तीन बड़ी आगों से तीन झीलें बनी थीं, तो क्या ये मुमकिन है कि जो तत्व हम खोज रहे हैं, वो उन झीलों में हो सकता है?' मैंने पूछा।

'हिंदू वृतांतों में भी तीन बड़ी अग्नियां आती हैं,' बाबा मलिक ने कहा। 'त्रेताग्नि शब्द का अर्थ है "तीन अग्नियां।" उनके नाम हैं गार्हपत्याग्नि, दक्षिणाग्नि और आहवनीयाग्नि, जो पिता, माता और गुरु की प्रतीक हैं। कोई हैरानी नहीं कि ज़रथुष्ट्र ने अपने द्वारा प्रतिपादित नए धर्म में भी इस परंपरा को अपनाया।'

'लेकिन क्या वो तत्व झीलों में हो सकता है?' मैंने फिर से पूछा।

'वो है,' बाबा मलिक ने यक़ीन के साथ कहा। 'मज़े की बात ये है कि मेरे वंश की हिंदू शाखा और उनके वंशज—विजय भार्गव

समेत—इसे खोजने के लिए एड़ियां घिस रहे हैं, जबकि ये यहीं उनकी नाक के नीचे मौजूद है। श्रीनगर में हमारे यहां एक झरना है जिसे चश्मे-शाही कहते हैं। झरने के शहद जैसे मीठे पानी की उपचारात्मक शक्तियों के कारण दुनिया भर से लोग वहां आते हैं। उस पानी में खनिज तत्व घुले हुए हैं जिनका मूल उल्का का था। मैं अपने मरीज़ों को नियमित रूप से कश्मीर के पानी की सलाह देता हूं। तुम्हारे सवाल का जवाब देने के लिए: अगर तुम इन झीलों में गहरा खोदो, तो वो चमत्कारिक इलाज पा सकोगे जो तुम तलाश रहे हो। लेकिन पहले तुम्हें बहुत गहराई में खोदना होगा।'

लिंडा और मैं उनके शब्दों की अहमियत को जज़्ब करते हुए चुप रहे। फिर लिंडा बोली, 'और इसलिए, अनु लोग अपने यज्ञों—या यस्नों—की आग में एक सफ़ेद पाउडर जैसा तत्व डालते थे, ये जानते हुए कि धुएं में उपचारात्मक गुण होते हैं,' लिंडा ने कहा। 'ये शायद पारसियों की सामान्यतः लंबी उम्र को स्पष्ट करता है।'

'जब आज़र बुर्ज़ीन महर, आज़र फ़र्नबग़, आज़र गुशनस्प जैसे स्थानों पर आग को पवित्र किया जा रहा होगा तो वहां इस तत्व को ले जाया गया होगा,' मैंने कहा। 'लेकिन मूल तत्व का एक छोटा सा भाग नई आगों के लिए पीढ़ी दर पीढ़ी सौंपा जाता रहा होगा, जिन्हें पवित्र करने की आवश्यकता होती होगी—जैसे संजान में। और ये देखते हुए कि ज़रथुष्ट्र स्वयं एक विद्रोही थे, वो चाहते थे कि इस तत्व को उनके जैसे ही किसी विद्रोही व्यक्ति के संरक्षण में रखा जाए। आख़िरकार ये अथ्रवन स्टार था।'

हम दूर तक फैली वुलर लेक को देखते रहे, अंदाज़ा लगाते हुए कि इसके तल में कितने राज़ दफ़्न होंगे। मैं जानता था कि मुझे अपनी खोज नए सिरे से शुरू करनी होगी। लेकिन मैं ये भी जानता था कि मुझे मिट्टी के उस बक्से का दायित्व इसीलिए सौंपा गया था कि मैं परिवार का विद्रोही था।

ज़रथुष्ट्र जानते होंगे कि ये दिन आएगा।

उपसंहार

जब उस व्यक्ति ने लेक्टर्न से अपना भाषण ख़त्म किया तब तक रंगीन कांच की खिड़कियों से आती रौशनी मद्धम पड़ चुकी थी। उसके लैक्चर के दौरान कई मौक़ों पर तालियां बज उठी थीं। उसने उत्साह से बजती तालियों की ओर से ध्यान हटाया और अपने कफ़लिंक्स को देखने लगा जिन पर ज़ोरोस्टरवादी फ़रवहर के सोने के छोटे-छोटे प्रतीक बने हुए थे।

'भारतीय गुरुओं ने हमेशा कहा है कि सच्चा ज्ञान ये जानने में निहित है कि हम कुछ नहीं जानते। मैं ब्रह्मांड का आभारी हूं कि उसने मुझे ये सिखाया है। मैं आज आपके सामने एक ऐसे व्यक्ति के रूप में गर्व से खड़ा हूं जो कुछ नहीं जानता। और मैं अपने दोस्त जिम दस्तूर के लिए जाम उठाता हूं जो अब जीवित नहीं है। वो जिम कब का जा चुका है और आपके सामने जो जिम खड़ा है, वो वो है जिसने अपना प्याला ख़ाली कर दिया है।'

उसकी आंखें पहली पंक्ति में बैठी एक स्त्री पर टिक गईं। राजनेताओं, बिज़नेसमेन और अधिकारियों की भीड़ में से उसे

अलग करते हुए वो उसे देखकर मुस्कुराया। 'जी हां, विज्ञान और फ़िलॉसफ़ी आपस में गुथे हुए हैं। आख़िरकार, आज आप मेरे सामने बैठी जिस महिला—मेरी अपनी फ़िलॉसफ़र—को देख रहे हैं उन्होंने हमेशा अपना नन्हे से वजूद से मेरा साथ दिया है—एक साधारण से वैज्ञानिक का।'

केटरिंग प्राइज़ विजेता ने दोस्ताना हंसी के रुकने का इंतज़ार किया। 'आज आप विज्ञान के क्षेत्र में मेरी उपलब्धियों के लिए मेरा सम्मान कर रहे हैं। लेकिन, अगर मेरी पत्नी लिंडा न होतीं, तो ये सब कुछ फलदायी न होता,' उसने सामने की पंक्ति में बैठी ख़ूबसूरत महिला को देखते हुए कहना जारी रखा। वो उसकी हमउम्र थी, लेकिन कहीं कम की लगती थी। उसकी नीली आंखें एकदम शुभ्र थीं, गालों के गड्ढे यौवन से भरपूर थे, और नर्म ब्लौंड बाल जो उसके चेहरे पर लहरों की शक्ल में गिर रहे थे, उन्होंने अपनी पहले वाली चमक नहीं खोई थी। उसने आडंबरहीन आत्मविश्वास के साथ हैमर्ड सैटिन ड्रेप ड्रैस पहनी हुई थी जिसे हर कोई इतनी दक्षता से कैरी नहीं कर सकता था। अब वो थोड़ी लजा रही थी, इतनी सारी गर्दनों के अपनी ओर घूम जाने से झेंपती सी, मगर उसने अपने पति की सीधी और प्रशंसा भरी निगाहों से निगाह नहीं बचाई। *आज का दिन तुम्हारा है, मेरा नहीं!* उसने मन ही मन अपने पति को झिड़का। *लेकिन हां, माई डार्लिंग, हमने एक बहुत लंबा सफ़र साथ तय किया है।*

उसके पास ही रेहान बाग़ से आए एक ख़ूबसूरत और ख़ास मेहमान बैठे थे, जिन्होंने अपने हमेशा वाले फ़क़ीर के लिबास को किसी हद तक कैज़ुअल कॉलेज के डॉन के लिबास से बदल लिया था—जींस के ऊपर ट्वीड की जैकेट—और जो ऐसे शख़्स की तरह फ़िटनेस बिखेर रहे थे जो रोज़ वरज़िश करता हो।

जिम स्टेज से नीचे उतरा और उसने दर्शकों में कई सदस्यों से हाथ मिलाया। अपने व्याख्यान के अंत की ओर, जब उसने उन पलों को याद किया जब वो अपनी खोज छोड़ देने के लिए तैयार हो गया

था, तो उसकी आंखों में आंसू आ गए। कुछ मिनट बाद उसने लिंडा को देखा। वो भीड़ से जल्दी निकल लेना चाहता था। उधर, लिंडा ने बाबा को कोहनी से टहोका।

जिम, लिंडा और बाबा मलिक ऑक्सफ़ोर्ड के शानदार हॉल से निकले और द ईगल एंड चाइल्ड में एक टेबल पर बैठ गए, जोकि 1650 से चला आ रहा एक पब था। वो बाद के दशकों में भी सी.एस. लुइस और जे.आर.आर. टोल्किन जैसी शख़्सियतों का नियमित अड्डा रहा था। 'यहां आने के लिए राज़ी होने के लिए शुक्रिया,' जिम ने बाबा मलिक से कहा। 'आपकी और लिंडा की मौजूदगी के बिना मैं ये लेक्चर देने की कल्पना भी नहीं कर सकता था।'

'मुझे आकर ख़ुशी हुई,' बाबा मलिक ने कहा। 'लेकिन ये कपड़े बहुत तकलीफ़देह हैं। मैं तो घर वाला अपना हमेशा वाला लिबास ही ज़्यादा पसंद करूंगा।' वो हंस पड़े। एक वेट्रेस उनका ऑर्डर ले आई थी—बाबा के लिए अल्कोहल नहीं! वो अपनी दार्जीलिंग चाय से संतुष्ट थे।

'मुझे अभी भी ये विश्वास करना मुश्किल लग रहा है कि हम वुलर, डल और मानसबल झीलों से हमज़ा ड्यूरा की असीमित सप्लाई पा सके,' जिम ने कहा। 'उस छोटे से मिट्टी के बक्से की सामग्री को बचाए रखने की हमने कितनी शिद्दत से कोशिशें की थीं! और हम ऐसी किसी चीज़ को पाने को लेकर कितने निराश हो गए थे!'

'ये अजीब था, है ना,' अब बाबा ने याद किया, 'भार्गव ने इसे वापस कश्मीर लाने के लिए कितनी जद्दोजहद की थी, जबकि ये सारे समय वहीं उसकी नाक के नीचे मौजूद था!' उन्होंने गंभीरता से आगे जोड़ा, 'पीढ़ियों पहले इस्लाम में धर्मांतरित होने के लिए उसका परिवार अभी भी मेरे पूर्वजों से नाराज़ है। लेकिन इसका मतलब ये नहीं है कि मैं अपनी अथ्रवन जड़ों को भूल गया हूं।'

'वैसे आजकल वो दोनों षड्यंत्रकारी कहां हैं?' लिंडा ने पूछा।

वो भार्गव और अब्बासी की बात कर रही थी।

'पता लगा कि भागर्व कश्मीर में इस्लामी अलगाववादियों से मिला हुआ था,' जिम ने जवाब दिया। 'यही वजह थी कि वो श्रीनगर में रह पाया था जबकि ज़्यादातर कश्मीरी पंडित परिवारों को भागना पड़ा था। हमारे भारतीय पीएम ने उसका बोरिया-बिस्तर बांधकर उसे अल्जीरिया में एक मुश्किल पोस्टिंग पर भेज दिया है।'

'और अब्बासी?' लिंडा ने पूछा।

'लोधी होटल में उसी दिन से ग़ायब है,' जिम ने कहा। 'सुना है कि वो रूस में कहीं है। वो ईरान वापस जा नहीं सकता, और अब इज़रायल भी नहीं जा सकता, बेचारा। मेरी बहन आवान ने एनएसए बी.के. सिंह को अपने विश्वास में ले लिया था। उसने उन्हें बताया था कि अब्बासी भार्गव के साथ काम कर रहा है।'

'लेकिन बीके और अब्बासी तो दोस्त थे,' लिंडा ने कहा।

'सच है,' जिम ने जवाब दिया। 'शायद यही वजह थी कि अब्बासी को भारत से जाने दिया गया। लेकिन वो वांटेड है और, मुझे बताने की ज़रूरत नहीं है, मोसाद अपने बंदे को हमेशा पकड़ लेता है। मगर फिर भी, मैं हमेशा उसका शुक्रगुज़ार रहूंगा, क्योंकि उसने एक से ज़्यादा बार हमारी जान बचाई थी—अपनी जान पर खेलकर।'

बातचीत में एक गंभीर ठहराव आ गया था। जिम ने अपनी बीयर का एक घूंट भरा और पब में बैठे लोगों को देखने लगा। माहौल में, बहुत मुखरता से व्यक्त, आनंद भरा था।

'हंसी,' लिंडा ने अपनी वाइन का सिप लेते हुए कहा, 'शायद सबसे अच्छी औषधि है।'

'और तन, मन और आत्मा के लिए स्वस्थ सम्मान,' जिम ने कहा।

'मगर एक बात याद रखना, बेटे,' बाबा मलिक ने कहा। 'तुम आध्यात्मिक अनुभव करने वाले सांसारिक जीव नहीं हो। अपने

दिमाग़ में इस धारणा को ले आओ—तुम एक आध्यात्मिक व्यक्ति हो जो सांसारिक अनुभव पा रहा है। अगर तुम चाहते हो कि वो तत्व अपना असर दिखाए, तो तुम्हें इसके लिए एक शुद्ध शरीर और शुद्ध आत्मा लानी होगी। जैसा कि भारतीय गुरुओं ने हमेशा कहा है—दवा और दुआ। अथरवनों ने इसे समझा था। इसीलिए उन्होंने पवित्र अग्नि पर अपनी प्रार्थनाओं में इसे शामिल किया था।'

'लेकिन वो तो महज़ एक रिचुअल है,' जिम ने तर्क दिया।

'"रिचुअल" शब्द भी "स्पिरिचुअल" का ही हिस्सा है,' बाबा मलिक का प्रत्युत्तर था। 'अगर तुम समर्पण से कोई रिचुअल करो, तो वो स्पिरिचुअल हो जाता है। तुम्हारी पत्नी जानती होंगी—वर्ना वो तुम्हारी सार्वभौमिक दवा के लिए वो नाम नहीं सुझातीं।'

'मैं समझा नहीं,' जिम ने कहा।

लिंडा बहुत आत्मतुष्ट दिख रही थी। बाबा मलिक और वो कुछ ऐसा जानते थे जो जिम नहीं जानता था—कम से कम फ़िलहाल।

बाबा मलिक ने सरलता से कहा, 'हमज़ा ड्यूरा अहुरा मज़्दा का विपर्यय मात्र है। पूरे उपचार के लिए, दोनों की ज़रूरत होती है—पदार्थ और आत्मा—हमज़ा ड्यूरा और अहुरा मज़्दा।'

संदर्भ

भारत सीरीज़ की पुस्तकें कुछ तथ्यात्मक तत्वों पर आधारित काल्पनिक कथाएं होती हैं। पाठक अक्सर मुझसे पूछते हैं, 'आपकी पुस्तक में कितना सच है और कितनी कल्पना है? कौन से भाग काल्पनिक हैं और कौन से भाग तथ्यात्मक हैं?' इस पर मैं कहता हूं कि मेरे पाठकों को पूरे उपन्यास को विशुद्ध कल्पना मानना चाहिए। लेकिन उन लोगों के लिए जो और ज़्यादा जानने में रुचि रखते हैं, मैं हमेशा उन पुस्तकों, पेपर्स, जर्नल्स, वीडियोज़ और वेबसाइटों की एक व्यापक सूची प्रदान करता हूं जिनका उपयोग मैं अपनी काल्पनिक कहानी को विकसित करते समय करता हूं। इनमें से कुछ स्रोत ऐसे विचार भी व्यक्त कर सकते हैं जो कहानी के विपरीत हों। भारत सीरीज़ में किसी भी पुस्तक का विचार और अधिक गहन खोज के लिए एक प्रारंभिक बिंदु प्रदान करना होता है। मुझे उम्मीद है कि मेरे पाठक आगे पढ़ने और जानने के लिए स्रोतों की इस सूची का उपयोग करेंगे।

पुस्तकें

- *एलेक्ज़ेंडर द ग्रेट,* फ़िलिप फ्रीमैन, साइमन एंड शूस्टर, 2011
- *गॉड्स, डीमंस एंड सिंबल्स ऑफ़ एंशिएंट मैसोपोटामिया: एन इलस्ट्रेटेड डिक्शनरी,* जेरेमी ब्लैक एंड एंथनी ग्रीन, यूनिवर्सिटी ऑफ़ टैक्सस प्रेस, 1992
- *इन सर्च ऑफ़ ज़रथुष्ट्र: एक्रॉस ईरान एंड सेंट्रल एशिया टू फ़ाइंड द वर्ल्ड'स फ़र्स्ट प्रॉफ़ेट, पॉल क्रीवाज़ेक, आरएचयूएस, 2014*
- *मैजिशियंस ऑफ़ द गॉड्स: द फ़ॉरगॉटेन विज़डम ऑफ़ अर्थ'स लॉस्ट सिविलाइज़ेशन,* ग्राहम हैंकॉक, कोरोनेट, 2016
- *मिस्ट्रीज़ ऑफ़ द एंशिएंट वैदिक एंपायर: रिकग्नाइज़िंग वैदिक कंट्रीब्यूशंस टू अदर कल्चर्स अराउंड द वर्ल्ड,* स्टीफ़न नैप, क्रिएटस्पेस इंडिपेंडेंट, 2015
- *ओरिजनल मैजिक: दि रिचुअल्स एंड इनिशिएशंस ऑफ़ द पर्शियन मागी,* स्टीफ़न फ़्लॉवर्स, इनर ट्रैडीशंस, 2017
- *द हिस्ट्री ऑफ़ द एंशिंएट वर्ल्ड: फ्रॉम द अर्लिएस्ट अकाउंट्स टू द फ़ॉल ऑफ़ रोम,* सूज़न वाइज़ बॉअर, डब्ल्यू. डब्ल्यू नॉर्टन एंड कंपनी, 2007
- *द टाटाज़, फ्रैडी मर्करी एंड अदर बावाज़: एन इंटीमेट हिस्ट्री ऑफ़ द पार्सीज़,* कूमी कपूर, वैस्टलैंड, 2021
- *द ट्रैवल्स ऑफ़ मार्को पोलो,* मार्को पोलो, पीकॉक बुक्स, 2017
- *द ज़ोरोस्ट्रियन फ़्लेम: एक्स्प्लोरिंग रिलीजन, हिस्ट्री एंड ट्रेडीशन,* एलन विलियम्स, आल्मुत हिंत्ज़, सैरा स्टीवर्ट, आई.बी. टॉरिस, 2016
- *दस स्पोक ज़रथुष्ट्र,* फ्रेडरिक नीत्शे, क्रिएटस्पेस इंडिपेंडेंट पब्लिशिंग, 2018
- *ज़ोरोस्ट्रियंस: देयर रिलीजियस बिलीफ़्स एंड प्रेक्टिसेज़ (द लाइब्रेरी ऑफ़ रिलीजियस बिलीफ़्स एंड प्रेक्टिसेज़),* मैरी बॉयस, रूटलेज, 2000

ईबुक्स

- पार्सीज़ ऑफ़ एंशिएंट इंडिया, शापूरजी कावासजी होडीवाला, https://www.ebooksread.com/authors-eng/shapurji-kavasji-hodivala/parsis-of-ancient-india-ala.shtml
- द *हिस्ट्री ऑफ़ अल-तबरी, खंड xxiv: द एंपायर इन ट्रांज़िशन,* स्टेट यूनिवर्सिटी ऑफ़ न्यूयॉर्क प्रेस, अनु. डेविड स्टीफ़न पॉवर्स, 1989 https://kalamullah. com/Books/The%20History%20 Of%20 Tabari/Tabari_ Volume_24.pdf?__cf_chl_jschl_tk__=pmd_f3b68a0a 762514a7d727a1de8908a044ac441bce-1627363727-0- gqNtZGzNAg2jcnBszQbi
- द रिलीजियस सेरेमनीज़ एंड कस्टम्स ऑफ़ पारसीज़, जिवानजी जमशेदजी मोदी, जहांगीर बी. करानी'ज़ संस, 1937 https://zoroastrians.net/wp-content/uploads/2009/07/ religious-ceremonies-jj-modi.pdf
- ज़रथुष्ट्र, आर्देशीर मेहता, 1999, https://arshtad.files. wordpress.com/2013/03/zarathushtra-ardeshir-mehta.pdf

रिसर्च पेपर्स

- 'अर्ली वैदिक शीज़्म: इंडो-ईरानियन स्प्लिट एंड द राइज़ ऑफ़ ज़ोरोस्ट्रियनिज़्म,' बिपिन शाह, रिसर्चगेट, 2016, https://www.researchgate.net/publication/339484332_ Early_Vedic_Schism-Indo-Iranian_Split_and_Rise_of_ Zoroastrianism
- 'ए ब्रीफ़ हिस्ट्री ऑफ़ द पारसी प्रीस्टहुड,' दस्तूर फ़िरोज़ एम. कोतवाल, *इंडो-ईराइनियन जरनल,* 1990, https://www.jstor.org/ stable/24655249
- 'एनुअल रिपोर्ट ऑन द डैथ पैनल्टी इन ईरान,' Ecpm.org, https://www.ecpm.org/wp-content/uploads/Rapport-iran-2020-gb-070420-WEB.pdf
- 'कोमेट्स एंड मिटियोरिटिक शॉवर्स इन द ऋग्वेद एंड देयर सिग्निफ़िकेंस,' आर.एन. आयंगर, इंडियन जरनल ऑफ़ हिस्ट्री ऑफ़ साइंस, 2009 https://fdocuments.in/document/comets-

and-meteoritic-showers-in-the-rigveda-and-their-importance-ijhs-march2010.html

- 'गांधार एंड द फ़ॉरमेशन ऑफ़ द वैदिक एंड ज़ोरोस्ट्रियन कैनन्स,' माइकल विट्ज़ेल, हार्वर्ड यूनिवर्सिटी, https://dash. harvard.edu/handle/1/9887626
- 'इमेजिनिंग हाफ़िज़: रवींद्रनाथ टैगोर इन ईरान इन 1932,' अफ़शीं मराशी, जरनल ऑफ़ पर्शियनेट स्टडीज़, 2010, https://moodle2.sscnet.ucla.edu/pluginfile.php/548018/ course/section/10256396/MarashiATagoreInIran2010.pdf
- 'इंट्रोडक्शन टू ज़ोरोस्ट्रियनिज़्म,' प्रॉड्स ऑकेतूर श्यारवो, हार्वर्ड डिविनिटी स्कूल, http://sites.fas.harvard.edu/~iranian/Zoroastrianism/zorocomplete.pdf
- 'ईरान: पॉलिटिकल अपोज़िशन ग्रुप्स, सिक्योरिटी फ़ोर्सेज़, सेलेक्टेड ह्यूमन राइट्स इश्यूज़, रूल ऑफ़ लॉ,' सीओआई कंपाइलेशन, ऑस्ट्रियन रैड क्रॉस, 2015
- 'न्यूमेरिकल मैथड्स इन लिंगुस्टिक्स,' रमेश गौरी राघवन, *रेज़ोनेंस,* 2005, https://www.researchgate.net/publication/225401386_Numerical_methods_in_ linguistics
- 'ऑन यस्न 51:16,' गीक्यो ईतो, सोसाइटी फ़ॉर नियर ईस्टर्न स्टडीज़ इन जापान, 1987, https://www.jstage.jst.go.jp/article/orient1960/23/0/23_0_1/_article
- 'पंचतंत्र: एन एक्ज़ाम्पिल ऑफ़ यूज़िंग नरेटिव्ज़ इन टीचिंग इन एंशिएंट इंडियन एजुकेशन,' शीरीं कुलकर्णी, टैंपेयर यूनिवर्सिटी प्रेस, 2013
- 'रीक्लेमिंग द फ़रवहर,' नवीद फ़ोज़ी, लेडन यूनिवर्सिटी प्रेस, 2014, https://library.oapen.org/bitstream/id/0249e838-d67e-46bb-bd90-583b8193ddb7/643261.pdf
- 'रिलीजन आफ़्टर द फ़ॉल ऑफ़ द सासानियन्स,' डॉ. रुस्तम केवला, 2015, https://zamwi.org/wp-content/uploads/2015/07/Religion-After-the-Fall-of-the-Sassanians.pdf

- 'सम अर्ली एस्ट्रोनॉमिकल साइट्स इन द कश्मीर रीजन,' एन. इक़बाल, एम.एन. वाहिया, टी. मसूद, और ए. अहमद, जरनल ऑफ़ एस्ट्रोनॉमिकल हिस्ट्री एंड हैरिटेज, *Journal of Astronomical History and Heritage*, http://articles.adsabs. harvard.edu//full/2009JAHH...12...61I/0000062.000.html
- 'द सेलेस्शियल ट्रिनिटी ऑफ़ इंडो-ईरानियन माइथोलॉजी,' अब्बास सईदीपुर, इंटरनेशनल जरनल ऑफ़ साइंटिफ़िक एंड रिसर्च पब्लिकेशंस, 2012, http://www.ijsrp.org/ research_paper_may2012/ijsrp-may-2012-20.pdf
- 'द एंपायर्स ऑफ़ पर्शिया, इस्लाम'स टेकओवर ऑफ़ लास्ट सासानियन एंपायर एंड फ़्लाइट ऑफ़ पारसी कम्युनिटी टू इंडिया,' बिपिन शाह, रिसर्चगेट, 2016, https://www.researchgate.net/publication/340006091_The_Empires_of_Persia_Islam's_takeover_of_Last_Sassanian_Empire_and_Flight_of_ Parsee_community_to_India
- 'द हिस्ट्री ऑफ़ ज़ोरोस्ट्रियन्स आफ़्टर अरब इन्वेज़न: एलियन इन देयर होमलैंड,' डॉ. दरयूश जहानियन, द सर्किल ऑफ़ एंशिएंट ईरानियन स्टडीज़, https://www.cais-soas.com/ CAIS/History/Post-Sasanian/zoroastrians_after_arab_ invasion.htm
- 'द ओरिजिन एंड स्प्रैड ऑफ़ क्वैंट्स इन द ओल्ड वर्ल्ड,' पॉल वार्ड इंग्लिश, प्रोसीडिंग्स ऑफ़ द अमेरिकन फ़िलॉसफ़िकल सोसाइटी, 1968, https://www.ircwash.org/sites/default/files/English-1968-Origin.pdf
- 'द प्रीहिस्टॉरिक मीटियॉर शॉवर रिकॉर्डेड ऑन ए पैलियोलिथिक रॉक,' नसीर इक़बाल, एम.एन. वाहिया, एजाज़ अहमद, तबस्सुम मसूद, एनआरआईएजी जरनल ऑफ़ एस्ट्रोनॉमी एंड एस्ट्रोफ़िज़िक्स, 2008, https://www.tifr.res.in/~archaeo/papers/Others/ Prehistoric%20meteor%20shower%20record%20in%20 Kashmir.pdf
- 'वैदिक एलिमेंट्स इन द एंशिएंट ईरानियन रिलीजन ऑफ़ ज़रथुष्ट्र,' सुभाष काक, अड्यार लाइब्रेरी बुलेटिन, http://

ikashmir.net/subhashkak/docs/Zarathushtra.pdf

समाचार लेख

- 'एंशिएंट सिटी अनकवर्ड इन अफ़ग़ानिस्तान,' मैथ्यु पैनिंग्टन, एनबीसी न्यूज़, 2008, https://www.nbcnews. com/id/wbna26095077
- 'बलूचिस्तान'स राइज़िंग मिलिटेंसी,' सोनिया ग़फ़्फ़ारी, मिडिल ईस्ट रिसर्च एंड इंफ़ॉर्मेशन प्रोजेक्ट, 2009 https:// merip.org/2009/03/baluchistans-rising-militancy/
- 'गुजरात: उदवाड़ा, द हार्ट ऑफ़ पारसी कल्चर,' बाची करकरिया, आउटलुक ट्रैवलर, बाची करकरिया, https://www. outlookindia.com/outlooktraveller/explore/story/50155/gujarat_udvada_heart_of_parsi_culture
- 'हाउ ईरान पर्सीक्यूट्स इट्स ओल्डेस्ट रिलीजन,' जमशीद के. चौक्सी, सीएनएन, https://edition.cnn.com/2011/11/14/opinion/choksy-iran-zoroastrian/index.html
- 'हाउ द 'पंचतंत्र' ट्रैवल्ड द वर्ल्ड थैंक्स टू पर्शियन एंड अरेबिक नरेटर्स,' अनु कुमार, स्क्रॉल.इन, 2015, https://scroll.in/article/758031/how-the-panchatantra-travelled-the-world-thanks-to-persian-and-arabic-narrators
- 'मागी: द ज़ोरोस्ट्रियन मैजिशियंस,' नौशीर एच. दादरावाला, *पारसी टाइम्स,* https://parsi-times.com/2019/03/magi-the-zoroastrian-magicians/
- 'मिस्ट्री बिहाइंड डाइमंड-स्टडेड मीटियोराइट दैट हिट सूडान इन 2008 रिवील्ड,' द इंडियन एक्सप्रेस, https://indianexpress.com/article/technology/science/meteorite-sudan-2008-giant-asteroid-water-minerals-7122812/
- '*पंचतंत्र* टू कलीला-ओ-दिमना,' हारून मीरानी, ग्रेटर कश्मीर, 2018, https://www.greaterkashmir.com/ news/opinion/panchatantra-to-kaleela-wa-dimna/

- 'द एंशिएंट पर्शियन गॉड दैट मे बी एट द हार्ट ऑफ़ *गेम ऑफ़ थ्रॉन्स,' वाशिंगटन पोस्ट,* इशान थरूर, https://www.washingtonpost.com/news/worldviews/wp/2016/04/24/the-ancient-persian-god-that-may-be-at-the-heart-of-game-of-thrones/
- 'द आर्ट ऑफ़ लॉन्गेविटी: व्हाई डू पार्सीज़ लिव लॉन्गर दैन इंडियन्स,' इंडिया टुडे, निर्मला रवींद्रन, https://www. indiatoday.in/living/story/reasons-why-parsis-live-longer-than-indians-131855-2011-04-09
- 'द आर्या इन ईरान,' देवदत्त पट्टनायक, मुंबई मिरर, https://mumbaimirror.indiatimes.com/ others/sunday-read/the-arya-in-iran/articleshow/71559634.cms
- 'द लास्ट ऑफ़ द ज़ोरोस्ट्रियन्स,' शॉन वॉकर, द गार्जियन, 2020 https://www.theguardian.com/ world/2020/aug/06/ last-of-the-zoroastrians-parsis-mumbai-india-ancient-religion
- 'द ऑब्स्क्योर रिलीजन दैट शेप्ड द वैस्ट,' जूबिन बेख़रद, बीबीसी कल्चर, 2017,
- 'द ज़ोरोस्ट्रियन प्रीस्टेसेज़ ऑफ़ ईरान (हूज़ फ़ादर वाज़ एन इंडियन पारसी),' जूलिया बर्तोलूत्ज़ी, स्क्रॉल.इन, 2015, https://scroll.in/article/757156/the-zoroastrian-priestesses-of-iran-whose-father-was-an-indian-parsi
- 'ज़ोरोस्ट्रियन्स: ईरान'स फ़ॉरगॉटेन माइनॉरिटी,' कूरोश ज़ियाबरी, एशिया टाइम्स, 2020, *Asia Times*, 2020, https://asiatimes.com/2020/10/ zoroastrians-irans-forgotten-minority/

ब्लॉग लेख

- 'ए वैरी इंट्रेस्टिंग अकाउंट ऑन ज़ोरोस्ट्रियन्स इन काबुल-अफ़ग़ानिस्तान,' ज़ोरोस्ट्रियन्स.नेट, https://zoroastrians.net/2013/02/01/a-very-interesting-account-on-zoroastrians-in-kabul-afghanistan-2/
- 'अवेस्ता एंड ऋग्वेद,' वर्णम, जय कृष्ण, https://varnam.org/2007/01/avesta_and_rig_veda/

- 'फ़ैमिली ऑफ़ ज़ोरोस्टर एंड ह्वोवी,' रूट्सवैब, https://sites.rootsweb.com/~dearbornboutwell/fam1241.html
- 'हाउ द एसेंस ऑफ़ रिलीजन केम फ़्रॉम वैदिक कल्चर,' स्टीफ़न नैप, https://www.stephen-knapp.com/how_the_essence_of_religion_came_from_vedic_culture.htm
- 'द कज़िन कल्चर्स ऑफ़ इंडिया एंड ईरान, लोकेश चंद्रा, एसंस्कृति,' https://www.esamskriti.com/e/History/Indian-Influence-Abroad/The-Cousin-Cultures-of-India-and-Iran-1.aspx
- 'द फ़ॉरगॉटेन हिस्ट्र ऑफ़ हाउ एंशिएंट ज़ोरोस्ट्रियन्स हैल्प्ड क्रिएट द ओल्ड सिल्क रूट,' अनवर अली ख़ान, क्वार्ट्ज़ इंडिया, https://qz.com/india/987379/the-forgotten-history-of-how-ancient-zoroastrians-helped-create-the-old-silk-route/
- 'द ऋग्वेद एंड द गाथा रीविज़िटेड,' श्रीनिवास राव, https://sreenivasaraos.com/2012/08/31/the-rig-veda-and-the-gathas-revisited/
- 'द वैदिक रिलीजन इन एंशिएंट ईरान एंड ज़रथुष्ट्र,' HareKrsna.com, 2005, https://www.harekrsna.com/sun/editorials/06-20/editorials17949.htm
- 'द ज़ोरोस्ट्रियन नैक्सस,' Radhe.net, http://www.radhe. net/history/en/zaratustra.php
- 'द ज़ोरोस्ट्रियन टैक्स्ट्स ऑफ़ एंशिएंट पर्शिया एंड व्हाट दे रिवील अबाउट एडवांस्ड एंशिएंट सिविलाइज़ेशंस,' ग्राहम हैंकॉक, कलेक्टिव इवॉल्युशन, 2017, https://www. collective-evolution.com/2017/11/02/the-zoroastrian-texts-of-ancient-persia-what-they-reveal-about-advanced-ancient-civilizations/
- 'वरुण, वेद, एंड ज़ोरोस्ट्रियनिज़्म,' रूट्स हंट, https://rootshunt.com/ar yans/zoroastr ianandar yans/ varunvedandzoroastriasm/chapter1.htm
- 'वरुण एंड हिज़ डिक्लाइन,' श्रीनिवास राव, 2012, https://sreenivasaraos.com/2012/10/04/varuna-and-his-decline-part-one/

- 'वैदिक एलिमेंट्स इन द एंशिएंट ईरानियन रिलीजन ऑफ़ ज़रथुष्ट्र,' संस्कृति, https://www.sanskritimagazine.com/india/vedic-elements-in-the-ancient-iranian-religion-of-zarathushtra/
- 'वर द मित्तानी आर्यन्स रियली इंडो-आर्यन्स,' ज्याकोमो बेनेदेत्ती, न्यू इंडोलोजी, 2017, http://new-indology. blogspot.com/2017/05/were-mitanni-really-indo-aryans.html
- 'यथा अहु वेर्यो: ए ब्रीफ़ लुक एट द हिस्ट्री ऑफ़ द ज़ोरोस्ट्रियन रिलीजन,' रवि चंदर, http://ravichandar. blogspot.com/2017/03/yatha-ahu-vairyo-brief-look-at-history.html
- 'ज़ोरोस्टर: द फ़र्स्ट मैगस, हिस्टॉरिकल ब्लाइंडनेस,' नैथेनियल लॉयड, 2020, https://www.historicalblindness.com/blogandpodcast//zoroaster-the-first-magus
- 'ज़ोरोस्ट्रियन गाथा: एन इंटरिम रेवलेशन इन कॉन्टेक्स्ट ऑफ़ अवेस्तन/वैदिक एंड अर्ली आर्यन्स' रिलीजियस ब्लंडर,' डॉ. पी.आर. पलोधी, मायादानवा, https://mayadanawa.wordpress.com/2012/08/28/zoroastrian-gatha-an-interim-revelation-in-context-of-avestanvedic-and-early-aryans-religious-blunder/
- 'ज़ोरोस्ट्रियनिज़्म एंड हिंदुइज़्म' हिमांशु भट्ट, हिंदूपीडिया, http://www.hindupedia.com/en/ Zoroastrianism_and_Hinduism

ऑनलाइन संदर्भ

- अशूर, ब्रिटेनिका, https://www.britannica.com/place/ Ashur-ancient-city-Iraq
- अशूर, https://en.wikipedia.org/wiki/Ashura
- अशूर, जोशुआ जे. मार्क, वर्ल्ड हिस्ट्री एंसाइक्लोपीडिया, 2017, https://www.worldhistory.org/assur/
- बैटल ऑफ़ द टैन किंग्स, https://en.wikipedia.org/wiki/ Battle_of_the_Ten_Kings
- फ़रवहर, वर्ल्ड हिस्ट्री एंसाइक्लोपीडिया, जोशुआ जे. मार्क, https://www.worldhistory.org/ Faravahar/

- हिस्ट्री ऑफ़ ज़ोरोस्ट्रियनिज़्म, हिस्ट्री वर्ल्ड, http://historyworld.net/wrldhis/ PlainTextHistoriesResponsive. asp?historyid=ab71
- मागी, न्यू वर्ल्ड एंसाइक्लोपीडिया, http://historyworld.net/wrldhis/PlainTextHistoriesResponsive.asp?historyid=ab71
- पारसी कम्युनिटीज़ अर्ली हिस्ट्री, एंसाइक्लोपीडिया ईरानिका, https://iranicaonline.org/articles/parsi-communities-i-early-history
- पीरूज़-ए-नहावंदी, द सर्किल ऑफ़ एंशिएंट ईरानियन स्टडीज़, https://www.cais-soas.com/CAIS/ History/today_in_ancient_iran/august/23-august.htm
- रिचुअल इंप्लीमेंट्स: बरिस्मन, इट्स कॉन्सीक्रेशन एंड रिचुअल, Avesta.org,http://www.avesta.org/ritual/barsom.htm
- सुराज़ एंड असुराज़, तिब्बतन बुद्धिस्ट एंसाइक्लोपीडिया, http://tibetanbuddhistencyclopedia.com/en/index.php/Suras_and_Asuras
- द गाथाज़: द हिम्स ऑफ़ ज़रथुष्ट्र, डी.जे. ईरानी, http://avesta.org/dastur/Dinshaw_J_Irani_The_Gathas.pdf
- द पर्शियन रिवायत्स, जॉसेफ़ एच. पीटरसन, Avesta.org, http://www.avesta.org/rivayats/rivayat1.htm
- ज़रथुष्ट्र, लिवियस, https://www.livius.org/articles/person/zarathustra/
- ज़रथुष्ट्र, वर्ल्ड हिस्ट्री एंसाइक्लोपीडिया, जोशुआ जे.मार्क, https://www.worldhistory.org/zoroaster/
- ज़रथुष्ट्र: द राइज़ ऑफ़ ज़ोरोस्ट्रियनिज़्म इन एंशिएंट पर्शिया, ब्रूमिनेट, क्रिस्शियन वायोलात्ती https://brewminate.com/zarathustra-the-rise-of-zoroastrianism-in-ancient-persia/
- ज़ोरोस्टर, बीबीसी, https://www.bbc.co.uk/religion/religions/zoroastrian/history/ zoroaster_1.shtml
- ज़ोरोस्ट्रियनिज़्म, ब्रिटेनिका, https://www.britannica.com/topic/Zoroastrianism

- ज़ोरोस्ट्रियनिज़्म, History.com, https://www.history.com/ topics/religion/zoroastrianism
- ज़ोरोस्ट्रियनिज़्म, ज़ोरोस्ट्रियन हैरिटेज, के.ई. एडुलजी, http://www.heritageinstitute.com/ zoroastrianism/index.Htm

वीडियो संसाधन

- ऑन विंग्स ऑफ़ फ़ायर, पर्सेपोलिस प्रोडक्शंस इंक. https://www.youtube.com/watch?v=fIUODqdwYuM
- द संस्कृत ओरिजिन ऑफ़ द वर्ड ख़ुदा, सुभाष काक, यूट्यूब, https://www.youtube.com/watch?v=KH7sYdl-8bg
- वैदिक रूट ऑफ़ वैस्टर्न रिलीजियस ट्रेडीशंस, सुहोत्र स्वामी, https://www.youtube.com/watch?v=cZONEhQZGXo
- वाइब्रेशन चैंट ऑफ़ ज़ोरोस्ट्रियन प्रेयर यथा अहु वेर्यो, मेहरज़ाद पटेल, यूट्यूब, https://www.youtube.com/watch?v=zkA5427vUkg

30 Years *of*

HarperCollins *Publishers* India

At HarperCollins, we believe in telling the best stories and finding the widest possible readership for our books in every format possible. We started publishing 30 years ago; a great deal has changed since then, but what has remained constant is the passion with which our authors write their books, the love with which readers receive them, and the sheer joy and excitement that we as publishers feel in being a part of the publishing process.

Over the years, we've had the pleasure of publishing some of the finest writing from the subcontinent and around the world, and some of the biggest bestsellers in India's publishing history. Our books and authors have won a phenomenal range of awards, and we ourselves have been named Publisher of the Year the greatest number of times. But nothing has meant more to us than the fact that millions of people have read the books we published, and somewhere, a book of ours might have made a difference.

As we step into our fourth decade, we go back to that one word – a word which has been a driving force for us all these years.

Read.

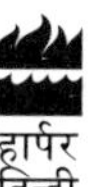